BASTEI
LÜBBE

PATRICIA SHAW

SALZ DER HOFFNUNG

ROMAN

Aus dem Englischen
von Ingrid Krane-Müschen

BASTEI-LÜBBE-TASCHENBUCH
Band 14293

Erste Auflage: Februar 2000
Titelillustration: Hauptmann und Kampa
Umschlaggestaltung: Manfred Peters
Satz: hanseatenSatz-bremen, Bremen
Druck und Verarbeitung: Elsnerdruck, Berlin
Printed in Germany
ISBN 3-404-14293-4

Sie finden uns im Internet unter
http://www.luebbe.de

Der Preis dieses Bandes versteht sich einschließlich
der gesetzlichen Mehrwertsteuer.

Für
Ulrich Staudinger
mit Dank

An seine Geliebte:

Vermöge ich wie durch ein
Wunder dir
die Treu zu halten jetzt und
hier,
wär's alles, was der Himmel
uns gewährt.

John Wilmot, Earl of
Rochester
(1647–1680)
»Liebe und Leben«

1. REGAL

Das Mädchen stand vor dem großen Spiegel mit dem vergoldeten Rahmen und staunte. Sie befühlte ihren blauen chinchillabesetzten Mantel und zog die dazugehörige Haube über ihre blonden Locken, bis ihr Gesicht von dem weichen Pelz umrahmt war. Feierlich betrachtete sie ihr Spiegelbild. Es war, als sei eine unbekannte Schönheit plötzlich in ihr Leben getreten. Sie hob den Fuß und streckte ihn vor sich aus, bis er sein Gegenüber im Spiegel beinah berührte. Bewundernd betrachtete sie ihre neuen, auf Hochglanz polierten Schuhe mit den eleganten schwarzen Schleifen. Es waren zweifellos die hübschesten Schuhe, die sie je gesehen hatte.

»Du siehst doch tatsächlich aus wie ein Engelchen«, rief Jessie lachend. »Aber du mußt dich jetzt auch so benehmen, Missy. Das ist eine richtig vornehme Schule, da läßt man sich deinen Schabernack nicht bieten. Du bist jetzt eine junge Dame.«

Jessie war Großmutters Hausmädchen, und sie war alt, ebenso alt wie ihre Großeltern, doch Regal mochte Jessie lieber. Die Großeltern waren ganz in Ordnung für alte Leute, aber Großvater hatte nie Zeit, und Großmutter fand immer irgend etwas an ihr auszusetzen. Regal vermutete, sie waren erleichtert, daß sie jetzt ein großes Mädchen war – heute war ihr neunter Geburtstag – und sie sie zur Schule schicken konnten.

Regals früheste Erinnerungen waren Großmutters Ermahnungen an Jessie und Mrs. Hobway, die Köchin, ihr doch endlich dieses Kind aus dem Wege zu schaffen. Und das war seltsam, denn sie konnte sich überhaupt nicht entsinnen, irgendwem je den Weg irgendwohin versperrt zu haben. Aber so war das eben: keiner hatte sich besondere Mühe gegeben, vor ihr zu verbergen, daß sie für die Menschen in diesem großen Haus – ihrem Heim – eine Plage war. Sie war ein einsames Kind, und manchmal war sie wütend, daß sie keine Eltern hatte wie andere Kinder auch, Eltern, die sie liebten und verwöhnten und ihr Geschichten vorlasen. Jede Wette, wenn die arme Polly noch am Leben wäre, wäre sie die beste Mutter auf der ganzen Welt ...

»Hier ist dein Muff«, sagte Jessie. »Auch aus Chinchilla. Er hat innen eine Tasche, ich habe dein Taschentuch hineingesteckt.«

Großmutter kam herein, und sie sah ebenfalls sehr fein aus in ihrem besten braunen Seidenkleid mit dem weiten Reifrock. »Ist sie fertig?«

»Ja, Ma'am«, sagte Jessie, und Großmutter nickte. »Also, dann komm, Missy. Dein Großvater wartet.«

Sie stiegen die breite Treppe hinab. Regals Schuhe rutschten auf dem Teppichbelag, und sie klammerte sich am Geländer fest, aber als sie die Halle auf dem Weg zu Großvaters Arbeitszimmer durchquerten, vergnügte sie sich mit einer Schlitterpartie.

»Geh anständig«, fuhr die Großmutter sie an. »Und halte dich gerade.«

Regal mochte dieses geheimnisvolle Zimmer gern. Den Geruch von alten Büchern und Papier, die faszinierenden Schubladen und die kleinen Fächer in Großvaters Schreibtisch, den Spucknapf und den schweren Messingaschenbecher, der wie Gold glänzte. Auf einem niedrigen Tisch stand in einem Glaskasten das Modell eines Segelschiffes, ein Spielzeugschiff mit großen Segeln, das aber nie jemand herunternahm. Sie ließen es einfach dort auf dem Trockenen, und das Schiff wartete immer noch darauf, erprobt zu werden, und sei es nur auf einem Tümpel. Das arme Schiff tat Regal leid, aber sie hatte es noch niemals anfassen dürfen. Der Glaskasten blieb verschlossen. Immer.

Großvater wandte sich mit seinem Drehstuhl um und sah sie an. Beißender Zigarrenqualm erfüllte die Luft. »Ah! Wen haben wir denn da?«

Großmutter stieß Regal vorwärts. »Was denkst du?«

Er rückte seine Brille zurecht und lächelte. »Ist das unser Mädchen? Ich hätte sie kaum erkannt, sie sieht ja so elegant aus! Dreh dich um, Missy, und laß dich anschauen.«

Regal drehte sich einmal um die eigene Achse. »Unter dem Mantel hab' ich ein weißes Schulkleid«, verkündete sie, als sie wieder Auge in Auge mit ihm stand. »Mit einem blauen Kittel drüber.«

»Schürze«, verbesserte Großmutter. »Man nennt es eine Schürze, nicht Kittel.«

»Nun, wie auch immer, ich bin überzeugt, sie wird hübscher aussehen als alle anderen Mädchen in dieser Schule. Du kannst wirklich stolz auf dein Werk sein, Ettie.« Er lehnte sich zurück und zog die Stirn in Falten. »Aber was ist mit ihren Schulbüchern? Ein Mädchen kann doch nicht ohne Papier und Bleistift in die Schule gehen.«

Regal erschrak. Sie hatte gedacht, diese Sachen würde sie vom Pringle-Seminar für junge Damen gestellt bekommen. Sie zog eine Hand aus ihrem Muff und saugte nervös an den Fingerknöcheln.

Aber dann lachte Großvater, griff unter seinen Schreibtisch und förderte einen kleinen Lederranzen zutage. »Sieh mal her.« Er öffnete den Ranzen, und sie spähte hinein.

Erleichtert entdeckte sie einen Griffelkasten und einige Schulbücher.

»Du kannst dich glücklich schätzen«, belehrte Großmutter sie. »Du hast alles bekommen, was du brauchst, dein Großvater war sehr großzügig zu dir.«

Selig nahm Regal ihren Ranzen entgegen. Sie hätte gerne ihre Arme um Großvaters Hals geschlungen und sich bedankt, hätte sie beide gerne geküßt für die wunderbaren Geschenke, aber die beiden waren so groß und so unnahbar, und außerdem war sie zu beschäftigt mit den komplizierten Schnallen ihres Schulranzens.

»Und? Was sagt man?« fragte Großmutter scharf. »Wir warten. Du könntest dich zumindest bedanken.«

»Das wollte ich ja gerade«, verteidigte sie sich entrüstet.

Aber Großmutter schüttelte den Kopf. »Sei ja nicht vorlaut, Missy. Sie werden allerhand zu tun haben, dir Manieren beizubringen in dieser Schule. Aber du wirst es schon lernen.«

»Für das Geld, das sie verlangen, sollen sie sich nur ordentlich bemühen«, bemerkte Großvater und wandte sich wieder seinem Schreibtisch zu. Die Unterhaltung war somit beendet.

»Du kannst es dir schließlich leisten, Jasper«, erwiderte Großmutter gereizt und führte Regal hinaus.

Jessie wartete schon mit Großmutters Umhang und dem großen Hut mit den Satinbändern, und sie sahen beide zu, während Großmutter ihn zurechtrückte und mit einer perlenverzierten Hutnadel feststeckte. Schließlich reichte Jessie Großmutter die glitzernde Diamantbrosche in der Form eines Schmetterlings, die sie sich an den Kragen ihres Umhangs steckte. Sie überprüfte ihre Erscheinung im Spiegel der Eingangshalle und beugte sich, nachdem sie alles zu ihrer Zufriedenheit gefunden hatte, zu Regal hinab und zupfte ihren Mantel zurecht. »Gib ja gut auf diesen

Mantel acht. Es wird nicht viele Mädchen in der Schule geben, die einen solchen Mantel besitzen. Es ist das beste, wenn man ihnen von Anfang an zu verstehen gibt, daß die Hayes' eine Familie von Bedeutung sind in Boston. Diese Leute von der Schule wissen vielleicht noch nicht, wer wer ist in der Stadt, die Schule ist ja noch neu. Hast du dein Taschentuch?«

»Ja.«

»Gut. Du siehst ordentlich aus. Vergiß nicht, spare niemals an deiner Kleidung. Dein Äußeres kann dein bester Fürsprecher sein.«

Das Zimmer der Direktorin war von einem warmen Licht erfüllt, und es roch nach frischer Farbe und Möbelpolitur. Die Dame, die sie zu den zwei Stühlen vor dem mit Büchern und Papieren übersäten Schreibtisch geführt und dann selber dahinter Platz genommen hatte, trug ein strenges, schwarzes Sergekleid – ein auffälliger Kontrast zu der Vase mit den cremeweißen Rosen, die auf einer halbhohen Säule in einem Erker stand.

Regal kannte ein paar der Mädchen, die diese Schule besuchten, und sie war enttäuscht gewesen, keine von ihnen zu sehen, als sie die Auffahrt entlangkamen. Es war geradezu unglaublich still für eine Schule. Sie hatte geglaubt, in Schulen gehe es stets geräuschvoll und lebhaft zu – so war es ihr jedenfalls erschienen, wann immer sie an einer vorbeigegangen war. Aber vermutlich waren um diese Zeit alle Schülerinnen beim Unterricht. Es war zehn Uhr morgens am schönsten Tag ihres Lebens, ihrem neunten Geburtstag. Bis heute war sie nur von Hauslehrern unterrichtet worden.

Die Direktorin unterhielt sich mit Großmutter, und Regal wünschte, die beiden Damen kämen endlich zum Ende und würden ihr erlauben zu gehen, damit sie diesen interessanten Ort erkunden könnte. Hier gab es sogar einen richtigen Glockenturm! Sie hockte still auf der Kante des harten Stuhls und schwitzte in ihrem neuen Mantel, aber sie wagte nicht zu fragen, ob sie ihn ausziehen dürfe.

Es schien irgendwelche Schwierigkeiten zu geben. Die Direktorin schlug ein dünnes Büchlein auf und entnahm ihm einige Blätter. Regal sah auf den Wangen der Dame zwei rote Flecken brennen, außerdem hielt sie den Blick gesenkt, während sie in höflichem Tonfall, der seltsam aufgesetzt wirkte, mit Großmutter sprach.

»Vielleicht handelt es sich lediglich um ein Mißverständnis«, murmelte sie. »Wie gesagt, ich hatte angenommen, die junge Dame sei Ihre Tochter.«

»In meinem Alter wohl kaum.« Großmutter lächelte, doch Regal hörte eine eigenartige Anspannung in ihrer Stimme.

»Aber in diesem Sinne haben sie den Aufnahmeantrag ausgefüllt, Mrs. Hayes.«

»Es macht doch letztlich keinen Unterschied ...« Großmutter hob leicht die Schultern.

»Doch, allerdings. Der Schulrat hat mich auf diese Angelegenheit hingewiesen. Man macht mich für diesen Irrtum verantwortlich.«

»Meine Güte, es ist doch wirklich keine große Affäre«, versicherte Großmutter beschwichtigend. »Und ganz einfach zu erklären: Regal ist das Kind unserer Tochter. Unserer verstorbenen Tochter Polly.«

Regal nickte. Polly, ganz recht. Die wunderschöne Dame, die bei ihrer Geburt gestorben war.

Die Direktorin spitzte die schmalen Lippen, raschelte mit ihren Papieren und sah Großmutter scharf an. Ein argwöhnischer, anklagender Blick. Regal sollte ihn niemals vergessen. »Mrs. Hayes, wenn dies das Kind ihrer Tochter ist, wieso ist sein Name dann Hayes?«

Während Großmutter noch an ihrem Handschuh zupfte, konnte Regal nicht mehr an sich halten. »Wie soll ich denn sonst heißen?« platzte es aus ihr heraus.

»Sei still«, befahl Großmutter, ohne die Frage zu beantworten.

»Vielleicht könnten Sie uns ja Regals Geburtsurkunde vorlegen«, schlug die Direktorin vor, aber Großmutter schüttelte den Kopf. »Das ist zu schwierig. Sie wurde in Halifax in Kanada geboren, ist aber hier in Boston aufgewachsen.«

»Dann könnten Sie uns doch sicher den Namen des Vaters für unsere Akten mitteilen.«

Regal horchte auf. Sie war immer davon ausgegangen, daß ihr Vater ebenfalls tot sei, darum hatte sie nie viel Sinn darin gesehen, seinen Namen zu kennen, und zu Hause sprachen sie immer nur von Polly.

Großmutter schien es jetzt ebenfalls zu warm zu sein. »Sie verstehen doch sicher, daß diese Dinge ...«

Die Direktorin räusperte sich, und der Laut drückte Mißbilligung aus. »Es ist keine Frage des Verstehens, Mrs. Hayes, sondern der Gepflogenheiten an dieser Schule. Wir unterrichten hier junge Damen aus den besten Familien Bostons. Ich bedaure Ihnen mitteilen zu müssen, daß wir Ihrem Aufnahmeantrag nicht entsprechen können.«

»Was reden Sie da!« schrie Mrs. Hayes. »Sie haben bereits das Schulgeld für das erste Halbjahr erhalten und eine sehr großzügige Spende von Mr. Hayes noch dazu.«

»Das wird Ihnen alles zurückerstattet«, erwiderte die Frau. »Hätten Sie den Aufnahmeantrag von vornherein wahrheitsgemäß ausgefüllt, wäre es zu dieser peinlichen Situation gar nicht erst gekommen. Sie müssen doch gewußt haben, daß wir keine unehelichen Kinder aufnehmen, wo wir hier den strengen Maßstäben der Wesley-Methodistenkirche folgen.«

»Wie können Sie es wagen ...« Mrs. Hayes packte Regal und zerrte sie aus ihrem Stuhl. »Und Sie nennen sich Christen! Erstatten Sie Mr. Hayes umgehend sein Geld, Madam, sonst schicken wir Ihnen den Sheriff auf den Hals!«

So schnell ging es aus dem Gebäude und auf die Straße hinaus, daß Regal kaum Schritt halten konnte. Auf dem ganzen Heimweg weinte Großmutter, was Regal angst machte, und immerzu wiederholte sie: »Nie im Leben bin ich so gedemütigt worden. Niemals!«

Sie riß das Tor auf und stieß Regal hindurch. Die neue Schule und die Geburtstagsfreude waren vergessen. Großmutter hämmerte gegen die Tür, statt ihren Schlüssel zu benutzen. Sie sah auf Regal hinab, ihr Gesicht rot vor Zorn. »Diese Polly. Ich wünschte, sie wäre nie geboren worden!«

Regal zuckte zusammen. Ganz gleich, was Großmutter sagte, sie verstand mit schmerzhafter Deutlichkeit, daß sie in Wahrheit gar nicht die arme Polly meinte, sondern sie, Regal. Sie allein trug die Schuld an allem. Sie war immer nur eine Last für ihre Großeltern gewesen, und irgendwie hatte sie heute alles noch schlimmer gemacht.

In der Nacht träumte sie, ein Engel sei zu ihr gekommen, und der Engel war Polly, ihre schöne Mutter. Sie nahm ihre Hand, und zusammen gingen sie fort, ließen das düstere alte Haus hinter sich und liefen, bis sie zu einem wunderschönen weißen Häuschen im Wald kamen. Doch dann wachte sie weinend auf, denn plötzlich war Polly verschwunden und ein kalter, trüber Tag war angebrochen.

Fortan wurde der blaue Mantel nur bei festlichen Anlässen aus dem Schrank geholt, und Regal kam nach Saint Ives, einer kleineren, von einem Ehepaar betriebenen Schule. Mr. Trotter unterrichtete die Jungen, seine Frau die Mädchen, und im Schulhof waren die Geschlechter durch eine hohe Hecke streng voneinander getrennt. Dieses Mal brachte Jessie sie bis zum Schultor, und da der Weg über die Straße eine Meile weit war, nahmen sie eine Abkürzung über die Felder. Ihre neuen Schuhe waren zu fein für eine Wanderung dieser Art, also trug sie Stiefel.

Die Jungen lugten durch die Hecke, und ein paar Mädchen blieben stehen und starrten Regal an, als sie ganz allein den Schulhof überquerte. Er kam ihr so endlos vor wie das Meer. Sie wußten es, dachte sie. Sie alle wußten, daß sie von der ›guten‹ Schule abgewiesen worden war. Regal hörte das Gekicher sehr wohl, sah aus dem Augenwinkel Finger, die auf sie zeigten. In ihrer Hast stolperte sie auf den Stufen und fiel der Länge nach hin. Sie landete genau zu Mrs. Trotters Füßen.

»Wer bist denn du?« fragte die kleine, rundliche Frau.

»Regal Hayes«, murmelte sie und hob ihren Ranzen auf. Hinter sich hörte sie höhnisches Gelächter.

»Ach richtig, Regal. Ich hatte ganz vergessen, daß heute dein erster Tag ist. Ich bin Mrs. Trotter. Komm nur mit mir. Meine Güte, was hast du für einen hübschen Ranzen.«

Regal war vor Angst wie erstarrt, aber dann regte sie sich und folgte ihr einen langen, kahlen Flur entlang in ein Klassenzimmer. Im Raum war es kalt. Schulbänke standen in mehreren Reihen gegenüber einer Tafel.

Mrs. Trotter zeigte auf eine der Bänke. »Setz dich hierhin, Regal. Ich bin gleich zurück.«

Regal schlüpfte in die Schulbank, umklammerte ihren Ranzen und wartete auf das Unvermeidliche: Mrs. Trotter würde zurückkommen und sie hinauswerfen. Tränen schossen ihr in die Augen, als sie sich den langen, einsamen Rückweg über den Schulhof ausmalte, wieder gedemütigt, von allen angestarrt und ausgelacht. Vielleicht warfen sie sogar Steine nach ihr, um sie fortzujagen. Jeden Augenblick würde Mrs. Trotter auf diese geheimnisvolle Weise der Erwachsenen herausbekommen, daß sie ein uneheliches Kind war. O ja, Regal kannte das Wort inzwischen. Freundinnen, die nicht mehr ihre Freundinnen waren und auf die feine Pringle-Schule gingen, hatten ihr dieses Wort auf der Straße nachgerufen, voller Verachtung für das Mädchen, das nicht gut genug war, mit ihnen zu verkehren. An dieser Schule hier kannte Regal niemanden, aber es würde nicht lange dauern, bis diese Fremden Zeugen wurden, wie man sie hinauswies. Und sie würden sie auf der Straße wiedererkennen und ihr den Rücken zukehren. Regal wünschte, sie wäre tot. Ganz gleich, was sie zu Hause sagten, ganz gleich, welche Strafe ihr drohte: Wenn das hier vorbei war, wollte sie nie wieder einen Fuß in eine Schule setzen. Und wenn sie sie schlugen, bis sie blutete. Dann würde sie eben als Märtyrerin enden.

Leise traten die Mädchen nach und nach ein und stellten sich neben ihre Pulte. Ihre Nachbarin stieß Regal an, um ihr zu bedeuten, sie müsse aufstehen, aber Regal kauerte sich zusammen, um möglichst unsichtbar zu bleiben, bis es Zeit wäre, sich davonzuschleichen.

Dann stand Mrs. Trotter mit einemmal vor ihnen und wünschte ihnen einen guten Morgen. Die Mädchen erwiderten den Gruß, ehe sie sich setzten.

Regals Kopf berührte beinah ihr Pult. Wie eine Angeklagte wartete sie mit gesenktem Kopf, daß ihr Urteil verkündet würde. So nahm sie kaum zur Kenntnis, was Mrs. Trotter sagte. »Wir haben eine neue Mitschülerin bekommen. Miss Hayes. Regal Hayes. Und weil sie neu bei uns ist, möchte ich, daß ihr besonders nett zu ihr seid. Und jetzt wollen wir Regal alle willkommen heißen.«

Regal tauchte wie aus einem kalten, feuchten Nebel auf. Als sie vorsichtig den Kopf hob, sah sie sich von lächelnden Gesichtern umringt. Die Mädchen klatschten alle in die Hände. Sie spendeten ihr Beifall! Regal brachte ein Lächeln zustande, ein Lächeln der Erleichterung und der Dankbarkeit, daß vor allem Mrs. Trotter galt. Was für eine nette Dame!

Und somit hatte ihre Schulzeit begonnen. Sie gewöhnte sich schnell ein und genoß den langen Schulweg über die Felder, doch die ganze Zeit verspürte sie das drängende Bedürfnis, etwas über die Ursache ihrer Schande herauszufinden. Eifrig studierte sie die dicken Bände der Enzyklopädie in der Schule und fand schließlich den Begriff der ›unehelichen Geburt‹. Sie verstand immer noch nicht so recht, was es bedeuten sollte, aber sie war seit jeher ein entschlossenes Kind gewesen. So leicht gab sie nicht auf!

Sie wußte, es hatte keinen Sinn, die Erwachsenen direkt zu fragen, sie gaben einem niemals offene Antworten. Allerdings hatte langjährige Erfahrung sie gelehrt, welche Methode sich am besten dazu eignete, an Informationen zu gelangen. Man mußte einfach eine Behauptung aufstellen. Wenn man Unrecht hatte, fielen sie alle über einen her. Passierte das nicht, hatte man seine Antwort.

»Mrs. Hobway«, fragte sie also die Köchin, »wußten Sie eigentlich, daß ich unehelich geboren bin?«

Die Köchin war so erschrocken, daß sie beinah ins Mehlfaß gefallen wäre. »Was redest du da, Regal? Du darfst über solche Dinge nicht sprechen.«

»Aber es ist doch wahr.«

»Nun ja, es stimmt schon, aber darüber solltest du dir keinen Kopf machen.«

Tu ich auch nicht, dachte Regal. Ich muß es nur tragen wie eine Narrenkappe. Sie zitierte etwas, das sie im Zusammenhang mit ›leichtfertigen‹ Frauen gelesen und das sie erschreckt hatte, denn sie fürchtete, es könne auf die arme Polly zutreffen: »Meine Mutter hat teuer bezahlt für ihre Sünden«, verkündete sie feierlich. Sie hatte ihre Angel ausgeworfen.

Mrs. Hobway seufzte. »So sagen es die Leute zumindest. Aber das ist keine sehr barmherzige Weise, die Dinge zu sehen.«

Also stimmte es! Frauen, die uneheliche Kinder bekamen, waren leichtfertig und mußten teuer bezahlen. Diese Befragung ließ sich ja überraschend gut an. »Genau wie mein Vater«, sagte sie bekümmert. »Er ist auch tot. Also hat auch er teuer bezahlt.«

»Dein Vater?« Mrs. Hobway sah sie verdutzt an. »Nun, ich weiß nichts über ihn, aber Männer zahlen nicht für ihre Sünden, mein Kind. Ich weiß nicht, wie du auf eine solche Idee kommst. Frauen zahlen, allerdings«, brummte sie düster. »Sie zahlen immer die ganze Zeche. Ich weiß, wovon ich rede.«

Sie wandte sich wieder ihrem Blätterteig zu und war bald tief in Gedanken versunken. Regal ging hinauf in ihr Zimmer. Das war ja hochinteressant. Männer zahlten also nicht für ihre Sünden. Aber warum nicht? Sie sah aus dem Fenster. Zwei Fischer zogen ihr Boot die Uferböschung des Flusses hinauf. »Männer büßen also nicht«, sagte sie erbittert und dachte an die arme Polly. »Das wollen wir doch erst mal sehen.«

Regal war recht glücklich in Saint Ives. Sie brachte gute Zeugnisse nach Hause, sehr zur Zufriedenheit ihrer Großeltern. Doch die Menschen außerhalb dieser kleinen Welt verunsicherten sie. Die Nachbarn in den anderen großen Häusern entlang der Carriage Road begegneten ihr höflich, aber niemals wurde sie zu ihren Festen oder Picknicks eingeladen. Ihre Großeltern hatten nur noch selten Gäste, bis auf den kleinen Kreis alter Freunde. Und Regals beste Schulfreundin stellte sie vor neue Probleme. Zwar wurde Judith im Hause der Hayes' willkommen geheißen, doch bei keiner ihrer anderen Freundinnen. »Das ist, weil ich Jüdin bin«, erklärte sie Regal. Regal fragte sich, was das wohl zu bedeuten hatte und ob es noch schlimmer war, als unehelich zu sein.

»Sei nicht traurig«, sagte sie zu Judith. »Wenn sie dich nicht einladen, gehe ich auch nicht hin.«

Judith war von der Loyalität ihrer Freundin tief beeindruckt, doch von dem Zorn, der in Regal brodelte, ahnte sie nichts. Schwarze Listen aufzustellen war für Judith nur ein Spaß, aber Regal bedeutete es mehr als nur romantische Phantastereien. Sie sah darin eine Gelegenheit, es dieser Stadt heimzuzahlen, die sie so tief verletzt hatte. Sie war sich bewußt, daß sie sich dadurch nur noch weiter isolierte, doch das kümmerte sie nicht.

Die beiden Mädchen waren unzertrennlich. Als das letzte Schuljahr anbrach, erblühte Judith jedoch zu einer dunklen Schönheit mit olivfarbener Haut, sanften, braunen Augen und einer hinreißenden Figur, während Regal groß und schlaksig wirkte, sich mit Pickeln herumplagte und ohne viel Erfolg versuchte, ihr weiches, gelocktes Haar mit großen Schleifen zu bändigen. Judiths Mutter schien tagein, tagaus damit beschäftigt, ihrer Tochter neue Kleider zu nähen, aber wenn Regal um neue Kleider bat, sagte ihre Großmutter: »Warte, bis du dich ein bißchen entwickkelst. Im Augenblick wäre es nur Verschwendung.«

Und was, wenn sie sich niemals entwickelte? Unglücklich betrachtete Regal ihre flache Brust im Spiegel. Neben Judith wirkte sie wie ein Klappergeripppe. Die Jungs nahmen sie überhaupt nicht zur Kenntnis, sondern scharten sich um Judith, wollten ihr die Bücher tragen und wichen nicht von ihrer Seite. Regal neidete ihrer Freundin den Erfolg nicht, aber sie war zutiefst deprimiert. Und damit nicht genug, schien die jüdische Gemeinde ständig irgend etwas zu feiern zu haben. Judiths Leben war ein ununterbrochener Reigen aus Geburtstagen, Hochzeiten und anderen Festen, von denen Regal ausgeschlossen blieb.

»Sie wollen, daß die jungen Männer jüdische Mädchen heiraten«, erklärte Judith. »Darum werden keine nicht-jüdischen Mädchen eingeladen, ganz gleich, wie nett sie auch sein mögen. Es ist nichts Persönliches, Regal.«

Nichtsdestotrotz entfremdeten die Freundinnen sich allmählich. Regal versuchte, sich ihren Kummer nicht anmerken zu lassen, während sie zunehmend vereinsamte, und versicherte Judith, sie vestehe schon. Doch in Wirklichkeit litt sie, und der altbekannte Zorn regte sich wieder. Keine jungen Männer klopften schüchtern an ihre Tür, keine Scharen junger Leute bevölkerten die Auffahrt zum prachtvollen Haus ihrer Großeltern, keine Einladungen landeten in ihrem Briefkasten. Und wenn sie sich bei ihrer Großmutter beschwerte, daß sie niemals Spaß habe, wurde sie mit einem knappen »Dafür ist später noch Zeit genug« abgespeist.

»Aber warum kann ich keine Gesellschaften ausrichten und ausgehen wie die anderen Mädchen auch?«

»Weil es nicht geht, darum. Du bleibst schön zu Hause und wahrst den Anstand.«

Was sollte das denn schon wieder bedeuten, fragte Regal sich mißmutig.

Doch bald traten andere Sorgen in den Vordergrund. Mit Großmutters Gesundheit stand es nicht zum besten. Sie klagte über Schmerzen, und der Doktor wurde gerufen. Nachdem er Ettie untersucht hatte, blieb er lange bei Großvater im Arbeitszimmer. Jessie und Mrs. Hobway flüsterten miteinander und weigerten sich, mit Regal über diese Angelegenheit zu sprechen. So wußte sie nur, daß Großmutter offenbar an einer Krankheit litt, die so entsetzlich war, daß man nicht einmal ihren Namen aussprechen durfte.

Regal tat, was sie konnte. Sie leistete ihrer Großmutter Gesellschaft, las ihr vor, brachte ihr das Essen und sah zu, wenn Jessie ihr das furchtbare Laudanum gegen die Schmerzen verabreichte. Sie weinte und fühlte sich nutzlos, wenn sie die alte Dame schreien hörte, weil die Schmerzen unerträglich wurden. Regal war erschüttert, als sie erkannte, daß ihre Großmutter im Sterben lag, und sie flehte ihren Großvater an, er möge doch irgend etwas tun, um die Qual des nunmehr so gebrechlichen Wesens dort oben im Krankenbett zu beenden.

»Niemand kann mehr irgend etwas für sie tun«, sagte er niedergeschlagen. »Niemand.«

»Wird sie sterben?«

Er wandte sich ab. »Ja.«

»Aber es muß doch irgend etwas geben, das wir tun können«, schrie sie ihn an. »Wie kannst du einfach so dasitzen und zusehen, wie sie leidet? Sie hat grauenhafte Schmerzen!«

»Laß mich zufrieden«, schrie er zurück. »Laß mich zufrieden!«

Manchmal stand Regal vor seinen Waffen und betrachtete sie. Sie konnte schießen. Er hatte ihr beigebracht, wie man mit einem Gewehr umging, hatte sie mitgenommen, wenn er sich mit seinen Freunden zum Pistolenschießen traf, denn er war stolz, daß seine Enkelin ein so gutes Auge hatte. Regal wünschte, sie könnte jetzt eine dieser Pistolen nehmen und ihre Großmutter von ihrem Leiden erlösen, aber dazu fehlte ihr der Mut. Und ihrem Großvater erging es vermutlich ebenso.

An einem regnerischen Tag im Februar starb ihre Großmutter schließlich. Regal sah in ihrem Tod eine Gnade, doch Großvater war erschüttert. Nach der Beerdigung war er offensichtlich von der Vorahnung beseelt, daß auch sein Leben zu Ende ging. Er führte Regal in sein Arbeitszimmer und gab ihr den roten Lederkasten mit dem Schmuck ihrer Großmutter. »Hier, das gehört jetzt dir, Missy. Gib gut darauf acht. Und hier ist noch etwas, das du an dich nehmen solltest. Deine Geburtsurkunde.«

Sie war sehr aufgeregt, doch sie versuchte, es sich nicht anmerken zu lassen. Sie hatten Großmutter gerade erst zur letzten Ruhe gebettet, alle trauerten, also dankte sie ihm mit dem gebotenen feierlichen Ernst.

»Du brauchst nicht weiter zur Schule zu gehen«, fuhr er fort. »Ich will nicht, daß die Dienstboten sich auf die faule Haut legen. Solange deine Großmutter noch lebte, wollte ich nicht, daß sie glaubt, jemand verdränge sie von ihrem Platz, aber von nun an wirst du dich um den Haushalt kümmern.«

»Jessie und Mrs. Hobway sind doch nicht faul«, wandte Regal ein. »Sie wissen, wie man das Haus zu führen hat.«

Aber er war nicht umzustimmen. »Ettie hat über das Haushaltsgeld verfügt, den Dienstboten Anweisungen erteilt und sie bezahlt. Ich möchte mit diesen Dingen nicht behelligt werden und will auch nicht, daß mein Geld verschleudert wird. Du wünschst dir ja bestimmt nicht, irgendwann am Bettelstab zu enden. Darum nehme ich dich von der Schule.«

»Aber dies ist mein letztes Jahr«, jammerte sie. »Ich habe so hart gearbeitet, um ein gutes Abschlußzeugnis zu bekommen. Wenn ich jetzt von der Schule gehe ...«

»Darüber brauchst du dir keine Gedanken mehr zu machen. Ein Abschlußzeugnis ist nur ein Fetzen Papier. Ich selbst bin auch nicht allzulange zur Schule gegangen, und es ist dennoch etwas aus mir geworden. Du bist alt genug, um all diese Dinge hinter dir zu lassen. Du wirst schön zu

Hause bleiben und dir dein Brot verdienen. Ich bin nicht bereit, eine Haushälterin zu bezahlen.«

»Dann mach doch Jessie zur Haushälterin.«

»Hör endlich auf zu widersprechen! Geh und belästige mich nicht länger. Du hast jetzt eine Aufgabe, also kümmere dich darum.«

»Aber ich weiß gar nicht, was eine Haushälterin zu tun hat!«

»Dann wird es höchste Zeit, daß du es lernst.«

Draußen lag Schnee, und an den Fenstern hatten sich Eisblumen gebildet. Alles war ruhig, als sei die Stille mit dem Winter eingezogen, um vom Trauerfall im Haus zu zeugen. Regal suchte nach den richtigen Worten. Sie hatte gute Aussichten, den besten Schulabschluß ihrer Klasse zu machen, vielleicht sogar die Jungs zu überflügeln. Mrs. Trotter, die in einem ständigen Konkurrenzkampf mit ihrem Mann lag, hatte sie unterstützt und bestärkt, hocherfreut, daß eines ihrer Mädchen vielleicht den besten Abschluß der ganzen Schule machen würde. Regal hatte hart gearbeitet, sie brauchte die Anerkennung, das Gefühl, um ihrer selbst willen etwas zu gelten, nicht immer nur das uneheliche Hayes-Mädchen zu sein. Und mehr als alles andere hatte sie ihrer Großmutter eine Freude machen wollen, aber dazu war es jetzt zu spät.

Großvater wandte sich wieder dem Schmuckkasten zu. »Es steht ein Name darauf ...« Mit einer fahrigen Geste wies er auf die Geburtsurkunde, als sei sie ein wertloser Fetzen Papier. »Der Name eines Mannes. Sie hat ihn als den Vater benannt, aber ich würde nicht allzuviel darauf geben. Polly konnte ziemlich verschlagen sein.«

»Aber, Großvater! Für ein amtliches Zertifikat hätte sie doch sicher niemals gelogen!« Regal war schockiert, daß er die arme Polly derart kritisierte.

Er zuckte die Achseln, als sei er der Diskussion überdrüssig. »Es spielt keine Rolle, wir wollten nichts von ihm wissen. Er geht uns nichts an.«

»Mich schon«, sagte sie leise, bemüht, seinen Gedankengang nicht zu unterbrechen, wo es doch noch so vieles herauszufinden galt. »Wann ist er gestorben?«

»Wer?«

»Mein Vater. Dessen Name da steht.«

»Gestorben? Davon weiß ich nichts. Der Kerl könnte ebensogut noch am Leben sein. Wie auch immer, mich kümmert es nicht. Wir hätten niemals zulassen dürfen, daß Polly mit Maria Proctor nach Halifax fuhr, aber während der Belagerung herrschte Typhus in Boston. Wir dachten, die Mädchen wären dort sicherer.«

Regal saß völlig reglos und lauschte. Sie fand es unfair, daß er ihre Mutter verschlagen nannte, wo doch Ettie, seine Frau, eine Lügnerin gewesen war. Sie erinnerte sich ganz genau, daß Großmutter ihr einmal gesagt hatte, ihr Vater sei tot. Eines Tages würde sie dieser Sache auf den Grund gehen, doch im Augenblick waren ihre Gedanken so flüchtig wie die Schneeflocken vor dem Fenster und wirbelten ebenso durcheinander.

»Du hast ihn nie zur Rede gestellt und gefragt, ob es wahr ist, Großvater? Um dir Gewißheit zu verschaffen?« Und mir, fügte sie im stillen hinzu.

»Was hätte das genützt? Es heißt, er hat es mit allem Nachdruck bestritten, und es spielte auch gar keine Rolle. Deine Großmutter hatte auch so schon Last genug. Bis nach London mußte sie reisen, um dich zu holen.«

»London?« Regal traute ihren Ohren kaum. »London? In England?«

Er seufzte tief. »Ja. Du warst noch ein Baby. Nachdem deine Mutter gestorben war, kümmerte ihre Freundin sich um dich. Maria Proctor. Das heißt, zu dem Zeitpunkt war sie schon verheiratet, Maria Collins, sollte ich also sagen.

Wir mußten nach London reisen, um dich heimzuholen. Außer uns kam ja niemand in Frage, verstehst du. Ettie wurde furchtbar seekrank auf beiden Überfahrten. Ich glaubte, ich würde auch sie verlieren, und dann wären nur wir zwei übrig gewesen.« Er atmete tief durch und lehnte sich mit halb geschlossenen Lidern in seinem Sessel zurück. »Und genauso ist es jetzt, nur wir beide sind übrig, Missy. Und wir müssen das Beste daraus machen.« Er nahm ihre Hand, und diese ungewohnte Zurschaustellung von Gefühlen war ihr unangenehm. »Ich weiß nicht, wie lange ich noch zu leben habe. Wenn ich tot bin, bist du ganz allein. Aber du wirst schon zurechtkommen, du bist ja ein kluges Mädchen, wenn du dich nicht gerade so aufführst, als wären wir alle gegen dich, und dich sträubst und schmollst, weil deine Großmutter dir nicht erlauben wollte, wie die anderen Mädchen in der Stadt herumzulaufen.«

Regal wollte etwas sagen, wollte ihm erklären, daß ihre Tränen um Ettie alle Unstimmigkeiten zwischen ihnen hinweggeschwemmt hätten, doch er umklammerte ihre Hand noch fester und rüttelte sie, als wolle er sich ihrer ganzen Aufmerksamkeit versichern. »Deine Großmutter wußte, was ein guter Ruf bedeutet. Auf dem Heiratsmarkt bist du dank Polly schon sehr benachteiligt hier in Boston, Missy. Die besten Familien empfangen dich nicht, ihre Söhne flirten vielleicht mit dir, aber sie werden es niemals ernst meinen. Großmutter war womöglich ein wenig zu streng, aber es war der beste Weg, allem Gerede zuvorzukommen. ›Dieses Mädchen hat einen tadellosen Ruf, sie hat sich nie rumgetrieben‹, wollte sie damit sagen. Verstehst du?«

Tränen traten in Regals Augen. »Warum hat sie mir das nie gesagt? Ich dachte, sie wäre einfach nur gemein.«

»Es ist nicht die angenehmste Sache der Welt, seiner

Enkeltochter erklären zu müssen, daß sie in gewissen Kreisen als nicht gesellschaftsfähig gilt. Wie fühlt es sich an, hm?« Seine Stimme klang jetzt fest, mit dieser Stimme hatte sie ihn mit Geschäftspartnern verhandeln hören.

»Ist es denn wahr?« fragte sie, doch sie sah am unverwandten Blick seiner braunen Augen, daß es die Wahrheit war.

»Dann weiß ich nicht, was ich fühlen soll«, gestand sie.

»Das ist gut. Am besten fängst du gar nicht erst damit an, irgendwas zu fühlen. Deine Großmutter hatte ihre Methode, den Schaden wiedergutzumachen, ich habe meine. Und meine Methode, Missy, ist Geld. Wenn du Geld hast, kannst du es dir leisten, nach deinen eigenen Regeln zu leben. Aber eins darfst du nie vergessen, Kind: es ist kein leicht verdientes Geld. Ich habe hart dafür gearbeitet. Ich habe die Sägemühlen aufgebaut. Und während des Krieges hätte nicht viel gefehlt, und wir wären als Loyalisten verschrien gewesen, Timothy Foy und ich. Wir haben mit allem gehandelt, das uns in die Hände fiel. Und als du plötzlich da warst, wußte ich, ich mußte mich noch mehr ins Zeug legen. Ich bin größere Risiken eingegangen, habe Geld geborgt, um Land und immer noch mehr Land zu kaufen.« Er lachte. »Risiken nenne ich es heute, aber mein Urteilsvermögen hat sich als untrüglich erwiesen. Ich wurde immer reicher. Geld macht Geld.«

Endlich ließ er ihre Hand los, und Regal versuchte, gebührend beeindruckt von dieser Vorlesung über das Wesen des Geldes zu wirken, doch ihre Gedanken waren schon wieder in London. Was mochte ihre Mutter nur nach London verschlagen haben?

Großvater erhob sich und blieb direkt vor ihr stehen. Sie mußte zu ihm aufschauen. »Eines Tages wirst du eine sehr reiche Frau sein, Regal. Und jetzt hör mir zu, selbst wenn du nie wieder auf mich hörst, tu's jetzt: Honig zieht Fliegen an. Dir wird der Honig gehören. Vergiß nie, daß sie Fliegen sind. Wenn Frauen heiraten, fällt ihr Vermögen für gewöhnlich an ihre Männer. Hast du mich verstanden?«

»Ja. Das habe ich nicht gewußt.«

»So lautet das Gesetz. Aber du mußt dafür sorgen, daß du dein Geld behältst. Ich habe nicht all die Jahre geschuftet, nur damit du mein Vermögen irgendeinem Fremden in den Rachen wirfst. Was wäre, wenn die Ehe nicht glücklich würde? Was sollte dann aus dir werden, mein Kind?«

»Aber wenn es Gesetz ist, was kann ich da tun? Unverheiratet bleiben?«

»Unsinn. Es gibt immer Mittel und Wege. Halte dich nur an Abe Rosonom, er wird dir helfen.«

»Oh«, sagte Regal verständnislos. Da sie nicht einmal ein eigenes Bankkonto besaß, schien ihr diese ganze Unterhaltung reichlich sinnlos. Später hätte sie immer noch Zeit genug, über solche Dinge nachzudenken.

Erst als sie sich in ihr Zimmer zurückziehen durfte, fand sie Gelegenheit, ihre neuen Schätze in Augenschein zu nehmen. Sie stellte den Schmuckkasten einen Moment beiseite und studierte die Geburtsurkunde. Dort stand, daß sie am 22. März 1779 in Halifax geboren sei. Und daß ihr Vater der Ehrenwerte Basil Mulgrave sei. Sie starrte auf die fein geschwungenen Buchstaben. Da stand es schwarz auf weiß für jedermann zu lesen, ganz gleich, was ihr Großvater gesagt hatte. Es mußte stimmen, Großvater war verständlicherweise voreingenommen. Es war doch ganz offensichtlich, was passiert war: Polly war von diesem Mulgrave schwanger geworden, und er hatte sich geweigert, seinen Teil der Verantwortung dafür zu übernehmen. Nach den Klatschgeschichten, die die Dienerschaft sich erzählte, war das durchaus nichts Ungewöhnliches. Und warum auch nicht; wenn man als Mann nicht heiraten wollte, warum in aller Welt sollte man sich zwingen lassen?

Für einen Moment war sie schockiert über diesen herzlosen Gedanken, doch man mußte schließlich immer beide Seiten sehen. Oder war das falsch? Schließlich war dieser Mann schuld am Tod ihrer Mutter.

Sie sah wieder auf die Geburtsurkunde. Der ›Ehrenwerte‹. Ein englischer Titel – wie romantisch! Sie würde in die Bibliothek gehen und nachschlagen, was er bedeutete.

Großmutter hatte ihr erzählt, Polly sei bei der Geburt gestorben. Aber wenn das stimmte, wäre Polly doch in Halifax gestorben. Und wie sollte dann das Baby – sie selbst – nach London gekommen sein? Warum hatten ihre Großeltern den Atlantik überqueren müssen, um sie zu holen? Was steckte dahinter?

Sie ging zu Bett, nachdem sie den gesamten Schmuck anprobiert hatte, den ihre Großmutter ihr vermacht hatte. Sie lag wach und grübelte über diese Rätsel nach. In ihrem Kopf wirbelte alles durcheinander, was sie heute erfahren hatte. Sie war die Tochter eines englischen Gentleman, offenbar ein Mann von hoher Geburt und niederem Charakter.

Großvater Hayes war felsenfest davon überzeugt, daß ihm nicht viel Zeit blieb, bis auch er vom lieben Gott abberufen würde, doch irgendwann wurde im Haus nur noch darüber gewitzelt. »Ich habe noch keinen gesünderen und kräftigeren Mann seines Alters gesehen«, meinte Mrs. Hobway. Jessie stimmte ihr zu. »Das ist kein Wunder. Schließlich wird er von drei Frauen umhegt.«

Anfangs hatte es sie verärgert, daß Regal die Herrschaft über den Haushalt übertragen worden war, einem Kind ohne jegliche Erfahrung in diesen Dingen, doch als sie merkte, wie unglücklich Regal über das unfreiwillige Ende ihrer Schullaufbahn war, überwand sie ihren Groll und wurde Regals Vertraute und Lehrerin. Und es war gut, daß sie sich zusammentaten, denn mit zunehmendem Alter wurde Jasper Hayes immer geiziger und ließ keinerlei ›Sonderausgaben‹ zu, ohne daß zuvor ein heftiger Streit darüber entbrannt wäre. So ließ es sich nicht verhindern, daß das große Haus irgendwann heruntergekommen wirkte. Die Frauen mußten sich verschwören und ihren ganzen Einfallsreichtum aufbieten, damit Regal wenigstens dann und wann Stoff für ein neues Kleid bekam. Nicht daß sie viel ausgegangen wäre. Ihr gesellschaftliches Leben beschränkte sich auf den Kirchgang und gelegentliche Kirchenfeste.

An ihrem achtzehnten Geburtstag fuhr ihr Großvater mit ihr nach New York, und eine Woche lang wohnten sie im vornehmen Hotel Mayfair. Regal nutzte diese Gelegenheit, um ihn zur Rede zu stellen. »Immerzu sagst du mir, wir müssen sparen. Aber wenn wir so arm sind, wie können wir uns dann ein Hotel wie dieses leisten?«

»Die Zeiten sind schlecht«, brummelte er. »Aber ich muß den Schein wahren.«

»Das glaube ich dir nicht! Und ich erinnere mich, daß Großmutter gesagt hat, es sei wichtig, daß ich mich gut kleide. Wie soll ich in New York ausgehen in diesen scheußlichen Lumpen? Ich brauche neue Kleider.«

»Ich kenne niemanden, der so hartnäckig nörgeln kann wie du«, knurrte er. »Immerzu beschwerst du dich wegen des Geldes. Wenn ich tot bin, wirst du endlich genug Geld haben.«

»Wenn du tot bist?« erwiderte sie höhnisch. »Bis dahin bin ich selber eine alte Frau, eingesperrt in diesem verdammten alten Haus. Du willst eine alte Jungfer aus mir machen, damit immer jemand da ist, der sich um dich kümmert!«

Offenbar gab ihm dieser Ausbruch zu denken, denn als sie einige Zeit später die Fifth Avenue entlanggingen, blieb er plötzlich stehen. »Ist das wahr? Deine Großmutter hat gesagt, es sei wichtig, sich gut zu kleiden?«

»Natürlich ist das wahr. Sie selbst war doch stets ausgesprochen elegant, hast du das etwa schon vergessen?«

Darauf ging er nicht ein. »Es heißt, hier machen sie ganz anständige Damenkleider. Und nicht zu teuer.« Er stand vor einem Schaufenster, dessen Auslage jedoch von einem Vorhang verdeckt war. »Du kannst hineingehen und etwas kaufen.«

»Ich brauche zwei neue Kleider.« Regal wollte ihr Eisen schmieden, solange es heiß war. »Eines für tagsüber, eines für abends. Die Gäste im Hotel ziehen sich zum Dinner immer um.«

»Dann kauf sie eben«, gab er brüsk zurück. »Ich frage mich nur, zu welcher Gelegenheit du sie je wieder tragen willst.«

Regal betrat eilig das Geschäft, ehe er seine Meinung ändern konnte. Am Nachmittag wurden zwei wundervolle Kleider komplett mit Hüten und Handschuhen ins Hotel geliefert. Regal hatte nicht gewagt, sich nach dem Preis zu erkundigen, hatte nur gebeten, man möge die Rechnung an Mr. Hayes im Hotel Mayfair schicken. Als sie sich zum Essen umzog, wartete sie auf neuerliche Beschimpfungen wegen ihrer Extravaganz, aber er verlor kein Wort darüber. Für diese Woche schien er die Sparsamkeit vergessen zu haben.

Sie genoß die Tage in New York und zehrte noch lange davon, als sie wieder zu Hause war. Jede Einzelheit ihrer Reise erzählte sie Jessie und Mrs. Hobway immer wieder. Nach und nach verblaßte ihre Erinnerung jedoch, der Alltag kehrte zurück mit den Pflichten im Haus und langen Spaziergängen am Fluß entlang, und sie träumte von einem Leben im Kreis der eleganten Gesellschaft, die sie im Mayfair gesehen hatte.

Eines Tages kam Jessie ihr über die Felder nachgerannt. »Regal!« rief sie ganz außer Atem. »Komm nach Hause. Es hat einen Unfall gegeben.«

»Was für einen Unfall?«

»In der Sägemühle. Dein Großvater ist verletzt. Sie sagen, ein Baumstamm habe ihn überrollt. Oder mehrere, ich weiß es nicht. Sie haben ihn zu Dr. Dunshea gebracht.«

Sie eilten nach Hause und stiegen in den wartenden Einspänner, doch als sie die Straße entlangfuhren, sahen sie einen Arbeiter aus der Mühle auf sich zurennen, der ihnen bedeutete anzuhalten.

»Miss Hayes!« Er nahm eilig den Hut ab. »Miss Hayes, der Doktor schickt mich. Es tut mir leid, Miss, aber der Boß ... ich meine, Ihr Großvater ... er ist tot.«

»O mein Gott.« Jessie ergriff Regals Hand. »Du mußt jetzt tapfer sein.«

Großvater tot? Das war unmöglich. Selbst als sie einige Zeit später das Haus des Doktors verließen und die kleine Menge neugieriger Menschen passierten, die sich vor der Tür versammelt hatte, konnte sie es noch nicht richtig glauben. Doch als sie nachts in ihrem Bett lag und alles um sie herum still geworden war, ging ihr auf, daß sie jetzt ganz allein war. Sie weinte um ihren Großvater, beweinte seinen grausamen Tod; und sie hatte Angst, fürchtete sich vor ihrem eigenen Tod. Es war, als lauere er auf sie, warte nur darauf, auch sie zu holen.

Die Kanzlei der Anwälte Rosonom und Kernicke lag in einer kleinen Seitenstraße nahe des Parks. Regal hatte das Sträßchen oft als Abkürzung auf ihrem Weg durch die Stadt benutzt, doch sie hätte nie geglaubt, daß sie einmal die Stufen zu diesem imposanten Gebäude hinaufsteigen würde, vorbei an den Messingschildern an der Tür, und als Kundin eintreten würde. Als Klientin.

Angestellte saßen auf hohen Stühlen mit gesenkten Köpfen über ihre Pulte gebeugt, umgeben von endlosen Reihen ungleich hoher Regale, in denen Bücher und Akten unordentlich durcheinanderlagen und aussahen, als wollten sie jeden Moment herunterpurzeln. Tische standen überall herum, übersät mit noch mehr Akten. Manche waren mit roter Kordel zugebunden, und alle schienen darauf zu warten, daß man sich ihrer annahm. Kein Wunder, daß der alte Mr. Rosonom ihr gesagt hatte, sie müsse Geduld haben. Vermutlich hatte er Wochen gebraucht, um Großvaters Testament in diesem Durcheinander auch nur zu finden, geschweige denn zu bearbeiten. Sie hatte länger als einen Monat auf die Aufforderung gewartet, hier zu erscheinen.

Eine Tür wurde geöffnet, und ein Mann steckte den Kopf hindurch. Er sah sie an und blickte dann zur Wanduhr. »Ah, Miss Hayes. Pünktlich, wie ich sehe. Immer ein gutes Zeichen.«

Mr. Rosonom trug keinen Gehrock; sein gestreiftes Hemd wirkte zu weit und flatterte um seinen hageren Körper. Während er sie zur Treppe führte, kämpfte er sich in eine rote Samtjacke. »Sie kennen meinen Sohn Leonard?«

»Ja, Mr. Rosonom.«

»Gut. Er wird sich um Ihre Angelegenheiten kümmern. Und wenn er sich nicht genug Mühe gibt, dann kommen Sie zu mir und sagen mir Bescheid. Was Sie vor allem brauchen, ist Kontinuität – also jemanden Ihrer eigenen Generation. Ich war der Rechtsberater Ihres Großvaters, nun ist es das Privileg meines Sohnes, Sie zu betreuen. Kommen Sie bitte hier entlang.«

Regal folgte ihm die Treppe hinauf. Leonard Rosonom.

In der Schule war er einer der ›großen‹ Jungs gewesen. Eine Klasse über ihr. Diese Jungen hatten sie immer nervös gemacht, sogar Leonard, der ständig von seinen Mitschülern gehänselt wurde, weil er Jude war und obendrein auch noch eine Brille trug. Aber Leonard war sehr gescheit, und er spielte allen Leuten Streiche. Ein weiterer Grund, warum die Mädchen ihm aus dem Wege gingen, alle außer Judith, die mit jedem Jungen fertig wurde. Und letztes Jahr hatten Leonard und Judith geheiratet.

Regal wäre lieber bei dem alten Mr. Rosonom geblieben. Sie kam sich albern vor, Leonard jetzt unter die Augen zu treten, ganz in Schwarz wie eine alte Witwe, unansehnlich. Aber es blieb ihr nichts anderes übrig. Er stand hinter seinem Schreibtisch, als sein Vater in sein Büro stürmte.

»Hier ist Miss Hayes. Kümmere dich um sie, Leonard, und verschwende nicht ihre Zeit, hörst du?«

»Ja, Sir«, antwortete Leonard, und nachdem sein Vater verschwunden war, fragte er: »Möchten Sie nicht Platz nehmen, Miss Hayes?«

»Regal. Mein Name ist Regal. Schon vergessen?«

»Nein, natürlich nicht. Aber Vater besteht darauf, daß ich Sie mit dem angemessenen Respekt behandle.« Er lächelte plötzlich breit. »Ich werde mein Bestes tun. Die Sache mit deinem Großvater tut mir sehr leid, Regal. Es muß ein furchtbarer Schock für dich gewesen sein. Hast du dich inzwischen ein wenig davon erholen können?«

»Ja, danke. Ich bin nur noch ein wenig durcheinander.« Sie wünschte, sie hätte das nicht gesagt, sondern irgend etwas, das mehr zu einer trauernden Enkelin gepaßt hätte. Ihre Nervosität war unübersehbar.

»Das ist wohl verständlich.« Er überflog einige Schriftstücke, die auf seinem Schreibtisch lagen, und sah dann zu ihr auf. »Ehe wir anfangen, Regal, laß mich folgendes sagen: Ich habe deine Situation lange und gründlich durchdacht. Es ist bestimmt schwer, plötzlich so ganz allein zu sein. Du hast keine Verwandten mehr, nicht wahr?«

Sie schüttelte den Kopf. Warum mußte er ausgerechnet an das Thema rühren, das sie nach Kräften mied? Sie mochte Verwandte väterlicherseits haben, aber wie sollte sie das wissen?

»Für eine junge Dame ist das eine große Bürde«, fuhr er fort. »Aber jetzt, da du zu uns gekommen bist, werden wir dir noch viel mehr aufbürden, so daß dir gar keine Zeit bleibt, dich selbst zu bedauern.«

Sie starrte ihn mit offenem Munde an. Das war wohl kaum der angemessene Tonfall, um eine Trauernde anzusprechen.

Er grinste. »Und außerdem siehst du wunderbar aus in Schwarz. Ich fand immer schon, daß Schwarz blonden Frauen besonders gut steht. Und ehe ich's vergesse, herzliche Grüße von Judith.«

»Danke.«

»Also dann, kommen wir zum Geschäft. Dein Großvater hat dir alles hinterlassen, was er besaß. Wußtest du das?«

»Ja.«

»Was weißt du über seine Geschäfte?«

»Nicht viel. Die Sägemühle. Land. Irgendwo hatte er Land.«

»Also schön. Ich möchte, daß du dir all diese Papiere hier ansiehst. Ich habe eine Liste dazu zusammengestellt. Bankauszüge, Urkunden, Besitztitel und so weiter. Würdest du bitte jedes Dokument, das du gelesen hast, auf der Liste abhaken?« Er reichte ihr den Stapel. »Es ist eine Aufstellung sämtlicher Vermögenswerte von Jasper Hayes.«

Regal nahm eine Feder und Schreibpapier, studierte die Papiere sehr sorgsam und machte sich Notizen. Sie wollte nicht, daß er den Eindruck gewann, sie sei eine dumme

Gans, die alles mit sich machen ließ. Ebensowenig sollte er bemerken, daß die Länge seiner Liste sie überraschte.

»Ich muß mich entschuldigen, daß wir so lange gebraucht haben, Regal«, sagte er. »Aber wir mußten erst einmal Wertgutachten der einzelnen Vermögenswerte einholen.«

Schließlich hatte sie auch den letzten Punkt auf der Übersicht abgehakt. »Was, denkst du, ist all dies wert?«

Leonard schob ihr ein Kontenbuch zu und wies mit dem Finger auf eine Zeile. »Wir schätzen, etwa neunhunderttausend Dollar. Minimum.«

Regal war nicht sicher, daß sie ihn richtig verstanden hatte, und die Zahlen auf dem Papier verschwammen plötzlich vor ihren Augen. Hatte er neunhundert gesagt oder neuntausend? Ihre Handtasche glitt zu Boden, ein häßliches, schwarzes Ding, das ihrer Großmutter gehört hatte. Es enthielt nichts außer einem Taschentuch. Leonard schob seinen Stuhl zurück, als sei er im Begriff, sie für sie aufzuheben, aber sie hielt ihn zurück. »Ich mach' das schon.« Sie überlegte, ob es wohl gierig erscheinen würde, wenn sie ihn bäte, die Zahl zu wiederholen.

Sie mußte wohl sehr verwirrt aussehen, denn er schrieb die Summe auf ein Stück Papier und schob es ihr hin. »Vielleicht erscheint es dir so wirklicher.«

Das tat es allerdings. Trotzdem schüttelte sie ungläubig den Kopf. »Ich kann das nicht fassen. Ich hatte ja keine Ahnung ... Großvater hat mir immerzu Vorträge über Sparsamkeit gehalten, er hat nie mehr ausgegeben als unbedingt nötig. Dabei hätte er die ganze Zeit wie ein König leben können. Und es war gar nicht notwendig, daß er noch ständig selbst zur Mühle fuhr.«

»Er wollte es aber so, Regal. Zu meinem Vater hat er gesagt, er werde dafür sorgen, daß du niemals finanzielle Sorgen haben würdest.«

»Aber es ist fast eine Million Dollar! Wußte sonst noch jemand, wie reich er in Wahrheit war?«

»Nur mein Vater. Ich war ebenfalls überrascht. Und beunruhigt. Wir beide haben jetzt eine große Verantwortung. Sobald du wieder zu Atem gekommen bist, mußt du ein paar Entscheidungen treffen. Möchtest du diese Liste mit nach Hause nehmen und in Ruhe darüber nachdenken?«

»Nein, ich habe mich schon entschieden. Als erstes will ich die Sägemühle verkaufen.«

»Aber sie wirft nach wie vor viel ab. Warum verkaufen?«

»Ich verstehe nichts von Holzwirtschaft. Kannst du den Verkauf veranlassen?«

»Ja, natürlich.«

»Und das Haus will ich auch verkaufen. Mitsamt Möbeln und so weiter.«

»Das ist vernünftig. Es ist viel zu groß für dich. Du solltest dich nach etwas Kleinerem umsehen.«

»Ich will kein kleineres Haus. Es sind alte Freunde der Familie aufgetaucht. Anscheinend waren sie zu Großvaters Lebzeiten bei uns nicht willkommen gewesen, ich weiß zwar nicht warum, aber das werde ich schon noch herausfinden. Es waren Freunde meiner Mutter. Edwina Proctor, sie ist mit den Bostoner Foys verwandt, wird eine Zeitlang bei mir wohnen. Ich habe beschlossen zu reisen, nach Europa zum Beispiel, und Edwina hat angeboten, mich zu begleiten. Ich hatte ja schon angenommen, daß ich dafür genug Geld haben würde. Aber jetzt ...« Sie unterbrach sich und legte beide Hände über den Mund. »O mein Gott, Leonard. Es wird mir jetzt erst richtig klar. Neunhunderttausend Dollar. Das kann doch nicht wahr sein!« Auf einmal war sie so aufgeregt, daß sie nicht länger an sich halten konnte. Sie fing an zu lachen. Bald vermochte auch Leonard nicht mehr ernst zu bleiben, und sie lachten beide wie die Kinder.

»Du hast gut lachen«, brachte er schließlich atemlos hervor. »Du bist unsere reichste Klientin. Aber wenn ich dich an die Konkurrenz verliere oder schlecht berate, bringt mein Vater mich um. Kann ich dir eine Tasse Kaffee anbieten?«

»Nein, danke.« Sie setzte sich auf und rückte ihren Hut gerade. »Wie du vorhin schon sagtest, kommen wir zum Geschäft. Es besteht kein Grund, die Verkäufe zu überstürzen. Sowohl für die Mühle als auch für das Haus möchte ich einen guten Preis erzielen. Und das Land verkaufe ich auch. Die feine Gesellschaft von Boston hat sich jahrelang damit vergnügt, mir eine kühle Abfuhr nach der anderen zu erteilen. Jetzt bin ich am Zuge.«

»Regal, das ist doch nicht wahr.«

»Es ist wahr. Erzähl mir nicht, du wüßtest nicht, daß ich unehelich bin.«

»Natürlich weiß ich das. Aber es könnte viel schlimmer sein. Du könntest Jüdin sein.«

»Oh, sei doch ein einziges Mal ernst, Leonard.«

»Wie kann ich ernst sein, wenn du alles verkaufen willst, was du besitzt, und aus Boston verschwinden? Was du hier siehst, ist nicht Freude, sondern Rosonom junior in Panik!«

»Dann beruhige dich wieder. Ich habe nicht die Absicht, mich von eurer Firma zu trennen. Ich möchte, daß du nach und nach das ganze Land verkaufst und das Geld in Immobilien in der Stadt investierst. Geschäftshäuser, Mietshäuser, ganz gleich. Wann immer du ein Angebot für günstig hältst.«

Leonard lehnte sich in seinem Stuhl zurück. »So funktioniert das nicht. Es würde Monate dauern, eine gute Neuinvestition mit dir abzustimmen, wenn du in Europa bist. Wir können ebensogut warten, bis du wieder heimkommst.«

»Ich werde lange Zeit nicht zurückkommen«, sagte sie, absichtlich das Wort ›heimkommen‹ meidend. »Du wirst die Entscheidungen allein treffen müssen. Ich werde dir eine Generalvollmacht erteilen.«

Er starrte sie fassungslos an. »Ich muß dich warnen, das ist keine sehr kluge Idee. Du solltest die Kontrolle über deine Angelegenheiten nicht aus der Hand geben.«

»Du hast mir doch vorhin selbst geraten, einen Fremden dafür zu bezahlen, daß er an meiner Stelle die Mühle leitet. Wo ist da der Unterschied?«

»Ich weiß nicht recht. Ich muß erst mit meinem Vater darüber sprechen.«

Während Regal wartete, dachte sie über ihre Situation nach. Geld oder kein Geld, die Bostoner Gesellschaft würde sie niemals akzeptieren. Je eher sie von hier fort konnte, um so besser. Und sie konnte schlecht ihr ganzes Geld um den halben Globus mitschleppen. Irgendwem mußte sie trauen, also warum nicht Leonard. Sie lächelte grimmig. Auf der Liste der Vermögenswerte hatte sie gesehen, daß ihrem Großvater das Land gehört hatte, das an die Pringle-Schule grenzte. Wieder und wieder waren sie an ihn herangetreten und hatten ihn zu einem Verkauf überreden wollen, immer umsonst. Sie durfte nicht vergessen, Leonard anzuweisen, daß es unter keinen Umständen an Pringle verkauft werden durfte. Eine Fabrik auf dem Gelände wäre doch nett, dachte sie. Irgend etwas Übelriechendes wie eine Klebstoffabrik, wo Tierkadaver verwertet wurden.

Mr. Rosonom kam ins Büro gestapft, sein gewaltiger weißer Backenbart schien sich zu sträuben. »Sie wollen meinen Sohn zu Ihrem Generalbevollmächtigten machen?« fragte er ohne Einleitung. »Er soll nicht nur eine Unterschriftsvollmacht erhalten, sondern in Ihrem Namen Geld investieren, ohne vorher Ihr Einverständnis einzuholen? Das ist ausgesprochen unüblich. Ich kann von dieser Vorgehensweise nur abraten.«

»Wollen Sie mir damit sagen, ich sollte mir eine seriösere Anwaltskanzlei suchen?« fragte Regal gelassen.

»Die gibt es nicht!« versetzte der alte Mann. »Wir werden für diese zusätzliche Leistung jedoch ein Sonderhonorar berechnen müssen.«

»Natürlich. Ich habe keineswegs die Absicht, das Vermögen meines Großvaters zu verschleudern. Ich erwarte, daß es sich mit Ihrer Hilfe vermehren wird.«

Die Augen über dem buschigen Backenbart betrachteten sie neugierig. Dann wandte er sich wieder an Leonard, und in seiner Stimme klang so etwas wie Bewunderung mit: »Was haben wir uns denn mit ihr bloß eingehandelt?«

Edwina Proctor benahm sich wie eine aufgescheuchte Glucke, als Regal zurückkam. »Mein Kind, Sie sind ja so lange ausgeblieben. Ich war schon im Begriff, mich selbst auf die Suche zu machen. Nun kommen Sie schon, und setzen Sie sich. Sie müssen völlig erschöpft sein. Wo in aller Welt waren Sie denn nur so lange? Ich werde Jessie Bescheid geben, sie soll uns Tee machen. Ich habe wunderbare Neuigkeiten. Und Sie müssen mir erzählen, wie es Ihnen bei diesem Anwalt ergangen ist. Ich wünschte, Sie hätten mir erlaubt, Sie zu begleiten. Solche Leute sind nur darauf aus, junge Mädchen zu übervorteilen.«

Wenn ich nur mal ein Wort dazwischen bekäme, dachte Regal lächelnd, als Edwina davoneilte, nicht ohne vor dem Spiegel an der Tür ihre roten Haare zurechtzuzupfen. Regal war überzeugt, Edwina ging an keinem Spiegel vorbei, ohne ihre Erscheinung zu prüfen. Für ihr Alter war sie immer noch eine gutaussehende Frau, auch wenn sie mit allem ein wenig übertrieb. Ihr Haar wurde mit einer

Brennschere in eine wahre Lockenflut verwandelt, ihre Kleider mit den ausladenden Reifröcken waren gar zu verspielt und mit Unmengen von Schleifen und Rüschen besetzt.

»Eine alte Kuh, als Kalb verkleidet«, hatte Jessie gegrummelt. Sie war von Anfang an nicht besonders entzückt gewesen, als Mrs. Proctor über das Haus hereingebrochen war wie eine Flutwelle, um das Kommando über den Haushalt und die ›arme verwaiste‹ Regal zu übernehmen. Sie habe es als ihre Pflicht angesehen, dem Mädchen in seiner großen Not beizustehen, erklärte sie. »Das arme Kind«, hatte sie zu Jessie gesagt. »Das arme, hilflose Kind.«

»Reden wir hier über dieselbe Regal?« hatte Jessie ungläubig gefragt. »Sie ist ungefähr so hilflos wie ein Fuchs im Hühnerstall.«

»Was soll das heißen?« wollte Edwina wissen.

»Das finden Sie schon noch heraus«, brummelte Jessie.

Regal, die das Gespräch mit angehört hatte, lachte.

Regal genoß Edwinas Gesellschaft, denn sie war von einer spontanen Frohnatur, die diesem Haus bislang gefehlt hatte. Außerdem hatte sie Polly gekannt. Sie war ihre Freundin gewesen. Bisher hatte die redselige Edwina zwar einen Bogen um gerade dieses Thema gemacht, aber Regal hatte ja Zeit. Irgendwann würde sie schon erfahren, was sie wissen wollte.

»Diese Jessie!« Wutschnaubend kam Edwina zurück. »Ich weiß nicht, wie Sie es mit ihr aushalten. Sie weigert sich, Kaffee zu servieren. Sie sagt, das werde Ihnen den Appetit fürs Essen verderben.«

»Seien Sie ihr nicht böse, sie meint es doch nur gut. Was war nun mit Ihren Neuigkeiten?«

»Ach ja! Ich habe einen Brief von meiner Freundin Maria

Collins aus London bekommen, und sie lädt mich ein, bei ihr zu wohnen. In ihrem Haus ist so viel Platz, Sie werden auch dort unterkommen können.«

»Sind Sie sicher?«

»Du meine Güte, Maria wird Sie mit Freuden willkommen heißen. Schließlich sind Sie Pollys Tochter.«

»Sie kannte meine Mutter? Ach richtig, ich erinnere mich, daß meine Großeltern sie erwähnten. Stammte sie nicht auch aus Boston?«

»Richtig, wir sind alle zusammen hier aufgewachsen.«

»Waren Sie dabei, als meine Mutter starb, Edwina?«

»Um Himmels willen, Sie dürfen sich so kurz nach Ihrem schweren Verlust nicht mit solchen Gedanken belasten, das ist nicht gut für Sie. Was war denn nun mit diesem Anwalt?«

»Nichts weiter. Ich verkaufe das Haus und die Mühle ...«

»Da haben Sie recht. Diesen gruseligen alten Kasten sollten sie schnellstmöglich loswerden, und mit einer Sägemühle sollten Sie sich jetzt auch nicht belasten. Die Verkäufe werden Ihnen ein schönes Sümmchen einbringen. Davon abgesehen, wie stehen Sie finanziell da? Hat man Ihnen darüber Auskunft gegeben?«

»Ja. Es ist alles in Ordnung.«

»Das ist keine Antwort. Sie werden eine komplett neue Ausstattung brauchen für London. Maria wird Sie in die Gesellschaft einführen wollen.«

»Wirklich? Werden wir zu Empfängen und auf Bälle gehen?« Bis zu diesem Augenblick hatte sie London nur als Ziel ihrer Flucht gesehen. Jetzt klang es auf einmal verheißungsvoll.

»Aber selbstverständlich! Wir machen doch nicht den weiten Weg, nur um immer dieselben vier Wände anzustarren. Wir werden uns amüsieren, dafür sorge ich schon. Aber ich muß wissen, wie es um Ihre materielle Situation bestellt ist. Ich darf nicht zulassen, daß Sie sich verausgaben.«

»Machen Sie sich keine Sorgen, Edwina. Ich kann mir leisten, was nötig ist.«

»Ich bin sicher, das können Sie. Ihr Großvater war kein armer Mann. Wieviel hat er Ihnen hinterlassen?« Regal entschied sich für eine ausweichende Antwort. Ihre ›materielle Situation‹, wie Edwina es nannte, war ihre Privatsache. Sie war zu lange allein gewesen, um sich leicht jemandem anzuvertrauen. »Das ist schwer zu schätzen«, erwiderte sie. »Aber Mr. Rosonom hat gesagt, ich solle ruhig fahren und mich amüsieren, es bestehe kein Grund zur Sorge.«

»Sie haben Geld auf der Bank?«

»O ja. Und er besorgt Kreditbriefe, die ich mit nach London nehmen kann.«

Regal lernte bald, daß in Edwinas Vorstellung nur Bankguthaben echtes Geld waren, daher die Frage. Ein kleines Guthaben bedeutete eine bescheidene Garderobe, ein großes Guthaben eine umfangreiche. Diese wirtschaftlichen Kenntnisse mochten für Edwina ausreichend sein, aber Regal war jung und hatte noch ein langes Leben vor sich. Geld, fand sie, sollte arbeiten. Sie schwor sich, daß sie in ihrem ganzen Leben niemals würde knausern müssen. Sie würde ihren Großvater nicht enttäuschen, Gott segne ihn.

Sie hielt noch mehrere Besprechungen mit Leonard ab und verfügte, daß je eintausend Dollar an Mrs. Hobway und Jessie ausgezahlt werden sollten, sobald ihr Anstellungsverhältnis endete.

Der Abschied von den beiden Frauen, die sich ihr ganzes Leben um sie gekümmert hatten, verlief nicht ohne Tränen. Beide waren sie von Regals Großzügigkeit überwältigt.

»Aber sagt Edwina nichts davon«, flüsterte Regal, und sie

willigten gerne ein. Dann fand sie heraus, daß Mrs. Hobway bei ihrer Tochter leben würde, daß Jessie jedoch niemanden hatte. Also instruierte sie Leonard, ein Häuschen
zu kaufen und Jessie die Besitzurkunde zu übergeben,
nachdem sie losgesegelt waren. Regal wollte keine Tränen
und keine Sentimentalitäten mehr. Sie konnte es kaum erwarten, nach London zu kommen und ein neues Leben zu
beginnen.

2. POLLY

Boston 1776

Als treuer Soldat des Königs hatte David Collins zunächst geglaubt, eine Handvoll Anarchisten sei für die Unruhen in Amerika verantwortlich. Doch er mußte feststellen, daß die Kämpfe sehr viel ernster waren. Sie hatten mit ein paar vereinzelten Scharmützeln gerechnet, als sie in Boston landeten, aber David erkannte, daß sich hier ein Krieg anbahnte. Die Schlacht von Bunker Hill hatten sie zwar gewonnen, aber unter hohen Verlusten.

Wie durch ein Wunder hatte er sie unverletzt überstanden. Sein Freund Basil Mulgrave hingegen hatte den linken Arm eingebüßt. Es war entsetzlich, der Arm war von einer Kugel völlig zerschmettert worden und mußte amputiert werden.

Er verließ die Kaserne durch das Haupttor, erwiderte den Salut der Wache und vertrieb die häßlichen Bilder des Krieges aus seinem Kopf. Die Schlacht war überstanden und Basil auf dem Wege der Besserung. Immerhin hatte er überlebt, hatte er mehr Glück gehabt als viele andere.

Eine bedrohliche Stimmung hing über der Stadt. Die Amerikaner hatten sie eingeschlossen, und sie wurden belagert. Jeden Moment konnte das Bombardement beginnen. Es sah so aus, als würde den Briten nichts anderes übrigbleiben, als sich aus Boston zurückzuziehen, eine erbärmliche Schmach für ihre stolzen Regimenter. David war sicher, daß die Amerikaner nicht so ohne weiteres ihre eigene Stadt in Schutt und Asche legen würden, und er wünschte, irgendwer würde die fällige Entscheidung treffen und den Abmarsch befehlen. Diese Warterei schadete der Moral, und in der Zwischenzeit formierten sich die Rebellen anderswo.

Eine Wagenkolonne rumpelte die baumbestandene Straße entlang, begleitet von einer Eskorte berittener Dragoner. Jenseits der Straße in einem einstmals gepflegten Park lagerte jetzt die Infanterie, schmuddelige Zelte standen in wilder Unordnung, und die Männer saßen mißmutig an den Lagerfeuern, in denen der Regen zischend verdampfte. David überlegte, wie diese Stadt wohl in Friedenszeiten aussehen mochte. Die Schönheit dieses Landes und der Fortschritt, der überall sichtbar war, hatten ihn beeindruckt. Er hatte geglaubt, Amerika sei im Vergleich zu England primitiv, Blockhütten hatte er sich vorgestellt, armselige Siedler und wilde Indianer. Statt dessen hatte er diese kultivierte, schöne Stadt vorgefunden, die, da war er sicher, zu normalen Zeiten nicht unter dem Irrsinn der Überbevölkerung litt wie etwa das beklagenswerte London. Dieses Land faszinierte ihn. Was für eine großartige Leistung, der Wildnis Städte wie diese abzuringen. Zu welch einem Abenteuer jene Gründerväter einst doch aufgebrochen waren. Er beneidete sie um ihren Platz in der Geschichte und konnte verstehen, was sie dazu getrieben hatte, eine eigene Nation zu gründen. Was für eine Herausforderung das sein mußte, ein neues Land zu erschließen, das Beste aus der Zivilisation der alten Welt dorthin zu bringen und noch einmal von vorn anzufangen, um es besser zu machen.

Er beschloß, zum Lazarett zu gehen und nach Basil zu sehen.

Der Park war überfüllt mit Soldaten und Matrosen und

ihren Mädchen, die alle ziellos herumspazierten und versuchten, das Beste aus diesen flüchtigen Begegnungen zu machen. Boston, die Stadt, die anfangs so geeint und unerschrocken Widerstand geleistet hatte, war inzwischen geteilt. Die einen waren für die Briten, die anderen hielten es mit der Unabhängigkeitsbewegung. David beobachtete die lachenden Frauen, die mit den Männern flirteten, und er empfand Mitgefühl. Wenn die Briten sich zurückzogen, würden sie in bösen Schwierigkeiten stecken. Schon jetzt drohten die Rebellen allen, die loyal zur Krone standen oder mit den Briten kooperierten, Repressalien an.

»Hallo!« Basil stand auf der Veranda des großen Hauses, das als Lazarett diente. »Das wurde ja auch langsam Zeit, daß du dich hier blicken läßt.«

David stieg die Stufen hinauf und ließ sich in einem Korbsessel nieder. »Du bist ja glänzender Laune heute. Geht es dir endlich besser?«

»Ich bin im siebten Himmel«, erwiderte Basil. »Ich habe sie wiedergesehen. Meine wunderbare Königin Matilda.«

David sah ihn mit großen Augen an. »Dir geht's nicht besser. Im Gegenteil. Du phantasierst.«

»Keineswegs. Warte nur, bis du sie gesehen hast. Ihr Name ist Miss Polly Hayes, und sie ist das Ebenbild von Königin Matilda. Ihr absolutes Abbild.«

»Und sie ist Amerikanerin?«

»Natürlich. Was soll sie denn sonst sein? Sie kommt nachmittags mit ihrer Freundin zusammen her, um gute Werke zu tun. Sie gehen nicht ins Lazarett, der Anblick von so manchem da drin wäre wohl ein bißchen zuviel für eine Dame, aber sie bringen Körbe mit guten Sachen für uns arme Verwundete. Darum postiere ich mich hier draußen, damit ich als erster an die milden Gaben komme. Gestern hab' ich drei Eier erbeutet.«

»Eier? Hast du mir eins aufbewahrt?«

»Tut mir leid, alter Junge, aber du mußt schon selber für dein leibliches Wohl sorgen. Am Tag zuvor habe ich ein Spitzentaschentuch bekommen und einen gestrickten Schal obendrein. Sieh doch, da unten am Tor! Da kommen sie! Sag, seh' ich hinreichend blaß und leidend aus?«

David lachte. Wochenlang war es unmöglich gewesen, Basil aus seiner tiefen Verzweiflung zu reißen. Der Verlust seines Arms hatte ihn tief getroffen und in eine anhaltende Depression gestürzt. Doch nach und nach waren seine Kraft und sein Frohsinn zurückgekehrt. David war der unbekannten Miss Hayes dankbar für ihren Beitrag zur Genesung seines Freundes. Als die Damen näherkamen, erhob er sich.

Sie waren scheu. Kaum hatte Basil sie vorgestellt, da beugten sie die Köpfe über ihre Körbe und förderten Schinken, Gläser mit Gewürzgurken und frische Pfannkuchen zutage, als wollten sie so ihre Anwesenheit rechtfertigen. Basil griff ungeniert zu und machte sich über einen der Pfannkuchen her. »Nun komm schon, Collins, nimm dir auch einen, sie sind köstlich.«

»Ja, bitte, greifen Sie zu«, drängten die Mädchen.

»Wir haben sie selbst gemacht«, erklärte Polly. »Und wir haben Ihnen auch noch ein paar Eier mitgebracht, Lieutenant.«

»Still, Miss Hayes«, raunte Basil. »Sagen sie das nicht in seiner Gegenwart, sonst wird er darauf bestehen, etwas davon abzubekommen. Dabei bin ich doch der Patient.«

»Er kann ruhig welche haben«, erwiderte Miss Hayes. »Morgen bringen wir noch mehr mit.«

»Sie sind wirklich zu gütig. Möchten Sie sich nicht zu uns setzen, meine Damen? Collins, hol ein paar Stühle.«

Als sie alle zusammensaßen, wandte Basil sich an David. »Und jetzt sag selbst, ist Miss Hayes nicht Königin Matilda wie aus dem Gesicht geschnitten?«

»Es ist wahr«, stimmte er zu. »Die Ähnlichkeit ist bemerkenswert.«

Miss Hayes war hingerissen. »Und haben Sie Königin Matilda auch kennengelernt, Mr. Collins?«

»Ja, in Dänemark.«

»Er gehörte nur ihrer Garde an«, unterbrach Basil. »Aber ich war ihre persönliche Eskorte. Auf meinen Arm hat sie sich gestützt, als ich sie an Bord der *HMS Southampton* brachte auf ihrer Flucht vor dem wahnsinnigen dänischen König.«

»Sie kennen also wirklich jemanden von königlichem Blut«, flüsterte Miss Hayes ehrfürchtig. »Den König von England etwa auch?«

»Aber sicher.« Basil begann zu improvisieren. »Als Junge war ich ein Page bei Hofe, verwandtschaftliche Beziehungen, Sie wissen schon. Bevor unser Regiment sich einschiffte, kam der König, um uns zu inspizieren, und er sagte zu mir: ›Basil, eines Tages wirst du zum Ritter geschlagen, dafür werde ich sorgen!‹«

»Meine Güte, ein Ritter! Wie romantisch!« rief Miss Hayes aus. Das andere Mädchen, Maria Proctor, lauschte schweigend mit vor Verwunderung geweiteten Augen. David fand sie außergewöhnlich schön. Eine Flut dunkler Ringellocken umrahmte ihr Gesicht. Er hätte sie gerne angesprochen, doch im Augenblick hatte das andere Paar das Wort.

»Was gäbe ich darum, einmal nach London zu kommen«, sagte Miss Hayes. »Und den König und die Königin zu sehen und all diese wundervollen Paläste. So etwas haben wir hier nicht, hier ist alles so grauenhaft langweilig.«

»Dann müssen Sie eines Tage kommen, wenn das hier

vorbei ist. Und bringen Sie Miss Proctor mit. Würden Sie auch gern nach London reisen?« wandte er sich an sie.

»O ja«, sagte sie. »Das wäre sicher nett.«

»Nett!« rief Miss Hayes entrüstet. »Aber Maria! Es wäre traumhaft. Ich werde ganz bestimmt nach England fahren. Ich bin fest entschlossen.«

Ehe sie aufbrachen, überredete Basil sie zu einem Picknick am folgenden Sonntag.

»Aber nur, wenn wir auf dem Gelände bleiben«, sagte Maria Proctor mit einem warnenden Blick in Polly Hayes' Richtung, die gar zu enthusiastisch zugestimmt hatte.

»Aber selbstverständlich«, beruhigte Basil sie. »Wir picknicken dort drüben unter den Bäumen. Es ist so furchtbar einsam hier, da werden Sie mir die kleine Bitte doch sicher nicht abschlagen wollen, oder?«

Sie versprachen zu kommen.

»Vermutlich wird es am Sonntag wie aus Kübeln schütten«, unkte David. »Und dabei ist der Boden jetzt schon feucht. Was denkst du dir nur dabei?«

»Oh, sei kein Spielverderber. Hauptsache, sie sind erst einmal hier, dann können wir immer noch entscheiden, was wir mit ihnen unternehmen. Ist unsere Miss Hayes nicht eine wahre Augenweide? Was sagst du?«

»Mir erscheint sie ein bißchen flatterhaft. Die andere ist hübscher und intelligenter.«

»Was hat Intelligenz damit zu tun?«

»Ich mag intelligente Frauen. Außerdem, hast du nicht bemerkt, daß Miss Hayes einen Verlobungsring trägt?«

»Natürlich. Na und? Ich rede doch nicht vom Heiraten. Herrgott noch mal, Collins, ich habe ein Recht auf ein bißchen Vergnügen.«

Maria war verliebt, und Polly steckte in der Klemme. »Sag mir doch, was ich tun soll, Maria. Du weißt, wie sehr ich

Jack liebe, aber Basil ist einfach göttlich, das mußt du zugeben. Wie grausam, daß er seinen Arm verlieren mußte.«

»Polly, du bringst mich in eine furchtbare Situation. Du bist mit meinem Bruder verlobt. Du solltest Basil nicht mehr besuchen.«

»Aber wenn ich nicht mitkomme, kannst du David nicht wiedersehen.«

»Ich weiß. Ich habe das Gefühl, als würde ich Jack in den Rücken fallen. Meine Eltern wären furchtbar wütend, wenn sie es wüßten. Und deine erst ...« Maria erschauderte. Jasper Hayes war ein sehr strenger Mann, und Pollys Mutter Ettie war noch schlimmer. Verglichen mit ihnen waren ihre eigenen Eltern sehr sanftmütige Menschen. Auf die Frage nach dem Grund für ihre häufigen Besuche im Lazarett hatte Polly erklärt, sie und Maria hätten sich den Damen angeschlossen, die sich regelmäßig trafen, um Binden zu rollen. In Wirklichkeit taten sie nichts dergleichen, ihr Engagement beschränkte sich darauf, die Vorratskammern ihrer Eltern zu plündern, um die beiden Leutnants mit Leckerbissen zu versorgen.

Auch von anderer Seite war Ärger zu befürchten. Beide Mädchen wußten, daß eine steigende Anzahl von Patrioten es nicht gern sah, wenn die Frauen der Stadt im britischen Lazarett aushalfen. Sie nannten sie Verräterinnen.

Maria war froh, als Polly ging und sie ihren Träumereien überließ. In ihrem Leben würde es niemals einen anderen Mann als David Collins geben. Er war groß, über einsachtzig, sein Haar war gewellt und seine Augen blau, sein Kopf glich dem eines griechischen Heros. Hinzu kam noch diese wundervolle, stets tadellose Uniform, der rote Rock, die weißen Hosen und all die Goldschnüre. Sie bekam weiche Knie, wenn sie nur an ihn dachte.

Doch das wundervollste war, daß er genauso für sie

empfand. Auch wenn er es nie gesagt hatte, wußten sie doch beide, daß ihre Liebe gefestigt war. Nichts konnte sie je wieder auseinanderbringen, dessen war Maria sicher, obwohl erst vier Wochen und vier Tage vergangen waren, seit sie sich zum erstenmal begegneten. Es konnte nur noch eine Frage der Zeit sein, bis er sich erklärte.

Ein paar sparsame Bemerkungen von David hatten sie beruhigt, daß sie sich um Polly nicht zu sorgen brauchte. David schien zu glauben, daß sie und Basil nur flirteten und zwischen ihnen nichts Ernstes sei. Polly liebte es, die Dinge zu dramatisieren. Maria dachte manchmal, daß sie schlicht verliebt in die Liebe war. Und sie begann sich zu fragen, ob Polly ihrem Bruder überhaupt eine gute Frau sein könnte.

Als die ersten Vorboten der Revolution auftraten, hatte ihr Vater Jack nach Halifax geschickt, um dort eine Handelsniederlassung der Proctor-Handelskompanie zu eröffnen, und Jack machte seine Sache sehr gut. Unter anderem exportierte er Pelze und Felle, und Proctor senior war sehr zufrieden mit ihm.

»Was auch immer passiert, wir werden den Krieg gut überstehen«, hatte Alex Proctor seiner Familie gesagt. Trotzdem war er erschüttert über die Feindseligkeiten, die jetzt sein Land zerrissen. Er war der festen Überzeugung, mit Verhandlungen hätte man die Unabhängigkeit ohne Blutvergießen erreichen können. Sich selbst bezeichnete er als neutral, was allgemein als englandtreu gewertet wurde. Er fand sich herber Kritik ausgesetzt, zumal Jack die Zweigniederlassung auf britischem Territorium gegründet hatte – man warf ihm vor, er wolle es sich mit keinem der beiden Lager verderben. Und das stimmte vermutlich auch, dachte Maria. Verschiedene ihrer Freunde hatten ihr gegenüber bissige Bemerkungen gemacht, die samt und sonders Jack als Feigling brandmarkten, weil er davongelaufen sei, statt für sein Land zu kämpfen. Es war für jedermann eine schreckliche Zeit. Zumindest war es das für sie gewesen, bis sie David getroffen hatte. Und was auch immer kommen mochte, es war ihr gleich, wenn man sie eine Loyalistin – eine Englandtreue – nannte. Sie würde David Collins heiraten, wenn er sie fragte.

»Ich habe die Absicht, Maria Proctor zu heiraten, wenn sie mich will«, vertraute David Basil an.

»Tatsächlich?« Basil lachte. »Eine schöne Sprosse aufwärts für eine Krämerstochter, würde ich sagen.«

»Manchmal finde ich deine Kommentare geradezu widerlich, Mulgrave.«

»Was soll ich denn sonst sagen? Du verwechselst deine Liebe zu dieser neuen Welt mit der Liebe zu ihr. Fortwährend muß ich mir dein poetisches Gefasel anhören über die Pioniere auf diesem Vorposten des Abendlandes, während deine Pioniere in Wirklichkeit gerade dabei sind, ihre Wurzeln abzutrennen und alle Spuren des Landes zu tilgen, das sie bislang beschützt und genährt hat. Du bist von Amerika fasziniert, nicht von ihr.«

»Da irrst du dich. Sie ist so wunderschön, so still und sanft, so anders.«

»Anders als was? Du redest schon wieder von Amerika. Es stimmt, abgesehen von den Truppen erscheint diese Stadt mir auch frisch und sauber, Fluß und Hafen unverseucht und rein, nicht wie unser armes London. Aber man muß ihnen nur etwas Zeit lassen. Früher oder später werden sie ihre Stadt hier genauso verschandelt und besudelt haben.«

»Ich rede nicht von Amerika oder London. Ich rede von einer Frau, einer sanften Frau, aber aus dem Holz geschnitzt, aus dem die Pioniere sind, die Art Frau, die ich will. Nicht wie die überzüchteten Londoner Frauen, die nichts im Kopf haben als Gesellschaften und albernes, belangloses Geschwätz. Maria stammt von einem unverbrauchten Menschenschlag ab, sie ist nicht infiziert mit diesen überholten Verhaltensweisen.«

»Sie wird's schon noch lernen, mein Lieber«, entgegnete Basil. »Reich mir doch den Portwein. Ich muß mir angewöhnen, mich links von dem Tablett mit den Karaffen zu setzen.«

Am gleichen Tag, an dem er bei den Proctors zum Tee eingeladen war und Marias Eltern offiziell vorgestellt werden sollte, wurde David Collins zum Captain befördert. Es war immer noch kein Marschbefehl ergangen, und jetzt war er darüber froh, denn so blieb ihm noch etwas Zeit, ihre Familie kennenzulernen und dann um ihre Hand anzuhalten.

Er war in Hochstimmung, als er bei ihrem Haus ankam, auch weil seine Neuigkeiten seine Sache erleichterten. Vom Sold eines Captains konnte ein Mann sehr viel besser eine Frau ernähren als von dem eines Lieutenants. Er hoffte, daß die Begegnung gut verlaufen würde, denn er hatte die Absicht, noch heute abend seinen Eltern gleich zwei gute Nachrichten zu schreiben – eine erfreuliche Abwechslung von den niederschmetternden Kriegsberichten, von denen er ihnen sonst zu berichten hatte.

Maria öffnete ihm selbst. Sie hatte nach ihm Ausschau gehalten und führte ihn eilig in einen kleinen Ecksalon. Bei schönem Wetter war dieser Raum sicher sonnendurchflutet, ging es ihm durch den Kopf, doch an diesem Tag war er eisig. Im Kamin brannte kein Feuer, und auf dem ganzen Haus schien eine unheimliche Stille zu lasten.

»Es tut mir so leid, David«, sagte sie. »Aber du kannst nicht zum Tee bleiben. Mutter ist krank. Ich hätte dir eine Nachricht schicken sollen, aber ich wußte nicht, wo du zu erreichen bist.«

»Das macht doch nichts. Mach dir darüber keine Gedanken. Ich werde einfach verschwinden und ein andermal wiederkommen.«

Er legte die Arme um sie, gerade als ihr Vater hereintrat. Hastig lösten sie sich voneinander. Proctor sah sie aus schmalen Augen an, schien jedoch zu bekümmert, um sich dazu zu äußern. »Lieutenant Collins? Ich bin sehr erfreut, Sie kennenzulernen, Sir. Und ich bedaure, Sie herbemüht zu haben ...«

»Aber ich bitte Sie, Sir. Wie geht es Mrs. Proctor?«

»Sie ist sehr krank«, murmelte Proctor. »Ich denke, ich sollte den Arzt verständigen.«

Als er am nächsten Tag wiederkam, wurde er von Polly Hayes in Empfang genommen. »Maria ist oben bei ihrer Mutter. Mrs. Proctor geht es sehr schlecht, sie hat Typhus. Sie fürchten, daß sie die Nacht nicht übersteht. Es ist einfach furchtbar, der Doktor sagt, eine Epidemie breitet sich in Boston aus.«

»Es tut mir so leid«, sagte David. »Kann ich irgend etwas tun?«

»Danke, aber ich glaube nicht. Mein Vater besteht darauf, daß Maria und ich Boston umgehend verlassen. Er versucht, eine Passage auf einem englischen Schiff für uns zu bekommen. Alle scheinen zu glauben, in Halifax seien wir sicherer. Maria will nicht fort, aber Mr. Proctor erlaubt nicht, daß sie bleibt. Er will, daß wir so bald wie möglich gehen.«

Polly klang so aufgeregt, daß man meinen konnte, sie plane eine Vergnügungsreise. »Möchten Sie, daß ich Maria von Ihnen auf Wiedersehen sage, David?«

»Nein, danke, Polly. Ich bin sicher, ich werde sie noch sehen, bevor ihr fahrt. Übrigens heißt es, daß wir bald abrücken, und es würde mich nicht wundern, wenn wir ebenfalls Richtung Halifax marschierten. Es ist unser nächster sicherer Hafen.«

Alice Proctor starb, und zwei Tage später starben zwei Nachbarskinder. Es ging ein Gerücht, daß jetzt in Boston auch noch die Pocken ausgebrochen seien.

Am Morgen der Beerdigung kam David, um zu kondolieren und zu fragen, ob er am Gottesdienst teilnehmen dürfe.

»Besser nicht, mein Junge«, sagte Alex Proctor freundlich. »Es gibt derzeit so viel Kummer in dieser Stadt, so viele Trauerfälle. Und die Leute geben den englischen Truppen die Schuld. Manche könnten es übelnehmen, wenn Sie teilnähmen.«

»Ich verstehe.«

Maria brachte ihn zur Tür. »Auch Basil läßt sein Beileid ausrichten«, sagte David. »Und bitte, wenn es irgend etwas gibt, das wir tun können, laß es uns wissen.« Er riß eine Seite aus seinem Notizbuch. »Das ist meine Messeanschrift. Ich werde nicht wiederkomme, ehe ich von dir höre. Ich will mich nicht aufdrängen.«

Unglücklich sah sie ihm nach und ging dann wieder hinein, um das Begräbnis vorzubereiten.

Hunderte von Menschen kamen zur Beerdigung, doch sie wich nicht von der Seite ihres Vaters und sah niemanden durch den Schleier ihrer Tränen hindurch. Anschließend war das Haus voller Menschen, und sie erlebte den Tag als ein verschwommenes Durcheinander.

Wenige Tage später kam Pollys Vater, Jasper Hayes, um ihnen mitzuteilen, daß er Schiffspassagen nach Halifax für Polly und Maria bekommen hatte. Edwina Foy werde sie begleiten, denn auch die Foys wollten unbedingt, daß ihre Tochter die Stadt verließ.

»Wird dein Sohn auch Edwina aufnehmen können?« fragte Jasper Alex Proctor.

»Das wird er müssen«, erwiderte Proctor. »In diesen schlechten Zeiten müssen wir einander helfen, wo wir nur können.«

»Ja, ich weiß. Aber meine Frau macht sich Sorgen, daß es nicht schicklich sei, wenn sie ohne Begleitung bei Jack wohnen.«

»Herrgott noch mal«, rief Proctor ungeduldig aus. »Sie sind erwachsen, sie sollen gegenseitig Anstandsdamen füreinander sein. Wenn Ettie so besorgt ist, sag ihr doch, sie soll mitfahren.«

»Ettie? Boston verlassen? Es müßte schon einen triftigeren Grund als Krieg und Pestilenz geben, um sie von hier zu vertreiben. Meine Ettie ist hier geboren und aufgewachsen, Bostonerin bis ins Mark.«

In der Zwischenzeit hielt Ettie Hayes Polly daheim und erlaubte nicht, daß sie zum Hause der Proctors ging, weil sie fürchtete, ihre Tochter könne sich anstecken. Darum traf Maria weder Polly noch Edwina, bevor sie an Bord des überfüllten Schiffes gingen.

Die drei jungen Damen standen unter einem Baldachin aus Segeltuch zusammengedrängt, der sie vor dem Nieselregen schützte, und winkten ihren Eltern zum Abschied zu. Maria brach es beinah das Herz, ihren Vater zu verlassen. Sie fürchtete, sie werde ihn vielleicht nie wiedersehen. Und obwohl sie David eine Nachricht mit dem Datum ihrer Abreise gesandt hatte, hatte sie keine Antwort erhalten. Polly hingegen war furchtbar aufgeregt und konnte es kaum erwarten, Jack wiederzusehen. Zu aufgeregt, dachte Maria. Man könnte meinen, sie hätte meine arme Mutter schon vergessen. Ihre Nerven waren zum Zerreißen gespannt, und das oberflächliche Geplapper ihrer Freundin war eine harte Geduldsprobe.

Sie sah einen britischen Offizier in einem langen grauen Umhang den Kai entlanghasten und hoffte, betete, es möge David sein. Dann erkannte sie seinen langen, entschlossenen Schritt, drängte sich durch die Menge zur

Gangway in der Absicht, notfalls zu ihm zu rennen, aber er kam an Bord, drängte sich zu ihr durch und schloß sie in die Arme.

»Maria, Gott sei Dank. Ich hatte schon befürchtet, dich zu verpassen. Komm mit mir.« Er führte sie auf die andere Seite des Schiffes. Dort standen sie an der Reling und blickten auf die Bucht hinaus. »Geht es dir gut? Ich habe deinen Brief gerade erst bekommen, im Moment geht alles drunter und drüber. Du klangst so niedergedrückt.«

»Es geht schon wieder«, antwortete sie, und sie fühlte sich wirklich besser, allein weil er bei ihr war.

»Wenn du nur wüßtest, wie sehr ich dich liebe«, sagte er. »Uns bleibt jetzt keine Zeit, aber ich wollte dir dies hier unbedingt geben ...« Er reichte ihr ein ledernes Ringkästchen. Maria öffnete es und fand einen schmalen Ring aus durchbrochenem Gold mit einem kleinen Rubin darin. »David, er ist wunderschön.«

Plötzlich wirkte er scheu. »Ich bin froh, daß er dir gefällt. Ich wußte nicht, was ich nehmen sollte. Basil sagte, ich hätte dich fragen sollen, was für einen Stein du möchtest, aber es ergab sich keine Gelegenheit. Sind wir jetzt verlobt, Maria?« fügte er so übergangslos hinzu, daß sie nicht sicher war, ob sie es wirklich gehört hatte; aber noch ehe sie antworten konnte, küßte er sie. »Du wirst mich heiraten, nicht wahr?«

»Ja. Natürlich werde ich das.«

Hinter ihnen riefen drängende Stimmen, daß alle Besucher das Schiff nun umgehend verlassen müßten.

»Ich werde deinen Vater aufsuchen und mit ihm sprechen«, sagte er.

»Tu das. Er wird froh sein, ein wenig Gesellschaft zu haben.«

»Maria, wo bleibst du denn?« Edwina Foy eilte auf sie zu, blieb dann abrupt stehen und starrte David an.

»Edwina, darf ich vorstellen, dies ist mein Verlobter Lieutenant David Collins.«

»Captain«, verbesserte David und lächelte sie an.

Edwinas Mund stand ein paar Sekunden sperrangelweit offen, ehe sie die Sprache wiederfand. »Sehr erfreut.«

Die Zeit war um. David küßte Maria und wandte sich dann eilig ab, sprang die Gangway hinunter und rief ihr zu: »Wir sehen uns in Halifax!«

Edwina war erstaunt. »Wo hast du den denn gefunden? So gutaussehend. Wieso weiß ich nichts von ihm?«

Polly trat zu ihnen an die Reling, und Maria streckte ihr die Hand mit dem Ring entgegen. »Sieh nur, Polly. Ich habe mich mit David verlobt. Er ist gerade gegangen.«

»Ich habe ihn noch gesehen«, versetzte Polly wütend. »Und rede kein dummes Zeug. Ihr seid nicht verlobt.«

»Aber sicher.« Maria lachte, ihre Augen leuchteten, und aller Kummer schien für einen Moment vergessen.

»Dein Vater hat seine Einwilligung noch nicht gegeben«, sagte Polly.

»Das wird er. David wird ihn aufsuchen.«

»Er wird es nicht erlauben. Die Leute hier wären nicht eben begeistert, wenn du einen Engländer heiratetest.«

»Von mir aus könnte er Ägypter sein, es wäre mir gleich«, warf Edwina ein. »Ich finde ihn einfach himmlisch.«

»Ich verstehe dich nicht, Polly«, sagte Maria. »Du hättest sie sehen sollen, Edwina. Bis vor ein paar Tagen hat sie geradezu skandalös mit Basil Mulgrave geflirtet, einem englischen Offizier.«

»Das ist nicht wahr«, entgegnete Polly. »Außerdem, flirten ist eine Sache, eine Heirat auch nur zu erwägen eine völlig andere. Du wärest in ganz Boston geächtet. Und es waren diese dreckigen Soldaten, die die Epidemie ausgelöst haben, die deine eigene Mutter umgebracht hat!«

»Halt den Mund, Polly«, sagte Edwina. »Hör nicht auf sie, Maria.«

Sie bekamen schweres Wetter, und Edwina war während der ganzen Überfahrt seekrank. Polly blieb weiterhin sehr kühl, so sehr Maria sich auch bemühte, sie wieder versöhnlich zu stimmen. »Versuch uns zu verstehen, Polly. David und ich lieben uns doch nun einmal so sehr.«

»Dummes Zeug. Warte nur, bis Jack davon erfährt.«

Aus ihrer Koje meldete sich Edwina zu Wort: »Was sollte er dagegen haben? Er treibt Handel mit den Engländern, nur aus dem Grund ist er doch überhaupt in Halifax. Du mußt dich langsam entscheiden, auf wessen Seite du stehst, Polly.«

»Ich finde euch beide abscheulich!« Polly ergriff ihren Umhang und stürmte aus der Kabine.

»Beachte sie einfach nicht«, riet Edwina. »Sie ist nur eifersüchtig. Oh, ich fühle mich schrecklich, mein Magen hebt und senkt sich mit jeder Welle. Wird es mir je wieder besser gehen?«

»Es heißt, sobald das Schiff am Kai festmacht, sei die Seekrankheit wie weggeblasen.«

»Lieber Gott, hoffentlich stimmt das.«

Es stimmte tatsächlich. Kaum setzte Edwina in Halifax einen Fuß an Land, war sie wieder ganz die alte, ein bißchen blaß vielleicht, aber dennoch voller Neugier und Lebenslust, und sie redete ohne Unterlaß. Sie schlang die Arme um Jack, der zum Pier gekommen war, um sie abzuholen, dankte ihm, daß er sie aufnahm, und eilte dann davon, um sicherzugehen, daß ihr ganzes Gepäck an Land gebracht wurde. Sie schien gar nicht zu merken, daß ein leichter Schneefall eingesetzt hatte.

Jack küßte Maria. »Ich war furchtbar erschüttert wegen

Mutter. Aber Vater hat mir einen Brief geschickt, in dem er schreibt, ich dürfe nicht zulassen, daß du zuviel an sie denkst und immer nur traurig bist.« Dann wandte er sich an Polly, die ein wenig abseits stand, ärgerlich, daß die anderen beiden seine Aufmerksamkeit zuerst auf sich gelenkt hatten. »Meine liebe Polly. Wie gut es tut, dich endlich wiederzusehen. Hattest du eine gute Reise?« Er nahm ihren Arm und führte sie zu seiner Kutsche hinüber.

»Es war grauenhaft«, erwiderte sie. »Ich war die ganze Zeit über indisponiert.«

Maria zog verwundert die Brauen hoch, denn die Seereise hatte nicht die geringste Wirkung auf Polly gehabt. Wenn man sie so sah, hätte man glauben können, sie spaziere durch ein solide gebautes Haus, nicht an Deck eines Schiffes. Sie lächelte nachsichtig, als sie bemerkte, wie Polly sich auf ihren Verlobten stützte und sich von seinen starken Armen in die Kutsche helfen ließ.

»Ich will einmal nachsehen, wo Edwina steckt«, sagte Jack. »Sie ist immer noch sehr ... lebhaft, nicht wahr?«

»Despotisch«, brummte Polly, und Maria gab vor, es nicht gehört zu haben.

Halifax erwies sich als ein grauer, trostloser Ort, eine befestigte Garnisonsstadt mit häßlichen, finsteren Häusern vor einem dunklen Himmel. Maria haßte es vom ersten Augenblick an. Sie befühlte den Ring unter ihrem Handschuh und hoffte, daß sie nicht allzu lange würden bleiben müssen. Eine Frage bedrückte sie, die sie nicht zu äußern wagte, nicht einmal Edwina gegenüber. Wo würden sie und David leben, wenn sie verheiratet waren? Sie hätte es nur ungern offen zugegeben, aber in einem Punkt hatte Polly völlig recht gehabt: Boston kam nicht in Frage, bis der Krieg vorbei war. Und selbst dann konnte es noch Probleme geben. Aber das hieß doch wohl nicht, daß sie

ihr Heim an einem so schrecklichen Ort wie diesem auf-
schlagen mußten?

Endlich kam Jack mit Edwina zurück. Ihre Wangen
leuchteten von der kalten Luft, ihre roten Locken stahlen
sich unter ihrem schwarzen Hut hervor. Alle drei trugen sie
Schwarz, und bei ihrem Aufbruch hatte Maria gedacht, sie
gäben ein trübseliges Trio ab. Doch jetzt schien die dunkle
Kleidung an Edwina auf einmal sehr vorteilhaft, sie wirkte
beinah keck darin. »Das Gepäck ist vollständig«, verkündete
sie, sprang in den Wagen und setzte sich neben Maria. »Ich
habe Kisten und Schachteln durchgezählt. Alles da.«

Jack sah gut aus, dachte Maria. Er hatte ein wenig zugenommen und war nach der neuesten Mode gekleidet. Das
war neu an Jack, er hatte nie sonderlich auf seine äußere
Erscheinung geachtet. Doch jetzt wirkte er regelrecht elegant. Und wohlhabend.

Auch sein Haus war eine Überraschung. Von außen
wirkte es ebenso häßlich und trostlos wie der Rest der
Stadt, stand unmittelbar an der Straße ohne einen Vorgar-
ten, der das Gesamtbild aufgehellt hätte. Doch drinnen
war es warm und behaglich.

Die Räume im Erdgeschoß waren mit flauschigen Teppichen ausgelegt und alle Durchgänge mit dicken Brokat-
vorhängen versehen, um die eisige Zugluft auszusperren.
Jack war stolz auf sein Haus und bestand darauf, sie her-
umzuführen. Erfreut hörte er sich ihre Komplimente an,
während sie ihm von der Halle in den Salon folgten und
einen Blick in sein Arbeitszimmer warfen. In jedem einzelnen Raum brannte ein Feuer. Eine ziemliche Verschwendung, dachte Maria, aber sie sagte nichts. Im Speisezimmer waren die Diener dabei, eine sehr lange Tafel mit
feinem Silber, schneeweißem Tischleinen und glitzernden
Kristallgläsern zu decken.

»Meine Güte, Jack!« rief Maria aus. »Das ist wunderschön. Ich hatte ja keine Ahnung. Wie kannst du dir all das nur leisten?«

»Der Pelzhandel, mein Kind. Er ist ungeheuer lukrativ. Vater weiß davon, er verdient auch nicht schlecht daran, aber er spricht in Boston mit niemandem darüber, damit es kein böses Blut gibt. Wir verkaufen hauptsächlich an die britische Armee, können gar nicht schnell genug nachkommen.«

Maria sah Edwinas Augen aufleuchten, aber Polly wechselte das Thema. »Der Tisch ist für vierzehn gedeckt, Jack. Wen erwartest du noch zum Essen?«

»Ich habe einige Gäste eingeladen, um eure Ankunft zu feiern. Ihr müßt schließlich meine Freunde kennenlernen.«

»Aber wir sind in Trauer«, wandte Maria ein. »Ich denke nicht, daß es schicklich wäre.«

»O doch, das ist es«, erwiderte Jack barsch und geleitete sie zurück in die Halle. Dann brachte er sie hinauf und zeigte ihnen ihre Zimmer, die alle wunderschön möbliert und luxuriös ausgestattet waren, doch Maria war bekümmert. Es war nicht richtig. Er schien ihre Mutter völlig vergessen zu haben. Jack hatte sich sehr verändert, strahlte nun eine gewisse Arroganz aus.

Einige britische Offiziere mit ihren Damen kamen zum Essen, und für alle außer Maria wurde es ein fröhlicher, genußreicher Abend mit erlesenen Speisen und edlen Weinen, deren Nachschubquelle nie zu versiegen schien. Polly saß an Jacks Seite und war in ihrem Element. Nach dem Essen spielte eine der Damen ihnen etwas auf dem Pianoforte vor, und schließlich bestand Jack darauf, daß sie alle zusammen sangen. Die Feier wurde ziemlich geräuschvoll, Neckereien und Scherze flogen hin und her. Die Neuankömmlinge saßen etwas abseits von der fröhlichen Runde und warteten auf den richtigen Zeitpunkt, um sich unter einem Vorwand zurückziehen zu können. Edwina war nicht sonderlich beeindruckt von der Gesellschaft, denn alle Männer schienen ihr mehr als nur ein bißchen angetrunken. Polly mußte mit ansehen, wie Jack mit einer Frau namens Lily flirtete, und sie kochte vor Wut. Jede Sekunde rechnete Maria damit, daß Polly eine Szene machen würde, und auch Jack hatte es offenbar bemerkt, denn er ließ sich plötzlich neben Polly aufs Sofa fallen, zog sie in seine Arme und begann sie zu küssen.

Polly war völlig überrumpelt und wußte nicht, ob sie ihn wegstoßen oder glücklich über seine Aufmerksamkeiten sein sollte. Nervös blickte sie zu Maria hinüber.

»Ich denke, das reicht, Jack«, sagte seine Schwester. »Wenn du nichts dagegen hast, würden wir jetzt gern zu Bett gehen.«

Edwina schloß sich ihr an, aber Polly, die ja immer gegenteiliger Meinung sein mußte und vielleicht auch befürchtete, Jack könne sich wieder Lily zuwenden, blieb noch.

Am nächsten Morgen war Polly ganz und gar mit ihrer Situation versöhnt. Sie sah sich selbst schon als Dame dieses feinen Hauses und fand nichts als Lob für Jack. »Es war eine wundervolle Willkommensfeier. Jack hat sich unseretwegen so viel Mühe gemacht. Ich finde, es war ziemlich häßlich von euch, so hochmütig auf seine Freunde herabzublicken.«

»Das haben wir keineswegs«, widersprach Edwina. »Ich habe einfach kein großes Vergnügen an Feiern, auf denen zuviel getrunken wird. Ich finde, es verdirbt alles.«

Maria wollte nicht über den vergangenen Abend reden. Sie hatte jetzt schon Heimweh und vermißte David.

An den Wochenenden lud Jack gerne Gäste in sein Haus ein, doch unter der Woche war er kaum je daheim.

Seine Geschäfte nahmen ihn vollkommen in Anspruch, und die drei Mädchen blieben sich meist selbst überlassen, vertrieben sich die Zeit mit Nähen, Lesen oder Kartenspielen. Das Wetter blieb schlecht, so daß sie das Haus kaum verließen, höchstens eine kurze Ausfahrt in der Kutsche unternahmen, um etwas an die Luft zu kommen.

In Pollys Augen konnte Jack einfach nichts falsch machen. Sie war ihm ganz und gar ergeben, und wenn er daheim war, waren sie ein sich ewig küssendes und turtelndes Liebespaar. Wenn er angetrunken war, nannte sie sein Verhalten übermütig, wurde er streitsüchtig, entschuldigte sie ihn damit, daß er durch seine Geschäfte unter enormem Druck stand. Doch als die Wochen vergingen, bemerkte Maria, daß ihr Bruder zunehmend ungeduldig mit Polly wurde. Das tat ihr sehr leid. Es war doch nur natürlich, daß seine Verlobte ihr zukünftiges Heim mit einem gewissen Besitzerstolz betrachtete, aber Jack nahm jede Einmischung in seine häuslichen Arrangements ausgesprochen übel.

Eines Abends fuhr er sie während des Essens scharf an, und Polly lief weinend hinaus.

»Das war sehr häßlich von dir, Jack«, sagte Maria. »Ich hole sie zurück.«

»Nein, laß sie nur. Manchmal stellt sie sich einfach zu dumm an«, sagte er.

»So wie du«, gab sie zurück und ging hinaus, um Polly zu suchen.

»Ich weiß nicht, was mit ihm los ist«, gestand ihr Polly weinend. »In letzter Zeit kann ich ihm nichts recht machen. Gestern habe ich ihm erzählt, ich hätte einen Brief von Mutter bekommen. Sie wollte wissen, wann wir heiraten werden. Da ich doch in Jacks Haus wohne, meint sie, wir sollten sofort heiraten, hier in Halifax. Es ist ihr im Grunde gar nicht recht, daß ich hier bin. Jedenfalls habe ich Jack davon erzählt, aber er hat mir überhaupt nicht zugehört. Er ist einfach hinausgegangen! Ich weiß nicht, was ich tun soll.«

Maria seufzte. »Nun beunruhige dich nicht so, Liebes. Morgen ist alles längst vergessen, du wirst sehen.«

In dieser Nacht lag Maria wach, konnte einfach keinen Schlaf finden. Wie eintönig es doch war, in einem fremden Haus zu leben, ohne etwas zu tun zu haben. Als lebe man in einem Hotel. Sie hatten nicht einmal irgendwelche Aufgaben im Haushalt zu erfüllen, denn Jack hatte ihnen untersagt, sich in diese Dinge einzumischen. Es war schon fast Morgen, und sie war es satt, wach im Bett herumzuliegen, war es satt, daß ihr Leben so ereignislos verstrich. So beschloß sie, aufzustehen, hinunterzugehen und an David zu schreiben, auch wenn sie eigentlich nichts Neues zu berichten hatte.

Leise öffnete sie ihre Tür, um niemanden zu wecken. Da sah sie auf der anderen Seite des Korridors, wie Edwinas Türe aufschwang. Maria lächelte. Sie war also nicht die einzige, die nicht schlafen konnte. Gerade wollte sie zum Sprechen ansetzen, als sie Jack erkannte. Erschrocken zog sie ihre Tür rasch wieder zu und stand dann reglos da, mit pochendem Herzen. Sie hatte ihren Bruder nur eine Sekunde lang gesehen, aber jede Einzelheit hatte sich in ihr Gedächtnis eingebrannt. Sein dunkles Haar war zerzaust, er trug einen Morgenrock, der nur nachlässig geschlossen war und den Blick auf seine nackte Brust freiließ. Als er den Flur entlangschritt, schleifte der schwere Brokatstoff über den Boden, und die gepolsterten Schultern ließen ihn eigentümlich dekadent aussehen. Sie war so zornig auf ihn, daß ihr ganz schlecht davon wurde. Und Edwina? Wie konnte sie nur! Maria bezweifelte, daß sie ihr je wieder würde ins Gesicht sehen können. Und was war mit Polly?

Sie blieb den ganzen Morgen im Bett, zu durcheinander, um einem von ihnen zu begegnen. Nach dem Frühstück platzte Edwina in ihr Zimmer. »Komm schon, Maria, steh auf. Heute ist Samstag, und Jack will eine Schlittenfahrt mit uns unternehmen. Es hat wieder geschneit, die ganze Welt sieht wie verzaubert aus.«

»Nein, danke, dazu ist es mir zu kalt«, murmelte Maria und versteckte sich unter ihrer Decke. Aber noch während sie darüber stritten, kam eines der Dienstmädchen an die Tür.

»Entschuldigen Sie, unten ist ein Gentleman, der Sie sprechen möchte, Miss Maria.«

»Wer ist es denn?« wollte Edwina wissen.

»Ein Captain Collins, Miss.«

»O nein!« schrie Maria entsetzt und schlug die Decke zurück. »Seht doch nur, wie ich ausschaue! Sag ihm, er möchte einen Moment warten.«

Polly war niedergeschlagen, doch sie war bemüht, sich nichts anmerken zu lassen. Alle waren so aufgeregt über David Collins' Ankunft, und er und Maria schmiedeten schon eifrig Hochzeitspläne. Alex Proctor hatte Davids Antrag bereitwillig zugestimmt und festgelegt, daß Jack seine Schwester an seiner Stelle zum Altar führen sollte. Jack hatte ebenfalls keine Einwände gegen Marias Heirat. Er mochte Collins. Aber er weigerte sich nach wie vor, Pläne für seine eigene Hochzeit zu erörtern. Und trotzdem war Polly stolz auf ihn. Er wirkte ungeheuer weltmännisch in seinen perfekt sitzenden Kleidern, das Haar zu einem gepuderten, modischen Zopf gebunden. Er war nicht mehr der Junge, mit dem zusammen sie aufgewachsen war, sondern ein wohlhabender junger Kaufmann, angesehen, wie zu bemerken sie Gelegenheit hatte, in ganz Halifax. Doch sie entfremdeten sich zusehends, sie spürte es ganz genau. Und daran war nur Edwina schuld.

Auch wenn sie nicht offen Vertraulichkeiten tauschten, merkte Polly doch, daß irgend etwas zwischen Edwina und Jack vorging. Anzeichen dafür waren zweifellos vorhanden: hier und da ein sanfter Blick, Jacks neue Nachsicht mit Edwina, die zu allen Mahlzeiten zu spät kam und nie wußte, wann sie beim Kartenspiel an der Reihe war. Doch Polly wagte nicht, mit Jack darüber zu reden, aus Angst ihn zu kränken. Wenn sie sich nun doch alles nur einbildete, würde er sicher wütend reagieren. Was sollte sie nur tun? Sie konnte nicht mit Maria reden, die außer für David für nichts Augen hatte. Sicher würde sie ihr sagen, sie solle sich nicht so albern anstellen. Eine offene Aussprache mit Edwina? Sinnlos. Edwina würde behaupten, Polly sei eifersüchtig. Und es stimmte, das war sie. Sie haßte Edwina regelrecht. Wenn sie doch nur abreisen würde. Sie hatte in diesem Haus überhaupt nichts zu suchen. Wie lange wollte sie denn noch bleiben? David hatte berichtet, Boston sei wieder sicher. Die Briten waren abgezogen, und die Epidemie war so gut wie unter Kontrolle.

Das war es. Bei nächster Gelegenheit würde sie Edwina fragen, wie lange sie noch vorhabe zu bleiben. Dadurch konnte sich niemand beleidigt fühlen, aber Edwina würde den Wink vielleicht verstehen.

Und es gab noch etwas an Edwina, das ihr Sorgen bereitete. Die Foys waren sehr viel reicher als ihre eigene Familie, immer schon gewesen, und Edwinas Eltern hatten ihrer Tochter offenbar eine unerschöpfliche Summe zur Verfügung gestellt, während sie selbst nur über ein Taschengeld verfügte. Edwina gab das Geld mit vollen Händen aus: Kleider, Schmuck, alles, was ihr in den besten Läden von Halifax ins Auge fiel.

»Es hilft, die Zeit zu vertreiben«, hatte sie Maria einmal lachend erklärt. »Ich kaufe für mein Leben gern ein.«

Ihre Freundinnen konnten nur danebenstehen und zusehen. Polly fragte sich, ob das Foy-Vermögen für Jack nicht eine unwiderstehliche Versuchung darstellen mußte. Er war sehr ehrgeizig, sprach davon, daß er eine weitere Niederlassung in New York gründen wolle, sobald der Krieg aus sei.

Obwohl Polly es keineswegs darauf angelegt hatte, kam es kurz darauf zu einer offenen Konfrontation.

Sie hatte sich zum Essen umgezogen und kam in die Halle hinunter. Dort fand sie Edwina in Hut und Mantel vor, und Jack war gerade im Begriff, sie hinauszugeleiten.

»Wo geht ihr hin?« fragte Polly.

Edwina kicherte. »Ich habe Jack gesagt, ich würde furchtbar gern einen langen Pelzmantel kaufen. Er bringt mich zu seinem Lagerhaus, damit ich sie mir ansehen kann.«

»Um diese Zeit?«

Jack grinste. »Ehe sie ihre Meinung wieder ändert.«

»Das ist doch lächerlich«, rief Polly erbost. »Du kannst ebensogut bis morgen warten, Edwina, und dann begleiten wir dich.«

»Kommt nicht in Frage«, sagte Jack.

Polly hörte den drohenden Unterton in seiner Stimme, aber sie ignorierte ihn. »Ich weiß genau, was du vorhast, Edwina. Du willst mit Jack allein sein. Du kennst sie nicht so gut wie ich, Jack, sie kann selbst keinen Mann finden, und darum will sie jetzt meinen.« Ihre Stimme wurde schrill. »Warum fährst du nicht heim nach Boston, Edwina, und läßt uns zufrieden? Du wirst hier nicht mehr gebraucht!«

Maria kam herbeigeeilt. »Was geht hier vor?«

»Nichts«, sagte Jack wütend. Er nahm Edwinas Arm und führte sie aus dem Haus.

Sie kamen nicht zum Essen nach Hause. Polly saß allein mit Maria am Tisch und war verzweifelt. »Was soll ich nur tun?«

»Ich weiß es nicht«, sagte Maria. »Ich weiß es wirklich nicht.«

»Ich hätte mich niemals so gehen lassen dürfen«, jammerte Polly. »Aber ich bin sicher, daß Edwina ein Auge auf Jack geworfen hat.«

Sie war dankbar, daß Maria ihr so bereitwillig zuhörte und wirklich betroffen zu sein schien. Und warum auch nicht? Maria war ihre beste Freundin und ihre zukünftige Schwägerin. Sie redete sich alles über Jack und Edwina von der Seele, vertraute Maria ihren Verdacht an, einmal wütend, im nächsten Moment in Tränen aufgelöst. »Wo bleiben sie denn nur so lange? Es dauert doch nicht die halbe Nacht, einen verfluchten Mantel zu kaufen! Sie gibt mit ihrem Geld an, weiter nichts. Sie ist so ein Biest. Edwina ist ein richtiges Miststück! Ich werde nie wieder ein Wort mit ihr wechseln.«

Sie hörte Maria seufzen und war gekränkt. »Ja, du kannst dasitzen und gelangweilt tun! Du hast ja deinen David, da kann es dir gleich sein, was aus mir wird.«

»Es ist mir nicht gleich, Polly«, widersprach Maria. »Ich werde jetzt ein Glas von Jacks gutem Portwein trinken. Was ist mit dir?«

»Ja«, brummte Polly. »Wir machen ihn leer. Das würd' ihm recht geschehen.«

»Stimmt.« Maria würdigte die Karaffen keines Blickes, sondern nahm gleich eine volle Flasche Portwein aus dem Schrank. »Heute abend sind wir einmal an der Reihe.« Sie ergriff zwei kleine Gläser und stellte sie wieder ab. »Nein, die größeren sind besser.« Sie schenkte zwei beachtlich große Gläser voll. »Auf uns, Polly. Wir haben alle unsere Probleme.«

Polly trank einen Schluck. »Meine Güte, das schmeckt köstlich. Ich glaube, mir geht es schon besser. Was für Probleme könntest du schon haben, um Himmels willen?«

»Gleich nach der Hochzeit muß David zurück in den Krieg.«

»Ja, ich weiß. Es ist furchtbar. Und wenn man daran denkt, daß er gegen unsere amerikanischen Jungs kämpfen muß ... schrecklich. Mutter sagt immer, es werden überhaupt keine jungen Männer übrigbleiben, wenn das so weitergeht, es sind schon so viele umgekommen. Ich kann verstehen, daß du dich sorgst. Die Kämpfe werden jetzt mit erbitterter Härte geführt, schreibt Mutter. David könnte ohne weiteres fallen.«

Maria erschauderte. »Du bist der taktloseste Mensch, den ich kenne, Polly. Sag so etwas nicht. Du machst mir angst.«

»Nun, es ist ein sinnloser Krieg. Alle unsere hübschen jungen Männer werden abgeschlachtet wie Vieh. Ich bin so froh, daß Jack genug Verstand hatte, sich da rauszuhalten. Oh ... Ich bin ja so wütend auf ihn. Wie kann er es wagen, Edwina auszuführen! Weißt du, Maria, ich glaube, daß sie das vorher zusammen ausgeheckt hatten. Sie wollten sich unbemerkt aus dem Haus schleichen.«

»Ja«, sagte Maria.

Polly starrte sie an. »Du glaubst das auch?«

»Ja.«

Polly brach in Tränen aus. »Es ist zu gemein. Ich fahre auf der Stelle heim nach Boston. Nein, ich lasse mich nicht verdrängen. Ich bin deine Brautjungfer, da kann ich dich nicht im Stich lassen. Bis nach der Hochzeit bleibe ich noch, aber dann reise ich ab. Oder denkst du, daß ich zu heftig reagiere?«

»Ich weiß es nicht, Polly. Wieso gehst du nicht einfach schlafen? Ich bleibe auf, bis sie kommen.«

»O nein. Ich werde auch warten. Jack mag der Herr des Hauses sein, aber er schuldet mir eine Erklärung.«

Als die Ausreißer schließlich zurückkehrten, waren sie überrascht zu sehen, daß Maria und Polly noch auf waren.

Edwina hatte sich tatsächlich einen Pelzmantel gekauft und tanzte darin durchs Zimmer. Es war ein schwarzer Nerzmantel, der bis zum Boden reichte. Polly wurde ganz übel vor Neid. Es war der schönste Mantel, den sie je gesehen hatte, dunkel und glänzend, großzügig geschnitten und mit einem Kapuzenkragen und weiten Ärmeln versehen. Edwina sah wunderschön darin aus. Jede Frau wäre darin schön gewesen.

»Jack hat ihn mir zum Selbstkostenpreis überlassen«, säuselte Edwina.

»Ach ja?« sagte Maria betont gleichgültig. »Und habt ihr schon gegessen? Es ist sehr spät.«

Jack setzte sich ans Feuer. »Ja, wir haben im Hotel King Henry zu Abend gegessen.«

»Es war herrlich«, schwärmte Edwina. »Sie hatten dort ein Streichquartett, das spielte all die alten Lieder. Wir hatten ursprünglich gar nicht die Absicht hinzugehen, aber es lag auf dem Heimweg, und dann schlug Jack plötzlich vor, wir sollten doch dort essen.«

»Warum?« fragte Polly. Maria hatte sie gebeten, sich nicht aufzuregen, aber das hier war nun wirklich zuviel.

»Weil zu befürchten war, daß wir hier nichts als Vorhaltungen zu hören bekommen würden«, sagte Jack. »Und ich verabscheue Szenen.«

»Nun, da ihr heil und gesund wieder zu Hause seid, können wir ja alle schlafen gehen«, schlug Maria vor.

»Ja, ich bin todmüde«, sagte Edwina. »Gute Nacht allerseits.«

Polly war wütend. »Es muß sehr anstrengend sein, mit dem Verlobten einer anderen auszugehen, Edwina. Ich hoffe, du schläfst gut.«

Edwina eilte hinaus, und Maria nahm Pollys Arm. »Komm, laß uns auch zu Bett gehen.«

Aber Jack rief sie zurück. »Polly, könntest du noch einen Augenblick bleiben? Ich möchte mit dir reden.«

Sie wandte sich um, ein Gefühl völliger Hilflosigkeit überkam sie. Sie wollte nicht allein mit ihm sein, nicht jetzt. Seine Augen waren so kalt wie der Mond. Und als er sprach, klang seine Stimme distanziert: »Polly, du mußt wissen ...«

Es war Basil, der sie vor der totalen Demütigung bewahrte. Er traf einige Tage später ein und war zur Stelle, um sie zu den vielen Gesellschaften und den Empfängen in der Offiziersmesse zu begleiten, die der Hochzeit von Captain David Collins vorausgingen. Sie alle wußten natürlich, daß die Verlobung aufgelöst war, daß Jack sie wegen Edwina hatte sitzenlassen. Und sie gaben sich die größte Mühe, sie aufzuheitern.

Basil wirkte schneidiger als alle anderen. Der leere Ärmel war an seine elegante Uniform geheftet und schien ihn womöglich noch attraktiver zu machen – ein Krieger, der sich bewiesen hatte. Erst als sie bei einem festlichen Abendessen der Offiziere seines Regiments seine Platzkarte sah, erfuhr Polly, daß er der ›Ehrenwerte‹ Basil Mulgrave war. Basil, so erklärte David ihr später, war der Sohn eines Viscount. Sie war tief beeindruckt, und es war ihr ein großer Trost, diesen adeligen Gentleman während der Hochzeitsfeierlichkeiten an ihrer Seite zu haben.

Marias Kleid war hinreißend, aus weißem französischem Satin und mit Farnranken aus Silberfaden bestickt. Polly trug ein Kleid aus weißem Satin im gleichen, hochtaillierten Schnitt, verziert mit goldgelben Bändern. Beide hatten sie wehende Chiffonschleier auf dem Kopf, die von einem Kranz weißer Rosenknospen gehalten wurden. Polly fand, zuviel Weiß mache sie unscheinbar mit ihren blonden Locken und der hellen Haut, doch Basil versicherte ihr, sie sehe hinreißend aus.

Dennoch war Polly so niedergeschlagen, daß sie sich regelrecht krank fühlte. Sie konnte den furchtbaren Abend einfach nicht vergessen. Sie war die Treppe hinaufgestürzt zu Marias Zimmer und hatte sie unter Tränen angefleht, zu kommen und mit Jack zu reden. Sie hatte gedroht, Edwina umzubringen. Oder ihn, das wußte sie nicht mehr so genau. Anfangs hatte Jack versucht, ihr einzureden, es gäbe keine andere. Er hatte gelogen, ohne mit der Wimper zu zucken. Wie erbärmlich er doch war! Was für eine erbärmliche Ratte! Edwina konnte ihn geschenkt haben.

Man hatte einen Arzt herbeigeholt, um sie zu beruhigen. Er erklärte, sie leide an einer Überreizung der Nerven, doch sie war sicher, daß das nicht der Fall war. Sie wollte nur im Bett bleiben, es war einfach zu furchtbar, aufstehen und anderen Menschen unter die Augen treten zu müssen. Also lag sie dort mit dem Gesicht zur Wand, weigerte sich, mit irgend jemandem zu sprechen, bis Maria ihr erzählte, Basil sei in Halifax angekommen. Er sei hier, unten im Wohnzimmer, und drohe, heraufzukommen und ihr Schlafzimmer zu stürmen, wenn sie nicht herunterkam und ihn empfing. Also blieb ihr nichts anderes übrig, als sich anzuziehen und sich das Gesicht zu pudern, damit er nicht gleich sah, daß sie geweint hatte.

Es gab überhaupt keinen Zweifel, Basil war die Partie der Saison in Halifax. Die Damen umflatterten ihn wie Motten das Licht. Er war nicht nur interessant, er sah auch noch gut aus mit seinem kräftigen Kinn und dem blonden

Schnurrbart. Seine hohen Wangenknochen wirkten wie aus Elfenbein geschnitzt. Und eines Abends sagte er: »Ich meinte, was ich gesagt habe, als wir uns zum erstenmal begegnet sind, Polly. Du bist hinreißend. Könntest du dich nicht entschließen, ein kleines bißchen freundlicher zu mir zu sein? Du behandelst mich, als sei ich dein Leibwächter, irgendein Soldat, der der vom Schicksal gebeutelten Dame zur Seite gestellt wurde.«

»Es tut mir leid, das wollte ich nicht. Außerdem bin ich nicht vom Schicksal gebeutelt.«

»Ich bin froh, das zu hören. Du siehst bereits viel besser aus. Es war eine unangenehme Erfahrung für dich ...«

Polly wandte sich ab, entsetzt, daß er das Thema zur Sprache brachte. Er nahm ihren Arm. »Du darfst dich nicht unterkriegen lassen von dieser Sache. Kopf hoch, Mädchen. Sie werden mich bald nach Hause schicken. Laß uns also ein bißchen Spaß haben, solange wir können.«

Er küßte sie und murmelte: »Fühlst du dich jetzt besser?« Und er küßte sie noch einmal. Zunächst war Polly etwas verwirrt, doch dann fühlte sie sich getröstet von seiner Nähe hier draußen im Mondlicht, mit der fernen Orchestermusik im Hintergrund, und sie liebte ihn dafür. Was war an den Proctors schon so Besonderes? Hier stand sie mit Basil Mulgrave zusammen, einem weitaus nobleren Charakter, als der schreckliche Jack Proctor es je sein könnte.

Captain Collins hatte ein kleines Haus nahe der Kaserne gemietet, und da es ihm nicht erlaubt war, Halifax zu verlassen, hatten sie die Absicht, ihre Flitterwochen eben hier zu verbringen und Halifax zu ihrer Heimat zu machen, solange David in den Kolonien diente. In all der Aufregung wurde Maria erst nach und nach bewußt, daß sie früher oder später nach England gehen würden. Es war ein bittersüßer Gedanke. Sie würde wieder in ein fremdes Land ziehen, aber dieses Mal Freunde und Familie zurücklassen. Alle bis auf ihren geliebten Mann. Und das tröstete sie über alles andere hinweg. Sie würde einfach nicht zurückschauen, beschloß sie, sondern London entgegenfiebern. Dort wollten sie eines Tages leben.

Sie waren erschrocken, als sie erkannten, daß Polly es als selbstverständlich ansah, daß sie gleich nach der Hochzeit zu ihnen ziehen würde. »Wenn du ausziehst, kann ich doch nicht in Jacks Haus bleiben, Maria«, sagte sie. »Edwina wird es tun, und das ist doch wohl skandalös genug. Es ist ja nur für kurze Zeit, dann kehre ich allein nach Boston zurück.«

So wie sie das sagte, empfand Maria tiefes Mitgefühl mit ihrer Freundin und überredete David, Polly für ein Weilchen das Gästezimmer in ihrem Haus anzubieten.

»Es bleibt uns wohl kaum etwas anderes übrig«, sagte er ohne große Begeisterung. Aber wie immer war er ausgesprochen höflich zu Polly, nachdem sie eingezogen war, und seine freundliche Aufmerksamkeit tat ihr gut.

Obgleich der Krieg mit unverminderter Heftigkeit wütete und David viele Pflichten in der Kaserne hatte, fand er immer Zeit für neue Interessen. Halifax war belebter und voller denn je zuvor. Sie hatten eine Gruppe amerikanischer Flüchtlinge getroffen, Loyalisten, die außergewöhnliche Pläne schmiedeten, bei denen David aufhorchte. Er wollte unbedingt mehr darüber erfahren.

Unterdessen zeigte Polly keinerlei Anzeichen, daß sie bald nach Boston aufbrechen wollte, also brachte Maria das Thema von sich aus zur Sprache. Es versprach kein einfaches Gespräch zu werden.

»Du möchtest also, daß ich fortgehe?«

»Ach Polly, es hat doch keinen Sinn, daß du noch länger

in Halifax bleibst. Ich dachte, du würdest selbst fortgehen wollen, jetzt da Edwina und Jack bald Hochzeit feiern.«

»Mir ist gleich, was sie tun. Ich muß mein Leben nicht nach ihnen ausrichten. Wenn ich in Halifax bleiben will, dann bleibe ich eben.«

»Bitte, ganz wie du willst. Aber was soll werden, wenn David und ich fortgehen? Hast du die Absicht, ganz allein in diesem Haus zu bleiben? Ich glaube nicht, daß dein Geld für deinen Unterhalt ausreichen wird.«

»Mein Geld ist meine Angelegenheit. Ich will ganz einfach noch nicht nach Boston zurück. Ich bin sitzengelassen worden, hast du das etwa schon vergessen? Stell dir doch nur einmal vor, wie es für mich sein wird, zurückzukommen und alle zeigen mit dem Finger auf mich. Und meine Mutter wird eine unglaubliche Szene machen. Sie schreibt, sie werde nie wieder ein Wort mit den Foys reden, und mit deinem Vater auch nicht. Du weißt doch, wie meine Mutter ist. Sie wird einen so furchtbaren Streit vom Zaum brechen, dem kann ich einfach noch nicht ins Auge sehen. Es ist besser für mich, ich bleibe hier, bis sie sich beruhigt hat.«

Also blieb Polly, und David brachte seine Loyalisten-Freunde mit nach Hause, unter ihnen auch James de Lancy. Er war einer der zahlreichen Anhänger von James Matra, Sproß einer reichen New Yorker Familie, der sie drängte, eine Niederlassung von Amerikanern in diesem neuen Südland zu gründen, das der Engländer Captain Cook entdeckt hatte. Derzeit war das Land britisches Territorium, wurde Neusüdwales genannt und war bis auf ein paar Eingeborene noch unbesiedelt. Matra selbst war dort gewesen und behauptete, daß dieses Land im tiefen Südpazifik grün und fruchtbar sei und dort ein wunderbares, gemäßigtes Klima herrsche.

David hatte sich dies alles angehört und sich von de

Lancys Eifer anstecken lassen. »Wir sollten mitgehen«, sagte er zu Maria, doch sie war nicht so überzeugt. »Es ist eine Wildnis am Ende der Welt. Was sollen wir denn dort?«

»Mein Liebling, wir würden dasselbe tun, was die amerikanischen Pioniere in deinem Land getan haben. Männer wie James Matra oder de Lancy sind Visionäre, die Sorte Männer, die ich mein ganzes Leben lang schon suche. Amerikaner kolonialisieren Neusüdwales ... es ist ein großartiger Plan! Ich kann es immer noch kaum fassen, daß man mich gebeten hat, mich ihnen anzuschließen. Stell es dir nur einmal vor, Maria! Wir könnten ein idyllisches Leben führen, eine ideale Gesellschaft gründen und alle Schrecken der modernen Welt hinter uns lassen.«

»Sieh dir doch an, was hier geschieht«, entgegnete sie. »Wir sind noch ein junges Land, aber schon in einen furchtbaren Krieg gegen England verwickelt.«

»Also versuchen wir es noch einmal. Gerade Amerikaner werden wissen, was sie beim nächsten Mal anders machen müssen. Viele haben noch eigene Erfahrung darin, ein Land zu erschließen, und jetzt sehen sie die Zerstörungsgewalt des Krieges. Sie werden in diesem neuen Land niemals den Krieg als Mittel zulassen, ihre Differenzen auszutragen. Es ist nicht nur ein Küstenstreifen, um den es hier geht, dahinter liegt ein ganzer Kontinent, der Australien heißt. Und ich weiß, daß dieser Kontinent niemals zum Schauplatz eines Krieges werden wird, denn es ist die Neue Welt. Alte Werte haben dort keine Gültigkeit.«

Maria schüttelte den Kopf. Sie war enttäuscht und verwirrt. Es erschien ihr verrückt, daß ausgerechnet ein Soldat ein so überzeugter Kriegsgegner sein sollte. Und außerdem, was war mit London? »David, ich dachte, du hättest gesagt, London würde mir gefallen?«

»Das wird es auch. London ist eine wunderbare Stadt, aber dies hier ist eine einmalige Gelegenheit. So eine

Chance bekommt man nur einmal im Leben, Maria. Glaub mir. Neusüdwales ist das letzte Neuland, das sich für Angehörige der weißen Rasse eignet. Ich würde dich nie in die Dschungel Afrikas oder Südamerikas entführen. Aber dies ist ein großartiges, unverdorbenes Land. Und du wärest von deinesgleichen umgeben, Amerikanern, die wissen, wie man neue Gebiete erschließt. Ich bin immer noch überwältigt von dem großen Fortschritt, der in Amerika innerhalb so kurzer Zeit erreicht wurde. Und wenn sie die Gelegenheit bekommen, noch einmal ganz von vorne anzufangen, könnten deine Landsleute es sogar noch besser machen, weil sie von ihren Erfahrungen profitieren würden.«

Sie mußte zugeben, daß es für die Loyalisten vermutlich ein guter Plan war, die sonst nirgendwo hinkonnten, wenn sie nicht hier im rauhen Klima von Neuschottland bleiben wollten. Aber für sie selbst? Nein. David hatte eine vielversprechende Karriere begonnen, und dabei sollte er bleiben. Sie wollte nicht, daß er mit irgend etwas Neuem anfing, und sie verspürte wenig Neigung, in der Wildnis zu leben. Je eher sie nach London gingen, um so besser. War er erst wieder daheim, würde er diesen ganzen Pionierunsinn vergessen.

Polly kam an diesem Abend ganz aufgeregt nach Hause, und Maria war froh, daß David in der Kaserne aufgehalten worden war. »Ich habe die Absicht, Basil zu heiraten«, verkündete Polly. »Das wird sie hier alle umhauen, wenn ich einen Aristokraten heirate. Was hältst du davon?»

Maria war beunruhigt. Hatte David ihr nicht erst kürzlich lachend erzählt, daß Basil der schamloseste Charmeur unter der Sonne sei? Es war ihnen nie in den Sinn gekommen, daß Polly ihn ernst nehmen könnte. Erst recht nicht nach ihrer leidvollen Erfahrung mit Jack. »Hat er dich denn gefragt, Polly?«

»Natürlich nicht, sonst hätten wir es ja schon bekanntgegeben. Aber ich bin sicher, das wird er noch. Er sagt, ich sei schön.«

»Das bist du ja auch, und es ist sehr nett von ihm, es zu sagen, aber ich an deiner Stelle würde einen kühlen Kopf bewahren. Sobald das Lazarettschiff abfahrbereit ist, wird er uns verlassen, das weißt du doch.«

»Ich weiß, ich weiß.« Polly lachte. »Warte nur ab. Ich will deine Predigten nicht mehr hören, ich hab' sie satt.«

David bestätigte Marias Befürchtungen. »Unsinn! Basil meint es ganz gewiß nicht ernst mit Polly. Das Mädchen ist labil, sie sollte nach Hause fahren, Maria. Du solltest dafür sorgen.«

»Aber was kann ich tun?«

»Auf keinen Fall darfst du sie ermutigen. Um Himmels willen, sie kennt Basil doch kaum.«

»Sie kennt Basil so lange wie ich dich.«

»Das ist etwas anderes.« Er grinste. »Ich bin reell. Das ist Basil nicht. Man weiß nie, was er als nächstes vorhat. Außerdem reist er am Donnerstag ab, und damit ist der Fall erledigt. Polly sollte lieber anfangen zu packen. Und dann haben wir unser Heim endlich für uns allein.« Er kuschelte sich unter der Bettdecke an sie und flüsterte: »Liebst du mich noch?«

»Ja«, murmelte sie.

»Und wirst du mir ans andere Ende der Welt folgen?«

»Nein.«

Er lachte, küßte ihren Hals, liebkoste sie und zog sie an sich, um sie noch einmal zu lieben.

Basils Abschiedsfeier fand in der Offiziersmesse statt, und Basil amüsierte sich königlich. Das Essen war erlesen, und anschließend beim Tanz wirbelte er Polly zu ihrem größten Entzücken übers Parkett. Er tanzte den ganzen Abend unermüdlich und trank sehr viel, bis er sich schließlich in einen Sessel fallen ließ. Dort saß er dann, umringt von lachenden Freunden. Es dauerte ein Weilchen, bis sie merkten, daß er wirklich besinnungslos zusammengebrochen war, und der Arzt wurde gerufen.

»Ich habe so etwas erwartet«, vertraute der Armeearzt David an. »Er hat es übertrieben, mußte überall dabeisein. Erst letzte Woche habe ich ihm gesagt, er müsse ein bißchen kürzertreten.«

Ein paar junge Offiziere luden sich Basil stöhnend auf und trugen ihn in sein Quartier. Die Gesellschaft löste sich auf. David und Maria brachten die enttäuschte Polly heim und rieten ihr, schlafen zu gehen.

»Aber ich bin nicht müde. Ich werde aufbleiben und mich umziehen, dann kann ich mich noch von Basil verabschieden, wenn er an Bord geht.«

»Das ist unmöglich. Zivilisten dürfen sich den Kriegsschiffen im Hafen unter keinen Umständen nähern. Hier gibt es zu viele Franzosen, wir müssen uns vor Saboteuren in acht nehmen.«

»Ach, armer Basil, wie sollen wir uns denn dann verabschieden?«

»Ich fürchte, das habt ihr schon, Polly«, sagte David.

Sie war so erschüttert, daß sie ausnahmsweise ohne weitere Szenen auf ihr Zimmer ging. Erleichtert folgte Maria David in die Küche. »Wieso werde ich den Verdacht nicht los, daß Basil seinen Kollaps nur gemimt hat?« flüsterte sie. »Der Zeitpunkt schien gar zu günstig.«

David schloß die Läden. »Ihr Mädchen mögt nicht müde sein, aber ich schon. Es war ein langer Tag. Und ich will nichts mehr über Basil hören.«

Maria mußte gestehen, daß sie Pollys Gesellschaft genoß, nachdem Davids Regiment abgerückt und an irgendeinen

Kriegsschauplatz in Amerika zurückgekehrt war. Er konnte ihr nicht sagen, wo genau sie hingingen, denn sie selbst wurden vor ihrer Abreise nicht davon in Kenntnis gesetzt. So blieb ihr also nichts weiter übrig, als auf seine Briefe zu warten. Und dann kam Polly nach Hause und sagte ihr, sie sei bei Edwina gewesen.

»Warum denn, um Himmels willen? Ich dachte, ihr redet nicht mehr miteinander.«

»Wir haben uns versöhnt«, erwiderte Polly und starrte aus dem Fenster. »Das mußten wir. Edwina will ihren Hochzeitstag festlegen, und ich habe ihr gesagt, sie soll nicht länger warten, weil ich nämlich beschlossen habe, in Halifax zu bleiben.«

Maria spürte, daß hier etwas nicht stimmte. »Sagst du mir auch die Wahrheit, Polly? Ihr habt euch nicht wieder gestritten? Du bist furchtbar blaß.«

»Selbstverständlich sage ich dir die Wahrheit. Wir haben uns ausgesprochen.«

»Das freut mich. Aber deine Eltern erwarten dich zu Hause.«

»Ich kann jetzt nicht nach Hause«, schrie Polly plötzlich. »Nie wieder. Die Wahrheit ist, ich bekomme ein Baby.« Ihre Stimme klang scharf und trotzig. »Ein Baby! Hast du gehört? Und das letzte, was sie wollen, ist, daß ihre sitzengelassene Tochter mit einem Kind nach Hause kommt!«

»Oh, Polly. Es tut mir so leid. Wer ist der Vater?«

»Basil natürlich. Wer denn sonst?« Sie ging ruhelos im Zimmer auf und ab. »Ich habe mir alles genau überlegt. Ich werde meinen Eltern schreiben, daß du gerne möchtest, daß ich hierbleibe, während David fort ist, und sie werden mir weiterhin mein Geld schicken.«

»Aber was ist mit Basil? Weiß er es?«

»Nein.«

»O je. Es wird jetzt ewig dauern, bis ihn ein Brief erreicht. Möchtest du, daß David ihm in deinem Namen schreibt?«

»Ganz sicher nicht. Das ist meine Angelegenheit. Ich kümmere mich selbst darum. Ich will, daß ihr mich alle zufrieden laßt und mir das Recht zugesteht, meine eigenen Entscheidungen zu treffen. Jetzt werde ich mich hinlegen, ich fühle mich ein wenig schwindelig.«

David kam heim, desillusioniert über den Verlauf des Krieges. Er war erschöpft und dürr nach Monaten der mageren Armeerationen, entsetzt über die englischen Verluste und überzeugt, daß sie diesen Krieg gegen die Amerikaner verlieren würden, ganz gleich, wie lange er noch dauern würde. Er war niedergeschlagen, und es besserte seine Stimmung nicht gerade, Polly nach wie vor in seinem Haus vorzufinden – zu allem Überfluß noch guter Hoffnung und ein Bild der Melancholie. Maria nahm an, daß Polly an Basil geschrieben hatte, doch als sie dies David gegenüber erwähnte, fuhr er sie wütend an, er weigere sich, in diese schmutzige Affäre hineingezogen zu werden.

Die letzten sechs Monate waren schwer gewesen für Maria. Er hatte ihr gefehlt, sie sorgte sich um ihn, und gleichzeitig mußte sie mit Polly fertig werden, deren nervliche Verfassung sehr zu denken gab. Wenn sie aufstand, war sie reizbar und nörgelte ohne Unterlaß, dann wiederum weigerte sie sich, das Bett zu verlassen, blieb teilnahmslos und wollte weder essen noch reden. Um des Kindes willen blieb Maria nichts anderes übrig, als streng mit Polly zu sein. Sie bestand darauf, daß Polly sich damit beschäftigte, die Babyausstattung zu nähen. Und sie verlangte etwas mehr Höflichkeit, wenn Polly weiterhin in ihrem Haus zu bleiben wünsche. Sie stellte fest, daß dieser Ton Wunder wirkte, daß Polly meist widerspruchslos auf sie hörte, wenn sie ihre Ratschläge in energische Worte kleidete. Aber es war eine ermüdende, unangenehme Pflicht, ihre Freundin herumkommandieren zu müssen.

Das Baby wurde an einem wunderschönen, sternklaren Abend um zehn Uhr geboren. Es war ein hübsches kleines Mädchen, so niedlich, daß David seine eisige Haltung aufgab und sie ins Herz schloß.

Polly nannte sie Regal.

Dann bekam David endlich seinen Marschbefehl: Sein Regiment kehrte nach Hause zurück! Und damit nicht genug, David und anderen Infanterieoffizieren wurde gestattet, mit ihren Frauen auf dem Passagierschiff *Aurora* nach England zu segeln, anstatt auf einem Truppenschiff. Die Seereise über den Atlantik sollte nun ihre nachgeholte Hochzeitsreise werden.

Jack und Edwina, endlich verheiratet, schenkten Maria einen wunderbaren Polarfuchsmantel für die Gesellschaften in London. Für David hatten sie eine Pelzmütze, wie die Russen sie trugen, und er war ganz begeistert davon. Er sagte, er fühle sich recht exotisch damit und werde sie immer in Ehren halten.

»Er ist ein wunderbarer Mann«, meinte Edwina. »Und nach wie vor eine Augenweide, jetzt wo du ihn wieder aufgepäppelt hast. Geradezu der Inbegriff des britischen Aristokraten.«

»Nur daß er kein Aristokrat ist«, erwiderte Maria lächelnd.

»Das sollte er aber sein«, beharrte Edwina. »Jack ist sehr von ihm angetan, weißt du. Er meint, David wird es noch weit bringen. Und er kennt sich mit so etwas aus.«

»Ich hoffe es. Und wenn wir fort sind, hoffe ich, daß du dich um Polly und das Baby kümmern wirst. Ich bin ja so froh, daß ihr euch alle wieder so gut versteht.«

Das entsprach nicht ganz der Wahrheit, denn das Verhältnis zwischen Polly und den Proctors war immer noch recht kühl. Und Maria kannte Edwina gut genug, um zu argwöhnen, daß deren Freundlichkeit Polly gegenüber aufgesetzt war, aber das war immer noch besser als gar nichts. Und Jack war höflich zu ihr, blieb aber verständlicherweise auf Distanz.

»Ich muß dir noch etwas sagen«, begann Edwina. »Polly meinte, es sei besser, du erfährst es von mir.«

»Was denn nun schon wieder?« Maria hatte eine Abneigung gegen Mitteilungen, die besonderer Diplomatie bedurften.

»Maria, du weißt so gut wie ich, daß Polly hier nicht glücklich sein wird, wenn du erst fort bist. Sie paßt einfach nicht hierher.«

»Das wird sie, jetzt da sie ihre Figur wiederhat und ausgehen kann. Du kannst ihr dabei helfen, Edwina.«

»Das ist ja das Problem. Mir würde es nichts ausmachen, wirklich nicht, aber Jack empfindet ihre Anwesenheit im Haus als höchst unangenehm. Er ist dein Bruder, du mußt doch verstehen, wie prekär es für ihn wäre, seine einstige Verlobte auf ewig im Hause zu haben.«

Maria sah sie scharf an. »Worauf willst du hinaus, Edwina?«

»Wir glauben, es wäre das beste, wenn Polly mit dem Baby nach London ginge.«

»Was? Hast du sie etwa ermutigt, Basil nachzulaufen? Ich weiß, daß er sich seiner Verantwortung stellen muß, aber meines Wissens hat Polly noch kein Wort von ihm gehört. Es wäre überstürzt, wenn sie einfach so nach England ginge.«

»Darum geht es doch gar nicht, Maria. Du verstehst mich nicht. Polly kann nicht hierbleiben, und es würde ihr nicht einmal im Traum einfallen, nach Boston zurückzukehren. Kannst du dir vorstellen, wie sie dort aufgenommen würde? Es wäre grauenhaft für sie. Wäre es da nicht viel besser, sie würde in England ein neues Leben beginnen? Niemand dort bräuchte die Wahrheit zu erfahren. Polly könnte als Witwe auftreten, als Frau eines Loyalisten, der während der Revolution ums Leben gekommen ist.«

»Hast du dir das alles einfallen lassen?«

»Natürlich nicht. Es war Polly. Sie hat sich dazu entschlossen, als wir im Meldebüro waren, um Regals Geburt anzuzeigen. Ich bin mit ihr gegangen, weil sie sich allein nicht traute. Es war wirklich furchtbar peinlich, wie dieser Beamte sie anstarrte und immerzu nach dem Datum ihrer Hochzeit fragte. Sie hat einfach nicht geantwortet, und schließlich mußte ich ihm sagen, daß sie gar nicht verheiratet ist. Du meine Güte! So etwas möchte ich nicht noch mal durchmachen!«

Maria war verwirrt. Das ging ihr alles ein wenig zu schnell. Vermutlich war es wirklich das beste für Polly, nach London zu gehen, doch es ärgerte sie, daß die beiden das ausgeheckt hatten, ohne sie zu Rate zu ziehen. Wer hatte sich denn schließlich die ganze Zeit um Polly gekümmert, ihre Tränen und Ausbrüche ertragen? Es war wirklich ziemlich häßlich von den beiden.

»Was ist mit Geld?« fragte sie. »Polly braucht Geld, um ihre Passage zu bezahlen und sich in London einzurichten.«

»Auch daran haben wir gedacht. Polly hat ihrem Vater geschrieben und ihn um Hilfe gebeten. Und warum sollten ihre Eltern ihr nicht helfen wollen? Ihnen wird es als die gottgesandte Lösung erscheinen, ihre gefallene Tochter mitsamt ihrem Balg nach England schicken zu können. Ettie Hayes ist doch so ein Moralapostel, sie wird sie in Boston nicht haben wollen.«

»Es ist nicht gottgesandt, es ist traurig«, erwiderte Maria

seufzend. »Ich hoffe nur, daß sie und Basil zu einer einvernehmlichen Einigung kommen. Ich möchte wirklich nicht in eine Fehde mit Davids bestem Freund verwickelt werden.«

»Das wird gewiß nicht passieren«, beruhigte Edwina sie. »Polly will keinen Streit und kein Aufsehen. Und Jasper hat genug Geld, um dort drüben ihren Unterhalt zu bestreiten.«

Maria gab nach. »Nun, vermutlich ist es wirklich das beste. Wir werden für sie tun, was wir können, wenn sie ankommt.«

Edwina sah überrascht auf. »Ankommt? Aber erwähnte ich es denn nicht? Sie hat auf der *Aurora* gebucht. Sie fährt mit euch, damit du ihr mit dem Baby helfen kannst. Sie kann die weite Reise ja schlecht allein machen.«

An Bord der *Aurora* fand sich eine Schar amerikanischer Loyalisten zusammen, die planten, in Neusüdwales eine Kolonie zu gründen, und niemals von etwas anderem sprachen. Sie betrachteten Captain David Collins als wichtiges Mitglied ihrer Gruppe und hofften, er werde unter seinen Freunden bei der Truppe weitere Freiwillige werben.

Es ging ein Gerücht, der Familie Matra drohe die Vertreibung aus New York, weil sie für die Briten Partei ergriffen hatte, und James de Lancy zeigte sich überglücklich darüber. »Das besiegelt unsere Pläne. James Matra bereitet soeben eine Eingabe an die britische Regierung vor, denn er braucht ihre Erlaubnis und Unterstützung. Da wir uns als loyale Untertanen der Krone erwiesen haben, kann ich mir nicht vorstellen, daß man sie ihm verweigern wird. Soweit wir wissen, hat niemand sonst die Besiedlung von Neusüdwales vorgeschlagen.«

Maria lauschte diesen Debatten schweigend, und anschließend versuchte sie, ihren Mann von diesem Vorhaben abzubringen. Doch er sagte, sie mache sich unnötige Sorgen. »Es steckt ja noch alles in den Anfängen. Solche Dinge brauchen ihre Zeit. Zunächst einmal wird sich das Parlament mit der Eingabe befassen. Außerdem habe ich nicht gesagt, daß ich mit ihnen gehen will.«

»Sie scheinen aber davon auszugehen.«

»Maria, wir müssen an unsere Zukunft denken. Wir können eine solche Gelegenheit nicht einfach abtun.«

»Ich kann das ohne weiteres. Ich will nicht dorthin. Ich würde es hassen.«

»Wir werden sehen. Mach dir jetzt keine Gedanken darüber.«

Doch sie machte sich Gedanken. Insgeheim hoffte sie, wenn er erst einmal daheim in England war, würde er diese abenteuerlichen Kolonisierungspläne vergessen und sein Leben und seine glanzvolle Karriere in gewohnten Bahnen fortsetzen. Sie war sicher, sein Enthusiasmus rührte einzig und allein von seiner Verblüffung angesichts des enormen Aufschwungs, dessen sich die amerikanischen Kolonien erfreuten. Doch niemand, der bei klarem Verstand war, konnte freiwillig zu den primitiven Tagen der Pioniere zurückkehren wollen.

Ein Steward trat zu ihr. »Könnten Sie bitte zu Mrs. Hayes hinunterkommen, Madam? Sie ist sehr aufgeregt.«

»Ich komme.« Was war nun schon wieder? Vielleicht war das Baby krank, litt unter den Auswirkungen der Seefahrt. Bislang hatten sie mit dem Wetter Glück gehabt und die See war ruhig geblieben, wofür Maria sehr dankbar war, denn sie hatte gehört, der Atlantik könne zuweilen tückisch sein. Auch so litten viele der Passagiere an Seekrankheit, warum sollte es da nicht auch ein Baby treffen können?

Sie fand Polly in einem Zustand vor, den sie seit den

Tagen der Schwangerschaft nicht mehr an ihr erlebt hatte: Sie weinte hysterisch, und Regal lag neben ihr in der Koje und schrie.

Maria hob das Kind auf und klopfte ihm liebevoll den Rücken. »Was in aller Welt ist los, Polly? Ist Regal krank?« Sie sah in das kleine Gesicht, das feuerrot war vor Anstrengung und tränenüberströmt, doch jetzt, da sie Regal aufgenommen hatte, ließ das Weinen bereits nach. »Sie scheint gesund und munter, Polly. Also, was ist los?«

»Ich habe Angst. England ist so fremd und so weit weg. Mir war nicht klar, daß es so lange dauern würde, dort hinzukommen. Ich wünschte, ich wäre nicht mitgefahren. Was erwartet uns dort? Vielleicht haßt man uns Amerikaner ja da wegen des Krieges. Womöglich sperren sie uns ein.«

»Sei nicht albern. Dir gehen nur die Nerven durch, weiter nichts. In Halifax haben uns die Briten jedenfalls nicht feindselig behandelt.«

»Ach, Halifax! Dort herrscht doch das reinste Kuddelmuddel vor, das zählt nicht. Und in London werde ich mutterseelenallein sein, ihr wollt mich ja nicht haben.«

Maria seufzte. Wie kam es nur, daß es Polly immer wieder gelang, ihr ein schlechtes Gewissen zu machen? »Es ist nicht so, daß wir dich nicht haben wollen. Ich habe es dir doch schon erklärt: Nach unserer Ankunft werden wir eine Zeitlang bei Davids Eltern leben. Dorthin können wir dich nicht mitnehmen, es ist einfach unmöglich. Aber wir werden eine angemessene Unterkunft in London für dich finden, ehe wir aufbrechen. Und ein Mädchen, das sich um das Baby kümmert.«

»Du kannst ja auch zuversichtlich in die Zukunft blikken. Du hast David und seine Familie, die sich um dich kümmern werden. Ich habe niemanden!«

»Warum gehst du nicht zu Bett, Polly? Schlaf dich aus.

Du regst dich über ungelegte Eier auf. Wer weiß, vielleicht lernst du London ja sogar noch lieben.«

»Ich werde es hassen«, heulte Polly.

Als sie etwa die Hälfte der Überfahrt zurückgelegt hatten, organisierte der Kapitän an einem Samstag abend ein Konzert, dessen Mitwirkende er unter den Passagieren und der Mannschaft gefunden hatte. Es hieß, es seien einige wirklich talentierte Leute an Bord, und alle freuten sich auf einen unterhaltsamen Abend.

Maria verspürte ein aufregendes Prickeln, als sie an der Seite ihres gutaussehenden Mannes den Salon betrat. Nun gab es wirklich kein Zurück mehr: England, das große, alte Mutterland, lag vor ihnen. Es kam ihr vor, als sei sie auf dem Weg nach Hause, um endlich ihr geregeltes Leben als Mrs. Collins aufzunehmen, fernab von allen Schrecken des Krieges. Sie betete, daß er bald vorüber sein möge, damit ihr Mann nicht zurückgeschickt würde.

Die Passagiere in ihrer eleganten Abendgarderobe drängten sich gutgelaunt in dem überfüllten Raum und nahmen ihre Plätze ein. Ein erwartungsvolles Summen hatte sich erhoben, und ein Streichquartett spielte spritzige, übermütige Melodien. Einige Passagiere der Unterdeck-Klassen hatten sich hinaufgeschlichen, um den Darbietungen zu lauschen. Sie standen an der Reling und sahen sich ängstlich um, doch die Offiziere gaben vor, sie nicht zu bemerken.

Endlich wurde es still im Saal. Der Zeremonienmeister trat vor und kündigte den ersten Konzertbeitrag an: zwei junge Männer, die Arien aus komischen Opern singen würden. Als sie vortraten, um dem Geiger ihre Notenblätter zu geben, ertönte von draußen ein Ruf der Verblüffung, dann Schreie und viele Stimmen, die durcheinanderriefen.

Sofort brach im Salon hektisches Treiben aus. Die Menschen sprangen in Angst von ihren Plätzen auf, rannten zu den Ausgängen. Die allgegenwärtige Angst vor einem Schiffsunglück brachte sie einer Panik bedenklich nahe.

»Bleib hier«, wies David seine Frau an und stürzte davon, doch sie folgte ihm, drängte sich durch die Menge und stieg über umgestürzte Stühle hinweg.

»Beruhigen Sie sich!« rief einer der Offiziere. »Es ist alles in Ordnung! Alles in Ordnung!«

Gerade als Maria hinausschlüpfte, nahmen mehrere Offiziere Aufstellung an den Türen zum Salon, hinderten die Passagiere daran, den Saal zu verlassen, und versicherten ihnen, es bestehe keine Gefahr.

Am Bug war eine Menschenmenge versammelt, Männer liefen umher, eine Frau fiel in Ohnmacht. Maria erblickte den Kapitän, der sich durch die Menge an Deck kämpfte. »Was geht hier vor? Was ist passiert?«

»Mann über Bord!« gellte eine Stimme. »Mann über Bord!« Und die Menge drängte näher an die Reling.

»Es war eine Frau!« rief einer. »In der Dunkelheit werden wir sie niemals finden. Eine Frau ist über Bord gefallen!«

Maria trat zum Kapitän und sah, wie ein Matrose ihn am Ärmel packte. »Sie ist nicht gefallen, Sir. Sie ist gesprungen. Ich hab's gesehen. Ich schwör's bei Gott. Sie ist über die Reling geklettert und einfach gesprungen, Sir.« Sein junges Gesicht wirkte bleich und verängstigt.

Eine Frau schrie: »Verrückt! Sie muß verrückt gewesen sein!«

Maria stand zwischen ihnen, verwirrt, erschüttert; aber es wäre ihr nie in den Sinn gekommen, daß sie die Frau, die über Bord gesprungen war, kennen könnte. Sie glaubte, es müsse jemand von den furchtbar armen Leuten sein, die die Überfahrt in ihren überfüllten Quartieren unter Deck ertragen mußten. Sie starrte über die Backbordreling in die bodenlose Schwärze dort unten, nur gelegentlich unterbrochen vom weißen Schimmer einer Wellenkrone. Es war ein furchteinflößender Anblick. Wie tief war diese schreckliche See? Viele, viele Meilen tief, unvorstellbar. Und diese Wellen wogten bis in alle Ewigkeit, ohne jemals einzuhalten ... Sie fühlte sich schwindelig, das Rauschen des Windes schien immer lauter zu werden und das Stimmengewirr zu übertönen.

Lose Segel flatterten und knarrten. Ein paar Männer kamen näher, drängten sie beiseite und ließen ein Boot zu Wasser. Maria sah sich um, blickte in graue, starre Gesichter und fand nicht ein bekanntes darunter. Sie floh vor dem gleichgültigen Klatschen der Wellen in den Salon zurück, hielt sich mit beiden Händen die Ohren zu und versuchte so, das Entsetzen fernzuhalten, das durch die feuchte Nachtluft angekrochen kam.

Erst als der Kapitän einen namentlichen Aufruf aller Passagiere befahl, wurde entdeckt, daß Polly Hayes fehlte. Polly hatte nicht zum Konzert kommen wollen, weil das Baby unruhig war. Jetzt schlief Regal friedlich, doch ihre Mutter war nirgends zu finden.

Außer sich vor Sorge bestand David Collins darauf, das Schiff selbst zu durchsuchen. Er hämmerte an sämtliche Kabinentüren, trat Luken ein und stieß Menschen beiseite, als glaube er, Polly könne sich hinter ihnen versteckt halten. Doch seine Suche verlief ergebnislos, und schließlich mußte er dem Kapitän beipflichten: Polly war nicht mehr an Bord. Erst als sie Davids Gesicht sah, konnte Maria glauben, daß es wirklich geschehen war; daß Polly für immer von ihnen gegangen war, daß sie für immer in diesem entsetzlichen Ozean zurückbleiben würde, allein und verlassen, umgeben von den Ungeheuern der Tiefe.

»Sie muß gestürzt sein«, rief sie weinend. »Sie muß gestürzt sein.« Und dann stürzte sie selbst ins Dunkel, fiel in eine tiefe Ohnmacht.

Das erste Licht des Tages kroch wie eine endlose Reihe flackernder Signalfeuer über den Horizont, als sie erwachte. Sie starrte aus dem Bullauge und versuchte, sich einzureden, daß alles nur ein böser Traum gewesen sei. Doch dann kam David herein, müde und unrasiert, immer noch in Abendgarderobe, und da wußte sie, daß es wahr war.

»Das Baby!« rief sie. »Wo ist das Kind?«

»Ein paar Frauen kümmern sich darum, sie sind sehr freundlich«, antwortete David. »Das Kind ist in guten Händen. Geht es dir besser?«

»Nein. Ich fühle mich furchtbar.«

Er nickte. »Der Steward wird dir Kaffee bringen.«

»Ich kann nicht glauben, daß Polly gesprungen sein soll. Es ist zu entsetzlich. Sie hätte doch einen Abschiedsbrief hinterlassen. Habt ihr einen Abschiedsbrief gefunden?«

Er schüttelte den Kopf. »Nichts. Wir haben ihre Kabine durchsucht – nicht ein Wort. Vermutlich war es eine unüberlegte Verzweiflungstat. Ich kann nicht glauben, daß Polly so etwas geplant hätte. Sie war schwermütig. Ich könnte mir vorstellen, daß sie sich, ohne weiter nachzudenken, über Bord gestürzt hat, so als werfe sie ihre Sorgen über Bord, und für den Augenblick vielleicht zu umnachtet war, um zu erkennen, daß sie damit das Leben selbst wegwarf.«

Maria wandte sich entsetzt von ihm ab. »Ich will das nicht hören. Sag so etwas nicht! Ich will mir einfach nicht vorstellen, daß ihr vielleicht nicht klar war, was sie tat, bis es zu spät war.«

»Dann stell es dir nicht vor. Stell dir vor, daß sie jetzt ihren Frieden gefunden hat. Für sie ist jetzt alles vorbei, und das war es doch, was sie wollte.«

»Bist du sicher, daß sie gesprungen ist?«

»O ja, dafür gibt es Zeugen. Arme Polly. Ich wünschte, ich würde mich nicht so verantwortlich fühlen. Aber ich glaube nicht, daß wir mehr für sie hätten tun können.«

»Du trägst keine Schuld«, entgegnete Maria. »Ganz im Gegensatz zu Basil.«

»Es hat keinen Sinn zurückzublicken«, sagte er, ohne auf ihre Bemerkung einzugehen. »Wir müssen an das Kind denken. Polly hat keine Instruktionen hinterlassen.«

Da er offenbar keine Kritik an seinem Freund zulassen wollte, beschloß Maria, ebenfalls treu zu ihrer Freundin zu stehen und den bitteren Gedanken für sich zu behalten, der sich ihr aufdrängte: Polly hatte ihr Baby im Stich gelassen. »Arme kleine Regal«, sagte sie. »Wir werden uns um sie kümmern. Wir könnten sie adoptieren.«

»Das kommt nicht in Frage.« Es klang so, als habe er diesen Vorschlag kommen sehen.

»Wieso nicht? Weil es für Basil unangenehm sein könnte? Vielleicht sollten wir das Baby einfach seinem Vater vor die Tür legen. Es hat doch sonst niemanden.«

»Du vergißt Mr. und Mrs. Hayes in Boston, die Großeltern des Kindes. Es wird ein schwerer Schlag für sie sein, von Pollys Tod zu erfahren, und da wir schon die traurige Pflicht haben, sie davon in Kenntnis zu setzen, sollten wir ihnen bei der Gelegenheit anheimstellen, sich des Babys anzunehmen. Wir wissen nicht, welche Korrespondenz zwischen Polly und Basil stattgefunden hat. Wenn du bereit bist, dich bis zum Eintreffen der Großeltern um Regal zu kümmern, dann sollten wir das tun. Doch inwieweit sie den Vater zur Verantwortung ziehen wollen, muß ihnen überlassen bleiben.«

»Ja, natürlich. Jasper und Ettie werden untröstlich sein. Vielleicht kann ein Enkelkind ihren Kummer ja lindern.«

Maria faltete Pollys Kleidung zusammen und schenkte sie den Passagieren im Unterdeck. Den Rest ihrer Habseligkeiten packte sie in die Reisetruhe: Papiere, Schmuck, Bücher, Andenken, die Babyausstattung obenauf. Eine kümmerliche Hinterlassenschaft für ein Kind. Maria betete, daß Regal mehr Glück im Leben beschieden sein möge als ihrer Mutter.

3. REGAL

Boston 1796

Maria Collins sah dem Besuch von Edwina Proctor und Regal Hayes mit Freude entgegen. Sie sehnte sich danach, nach all den Jahren wieder einmal amerikanische Stimmen zu hören. Besuch aus ihrer Heimat war selten. Sie fand es immer noch erstaunlich, wie gut sie sich in England eingelebt und daß sie London so sehr ins Herz geschlossen hatte, obwohl David so häufig fort war. Es würde herrlich sein, den Damen alles zu zeigen, ihr Reiseführer in dieser faszinierenden Stadt zu sein. Sie setzte sich an ihren Sekretär und begann eine Liste der Sehenswürdigkeiten zusammenzustellen, die sie besuchen mußten, eine zweite mit den Namen der Leute, die sie kennenlernen sollten. Doch ihre Gedanken schweiften immer wieder ab zu Polly. Sie fragte sich, wie ihre Tochter wohl sein mochte.

Seit jenen stürmischen Tagen, als Mr. und Mrs. Hayes nach London gekommen waren und ihre Enkelin einforderten, herrschte eine kühle Distanziertheit zwischen den beiden Familien. Maria war sicher, wäre David nicht bei aller Freundlichkeit so energisch aufgetreten, Ettie hätte ihr die Schuld an Pollys Unglück und ihrem Tod zugeschoben. So aber waren sie nur bis zur Abfahrt des nächsten Schiffes geblieben, und der Dank, den sie David und Maria für die Betreuung ihres Enkelkindes aussprachen, kam nicht von Herzen.

»Gott, was geht nur in meinem Kopf vor?« flüsterte Maria vor sich hin. »Ich rede doch Pollys Mutter nach dem Munde, wenn ich das Kind ›Pollys Unglück‹ nenne, und dabei war sie so ein hübsches kleines Würmchen.« Sie hoffte, ihre Großeltern waren gut zu ihr gewesen. Edwina hatte ihr geschrieben, Regal sei inzwischen eine junge Dame und das Abbild ihrer Mutter. Ihr absolutes Ebenbild! Und in einem anderen Brief schrieb sie, das Mädchen wisse so gut wie nichts von Polly. Den Hausangestellten zufolge habe man ihr lediglich erzählt, Polly sei im Kindbett gestorben.

Vielleicht ist es auch besser so, dachte Maria. Ihr war keineswegs wohl bei der Vorstellung, welche Fragen Regal an sie haben mochte. Die Entscheidung, was Regal wissen sollte und was nicht, hatte bei ihren Großeltern gelegen, und sie hatten es offenbar für das beste gehalten, so wenig wie möglich an dieses Thema zu rühren. Edwina war entschlossen, es dabei zu belassen. Unter keinen Umständen wolle sie Pollys Benehmen mit deren Tochter erörtern, hatte sie Maria geschrieben, das wäre gar zu unangenehm.

Maria seufzte. Offenbar hatte ihre Schwägerin sich kein bißchen verändert. Gerade sie mußte von Benehmen sprechen! Maria erinnerte sich noch genau an die Nacht, als sie beobachtet hatte, wie ihr Bruder sich aus Edwinas Zimmer schlich, auch wenn sie nie einem Menschen davon erzählt hatte. Jedenfalls war es immerhin Edwina gewesen, die Polly den Verlobten ausgespannt und sie in die Arme eines anderen Mannes getrieben hatte. Nicht daß man sie für die Folgen verantwortlich machen konnte. Maria konnte darin keinen Sinn sehen, und David stimmte ihr glücklicherweise zu. Doch vielleicht hätten sie danach gewarnt sein sollen, daß Edwinas Ehe mit Jack nicht dauerhaft glücklich sein würde. Die Geschichte wiederholte sich. Jack verließ Edwina wegen einer anderen Frau, ebenso grausam, wie er Polly den Laufpaß gegeben hatte. Darum war Maria auch so darauf bedacht gewesen, den Kontakt zu Edwina aufrechtzuerhalten. Ihr Bruder hatte sich ausgesprochen schäbig benommen, und sie dachte, daß es für Edwina vielleicht tröstlich wäre zu wissen, daß Maria sie nach wie vor als Familienmitglied betrachtete, auch wenn sie auf verschiedenen Seiten des Atlantiks lebten. Glücklicherweise waren die Foys, Edwinas Eltern, recht wohlhabend und hatten ihrer Tochter auch finanziell beigestanden.

Tochter. Regal. Ihre Gedanken waren wieder bei Pollys Tochter angelangt. Edwina hatte berichtet, daß die Großeltern sie an der kurzen Leine gehalten und sie kaum je unter Menschen gelassen hatten, aus Angst, sie könne so werden wie Polly. All das hatte Edwina natürlich von den Dienstboten erfahren. Aus diesem Grunde sei Regal ein stilles, vielleicht gar zu verschlossenes Mädchen geworden, dabei jedoch zweifellos intelligent und ohne jegliche Anzeichen der Flatterhaftigkeit ihrer Mutter. *Jedenfalls bis jetzt nicht*, hatte Edwina hinzugefügt. *Doch es ist nicht zu übersehen, daß sie sehr willensstark und entschlossen ist. Gegen meinen ausdrücklichen Rat hat sie das gesamte Inventar des Hauses für einen Spottpreis verkauft. Und es waren ein paar wirklich wundervolle Stücke darunter. Aber sie wollte nichts davon behalten. Sehr ungewöhnlich ...*

Die Türglocke erinnerte Maria daran, daß sie Gäste zum Tee erwartete. »Um Himmels willen«, rief sie und eilte zum Spiegel. »Die Sorells! Die hatte ich ja ganz vergessen.«

»Sie sind also William«, sagte Mrs. Collins, als sie ihre Gäste begrüßte. »Ich freue mich ja so, Sie kennenzulernen. Ihre Mutter hat mir schon viel von Ihnen erzählt. Sie müssen glücklich sein, Ihren Sohn wieder daheim zu haben, Mrs. Sorell.«

»O ja.« Seine Mutter lächelte. »Aber er war ein sehr ungeduldiger Patient.«

»Und sind Sie jetzt ganz wiederhergestellt, William?«

»Ja, danke der Nachfrage, Mrs. Collins.«

»Beinah«, verbesserte seine Mutter.

»Sie müssen mir verzeihen, Mrs. Sorell, aber langsam entwickle ich mich zu einer richtigen Kriegsgegnerin. Ich weiß nicht, warum junge Männer es immer so eilig haben, sich freiwillig zu melden, nur um sich verwunden oder verstümmeln oder gar töten zu lassen. Und die Eltern willigen auch noch freudestrahlend ein, so als gingen ihre Söhne zu einem Kurkonzert.«

Während Mrs. Collins sie in den Salon führte, warf William seiner Mutter einen kurzen Blick zu, um ihre Reaktion auf diese unerhörte Bemerkung zu prüfen. Schließlich war er selbst bei einem Gefecht auf den Westindischen Inseln verwundet worden. Doch seine Mutter lachte nur.

»Du meine Güte, das können Sie nicht ernst meinen, Mrs. Collins!«

»Doch, allerdings«, erwiderte ihre Gastgeberin. »Bitte nehmen Sie Platz. Und werden Sie jetzt Ihren Dienst quittieren, William?«

Mrs. Sorell seufzte. »Offenbar nicht. William brennt darauf, Colonel Collins kennenzulernen. Er war richtiggehend böse, daß wir ihn nicht eher hergebracht haben, aber es ging ihm einfach noch zu schlecht. Er hat Davids Publikation über die britische Besiedlung von Neusüdwales gelesen und war ganz fasziniert davon. Nicht wahr, William?«

»Ja«, bestätigte dieser höflich, wenngleich ihn eine Beschreibung der Schlacht von Bunker Hill aus erster Hand weitaus mehr gereizt hätte.

»Das ist doch großartig«, sagte Mrs. Collins. »Wenn Sie sich in die Kolonien versetzen lassen, wird sie das weit vom Krieg wegbringen.«

William mochte sie gern. Sie war immer noch eine attraktive Frau, hatte eine ansprechende Figur mit beinah üppigen Kurven und einer schmalen Taille. Der amerikanische Akzent verlieh ihrer Stimme einen warmen, angenehmen Klang.

»Wäre das nicht ziemlich feige von mir?« fragte er neckend.

»Wenn Sie bereit sind, vier Monate auf See zu verbringen, auf einem dieser fürchterlichen Schiffe, würde es mir niemals einfallen, Sie für feige zu halten. Ich jedenfalls wäre viel zu ängstlich, um es zu wagen.«

»Aber Sie selbst haben doch den ganzen Atlantik überquert, um nach England zu gelangen«, wandte Williams Mutter ein. »Und Ihnen ist kein Leid geschehen.«

»Trotzdem versuche ich nach Kräften, diese Seereise zu vergessen.«

»Sagten Sie vier Monate?« unterbrach William ihr Gespräch. »Dauert es wirklich vier Monate, um nach Neusüdwales zu kommen? Das klingt nach einer alptraumhaften Schiffsreise.«

»Eine phantastische Schiffsreise«, widersprach eine Stimme mit einem starken Akzent, und ein junger Mann trat ein, ohne zuvor angeklopft zu haben.

William erhob sich, verstimmt über die Einmischung, aber Mrs. Collins strahlte. »Jorge, kommen Sie zu uns. Dies sind Mrs. Sorell und ihr Sohn, Lieutenant William Sorell. Mr. Jorgensen. Er ist Däne«, fügte sie hinzu, als erkläre das sein Hereinplatzen.

Jorgensen war erst neunzehn Jahre alt, doch er war groß, athletisch gebaut, und sein gutaussehendes Gesicht schon ein wenig wettergegerbt. Sein dichtes Haar war glatt und dunkel, er trug es im Nacken mit einer Schnur zum Zopf gebunden.

Mit einer ironischen kleinen Verbeugung in Williams Richtung schlug er die Hacken zusammen, dann wandte er sich den Damen zu.

»Sie sind Däne?« fragte Mrs. Sorell. »Ich dachte, alle Dänen seien blond.«

»Nicht alle.« Als er lächelte, funkelten seine blauen Augen, und seine kräftigen Zähne blitzten auf. Sein Lächeln verlieh ihm eine so umwerfende Ausstrahlung, daß William einen Stich der Eifersucht verspürte. Doch er verscheuchte das Gefühl und nahm Platz, während der Neuankömmling sich an den Kaminsims lehnte. Immerhin war er Offizier und dieser Kerl nichts weiter als ein gewöhnlicher Seemann in der schwarzen Kleidung der Matrosen der Handelsmarine, den niedrigsten Kreaturen auf See.

»Jorges Vater ist ein alter Freund von David«, erklärte Maria. »Als Jorge nach London kam, brachte er ein Empfehlungsschreiben seines Vaters mit und hatte zudem das Glück, David noch zu Hause anzutreffen.«

Natürlich, dachte William wütend und beobachtete den Dänen, während sie sich unterhielten. Er kommt einfach auf gut Glück her und trifft Collins, während meine Eltern so viel Zeit vertrödeln, daß ich ihn verpasse, und dabei lebe ich in London. Obwohl er schätzungsweise fünf Jahre älter war als Jorgensen, fühlte er sich unreif und unbeholfen angesichts der Selbstsicherheit dieses Fremden, der die beiden Damen unterhielt, ja beinahe mit ihnen flirtete, als wären sie zwei Debütantinnen. »Ich habe alle Shakespeare-Stücke gelesen«, sagte er gerade.

Oh, sicher hast du das, dachte William ungläubig.

»... aber noch nie eines auf der Bühne gesehen«, schloß Jorge.

»Dann werden wir ins Theater gehen, solange Sie in London sind«, versprach Maria.

»Wunderbar!« rief der Däne. »Das wird der Höhepunkt meines Besuchs in London sein.«

»Wie lange fahren Sie schon zur See?« erkundigte sich William.

»Tja ... ich habe mit fünfzehn als Schiffsjunge angefangen und mit siebzehn heuerte ich unter Captain Marwood auf der *Jane* an, einem englischen Kohlenschiff. Wir segelten die Route zwischen den baltischen Häfen und Newcastle. Dies ist mein erster Besuch in London. Ich habe hier abgeheuert. Und noch nicht entschieden, was ich als nächstes tun werde.«

»Aber Sie haben nie eine Seefahrtschule besucht?« wollte William wissen.

Jorgensen grinste. »Seit meinem elften Lebensjahr hatte ich Unterricht in Mathematik, Navigation und Zeichnen. Auf See wurde ich dann mein eigener Lehrer. Und ich war sehr streng mit mir. Literatur, Sprachen, Geographie und die Elemente. Alles sehr wichtige Fächer, finden Sie nicht?«

»Das sind sie gewiß,« stimmte Maria Collins zu. »Und da Sie doch noch Urlaub haben, William, wären Sie vielleicht so freundlich, Jorge London zu zeigen? Wir wären Ihnen wirklich sehr dankbar.«

William konnte kaum ablehnen. Also fand er sich am nächsten Tag mit dem Dänen vor Londons Sehenswürdigkeiten wieder, dem Tower, den Houses of Parliament, Westminster Abbey, dem britischen Museum und so fort, mit Stippvisiten in sämtlichen Buchläden und Kirchen. Dann wollte Jorgensen unbedingt zum Hafen und bestand darauf, daß William mitkam. Für einen Jungen in seinem zarten Alter hatte Jorge ein lebhaftes Interesse an Londons finstersten Spelunken. Oder genauer gesagt, den weiblichen Gästen dieser Etablissements. Es war geradezu schockierend, wie Jorge sich bei diesen Frauen mit seinem strahlenden Lächeln einführte, und es dauerte nie lange, bis er das hübscheste all dieser Mädchen im Arm hielt.

An diesem ersten Abend verabschiedete William sich bald. »Ich kann hier nicht länger bleiben. Außerdem muß ich nach Hause. Und Sie ebenfalls. Mrs. Collins erwartet Sie doch sicher.«

»Nein. Ich wohne nicht bei ihnen. Colonel Collins hat nur darauf bestanden, daß ich meine Bücher und mein restliches Zeug bei ihnen unterstelle, solange ich an Land bin. In einer Absteige wie dieser könnten sie gestohlen werden.«

William war entsetzt. »Sie wohnen hier?« Die Schenke war schäbig, die Gesellschaft sehr rauh.

»Ja. Ich habe oben ein Zimmer. Colonel Collins sagte, ich könne in seinem Haus am Portman Place wohnen, wenn ich wollte, aber ich ziehe es vor, mein eigener Herr zu sein.« Er lachte. »Der Colonel weiß, daß Männer nicht zum Mönchsdasein geboren sind.«

»Ich kann mir kaum vorstellen, daß er dabei an so etwas gedacht hatte.« William nahm ihm die anzügliche Bemerkung übel.

»Sie glauben doch nicht im Ernst, daß er da unten die ganze Zeit allein war, oder? Er hat mit einem der weiblichen Sträflinge zusammengelebt.«

»Das ist eine Lüge!«

»Ist es nicht. Er hat zwei Kinder in Sydney von Mistress Yeates.«

»Das glaube ich nicht.«

Jorgensen schlug ihm kräftig auf die Schulter. »Zerbrechen Sie sich nicht den Kopf darüber, William, trinken Sie noch was. Die Kinder tragen seinen Namen, Collins verleugnet sie nicht. Also warum sollten Sie es tun?«

»Weil es niemals wahr sein kann. Woher wollen Sie das alles eigentlich wissen? Ich kann mir kaum vorstellen, daß der Colonel Ihnen davon erzählt hat.«

»Nein, aber an Bord eines Schiffes wird viel geredet. Hier gibt es jede Menge Matrosen, die schon in Sydney waren. Der Colonel ist beileibe kein Unbekannter. Er brauchte nur mit den Fingern zu schnipsen, und schon hatte er die Mannschaften für seine letzte Expedition nach Port Phillip zusammen.«

»Und warum sind Sie nicht mitgefahren?«

»Es war ein Sträflingstransport. Ich arbeite grundsätzlich nicht auf Sträflingsschiffen.«

William war immer noch erschüttert. »Weiß Mrs. Collins von der anderen Frau und den Kindern?«

»Natürlich nicht. Und machen Sie kein so pikiertes Gesicht. Uns steht darüber kein Urteil zu. Sie hat sich entschlossen, in London zu bleiben, also hat sie selbst die Voraussetzungen geschaffen.«

William hatte gehört, die Kolonie sei ein rauher, gesetzloser Ort, doch von einen Mann in so hoher Position wie Collins schien dergleichen einfach nicht vorstellbar. Er eilte aus dem finsteren Hafenviertel und atmete erleichtert auf, als er es hinter sich gelassen hatte, ohne von den finsteren Gestalten, die dort im Schatten lauerten, überfallen worden zu sein. Er verfluchte sich, daß er zugestimmt hatte, Jorgensen am nächsten Tag wieder zu treffen. Er hatte genug von diesem Dänen.

Einige Wochen später sandte Mrs. Collins William Sorell eine Einladung zum Dinner und setzte ihn davon in Kenntnis, daß auch Jorgensen eingeladen sei.

Seine Mutter hatte ihm erzählt, daß Mrs. Collins regelmäßig Abendgesellschaften für interessante, wohlsituierte Leute gab, aber offenbar spielten Rang und Stand bei diesen Kolonisten keine besondere Rolle, denn Jorgensen konnte kaum zur restlichen Gesellschaft passen. Ihn schauderte bei der Erinnerung an Jorge und den Pöbel, mit dem er Umgang pflegte, und an diese unglaubliche Geschichte über Colonel Collins. Das konnte einfach nicht wahr sein. Mrs. Collins, diese wundervolle Dame mit der Grazie eines Schwans, wäre sicher außer sich. Schockiert. Sollte Collins wirklich in aller Öffentlichkeit mit einer Strafgefangenen zusammenleben? Das war höchst unwahrscheinlich. Jorge hatte die ganze Geschichte vielleicht nur erfunden, um ihn zu ärgern oder seinen eigenen ausschweifenden Lebenswandel zu rechtfertigen. Und das in seinem Alter! Aber man hörte schließlich immer wieder, viele Ausländer hätten einen überentwickelten Geschlechtstrieb.

Er kam rechtzeitig zum Haus am Portman Place, um den anderen Gästen vor dem Essen vorgestellt zu werden. Die Atmosphäre war entspannt und ausgesprochen angenehm. Als Ehrengäste waren Konteradmiral Arthur Phillip und seine Gattin geladen.

»Da Sie doch so brennend an Davids Bericht über die Kolonie interessiert waren, dachte ich, sie würden diesen Gentleman sicher gern kennenlernen,« sagte Mrs. Collins. »Darf ich vorstellen, Admiral Arthur Phillip, erster Gouverneur von Neusüdwales.«

William war beeindruckt, einem so berühmten Mann zu begegnen. Anfangs war er ein wenig befangen und wußte nicht viel zu sagen, doch Phillip erwies sich als ein sympathischer alter Kauz, dem der Schalk aus den Augen schaute.

»Tun Sie unserer Gastgeberin einen Gefallen und trinken Sie Champagner«, sagte er. »Sie behauptet, das sei das einzige Getränk, das einem vor dem Essen nicht den Appetit verdirbt. Ich bin nicht sicher, ob es stimmt, aber es spricht auf jeden Fall einiges dafür.«

William mochte ihn auf Anhieb und hoffte, er werde später noch Gelegenheit haben, ihn eingehender über die Kolonien zu befragen. Als er Major und Mrs. Trent und ihren beiden Töchtern vorgestellt wurde, war ihm klar, warum er und Jorge eingeladen worden waren. Er verneigte sich vor den beiden jungen Damen. Die eine sah nicht einmal übel aus, doch die andere war vollkommen reizlos. Er hoffte inständig, sie sei Jorges Tischdame.

Die Ehrenwerte Felicity Howth war unter den Gästen, zusammen mit ihrem Bruder Charles. William war Charles nie zuvor begegnet, wußte jedoch, daß er Anteilseigner einer Schiffahrtsgesellschaft war. Sein Partner war ebenfalls anwesend, ein gutaussehender Mann namens Sir Basil Mulgrave.

Nicht lange und Mulgrave war in eine angeregte Unterhaltung mit dem Admiral vertieft, während Lady Mulgrave von den Howths flankiert wurde und mit unverkennbarer Leidensmiene Felicitys Lobliedern auf irgendein Rennpferd lauschte. William beschloß hartherzig, die Ärmste nicht zu erretten, und wandte sich statt dessen den Trents zu.

Die Atmosphäre des Abends, der so gelöst begonnen hatte, wurde zunehmend angespannt. Es war längst Zeit zum Essen, doch der letzte Gast, Jorgensen, war immer noch nicht erschienen. Es wurde weiterhin Champagner angeboten, und Charles Howth war bereits leicht angetrunken, redete zu laut und versuchte, die Gesellschaft mit Jagdanekdoten bei Laune zu halten. William bemerkte, daß Sir Basil seinem Partner finstere Blicke zuwarf, doch er zweifelte, daß Charles sie zur Kenntnis nahm.

»Wir werden ohne Jorge essen müssen«, sagte Maria zu William. Sie wirkte beunruhigt. »Das ist wirklich abscheulich von ihm. Und dabei hat er gesagt, er käme mit dem größten Vergnügen.«

Das leere Gedeck wurde abgeräumt, das Dinner begann. Ein ausgesprochen stilvolles Essen, erzählte William seinen Eltern später zufrieden, doch Jorgensen erschien den ganzen Abend nicht und sandte auch keinerlei Entschuldigung.

Einige Tage darauf brachte William Mrs. Collins Blumen, um ihr für den anregenden Abend zu danken; doch sie war besorgt, weil sie immer noch nichts von Jorge gehört hatte. »Er kam eigentlich regelmäßig her, David hatte ihm erlaubt, die Bibliothek zu benutzen. Er ist ja so ein Bücherwurm, wissen Sie, stundenlang saß er dort drin und las, so auch an dem Tag, als Sie uns zum ersten Mal besuchten. Aber jetzt habe ich seit Tagen nichts von ihm gehört. Seine Sachen sind noch hier, William. Ich fürchte, ihm könnte etwas zugestoßen sein. Wissen Sie, wo er wohnt?«

»Ja«, sagte William, wenig gewillt, weiter darauf einzugehen.

»Dann seien Sie doch so gut und gehen Sie hin, erkundigen Sie sich nach ihm. Er ist doch noch ein Junge, ich fühle mich verantwortlich für ihn.«

Da ihm nichts anderes übrigblieb, ging William umgehend zum Hafen hinunter. Bei Tageslicht sah die Gegend nicht mehr ganz so gefährlich aus. Er fand auch das Gasthaus wieder, doch der Wirt hatte Jorgensen ebenfalls seit längerem nicht mehr gesehen.

»Schuldet er Ihnen Geld?« fragte William, der befürchtete, der Däne habe sich einfach davongemacht und die Zeche geprellt.

»Ein paar Schilling«, sagte der Wirt. »Aber er wird mich schon bezahlen. Ich bin ein guter Menschenkenner, und ich weiß, daß Jorgensen irgendwann hier reinspaziert und mein Geld bringt, sei's in drei Tagen oder in drei Jahren.«

»Aber seine Freunde sind beunruhigt, weil er verschwunden ist«, erklärte William. »Was ich damit sagen will, Sir: Könnte er nicht irgendeinem Verbrechen zum Opfer gefallen sein?«

Der Wirt lachte. »Der Däne? Niemals! Das ist ein wirklich zäher Bursche, wer dem an den Geldbeutel will, dem schlägt er den Schädel ein. Und jetzt gehen Sie nach Hause, Söhnchen. Sie haben hier nichts verloren.«

Die Überfahrt auf dem eleganten Segelschiff *Oceanic* war ein großes Erlebnis für Regal und Edwina. Sie hatten eigens bis zum Sommer gewartet, um unfreundliches Wetter zu vermeiden, und sie wurden für ihre Geduld belohnt. Die Winde waren ihnen wohlgesinnt, so daß sie gut vorankamen, und trotz der beengten Verhältnisse genossen die beiden Damen dieses große Abenteuer.

Als das Schiff schließlich an einem grauen Morgen in London festmachte und die riesige Stadt sich vor ihnen erstreckte, verebbte jedoch ein Großteil ihres Selbstvertrauens. Sie waren nicht sicher, was als nächstes zu tun war. Sie konnten nicht erwarten, daß Maria sie hier im Hafen abholte, und sie wußten nicht, welche Transportmittel verfügbar und angemessen waren. So kam es, daß sie sich immer noch in ihrer Kabine befanden und Gepäckstücke zählten, um ihren Aufbruch so lange wie möglich hinauszuzögern, als der Kapitän sie aufsuchte. Er brachte gute Nachrichten: Zwei Herren der Schifffahrtsgesellschaft erwarteten sie an Deck, um sie an Land zu begleiten und ihnen auch weiter behilflich zu sein.

»Sie bringen außerdem Grüße von einer Mrs. Collins«, fügte er hinzu. »Sie läßt ausrichten, sie hoffe, daß Sie eine angenehme Reise hatten.«

»Oh, die hatten wir wirklich«, erwiderte Edwina erleichtert. »Und ich kann Ihnen gar nicht sagen, wie dankbar ich Ihnen bin, daß Sie uns heil über das Meer gebracht haben.«

Bald saßen sie in einer großen Kutsche, ihr Gepäck festgezurrt, und die beiden freundlichen, hilfsbereiten Herren verabschiedeten sich. Und dann brachen sie zu ihrer ersten aufregenden Fahrt durch die Straßen von London auf.

Das Haus der Collins' lag am Ende einer baumgesäumten Straße. Es war ein zweigeschossiges Bauwerk aus stuckverziertem weißem Mauerwerk mit symmetrisch angeordneten Fenstern. Regal, die verspieltere Häuser mit Veranda an Vorder- und Rückseite gewohnt war, fand es schön aber streng, die geraden Linien und Rechtecke nur unterbrochen von den Säulen links und rechts der Haustür.

Doch da eilte Mrs. Collins auch schon auf sie zu, und Edwina quietschte vor Freude. Ihre Gastgeberin hatte ein hübsches Gesicht, selbst wenn ihre Formen vielleicht eine Spur zu rundlich waren. Sie trug ein weites, gestreiftes Kleid mit einem schlichten weißen Kragen, dazu eine mit Spitze abgesetzte Seidenhaube. Regal mochte sie vom ersten Augenblick an.

Als die Ankömmlinge ausstiegen, was bei ihrer Aufregung, den weiten Röcken, langen Umhängen und großen, modischen Hüten gar nicht so einfach war, gab es ein Durcheinander von Umarmungen, Küssen und Tränen, denn sowohl Edwina als auch Mrs. Collins lachten und weinten gleichzeitig.

»Du siehst ja so gut aus!« rief Edwina, und Mrs. Collins erwiderte: »Du auch, meine Liebe.« Dann wandte sie sich an ihren zweiten Gast. »Regal! Meine Güte, was für eine elegante Dame Sie geworden sind! Sie ist wunderschön, nicht wahr, Edwina? Einfach wunderschön. Kommt herein. Kommt. Es ist so herrlich, euch endlich hier zu haben.«

Es verging noch ein Weilchen mit Fragen und aufgeregten Ausrufen, während die Diener ihr Gepäck abluden, doch schließlich betraten sie das Haus, durchquerten eine Halle, wo ein Hausmädchen ihnen Mäntel und Handschuhe abnahm, und wurden in den Salon geführt für eine kurze Ruhepause.

Im Gegensatz zur Fassade wirkte das Innere des Hauses sehr warm. Große, kostbare Teppiche bedeckten die blanken Parkettböden, und Rosenduft vermischte sich mit dem vertrauten Geruch von Politur. Die Wirkung der Mahagonimöbel war durch Polster aus mattem Gold aufgelockert, die zu den schweren Vorhängen paßten. Das Ganze wirkte ausgesprochen freundlich, beruhigend und einladend.

»Dieses Haus ist wundervoll, nicht wahr?« flüsterte Regal Edwina zu.

»Natürlich ist es das. Maria hatte immer schon einen erlesenen Geschmack. Und nun achte auf deine Manieren, so lange du hier bist, mein Kind.«

Sie waren also endlich angekommen. Regal kam es beinah wie ein Wunder vor. Sie waren wahrhaftig in London!

Die ersten Tage fand sie ziemlich verwirrend, alles wirbelte nur so an ihr vorbei. Doch nach und nach gewöhnte sie sich an ihre neue Umgebung. Ihr Schlafzimmer mochte sie ganz besonders gern. Das breite Himmelbett hatte Vorhänge und einen Baldachin aus weißem Musselin, am Rand mit kleinen Rosenknospen bestickt. Sie hatte einen weißen, roségemusterten Teppich, eine Frisierkommode mit einem Spiegel darüber, einen zweiten, langen Spiegel am Kleiderschrank, einen Sessel am Kamin und sogar einen kleinen Sekretär. Und das Beste daran war, sie brauchte das Zimmer nicht mit Edwina zu teilen, wie sie befürchtet hatte. Es war ganz allein ihr Reich.

Aus Wochen wurden Monate, und bald kam es ihr so vor, als habe sie schon immer hierher nach London gehört.

Regal stand vor dem Spiegel und starrte fassungslos hinein. Sie konnte kaum begreifen, welche Verwandlung sich an ihr vollzogen hatte. In diesem Kleid sah sie aus wie eine Prinzessin. Es war phantastisch. Leuchtend türkisblauer Satin, reichlich bestickt mit schwarzen und silbernen Perlen und so tief ausgeschnitten, daß es schon fast unanständig war. Sie zog die Brauen hoch und versuchte, erhaben zu wirken, dann schnitt sie eine Grimasse. Es hatte den ganzen Tag gedauert, sich für diesen Anlaß fertigzumachen, und nach einer Weile hatte sie es lästig und ermüdend gefunden. Die Schneiderin hatte darauf bestanden, den Saum des Kleides noch etwas zu kürzen, und danach mußte auch der Umhang geändert werden. Die Zofe hatte Stunden gebraucht, ihre Haare zu waschen und zu bürsten und dann Strähne für Strähne aufzustecken. Sie hatte eine Tinktur darübergegeben, damit alles an Ort und Stelle blieb. Aber das Endergebnis war erstaunlich. Mit den hochgesteckten Haaren und Edwinas Türkisohrringen dazu wirkte sie tatsächlich elegant. Fein genug, um mit Maria und Edwina auszugehen und für eine Dame der Gesellschaft gehalten zu werden.

Sie wünschte, sie könnte jetzt, in diesem Augenblick, ein Portrait von sich malen lassen, um es nach Boston zu schicken. Würden sie nicht alle staunen? Das Hayes-Mädchen nicht nur in London, sondern auf dem Weg in die Oper, wo sie die Crème der Londoner Gesellschaft treffen würde. Ja, da würden ein paar Leute sicher grün vor Neid werden, ganz besonders die Nachbarn im fernen Boston.

Dann fiel ihr Jessie ein. Jessie hätte es genossen, Regal so zu sehen. Sie war vielleicht zwölf gewesen, als sie Jessie mit der Frage überraschte: »Bin ich häßlich?«

Die arme Jessie mit ihrem zerfurchten Gesicht und ihrem knochigen Körper war dafür kaum die richtige Adresse, doch Regal hätte nie gewagt, eine solche Frage ihrer Großmutter zu stellen.

»Wie kommst du denn auf so etwas, Regal?«

»Weil ich zu groß bin. Die meisten Jungen sind kleiner als ich. Und mein Mund ist zu breit, und mein Haar hat gar keine richtige Farbe.«

»Aber du hast so schönes Haar. Hell und natürlich gelockt.«

»Wenn ich groß bin, werde ich Hüte mit geheimnisvollen Schleiern tragen, die mein Gesicht verhüllen, damit ich interessanter wirke.«

»Oh, jetzt verschwinde aber, Regal.«

Heute hätte sie ihr blondes Haar um nichts in der Welt verstecken mögen. Sie besaß viele Hüte mit Schleiern, aber kecke, kleine Schleier, die ihr gerade bis über die Augen reichten und so fein waren, daß man sie kaum anzurühren wagte.

Daheim wäre dieses Kleid ideal für einen Ball gewesen. Wenn man sie zu Bällen eingeladen hätte. Regals Gesicht verfinsterte sich, und sie spürte den altbekannten Zorn in sich aufsteigen, doch ein Blick in den Spiegel erinnerte sie daran, daß diese Tage vorbei waren. London war eine wundervolle Stadt, und sie wohnte sehr gern hier bei Maria Collins.

Das Haus am Portman Place war nicht prahlerisch, aber stilvoll. Und auch wenn Marias Mann verschwunden war, davongesegelt über den Horizont, um irgendwo neue Welten zu erschließen, nur um dann Sträflinge dorthin zu schaffen, so führte Maria doch ein abwechslungsreiches

Leben und erfreute sich eines großen Freundeskreises, der hauptsächlich aus Leuten von der Armee oder Marine bestand. Regal war verblüfft, was für ein lebenslustiges Volk diese älteren Leute waren; ständig planten sie Gesellschaften, Dinners oder andere Unterhaltungen. Das schien ihre Hauptbeschäftigung zu sein. Maria war glücklich, sie beide bei sich zu haben, und sie und Edwina genossen es, Regal zu verschiedenen gesellschaftlichen Anlässen mitzunehmen, denn auch Edwina hielt nichts davon, zu Hause herumzusitzen. Sie war wild entschlossen, sich einen Engländer zwecks Heirat zu angeln.

Seit sechs Monaten waren sie nun schon in London, doch es schienen nicht viel mehr als ein paar Wochen zu sein, so viel hatten sie zu tun, so viele historische Stätten zu besichtigen. Es war eine riesige Stadt, und das gefiel Regal ganz besonders. Sie genoß das Gefühl, sich einfach von der Menge treiben zu lassen, anonym zu sein, wenn es ihr gelegentlich gelang, zu entwischen und auf eigene Faust loszugehen. Verglichen mit dieser lärmenden Metropole war Boston ein Dorf, ein Ort wo nichts, was man tat, je unbemerkt oder ungetadelt blieb. Das hatte sie immer gestört. Vielleicht lag es an ihrer »Herkunft«, wie Großvater es immer ausgedrückt hatte. Die Menschen starrten sie an. Vielleicht war es ihr aber auch nur so vorgekommen. Wie dem auch sei, nun war sie aus dieser Glasglocke ausgebrochen und würde niemals zurückkehren. Sollten sie doch alle zur Hölle fahren ...

Maria Collins hatte ihr gesagt, die Londoner Damen nähmen zu ihren Spaziergängen Lakaien mit, die ihnen in respektvollem Abstand folgten, um sie zu beschützen. Aber davon wollte Regal nichts wissen, es hatte zuviel Ähnlichkeit mit den prüfenden Blicken, die sie in Boston verfolgt hatten. Jetzt war sie frei und entschlossen, ihr eigener Herr zu sein.

Bei Martins am Berkley Square gab es das köstlichste Eis, und Regal genoß es, in ihrer Kutsche unter den hohen, schattenspendenden Bäumen zu sitzen, Eis in den verschiedensten Geschmackssorten zu bestellen und dabei die feinen Leute vorbeiflanieren zu sehen. Die Kellner brachten die Eisbecher direkt zu den Kutschen, und sie fühlte sich sehr weltgewandt, wenn sie da so allein saß und den Damen zuhörte, die mit ihren Kavalieren lachten und plauderten. Als Edwina von Martins hörte, wollte sie unbedingt mitkommen, und auch wenn Edwina für ihr Alter eine ganz unterhaltsame Gesellschafterin war, so war es doch nicht mehr dasselbe. Hin und wieder war Regal gern allein. Ganz für sich. Edwina hatte gesagt, sie sei verschlossen, und vielleicht stimmte das auch, doch Edwina versuchte ja auch ständig, sie darüber auszufragen, was in Leonard Rosonoms Briefen an sie stand. Dabei waren es lediglich Geschäftsbriefe. Leonard verwaltete ihr Vermögen daheim sehr umsichtig. Er hatte einige Gesellschaften in ihrem Namen gegründet, was sie ausgesprochen spannend fand. Es sei notwendig, hatte er erklärt, um ihre Investitionen zu streuen. Es gab eigentlich keinen Grund, warum Edwina diese Briefe nicht lesen sollte, bis auf die Genugtuung, die es Regal bereitete, all diese Dinge für sich zu behalten. Leonard plante vorausschauend, beschrieb die Einzelheiten verschiedener Objekte und Investitionen und ließ ihr die Wahl. Auch schlug er vor, sie solle in Kohle und Schiffahrtsgesellschaften investieren. Regal verneigte sich tief vor ihrem Spiegelbild. Ihre private Welt der Hochfinanz fand sie ungeheuer aufregend, viel zu schade, um dieses Geheimnis mit irgend jemandem außer Leonard zu teilen.

Im Korridor betrachtete sie das Portrait von David Collins. Es ist eigenartig, dachte sie, daß Marias Mann da unten am anderen Ende der Welt lebt. Ich würde ihn umbringen dafür. Oder darauf bestehen, daß er mich mitnimmt. Aber Maria schien es überhaupt nichts auszumachen, und sie war ungeheuer stolz auf ihn.

»Regal, beeil dich!« rief Edwina. »Wir warten.«

Sie sprach davon, sich ein eigenes Haus in London zu nehmen, weil der große Colonel Collins bald zurückerwartet wurde und ihre Anwesenheit dann als störend empfunden werden könnte. Es war zu schade. Regal fühlte sich sehr wohl am Portman Place.

Sie frühstückten spät. Regal litt an hämmernden Kopfschmerzen – die Folge von zuviel Wein beim gestrigen Dinner –, doch sie gab vor, sich gut zu fühlen. Letzte Nacht hatte er kaum Wirkung gezeigt, jetzt dafür um so deutlicher – genau wie Edwina ihr prophezeit hatte.

»Das ist ein hübsches Kleid, Liebes, die Farbe steht dir gut«, sagte Maria.

»Das finde ich nicht«, widersprach Edwina. »Ich finde, es ist eine nichtssagende Farbe. Gelbtöne sind nichts für blonde Frauen, sie passen viel besser zu kastanienbraunem Haar wie meinem.«

Regal lächelte vor sich hin. Edwina hätte wohl auch noch einem Erzengel widersprochen. Für ehemalige Schwägerinnen waren Maria und Edwina gute Freundinnen. Maria akzeptierte Edwinas Gründe, aus denen sie sich von Jack getrennt hatte, aber sie hörte es nicht gerne, wenn man ihren Bruder kritisierte, und so war es für den Frieden im Hause besser, dieses Thema zu meiden. Edwina wurde wütend, wenn sie nur an Jack dachte, und Regal war unfreiwillig zur Klagemauer geworden, mußte sich die endlose Liste seiner Fehler und Sünden anhören. Sie fragte sich, warum Edwina so versessen auf einen neuen Mann war, wo sie doch gerade einer so unglücklichen Ehe entronnen war.

Regal hörte zu, während sie über Edwinas Entschluß

sprachen, ein Haus zu mieten, und darüber, wo sich wohl etwas Geeignetes finden ließe. Ihr ging auf, daß sie Maria vermissen würde. Im Grunde verspürte Regal keine große Lust, allein mit Edwina zu leben, die manchmal gehässig und selbstsüchtig sein konnte. Oft bezichtigte sie Regal allerdings genau derselben Fehler. Vielleicht konnte Regal sie überreden, ihre Pläne aufzuschieben.

»Edwina, warum gehen wir nicht ein wenig auf Reisen, bevor du dich für ein Haus entscheidest? Es gibt so viel zu sehen hier drüben.«

»Aber überall tobt doch dieser Krieg gegen Napoleon«, wandte Edwina ein.

»Es gibt so viele Länder in Europa, sie können doch nicht alle Krieg führen?«

»Sie sind alle irgendwie darin verwickelt, und außerdem gibt es im Moment keinen Passagierverkehr über den Kanal. Die Franzosen würden die Schiffe versenken.«

»Warum fahren wir dann nicht nach Irland? Es heißt, es sei so ein wunderschönes Land.«

»Aber Liebes, Irland ist noch schlimmer. Die Iren führen auch Krieg gegen die Engländer.«

»Aber wir sind Amerikaner, sie würden uns nichts tun.«

»Jetzt hör endlich auf, Regal. Dieses Kind gibt nie Ruhe, Maria, sie würde die ganze Welt auf den Kopf stellen, um sie nach ihrem Willen gestalten zu können.«

»Es wird wunderbar sein, euch beide in der Nähe zu haben«, sagte Maria. »Ich habe die Engländer als sehr aufgeschlossene und geistreiche Menschen schätzengelernt, aber es ist doch herrlich, euch hier zu haben, meine eigenen Landsleute.«

Regal häufte Brombeermarmelade und Schlagsahne auf einen kleinen Pfannkuchen, und Edwina runzelte die Stirn. »Stopf dich nicht so voll, Regal. Bei heißen Pfannkuchen kennst du überhaupt keine Zurückhaltung.«

Das Mädchen kam mit der Morgenpost herein. Es war ein Brief für Regal aus Boston dabei, von Leonard Rosonom natürlich. Niemand sonst schrieb ihr von dort. Sie legte ihn unter ihren Tellerrand, um ihn später in Ruhe zu lesen, und gab vor, Edwinas ärgerlichen Blick nicht zu bemerken.

Maria sprang plötzlich auf und verstreute den Rest der Post auf dem Boden. »Meine Lieben, endlich!« rief sie selig. »Ein Brief von David.« Sie öffnete ihn vorsichtig und begann zu lesen. »Du meine Güte! Der junge Jorge ist bei David aufgetaucht, am anderen Ende der Welt! Er ist ein Filou, ich erzähle euch später von ihm.«

Sie trat mit dem Brief ans Fenster, um besseres Licht zu haben, blätterte die Seiten behutsam um, und Regal dachte schon, sie werde niemals fertig mit der Lektüre. Edwina schenkte ihr Kaffee nach und wartete, daß Maria zum Tisch zurückkehrte, aber statt dessen ließ sie sich in einen nahen Sessel fallen, wandte ihnen den Rücken zu und las den Brief noch einmal.

»Was gibt es für Neuigkeiten?« fragte Edwina. »Ich kann es kaum erwarten, sie zu hören. Wann kommt er nach Hause?«

Maria ließ die Blätter in ihren Schoß fallen, als sei plötzlich alle Kraft aus ihren Fingern gewichen. »Er kommt nicht nach Hause.«

Seltsamerweise war es Edwina, nicht Maria, die darüber in Tränen ausbrach. »Das kann nicht wahr sein! Laß sehen.« Sie setzte ihre Brille auf und nahm sie wieder ab, tastete nach ihrem Taschentuch, wobei sich ihr Fuß im Teppich verfing und sie durchs Zimmer stolperte. »Nach all der Zeit kann er doch nicht einfach seine Meinung ändern! Nicht jetzt!«

Regal ging auf, daß Edwina sich beinah ebensosehr auf seine Heimkehr gefreut hatte wie Maria. Weil sie Freunde waren, seit sie während der Revolution zusammen in Halifax gewesen waren. Auch ihre Mutter Polly war dabeigewesen.

Sie tat, als bemerke sie nicht, daß die beiden Frauen es mieden, Polly zu erwähnen. Lediglich bei der Begrüßung hatte Maria gesagt: »Ich freue mich so sehr, dich kennenzulernen, Regal. Deine Mutter und ich waren sehr gute Freundinnen.«

Regal hatte ihre eigenen Gründe, das Thema nicht zu forcieren. Nicht etwa, weil sie sie nicht in Verlegenheit bringen wollte, das kümmerte sie nicht. Sie wartete einfach auf das Auftauchen dieses Namens. Des Namens auf ihrer Geburtsurkunde. Sie mußte wachsam bleiben und den richtigen Moment abwarten, wenn sie nicht auf der Hut waren.

Sie bedauerte, daß Colonel Collins nicht heimkommen würde. Sie war richtig enttäuscht deswegen, denn sie hatte gehofft, Collins nach ihrer Mutter fragen zu können. Es war immerhin möglich, daß er diesem Thema nicht so peinlich berührt auswich, wie die Frauen es taten. Und vielleicht wußte er sogar irgend etwas über diesen Mulgrave. Wenn er noch lebte, dann würde sie Mulgrave eines Tages ausfindig machen. Und dann ... Nun, es war schwer zu sagen, was genau dann passieren würde. Sie malte sich oft aus, was sie tun würde. Aber was es auch immer sein mochte, er würde leiden. Dafür wollte sie sorgen. Sie würde weder Kosten noch Mühen scheuen. Aber im Moment schien es besser, nichts zu sagen. Sie wollte nicht, daß alle Welt versuchte, sie von ihren Plänen abzubringen. »Warum kommt der Colonel nicht nach Hause?« fragte sie.

Maria schien plötzlich gealtert. Sie wirkte angespannt und gleichzeitig hoffnungslos. »Er war nicht damit zufrieden, einfach nur als einer von vielen an der Gründung der Stadt Sydney mitzuwirken. Er hat immer davon geträumt, seine eigene Niederlassung zu gründen, alles nach seinen Vorstellungen zu machen. Und als der Gouverneur ihm den Auftrag erteilte, genau das zu tun, war er im siebten Himmel. Er rüstete eine Expedition aus in der Absicht, in der Bucht von Port Phillip eine Kolonie anzusiedeln, weit südlich von Sydney. Sie sind jetzt seit einem Jahr dort, und darum hatte ich erwartet, daß er Urlaub nimmt und heimkommt. Doch jetzt schreibt er, daß die Siedlungsgründung in Port Phillip ein Fehlschlag gewesen sei. Er mußte sie aufgeben und seine Leute an einen neuen Ort bringen, Hobart auf Van Diemens Land. Das heißt, all die Zeit und Mühe war vergebens, und jetzt fängt er wieder von vorn an. Noch einmal ganz von vorn.«

»Und wer weiß, welchen Gefahren sie auf Van Diemens Land begegnen werden«, schluchzte Edwina. »Dort wimmelt es doch nur so vor feindseligen Wilden im Dschungel!«

»So weit im Süden gibt es keinen Dschungel«, erklärte Regal. »Außerdem sind sie doch bestimmt gut bewaffnet. Vielleicht ist es gar nicht so schlimm, Maria. Möglicherweise bringt er sie nur hin, siedelt sie an und kommt dann nach Hause, um sich auszuruhen.«

»Du kennst ihn nicht. Er wird seine Stadt aufbauen und sich persönlich vergewissern wollen, daß alles reibungslos läuft. Er wird niemals fertig werden.« Sie schüttelte traurig den Kopf. »Wenn ich heute zurückblicke, wird mir klar, daß David von Anfang an von der Neuen Welt fasziniert war. Ich dachte, es sei nur eine vorübergehende Phase. Aber er machte da weiter, wo die anderen aufgehört haben.«

»Welche anderen?« fragte Regal.

»Amerikanische Loyalisten. Sie hatten als erste die Idee, eine Kolonie in Neusüdwales zu gründen. James Matra aus New York und ein paar seiner Anhänger unterbreiteten der britischen Regierung einen detaillierten Plan mit der Bitte, ihre Expedition zu genehmigen.«

»Aber ihr Plan wurde abgelehnt?«

»Nein. Nur verschleppt. Dann beschlossen die Briten, die Gründung dieser Kolonie selbst in die Hand zu nehmen. Doch anstelle einer Ansiedlung freier Menschen, wie die Loyalisten sie sich vorgestellt hatten, wollten die Briten aus Neusüdwales eine Sträflingskolonie machen, da die Amerikaner ja keine Sträflingsschiffe mehr an ihren Küsten landen ließen. Und selbst unter diesen Umständen mußte David dabeisein. Er mußte einfach. Er wollte bei der allerersten Landung dort sein, als könne er die Geschichte der Mayflower wiederholen.«

»Und? War er dabei?« fragte Regal fasziniert.

Edwina schniefte. »Natürlich! Und seither ist er geradezu besessen von dem Land.«

»Besessen würde ich nicht sagen«, sagte Maria vorwurfsvoll. »Aber er hat seine Lebensaufgabe dort drüben gefunden, fürchte ich.« Sie ging zur Tür. »Wenn ihr mich entschuldigt, ich werde nach oben gehen und mich hinlegen. Bitte gib mir den Brief, Edwina.«

»Selbstverständlich!« Edwina streckte ihn ihr entgegen. »Und nun mach dir keine Sorgen. Er wird heimkommen sobald er kann, du wirst sehen.«

Nachdem Maria hinausgegangen war, schien Edwina sich besser zu fühlen. »Männer!« sagte sie. »Wie kann er nur so grausam sein und einfach davonziehen in die Wildnis wie ein Hillbilly.« Sie trat vor den Spiegel und puderte ihr Gesicht. »Manchmal denke ich, David muß verrückt geworden sein. Wie auch immer, es ist jetzt unsere Pflicht, Maria aufzuheitern. Ich werde sofort damit anfangen, ein paar Einladungen in die Wege zu leiten. Wußtest du, daß Maria bei Hofe eingeführt wurde, als David das letzte Mal daheim war?«

»Ja, sie hat mir das Kleid gezeigt. Ein Traum!«

Edwina sah stirnrunzelnd in den Spiegel. »Sie hat viele einflußreiche Freunde hier. Ach, es wäre zu herrlich, bei Hofe empfangen zu werden, aber dank meines ehemaligen Gatten wird das niemals passieren. Es ist so ungerecht! Ich werde nicht empfangen, weil meine Ehe annulliert wurde. Immer ist es die Frau, die den Preis zahlen muß.«

Regal entsann sich, daß Jessie genau dasselbe gesagt hatte, und lachte. Ältere Frauen regten sich doch wirklich über die belanglosesten Dinge auf und schufen sich die meisten ihrer Probleme selbst. Wenn Maria David wirklich so sehr vermißte, warum packte sie nicht einfach ihre Sachen und reiste ihm nach Hobart nach? Und was spielte es schon für eine Rolle, wenn Edwina bei Hofe nicht genehm war?

»Ja, lach du nur«, schmollte Edwina. »Aber es ist wahr. Auch in deinem Fall. Dich würden sie auch nicht empfangen, wegen deiner ...« Sie unterbrach sich und zupfte plötzlich mit unnötiger Konzentration die Löckchen in ihrer Stirn zurecht.

»Meiner was?«

»Ach nichts, mach dir keine Gedanken. Dein Großvater hat keinen Ball gegeben, um dich in die Gesellschaft einzuführen, also werde ich einen für dich arrangieren, hier in Macks wunderbarem Ballsaal. Ein Dinner, anschließend ein Ball. Maria wird deine offizielle Gastgeberin sein und die Gästeliste aufstellen, wir haben schon darüber gesprochen. Wir wollten nur warten, bis David heimkommt, aber jetzt muß es eben ohne ihn gehen.«

»Du meintest wegen meiner Herkunft? Weil ich unehelich bin?«

»Pst. Sprich nicht davon, es besteht kein Grund, die Vergangenheit heraufzubeschwören.«

»Aber das hast du doch gerade getan, Edwina. Also bin auch ich für die Engländer nicht gut genug?«

»Aber natürlich bist du das. Nur die königliche Familie ... sie sind eben sehr förmlich und steif.«

»Da habe ich aber ganz andere Dinge gehört. Der Prince of Wales ist doch ein wandelnder Skandal.«

»Das ist wahr.« Edwina grinste. »Er ist ja so faszinierend. Ich würde ihn zu gern kennenlernen. Doch was die gewöhnlichen Sterblichen betrifft, bist du eine begehrte junge Dame, also will ich von diesem Unsinn nichts mehr hören. Du solltest das alles vergessen.«

Regal zuckte die Schultern. »Es hat keinerlei Bedeutung für mich.« Doch innerlich spürte sie wieder den schwelenden Zorn, die nagende Frustration, weil ihr unsichtbarer Feind außerhalb ihrer Reichweite war und ihr gefahrlos zusetzen konnte, ohne daß sie eine Chance bekäme, sich zur Wehr zu setzen.

»Ich hoffe, ich habe dich nicht gekränkt«, sagte Edwina. »Das wollte ich ganz sicher nicht.«

»Schon gut. Es ist nur, ich fühle mich so rastlos. Als würde ich auf irgend etwas warten. Mein ganzes Leben scheine ich auf etwas gewartet zu haben, aber ich weiß nicht, worauf.«

»Auf den Tag deiner Eheschließung natürlich«, erwiderte Edwina strahlend. »Das ist der Tag, an dem dein Leben wirklich beginnt. Wir müssen uns nach einem guten Mann für dich umsehen, und dann wird alles ganz wunderbar sein.«

Regal verzichtete darauf, Edwina daran zu erinnern, daß die Ehe sich für zwei Frauen in diesem Haushalt mitnichten als so wunderbar erwiesen hatte.

4. KAPITEL

Regal übte das Laufen in ihren neuen Schuhen. Sie waren sehr elegant, aber sie hatten eigenartig schmale, hohe Absätze, und Regal stakste noch unsicher darauf umher. Doch sie entsprachen der neuesten Mode, also war Regal entschlossen, sie heute auf dem Picknick beim Pferderennen in Newmarket zu tragen.

Seit dem Ball, mit dem sie offiziell in die Gesellschaft eingeführt worden war, wurde sie mit persönlich zugestellten Einladungen überschüttet, und ein nie versiegender Strom junger Herren belagerte ihre Tür.

Der Ball war ein wundervolles Fest gewesen, und sie hatte es genossen, im Mittelpunkt des Interesses zu stehen. Es kam ihr vor, als habe sie einen Krieg gewonnen. Sie war am Ziel! Ihr Name hatte gar in den Gesellschaftsspalten der Zeitung Erwähnung gefunden. Edwina hatte wenigstens ein Dutzend Exemplare gekauft und heim nach Boston geschickt. Regal war froh darüber. So konnte sie selbst sich die Mühe sparen, und außerdem war es wirkungsvoller, wenn es von Edwina kam.

Sie saß auf der Bettkante. Die merkwürdigen Absätze waren wie Garnrollen geformt, in der Mitte verjüngt. Durch den steilen Neigungswinkel rutschte ihr Fuß im Schuh nach vorne, und ihre Zehen scheuerten sich am Leder. Vielleicht sollte sie sie lieber nicht anziehen. Aber das Olivgrün war exakt die Farbe ihres neuen Ensembles.

Sie mußte über sich selbst lachen, erstaunt darüber, daß Nebensächlichkeiten wie die passende Farbe von Kleid und Schuhen eine so große Rolle in ihrem Alltag eingenommen hatten. Sie hörte Edwina rufen, aber sie antwortete nicht. Edwina konnte einen niemals in Ruhe lassen.

»Was machst du denn? Hast du mich nicht rufen hören?« Edwina rauschte herein, kichernd Maria hinter sich her ziehend. »Ich muß dir etwas sagen, Regal. Himmel, ich bin ja so aufgeregt. Sag du es ihr, Maria.«

»Nein, es ist deine Neuigkeit. Na los.«

»Also gut. Regal ... ich werde heiraten.«

»Du meine Güte! Wen denn?«

Edwina zog einen Schmollmund. »Wen? Ja, was glaubst du denn? Cameron Spencer, natürlich. Er ist doch seit wenigstens einem Monat nicht von meiner Seite gewichen, Liebes. Was bist du doch für ein Dummchen.«

»Natürlich. Cameron. Wie nett.« Sie legte die Arme um Edwina und küßte sie. »Herzlichen Glückwunsch. Das ist eine wunderbare Neuigkeit.«

»Findest du wirklich?«

»Sicher. Er ist ein sehr netter Mann.« Und so aufgeblasen, fügte sie im stillen hinzu. Man mußte sehr vorsichtig sein im Umgang mit Cameron. Er war furchtbar empfindlich, stolz darauf, geschäftlich so erfolgreich zu sein, dabei aber in ständiger Sorge, daß man sich hinter seinem Rücken über ihn mokieren könnte.

»Er ist eine gute Partie, nicht wahr«, sagte sie, um Edwina eine Freude zu machen, und tatsächlich leuchteten ihre Augen auf.

Und warum auch nicht, dachte Regal. Sie wird glücklich mit ihm werden. Cameron war ein reicher Mann. Er besaß profitable Spinnereien in Manchester und mehrere Geschäfte in London. Cameron verstand sich wirklich darauf, Geld zu machen. Und das war auch gut so, denn ebensogut verstand Edwina sich aufs Geldausgeben. Für sie war der tägliche Einkaufsbummel ein großes Abenteuer, während Regal dies eher langweilig fand.

»Bitte halte dir den morgigen Tag frei, Regal«, sagte Maria. »Ich habe einen ganz reizenden jungen Mann zum Tee eingeladen und möchte, daß du ihn kennenlernst.«

»Wer ist es?«

»Major William Sorell. Ich habe ihn seit Ewigkeiten nicht gesehen und freue mich sehr auf ihn. Er wird dir gefallen. Derzeit dient er unter General Sir John Moore und bildet eine Reiterbrigade aus.« Sie wandte sich an Edwina. »Zu schade, aber jetzt ist es zu spät. Ich wollte unbedingt, daß du General Moore kennenlernst. Er ist unverheiratet und so ein reizender Gentleman. Geistreich, weltgewandt. Er hätte dir sicher gefallen.«

»Nun, falls die Sache mit Cameron sich zerschlagen sollte, haben wir General Moore immer noch in der Hinterhand«, bemerkte Regal.

»Das war nicht sehr nett«, beschwerte Edwina sich. »Und du solltest dich lieber um deine eigene Zukunft kümmern. Du kannst nicht ewig immer nur von einem Ball zum nächsten flattern. Irgendwann mußt du deine Wahl treffen.«

»Aber nicht bei diesem Angebot. Ich habe nicht die Absicht, einen von diesen Offizieren zu heiraten. Ich will keinen Mann, der in den Krieg zieht und mich allein zu Hause sitzen läßt.«

Da war es heraus, ehe sie nachgedacht hatte. Sie sah schuldbewußt zu Maria, die heftig errötet war.

»Es tut mir leid, Maria«, stammelte sie. »Ich meinte ...«

»Es war nur zu deutlich, was du meintest«, sagte Edwina. »Also führ es nicht weiter aus. Wer begleitet dich heute zum Rennen?«

»Charles Howth. Aber wir sind eine größere Gesellschaft und fahren mit mehreren Kutschen. Es wird sicher interessant, ich war noch nie beim Rennen.«

»Du wirst dich sicher gut amüsieren«, sagte Maria. »Aber bitte vergiß den Tee morgen nicht. Ich möchte trotz allem, daß du Major Sorell kennenlernst.«

»Ich werde hier sein«, versprach sie. Sie wollte ihre unbedachte Bemerkung wieder gutmachen.

Als sie allein war, versank sie aufs neue in der Betrachtung ihrer Schuhe. Sie hatte Maria nicht verletzen wollen. Aber es war ihr durchaus ernst mit dem, was sie gesagt hatte. Die jungen Offiziere, die sich um sie bemühten, waren sicher attraktive Männer, aber nicht für sie. Wenigstens hatte der Ehrenwerte Charles Howth nicht die Absicht, der Armee beizutreten. Er war ein harmloser, gutmütiger Kerl, doch seine sauertöpfische Schwester Felicity, die ihm nicht von der Seite wich, konnte Regal nicht ausstehen.

Das Pferderennen in Newmarket beeindruckte Regal zutiefst.

Als sie ankamen, hatten die Diener auf dem Rasen bereits ein großes Zelt zum Schutz vor der Sonne errichtet. Die Tische im Innern waren mit feinstem Damast, poliertem Silber und verschwenderischen Blumenarrangements geschmückt. Es gab Austern, kalte Braten, Lachs, delikate Sandwiches und köstliche Kuchen sowie eine reichliche Auswahl an Weinen, die in funkelnden Kristallgläsern serviert wurden.

Auf den äußeren Wiesen drängten sich die Menschen wie auf einem Jahrmarkt, doch im Bereich der Zelte sah man nur feingekleidete Herrschaften in gehobener Stimmung und freudiger Erregung; es herrschte ein ständiges Kommen und Gehen, weil ein jeder seine Wetten abschließen und die Rennen beobachten wollte.

Regal amüsierte sich königlich, nur ein kleiner Schatten trübte ihre Stimmung: man hatte sie neben Felicity gesetzt.

Schon ein paarmal hatte sie zu fliehen versucht, doch Charles war gar zu aufmerksam und bestand darauf, daß sie bei Felicity blieb, während er als ihr Laufbursche fungierte und ihre Wetten plazierte.

Auch wenn Charles behauptete, er sei ein Experte auf dem Gebiet des Pferderennsports und könne genau vorhersagen, welches Pferd gewinnen würde, erwiesen seine Ratschläge sich als wenig nützlich. Keiner seiner Favoriten gewann, und es ärgerte Regal, daß sie bei jedem Rennen ihr Geld verlor. Es schien ihr eine so sinnlose Verschwendung.

»Das sechste Rennen wird gleich beginnen, Regal«, verkündete Charles. »Laß uns auf Kerry Valley setzen, ein absolut sicherer Tip. Die Quote steht bei fünf zu eins. Wenn du zwanzig Pfund setzt, kannst du auf einen Schlag deine Verluste wieder wettmachen.«

»Nein danke, Charles. Das hast du beim letzten Rennen auch schon gesagt. Ich werde es mir diesmal lieber ersparen.«

»Wenn Sie sich solch einen kleinen Verlust schon nicht leisten können, sollten Sie wirklich nicht mehr wetten«, sagte Felicity, nahm zwanzig Pfund aus ihrer Börse und reichte sie Charles.

»Komm schon, Regal, zeig ein bißchen Sportsgeist«, drängte er, doch sie schüttelte den Kopf, und er eilte davon.

Felicity lachte so laut und schrill, daß sie die Aufmerksamkeit der anderen am Tisch auf sich lenkte. »Miss Hayes hat keine Lust mehr zu wetten. Es scheint, Amerikaner sind schlechte Verlierer.«

Regal sah sie an und spürte, daß alle Blicke auf ihr ruhten. »Vermutlich sind wir das«, erwiderte sie gelassen. »Wir haben einfach nicht soviel Übung darin wie ihr Engländer.«

Felicity blinzelte verwirrt, offenbar verstand sie die Anspielung nicht. Aber John Gleeson, der ihr gegenüber saß, lachte laut und applaudierte. »Touché, Miss Hayes!«

Regal lehnte sich zurück und nippte an ihrem Champagner. Sie saßen nicht auf harten Picknickhockern, die Diener hatten bequeme Sessel für sie mitgebracht. Diese Menschen verstanden zu leben. Kaum zu glauben, daß sie den Krieg in Amerika verloren hatten und gerade in einen tödlichen Konflikt mit Napoleon verstrickt waren.

Das brachte ihre Gedanken auf Leonard. Geld durch Kreditbriefe von Amerika nach England zu transferieren gestaltete sich nämlich nicht so problemlos, wie sie ursprünglich angenommen hatte. Die First Bank of the United States war nicht gewillt, große Summen außer Landes zu lassen, jetzt, da sie eine unabhängige Währung aufzubauen versuchten. Also plante Leonard, für Regal eine Gesellschaft mit Sitz in London zu gründen. Das würde das Problem lösen.

Sie lächelte bei der Erinnerung an Felicitys kleinen Seitenhieb, die Unterstellung, sie könne es sich nicht leisten zu wetten. Niemand würde sie dazu provozieren, sich zu diesem Thema zu äußern.

Als die Zeit für das letzte Rennen des Tages heranrückte, waren Charles und viele seiner Freunde nicht mehr ganz nüchtern. Einige von ihnen gerieten außer Rand und Band, stürmten aus dem Zelt und wieder herein, warfen dabei gar die großen Topfpflanzen um, aber das schien niemanden besonders zu stören. Der nie versiegende Champagnerstrom hatte Charles in eine romantische Stimmung versetzt. Er bestand darauf, ihre Hand zu halten, und flüsterte ihr Zärtlichkeiten ins Ohr, was sie ermüdend fand.

Um ihn auf andere Gedanken zu bringen, schlug sie vor, einen Spaziergang zu machen.

»Nicht jetzt«, brummte er. »Es ist furchtbar voll dort draußen.«

Das stimmte. Der Bereich um das Zelt war mit einem Zaun abgesperrt, doch jenseits davon tummelten sich die Menschen dichtgedrängt auf den Wiesen. Nur mit Mühe konnte man sich hindurchzwängen, um zu dem eingezäunten Bereich zu gelangen, von wo aus die feinen Herrschaften die Rennen beobachten konnten, in sicherer Entfernung vom gemeinen Pöbel.

»Ich will nur ein wenig Luft schnappen«, sagte Regal. »Ich kann auch allein gehen.«

»Nein, nein, ich begleite dich.« Er kam wankend auf die Füße. »Aber wir sollten nicht zu weit weggehen. Ich werde mich über diese Arrangements beschweren. Das Zelt steht viel zu weit vom privaten Clubbereich entfernt, so daß man jedesmal gezwungen ist, sich durch dieses Pack zu drängen ...«

Als sie aus dem Zelt traten, beklagte er sich immer noch. Ein paar Schritte entfernt stand ein großer, blonder, sehr eleganter Mann und unterhielt sich mit einigen Bekannten. Als er Regal erblickte, brach er mitten im Satz ab und starrte sie an.

Regel lächelte in sich hinein. Sie wußte durchaus, daß sie heute sehr hübsch aussah. Die Herren hatten lauter schmeichelhafte Dinge zu ihr gesagt. Ihr grünes Samtkostüm war genau richtig für den Anlaß, wie ein elegantes Reitkostüm geschnitten mit beiger Spitze an Kragen und Ärmeln. Das freche Hütchen aus dem gleichen Samt machte das Bild vollkommen. Edwina hatte darauf bestanden, ihr ihre Smaragdbrosche an den beigen Spitzenausschnitt zu heften, und Regal mußte gestehen, daß sie das Tüpfelchen auf dem i war. Ein großer Stein in einer goldenen Fassung, einfach überwältigend. Sie bemerkte, daß der gutgebaute Gentleman seinen linken Arm verloren hatte. Wie traurig, dachte sie.

Charles hörte plötzlich auf, vor sich hin zu brummeln, und erwachte zum Leben. »Augenblick mal. Wen haben wir denn da! Ich wollte schon lange, daß du meinen Partner kennenlernst. Basil!« rief er. »Basil, hier herüber!«

Er faßte Regals Arm und zog sie hinüber.

Partner oder nicht, der Mann schien nicht besonders begeistert, Charles zu treffen. Er machte Anstalten sich abzuwenden, doch es war zu spät. »Basil, alter Junge! Ich hatte gehofft, dich heute hier zu treffen. Miss Hayes, darf ich vorstellen, der Ehrenwerte Sir Basil Mulgrave. Ich kann nicht begreifen, wieso ihr euch noch nicht begegnet seid. Miss Hayes wohnt bei Mrs. David Collins ...«

Während er weiterplapperte, spürte Regal, wie die Farbe aus ihrem Gesicht wich und ein kalter Schauer sich ihrer bemächtigte. Mulgraves blaue Augen waren eisig. »In letzter Zeit war ich nicht mehr bei Maria eingeladen«, murmelte er. »Ich bin sehr erfreut, Ihre Bekanntschaft zu machen, Miss Hayes.« Er verneigte sich knapp und wandte sich dann wieder an Charles. »Entschuldige, aber ich wollte gerade gehen.«

Ehe Charles ihn aufhalten konnte, ging er mit langen Schritten davon.

Charles schien einen Moment verdutzt, dann zuckte er gleichgültig die Schultern. »Typisch Basil. Er war noch nie sonderlich gesellig. Aber ein wirklich anständiger Kerl.«

Sobald sie nach Hause kam, ging Regal umgehend zu Maria Collins in den Salon. »Heute bin ich Sir Basil Mulgrave begegnet«, sagte sie unvermittelt.

»Tatsächlich?« fragte Maria ruhig und ließ ihre Näharbeit

sinken. »Das ist nicht verwunderlich, schließlich sind er und Charles Geschäftspartner.«

»Er ist mein Vater«, rief Regal wütend aus. »Warum hast du mir nicht gesagt, daß du ihn kennst?«

»Wieso glaubst du, er sei dein Vater?«

»Weil ich meine Geburtsurkunde gesehen habe, Maria. Dort steht es schwarz auf weiß.«

»Na schön. Nimm Platz, Regal. Es besteht kein Grund, eine Szene zu machen. Tatsache ist, daß Basil bestreitet, dein Vater zu sein. Und das Wort eines Gentleman muß man akzeptieren.«

»Stempelt das meine Mutter zur Lügnerin?«

Maria schüttelte den Kopf. »Es hat keinen Sinn, daß du dich darüber aufregst. Das ist alles schon so lange her. Wir werden die Wahrheit nie erfahren, und damit mußt du dich abfinden. Es tut mir leid, Liebes, ich weiß, daß es schmerzlich für dich ist, aber sei getröstet. Dein Großvater war sehr gut zu dir, kein Vater hätte dich mehr lieben können. Und jetzt brauchst du niemanden mehr, also hat es keinen Sinn, alte Skandalgeschichten aufzuwärmen.«

Regal konnte nicht stillsitzen. Sie ging im Sturmschritt auf und ab. »Ich kann einfach nicht glauben, daß du so etwas sagst. Dieser Mulgrave ist doch schuld am Tod meiner Mutter!«

»Das ist nicht wahr. Du dramatisierst die Dinge unnötig.«

»Wirklich? Meine Großmutter hat mir gegenüber angedeutet, meine Mutter sei im Kindbett gestorben, doch dann habe ich herausgefunden, daß meine Großeltern hierher kamen, um mich abzuholen und nach Boston zu bringen. Was tat Polly in England, wenn es nicht im Zusammenhang mit ihrer Beziehung zu Basil Mulgrave stand?«

»Polly ist nie in England angekommen. Sie starb während der Überfahrt. Sie war sehr krank. Sie wollte aus einem einzigen Grund nach London, nämlich, um hier ein neues Leben anzufangen. Weit weg von allem Klatsch. Hier wußte niemand, daß sie unverheiratet war. Aber es sollte nicht sein. Ob sie die Absicht hatte, Basil aufzusuchen oder nicht, weiß ich nicht. Sie hat nichts darüber gesagt. Sie hat mit David und mir nie darüber geredet, was sie vorhatte.«

»Könnte Edwina es wissen?«

»Nein. Edwina war in Halifax geblieben, sie war gar nicht dabei. Sie hatte gerade erst meinen Bruder geheiratet.«

Regal lehnte sich vor und umklammerte die Rückenlehne eines Sessels. »Ich bin so wütend, Maria. So furchtbar wütend.«

»Dann mußt du versuchen, deine Wut zu überwinden. Sie schadet deiner Gesundheit. Du bist ein willensstarkes Mädchen, Regal. Du kannst und du mußt all das hinter dir lassen. Hast du den Tag beim Rennen genossen?«

Was konnte der Tag beim Rennen ihr bedeuten nach dem, was passiert war? Wen kümmerte das blöde Pferderennen? Sie stürzte aus dem Raum und die Treppe hinauf, wütend auf sie alle. Wie konnten sie es wagen, ihre Mutter als Lügnerin hinzustellen? Und dieser Mulgrave! Sie so abzufertigen, sie praktisch zu schneiden, vor Charles' Augen! Wenn das kein Beweis für ein schlechtes Gewissen war, was dann? Er hatte von der ersten Sekunde an gewußt, wer sie war. Es hieß, sie sähe ihrer Mutter ähnlich. Er hatte diese Ähnlichkeit erkannt, darum hatte er sie so angestarrt. Es war so erniedrigend, daß sie hätte schreien können. Und dabei hatte sie sich ihre erste Begegnung in allen Einzelheiten ausgemalt. Sie hatte Mulgrave eine Abfuhr erteilen wollen. Im großen Stil. Und jetzt war es ganz anders gekommen.

Nun, sie hatte keineswegs die Absicht, die Sache auf sich beruhen zu lassen.

Sie setzte sich an ihren Sekretär und schrieb einen Brief an Sir Basil Mulgrave. Nur eine kurze Nachricht, in der sie ihm mitteilte, daß sie ihn in einer persönlichen Angelegenheit zu sprechen wünsche. Sie wollte ihm mit großer Gelassenheit begegnen, die Ruhe selbst, ihn einfach nur fragen. Unumwunden. Sie wollte keine Ansprüche an ihn stellen, ihm lediglich klarmachen, daß es wichtig für sie war, die Wahrheit zu kennen. Das würde sie ihm sagen, wenn sie ihn unter vier Augen sprach und niemand in der Nähe war, von dem Einmischung drohte. Ein Gentleman sollte anerkennen, daß sie ein Recht auf eine Erklärung hatte.

Sie schlich die rückwärtige Treppe hinab und drückte den Umschlag einem Diener in die Hand. Sie wies ihn an, ihn gleich morgen früh persönlich bei der Northern Star Shipping Line abzugeben und ihr anschließend Bescheid zu geben, wenn das erledigt sei, damit sie sicher sein konnte, daß der Brief sein Ziel erreicht hatte.

Am nächsten Tag kam Major Sorell wie erwartet zum Tee, doch er brachte seine frisch angetraute Frau mit. Trotz ihrer düsteren Stimmung konnte Regal nicht anders, als über Marias sichtliches Unbehagen in dieser Situation zu lächeln. Soviel also zu Sorell als Heiratskandidaten.

Doch in einem Punkt sollte Maria recht behalten. Regal mochte ihn gern, sie fand ihn unterhaltsam und einen interessanten Gesprächspartner. Es war ein Jammer, dachte sie, wäre seine Frau nicht gewesen, hätte er einen richtig guten Gesellschafter für sie abgegeben.

Tagelang wartete sie vergeblich auf eine Antwort von Basil Mulgrave. Wochenlang. Sie hörte nichts von ihm, nicht einmal einen kurzen Satz, mit dem er den Erhalt ihres Briefes bestätigte. Sie war versucht, ihm noch einmal zu schreiben, falls etwas schiefgegangen war und er ihren ersten Brief, den sie als »vertraulich« gekennzeichnet hatte, nicht bekommen hatte. Aber was, wenn er den ersten doch erhalten hatte und auch nach dem zweiten nicht antwortete? Sie konnte nicht riskieren, sich vor ihm lächerlich zu machen. Und als sie einsehen mußte, daß er offenbar nicht die Absicht hatte, in Kontakt mit ihr zu treten, nahm ihr Haß auf ihn zu, nahm Gestalt an, wurde ein vertrautes Gefühl, das sie nicht mehr missen wollte.

Unterdessen wurde Charles Howth zu ihrem ständigen Begleiter während der Wintersaison, einfach weil er der hartnäckigste unter ihren Verehrern war. Er war kein übler Bursche, ein bißchen dicklich zwar, aber er hatte formvollendete Manieren und kannte »einfach jeden«. Das behauptete jedenfalls Edwina. Sie war wild entschlossen, Regal gut unter die Haube zu bringen, und bald verband sie und Charles eine enge Freundschaft. Offenbar war er dankbar für ihre Unterstützung.

»Du könntest es sehr viel schlechter antreffen, als Charles Howth zu heiraten, mein Kind«, redete sie auf Regal ein. »Ist dir klar, daß du einen Adelstitel führen würdest, wenn du ihn heiratetest? Du wärst auch eine Ehrenwerte. Ein Jammer, daß er nicht der Erstgeborene ist, sonst würdest du eines Tages sogar Lady Howth.«

Regal war durchaus bekannt, daß eine Heirat mit Charles diesen zusätzlichen Bonus beinhaltete, aber sie hätte niemals zugegeben, daß diese Vorstellung nicht ohne Reiz für sie war. Es wäre ein enormer Schritt nach oben auf der gesellschaftlichen Leiter, und Edwina würde die Neuigkeit ganz sicher umgehend nach Boston melden. Das wäre für so manchen ein harter Brocken, und sie war sicher, käme sie je wieder nach Hause, würde ihr jede Tür in Boston offenstehen. Nicht daß Boston noch irgendeine Rolle in ihrem Leben spielte. Bis auf die Kanzlei Rosonom und Kernicke.

Aber Charles war wichtig. Und er war Mulgraves Partner. Offenbar hatte Sir Basil Charles gegenüber weder sie noch ihren Brief erwähnt, sonst hätte sie davon erfahren. Charles konnte nie etwas für sich behalten. Hin und wieder befragte Regal ihn über seinen Partner, und Charles gab bereitwillig Auskunft. Er beschwerte sich häufig, Mulgrave sei schlimmer als sein Vater. Immer wolle er ihm vorschreiben, was er zu tun und zu lassen habe. Bestehe darauf, daß er mehr Zeit in den Büros der Northern Star Line verbrachte, obwohl er dort doch kaum etwas zu tun hatte. Mulgrave traf alle Entscheidungen. »Er kann sehr tyrannisch sein und ist absolut von sich überzeugt«, hatte Charles gesagt, und Regal hatte ihn bedauert.

Als sein Antrag endlich kam, war Regal keineswegs überrascht. Seit einiger Zeit hatte sie das Für und Wider genauestens abgewägt.

Sie fuhren in einer offenen Kutsche durch den Hyde Park. Regal betrachtete die Paare, die über die Rasenflächen flanierten. Sie wirkten alle so zufrieden, fühlten sich so sicher in dieser wohlgeordneten englischen Gesellschaft. Es wäre schön, ein Teil davon zu sein, Herrin ihres eigenen Hauses, mit einem Titel noch dazu. So wie die Dinge derzeit standen, gehörte sie nirgendwohin, und das deprimierte sie. Und mit Mulgraves Partner verheiratet zu sein war eine Chance, die sie nicht unterschätzen durfte. Sie wäre in der geeigneten Position, ihn abwartend zu beobachten und dann in Ruhe zu entscheiden, was sie gegen diese Kreatur zu unternehmen gedachte.

Charles bat den Kutscher anzuhalten. Er nahm ihre Hand. »Was sagst du, Regal? Ich weiß, es kommt ein bißchen plötzlich, aber ich liebe dich von ganzem Herzen. Ich kann keinen Tag mehr länger warten. Wenn du mir erlaubst, unsere Verlobung bekanntzugeben, machst du mich zum glücklichsten Mann der Welt.«

Es war ein kühler Tag, doch auf seiner Stirn stand der Schweiß.

»Ich bin nicht sicher, Charles. Ich muß darüber nachdenken. Laß uns ein Stück zu Fuß gehen.«

Mit seinen dreißig Jahren galt Charles als einer der begehrtesten Junggesellen von ganz London, und er besaß ein Haus am Woburn Place. Es war recht groß, drei Stockwerke hoch und ein klein wenig heruntergekommen, aber dennoch eine gute Adresse.

Andererseits bestand die ernstzunehmende Gefahr, daß Basil Mulgrave feindselig reagieren könnte. Wer konnte sagen, wozu dieser Mann fähig war? Er hatte sie bereits in aller Öffentlichkeit geschnitten, vielleicht würde er sie als unpassend bezeichnen, Charles und seine Familie gegen sie aufbringen. Besser, sie kam dem zuvor.

»Wäre deine Familie denn einverstanden?« fragte sie Charles.

Seine Miene verfinsterte sich. »Meine Familie ist niemals einverstanden mit dem, was ich tue. Sie sind allesamt unverbesserliche Nörgler. Felicity hat ihnen gegenüber bereits erwähnt, du seist Amerikanerin.«

»Ist das schlimm?«

»Nicht für mich. Ich finde alles an dir erfrischend und wundervoll. Aber für sie ist alles Fremde suspekt. Nicht nur Amerikaner, alle Ausländer. Sie sind furchtbar altmodisch. Wir werden sie einfach ignorieren.«

Regal schluckte. Sie hatte sich selbst nie als Ausländerin gesehen. Es ärgerte sie.

»Ich liebe dich, Regal. Mach dir keine Sorgen wegen Felicity und der anderen. Mir ist es gleich, wenn ich sie nie im Leben wiedersehe. Der Familiensitz liegt in Devon, von mir aus können sie ihn haben. Meine älteren Brüder sind alle beim Militär, bis auf Simon, der die geistliche Laufbahn eingeschlagen hat. Jedenfalls werden wir mit keinem von ihnen viel zu tun haben.«

Sie ließ ihn reden und legte sich unterdessen ihre Antwort zurecht.

»Mir gehört eine halbe Schiffahrtslinie, wie du weißt. Mein Onkel hat sie mir hinterlassen. Das hat in der Familie für viel Unfrieden gesorgt. Mein Vater hatte erwartet, den Anteil an der Northern Star Line zu erben. Als das nicht geschah, hat er verlangt, ich solle ihm die Anteile überschreiben, und er werde sie mir in seinem Testament dann hinterlassen. Eigentlich unerhört, finde ich. Jedenfalls habe ich nicht hergegeben, was mir rechtmäßig gehört. Natürlich laufen die Geschäfte im Augenblick nicht gerade glänzend wegen des Krieges und der Blockaden und so weiter, aber das werden wir schon wieder aufholen. Die Franzmänner werden England niemals besiegen ... hörst du mir überhaupt zu, Regal?«

»Ja.« Sie hatte sich zu einem taktischen Schritt entschlossen. Erst wollte sie seinen Antrag annehmen und dann ihre Herkunft offenbaren. Damit machte sie es ihm schwer, sein Angebot zurückzuziehen. Doch sie wollte ihm die Gelegenheit lieber jetzt geben, als sich für alle Zeit verwundbar zu machen.

»Mein lieber Charles. Es ist ganz reizend von dir, daß du mir all diese Dinge sagst. Ich werde dich mit Freuden heiraten.«

Er machte beinah einen Luftsprung und schlang lachend die Arme um sie. »Oh, mein Gott, das ist wunderbar ...«

»Einen Augenblick noch, Charles.« Regal befreite sich aus seinen Armen. »Du solltest ein bißchen mehr wissen über die Frau, die du heiraten willst.«

»Ich weiß alles, was ich wissen muß«, rief er übermütig, und auf einmal wurde sie unsicher. Maria Collins hatte ganz sicher diskret geschwiegen, aber was hatte Edwina ihm alles erzählt? Bestimmt hatte Edwina mit Hilfe ihrer Freunde in Boston inzwischen herausgefunden, daß Jasper seiner Enkelin ein sehr großes Vermögen hinterlassen hatte, auch wenn sie vermutlich keine Ahnung hatte, wie groß. Und was weiter? Ganz gleich wen sie heiratete, Regal würde sich immer dieselbe Frage stellen müssen. War der Verehrer hinter ihrem Geld her? Großvater hatte ihr diesen Zweifel eingepflanzt, und der Gedanke kam ihr gerade jetzt sehr ungelegen. Zu viele andere Dinge gingen ihr durch den Kopf.

»Vielleicht, vielleicht aber auch nicht«, sagte sie. »Ich wurde von meinen Großeltern in Boston aufgezogen. Sie sind beide tot.«

»Ich weiß, Liebling. Du bist eine Waise, du armes Kind, ganz allein auf der Welt.«

»Ich wurde von meinen Großeltern großgezogen«, fuhr sie beharrlich fort, »weil meine Mutter starb, als ich noch ein Baby war, und sie war unverheiratet.« Sie atmete tief durch. »Also bitte. Jetzt weißt du es. Es ist nicht leicht für mich, über diese Dinge zu reden.«

Charles blinzelte. »Ich habe immer gedacht, deine Eltern seien während der Revolution ums Leben gekommen.«

»Nein. Meine Mutter war unverheiratet.«

»Nun ja ...«, begann er nachdenklich. »Was macht das schon für einen Unterschied? Es gibt ein paar sehr hochgestellte Personen in der Londoner Gesellschaft, die in derselben Situation sind. Ich könnte mehrere nennen, aber das werde ich nie wieder tun, denn es würde meine Frau sicher verstimmen.« Er lächelte. »Wir sollten nicht mehr davon sprechen, Liebes. Belassen wir es so, wie ich ursprünglich glaubte. Ich bin überzeugt, dein Großvater war ein Gentleman, ein Stützpfeiler der Bostoner Gesellschaft. Was will ich mehr?«

Sie heirateten in aller Stille in der St. Andrews-Kirche, unweit des Hauses von Mrs. Collins, und das paßte Charles ausgezeichnet, denn es hatte ein paar Komplikationen gegeben. Sein Vater beispielsweise hatte sich geweigert, der Verbindung seinen Segen zu geben, und hatte der restlichen Familie untersagt, der Trauung beizuwohnen. Sie alle gehorchten unterwürfig. In gewisser Weise war es eine Erleichterung, sich nicht vorstellen zu müssen, wie sie da in der Kirchenbank hockten und an nichts ein gutes Haar ließen. Zumal auch die Frage, wer die Braut zum Altar führen sollte, nicht unproblematisch war und Aufmerksamkeit erregt hätte. Regal hatte ihren Anwalt aus Boston einladen wollen, einen gewissen Leonard Rosonom, aber das hätte das Faß nun wirklich zum Überlaufen gebracht, einen Juden als Brautführer zur Hochzeit zu bitten! Manchmal dachte er, Regal habe überhaupt keinen Sinn dafür, was sich gehörte und was nicht. Aber in dieser Hinsicht mußte man mit Kolonisten eben nachsichtig sein, zumal wenn sie eine so bezaubernd schöne Braut abgaben, wie Regal es tat. Im ersten Moment hatte es ihm den Atem verschlagen, als er sie in ihrem sagenhaften weißen Brautkleid sah, am Arm von Cameron Spencer. Edwinas Mann hatte sich bereit gefunden, als Ersatz-Brautvater einzuspringen.

Kein Mann konnte anders als stolz auf eine Braut wie Regal sein, und Charles war für ein paar Minuten richtig rührselig geworden. Sie war eine so strahlende Schönheit, verhüllt hinter einem geheimnisvollen Schleier, und ihr Kleid war einfach hinreißend, offensichtlich sehr kostbar. Er fühlte sich unscheinbar und unbedeutend neben ihr und war sehr dankbar für die moralische Unterstützung seines alten Freundes Captain John Gleeson, der sich hartnäckig um ein paar Tage Urlaub von seinen militärischen Pflichten bemüht hatte, um Charles' Trauzeuge sein zu können. In einer Hinsicht war es bedauerlich, daß seine Familie nicht gekommen war. Hätten sie Regal so gesehen, hätten sie eingestehen müssen, daß er das Richtige getan, eine sehr kluge Wahl getroffen hatte. Nun, sie würden es schon noch herausfinden.

Dann war er mit seiner Frau auf die Isle of Wight auf Hochzeitsreise gefahren, und sie stiegen im besten Hotel in Ryde ab, ein neues Haus, das selbst höchsten Ansprüchen genügte. Sogar das Wetter war ihnen hold. Sie verbrachten die warmen Tage mit ausgiebigen Streifzügen durch die Stadt und langen Spaziergängen über die Hügel. Regal war hingerissen von der Insel, sie kam ihr vor wie ein Stück vom Paradies, und alles weckte ihr Interesse. »Ich habe das Meer immer geliebt«, erzählte sie ihm. »Und es fehlt mir, wenn ich in London bin. Wir sollten hier ein Haus kaufen. Ein Landhaus am Meer, das wäre wunderbar.«

Charles stimmte ihr prinzipiell zu, ermunterte sie aber nicht, da er erst einmal ihre finanzielle Situation abklopfen wollte. Regal äußerte sich immer reichlich vage zu dem Thema, offenbar hatte sie nur eine ungenaue Vorstellung dessen, was in Boston vorging, und ließ ihrem Judenanwalt völlig freie Hand. Das mußte sich ändern. Er hatte diesem Mann bereits geschrieben und eine detaillierte Aufstellung aller Vermögenswerte angefordert, damit er dort drüben möglichst bald alles verkaufen und das Vermögen nach London transferieren konnte.

Auch im Bett stellte sie ihn zufrieden. Regal war zärtlich und zum Glück nicht übermäßig scheu. Er wußte von Männern aus seinem Bekanntenkreis, denen ihre jungen, prüden Frauen das Eheleben zur Hölle machten. Alles in allem würde Regal in vieler Hinsicht eine ideale Ehefrau abgeben. Natürlich hatte sie ein paar seltsame Angewohnheiten, aber über kleinere Fehler konnte man schließlich hinwegsehen. Beispielsweise beobachtete er sie jetzt von seinem bequemen Sessel auf der Terrasse aus dabei, wie sie in aller Unbefangenheit mit Fremden ein Gespräch anfing. Das tat sie ständig, ganz gleich ob Männer oder Frauen. Nun stand sie also da unter den Bäumen und wirkte zugegebenermaßen ausgesprochen anziehend in ihrem blauen Musselinkleid mit dem passenden Sonnenschirm, und plauderte mit einem Paar, das ihr, da war Charles sicher, nicht vorgestellt worden war. Und Fragen! Er kannte keine andere Frau, die so viele Fragen stellte. Sie interessiere sich eben für das Geschäft, hatte sie gesagt. Sie wollte alles über die Northern Star Line wissen, über ihre Schiffe und wo sie hinsegelten, welche die profitabelsten Routen waren. Und wenn dem so sei, daß die Kontinentalsperre so hohe Verluste verursache, warum eröffneten sie ihren Kunden dann keine neuen Märkte? Nehmt euch ein Beispiel an den Amerikanern, hatte sie gesagt. Sie sah einfach nicht ein, daß Northern Star eine traditionsreiche Gesellschaft war, die seit jeher die nördlichen europäischen Routen befuhr. Sobald der Krieg vorbei war, würde das Geschäft sich schon wieder ganz von selbst erholen.

»Und wir haben einen neuen Klipper in Auftrag gegeben«, erzählte er ihr. »Er wird der Stolz unserer Flotte sein.«

»Und wo liegt der Sinn, wenn eure Schiffe jetzt schon nutzlos im Hafen liegen?«

»Wir planen für die Zukunft, meine Liebe.« Er wünschte, sie würde nicht ständig von diesen Dingen sprechen, erst recht nicht auf der Hochzeitsreise. Außerdem gab sie ihm dadurch Bedenken ein, die ihn vorher nicht bedrückt hatten. Der neue Schnellsegler war Basils Idee gewesen. Sie hatten hohe Kredite bei der Bank dafür aufnehmen müssen, und dabei waren sie bereits verschuldet gewesen. Für Basil war all das kein Problem, er hatte noch andere Einkünfte. Aber die Firma hatte seit zwei Jahren keine Dividende mehr erwirtschaftet, und langsam wuchsen Charles die unbezahlten Rechnungen über den Kopf. Er hatte mit John Gleeson darüber gesprochen, und der hatte in diesem Zusammenhang eine sonderbare Bemerkung gemacht: »Ich hoffe doch nicht, daß Basil dich hinausdrängen will?«

Diese Verdächtigung war natürlich völlig ungerechtfertigt, und das sagte Charles ihm auch. »Basil ist ein Gentleman. Er tut das, was für die Firma das Beste ist.«

Er konnte doch nicht zu seinem Vater gehen und eingestehen, daß Northern Star wie so viele andere Handelsgesellschaften auch in Schwierigkeiten steckte. Er wollte sich das schadenfrohe »Habe ich es dir nicht gesagt« seines Vaters lieber ersparen, der immer behauptet hatte, Charles habe keine Ahnung vom Geschäft und hätte es lieber ihm übertragen sollen, der er mit Finanzen Erfahrung hatte. Nicht daß es jetzt noch eine Rolle gespielt hätte. Nach allem, was man hörte, würde Regals Vermögen seinen finanziellen Problemen ein Ende bereiten. Also ... Er war durchaus zufrieden mit der Welt an diesem wunderbaren Sommertag. Er wünschte nur, sie könnten ewig hierbleiben.

Regal kam über den Rasen auf ihn zugelaufen, mit beiden Händen ihren Hut festhaltend, dessen Bänder hinter ihr her flatterten. Sie sah eher wie ein Schulmädchen aus als eine verheiratete Frau, und er erhob sich und sah ihr stirnrunzelnd entgegen.

»Charles! Komm schnell. Dieser Mann hat mir erzählt, daß das wundervolle Haus da unten an der Straße zum Verkauf steht.«

»Beruhige dich, Regal. Ich werde nichts dergleichen tun.«

»O doch, du wirst. Komm schon.« Sie wollte ihn mit sich ziehen. Er fürchtete die Aufmerksamkeit der anderen Gäste zu erregen und befreite sich unauffällig. »Willst du mir den Ärmel ausreißen?« brummelte er. »Von welchem Haus sprichst du?«

»Es wird Pine Cottage genannt. Wir müssen hingehen und es uns ansehen.«

»Wozu? Glaube ja nicht, daß du mich dazu bringst, es zu kaufen.«

»Das mußt du doch auch gar nicht. Laß es uns einfach nur anschauen.«

Sie gingen die Auffahrt hinunter und durch das Tor hinaus. Seine Frau trippelte neben ihm her und bestaunte einen Seefalken, der über ihnen schwebte, seine braunroten Schwingen fast reglos, und sich in der sommerblauen Luft treiben ließ. Charles fragte sich besorgt, ob sie etwa zu den Frauen gehörte, die dazu neigten, alles, was sie sahen, gleich haben zu müssen. Das hier sprach jedenfalls dafür. Es war ein Warnsignal, und er beschloß, diese Neigung im Keim zu ersticken.

»Sieh doch! Da ist es!« Sie lief voraus und spähte durch jede Lücke in der Hecke. »Es ist wunderschön.«

Er konnte überhaupt nichts Schönes daran entdecken. Es war einfach nur ein langgezogenes, zweigeschossiges Cottage mit einem recht großen Garten. »Ich finde es ziemlich gewöhnlich«, sagte er. »Nicht besser als ein altes Farmhaus. Wir haben nur unsere Zeit verschwendet.«

»Mir gefällt es«, beharrte sie störrisch. »Und ich hätte so furchtbar gerne ein Haus hier unten.«

Als er sich am nächsten Tag mit ein paar Herren zum Bésigue setzte, ging sie allein davon, um das Innere des Cottage zu erkunden. Er konnte ihr vor Zeugen unmöglich Vorhaltungen machen, doch er war wütend, was sich nachteilig auf sein Spiel auswirkte.

»Ich will nichts mehr davon hören«, beschied er, als sie sich nach dem Mittagessen auf ihr Zimmer begaben.

»Schön, dann werd' ich es mir eben selbst erzählen.« Sie löste ihre Haare, so daß die wilde Lockenflut ihr Gesicht umrahmte. »Es ist ein hübsches Haus mit vier großen Schlafzimmern im Obergeschoß, zwei mit Blick aufs Meer. Unten sind eine Bibliothek und ein kleines Wohnzimmer und ein behagliches, ländliches Speisezimmer ...«

»Hör sofort auf damit! Falls es in deiner Absicht lag, mich zu verärgern, ist es dir gelungen. Wenn wir überhaupt Geld ausgeben, dann für mein Haus am Woburn Place. Es muß dringend renoviert werden.«

Sie wandte sich um und sah ihn an. »Ich weiß. Woburn Place ist ein schönes Haus, aber es droht zu verfallen. Ich schlage dir ein Geschäft vor, Charles: ich zahle für die Instandsetzung deines Hauses in London, wenn du dem Kauf von Pine Cottage zustimmst. Ich will kein Haus kaufen, das dir nicht gefällt, aber ich bin sicher, wenn ich Pine Cottage erst hergerichtet habe, wird es ein wunderbares Feriendomizil für uns sein.«

Er sprang aus dem Sessel auf und warf seine Zeitung beiseite. »Habe ich recht gehört? Meine eigene Frau schlägt mir ein Geschäft vor? Oho! Ich würde zu gerne meinen Vater sehen, wenn meine Mutter ihm so etwas vorschlüge. Ein Geschäft! Herrgott noch mal ...«

»Warum?« Regal klang eher neugierig als kleinlaut. »Was würde dein Vater denn tun?«

»Tun?« Charles lachte höhnisch. »Tun? Bis zum Ende ihrer Tage würde er sich über sie lustig machen.«

Regal lächelte. »Wenn's weiter nichts ist. Kommen wir nun ins Geschäft oder nicht?«

»Ganz sicher nicht! Und wo wir gerade davon reden: ich habe immer noch keine Antwort von diesem Mann aus Boston. Schon vor Wochen hätte ich eigentlich von ihm hören müssen. Es ist sehr ärgerlich, wenn Briefe unbeantwortet bleiben.«

Sie lief rot an. »Ja, sehr ärgerlich«, stimmte sie zu, und Charles glaubte bereits, sie zeige endlich Einsicht. »Dann schreib du ihm gleich von hier aus und ermahne ihn, mich nicht länger zu ignorieren.«

»Charles, du scheinst nicht richtig zu verstehen. Leonard kann keine Weisungen von dir befolgen.«

»Vermutlich nicht, ehe wir nicht verheiratet waren, da war ich zugegebenermaßen ein bißchen voreilig. Aber da es so endlos lange dauert, bis die Post nach Boston und zurück befördert wird, wollte ich vorab schon einmal klare Verhältnisse schaffen, sozusagen. Von jetzt an sieht es natürlich anders aus.«

»Wie denn?«

»Ich wünschte, du würdest mit dieser endlosen Fragerei aufhören, Regal. Schreib den Brief an diesen Mann und überlaß alles andere mir.«

»Und was wird mit dem Cottage?«

»Oh, vergiß dieses verdammte Cottage, Weib!«

Sie kam herüber, setzte sich neben ihn und strich ihm über die Wange. »Geld ist wirklich das Letzte, worüber wir streiten müssen, Charles. Ich kann mir das Cottage leisten. Sag mir wenigstens, daß du froh darüber bist.«

Er stieß sie weg. »Du hast mich verstimmt. Außerdem fühle ich, daß ich gleich Verdauungsstörungen bekomme, hier geben sie einem immer zuviel zu essen. Ich denke, ich werde mich ein wenig hinlegen. Geh nach nebenan und lies.«

Ohne ein Wort darüber zu verlieren, übernahm Regal die Haushaltsführung am Woburn Place, und alles lief reibungslos weiter. Die Instandsetzung des Hauses erwähnte sie nicht mehr, was Charles erleichtert zur Kenntnis nahm, denn er hatte sich um dringendere Dinge zu kümmern. Sir John Beckworth hatte ihn freundlicherweise zur Bank begleitet und ihn Mr. Hardy Owen-Taylor vorgestellt, der ihm bei der Neuordnung seiner Angelegenheiten behilflich sein sollte. Charles war erfreut, daß Owen-Taylor gleich zur Sache kam.

»Ihre Frau hat ein stetig wachsendes Guthaben auf ihrem Konto angesammelt, seit sie nach London gekommen ist, Mr. Howth. Es steht derzeit bei vierzigtausend Pfund.«

Charles verschlug es den Atem, aber nach außen hin nickte er nur gelassen.

»Wir haben ihr nahegelegt, einiges von diesem Betrag anzulegen, doch sie sagte, sie habe andere Pläne. Wie sich herausstellt, war das auch gut so. Ihre Verpflichtungen gegenüber der Bank inklusive der Hypothek auf ihr Haus belaufen sich auf zweiunddreißigtausend Pfund, zwölf Schilling und sieben Pence.«

»So viel?« Charles atmete erleichtert durch. Regal war gerade noch rechtzeitig zu seiner Rettung gekommen.

»Ich fürchte, so viel, ja«, fuhr Owen-Taylor fort. »Und diese Privatkonten haben natürlich nichts mit der Northern Star Line zu tun, die, darauf muß ich Sie leider hinweisen, mit ihren Zinszahlungen erheblich in Verzug ist.«

»Darüber müssen Sie mit Sir Basil reden«, sagte Charles.

»Das werden wir. Aber bitte vergessen Sie nicht, Mr. Howth, daß Sie ebenso für die Verbindlichkeiten der Gesellschaft haften wie er. Doch kommen wir wieder auf ihre Privatkonten zurück. Es ist natürlich kein Problem, den Schuldsaldo auszugleichen. Statt für Sie und Ihre Frau separate Konten zu führen, werden wir das Guthaben Ihrer Frau einfach auf Ihr Konto verbuchen, so daß Sie nur noch das eine Konto haben, auf welchem dann ein Guthaben von etwa achttausend Pfund sein wird. Ich kann Ihnen den genauen Betrag nicht nennen, da ich nicht weiß, ob Mrs. Howth in den letzten Tagen irgendwelche Abhebungen vorgenommen hat. Aber Ihre persönlichen Verbindlichkeiten wären damit ausgeglichen.«

Als Charles die Eingangsstufen vor der Bank hinabstieg, hätte er Freudensprünge machen können. Liebste, teuerste Regal! Von jetzt an würden sie zusammen voranschreiten, Hand in Hand. Owen-Taylor war wie selbstverständlich davon ausgegangen, daß Charles die Quellen ihres Einkommens kannte, aus denen sie ihr Guthaben in England regelmäßig aufstockte. Er hatte angeboten, beim Transfer des Gesamtvermögens nach England behilflich zu sein.

»Alles zu seiner Zeit«, hatte Charles ausweichend geantwortet. Er wollte nicht zugeben, daß er diesbezüglich schon Schritte unternommen hatte, bislang jedoch ohne Erfolg.

»Wir glauben, daß Mrs. Howths Vermögen recht beträchtlich ist«, bemerkte Owen-Taylor mit gesenktem Blick und hüstelte diskret, darauf wartend, daß Charles ihn über die Einzelheiten aufklärte. Charles beschränkte sich wieder auf ein wissendes Nicken. Endlich durfte er sich diesen Bankmenschen ebenbürtig fühlen und hatte es nicht länger nötig, sich von ihrer Gnade abhängig zu machen.

»Das muß gefeiert werden«, sagte er sich und begab sich zu seinem Club. Noch ein paar Wochen und er würde nach Broadlands zur Jagd fahren. Er hoffte, dort Sir James Brady anzutreffen, denn jetzt konnte er die beiden irischen Jagdpferde kaufen, die Brady ihm beim letzten Mal angeboten hatte, ohne über den Preis feilschen zu müssen.

Die Feier zog sich die ganze Nacht hin, und Charles' Freunde begleiteten ihn nach Hause, sangen im Morgengrauen vor der Tür, stolperten dann hinein und fielen im Salon auf die Sofas. Den folgenden Tag verbrachte Charles im Bett, denn Schlaf schien ihm das einzige Heilmittel gegen die Folgen übermäßigen Alkoholgenusses zu sein. Und selbst am nächsten Mittag fühlte er sich noch ein wenig schwach und war voller Reue, als er zum Essen erschien.

Regal sprach während der ganzen Mahlzeit kein Wort, bis das eisige Schweigen ihn schließlich zu ärgern begann. »Wenn Sie mich für einen harmlosen Abend mit meinen Freunden auf diese Weise bestrafen wollen, Madam, mache ich Sie darauf aufmerksam, daß ich das nicht schätze.«

»Du kannst mit deinen Freunden ausgehen, wann immer du möchtest«, erwiderte sie. »Und wenn du dich bis zur Besinnungslosigkeit betrinken willst, ist das allein deine Sache.«

»Gut. Dann lächle wieder. Ich fühle mich immer noch nicht wieder ganz wohl, und von deiner finsteren Miene wird mir ganz gewiß nicht besser. Was wollen wir heute unternehmen?«

»Wir reden über mein Geld«, fauchte sie. »Ich habe heute festgestellt, daß ich kein Guthaben mehr auf der Bank habe.«

Er war entsetzt. Für einen Moment dachte er, die Bank habe das Geld für die Schulden der Northern Star Line eingezogen. »Wie meinst du das? Natürlich ist Geld auf dem Konto.«

»Du hast ein Guthaben von ein paar tausend. Ich habe nichts.«

Er seufzte. Typisch Frau. »Nein, nein, das verstehst du falsch, Liebes. *Wir* haben Geld. Wenn du Bargeld brauchst, mußt du mich einfach nur darum bitten. Und wenn wir dein Kapital nach England holen und bei der Bank of England gut anlegen, wird es dein Schaden nicht sein. Glaube mir, meine Liebe, ich werde nicht knauserig mit dir sein.«

Bedächtig verschränkte sie die Finger ineinander und

legte die gefalteten Hände vor sich auf den Tisch. Dann lehnte sie sich leicht vor, stützte ihr ganzes Gewicht auf die Hände, als wolle sie sie auf diese Weise daran hindern, sich zu heben, und er sah ihre Schultern beben. Noch nie hatte er sie so zornig gesehen. Doch ihre Stimme blieb ganz ruhig. »Die Bank of England hat mein gesamtes Guthaben an dich überwiesen, ohne mir ein Wort zu sagen, ohne meine Unterschrift einzuholen. Ist das richtig?«

Er schüttelte den Kopf. »Nein, nein. Statt zwei haben wir jetzt nur noch ein Konto, das ist alles. Auf lange Sicht ist dies billiger.«

»Verstehe. Und wenn ich Geld abheben möchte?«

»Dann fragst du mich, meine Liebe. Ich sagte dir doch, du brauchst mich nur zu bitten.«

»Du hast mein Geld genommen, ohne mir auch nur einen Ton davon zu sagen«, warf sie ihm vor.

Er schlug mit der Faust auf den Tisch. »Schluß mit diesem Unsinn von *deinem* Geld. Das Geld und die Vermögenswerte einer Frau gehen bei ihrer Eheschließung in das Eigentum ihres Mannes über. Und versuch nicht, mir weiszumachen, das habest du nicht gewußt, Regal. Ausgerechnet du, die du doch angeblich so viel von geschäftlichen Dingen verstehst!«

»Mir war durchaus bekannt, daß so etwas in grauer Vorzeit üblich war, aber im modernen Zeitalter ändern sich die Dinge eben. Ich dachte, wir könnten zu einer Einigung kommen.«

»Sind wir ja«, sagte er und nahm sich noch etwas Käse. »Morgen wirst du mich zur Bank begleiten, wo wir eine Besprechung mit einem sehr freundlichen Herrn haben, Mr. Owen-Taylor. Du wirst ihm deine Vermögensverhältnisse darlegen, und er wird diesen Kerl in Boston ablösen, diesen Rosovitch.«

»Rosonom«, verbesserte sie.

»Wie immer er auch heißen mag. Mr. Owen-Taylor ist jetzt unser Finanzberater.«

Regal erhob sich. »Es war ein Fehler, daß ich nicht vor unserer Hochzeit mit dir über diese Dinge gesprochen habe. Aber du hast auch einen Fehler gemacht, Charles, indem du mich in dem Glauben ließest, du seist wohlhabend, wo du doch in Wirklichkeit hohe Schulden hast. Dein Schreibtisch ist übersät mit unbezahlten Rechnungen. Wir hätten darüber reden sollen.«

»Sei nicht albern. Es gab und gibt nichts zu bereden.«

»Na schön. Wenn ich recht informiert bin, hast du ein Anrecht auf eine Mitgift, und das akzeptiere ich. Ich habe täglich damit gerechnet, daß du das Thema zur Sprache bringst, aber ich hätte nicht gedacht, daß du mich einfach so übergehen würdest. Mir scheint jedoch, eine Mitgift von vierzigtausend Pfund ist fair.«

In Charles' Kopf drehte sich alles. Er lächelte. Sie war ein reizendes Kind, auch wenn sie manchmal seltsame Ideen hatte. »Exzellent«, sagte er, »ganz wunderbar.«

»Die hast du allerdings schon bekommen«, fuhr sie fort. »Und ich werde keinen Fuß mehr in die Bank of England setzen, bis sie dort gelernt haben, daß auch Frauen Rechte haben.«

Er starrte ihr mit offenem Munde nach, als sie aus dem Zimmer rauschte. Dann fing er an zu lachen. Arme Regal, sie hatte nicht die geringste Ahnung, wovon sie redete. Er würde Mr. Owen-Taylor morgen die gesamte Angelegenheit übertragen. Sollte er sich doch damit herumschlagen.

Nach monatelangen, fruchtlosen Bemühungen konsultierte Owen-Taylor die Anwälte der Bank, die ihrerseits eine befreundete Sozietät in Boston beauftragten. Alles, was sie in Erfahrung brachten, war, daß Mrs. Howth mehrere große und kleine Gesellschaften besaß, die die Kanzlei Rosonom und Kernicke für sie verwaltete.

»Unsere Leute glauben, daß Rosonom dieses Firmengeflecht absichtlich aufgebaut hat, um die Spuren zu verwischen, damit wir weder das genaue Vermögen von Mrs. Howth ermitteln noch in ihrem Namen einfordern können, Mr. Howth. Mr. Rosonom weigert sich, mit uns zu korrespondieren, und als unsere Anwälte ihn aufsuchten, verwies er sie an Mrs. Howth. Er sagte, er könne und werde ohne ihre ausdrückliche Weisung nichts unternehmen. Sie sehen, die Lage ist äußerst kompliziert, aber wir bemühen uns weiter.«

»Tun Sie das«, sagte Charles. »Instruieren Sie Ihre Anwälte, endlich Bewegung in die Sache zu bringen, all diese Anfragen kosten mich nur Geld.«

»Mich hat die Angelegenheit nicht wenig Ansehen gekostet«, erwiderte Owen-Taylor säuerlich. »Darf ich Sie davon in Kenntnis setzen, Sir, daß die Direktoren der Bank mir die Schuld dafür geben, daß wir Mrs. Howth als Kundin verloren haben. Sie unterhält ihr Konto jetzt bei der Royal Bank of Scotland, und die Herrschaften dort reiben sich vor Schadenfreude die Hände. Das ist alles äußerst unangenehm. Sie könnten doch sicherlich selbst mit Ihrer Frau reden und diese juristische Intervention unnötig machen.«

Charles wußte, mit Regal über Geld zu sprechen war, als rede man mit einem Granitblock, und dieses ganze Theater fing an, ihn zu langweilen. Schließlich beglich Regal anstandslos sämtliche Haushaltsrechnungen und ging ihn niemals um Geld an, und dabei gaben sie oft aufwendige Abendgesellschaften. Sie kaufte ihre Kleider selbst und sorgte dafür, daß auch seine Garderobe auf dem neuesten Stand blieb, führte ihn gar zu einem neuen, hochangesehenen Schneider.

Ihr Zusammenleben erwies sich als äußerst angenehm. Regal hatte mit der Jagd nicht viel im Sinn, aber sie erhob keine Einwände gegen seine häufige Abwesenheit zur Fuchsjagd oder zur Treibjagd bei Freunden in Schottland. Einmal hatte sie ihn nach Schottland begleitet, um die Landschaft zu sehen, aber die lange Reise auf holprigen Straßen wurde ihr bald zuviel. Wen kümmert es letztlich, wer das Geld hat, dachte er, solange genug davon da ist. Die Anwälte werden es schon richten. Sollen sie sich nur weiter die Köpfe deswegen zerbrechen.

Regal wußte mehr über die finanziellen Verhältnisse ihres Mannes als er selbst. Es war nicht schwierig, sie mußte lediglich warten, bis er das Haus verließ, dann setzte sie sich an seinen Schreibtisch und machte eine Bestandsaufnahme der Rechnungen und Mahnungen, die sich dort stapelten. Es verblüffte sie, daß ein Mann so verantwortungslos sein konnte, und sie war sehr dankbar für die Warnung ihres Großvaters. Aber gerade Charles' Faulheit war es, die das Ende der Verstimmungen zwischen ihnen herbeiführte. Er schien das Interesse an den ewigen Diskussionen verloren zu haben. Solange er sorglos leben, seine Freunde treffen und seiner großen Leidenschaft, der Fuchsjagd, frönen konnte, war er zufrieden. Er erkundigte sich nie, wie die Finanzierung des Haushaltes vonstatten ging, und als sie endlich Handwerker kommen ließ, die das düstere Haus renovieren sollten, weil sie es einfach nicht mehr aushielt, wußte Charles dazu nur zu bemerken: »Du meine Güte, das sieht fabelhaft aus. Gut gemacht, altes Mädchen.«

Für seine Verhältnisse war das ein überschwengliches Lob, und Regal beschloß, daß es an der Zeit war, ihm von Pine Cottage zu erzählen. »Ich habe das Haus auf der Isle of Wight gekauft, Charles. Wenn ich hier fertig bin, werde ich hinfahren und es herrichten lassen, damit es für den nächsten Sommer fertig ist.«

»Eine großartige Idee«, sagte er, und sie war enttäuscht, als habe sie gehofft, ein ordentlicher Krach werde ein wenig Farbe in ihr Leben bringen.

»Warst du heute im Kontor?« fragte sie.

»Nein, wieso? Ich war letzte Woche erst dort. Zwei Schiffe sind aus Lissabon zurück, aber diese Portugiesen verlangen so horrende Provisionen, wenn sie unsere Waren abnehmen. Ich weiß nicht, wie lange das noch gutgehen wird.«

»Du solltest dich häufiger darum kümmern«, sagte sie. »Ich kann nicht begreifen, wieso du alles Basil Mulgrave überläßt.«

»Hör auf zu nörgeln, Regal. Du mußt gerade reden, dabei läßt du deine Angelegenheiten doch auch von diesem Juden in Boston erledigen.«

Es hatte keinen Sinn, ihn zwingen zu wollen, sich für die Aktivitäten seiner Gesellschaft zu interessieren, denn er glaubte, er tue genau das. Er wußte, welche Schiffe im Hafen lagen und welche gerade auf See waren. Und damit endeten seine Kenntnisse. Nie schien er an irgendwelchen Entscheidungen mitzuwirken, hatte überhaupt keine Ahnung von Fixkosten wie Lagermieten, Löhnen und Kreditzinsen. Auch war es immer nur Basil, der mit den Kaufleuten verhandelte. Meistens wußte Charles nicht einmal, welche Handelsgüter sie eigentlich verschifften, und – was ihrer Ansicht nach noch schlimmer war – hielt das auch gar nicht für nötig. Man hätte glauben können, er spiele mit Papierschiffchen auf einem Teich.

Seine Einstellung war wirklich höchst sonderbar, und auch wenn Howth senior sich noch niemals bei ihnen hatte blicken lassen, war Regal doch geneigt, ihrem Schwiegervater zuzustimmen: sein Sohn war in der Tat ein Verschwender. Und ganz gleich, was sie tat oder sagte, er würde sich niemals ändern.

Doch er war und blieb ein Gentleman, und seine Freunde waren, abgesehen von ein paar Trunkenbolden, freundlich und äußerst angenehme Gesellschaft. Über einen Mangel an Einladungen hatten sie nie zu klagen. Doch es gab eine Sache, bei der Regal fest entschlossen war, hart zu bleiben. Noch war das Thema nicht zur Sprache gekommen, doch nach den Briefen der Bank zu urteilen, die sie gefunden hatte, stand die Northern Star auf wackeligen Füßen. Aber in dieser Angelegenheit wollte sie unter gar keinen Umständen aushelfen. Es würde ihr ein großes Vergnügen sein, Sir Basils Schifffahrtsgesellschaft untergehen zu sehen. Und da Charles nichts dazu tat, ihren Zusammenbruch zu verhindern, geschah es ihm ebenfalls recht. Er sollte bloß nicht zu ihr gerannt kommen und sie bitten, Northern Star zu retten.

Sie überredete ihn, sie auf die Isle of Wight zu begleiten, und er ließ es sich im Hotel de Ville wohl ergehen, während sie sich auf die Suche nach örtlichen Handwerkern machte und sie an die Arbeit schickte. Sie mieteten eine Kutsche und unternahmen gemächliche Ausfahrten über die Insel, quartierten sich für ein paar Tage im Yarmouth Travellers Inn ein.

»Wenn dieser gräßliche Krieg erst vorbei ist, machen wir eine *Grand Tour* auf dem Kontinent, durch Frankreich und nach Venedig und Florenz«, versprach Charles ihr.

Regal hoffte, der Krieg möge bald zu Ende sein, denn eine solche Reise wäre sicher herrlich. Ihr Leben war so eintönig geworden, daß sie nicht wußte, wie sie sich beschäftigen sollte, wenn sie nach London zurückkehrte, jetzt da das Haus fertig war. Sie sprach mit Edwina darüber.

»Manchmal beneide ich Charles. Er lebt einfach so von

Tag zu Tag, tut immer wieder dieselben Dinge, führt immer dieselben Gespräche mit seinen pferdenärrischen Freunden und ist damit vollauf zufrieden. Ich war richtig überrascht, als er vorschlug, nach dem Krieg auf den Kontinent zu reisen.«

»Wundervoll«, sagte Edwina. »Wir schließen uns euch an. Ich brenne darauf, Paris zu sehen.«

»Bis dahin vergiß nicht, daß ihr uns im Juli im Pine Cottage besuchen wollt«, erinnerte Regal sie. »Es wird euch gefallen, Edwina, es ist das gemütlichste Häuschen, das man sich vorstellen kann.«

»Wir freuen uns schon darauf. Und was tust du jetzt, da du wieder zu Hause bist?«

»Nichts«, sagte Regal niedergeschlagen. »Wie üblich scheine ich mal wieder darauf zu warten, daß etwas geschieht. Manchmal denke ich gar, es wäre nett, Boston wiederzusehen. Vielleicht habe ich ja auch einfach nur Heimweh.«

»Es ist ganz normal für eine junge Ehefrau, daß sie eine Zeitlang ein wenig unausgeglichen ist. Du vermißt die unbeschwerte Zeit vor der Ehe, all die jungen Männer, die um deine Aufmerksamkeit wetteiferten. Und wenn man dann seine Wahl getroffen hat, verschwinden sie auf einmal alle, mitsamt ihren Schmeicheleien. Nur die wenigsten Ehemänner bringen es fertig, daß eine Frau sich auch weiterhin wie die Schönste im Lande fühlt. Vermutlich geht es den Männern ebenso. Und manche glauben«, fügte sie mit finsterer Miene hinzu, »sie könnten auch weiterhin anderen Frauen nachsteigen, selbst wenn ihr Trauring für die ganze Welt sichtbar an ihrem Finger steckt. Ich danke Gott, daß mein Cameron keiner von der Sorte ist.«

Regal mußte ein Lächeln unterdrücken. Cameron, ein leicht verknöcherter Herr in den Sechzigern, war wirklich nicht der Typ für solcherlei Eskapaden.

»Und du kannst dem Schicksal ebenfalls danken, daß Charles kein Schürzenjäger ist«, fuhr Edwina fort. »Du wirst bald keine Zeit mehr haben, dich zu langweilen. Als nächstes kommen die Kinder. Ich habe es immer bedauert, daß ich keine Kinder bekommen konnte.« Sie durchforstete die Tasche an ihrem Unterrock. »Eh ich es vergesse. Ich habe eine Einladung für euch, von Maria. Sie gibt ein ganz besonderes Dinner, um Davids Geburtstag zu feiern. Wir sind ja so stolz auf ihn. Er ist jetzt Vizegouverneur von Hobart, was für eine Ehre! Also organisiert sie ein richtig großes Fest, so daß sie ihm schreiben und davon erzählen kann, und wir sollen alle ein Grußschreiben mit den besten Wünschen an ihn unterschreiben. Es wird ein wunderbarer Abend mit den engsten Freunden.«

Regal fand es immer noch schwierig, Maria Collins' strikte Weigerung, nach Hobart zu gehen, nachzuvollziehen.

»Wäre mein Mann Gouverneur irgendeiner Kolonie in irgendeinem Winkel der Erde, ich wäre da. Es muß doch herrlich sein, die Frau eines Gouverneurs zu sein.«

»Das glaube ich auch. Alle sagen, wenn er heimkommt, wird er geadelt. Ist das nicht aufregend? Maria wird Lady Collins. Und du bist ja schon die Ehrenwerte Mrs. Howth. Nur ich bin schlicht und einfach Mrs. Spencer.«

»Ach herrje«, sagte Regal plötzlich. »Wir werden nicht zu Marias Dinner kommen können.«

»Aber natürlich kommt ihr. Warum nicht?«

»Weil Charles zu dem Zeitpunkt in Schottland ist.«

»O nein, was für ein Jammer. Kannst du ihm das nicht ausreden?«

»Das ist aussichtslos.«

Regal war enttäuscht. Sie ging gern zu Marias Gesellschaften und fühlte sich am Portman Place immer noch heimisch. »Aber wenn ich allein käme, würde das sicher die ganze Tischordnung ruinieren«, fügte sie hinzu und hoffte im stillen, Edwina werde ihr widersprechen. Doch diese tat nichts dergleichen. »Das ist wahr. An dem Tisch ist nur Platz für zwölf. Ich habe vorgeschlagen, das Dinner bei uns zu geben, wir haben soviel mehr Platz, aber sie sagte, dann wäre es nicht mehr dasselbe. Sie will, daß David sich den Raum vorstellen kann.«

»Ich werde ihr schreiben und uns entschuldigen«, sagte Regal. Sie hatte ja nichts dagegen, daß Charles so häufig fort war, aber seine Abwesenheit unterbrach auch jedesmal ihr gesellschaftliches Leben. Sie seufzte. Das war ein weiterer Nachteil daran, verheiratet zu sein.

Doch Maria Collins war so gut zu ihr gewesen, und am nächsten Tag folgte Regal einer spontanen Eingebung und kaufte ihr einen wundervollen Tafelaufsatz aus Kristall, der wie ein Kronleuchter geformt war. Sie beschloß, ihn ihr persönlich zu überbringen.

Maria war hingerissen, und zusammen wickelten sie die Hunderte kleiner Kristallperlen aus, brachten sie an und entzündeten die kleinen Kerzen, um zu sehen, wie er wirkte.

»Er ist wundervoll«, sagte Maria. »Du mußt wirklich unbedingt zur Gesellschaft kommen, Liebes. Wenn dein Mann auf Vergnügungsreise geht, kann er doch nicht erwarten, daß du derweil zu Hause sitzt. Ich werde schon jemand netten für den zwölften Platz finden.«

Maria fand nicht nur jemanden, sie wies den fraglichen Herrn auch an, Mrs. Howth abzuholen und zum Portman Place zu begleiten. Sie sandte Regal Nachricht, daß sie diesen Gentleman kannte und er eine Überraschung für sie sein sollte.

Es machte so großen Spaß, mit einem geheimnisvollen Begleiter auszugehen, daß Regal beinah den ganzen Tag mit den Vorbereitungen verbrachte. Ihr Friseur übertraf sich selbst, verwandelte ihre Locken in ein Meer kleiner Korkenzieherlöckchen, die sich um Bänder blauer Seidenvergißmeinnicht ringelten. Und da sie ja wußte, wie der Tisch dekoriert sein würde, wählte sie ihr Lieblingsabendkleid aus blauem Satin, dessen Mieder mit glitzernden Kristallperlen besetzt war.

Während sie sich ankleidete, trank sie ein paar Gläser Champagner und war froh, daß Charles nicht daheim war. Selbst wenn dieser geheimnisvolle Begleiter ein älterer Gentleman sein sollte, war das Regal gleich; sie war fest entschlossen, sich zu amüsieren.

Und schließlich kam der Gentleman. Der Diener führte ihn in den Salon, und Regal ließ ihn ein Weilchen warten, ehe sie erschien. Sobald sie ihn dann sah, rief sie lachend aus: »Major Sorell! Was für eine wunderbare Überraschung.«

Er lachte ebenfalls. »Wie kommt es nur, Mrs. Howth, daß mein Erscheinen bei Ihnen stets solche Heiterkeitsausbrüche auslöst?«

»Sie müssen mir verzeihen, Major. Ich bin vermutlich in der Laune, mich wie eine alberne Gans zu benehmen. Und ich bin ja so erleichtert, daß Sie es sind. Ich hatte schon befürchtet, Maria werde mir einen fetten, alten Colonel schicken.«

»Und mir die Freude verwehren, eine so schöne Dame zu begleiten? Niemals.«

»Vielen Dank, Sir.« Sie verneigte sich übermütig. »Wir haben noch etwas Zeit. Trinken Sie ein Glas Wein mit mir?«

»Sehr gern.« Es schien ihm überhaupt nichts auszumachen, daß er, obwohl selbst verheiratet, die Frau eines anderen Mannes begleiten sollte.

Regal reichte ihm sein Glas. »Nun, Major? Was haben Sie gemacht, seit wir uns zuletzt gesehen haben?«

Er setzte sich auf das Sofa. »Ich war oben im Norden

und habe jungen Burschen beigebracht, beim Reiten nicht von ihren Pferden zu fallen und sich dabei aus Versehen in ihre eigenen Schwerter zu stürzen.«

»Dafür sind Sie gewiß genau der Richtige. Und was verschlägt Sie nach London?«

»Ich bin zusammen mit Sir John Moore gekommen. Ich muß an einigen Besprechungen teilnehmen und will bei dieser Gelegenheit versuchen, den Ausbruch einer offenen Fehde zwischen dem General und den Politikern zu verhindern.«

»Und haben Sie Ihre Frau mitgebracht?«

Er grinste. »O nein. Harriet ist daheim und hütet die Kinder.«

»Was für ein Jammer. Und mein armer Gatte ist in Broadlands. Vermutlich liegt er um diese Zeit schon im Bett und erholt sich von einem harten Tag im Sattel, den er damit zugebracht hat, arme, kleine Füchse in Angst und Schrekken zu versetzen.«

»Er reitet zur Jagd?«

»Ja. Ich hoffe, Sie nicht, sonst bin ich gerade wohl ins Fettnäpfchen getreten.«

Als sie schließlich aufbrachen, waren sie beide bester Laune, genossen die Abwechslung, einmal für ein paar Stunden frei von ehelichen Bindungen zu sein.

»Ich muß Ihnen erzählen, was so urkomisch an unserer ersten Begegnung war«, verkündete Regal. »Maria und Edwina hatten sich vorgenommen, Sie und mich zu verkuppeln. Und dann tauchten Sie mit Ihrer Frau auf. Ich will Harriet gegenüber nicht unhöflich sein, aber Sie haben die beiden Damen in hoffnungslose Verwirrung gestürzt. Jedesmal, wenn ich sie ansah, mußte ich lachen.«

5. KAPITEL

Maria Collins verwöhnte ihre Gäste mit einem erlesenen Menü aus sieben Gängen. Sie aßen gemächlich, und die Konversation war lebhaft, angeführt von Reverend Barnes-Smith, einem ausgesprochen belesenen, exzentrischen Kauz und alten Schulfreund von Marias Mann.

Er brachte einen Trinkspruch auf David Collins aus und hielt eine wunderbare Rede, und als sie in den Salon hinübergingen, bestand er darauf, daß jeder einen Beitrag zur Unterhaltung leisten solle. Sogar Cameron wurde überredet, ein paar Verse zu rezitieren, und erntete tosenden Beifall. Edwina spielte auf dem Pianoforte, und Major Sorell sang ein fröhliches Soldatenlied. Eine der Damen hatte eine so wunderschöne Stimme, daß Regal nur ungern unmittelbar nach ihr antreten wollte. Major Sorell erlöste sie aus ihrer Verlegenheit und sang mit ihr zusammen ein Duett aus der *Bettleroper*.

Während sie die Notenblätter durchgingen, bemerkte Regal, daß einer der Diener Maria zur Tür winkte und sie ihm hinausfolgte.

Sie begannen ihren Vortrag, und William spähte über ihre Schulter, denn keiner von ihnen kannte den Text besonders gut, doch nach ein paar Strophen klangen ihre Stimmen bereits recht sicher.

Ein großer, gutaussehender Mann betrat den Salon, blieb stehen und lauschte. Er war etwa in Regals Alter und trug ein schwarzes Hemd mit Stehkragen und lederne Hosen – äußerst unpassende Kleidung für diese Gesellschaft, aber das schien ihn nicht weiter zu stören. Seine blauen Augen sahen der Welt direkt und unerschrocken entgegen, und Regal hatte dabei den Eindruck, daß er sie ein wenig zu lange anstarrte. Sie wünschte, er würde den Blick abwenden. Er stand reglos mit verschränkten Armen und leicht gespreizten Beinen da und überragte jeden anderen im Raum wenigstens um Haupteslänge.

William war ebenfalls abgelenkt und kam ein paarmal aus dem Takt. Sobald ihr Duett zu Ende war, ging er auf den Neuankömmling zu und schlug ihm herzlich auf die Schulter. »Jorgensen! Bei allen Heiligen, wo kommen Sie denn her?« Er wandte sich an Maria. »Sie haben nichts davon gesagt, daß er kommt.«

»Weil ich es nicht wußte«, lachte sie. »Jorge ist gerade erst in London eingetroffen. Was für eine wundervolle Überraschung. Und das ausgerechnet heute abend! Jorge war in Hobart, er bringt uns Neuigkeiten von David aus erster Hand.«

Sie freute sich offenbar wirklich sehr über die plötzliche Ankunft dieses Fremden und führte ihn herum, um ihn allen vorzustellen. Doch Regal sah ihn mehrmals in ihre Richtung blicken, als warte er ungeduldig darauf, endlich auch sie kennenzulernen.

Schließlich brachte Maria ihn zu ihr. »Und jetzt möchte ich Ihnen noch zwei amerikanische Damen vorstellen, Jorge, Mrs. Cameron Spencer und die Ehrenwerte Mrs. Charles Howth.«

Er verneigte sich vor Edwina und sprach mit leichtem Akzent: »Es ist mir eine Ehre, Ma'am.« Seine Stimme war tief. Dann nahm er Regals Hand und wandte sich an Maria. »Mrs. Howth ist so schön, ich bin jetzt schon ganz verliebt in sie. Wäre es unangemessen, ihr das zu sagen?«

Maria lächelte. »Lieber nicht, Jorge, ihr Mann könnte Einwände haben.«

Edwina kicherte, und Regal war die Szene peinlich. Sie sah zu William hinüber in der Hoffnung, er werde sie vor diesem unverschämten Kerl retten, da nahm Jorgensen auch schon ihren Arm. »Welcher ist Ihr Mann? Ich muß ihm unbedingt gratulieren.«

»Er ist nicht hier«, sagte William. »Ich bin heute abend Mrs. Howths Begleiter.«

»Wunderbar«, gab Jorgensen zurück. »Dann werde ich mich euch anschließen. William und ich sind alte Freunde. Wie ich sehe, sind Sie inzwischen Major. Ich habe immer gewußt, daß Sie eines Tages Karriere machen.«

»Ein Major zu sein ist nicht unbedingt der Gipfelpunkt einer Karriere«, erwiderte William.

»Das ist erst der Anfang für Sie, da bin ich sicher. Glauben Sie nicht auch, Mrs. Howth?«

»Ja«, sagte Regal nur und ärgerte sich über sich selbst, weil es ihr in Gegenwart dieses Mannes, der den ganzen Raum zu beherrschen schien, offenbar die Sprache verschlagen hatte. »Sind Sie bei der Marine, Mr. Jorgensen?«

»Nicht mehr«, antwortete er, und dann nahm Maria ihn mit Beschlag. »Wir haben bereits gegessen, aber ich kann die Köchin bitten, Ihnen etwas zurechtzumachen, wenn Sie möchten.«

»Nein danke, Mrs. Collins. Ich wäre mit einem Glas Wein ganz zufrieden.«

»Gut. Jetzt müssen Sie sich aber unserer Gesellschaft anschließen. Wir alle mußten einen Beitrag zur Unterhaltung leisten, jetzt sind Sie an der Reihe. Erzählen Sie uns, woher Sie kommen und was Sie nach London führt.«

»Hört, hört!« rief der Reverend zustimmend. »Was kann es Schöneres geben als eine detaillierte Beschreibung einer neuen Kolonie.«

»Wenn Sie möchten.« Jorgensen setzte sich zwischen sie und schien völlig unbefangen, erzählte enthusiastisch und selbstsicher und sah dabei immer wieder zu Regal, als erzähle er seine Geschichte eigentlich nur ihr. Aber niemand sonst schien es zu bemerken, alle waren fasziniert, stellten Fragen und unterbrachen ihn mit ihren Kommentaren, auf die er nachsichtig einging.

Zuerst entschuldigte er sich bei Maria dafür, seinerzeit ihrem Dinner ferngeblieben zu sein. »Ich konnte nicht kommen, weil ich im Londoner Hafen einer Preßpatrouille der Marine in die Hände fiel, die mich auf das englische Kriegsschiff *Ramilles* schaffte.«

William Sorell schien das ungeheuer komisch zu finden. »Das ist also aus Ihnen geworden«, lachte er. »Aber ein Weilchen in der Royal Navy hat noch keinem geschadet. Sie sehen jedenfalls nicht so aus, als wäre es Ihnen schlecht bekommen.«

»Mir vielleicht nicht, aber den Männern der Preßpatrouille. Ich habe dem einen oder anderen ein paar Knochen gebrochen, ehe sie mich in Ketten legen konnten.«

Die anderen Damen zogen entsetzt die Luft ein, aber Regal war begeistert. »Gut gemacht, Mr. Jorgensen. Wie sind Sie entkommen?«

»Bin ich nicht. Als sie mich freiließen, hatte das Schiff bereits abgelegt, und so war ich in der britischen Marine, ob es mir nun paßte oder nicht. In Kriegszeiten kann man den Dienst nicht quittieren, also war ich gezwungen, auf eine günstige Gelegenheit zu warten. Schließlich segelte die *Ramilles* nach Algoa Bay. Dort lag noch ein weiteres englisches Schiff vor Anker, die *Harbinger*. Sie sollte nach Neusüdwales segeln, und es gelang mir, mich auf die *Harbinger* versetzen zu lassen. Zuerst nahmen wir Kurs auf Sydney und von dort aus, wie ich insgeheim gehofft hatte, auf Hobart, wo ich mich sofort auf die Suche nach dem Gouverneur von Van Diemens Land begab.«

»Wie wundervoll«, rief Maria. »Und trafen Sie David bei guter Gesundheit an?«

»Allerdings. Ein wahrhaft großer Mann. Seine Kolonie entwickelt sich prächtig. Eines Tages wird Hobart eine große, blühende Stadt sein.«

»Und da sind Sie aus der Marine ausgeschieden?« fragte William.

Jorgensen grinste. »Ich dachte, der Gouverneur würde mich rausholen, aber er nimmt es mit den Vorschriften sehr genau. Meine Dienstzeit war noch nicht um. Aber er hat mir geholfen und mich auf der *Lady Nelson* untergebracht, die zur Küstenvermessung und Erstellung neuer Seekarten eingesetzt war. Das lag mir mehr, Navigation hat mich immer schon interessiert. Ich diente auf der *Lady Nelson* als zweiter Maat.«

Er erzählte ihnen mehr über das am Ufer des gewaltigen Flusses Derwent gelegene Hobart und beschrieb den Berg, der über den kleinen Hafen wacht. Voller Mitgefühl sprach er von den Eingeborenen des Landes, verstörten, verängstigten Menschen, die zuzeiten versuchten, den Fremden freundlich zu begegnen, doch wenn sie sich bedroht fühlten, ebenso erbarmungslos zuschlagen konnten wie der weiße Mann.

Das erntete allenthalben ein Stirnrunzeln und Widerspruch von Camerons Seite. »Das kann man wohl kaum vergleichen, Sir. Wir sind keine Wilden.«

»Doch, das sind wir«, entgegnete Jorgensen und fuhr mit seiner Geschichte fort.

Er war die Ostküste des unerforschten australischen Kontinents entlanggesegelt und nördlich von Sydney in Cooks Whitsunday-Straße hinein, einer schmalen Durchfahrt zwischen dem Festland und einem großen Korallenriff, wo das Wasser warm und leuchtend blau sei. »Sollte ich der Welt je überdrüssig werden, möchte ich meine Tage am Ufer von Brisk Bay beschließen. Es ist eine verzauberte Welt. Eine idyllische Strandbucht inmitten der Tropen mit Blick auf die Whitsunday-Inseln. Und ich hätte sie ganz für mich allein.« Er grinste. »Ich wäre König eines warmen, gesegneten Landes.«

Regal erfuhr, daß er die Marine in Sydney verlassen hatte und an Bord der *Alexander* auf Walfang gegangen war. Danach war er mit verschiedenen Handelsschiffen zurück nach England gekommen, über Neuseeland und Tahiti und die gefürchtete Route um Kap Horn, wo das Schiff beinah gesunken wäre wie so viele vor ihm.

Dieser Mann hatte wirklich viele Abenteuer erlebt. Regal beneidete ihn. Welch wundersame Orte er gesehen hatte! Was für Gefahren bestanden! Ein Mensch mußte wohl über viel Kraft und Mut verfügen, um es mit den Elementen auf den fernen Meeren aufzunehmen.

»Aber jetzt darf ich Sie nicht länger langweilen«, sagte er. »Vom Horn ging es nach St. Helena, dann nach England.«

«Endlich daheim«, bemerkte Cameron.

»Nein, ich bin nicht in England daheim, ich komme aus Kopenhagen.«

»Und werden Sie weiterreisen nach Dänemark?« fragte Regal, und er nahm wie selbstverständlich ihre Hand.

»Ich weiß es noch nicht. Es ist bitter, in ein Land heimzukehren, wo Krieg und Unruhe herrschen. Kommen Sie mit mir in die Südsee, Mylady, und wir werden im tropischen Paradies ein glückseliges Dasein führen.«

»Ich habe noch nie einen so unverfrorenen Menschen getroffen«, sagte Regal zu Maria, aber niemand hörte sie, alle bestürmten Jorgensen mit ihrem Dank für die faszinierende Erzählung und mit weiteren Fragen.

Am nächsten Morgen schlief Regal lange, obwohl die Gesellschaft sich zu einer durchaus vertretbaren Zeit aufgelöst und William sie sicher nach Hause geleitet hatte.

Sie waren sich einig, daß der Abend ein voller Erfolg gewesen sei. »Das beste Dinner, zu dem ich seit langem war«, sagte Regal. »Lassen Sie gelegentlich von sich hören, William, damit ich Ihre Karriere im Auge behalten kann. Schließlich behauptet Jorge doch, Sie würden einmal ein bedeutender Mann sein.«

Sie hatte gelacht und ihn zum Abschied auf die Wange geküßt, doch als sie ins Haus treten wollte, hielt er sie zurück. »Regal. Verzeihen Sie mir, aber ich muß es Ihnen sagen: Nehmen Sie sich in acht vor Jorgensen. Er ist, na ja ...«

»Extrem gutaussehend?« schlug sie lächelnd vor.

»Ja, das ist er ganz bestimmt. Diese Nordmänner sind große, kräftige Kerle, aber es ist noch etwas anderes. Ich meine es nicht abwertend, aber er ist ... wild, in gewisser Weise. Er hat sich überall in der Welt herumgetrieben.«

Sie tätschelte ihm die Wange. »Ja sicher, das sagt er schließlich selbst. Seien Sie nicht albern, William. Wir waren doch nur in Feierlaune. Ich bin eine verheiratete Frau und habe keineswegs die Absicht, mich in einen dänischen Seefahrer zu verlieben. Meine Güte, Marias einsames Leben ist wohl abschreckendes Beispiel genug. Die Frauen sollten sich einfach vor diesen Kerlen hüten, die durch die Südsee vagabundieren.«

Sie lag im Bett und betrachtete ihr blaues Satinkleid, das nicht besonders ordentlich auf der Chaiselongue ausgebreitet lag, und bewunderte die weichen Falten und das Funkeln der Stickerei. Jorge hatte behauptet, es sei das schönste Kleid, das er je gesehen habe.

Und William! Wie er sie vor Jorgensen gewarnt hatte! Ein klein bißchen eifersüchtig vielleicht? Sie ließ sich zurückfallen und rekelte sich in ihren Seidenlaken. Sie war froh, daß Charles fort war. Nicht daß er noch häufig in ihrem Bett schlief. Wenn er spät heimkam, zog er es vor, seinen Rausch in seinem einstigen Junggesellenzimmer auszuschlafen. Doch letzte Nacht schien auch sie etwas zu tief ins Glas geschaut zu haben, denn heute morgen fühlte sie sich gar nicht wohl. Charles bevorzugte Portwein und Brandy als Heilmittel gegen den Kater, aber das brachte sie nicht fertig. Kaffee und Muffins wären da sicher besser. Also, warum zog sie sich nicht an und ging hinunter? Im Gegensatz zu den meisten englischen Damen hielt sie nichts von Frühstück im Bett.

Kaum hatte sie es sich mit ihrem Frühstück und ein paar Zeitschriften vor dem Feuer bequem gemacht, als das Mädchen hereinkam und sagte, ein Gentleman wünsche sie zu sprechen.

»Führ ihn herein«, sagte sie und vergaß zu fragen, wer es denn eigentlich sei. Oder vielleicht war es auch Absicht, denn tief in ihrem Innern wußte sie genau, daß nur Jorgensen dieser Besucher sein konnte, so unwahrscheinlich es auch erscheinen mochte.

»Ich hoffte, Sie würden mich empfangen«, sagte er zur Begrüßung. »Störe ich?«

»Allerdings. Möchten Sie Kaffee?«

»Ja. Mit Sahne.« Er stand auf der anderen Seite des Kamins und sah sie einfach nur an.

»Jorge, was führt Sie her?«

»Es schien mir das Vernünftigste, das ich tun konnte.« Er nahm seinen Kaffee von ihr entgegen und trank ihn im Stehen. »Guter Kaffee.«

»Möchten Sie nicht Platz nehmen?«

»Nein, danke. Ich habe Ihnen etwas zu sagen.« Er nahm sich zwei Muffins und begann zu essen. »Ich habe den gestrigen Abend sehr genossen. Ich habe Sie doch hoffentlich nicht in Verlegenheit gebracht, oder?«

»Nein, natürlich nicht.«

Er nickte und aß nachdenklich auf. »Gut. Ich möchte heute noch einmal ganz von vorn anfangen. Ich bin hier, um Ihnen den Hof zu machen.«

Sie starrte ihn an. »Wie bitte?«

»Sie haben mich sehr gut verstanden.« Er seufzte erleichtert. »Ich bin heute bei Tagesanbruch aufgestanden und habe seither die ganze Zeit diesen Satz geprobt. Ich habe mit mir selbst gewettet, daß ich niemals den Mut aufbringen würde, aber es gibt keinen anderen Weg.«

Er wirkte auf einmal jünger, dieser Weltenbummler, aber darum nicht weniger beunruhigend. »Also wirklich, Jorge. Ich muß Ihnen letzte Nacht wohl einen falschen Eindruck vermittelt haben. Ich bin eine verheiratete Frau, wie Sie sehr wohl wissen. Ich war nur deshalb gestern mit William ... ich meine, er war nur mein Begleiter. Als Freund. Mein Mann ...«

Er hob die Hand. »Ich will nichts über Ihren Mann hören. Ich weiß, daß es nicht einfach für Sie ist, aber ich habe nicht viel Zeit.«

»Sie sind sich Ihrer Sache sehr sicher.«

»Da irren Sie sich. Das bin ich keineswegs. Wenn ich Sie falsch eingeschätzt habe, werde ich gehen und hoffen, daß ich Sie nicht beleidigt habe. Sollte ich allerdings recht haben ...« Er hatte ein sehr entwaffnendes Lächeln.

Regal spürte, daß sie hier in gefährliche Gewässer geriet. Er gab ihr Gelegenheit, ihn fortzuschicken, aber sie wollte nicht, daß er ging. Er war ein sehr attraktiver Mann.

»Wir haben nichts gemeinsam«, wandte sie ein in dem kläglichen Versuch, die Vernunft walten zu lassen.

»O doch.« Er machte sich nicht die Mühe zu erklären, was er im einzelnen meinte. Statt dessen stellte er seine Tasse auf das Tablett und das Tablett beiseite auf die Anrichte. »Sagen Sie mir, was wünschen Sie sich vom Leben?«

Regal betrachtete ihn einen Augenblick und beschloß dann, genauso offen zu sein wie er. »Ich kann Ihnen genau sagen, was ich mir nicht wünsche, und das ist eine Affäre. Auch wenn Affären hier in London ein sehr beliebtes Spiel zu sein scheinen, darüber zu reden ebenso wie eine zu haben.«

»Und welches Spiel spielen Sie gern?«

»Ich weiß nicht. Ich glaube, es ist noch nicht erfunden.«

»Ah! Das gibt mir Hoffnung. Das Leben ist ein einziges großes Spiel, vorausgesetzt man hat den richtigen Partner.«

»Sie vergessen, ich habe bereits meinen Partner.«

»Ich sagte, den richtigen Partner.« Er ging ans andere Ende des Zimmers und kam wieder zurück. »Also gut. Keine Affäre. Das hier ist zu wichtig. Es wird nur uns geben. Dich und mich. Was sagst du dazu?«

»Sie meinen das wirklich ernst, nicht wahr?«

»Die Frage gehört schon der Vergangenheit an. Du kennst die Antwort. Jetzt liegt es allein bei dir.«

Eine ganze Weile sprach keiner von ihnen ein Wort. Im Zimmer war es still, und es herrschte eine seltsame, sinnliche Atmosphäre. Regal spielte am Knopf ihrer Bluse, und er öffnete sich. Es war keine große Sache, sie trug ohnehin ein Hemd darunter, aber es war ihr dennoch furchtbar unangenehm, und sie versuchte mit ungeschickten Fingern, ihn wieder zu schließen.

Jorge streckte ihr die Hände entgegen. »Laß das. Komm her zu mir.«

Er preßte sie an sich wie ein kostbares Kleinod, und sie fühlte einen verwegenen Stolz, daß ausgerechnet sie diesen Mann angezogen, daß er sie ausgewählt hatte. William hatte recht. Jorgensen war anders, das konnte sie jetzt bestätigen. Er war eine Naturgewalt, eine Lebenskraft. Jemandem wie ihm war sie nie zuvor begegnet, und sie wußte jetzt schon, daß dies auch in Zukunft nicht der Fall sein würde. Was sollte sie also tun?

Sie trat zurück, aber sie mußte sich dazu zwingen, denn sie genoß das Gefühl, seine Arme um sich zu haben, sie fühlte sich sicher darin. Beschützt.

»Wie lange wirst du in London bleiben?« fragte sie.

»Solange es dauert.«

»Was dauert?«

»Bis du mir sagst, daß du mich liebst. Leidenschaftlich. Für immer und ewig.«

Regal brach in ein so fröhliches Gelächter aus, daß es sie selbst verblüffte. Sie hatte durchaus Humor, aber meist verknüpft mit einer gewissen Schärfe, mit Distanz. Jetzt hatte sie diese Hemmungen einfach über Bord geworfen. Jorgensen hatte sie dazu gebracht, aus purer Glückseligkeit zu lachen, weil es keine Schranken zwischen ihnen gab, nichts, wovor man sich fürchten müßte.

Er betrachtete sie lächelnd. »Dein Lachen klingt wie Silberglocken. Hübsche, neue, glänzende Silberglöckchen. Du bist eine so wunderschöne Frau.«

Sie ließ die Arme sinken und sah ihn an. »Ist das alles nur Spiel? Ein Flirt?«

»Das werden wir ja sehen.« Als er sie küßte, war es, als sei Regals Welt zum Stillstand gekommen. Sie legte die Arme um seinen Hals und spürte atemlos, wie sein Mund sich über ihren legte, wie er sie so fest an sich zog, daß ihre Körper sich nahtlos ineinanderfügten. Dann beendete er den Kuß, nahm ihr Gesicht in seine Hände und sah ihr in die Augen. »Ich liebe dich, und ich werde dich niemals gehen lassen. Du gehörst zu mir.«

Dann ließ er sie los. »Und jetzt muß ich gehen. Von nun an ist es besser, wir treffen uns anderswo. Dieses Haus ...«

Sie nickte verstehend, doch zugleich hoffte sie, er werde noch bleiben.

»Und was nun?« fragte er und strich ihr ein paar Haarsträhnen aus dem Gesicht.

»Ich weiß es nicht. Dies gehört nicht zu meinen üblichen Morgenbeschäftigungen. Ich bin es nicht gewöhnt, Verehrer zu bewirten. Was, wenn mein Mann daheim gewesen wäre, Jorge? Was hättest du gesagt?«

Er knöpfte seine dicke Seemannsjacke zu. Regal hatte gemocht, wie sie sich anfühlte, rauh und männlich. »Magst du Balalaikamusik?« fragte er.

Was für ein unverschämter Kerl er doch war. Sie mußte schon wieder lachen. Er hatte gesagt, er wolle nichts von ihrem Mann hören. Offenbar war es ihm ernst damit. Regal war beeindruckt. Es war ein sehr kluger Schachzug. Das mußte sie sich merken. Wenn jemand dir im Wege ist, geh einfach an ihm vorbei. »Ich habe noch nie Balalaikamusik gehört.«

»Dann werde ich dich um sieben Uhr abholen und in ein russisches Lokal führen, wo das Essen ebenso gut ist wie die Musik.«

»Ein Gasthaus? Ich bezweifle, daß das der geeignete Ort für eine Dame ist.«

»Mein Liebling, du kannst hingehen, wohin es dir gefällt. Ist sieben dir recht?«

»Ja. Ich schätze schon.« Auf einmal war sie sich ihrer Sache nicht mehr so sicher, jetzt da er ging. Sie brachte ihn zur Tür.

»Wirst du deine Meinung inzwischen ändern?« fragte er.

»Ich weiß es nicht, Jorge. Ich weiß es wirklich nicht.«

»Nun ja, mehr kann ich im Augenblick wohl nicht erwarten.«

Sie ging ins Haus zurück und trat neben den Kamin, dorthin, wo er gestanden und den großen, bemalten Porzellanfuchs auf dem Sims betrachtet hatte. Es war eine von Charles' Trophäen. Sie hob sie hoch und begutachtete sie nun selbst. Die Figur war in einem häßlichen Rot bemalt, die Augen wirkten leer und besiegt. Mit Bedacht öffnete sie ihre Hand und sah zu, wie sie fiel und auf den Steinplatten vor dem Kamin zerschellte.

Als er um Punkt sieben den Weg zum Haus heraufkam, hielt Regal schon nach ihm Ausschau, obwohl sie wußte, daß es Wahnsinn war. Wer war er denn überhaupt? Ein Seemann aus der Fremde, nicht einmal ein Gentleman. Sie öffnete ihm selbst.

Er trat einen Schritt zurück und nickte anerkennend, als sie ihren Umhang überwarf und einen grauen Hut aufsetzte, dessen Krempe mit plissierter rosa Spitze gefüttert war. Die Hutmacherin hatte ihr versichert, daß dies ihrer hellen Haut ein inneres Leuchten verleihen werde. Nicht daß sie das heute nötig gehabt hätte, sie hatte das Gefühl, ihre Haut glühe vor nervöser Anspannung, als sie an seinem Arm das Haus verließ.

Nachdem sie Woburn Place hinter sich gelassen hatten, entspannte sie sich ein wenig. Wir geben ein hübsches Paar ab, ging es ihr durch den Kopf. Beide im gleichen Alter, beide hochgewachsen. Er war weit über einsachtzig, sie einsachtundsechzig oder sogar etwas größer. Sie vermied es, ihre genaue Größe feststellen zu lassen, denn zierliche Frauen entsprachen hier drüben dem Schönheitsideal.

»Es ist nicht weit«, sagte Jorge. »Der Spaziergang wird unseren Appetit anregen.«

»Nicht weit« erwies sich als ein längerer Marsch um viele Häuserecken und über etliche Straßen hinweg, aber das machte ihr nichts aus, sie fühlte sich wohl in seiner Gesellschaft. Sie hatte ihren Arm durch seinen geschoben und ließ sich durch die unbekannten Straßen führen, bis sie schließlich Soho erkannte, das geschäftige Viertel, das vor allem durch seine vielen Gasthäuser und Schenken bekannt war. Charles hatte ihr davon erzählt, aber er hatte nie angeboten, sie einmal hierher mitzunehmen.

Das Restaurant Troika lag im Obergeschoß, weit weg von den üblen Gerüchen der Straße. Überfüllt und von zahlreichen Kerzen erhellt, schien es ein einziges Durcheinander aus Lärm und Gelächter, und sie mußten sich um dicht besetzte Tische herumdrängen und mehrere kurze, mit Teppichen bedeckte Treppen hinauf- und wieder hinabsteigen, um zu den seitlichen Tischen zu gelangen, die mit reich bestickten Vorhängen voneinander abgetrennt waren. Schließlich saßen sie an einem von ihnen, mit dem Rücken zur Wand, und hatten kaum genug Platz zum Luftholen. Erstaunlicherweise machte der Kellner sie in diesem Gedränge mühelos ausfindig, und nach einiger Beratung gab Jorge ihre Bestellung auf.

Regal hatte nie etwas wie diesen Ort gesehen, aber es war aufregend, und sie waren einander so nahe, daß Jorge einen Arm um sie legen konnte. »Alles in Ordnung?«

Sie nickte und wollte etwas sagen, doch in diesem Moment begannen die Musiker zu spielen, und drei Männer in Kosakenuniformen sprangen in die Raummitte und zeigten einen so schnellen und furiosen Tanz, daß Regal begeistert mit den anderen Gästen applaudierte. Sie waren großartig. Danach änderte sich die Musik, und zu den sanften Klängen der Balalaika gesellte sich ein Zigeuner mit seiner Geige und spielte seine eindringlichen Weisen. Es kam ihr vor, als befänden sie sich in ihrer ganz eigenen Welt, als sei die Musik nur für sie beide da. Sie trank von ihrem Wein und aß die fremdartigen Speisen, und die ganze Zeit lächelte er auf sie hinab, wollte, daß sie glücklich war, küßte sie zärtlich und flüsterte ihr ins Ohr.

Es war romantisch, es war genau das, was sie ihr Leben lang entbehrt hatte: einem anderen ganz nah zu sein, die restliche Welt ausgesperrt.

»Zeit zu gehen«, sagte er schließlich, und sie war enttäuscht. Sie wünschte, sie könnten bleiben, bis das Lokal schloß, aber er war schon aufgestanden und führte sie fort.

Nahe der Tür trat ein älterer Mann zu ihnen und sprach mit Jorge, ohne Regal auch nur eines Blickes zu würdigen, obwohl er offenbar ein Gentleman war in einem modernen, gutgeschneiderten Rock.

»Wer war das?« fragte sie.

»Ein Freund.«

»Aber was für eine Sprache war denn das? Französisch?«

»Nein, Spanisch.«

»Ich wußte nicht, daß du spanisch sprichst.«

»Aber jetzt weißt du's. Ich spreche auch französisch und deutsch.«

Sie war beeindruckt. »Ich würde auch so gerne Fremdsprachen beherrschen.«

Er lachte. »Dann lerne sie eben. Und jetzt sollte ich dich lieber nach Hause bringen. Der Portier wird eine Droschke für uns rufen.«

Sie war nie zuvor in einer Mietdroschke gefahren, aber das machte ihr nichts aus. »Ich will noch nicht nach Hause.«

»Also? Wo möchtest du hin?« Sie standen in der Eingangshalle oben an der Treppe. Er hatte die Arme um sie gelegt, und die Menschen strömten an ihnen vorbei, ohne ihnen die geringste Beachtung zu schenken. Es war, als seien sie unsichtbar, ein herrliches Gefühl. Sie liebte diesen Mann.

»Nicht heim«, wiederholte sie achselzuckend.

»Dann wirst du mit mir kommen müssen.«

»Wohin?«

»In mein Bett, um mich zu lieben.«

Es war das, was sie wollte, aber die Art und Weise, wie er es sagte, ließ sie erneut nervös werden. Ihn lieben? Mein Gott, womöglich fand er sie langweilig, unerfahren, auch wenn sie eine verheiratete Frau war. Sie hatte in einer dieser schlüpfrigen Zeitschriften gelesen, daß manche Frauen die Kunst regelrecht studierten, ihren Mann zu erfreuen. Und sie war sicher, sie hatte gehört, daß Jorge William gegenüber irgendeine Bemerkung über tahitianische Frauen gemacht hatte, die beide amüsiert hatte. Sie versuchte, die aufkommende Panik niederzukämpfen, und fragte ihn, wo er wohnte. Vielleicht eröffnete seine Antwort ihr einen Ausweg aus dieser Situation, ohne daß sie sich lächerlich machte.

»Ich habe ein Zimmer in einem Gasthaus nahe der Oxford Street. Es ist ein sehr ansprechendes Haus, genau das Richtige für zwei Fremde wie uns, die sich amüsieren möchten.«

Fremde? Jetzt war sie ebenfalls amüsiert, als sei sie eine Mitverschwörerin bei einem harmlosen Streich. »Jorge, wir können da wohl kaum zusammen hineinspazieren.«

»Ihr Wagen wartet, Sir«, sagte der Portier, und Jorge dankte ihm mit einer Münze.

Als sie die Treppe hinabstiegen, traf Regal eine Entscheidung. Warum nicht? Es wurde Zeit, daß auch sie ein paar Regeln aufstellte. Charles tat schließlich auch, was ihm gefiel. Das Leben mußte doch mehr zu bieten haben als den eintönigen Alltag am Woburn Place. Und es war ein so zauberhafter Abend; sie wollte nicht, daß er schon endete.

»Zum Gasthaus?« fragte er, und sie nickte. »Ja.«

Sein tiefes, kehliges Lachen ermutigte sie. »Ich wußte, daß ich mich nicht getäuscht habe. Du bist eine sehr interessante Frau. Du hast etwas Verwegenes an dir. Oder aber du bist deiner Situation sehr überdrüssig.«

»Vielleicht bin ich das«, räumte sie ein, als er sich neben ihr niederließ. »Aber jetzt mit dir zu gehen ist nicht leicht für mich.«

»Ich weiß. Es setzt Mut voraus, oder vielleicht Liebe.«

Ihre Ankunft im Gasthaus war nicht so peinlich, wie sie

befürchtet hatte. Der Nachtportier öffnete ihnen verschlafen und verschwand, ehe sie auch nur die Treppe zu seinen Räumlichkeiten erreicht hatten.

Jorge zündete eine Lampe an und begann, sie auszuziehen. Die ganze Nacht hindurch glaubte sie den Nachhall der Zigeunermusik zu hören, und sie lernte jede Einzelheit seines geschmeidigen, kräftigen Körpers kennen, jede Rundung seines wundervollen Profils im Lampenlicht. Es kam ihr vor, als sei dies der Beginn des Lebens, wie es sein sollte. Liebe wurde für sie gleichbedeutend mit diesem Mann, diesem Fremden, der erst vor wenigen Stunden in ihr Leben getreten war, und doch kam es ihr vor wie eine Ewigkeit.

»William Sorell hat mich vor dir gewarnt«, sagte sie, nachdem sie am späten Vormittag aufgewacht waren.

»Er hätte besser mich gewarnt. Ich habe Pläne, es ist wirklich ein ungünstiger Zeitpunkt, um mich zu verlieben.«

»Aber das hast du?«

»Ja.«

Verglichen mit ihm war Charles unscheinbar. Sie fragte sich, was Edwina wohl zu dieser Liaison sagen würde. Vor ihrer Ehe mit Cameron hätte sie sich vermutlich fasziniert gezeigt. Jetzt war Regal keineswegs so sicher. Seit Cameron in ihr Leben getreten war, war Edwina ausgesprochen bieder geworden. Jorge hatte sie beeindruckt, schließlich war er ein außergewöhnlicher Mann, aber seinen schneller Aufstieg von einem Fremden zu Regals Liebhaber hätte sie wohl nicht gebilligt.

Sie überlegte, wieso ihr das Wort »außergewöhnlich« in den Sinn gekommen war, aber als sie ihn jetzt ansah, sein ausgeprägtes Kinn, seinen langen, muskulösen Körper, als er vom Bett aufstand und sich streckte, war sie überzeugt, daß er kein gewöhnlicher Seemann war.

»Ich gebe bei dir zu Hause Bescheid«, sagte er. »Sonst

schlagen deine Dienstboten noch Alarm. Am besten lasse ich ihnen mitteilen, du seist noch bei Freunden.«

Er zog Hosen und Wollhemd über und war verschwunden.

Regal wünschte, sie hätte selber daran gedacht; seine Umsicht ließ sie verantwortungslos erscheinen.

Sie ging mit ihm zusammen im Park spazieren und weiter die Straße hinunter, denn sie waren hungrig und sahen sich nach einem Gasthaus um, wo sie etwas zu essen bekämen. Jorge wirkte tief in Gedanken versunken.

»Du überlegst, wie du mich am schnellsten loswirst«, hielt sie ihm vor, doch er zog sie an sich. »Nein, Regal. Niemals.«

Also setzten sie sich in den Garten einer Schenke, wo Jorge einen großen Krug Bier trank, Regal einen sauren Zitronensaft. Der Wirt brachte ihnen zähes Rindfleisch und altes Brot dazu. Regal knabberte nur daran, während Jorge alles achtlos aufaß. Er machte sich Sorgen wegen des Krieges und redete länger darüber, als ihr lieb war. Doch sie hörte ihm mit größerer Aufmerksamkeit zu, als sie Charles jemals geschenkt hatte.

»Es heißt, die Engländer werden Napoleon bald besiegt haben, und dann ist alles vorbei«, meinte sie.

»Er wird nicht so leicht zu schlagen sein«, widersprach Jorge und warf der Entenfamilie, die gerade den kleinen Teich überquerte, ein paar Brotkrümel hin.

»Mach dir keine Sorgen, vergiß den Krieg, Jorge, er macht dich so grimmig. Es hat doch nichts mit dir zu tun.«

»Der Krieg betrifft uns alle«, erklärte er.

»Ich sehe nicht ein, warum. Ich bin Amerikanerin, es ist nicht mein Krieg. Und du bist so lange in der Südsee gewesen, es sollte auch dich nicht kümmern.«

»Es betrifft mein Land. Dänemark hat sehr unter diesem Krieg zu leiden.«

»Das tut mir leid. Das wußte ich nicht. Früher fand ich Napoleon so romantisch, aber jetzt denke ich, je eher wir ihn loswerden um so besser.«

Er brach einen Zweig von einem ausladenden Weißdornbusch ab und betrachtete die weiße Blütentraube; ein paar winzige, durchschimmernde Blütenblätter rieselten auf den Tisch. »Was würdest du zu einem Plan sagen, der die Länder Europas vereint? Wenn man einen Staatenbund gründete, der einen dauerhaften Frieden gewährleistet?«

»Ich finde, das klingt sehr vernünftig.«

Er nickte. »Ja, es ist ein schöner Traum. Dem Handel würde es nützen, und die Menschen könnten nach Herzenslust reisen, würden nicht länger durch die ständigen Krisen behindert. Kleine Länder wie Dänemark könnten die Hilfe der mächtigeren Partner in Anspruch nehmen und müßten nie wieder so leiden wie unter der jetzigen Blockade.«

»Es klingt wirklich wunderbar«, sagte sie, nunmehr von der Idee angetan. »Eines Tages wird es vielleicht wahr. Das Problem ist nur, diese alten Länder sind in ihren Sitten und Gebräuchen zu festgefahren.«

»Ich bin froh, daß dir die Idee gefällt.« Er lachte. »Es ist Napoleons Traum.«

Sie starrte ihn verdutzt an und schnappte dann nach Luft. »Du hast mich hereingelegt! Du machst dich über mich lustig.«

»Keineswegs. Ich wollte dir lediglich die andere Seite der Medaille zeigen. Tausende von Franzosen glauben an diese Sache, und Menschen in anderen Ländern ebenfalls. Sie kämpfen, sie opfern ihr Leben, nicht aus reiner Bosheit, wie offenbar jeder in England glaubt, sondern weil sie an diesen Traum glauben. Es erstaunt mich immer wieder, was Napoleon alles erreicht hat. Von einem armen Soldaten hat er es zum mächtigsten Mann Europas oder gar der Welt gebracht. Man muß ihn einfach bewundern; er ist ein Genie, vergleichbar mit Alexander dem Großen.«

»Vermutlich hast du recht.« Regal hatte noch nie gehört, daß irgendwer auch nur ein gutes Haar an Napoleon gelassen hätte, aber wenn man so darüber nachdachte, waren seine Erfolge wirklich unglaublich.

»Ich muß dich jetzt verlassen«, sagte er. »Würde es dir etwas ausmachen, wenn ich dich in einer Droschke heimschicke?«

»Ja, das würde es allerdings. Wo gehst du hin? Ich komme mit.«

Er nahm ihre Hand. »Das ist unmöglich. Und du solltest nicht so Hals über Kopf einfach in den Sturm hinaussegeln. Nimm dir Zeit und denk über alles nach. Schließlich kennst du mich erst seit etwa einem Tag. Ich will, daß du dir deiner Sache wirklich sicher bist, so daß du später nichts bereust.«

»Wann sehe ich dich wieder?«

»Bald.«

Genauer wollte er sich nicht festlegen, und die nächsten Tage verbrachte sie in der Sorge, er sei einfach fortgegangen, habe London ohne eine Nachricht an sie verlassen und sie werde ihn nie wiedersehen. Zu allem Überfluß kam auch noch Charles früher als erwartet heim, und sie fragte sich nervös, was passieren würde, wenn es Jorge wie beim letztenmal einfallen sollte, einfach unangemeldet zu erscheinen. Sie sagte sich, daß das alles keine Rolle mehr spielte, daß sie ihn empfangen würde, ganz gleich, was ihr Mann dazu zu sagen hätte, aber nichtsdestotrotz blieb sie beunruhigt.

London erschien ihr heiterer als je zuvor, als hätte der sich lichtende Nebel eine lebendigere Stadt enthüllt, wo die Bäume ausschlugen und die Vögel zurückkehrten, um ihre Nester auf den Kaminen der Häuser zu bauen. Regal wagte kaum, das Haus zu verlassen, um Jorge ja nicht zu verpassen. Doch Charles hätte seinen Besuch vermutlich nicht einmal bemerkt, er und seine Freunde hielten sich meist nur kurz im Haus auf und verschwanden gleich wieder, vollauf mit ihren Vorbereitungen für die anstehenden Jährlingsauktionen beschäftigt. Er redete von nichts anderem mehr.

Schließlich sandte Jorge eine Nachricht, sie solle ihn in Vauxhall Gardens treffen. Fast eine Stunde vor der verabredeten Zeit fand sie sich dort ein, sah den Kindern zu, die mit ihren Drachen über die Wiesen rannten, und beneidete sie, denn ihnen gehörte die Welt, sie konnten gehen, wohin sie wollten. Schon von weitem sah sie ihn kommen und erfreute sich an seinem leichten Schritt, verfolgte seinen Weg die Pfade entlang, bis er in einem kleinen Hain verschwand und kurz darauf endlich mit einem zufriedenen Nicken auf sie zutrat.

Sie redeten vertraut miteinander, wie alte Freunde. Und er hatte sogar ein Geschenk für sie mitgebracht, ein Buch mit lyrischen Balladen von William Wordsworth und Samuel T. Coleridge. »Ich hoffe, sie gefallen dir. Mein Lieblingsgedicht ist natürlich das ›Lied vom alten Seemann‹. Man kann das Rauschen der See darin hören. Aber du wirst vielleicht ein anderes vorziehen. Ich habe gleich zwei Exemplare gekauft, damit ich mir vorstellen kann, daß wir es zusammen lesen.«

»Danke, Jorge. Ich freue mich darauf, sie zu lesen. Aber was hat das zu bedeuten? Wo willst du hin? Das klingt, als sei dies ein Abschiedsgeschenk.«

»Es ist kein Abschied. Ich werde noch ein Weilchen hierbleiben.«

»Du willst wieder zur See fahren! Das darfst du nicht. Ich könnte es nicht ertragen, wenn du mich jetzt verläßt.«

Er lächelte breit. »Ich bin Seemann, daß weißt du doch. Und ich muß mich nach einem Schiff umsehen, ich kann nicht in London bleiben.«

»Aber Jorge, glaub mir, es ist nicht nötig, daß du dich wieder als Matrose verdingst ...«

»Das ist auch nicht meine Absicht«, unterbrach er sie. »Also mach dir keine Sorgen. Auf meinem nächsten Schiff werde ich der Kapitän sein. Ich muß nur noch einiges arrangieren und einige Leute treffen.«

»Und wo segelst du hin?«

»Das weiß ich noch nicht. Es kommt darauf an.«

Sie fragte sich, ob Maria Collins so zu der ewig verlassenen Frau geworden war, weil sie ihren Mann genug liebte, um ihn gehen und seinen Träumen nachjagen zu lassen. Aber Regal wollte das auf keinen Fall.

»Jorge, hör mir zu. Das ist nicht nötig. Ich habe Geld, wir können England verlassen und nach Amerika gehen, wenn du willst. Oder zu den wundervollen Orten in der Südsee, sogar nach Hobart, nur verlaß mich nicht.«

«Ich verlasse dich nicht. Wir werden zusammen von hier fortgehen, aber noch nicht jetzt gleich. Du wirst mir einfach vertrauen müssen, nur so kannst du mir helfen. Komm, laß uns ein Stück laufen, wir haben viel zu besprechen.«

Er erzählte ihr von seiner Kindheit in Kopenhagen, von seinem Jugendtraum, einmal Kapitän seines eigenen Schiffes zu sein. Sie sprach von ihrem Großvater und ihrer jetzigen Situation in London.

»So, so. Die reiche, junge Dame kommt also nach England und heiratet einen Schiffsmagnaten mit Adelstitel. Ein geschickter Schachzug von dir.«

»Schiffsmagnat ist gut. Mein Mann scheint seine Schifffahrtsgesellschaft mit einem Spielzeugladen zu verwechseln, während sein Partner Sir Basil Mulgrave allein die Entscheidungen trifft.«

»Das klingt nicht so, als hättest du viel für diesen Partner übrig.«

»Ich kann ihn nicht ausstehen. Und soweit ich es beurteilen kann, geht es der Gesellschaft derzeit sehr schlecht. Geschieht ihnen recht, wenn sie bankrott macht.«

Er blieb stehen und sah sie an. »Das ist eigenartig. Wie kannst du froh sein, wenn die Gesellschaft deines Mannes bankrott geht? Ihr würdet Geld verlieren.«

Sie zuckte mit den Achseln. »Ich würde keinen Penny verlieren, ich habe mein Geld immer aus seinen Angelegenheiten herausgehalten.«

»Wie ist das möglich?« fragte er verblüfft. »Du bist seine Frau.«

Sie lachte. »Ein guter Anwalt in Boston macht es möglich.«

»Interessant. Und wie heißt diese Schiffahrtsgesellschaft?«

»Northern Star.«

»Aber ihre Schiffe segeln noch, ja?«

»Ein paar. Einige Küstenschiffe und eine Linie nach Lissabon sind noch in Betrieb. Und sie lassen gerade einen neuen Klipper bauen. Bis zum Ende des Krieges wird er auf der Nordseeroute eingesetzt und dann, weil er so ein schnelles Schiff ist, für die längeren Routen zum Mittelmeer. So hat es mir Charles zumindest erzählt.«

Sie hoffte, daß Jorge nicht damit liebäugelte, auf einem der Northern Star-Schiffe Kapitän zu werden, denn das war unmöglich. Aber er sprach nicht mehr davon, und wenig später waren sie am Parktor angelangt.

»Ich muß jetzt gehen«, sagte er.

»Warum kann ich nicht wieder mit dir zu deinem Gasthaus kommen?«

»Weil ich dort nicht mehr wohne.« Er lächelte. »Hab Geduld mit mir, Regal. Ich liebe dich. Können wir uns morgen wieder hier treffen?«

Ihre Enttäuschung verwandelte sich in Wut. »Werden wir für den Rest unseres Lebens auf Parkbänken sitzen?«

»Nein«, erwiderte er sanft. »Aber ich muß morgen für ein paar Tage fort und würde dich vorher gerne noch einmal sehen.«

»Wohin gehst du?«

Er legte einen Finger auf ihre Lippen. »Ich muß mich mit einigen Leuten treffen.«

Am nächsten Morgen wartete er am Tor auf sie, als der Park gerade öffnete. Er legte einen Arm um sie und zog sie eilig hinein. »Mein Liebling, ich habe nicht viel Zeit. Hier ist eine Adresse. Mr. Joseph Crouch, er hat einen Laden in der Primrose Lane in Chelsea. Es ist nicht leicht zu finden, also nimm eine Droschke, lauf nicht allein durch diese Gegend.« Er gab ihr die Karte und fügte hinzu: »Es ist ein Uhrmacher- und Schmuckgeschäft. Du kannst dir also die Zeit damit vertreiben, seine Schätze anzusehen, bis ich komme.«

Sie war verwirrt. »Und wann wird das sein?«

»Am dreiundzwanzigsten. Heute in vierzehn Tagen. Bis dahin werde ich fort sein.« Mit einem Kuß erstickte er alle ihre Fragen und Proteste. »Hör mir zu. Wenn alles nach Plan geht, werden wir danach ein paar Tage zusammen verbringen können. Bring ein paar Kleider mit. Kannst du dich für vier Tage freimachen? Dir eine Ausrede ausdenken?«

»Ich brauche keine Ausrede. Ich werde einfach zur Tür hinausspazieren. Du bist mir wichtiger als alles andere.«

Er schüttelte den Kopf. »Nein. Ich habe dir gesagt, bring dich nicht in Schwierigkeiten. Und du darfst unter keinen Umständen einer deiner Freundinnen von uns erzählen. Zu deiner eigenen Sicherheit. Versprich mir das.«

»Ich verspreche es«, flüsterte sie. »Aber es ist mir wirklich gleich.«

Er schüttelte sie beinah. »Es darf dir nicht gleich sein! Du bist eine intelligente Frau, und ich brauche dich, bitte tu, was ich sage.«

»Das ist eine merkwürdige, einseitige Abmachung.«

»Ja oder nein?«

»Mir scheint nicht viel anderes übrigzubleiben.«

»Was, wenn ich verspreche, dir alles zu erklären, sobald ich zurück bin?«

»Mir wäre lieber, du erklärtest es jetzt gleich. Ich bin es nicht gewohnt, in irgendwelche finsteren Gassen bestellt zu werden.«

»Dann kommst du eben nicht hin.« Seine Stimme klang so hart, sie glaubte schon, er meine es ernst, doch dann wandte er sich ihr mit einem Lächeln zu. »Aber ich werde dich trotzdem holen kommen, und dann machen wir uns zusammen auf die Suche nach unserem Garten Eden.«

Regal ließ sich von seinem neckenden Ton nicht darüber hinwegtrösten, daß er bald fort sein würde. Es deprimierte sie nur noch mehr, sie kam sich vor wie ein Kind, das mit einem Bonbon abgespeist wird, damit es Ruhe gibt. »Der Garten Eden«, wiederholte sie verdrossen. »Ich dachte immer, der liege hinter dem letzten Berg am Ende der Welt, für immer unerreichbar.«

»Oh, komm schon, sei nicht traurig.« Er legte einen Arm um sie, als sie den Hügel hinaufgingen, um sie vor dem auffrischenden Wind zu schützen, der das junge Laub an den Bäumen rauschen ließ.

»Aber ich *bin* traurig, Jorge, weil ich dich liebe. Und ich werde dich immer lieben. War es nicht das, was du hören wolltest?«

Er beugte sich über sie und küßte sie zärtlich, berührte ihre Wange leicht mit seiner. »So ist es. Und daran mußt du dich halten. Wir lieben einander, und ich werde dich niemals im Stich lassen.«

War sie Alptraum oder Glückseligkeit, diese Zeit des Wartens? Regal las die wunderschönen Gedichte, bis sie sie auswendig konnte, und sie liebte Jorge um so mehr. Daß ein Mann so zartfühlend und gleichzeitig ein solcher Abenteurer sein konnte, war wunderbar, die perfekte Mischung. Er hatte sie beschämt, als er von all den Büchern sprach, die er gelesen hatte. Also ging sie während dieser endlosen zwei Wochen des Wartens zu Ridgeways Buchladen und kaufte die Neuerscheinungen, Theaterstücke und Gedichtbände, die sie mit wiedererwachtem Interesse las. Einige von Charles' Freunden sprachen französisch, aber sie kannte niemanden außer Jorge, der mehrere Fremdsprachen beherrschte, und manchmal verzweifelte sie, weil sie das Gefühl hatte, ihm nicht das Wasser reichen zu können. Aber sie hatten ihre Liebe – eine Liebe, die vollkommen war. Niemand würde je Jorges Platz in ihrem Herzen einnehmen können, und sie wußte, er liebte sie ebensosehr. Sie wußte es einfach. Das hier war keine flüchtige Affäre, es war die Liebe ihres Lebens.

Sie kümmerte sich nicht um das Haus, überließ alles den Dienstboten, die ja schließlich wußten, was zu tun war. Und sie kümmerte sich auch nicht um Charles. Er gab ein Dinner für zehn seiner Freunde, die sich allesamt betranken und mit Schürhaken und Besenstielen bewaffnet durchs Haus marschierten, wobei sie über sämtliche Möbelstücke kletterten, denn Gegenstand ihres Spiels war es, auf einer geraden Linie zu gehen, ohne Rücksicht auf etwaige Hindernisse. Regal ließ sie gewähren, es kümmerte sie nicht. Charles war ihr dankbar dafür, fand es ›mächtig anständig‹ von ihr.

Wenn sie nicht gerade ihren romantischen Tagträumen

nachhing, dachte sie über ihre Zukunft nach. Es war offensichtlich, daß Jorge ein armer Mann war. Das war ihr gleich, der Snobismus und das Klassenbewußtsein, die die Engländer für so unverzichtbar hielten, bedeuteten ihr nichts. Doch sie gestand sich ein, daß sie sich in einer prekären Situation befand. Jorge war durchaus imstande, aus eigener Kraft seinen Weg zu machen; er war ein Mann voller Tatendrang, kein Parasit wie Charles. Und es war möglich, daß er es letztlich doch vorziehen würde, genau wie David Collins seiner Wege zu ziehen, Geld oder kein Geld. Man mußte sich nur Maria Collins ansehen. Sie hatte eine stattliche Summe von den Proctors geerbt, aber das hatte für David überhaupt keine Bedeutung gehabt. Er brauchte ihr Geld nicht, er war nur froh, daß sie sich damit in London ein angenehmes Leben ermöglichen konnte.

Es war letztlich eine Frage der Einstellung. Vorläufig würde Regal sich Jorges Wünschen fügen, und wenn sie erst einmal verheiratet waren, konnte sie ihre eigenen Vorstellungen mit einbringen. Aber wo würde es sie wohl hin verschlagen? Es gab einen Hinweis. Derzeit verhandelte Jorge um ein Kommando über ein Schiff. Jeder wußte, daß hohe Offiziere ihre Frauen mit auf See nehmen konnten. Es war eine so aufregende Vorstellung, daß sie immerzu davon träumte, sich ihre Romanze ausmalte: sie beide zusammen auf hoher See, so verliebt, unterwegs zu irgendeinem exotischen Hafen. Manchmal erschien ihr ihre Zukunft so verheißungsvoll, daß sie meinte, sie müsse unbedingt irgendwem davon erzählen. Als Edwina sie besuchte, hatte sie das Gefühl, die wunderbaren Neuigkeiten müßten einfach aus ihr heraussprudeln. Aber er hatte gesagt, sie solle noch niemandem von ihrer Liebe erzählen, also folgte sie seinem Wunsch. Das fiel ihr nicht leicht. Edwina plauderte über allen möglichen Londoner Klatsch, über ihren Mann und wie glücklich sie in ihrer Ehe sei, und sie bedauerte Regal, die so gelangweilt schien. Erneut beteuerte sie, wie sehr sie und Cameron sich schon auf die Ferien im Pine Cottage auf der Isle of Wight freuten.

Regal hatte diese Einladung, die sie doch selbst ausgesprochen hatte, komplett vergessen. Der Zeitpunkt war denkbar schlecht gewählt, um über die Arrangements für eine zeitweilige Flucht aus London nachzudenken, doch Pine Cottage erschien ihr auf einmal der ideale Ort für sie und Jorge, ein idyllisches Refugium nur für sie beide.

»O ja«, sagte sie und beschloß kurzerhand, Edwinas Besuch auf die lange Bank zu schieben und Charles dafür als Vorwand zu benutzen. »Ich freue mich ja auch schon so darauf, wieder hinzufahren, Edwina, es ist ja so hübsch dort. Ich muß Charles nur endlich dazu bringen, sich auf ein Datum festzulegen. Er meint, vielleicht im Spätsommer ...«

Sie traf ihre Vorbereitungen für ihr Rendezvous mit Jorge, ein bißchen verstimmt, daß er ihr nicht Genaueres gesagt hatte, denn so war es schwierig zu entscheiden, was sie einpacken sollte. Für Charles hatte sie sich ein Märchen zurechtgelegt. Sie würde sagen, sie wolle eine Freundin von Edwina in Cambridge besuchen, um die Universität und das Städtchen kennenzulernen. Sie war bereit, dafür zu kämpfen, aber das erwies sich als gar nicht nötig.

Charles war von der Idee äußerst angetan. »Das paßt ja wunderbar. Ich hatte ohnehin vor, mit ein paar der Jungs nach Irland hinüberzufahren. Das Regiment meines Bruder liegt in Waterford, und er sagt, ihre Quartiere wären ganz fabelhaft.«

»Welcher Bruder?« Regal kannte immer noch niemanden aus Charles' Familie außer Felicity.

»Victor. Er ist jetzt Captain, weißt du. Schrecklich, daß er gerade jetzt dort festhängt, wo die unteren Ränge alle damit drohen, zu meutern und sich auf die Seite der Franzosen zu schlagen. Diese verdammten irischen Verräter! Aber abgesehen von dem bißchen Ärger ist es ruhig dort drüben. Vielleicht kaufen wir ein paar Pferde, wo wir schon mal da sind.«

»Gut«, erwiderte sie und nahm das nächste Problem in Angriff. Es war üblich, eine Zofe mitzunehmen, wenn man Freunde besuchte. Nun, sie würde Bonnie ein paar Tage freigeben und ihr einschärfen, den anderen Dienstboten nichts davon zu sagen, damit diese nicht auch freie Tage forderten.

Sie spielte mit dem Gedanken, einen Diener in eins der vornehmen Hotels zu schicken und dort auf Jorges Namen eine Suite buchen zu lassen. Im Clarendon zum Beispiel. Nur für den Fall, daß er für ihre Unterkunft noch nichts geplant hatte. Aber es war durchaus möglich, daß Jorge das rundheraus ablehnen würde. Ihm schien an Luxus nichts zu liegen, und sie könnte ihn beleidigen, wenn sie so mit Geld um sich warf.

Zur verabredeten Zeit fuhr sie nach Chelsea und betrat, auch wenn sie sich albern vorkam, den Laden. Sie trug ein kleines Köfferchen bei sich. Noch nie zuvor war sie mit so wenigen Kleidern und nur einem Hut irgendwohin gefahren. Es hatte Stunden gedauert, die Kleider auszuwählen.

Eine kleine Glocke läutete, als sie die Tür öffnete, und ein Mann trat hinter dem Ladentisch hervor. »Was kann ich für Sie tun, Madam?«

»Sind Sie Mr. Joseph Crouch?« Sie erinnerte sich, daß dies der Mann war, der Jorge damals an dem Abend im Troika angesprochen hatte.

»Zu Ihren Diensten, Madam.«

Sie sah sich um. Es war ein interessantes Geschäft mit den verschiedenartigsten Uhren und mehreren Glaskästen, in denen antike Schmuckstücke ausgestellt waren. »Mr. Crouch, ich suche Mr. Jorgensen.«

»Ah, Mrs. Howth«, sagte er. »Natürlich. Bitte folgen sie mir.« Er führte sie durch die Werkstatt zu einer schmalen Hintertreppe. »Gehen Sie doch bitte einfach hinauf.«

Verwirrt stieg sie die Stufen hinauf, das Köfferchen immer noch in der Hand, und klopfte oben an die einzige Tür. Ihr Klopfen war so zaghaft, daß sie es noch einmal versuchen wollte, doch da wurde auch schon die Tür geöffnet und Jorge stand vor ihr. Jorge war hier!

Die Wohnung über dem Laden war klein, spärlich möbliert und mit nur einem Schlafzimmer, doch sie hatten sie für sich allein, und sie waren beieinander, das war alles, was zählte. Als er sie ins Schlafzimmer führte, um sie auf dem breiten Himmelbett zu lieben, mußte sie im stillen über sich selbst lachen, über ihre albernen Ideen von vornehmen Hotels, wo dies hier doch alles war, was sie brauchten. Ihr Liebesakt hatte eine neue Intensität angenommen, etwas, das sie kaum für möglich gehalten hätte, und als sie spät abends nach einem gemeinsam verbrachten Nachmittag und einem Essen in einem abgeschiedenen Winkel eines nahen Gasthauses zurückkamen, begannen sie wieder von vorn, diesmal mit einer ungeduldigen Dringlichkeit – Liebende, die die Nacht für sich beanspruchten.

Am nächsten Morgen brachte er sie mit den Geschichten über seine Reise zum Lachen. Er war in einer Postkutsche mit einem betrunkenen Kutscher von Ramsgate Richtung Dover gefahren und jedesmal, wenn er falsch abbiegen wollte, protestierten die Passagiere lautstark. Und einmal reiste er mit einer jungen Dame, die an Reisekrankheit litt, so daß ihretwegen ständig angehalten werden mußte. »Einer der Mitreisenden hatte überhaupt kein Mitleid mit ihr«, erzählte er. »Er hat vom Kutscher verlangt, sie einfach am Wegesrand auszusetzen. Diese Engländer, sie können manchmal so selbstsüchtig sein!«

»Aber ihr habt sie nicht ausgesetzt?«

»Nein. Ich glaube, die Drohung hat sie kuriert. Den ganzen restlichen Weg nach Portsmouth hat sie kein einziges Mal mehr anhalten lassen.«

»Portsmouth? Du warst dort? Ich wünschte, ich wäre mit dir gefahren. Ich habe ein Cottage auf der Isle of Wight. Ich würde es dir so gerne zeigen.«

Er lächelte. »Ich würde dich lieber mit nach Kopenhagen nehmen.«

»Das ist noch besser. Wann brechen wir auf?«

Er legte einen Arm um sie. »Eines Tages. Wenn der Krieg vorbei ist.«

Jorge war ein rastloser Mann, er konnte nicht untätig in der kleinen Wohnung herumsitzen, also spazierten sie am Fluß entlang und setzten sich unter die Bäume. Sie liebte es, ihn von Kopenhagen erzählen zu hören, seiner winterlichen Schönheit, doch gleichzeitig war sie verwirrt. »Manchmal weiß ich wirklich nicht, ob du nun ein Mann der Tropen bist oder ein echter, heimwehkranker Europäer.«

»Ich weiß es selbst nicht. Wenn ich am Pazifik bin, wo die See so warm und wunderbar blau ist und das tropische Land so voller Leben und Farben, denke ich, ein Mann muß verrückt sein, um von dort je wieder nach Norden fahren zu wollen. Aber jetzt, da ich zurück bin, na ja ... jetzt ist mir klargeworden, daß ich Verpflichtungen habe.«

»Was für Verpflichtungen?« Regal zitterte, als habe sie plötzlich ein eisiger Windhauch gestreift. Seine Stimme klang so ernst, und sie war sich schmerzlich bewußt, daß er nicht von ihrer Beziehung sprach, daß etwas drohte in ihr Leben einzubrechen. Als er nicht antwortete, stellte sie die Frage, die sie vor sich hergeschoben hatte, weil sie selbstsüchtigerweise insgeheim hoffte, er habe keinen Erfolg gehabt. »Hast du ein Schiff bekommen?«

»Ich denke schon.«

Er seufzte, lehnte sich mit dem Rücken an den Baumstamm und kam, so dachte sie zumindest, auf ein anderes Thema zu sprechen: »Es gibt Probleme in Dänemark. Alles, was wir wollen, ist neutral bleiben und Handel treiben, wo und mit wem es uns gefällt. Aber die Dinge gestalten sich schwierig, und Dänemark ist in großer Not. Schlimm genug, daß Schweden uns unter Druck setzt, doch wenn zwei große Mächte wie Frankreich und England nun auch noch von uns verlangen, uns für eine Seite zu entscheiden, dann muß man versuchen, auf Zeit zu spielen. Kannst du dir vorstellen, Regal, was mit einem Land geschieht, das die falsche Wahl trifft und nachher zu den Verlierern gehört?«

»Ja, natürlich. Ich habe noch nie darüber nachgedacht, aber die Folgen wären sicher schrecklich.«

»So ist es. Bislang haben die Dänen den Franzosen Widerstand geleistet. Auch wenn viele Napoleons großem Plan nicht abgeneigt gegenüberstehen, haben sie es dennoch für klüger gehalten, sich herauszuhalten und sich nicht an der Kontinentalsperre gegen England zu beteiligen. Unsere Häfen sind immer noch neutral. Auf hoher See sind die Schiffe natürlich trotzdem in größter Gefahr, wie du weißt, aber unsere Häfen stehen jedermann offen.«

»Das ist vernünftig«, sagte sie. Sie war es nicht gewöhnt, daß ein Mann über solche Dinge mit ihr sprach, und sie war froh, daß sie jetzt erfuhr, was wirklich hier in Europa vorging.

»Es war vernünftig, solange es funktionierte«, schränkte er ein. »Aber die Briten geben sich damit nicht mehr zufrieden. Sie verlangen, daß Dänemark der antinapoleonischen Allianz beitritt, also hat unsere Regierung das einzige getan, was ihr zu tun übrigblieb ...«

»Auf Zeit gespielt?«

»Ja. Bedenkzeit erbeten. Aber die Frist ist abgelaufen. Und nun verlangen die Lords der Britischen Admiralität, daß Dänemark, um seine Freundschaft zu England unter Beweis zu stellen, seine gesamte Flotte abgibt.«

»An wen?« fragte Regal erstaunt.

»An die Briten natürlich.«

»Aber das ist nicht gerecht. Das ist abscheulich! Einem kleinen Land zu befehlen, einfach so seine ganze Flotte herzugeben. Sie müssen verrückt sein!«

»Nicht verrückt. Verdammt arrogant, das sind sie. Es ist eine schwere Beleidigung für die Dänen. Vielleicht weißt du, daß Dänemark vor ein paar Jahren mit Schweden und Rußland zusammen eine Politik der bewaffneten Neutralität begann, um nicht in diesen Krieg hineinzuschlittern, und das hat uns bitterböse und beleidigende Proteste der Briten eingetragen. Schon damals betrachteten die Dänen den Druck der Engländer als unverschämte Einmischung, die beiden Länder sind also seit längerem nicht gerade die besten Freunde. Und schon vorher gab es Probleme wegen des Benehmens unserer Königin Karoline Matilda, einer Engländerin.«

»Ihr hattet eine englische Königin? Erzähl mir von ihr.«

Er lachte und fuhr ihr mit der Hand durchs Haar. »Ich werde dir heute abend im Bett von ihr erzählen, denn es ist eine wunderbar unanständige Geschichte. Als ich noch ein Junge war, hatte mein Vater ein Portrait von ihr im Laden hängen. Sie hatte das gleiche Haar wie du, weich und wunderschön. Aber all diese traurigen Geschichten von Dänemark langweilen dich sicher.«

»Keineswegs. Was passierte also, nachdem die Briten die Flotte gefordert hatten?«

»Das ist die jetzige Situation. Wir sitzen in der Zwickmühle. Wir Dänen sind ein Volk von Seefahrern, wir können unsere Flotte nicht abgeben. Wir brauchen sie, um unsere Handelssegler zu schützen ... um zu überleben. In dem Augenblick, da wir England unsere Flotte überlassen, wird Frankreich in Jütland einfallen, und wir hätten keine Schiffe mehr, um uns zu verteidigen.«

Regal war fassungslos. So wie er es darstellte, kam Dänemark ihr vor wie eine kleine Familie, die von allen Seiten belagert wurde, und das schien ihr so ungerecht. »Was für eine furchtbare Situation. Was werden sie tun?«

»Was würdest du tun?«

»Ich? Du fragst mich?«

»Ja. Wie würdest du in dieser Situation reagieren?«

Es war schon seltsam: hier saß sie am Ufer der Themse mitten in England, furchtbar böse auf die Engländer und gleichzeitig fasziniert, daß er sie aufforderte, eine hypothetische Lösung für dieses vertrackte Rätsel zu finden. »Ich würde kämpfen«, erklärte sie schließlich bestimmt. »Ich würde sie bekämpfen. Dänemark kann sich das nicht gefallen lassen.«

»Gegen *wen* kämpfen?« fragte er lächelnd, als wolle er sie necken.

»Die Engländer.«

»Ach, mein Liebling. Hast du eine Ahnung von der Größe der britischen Flotte? Sie würden uns vom Meer pusten und wären zum Tee wieder zu Hause. Ich habe unterwegs übrigens den Namen deines Sir Basil Mulgrave gehört. Er steht in Verbindung mit dem Kriegsministerium und ist einer der Wortführer der Fraktion, die die Auslieferung der dänischen Flotte fordert.«

»Das wußte ich nicht.« Es war immer interessant, Informationen über Mulgrave zu bekommen. Eines Tages würde sie Jorge die Zusammenhänge erklären, aber nicht heute. »Doch es überrascht mich auch nicht, er ist ein äußerst arroganter Mann. Es sieht ihm ähnlich, ein solches Ultimatum zu befürworten. Manchmal, wenn ich meinen Mann und seine Freunde so reden höre, kann ich über ihre Herablassung gegenüber allen anderen Völkern der Welt nur staunen. Ich bin natürlich auch nur eine Kolonistin. Ich zähle überhaupt nicht.«

Sie errötete. Sie hatte nicht mitleidheischend klingen wollen, doch zum Glück ging er nicht darauf ein, nahm ihre Bemerkung als das, was sie war: eine einfache Feststellung ohne tiefere Bedeutung. Er schob die Ärmel hoch, um die Wärme der Sonne zu spüren, die die Wolken bis auf ein paar vereinzelte Fetzen verjagt hatte. Regal rückte näher an ihn heran. Ein junges Paar ging an ihnen vorbei, vielleicht frisch Verliebte, dachte sie, die die warme Mittagssonne eines Frühlingstages genießen wollten, und sie wünschte sich so sehr, sie und Jorge wären auch nichts weiter als das – eine junge unverheiratete Frau und ein junger Mann, der hier in der Stadt geschäftlich zu tun hatte. Jorge übte eine seltsame Wirkung auf sie aus. In seiner Gegenwart fühlte sie sich so glücklich, so zuversichtlich. Und er hatte in ihr ein bisher unbekanntes Gefühl von Demut geweckt. Nicht etwa, daß er sie erniedrigte; sie war Gott nur so unendlich dankbar, daß sie sich getroffen und ineinander verliebt hatten. Sie würde Leonard schreiben und ihm davon erzählen, nahm sie sich vor. Leonard zu schreiben würde ihr helfen, diese Beziehung zu verstehen, und Leonard war der einzige Mensch, dem sie sich anvertrauen konnte. Sie hatte sich verliebt, würde sie Leonard schreiben. In einen Seemann, einen verwegenen Abenteurer, einen schönen Mann des Nordens, der für die feine Gesellschaft nichts als Verachtung empfand, der kein Interesse hatte an ...

»Ist dir inzwischen eine Lösung eingefallen?«

Sie hatte ein schlechtes Gewissen, weil ihre Gedanken sich von der Frage entfernt hatten.

»Ich weiß es wirklich nicht, Jorge. Es scheint keinen Ausweg zu geben. Ich denke, es wird den Dänen nichts anderes übrigbleiben als zu tun, was die Briten verlangen.«

»Oh, aber *einen* anderen Weg gibt es doch noch. Was wäre, wenn wir lossegelten und britische Handelsschiffe überfielen? Sie so in Schach hielten auf der Nordsee, daß ihnen gar keine Zeit bliebe, auf die Erfüllung ihrer beleidigenden Forderungen an Dänemark zu dringen?«

Sie zog die Knie an und achtete sorgsam darauf, ihre Schuhe nicht auf seinen Mantel zu stellen, den er im Gras für sie ausgebreitet hatte. Die Idee faszinierte sie wie die Züge bei einem Schachspiel, und sie dachte ein Weilchen darüber nach. »Ein kriegerischer Akt?« fragte sie dann.

»Nicht wenn die Schiffe scheinbar aus dem Nirgendwo kommen.«

»Unter welcher Flagge?«

Er sah zum Himmel auf und grinste. Ein breites, boshaftes Grinsen. »Na ja, sie könnten sich etwas einfallen lassen. Es käme auf die Umstände an.«

»Aber wäre das fair?«

»Ist es fair von den Briten, darauf zu bestehen, daß wir unsere Flotte ausliefern? Unseren einzigen Schutz? Unsere Verbindung zum Rest der Welt?«

»Nein«, gab sie zu, und dann erkannte auch sie das Komische an der Sache. »Was für ein harter Schlag es doch für sie wäre! Sie wüßten nicht einmal, gegen wen sie eigentlich kämpfen. Hat Königin Elisabeth nicht seinerzeit dasselbe mit den Spaniern gemacht? Ihre Freibeuter ausgeschickt, um sie anzugreifen, und gleichzeitig vorgegeben zu verhandeln? Die Dänen sollten es tun, Jorge. Ich finde, es wäre nur ausgleichende Gerechtigkeit.«

Jeder Zoll der kleinen Wohnung wuchs ihr ans Herz, während der Zeit, die sie dort ungestört mit Jorge verbrachte.

Früh morgens nahm er sie mit auf die Märkte. Er mochte es, selbst den Proviantmeister zu spielen, wie er es nannte, und kaufte Lebensmittel in den merkwürdigsten Zusammenstellungen: Schinkenspeck, Heringe, Weizenbrötchen, Aal in Aspik, gekochte Eier, Käse und alles mögliche Obst. Anschließend trug er den vollgepackten Korb zu ihrer Wohnung zurück. Regal genoß es, die bunten Marktstände mit ihm entlangzuschlendern, dem Lärm, den fremden Stimmen und den gutmütigen Frotzeleien der Marktleute zu lauschen.

Er verwandte viel Zeit darauf, an einem uralten Schreibtisch zu sitzen und Karten sowie handschriftliche Aufzeichnungen zu studieren, während sie es sich in einem Sessel gemütlich machte und las. Hin und wieder bat er Mr. Crouch auf ein Glas Wein zu ihnen.

Joseph erwies sich als ein sehr sympathischer Mann. Er erzählte Regal, Jorge habe den Ruf eines hervorragenden Seemannes, und das machte sie sehr stolz. Und Joseph war ein Romantiker, er sah nichts Verwerfliches in ihrer Beziehung. »Wenn ich euch beide so sehe, werde ich ganz wehmütig und muß an meine eigene Jugend denken.«

Aber Regal wußte, daß die Zeit ihnen davonlief. Ein paar Tage, hatte Jorge gesagt, und jetzt war schon der dritte Tag im Nu verflogen. Mit keinem Wort hatte er eine gemeinsame Zukunft erwähnt. Regal war in einen Nebel der Glückseligkeit eingehüllt. So drückte sie es aus, als sie versuchte, eine Umschreibung zu finden, mit der sie es Leonard begreiflich machen könnte. Zum ersten Mal in ihrem Leben ließ sie es zu, sich lenken zu lassen, ohne selbst irgendwelche Regeln aufzustellen. Jorge hatte nicht gefragt, mit welcher Ausrede sie Charles abgespeist hatte. Es war ihm gleich, warum sollte sie sich also Gedanken machen? Im Augenblick, wollte sie Leonard später schreiben, tat sie nichts weiter, als die Gesellschaft dieses Mannes zu genießen. In seiner Gegenwart erfüllte sie vollkommene Zufriedenheit, und später wäre immer noch Zeit genug, über die Zukunft nachzudenken.

Festlandeuropäer, würde sie Leonard in ihrem Brief erklären, sind die romantischsten Männer der Welt. Jorge wollte sie die ganze Zeit bei sich haben und behauptete nach wie vor, er mache ihr den Hof. Sie sahen sich in Mr. Crouchs Laden um, betrachteten die Schmuckstücke, und Regal dachte, sie müsse etwas kaufen, um Mr. Crouch für seine Freundlichkeit zu danken, aber davon wollte Jorge nichts wissen. Er bestand darauf, daß sie sich etwas aussuchte, das er ihr dann schenken wollte, ein Andenken, das sie immer an ihre Liebe erinnern sollte. Und als er das sagte, beschlich sie wieder diese eisige Kälte. Vielleicht lag es an seinem Englisch. Andenken klang nach etwas Vergangenem. Aber sie schüttelte ihre Furcht ab und wählte ein kleines rundes Goldmedaillon mit einem Rubin in der Mitte. Innen war es mit zwei winzigen Stücken grüner Seide ausgelegt, doch die Bilder der Vorbesitzer waren längst entfernt worden.

»Zu schade, daß Sie keine Portraits haben, um sie hineinzutun«, sagte Mr. Crouch.

»Das macht nichts. Das holen wir nach«, sagte Jorge und beauftragte Mr. Crouch, statt dessen ihre Initialen auf die glatte, rotgoldene Rückseite einzugravieren. »J.J. und ... wie ist dein Mädchenname, Regal? Ich will verdammt sein, wenn ich ein H wie Howth eingravieren lasse.«

»Es wird dir nichts anderes übrigbleiben,« sagte sie. »Mein Mädchenname war Hayes. Also bleibt es beim H.«

Von all ihren Schmuckstücken wurde dies ihr das kostbarste. Das Medaillon mit den eingravierten Buchstaben J.J. und R.H. Ihr bedeutendstes Besitzstück.

An diesem Abend aßen sie wieder im Gasthaus, diesmal zusammen mit Mr. Crouch. Für kurze Zeit gesellten sich zwei seiner Freunde zu ihnen. Sie waren unverkennbar Skandinavier, gutaussehende Männer mit blonden Haaren, die ihr und Jorge vorgestellt wurden, und es kam Regal vor, als sei nichts von alldem real. Als sehe sie eine

Szene aus irgendeinem Theaterstück vor sich, in der sie selbst mit ein paar Fremden in einem lärmenden Gasthaus in Chelsea saß, an der Seite eines großen, dunklen Mannes mit wettergegerbtem Gesicht, der niemals irgend etwas anderes als dunkle Seemannskleidung und eine Schirmmütze zu tragen schien. Und an ihrer anderen Seite ein adretter, kleiner Mann, Mr. Crouch in seinem edlen Wollmantel mit dem eleganten Samtkragen, der hier ebenso fehl am Platze wirkte wie sie selbst. Es war ein wenig wärmer als an den Abenden zuvor, darum hatte Regal sich, bevor sie das Haus verließen, ein kurzes Cape aus Nerzschwänzen um die Schultern gelegt, das sie statt ihres schweren Umhangs tragen wollte. Doch Jorge hatte ihr den Pelz abgenommen und auf einen Stuhl geworfen. »Das brauchst du nicht, du bist schön genug.«

Als sie sich jetzt umsah und die Gäste in Augenschein nahm, mußte sie einräumen, daß er recht gehabt hatte. Der Nerz wäre hier völlig deplaciert gewesen. Sie trank einen Schluck Wein. Was würde aus ihnen werden? Was zum Teufel sollte nur aus ihnen werden? Einer der Neuankömmlinge sprach Mr. Crouch in einer seltsamen Sprache an, und zu ihrer Überraschung antwortete dieser in derselben Sprache. Regal seufzte. Diese Europäer und ihre Sprachkenntnisse; wie klug sie doch alle waren. Aber Jorge protestierte: »Sprecht englisch, meine Frau kann euch nicht verstehen.«

Bist du je in deinem Leben so stolz gewesen, Leonard? wollte sie später schreiben. *Ich bin seine Frau, die Frau dieses Mannes mit den dunklen Haaren und den Zügen eines römischen Kaisers. Gott, Leonard, wenn du Judith so sehr liebst wie ich diesen Mann liebe, dann beneide ich euch. Ich beneide euch, weil ihr euren Lebensweg gemeinsam beschreitet. Im Moment ist mir, als lebe ich unter den Sternen und warte darauf zu sehen, welcher aus dem Uni-*

versum uns entgegengeschleudert wird und das Licht unserer Bestimmung bringt. Und wenn noch Zeit blieb, würde sie hinzusetzen: *Wir haben noch nicht von Heirat gesprochen. Jorge zieht mich auf und sagt, ich sei die geborene Mätresse, zu unabhängig, um mich an die Gürtelschlaufe eines Mannes festbinden zu lassen, wie er es ausdrückt.*

Seltsam, dachte sie, als sie sich ihrer viel zu großen Portion Roastbeef mit Yorkshire Pudding widmete, in seiner Gesellschaft fühle ich mich alles andere als unabhängig.

»Und wann wirst du aufbrechen, Jorge?« fragte einer der Dänen.

»Morgen«, antwortete er und sah Regal dabei in die Augen. Obgleich die Antwort sie erschütterte, aß sie still weiter, ohne sich etwas anmerken zu lassen. Auf keinen Fall sollten diese Fremden erfahren, daß er sie nicht von seinen Plänen in Kenntnis gesetzt hatte. Doch sie war so bestürzt, daß sie die Tränen kaum zurückhalten konnte.

Als sie das Lokal verließen, machte sie ihrem Zorn Luft. »Morgen! Du gehst morgen fort! Du hast es gewußt und mir kein Wort gesagt. Wie kannst du so grausam sein? Und wohin gehst du?«

»Beruhige dich, es ist nicht das Ende der Welt. Es steht jetzt fest, daß ich ein Schiff bekomme, also muß ich umgehend aufbrechen. Du solltest dich für mich freuen.«

»Wie kann ich mich freuen, wenn du mir nichts erzählst? Wenn du Kapitän eines Schiffes wirst, dann sollte es doch wohl möglich sein, daß ich mitkomme. Viele Frauen begleiten ihre Männer auf See.«

Er lachte, nahm ihren Arm und führte sie durch die Menschenmenge zurück zu Crouchs Laden. »An Bord von Kriegsschiffen gibt es keine Frauen.«

Sie blieb wie angewurzelt stehen und starrte ihn an. »Wovon redest du?«

»Dänemark befindet sich mit England im Krieg. Ich werde mich der Flotte anschließen. Laß uns zu Hause weiterreden.«

Das war Irrsinn. Der Krieg ging sie doch gar nichts an. All das Gerede über Dänemark ... sie dachte, es sei nur eine hypothetische Debatte gewesen. Sie hatte nicht geahnt, daß er die Sache so ernst nahm. Auf dem ganzen Heimweg legte sie sich die Fragen zurecht, mit denen sie ihn bestürmen wollte. Und der eine Einwand, der ihn bestimmt zurückhalten würde, brach aus ihr heraus, kaum daß die Tür sich hinter ihnen geschlossen hatte: »Du dienst nicht in der dänischen Marine. Sie werden dir nicht einfach so ein Schiff geben! Laß dich in diese Sache nicht hineindrängen.«

»Du unterschätzt mich, mein Liebling. Die dänische Regierung bittet mich um meine Rückkehr, und ich werde ein Schiff bekommen.«

Sie warf sich in einen der Sessel in ihrem kleinen Wohnzimmer. »Woher willst du das alles wissen?«

»Durch Freunde in England, die Kontakte zum Festland unterhalten.«

Ihre Argumente waren nutzlos, er hatte sich längst entschieden. Es war noch viel schlimmer, als sie sich vorgestellt hatte. Kapitän eines Schiffes zu sein war eine Sache, doch ein Kriegsschiff war zwangsläufig großen Gefahren ausgesetzt, und sie hatte furchtbare Angst. »Ich kann nicht glauben, daß du wirklich nach Dänemark gehst. Wie willst du dorthin kommen, Jorge? Das ist doch Wahnsinn. Du kannst nicht einfach zum Hafen hinuntergehen und eine Passage nach Kopenhagen buchen, soviel steht fest.«

»Es gibt Mittel und Wege, es ist nicht besonders schwierig. Im übrigen, wenn ich hierbliebe, bestünde die Gefahr, daß ich interniert würde. Ich bin dänischer Staatsbürger.«

»Dann vergiß all das hier. Wir sollten sofort nach Amerika segeln und diese dummen Länder hier ihrem dummen Krieg überlassen. Bitte, Jorge. Amerika ist ein freies Land, du würdest es lieben.«

Er öffnete das Dachfenster und sah in die Nacht hinaus. »Ich will nicht nach Amerika, Regal. Ein Land, in dem man Sklaven hält, kann nicht frei sein; das ist eine Illusion, an die zu glauben man dich von Kindheit an gelehrt hat.«

Sie war so wütend, als hätte er sie geohrfeigt, und holte zum Gegenschlag aus. »Wirklich? Und was ist mit deinem kostbaren Neusüdwales und mit Hobart? Männer werden für den Rest ihres Lebens ans Ende der Welt deportiert und zur Zwangsarbeit in Ketten verurteilt. Sogar Frauen werden deportiert. Ist das etwa keine Sklaverei?«

»Es gibt einen Unterschied«, sagte er leise. »Viele dieser Menschen sind wirklich Verbrecher, ganz gleich, was sie sagen. Dennoch können sie sich in Australien ihre Freiheit verdienen. Und sie sind nicht alle zu lebenslänglicher Deportation verurteilt, doch die meisten bleiben freiwillig dort, wenn ihre Zeit um ist. Wenn du meine Meinung zu diesem Thema hören willst: die Verurteilten, die deportiert werden, haben Glück, bedenkt man die grauenvollen Zustände in englischen Gefängnissen und das erbärmliche Leben, das die Armen hier führen. Aber davon weißt du natürlich nichts, du lebst ja als reiche Frau unter reichen Freunden, und es kümmert dich nicht, daß Menschen überall um dich herum verhungern.«

Es war der furchtbarste Augenblick ihres Lebens. Dieser Mann behauptete, sie zu lieben, und doch machte er ihr jetzt solch gemeine Vorhaltungen. Er verließ das Zimmer mit seinen langen, leichten Schritten, die kaum einen Laut auf den Holzdielen verursachten, und ließ sie zurück. Eine Weile saß sie wie erstarrt, versuchte, sich von dieser Attakke zu erholen, und dann wurde sie wütend. Wollte er ihr jetzt etwa den Laufpaß geben?

Sie sprang plötzlich aus ihrem Sessel auf und durchquerte das Zimmer. »Wie kannst du es wagen, so mit mir zu sprechen? Was gibt dir das Recht, allen Kummer der Welt auf meine Schultern zu laden? Wenn du genug hast von mir, dann sei ein gottverdammter Mann und gib es zu, versteck dich nicht hinter überheblichen Reden!«

Er stand im Schlafzimmer und war dabei, sich zu entkleiden; sein Hemd hatte er bereits aufgeknöpft. Er hielt inne, sah sie unverwandt an und begann dann zu lachen. »Du hast recht. Ich neige dazu, große Reden zu schwingen. Aber nur weil wir unterschiedlicher Ansicht sind, heißt das nicht, daß ich dich nicht liebe. Und du würdest mich doch hoffentlich auch nicht so leicht aufgeben.«

»Du bist doch derjenige, der fortgeht. Du verläßt mich.«

»Ich weiß.« Er fuhr fort, sich auszuziehen. »Aber du mußt akzeptieren, daß ich nach Dänemark gehe, es hat keinen Sinn, darüber zu streiten.«

»Und was soll aus uns werden?«

»Ich komme zurück und hole dich, sobald ich kann. Du weißt, daß ich das tun werde. Ich werde dich jede Minute vermissen, die wir getrennt sind. Was kann ich noch sagen?«

Sie trat näher und setzte sich auf die Bettkante. »Es macht mich krank. Wie soll ich erfahren, wo du bist? Ich werde nicht einmal Kontakt zu dir aufnehmen können. Ich kann ja schlecht zur britischen Admiralität marschieren und mich nach feindlichen Schiffen erkundigen. Mein Gott, Jorge, es wird mir jetzt erst richtig klar. Du wirst auf der anderen Seite stehen. Was, wenn die Leute hier davon erfahren?«

»Das spielt keine Rolle. Aber um deinetwillen, erwähne meinen Namen nicht, es könnte dich in Schwierigkeiten bringen. Und jetzt hör mir zu ...« Er setzte sich neben sie und nahm ihre Hand. »Du kannst über Joseph in Verbindung mit mir bleiben. Es fällt bestimmt nicht auf, wenn du ab und zu in seinen Laden kommst und eine Kleinigkeit kaufst. Und er wird dich über mich auf dem laufenden halten.«

»Wie kann er das? Woher wird er es wissen?«

Er zuckte die Schultern. »Vertrau mir. Er wird es wissen. Von Freunden. Also sorge dich nicht. Aber was immer du tust, keine Briefe. Setze niemals deinen Namen unter einen Brief an mich, und auch ich werde dir nicht schreiben. Es ist zu gefährlich. Briefe können abgefangen werden, du könntest in Gefahr geraten.«

Endlich verstand sie, warum er so darauf bestanden hatte, daß sie ihn ihren Freunden gegenüber nicht erwähnte, doch es war ihr kein Trost.

»Ich wünschte, ich könnte irgend etwas tun, um dir zu helfen«, sagte sie. »Ich komme mir so nutzlos vor.«

»Es gib nichts, das du tun könntest, mein Liebling, außer an mich zu denken und auf mich zu warten. Und jetzt komm ins Bett und sag, daß du mir vergibst, daß ich dich schon wieder verlasse.« Er begann, ihr Kleid aufzuknöpfen. »Du hast so schön ausgesehen heute abend, ich war sehr stolz auf meine Frau. Nichts wird mich daran hindern, zurückzukommen und dich zu holen.«

Er schlief. Sein Arm hielt sie besitzergreifend umfaßt und wollte sie trösten, ihr ein Gefühl von Wärme und Geborgenheit geben, aber sie fühlte sich gefangen. Nächtliche Nebelschwaden schwebten verstohlen wie Gespenster zum offenen Fenster herein, um ihre Ängste aufzuspüren. Sie riefen Bilder aus den alten nordischen Sagen hervor, die Jorge ihr erzählt und die sie im hellen Tageslicht erfreut hatten; doch jetzt wurden die Feen und Kobolde zu finsteren Unholden, die sich kichernd heranschlichen, um ihn zu holen und in ihr Schattenreich zu entführen.

Sie wagte nicht, sich zu rühren, weil sie ihn nicht wecken wollte. Also blieb ihr nicht anderes übrig, als zu warten, bis der Tagesanbruch die Dämonen verscheuchte. Es kam jedoch nur ein düsteres Morgengrauen, das eine Wirklichkeit mit sich brachte, die viel furchterregender war als die Gespinste der Nacht und sie schaudern ließ. Sie hatte die gewaltigen englischen Kriegsschiffe auf der Themse liegen sehen, diese massiven Zerstörungsmaschinen mit Dutzenden von Kanonen, deren Mäuler hinter den Luken lauerten. Welche Chance konnte er haben gegen eine so erdrückende Übermacht? Was für ein Wahnsinn ... sie streichelte sein Gesicht ... diesen wundervollen Körper, dieses kostbare Leben den Gefahren der Meere auszusetzen.

Er regte sich fast unmerklich. Noch im Halbschlaf beugte er sich über sie, murmelte etwas, dann lagen seine Lippen auf ihren, und seine starken Hände zogen sie an sich; und als sie sich liebten, vergaß sie alles andere außer ihm. Jorge. Er war jetzt ihr Leben.

Als sie ihm später beim Ankleiden zusah, so lebendig, so vital, machte er ihr Mut mit seinem Lachen, seiner Verwegenheit, mit der er die vor ihm liegende Herausforderung annahm. Sie wünschte, sie könnte mit ihm kämpfen, an seiner Seite siegen oder sterben. »Was für ein jammervolles Dasein wir Frauen doch fristen«, sagte sie schließlich. »Immer werden wir beiseite geschoben, wenn ihr Männer die höchsten Gipfel erstürmt.«

Sie hatte mit Mitgefühl gerechnet, ein paar beruhigenden Worten, aber er stimmte ihr zu. »Du hast recht. Es ist kein Spaß, zurückgelassen zu werden.«

»Spaß? Du klingst wie ein Schuljunge. Krieg ist kein Spaß.«

Er hob sie lachend aus dem Bett. »Aus den Federn mit dir, der Tag wartet. Und glaub mir, mein Liebling, Kapitän meines eigenen Schiffes zu sein wird ein ungeheurer Spaß für mich. Ich werde einer der jüngsten Kapitäne der Flotte sein, und alle werden sie noch von Jorgensen hören. Ich werd' ihnen was zu denken geben. Nicht nur Dänemark, sondern den Engländern auch, du wirst schon sehen.«

Eins mußte man englischen Hausangestellten wirklich lassen, dachte Regal, als sie zu ihrem Zimmer hinaufeilte: Sie verstanden sich auf ihr Geschäft, sorgten dafür, daß alles reibungslos weiterlief, vermutlich selbst dann noch, wenn das Dach einstürzte.

»Guten Morgen, Madam«, hatte der Butler gesagt, als er ihr die Tür öffnete. »Wird Madam zum Lunch hier sein?«

»Ja, und zum Dinner auch. Gibt es Nachricht von Mr. Howth?«

»Nein, Madam.«

Sie war aufgeregt. Sie stand in ihrem Schlafzimmer und drehte sich mit ausgestreckten Armen im Kreis wie ein kleines Mädchen. Ihr war schwindelig vor Glück. Es war erstaunlich, wie er es fertiggebracht hatte, in ihren letzten gemeinsamen Stunden ihren Kummer zu vertreiben und sie mit seinem Enthusiasmus anzustecken. Sie wußte, es war verrückt, aber das war ihr gleich. Von diesem Hochgefühl würde sie jetzt zehren, von der Erinnerung an ihre Liebesnächte, an jede köstliche Einzelheit und an dieses neue Element, seinen Ehrgeiz. Sie fand ihn faszinierend, etwas, das sie greifen und erforschen, dem sie Beifall zollen konnte. Jorge, das hatte sie vom ersten Augenblick an gewußt, war kein gewöhnlicher Seemann, kein Abenteurer, der einfach dahin segelte, wohin der Wind ihn trieb – ganz gleich, was William Sorell über ihn sagte. In den letzten gemeinsamen Momenten hatte er ihr sein Geheimnis enthüllt, die Quelle seiner Kraft: sein Stolz, sein Ehrgeiz. Keine schwachen, vagen Hoffnungen, sondern Entschlossenheit. Sie erinnerte sich, wie ihr Großvater von seinem

Vater gesprochen hatte, von seinem Mut und seiner Tapferkeit. Einen ›großartigen Draufgänger‹ hatte Großvater ihn genannt. Regal warf sich auf ihr Bett. »Und hier ist noch einer, Großvater. Noch ein großartiger Draufgänger.«

Dann mußte sie plötzlich lachen. Nur gut, daß sie Maria Collins und Edwina nichts davon erzählen mußte, daß sie sich in einen Mann vom gleichen Schrot und Korn wie David Collins verliebt hatte. Ein Mann, der ausgezogen war, um sich ein Abenteuer zu suchen, ein Soldat noch dazu. Nach all ihrer Kritik an diesen Männern und ihren dummen Frauen, die zu Hause saßen und sich vor Sehnsucht verzehrten, hätten sie sie sicherlich furchtbar ausgelacht. Bis in alle Ewigkeit hätten sie sie damit aufgezogen. Eines Tages, wenn er heil zu ihr zurückgekehrt und all dies vorbei war, würde sie es ihnen sagen. Dann spielte es ja keine Rolle mehr.

Bonnie klopfte an ihre Tür. »Kann ich hereinkommen, Madam?«

»Ja.« Sie richtete sich auf und setzte sich im Schneidersitz mitten aufs Bett.

»Geht unten alles seinen gewohnten Gang?« fragte Regal, auch wenn es ihr im Grunde gleich war.

»Ja, Madam. Nur der Kutscher hat gegrummelt. Er sagt, sie sollten ihren eigenen Wagen nehmen, wenn sie verreisen. Sie wissen ja, jeder kommt gerne mal ein paar Tage heraus.«

»Und hast du deine freien Tage genossen?«

»Genossen?« Bonnie kratzte sich am Hals. »Kann ich nicht behaupten. Ich bin nach Hause gegangen, aber es wird immer schlimmer dort, und meine Mum hat gesagt, ich soll nicht mehr wiederkommen.«

»Warum? Hattet ihr Streit?« Regal merkte, daß dieses Gespräch das Mädchen nervös machte, aber sie wollte sich unterhalten, mit irgendwem reden.

»Nein, nein. Mum sagt, ich soll zu meiner Sicherheit

wegbleiben. Es ist so schlimm geworden. Sie haben nichts mehr, Mrs. Howth, keiner dort. Und sie hausen in furchtbaren Löchern, da hinter Bethnal Green. Es ist so schrecklich, das würden Sie gar nicht glauben, alle zusammengepfercht in schmutzigen Häusern, und da verhungern sie oder saufen sich zu Tode oder prügeln sich und stehlen. Es ist zu gefährlich für mich, da in meinen sauberen Sachen vorbeizugehen, wissen Sie, da gibt's Frauen, die mich für das Kleid hier erdrosseln würden oder aus purer Gemeinheit niederstechen.«

»Es tut mir leid«, sagte Regal. Sie fühlte sich unbehaglich und mußte an Jorges Vorhaltungen denken.

Bonnie zuckte mutlos die Schultern. »Die halbe Welt muß eben arm sein, heißt es, da kann keiner was dran machen. Und jetzt mach' ich mich lieber an die Arbeit und stör' Sie nicht länger.« Sie zog die Vorhänge zurück. »Selbst bei geschlossenen Fenstern kommt der Staub herein. Ich warte lieber, bis Sie nach unten gegangen sind, dann werde ich hier ausgiebig lüften und Staub wischen.«

»Nein, warte«, sagte Regal. »Würde es helfen, wenn ich dir Geld für sie gäbe?« Sie fischte den kleinen Beutel mit Sovereigns aus ihrer Handtasche, den sie zu ihrem Abenteuer mitgenommen hatte, für den Fall, daß sie Geld brauchte. Sie gab ihn Bonnie. »Hier, bring ihnen das.«

Bonnie knotete das Seidentuch auseinander und starrte auf das Häuflein Goldmünzen. Dann schüttelte sie den Kopf. »Lieber nicht. Die Versuchung ist zu groß.«

»Welche Versuchung?«

»Madam, ich sag's Ihnen ganz ehrlich: Wenn Sie mir das Geld für sie gäben, würd' ich's für mich selbst behalten. Ich würd' mir sagen, daß Sie's eh nicht rauskriegen.«

Die Ehrlichkeit der jungen Frau verblüffte Regal. Und sie war erfrischend, vertrieb die Gewissensbisse, die sie zu dieser plötzlichen Freigebigkeit getrieben hatten. Sie grinste und wünschte, Jorge hätte das gehört. Anscheinend waren nicht einmal die Armen selbst zu Opfern bereit, um ihresgleichen unter die Arme zu greifen.

»Na schön«, sagte sie. »Dann behalte es eben.«

Dieses Mal zögerte Bonnie nicht. Sie wog die Münzen in der Hand. »Ganz schön schwer. Das ist viel Geld. Sind sie auch sicher, Madam?« Aber sie ließ Regal keine Zeit, es sich anders zu überlegen. »Vielen Dank, das ist wirklich freundlich von Ihnen, Madam. Aber so ist das eben, verstehen Sie, ich muß an mich denken und sparen, damit ich im Alter nicht selber dort lande.«

»Vor allem solltest du nach Möglichkeiten Ausschau halten, mehr Geld zu verdienen«, riet ihr Regal. »Wenn du bei mir bleibst, soll es dein Schaden nicht sein.«

Ihr war eine Idee gekommen, und nachdem Bonnie gegangen war, begab sie sich in ihr privates Wohnzimmer, wo sie am besten nachdenken konnte. Gerade jetzt brauchte sie einen Freund, nicht jemanden, dem sie sich anvertrauen konnte, sondern der ohne zu fragen tat, was sie sagte. Bonnies Aufrichtigkeit hatte sie beeindruckt. Sie hatte etwas Besseres verdient als ihr ärmliches Los.

Am liebsten hätte Regal dieses Haus verlassen und wäre mit Bonnie zur Begleitung auf die Isle of Wight gezogen, um dort auf Jorges Rückkehr zu warten. Doch sie mußte ihren Kontakt zu Mr. Crouch aufrechterhalten. Sie mußte sich vergewissern, daß Joseph durch seine geheimnisvollen Kanäle wirklich mit Jorge in Verbindung bleiben konnte. Das Wort ›Spione‹ kam ihr in den Sinn, doch sie verwarf es als zu melodramatisch. Es waren nur ganz gewöhnliche Leute, die die englische Haltung gegenüber Dänemark mißbilligten – und zwar zu Recht. Jeder hatte schließlich ein Recht auf eine eigene Meinung. Hier debattierten sie beispielsweise ständig über die Irlandfrage, aber auch wer sich dabei auf die Seite der Iren stellte, galt deswegen nicht gleich als illoyal. So war das eben in diesem komplizierten europäischen Gefüge, wo die Länder soviel kleiner waren und soviel näher zusammenlagen, als sie es sich daheim jemals vorgestellt hatte. Ihr Geographieunterricht in der Schule hatte sie nicht mit den Maßstäben vertraut gemacht, und es war ein regelrechter Schock gewesen, als sie feststellte, daß Frankreich nur einen Steinwurf von England entfernt lag und daß dieses ganze Europa im Vergleich zu Amerika ein Hühnerhof war. Es war doch eigentlich sehr vernünftig von Napoleon, eine Nation daraus schmieden zu wollen.

Und Charles? Was sollte sie mit Charles anfangen?

Sie würde ihn um die Scheidung bitten, und wenn er sich weigerte, würde sie sie ihm eben abkaufen. Der raffgierige Charles würde zustimmen, wenn sie ihm nur genug zahlte, da war sie ganz sicher. Aber der Zeitpunkt wollte gut gewählt sein. Sie hatte kurz vor ihrem Aufbruch gehört, daß Jorge und Mr. Crouch über Schiffe sprachen. Britische Schiffe und britische Häfen wurden erwähnt. Sie hatte ihnen sagen wollen, daß sie ihnen vielleicht helfen konnte, wenn sie sich die Zeit nahm, ihrem Mann besser zuzuhören, doch es schien nicht der richtige Zeitpunkt, ihren Mann zu erwähnen. Außerdem war Jorge sein eigener Herr, vielleicht würde er ihre Einmischung in seine Angelegenheiten nicht schätzen. Es war vernünftiger zu warten, bis Charles heimkam, und genau zuzuhören, wenn er über Schiffahrtsangelegenheiten sprach. Vielleicht fand sie etwas Brauchbares heraus. Etwas über Northern Star. Wäre das nicht eine wunderbare Rache an Sir Basil Mulgrave, seine Schiffe in Gefahr zu bringen?

Es gab unzählige Unsicherheitsfaktoren und keinerlei Garantie, daß es klappen würde. Aber was für eine Gelegenheit! Natürlich gab es auch keine Garantie, daß Jorge in Kopenhagen ein Schiff bekommen würde, ganz gleich

wie zuversichtlich er war. Fast wünschte sie, er ginge leer
aus. Wenn die Dänen ihn abwiesen, hatte er einen guten
Grund, ihnen den Rücken zu kehren und einen zweitran-
gigen Posten auszuschlagen. Gut! Sie klatschte in die
Hände. »Bravo, Jorgensen. Dann ist es nicht länger dein
Krieg.«

Schließlich kam Charles mit großem Gewese heim. Er und
seine Freunde waren von irischen Rebellen angegriffen
worden. Zwei Dragoner, die sie begleitet hatten, waren
dabei getötet worden, und auf der Flucht vor ihnen hatte
ein tiefhängender Ast im unbekannten Gelände Charles
aus dem Sattel gefegt, wobei er sich den Arm brach. Den
geschienten Arm in einer Schlinge, kam er ins Haus stol-
ziert, rief nach Regal und brüllte den Dienstboten Anweisungen zu. Er war außer sich vor Zorn.

»Du solltest dich beruhigen, Charles«, sagte Regal. »Denk
an dein Herz, dein Gesicht ist schon krebsrot vor Anstrengung.«

»Bevor mein Herz mich umbringen kann, wird dieser
Arm es tun«, erwiderte er übellaunig. »Diese verfluchten
irischen Ärzte haben ihn in alle Richtungen verbogen, ich
schwöre, sie haben mir absichtlich unnötige Schmerzen
zugefügt. Komm mit in die Bibliothek, Regal, ich will sofort ein paar Briefe abfassen. Es mußte natürlich der rechte Arm sein. Hol mir ein Glas Port, ich bin total erschöpft.«

Sie schenkte ihm ein Glas Portwein ein, während sein
Diener ihm die Stiefel auszog und damit verschwand. Of-
fenbar hatte der arme Kerl eine schwere Zeit mit seinem
Herrn hinter sich.

»Es war alles nur Victors Schuld«, erklärte Charles. »Der
Dummkopf hat mir versichert, der Wald sei ungefährlich,
dabei ist er alles andere als das. Es war der reinste Alptraum, überall fanden Gefechte statt, und hier redet man

der englischen Öffentlichkeit ein, es sei alles unter Kontrolle da drüben. Ich will, daß du für mich an Castlereagh schreibst, er soll von dieser Unverschämtheit in aller Deutlichkeit erfahren. Und an den Premierminister. Und schick eine Nachricht an Basil, daß ich zurück, aber außer Gefecht gesetzt bin. Wir sollten uns weigern, mit unseren Schiffen weiterhin irische Häfen anzusteuern. Sollen sie doch verhungern, diese Bastarde. Und schick nach meinem Arzt, er soll sich ansehen, was sie mit meinem Arm angestellt haben. Und ich will, daß alle Kleidungsstücke, die ich mithatte, verbrannt werden, in dieser verdammten Kaserne wimmelte es vor Flöhen ...«

»Ich dachte, Victor hätte euch eine Unterkunft besorgt.«

»Hatte er auch, aber in letzter Sekunde erschien irgendein Colonel und beanspruchte das Gutshaus für sich. Eine Unverfrorenheit ...«

Der Arm wurde für mehrere Wochen zum Zentrum des Universums im gesamten Haushalt, und Charles jammerte, nörgelte und bedauerte sich unentwegt. Das gab Regal ausreichend Gelegenheit, sich ihren eigenen Plänen zu widmen. Sie ließ zwei Wochen verstreichen, ehe sie Joseph Crouch zum ersten Mal aufsuchte, und sie mußte sich sehr zusammenreißen, um sich so lange zu gedulden. Jeder Tag zog sich schier endlos hin. Doch schließlich trat sie durch die Tür des kleinen Ladens und war hingerissen, das Glöckchen wiederzuhören. Es weckte so wunderschöne Erinnerungen.

Joseph bediente gerade einen Kunden, und er wartete, bis sie allein waren, bevor er sie begrüßte: »Mrs. Howth. Wie wunderbar, Sie wiederzusehen. Ich hoffe, es geht Ihnen gut?«

»Ja, danke. Sagen Sie mir, Joseph, gibt es Nachricht von Jorge?«

Er schüttelte den Kopf. »Noch nicht, das braucht seine

Zeit. Möchten Sie Kaffee? Es dauert nicht lange. Sie können sich inzwischen ein wenig im Laden umsehen.«

Sie schlenderte umher, sah sich ein paar Ringe an und beschloß, einen in Gold gefaßten Aquamarin zu kaufen, weil die Farbe sie an Jorges Augen erinnerte. Sie war enttäuscht, daß es noch keine Neuigkeiten von Jorge gab, aber immerhin war es ein kleiner Trost, mit Joseph sprechen zu können, der einzige, mit dem sie offen reden konnte.

Er servierte winzige Tassen mit süßem, schwarzem Kaffee, und sie saß vor dem Ladentisch wie eine gewöhnliche Kundin. »Kennen Sie Mr. Jorgensen schon lange?« erkundigte sie sich.

»Nein, noch nicht sehr lange, aber wir haben gemeinsame Freunde. Sie alle loben ihn in den höchsten Tönen, er ist ein großartiger Mann.« Es tat ihr gut, mit jemandem über Jorge zu reden, der ihn so gern mochte. Joseph pries ihn überschwenglich.

»Warum dauert es so lange, bis Nachricht von ihm kommt?«

»Meine Liebe, es ist sehr schwierig. Um Informationen vom Kontinent zu bekommen oder dorthin zu übermitteln, brauchen wir Leute, die bereit sind, ein Risiko einzugehen. Manchmal fährt einer unserer eigenen Leute hinüber, manchmal müssen wir uns darauf verlassen, daß irgendein Matrose eine Nachricht überbringt. Es kann sehr kompliziert werden.«

»Es ist so nett von diesen Leuten, daß sie das tun«, sagte sie, doch Joseph lachte. »Nett? Es sind keine glühenden Patrioten, sondern Leute, die wir für ihre Dienste bezahlen müssen. Und es ist nicht leicht, das Geld aufzubringen.«

Sie betrachtete ihn neugierig. Aber natürlich! Wie naiv von ihr, daß sie nicht selbst darauf gekommen war. Doch Jorge hatte sie völlig im dunkeln gelassen. Sie fühlte sich ausgeschlossen, und das war deprimierend. »Vielleicht kann ich helfen«, schlug sie vor und überlegte, welche Summe wohl angemessen wäre. Sie war sicher, Joseph würde sich größere Mühe geben, an Neuigkeiten von Jorge zu gelangen, wenn sie ihm einen Anreiz bot.

»Sie meinen mittels einer Spende?« fragte er.

»Ja. Und andere Dinge mehr.«

Er war vorsichtig. »Was für andere Dinge könnten das sein, Mrs. Howth?«

Sie atmete tief durch, plötzlich fürchtend, sie könnte sich lächerlich machen. »Nun, falls es von Nutzen sein könnte, ich habe hin und wieder Zugang zu Informationen über Fracht und Route englischer Schiffe.«

Joseph nickte und trank einen Schluck Kaffee.

»Das könnte hilfreich sein«, setzte sie hinzu, als er sich nicht sonderlich beeindruckt zeigte.

Joseph dachte eine Weile nach. »Ich schlage folgendes vor, Mrs. Howth: Sie lassen mich alles wissen, was Sie herausfinden, und wir werden darüber nachdenken. Heutzutage weiß man nie, welche Information sich als nützlich erweisen wird. Man weiß nie.« Er lächelte und nickte wieder. »Ja, wir wüßten Ihre Hilfe zu schätzen. Männer wie Jorgensen brauchen jede Unterstützung, die wir ihnen geben können. Es sind mutige Männer, doch sie sind auf geheime Informationen über den Feind angewiesen, um ihren Kurs planen und Gefahren ausweichen zu können.«

Sie wünschte, er hätte das nicht gesagt. Ihr Magen krampfte sich vor Angst zusammen, und sie spürte, wie das Blut aus ihrem Gesicht wich, bis ihre Haut sich ganz kalt anfühlte. Um die Fassung zu bewahren, erhob sie sich und zeigte auf den Ring, den sie kaufen wollte. »Wieviel kostet er?«

Er nahm ihn von der Unterlage. »Achtzig Pfund. Ein wundervoller Ring, eine französische Arbeit.«

»Ich nehme ihn.« Sie sah zu, während er ein kleines

Samtkästchen für den Ring auswählte. »Und Joseph, es ist sehr wichtig für mich, Neuigkeiten über Mr. Jorgensen zu erfahren. Ich werde ihnen tausend Pfund für ihre Leute geben und werde Sie auch in Zukunft unterstützen, wenn ich als Gegenleistung auf dem laufenden gehalten werde.«

Josephs Kopf ruckte hoch, und für einen Augenblick starrte er sie an, als traue er seinen Ohren nicht. Doch er faßte sich schnell. »Das ist eine großzügige Geste, Mrs. Howth. Jedes bißchen hilft.«

»Bißchen? Ich denke, eintausend Pfund sind in jedem Fall eine beachtliche Spende.«

»Verzeihen Sie mir, ich wollte ganz gewiß nicht undankbar erscheinen. Ich meinte lediglich, daß es uns besser ginge, wenn mehr Leute ihre politische Überzeugung mit einer Spende untermauern würden. Es ist meine ständige Sorge. Wir sind bemüht, Geld für weitere Schiffe für Dänemark zusammenzubekommen, aber es ist eine gewaltige Aufgabe.«

Sie sah ein beunruhigendes Flackern in seinen Augen, als er den Aquamarinring in das Samtkästchen bettete. War er vielleicht das, was Großvater einen Schnorrer zu nennen pflegte? Wollte er noch mehr Geld aus ihr herausholen? Bis dahin war nie die Rede von zusätzlichen Schiffen gewesen.

»Ich habe nicht die Absicht, eine Flotte auszurüsten, Joseph, das überlasse ich den Staatskassen. Aber solange Ihre Leute Mr. Jorgensen unterstützen, bin ich sicher, daß er meinen Beitrag gutheißen wird. Sie können auf meine Unterstützung bauen.«

6. KAPITEL

Seit Charles aus Irland zurückgekehrt war, schwer erschüttert über den Zusammenstoß mit den Rebellen und seinen Unfall, war Regal aufsässig. Kaum ein mitfühlendes Wort hatte sie für ihn übrig, als sei ein gebrochener Arm nur eine Lappalie und die Umstände, unter denen er beinah ums Leben gekommen wäre, eine langweilige Geschichte, die man seinen Freunden eigentlich nicht zumuten sollte, jedenfalls nicht in ihrer Gegenwart.

Und als er sich ausreichend erholt gefühlt hatte, um sein normales Leben wieder aufzunehmen, hatte sie ihn abgewiesen und war dazu übergegangen, ihre Schlafzimmertür abzuschließen.

»An dieser Form ehelichen Zusammenlebens habe ich keinerlei Interesse mehr«, hatte sie ihm seelenruhig eröffnet. Man hatte ihm versichert, daß viele Frauen so wurden, und auch wenn er sich hatte überzeugen lassen, daß das bei einer Dame durchaus verständlich sei, war es ihm dennoch unangenehm.

»Ich könnte darauf bestehen, das weißt du«, sagte er.

»Tu das lieber nicht«, erwiderte sie. »Es besteht kein Grund, warum wir nicht Freunde bleiben könnten, wenn du mich zufriedenläßt.« Und sie hielt Wort, war eine unverändert angenehme Gefährtin und kam mit der ihr eigenen Effizienz ihren Pflichten im Haushalt nach. Man hatte ihm einflüstern wollen, sie habe möglicherweise einen

Liebhaber, doch das war ausgeschlossen. Sie verließ kaum je das Haus, es sei denn, um einzukaufen oder zur Bank zu gehen, und dies tat sie stets in Begleitung ihrer Zofe, die Charles' Leibdiener versichert hatte, Mrs. Howth trödele niemals in der Stadt herum. Und zu gesellschaftlichen Anlässen begleitete er sie ja persönlich oder vergewisserte sich, daß sie mit Freunden der Familie zusammen war. Nein, sie hatte einfach kein Interesse mehr an Sex, und somit hatte sie es sich selbst zuzuschreiben, daß Charles sich an Frauen wandte, die nichts dagegen hatten, einem Mann für einen gewissen Preis seine Wünsche zu erfüllen. Davon gab es schließlich genug.

In letzter Zeit hatte er allerdings festgestellt, daß eine gewisse Mrs. Conroy seine Gesellschaft besonders zu schätzen wußte. Sie war verwitwet, eine attraktive Frau, die zwar ein paar Jahre älter war als er, aber weitaus bessere Gesellschaft als Regal. Mrs. Conroy freute sich auf seine Besuche, und sie waren beide hocherfreut, als sie feststellten, daß ihr Haus in der Gray's Inn Road auf der anderen Seite von Coram's Field lag, einem gepflegten Park, der an den Woburn Place grenzte. Ihr Haus war von seinem also nur einen angenehmen Spaziergang entfernt.

Tatsächlich verstanden sie einander so prächtig, daß Mrs. Conroy in letzter Zeit gewisse Andeutungen bezüglich einer Heirat fallen ließ, und die Idee gefiel ihm durchaus. Doch er mußte vorsichtig sein. Die Anwälte, die immer noch vergeblich auf die Kooperation dieses Juden in Boston hofften, hatten immerhin eines herausgefunden: Regals Gesellschaften stellten einen weitaus höheren Wert dar, als sie je für möglich gehalten hätten. Und als sie Charles gegenüber durchblicken ließen, daß Regal vermutlich über eine halbe Million Pfund wert war, war er fast vom Stuhl gefallen. Und war es nicht wieder einmal typisch für sein Glück, daß er eine Frau geheiratet hatte, die sich nicht nur weigerte, ihr Vermögen herauszurücken, sondern obendrein auch noch ein Geizkragen war? Gott, wenn er nur dieses Geld in die Finger bekäme, er könnte leben wie ein König. Oder, verbesserte er sich selbst grinsend, wie der Prince of Wales. Doch abgesehen von einer Vorliebe für hochklassige Schneider und Hutmacher, wußte Regal offensichtlich nichts mit all ihrem Geld anzufangen. Sogar ihr Schmuck war eher unscheinbar.

An diesem Abend kleidete Charles sich mit großer Sorgfalt an. Seine Frau und er aßen heute abend allein, und das könnte der richtige Zeitpunkt sein, um zu versuchen, sie zur Räson zu bringen. Doch sie war schlau, er durfte sie nicht unterschätzen. Er mußte an ihre Großzügigkeit appellieren. Er ließ seine Perücke auf ihrem Gestell, denn er wußte, wie sehr sie Männer in Perücken verabscheute, ganz gleich wie elegant sie sein mochten, und säuberte sogar seine Fingernägel. Diese amerikanischen Frauen waren von Reinlichkeit ja geradezu besessen. Vor allem Edwina. Vielleicht wäre es eine gute Idee, ein Dinner für Edwina und ihren Pfeffersack von Ehemann anzuregen, das würde Regal sicher gefallen.

Er wählte die Weine persönlich aus, darunter einen französischen Rotwein – in diesen Tagen eine Seltenheit –, und machte ihr Komplimente.

»Das ist ein wundervolles Kleid, meine Liebe, so ein warmer, hübscher Farbton. Wie würde man ihn nennen? Kirsch?«

»Ich glaube ja. Warum hast du dich so herausgeputzt? Gehst du aus?«

»Später vielleicht. Aber kann ich mich nicht auch einmal für meine Frau elegant kleiden?«

»Ich schätze schon.«

»Du meine Güte«, sagte er gut gelaunt, »ich habe keine Verführungsabsichten, du brauchst also nicht so reserviert zu sein. Ich hatte ein paar unschöne Szenen mit Basil und habe einfach nur ein wenig Aufmunterung nötig.« Er führte sie zu Tisch und plauderte, als mache nichts auf der Welt ihm Sorgen.

Wie des öfteren in letzter Zeit gewann er auch jetzt wieder den Eindruck, daß seine Frau einfach dankbar war, wenn man sich mit ihr unterhielt. Sie schien einsam zu sein. Wahrscheinlich hatte sie Heimweh. Aber auch das war ihre eigene Schuld – sie hatte sich entschlossen, hier zu leben, und nun lag es an ihr, sich seinen Freunden anzuschließen und nicht immer abseits zu stehen, selbst wenn sie sich ihnen unterlegen fühlte.

Er erzählte ihr den neuesten Klatsch aus seinem Club und berichtete leutselig, daß Colonel Collins auf dem besten Wege war, sich einen Namen zu machen für seine Verdienste in Van Diemens Land. Er wußte, daß es Regal ebenso verwunderte wie ihn, daß Maria Collins sich nach wie vor weigerte, ihrem Mann dorthin zu folgen und ihre Aufgaben an seiner Seite wahrzunehmen. Sie sprachen über die Vorzüge seines neuen Schneiders und die neueste Kriegswendung, Napoleons Sieg über die Preußen bei Jena. Und schließlich kam er auf Northern Star zu sprechen. Er wußte, Regal haßte Basil, und das mit gutem Grund: Basil hatte sie niemals auch nur zur Kenntnis genommen, und das war wirklich kein Benehmen. Doch Charles hatte erkannt, daß dieser Umstand ihm Gelegenheit gab, die beiden gegeneinander auszuspielen. Denn auch wenn sie Basil nicht ausstehen konnte, verleitete pure weibliche Neugier sie dazu, immer mehr über die Reederei erfahren zu wollen. Diese Widersprüchlichkeit war typisch für sie und konnte ihm jetzt vielleicht von Nutzen sein. »Regal, ich fühle mich in letzter Zeit ständig von Basil geschurigelt. Er kann so unangenehm werden. Ich bin nicht ganz sicher, was ich tun soll.«

»In bezug worauf?«

»In bezug auf den Umstand, daß ich kein Einkommen aus der Reederei mehr beziehe. Und seit wir die *Scottish Prince* verloren haben, verlangt er zudem, daß ich ihm helfe, die Gesellschaft zu stützen, sprich, daß ich mehr Geld investiere.«

»Warum solltest du das tun?«

»Weil, wie Basil sagt, der Krieg bald vorbei sein wird. Er ist davon überzeugt, Napoleon habe sich übernommen und über kurz oder lang werde seine Herrschaft zusammenbrechen.«

Sie ergriff ihr Glas und sah ihn unverwandt an. Charles wurde unbehaglich zumute. Regal hatte irgend etwas an sich, das ihn beunruhigte. Sie war eine extrem kluge Frau, das war die höflichste Umschreibung, die er dafür finden konnte. Ihre scharfen Augen fokussierten wie ein Fernrohr, wenn ein Thema sie interessierte, suchten nach Schwachstellen in einer Argumentation, legten Fehler bloß, und ihre warme Stimme mit dem weichen amerikanischen Akzent nahm einen scharfen Ton größter Wachsamkeit an, der nicht besonders anziehend klang, in Gesellschaft sogar regelrecht peinlich werden konnte.

»Er täuscht sich«, sagte sie. »Dieser gottverdammte Krieg wird noch Jahre dauern.«

Charles verzichtete heute abend lieber darauf, sie zurechtzuweisen, obwohl er ihre Ausdrucksweise als reichlich unpassend empfand. Er seufzte. Sie sah wirklich hinreißend aus; dieser üppige Mund war so unwiderstehlich, die Lippen dunkelrot und exakt nachgezeichnet, so daß sie wirkten, als habe ein Künstler sie gemalt. Ihr Mund hatte ihn immer schon fasziniert. Er liebte die fließenden Bewegungen ihrer Lippen und die ebenmäßigen Zähne. Zähne, für die die Hälfte aller Frauen in London einen Mord begehen würden. Und sie war seine Frau. Er, Charles

Howth, hatte eine der schönsten Frauen Londons geheiratet, doch er hätte ebensogut mit einer Vogelscheuche verheiratet sein können. Schönheit war nicht alles, das hatte er inzwischen gelernt. Mrs. Conroy war dunkel, ihr Haar viel zu ölig und ihr Gesicht zu stark geschminkt, um die Pockennarben zu verdecken, aber weil sie ebenso dicklich war wie er, konnten sie zusammen darüber lachen und scherzen, und sie war ebenso weich und nachgiebig wie ihr Federbett.

»Nun, Basil ist da anderer Ansicht.« Er versuchte erfolglos, ein offenbar nicht ganz gares Hammelkotelett vom Knochen zu reißen.

»Basil hat wie üblich unrecht«, bemerkte sie.

»Gut möglich. Aber was soll ich wegen Northern Star unternehmen? Er sagt, wir müssen die Gesellschaft stützen, auf lange Sicht sei sie es wert.«

Sie betrachtete die Koteletts. »Das Fleisch ist ja noch halb roh. Ich habe dir doch gesagt, Charles, Frauen kochen besser als Männer. Dieser Koch wird gehen müssen.«

»Was immer du sagst.« Der Koch war ihm von einem Freund empfohlen worden, und Charles hatte ihn entgegen Regals ausdrücklichem Wunsch eingestellt. Jetzt war es an der Zeit zu kapitulieren. »Du hast vermutlich recht, aber es ist eine eher unübliche Meinung. Im allgemeinen heißt es, Männer seien die besseren Köche.«

»Und er ist der lebende Beweis für das Gegenteil«, gab sie zurück und ließ ihr Kotelett angewidert auf den Teller fallen. »Sag Basil, du könnest nichts weiter tun, du habest kein Geld mehr.«

»Aber das glaubt er mir doch nicht. Er hat keine Ahnung von meiner Situation. Du mußt endlich einsehen, wie problematisch es für mich ist, Außenstehenden deine Einstellung darzulegen. Es ist erniedrigend, eine reiche Frau zu haben und selber ohne einen Penny dazustehen. Ich weiß wirklich nicht, warum du mir das antust.«

»Doch, das weißt du. Ich habe es dir schon tausendmal erklärt. Ich wüßte nicht, warum ich die finanzielle Verantwortung für meinen Ehemann übernehmen sollte.«

Er schickte den Diener hinaus und stand auf, um die Gläser selber aufzufüllen. Dann nahm er neben ihr Platz. »Was soll ich wegen Basil unternehmen? Er wirft mir vor, ich versuchte mich herauszureden. Er sagt, ich müsse dich verklagen.«

Sie lächelte schwach. »Ach ja?«

»Meine Rechte einklagen.«

»Wirklich? Es erstaunt mich, daß er nicht vorgeschlagen hat, du sollst dich von mir scheiden lassen.«

»Hat er ja, wenn du es genau wissen willst. Und ich hätte jetzt auch guten Grund dazu, wo du frigide geworden bist.«

Sie lachte. »So, bin ich das? Na ja, das spielt jetzt keine Rolle mehr. Charles, finde heraus, wieviel genau Basil von dir haben will, und ich werde es bezahlen.«

»Das würdest du tun?« Das war ja ein radikaler Sinneswandel – besser, er nutzte sein Glück, solange es anhielt. Basil hatte behauptet, Northern Star benötige dreißigtausend Pfund von jedem von ihnen. Auf der Stelle. »Nun, dafür wäre ich dir wirklich dankbar. Northern Star wird sich halten können, wenn Basil und ich beide vierzigtausend Pfund einzahlen. Hältst du das für zuviel?«

»Nicht wenn es dir wichtig ist, Basil Mulgrave zufriedenzustellen. Und wenn er außerdem möchte, daß du dich scheiden läßt, können wir beide Probleme auf einen Schlag lösen. Du reichst die Scheidung ein und bekommst die vierzigtausend. Ich werde den Betrag morgen bei den Anwälten hinterlegen, damit du weißt, daß ich es ernst meine.«

»Was?« Charles schleuderte seine Serviette auf den Tisch. »Was soll dieser Unsinn? Wieder eins deiner verrückten Geschäfte? Glaubst du, ich sei beschränkt? Du willst mich mit einer Summe abspeisen, die ich geradewegs an Basil weiterreichen muß. Und wo bleibe ich?«

»Ich würde sagen, du siehst einer rosigen Zukunft entgegen, wo Basil doch so fest davon überzeugt ist, daß Northern Star sich als profitabel erweisen wird. Und er hat das Thema Scheidung selbst aufgebracht, Charles, also warum nicht?«

»Weil ich nicht zustimme, darum nicht.«

»Dann kriegst du nicht einen Penny für deine Schiffe. Von mir aus sollen sie doch alle untergehen.«

»Das werden sie auch.« Warum war es immer so schwierig, mit ihr über Geld zu reden? Sie deprimierte ihn. Eine Scheidung wäre eine wunderbare Idee, aber noch nicht, nicht bevor er sein Recht als ihr Ehemann erstritten hatte. Dem Gesetz nach stand ihr Vermögen ihm zu, und er hatte nicht die Absicht, darauf zu verzichten. Basil würde er vorläufig eben die Stirn bieten müssen. Bei dem Gedanken an Basil überlief ihn ein kalter Schauer. Diese Scharmützel mit Regal waren zwar unangenehm, aber mit ihr würde er schon fertig. Basil war ein ganz anderes Kaliber. Er behandelte seinen Partner wie einen Tölpel und hatte gar Victor gegenüber behauptet, Regal hielte Charles zum Narren. Victor hatte das natürlich sofort Vater hinterbracht.

»Es gibt noch einen anderen Weg, wie du dich deiner Verpflichtungen gegenüber Northern Star entledigen kannst«, bemerkte sie.

»Wie denn? Ich kann kein Geld mehr borgen, ich habe es versucht.«

»Verkauf deine Anteile. Stoße sie ab.«

Er schüttelte den Kopf. »Das ist aussichtslos. Wer sollte

Anteile an einer Gesellschaft kaufen, die langsam, aber sicher vor die Hunde geht?«

»Ich weiß es nicht. Ich werde mich bei meiner Bank erkundigen. Es gibt immer jemanden, der darauf wartet, ein Schnäppchen zu machen. Oder was er dafür hält.«

Charles kaute an seinen Nägeln, während er das überdachte. »Was würde Basil dazu sagen?«

»Wenn du es ihm erzählst, wird er dich vermutlich erwürgen.« Sie grinste. »Er liebt es, das Sagen zu haben und dich herumzukommandieren. Ein anderer Investor könnte in einer besseren finanziellen Situation sein und nicht geneigt, sich das gefallen zu lassen.«

»*Wenn* ich es ihm erzähle ...« Wie friedvoll könnte ein Leben ohne Basil sein. »Aber was mache ich dann?«

»Charles, du investierst deinen Gewinn in eine seriöse Kapitalanlage und lebst von deinen Zinsen, ohne diese ständige Sorge. Ich werde jemanden beauftragen ...«

»Ich tue es!« Charles war ganz aufgeregt. »Aber was, wenn niemand die Anteile kaufen will?«

»Dann hast du Basil auch weiterhin am Hals«, erwiderte sie. »Du darfst vorerst niemandem etwas davon sagen. Ich werde für dich ein paar Erkundigungen einziehen.«

Manchmal konnte sie ein richtig anständiger Kerl sein. Und mit ein bißchen Glück würde sie dies hier für ihn regeln. Er lächelte ihr zu. Immerhin hatte er es geschafft, sie von dem Thema Scheidung abzulenken. Es war überhaupt nur Basils Schuld. Charles hatte nie die Absicht gehabt, es zu erwähnen, es war ihm nur so herausgerutscht. Doch was für ein Glück, daß Regal den Verkauf für ihn abwickeln wollte. Er konnte sich kaum vorstellen, daß er sich selbst auf die Suche nach einem Kaufinteressenten für seine Northern Star-Beteiligung begeben könnte, ohne daß Basil innerhalb kürzester Zeit davon Wind bekäme.

»Nun, da das geregelt ist, mache ich einen kleinen Spaziergang«, sagte er. »Und anschließend gehe ich vielleicht noch in den Club.«

Ihre Besuche in dem Laden in Chelsea waren seltener geworden. Regal fand, daß sie und Joseph sich nicht viel zu sagen hatten. Sie stellte ihm immer wieder dieselben Fragen nach Jorge, er gab immer dieselbe vage Antwort, daß es ihm gut gehe und er voller Zuversicht sei. Doch dann kam sie eines Tages aus dem kleinen Laden und fühlte sich, als schwebe sie auf Wolken; ihr Herz wollte vor lauter Stolz schier zerspringen. Wenn sie ihn doch nur sehen könnte! Jorgensen war zum Kapitän des dänischen Schiffes *Admiral Juul* ernannt worden und war im Dienste seines Landes in See gestochen!

Er war jetzt seit einem Jahr fort, und sie hatte noch kein persönliches Wort von ihm erhalten – eine furchtbare Belastung, die sie mit Zweifeln erfüllte und zunehmend deprimierte. Sie hatte Joseph jede Einzelheit berichtet, die sie von Charles über die Routen der Northern Star-Schiffe erfahren hatte, auch über die *Scottish Prince*. Doch Joseph blieb weiterhin distanziert und unverbindlich, und selbst als die *Scottish Prince* versenkt wurde und Regal nach Chelsea eilte, versagte er ihr die Befriedigung, ihr zu danken, konnte ihr nicht einmal sagen, wer sie versenkt hatte. »Dergleichen brauchen wir nicht zu wissen, meine Liebe. Wir tun nur unser Bestes und hoffen, unserer Sache damit dienlich zu sein.«

Sie hatte das Gefühl, als habe sie jede Verbindung zu Jorge verloren, und in ihrer Verzweiflung brachte sie Joseph immer neue Spenden, um einen Vorwand zu haben, seinen Laden aufzusuchen. Aber die Monate vergingen, und sie fürchtete schon, Jorge werde niemals nach England zurückkehren. Vielleicht hatte er in Kopenhagen inzwischen ein hübsches Mädchen kennengelernt und sich in seiner Heimat niedergelassen, vielleicht gar geheiratet.

Warum nicht? Einem Mann wie ihm, einem jungen Schiffs-kapitän, liefen die Frauen sicher scharenweise nach. Warum sollte er sich mit einer verheirateten Frau abgeben, die er im Grunde doch lediglich wenige Wochen gekannt hatte? Wenn er ihr doch nur ein kleines Zeichen seiner Zuneigung, nur ein paar Zeilen schicken könnte, um es ihr leichter zu machen.

Die Kutsche ratterte weiter in Richtung Innenstadt, und sie legte eine Wolldecke um ihre Beine. Letztes Jahr hatte sie endlich ihr Versprechen eingelöst und Edwina und Cameron nach Pine Cottage eingeladen. Charles hatte sich in letzter Minute auf wichtige Geschäfte herausgeredet, doch es hatte ihnen auch ohne ihn prächtig gefallen, und sie hatten die Ferien genossen. Nur war Regal die ganze Zeit, die sie London fern war, unruhig, weil sie dachte, es könne inzwischen Nachricht von Jorge eingetroffen sein. Wenn sie jetzt, da schon der nächste Sommer vor ihnen lag, daran zurückdachte, kam ihr ihre Sorge so unsinnig vor. Sie hätte auch das ganze Jahr fortbleiben können, ihm war es offenbar einerlei. Ein Jahr ohne jede Bedeutung lag hinter ihr. Ein Jahr ihres Lebens, das sie verschwendet hatte.

Sie hoffte, in der Bank warte ein Brief von Leonard auf sie. Er hatte sie in jeder Hinsicht unterstützt und ihr immer gute Ratschläge gegeben, doch vor allem hatte er mit keinem Wort angedeutet, daß er überrascht oder enttäuscht sei. Er kritisierte sie nicht, weil sie sich verliebt hatte und eine Scheidung anstrebte. Er hatte ihr vielmehr in aller Herzlichkeit versichert, er werde ihr auf jede nur denkbare Weise behilflich sein und wünsche ihr Glück. *Doch sei besonnen beim Betreiben der Scheidung*, hatte er gewarnt. *Du hast keinen offenkundigen Scheidungs-grund, und wenn Du die Angelegenheit vor Gericht bringst, wird der vollkommen legale Anspruch Deines*

Mannes auf Dein Vermögen ans Licht kommen. Weigerst Du Dich dann, Deine Vermögensverhältnisse offenzulegen, kannst Du wegen Mißachtung des Gerichts belangt werden. Ich sehe daher nur zwei Möglichkeiten. Entweder Dein Mann beantragt von sich aus die Scheidung, und dazu könnte man ihn mit einer großzügigen Abfindung sicher überreden. Dein Glück sollte Dir das Geld wert sein. Versuche herauszufinden, wieviel es Dich kosten würde, ihn zu kaufen ...

Regal liebte seine Briefe. Ganz im Gegensatz zu englischen Anwälten schlich Leonard niemals wie die Katze um den heißen Brei.

Die zweite Möglichkeit erscheint mir die vernünftigere, fuhr Leonard fort. *Ich schlage vor, Du kommst sofort heim nach Boston. Nach wie vor ist nur eine Deiner Gesellschaften in London angesiedelt, East Coast Mercantile, da wir glücklicherweise die anderen nie transferiert haben. Es war der einfachste Weg, Geld auf Dein persönliches Konto zu überweisen. Mr. Jameson Jones ist unser neuer Agent in London. Wenn Du und Mr. Jorgensen nach Boston kommen würdet, könntest Du die Scheidung von hier aus betreiben, ohne irgendwelche Ansprüche von britischen Gerichten fürchten zu müssen. In dem Falle bräuchtest Du auch Deinem Mann nichts zu zahlen. Die obenerwähnte Abfindung wäre dann ja nicht mehr nötig.*

Leonard hatte natürlich recht. Wie leicht es doch wäre, einfach fortzugehen. Da Mr. Jorgensen keine Bindung an England habe, hatte Leonard geschrieben, und außerdem ein weitgereister Mann sei, hätte er doch sicher keine Einwände gegen diesen Plan. Und nach der Scheidung stünde es ihnen frei zu leben, wo sie wollten. Auf dem Papier klang alles so vernünftig. Doch Regal hatte Leonard nichts von Jorges derzeitiger Tätigkeit geschrieben und brachte es nicht fertig, ihm einzugestehen, daß sie seit einem Jahr kein Wort von ihm gehört hatte und daher keine Pläne machen konnte.

Aber wenn Jorge zurückkam, würde er sicher die Vorteile eines solchen Planes erkennen. Ganz bestimmt.

Mr. Robb und Mr. Macalister, zwei freundliche, ältere schottische Gentlemen, erwarteten sie wie üblich in der Bank und führten sie sogleich in den dämmrigen Konferenzsaal, dessen dunkelgrüner Plüsch und Zigarrenrauch für eine gediegene Atmosphäre sorgten. Gewöhnlich kam sie her, um einen Scheck zu unterschreiben, mit dem Geld von der East Coast Mercantile auf ihr Privatkonto übertragen wurde, da sie es vorzog, Unterlagen, die mit ihrem Vermögen in Zusammenhang standen, nicht zu Hause aufzubewahren. Doch heute ging es um etwas anderes.

»Ist der Kauf von T.E. Morcomb, Chandlers abgewickelt?« fragte sie.

»Ja. Wir haben Mr. Rosonoms Anweisungen wortgetreu befolgt. Wir arbeiten immer gerne mit ihm zusammen, ein sehr sorgfältiger Mann. Morcomb gehört jetzt jedenfalls der East Coast Mercantile.«

»Wer war der Eigentümer?«

»Nun, Tommy Morcomb selbst.«

»Wie hat er reagiert?«

»Er war froh. Er kommt langsam in die Jahre, die Übernahme kam ihm gerade recht, zumal Mr. Rosonom klug genug war, ihm die Geschäftsführung zu überlassen, so lange er es wünscht. Bei einer so alteingesessenen Firma ist es klug, auf Kontinuität zu achten.«

»Ich verstehe. Nun, Mr. Robb, mein Mann möchte seinen Anteil an der Northern Star Shipping veräußern. Er hat genug von der ständigen Sorge deswegen.«

Robb nickte mitfühlend. »Das kann ich gut verstehen. Die Gesellschaft hat schwere Zeiten hinter sich, und jetzt auch noch der Verlust der *Scottish Prince*, wirklich tragisch. Als sei der Krieg nicht auch ohne Einmischung der Dänen schon schlimm genug.«

»Hat denn ein dänisches Schiff sie versenkt?« Die Nachricht versetzte sie in solche Aufregung, daß sie ihre Seidenhandschuhe knetete, bis einer zerriß, um ihre Stimme unter Kontrolle zu halten. »Das wußte ich nicht.«

»Es geht das Gerücht, es sei ein Däne gewesen, ja. Einige der Überlebenden haben sich heim nach England durchschlagen können. Weiß Gott, der Krieg hat schon genug Schaden angerichtet. Jetzt machen auch noch die Dänen die Nordsee unsicher.«

»Aber man liest nichts darüber in der Zeitung, jedenfalls in letzter Zeit nicht«, bemerkte sie, um sie zum Reden zu ermuntern. »Vor ungefähr einem Jahr las man hin und wieder von einem englisch-dänischen Krieg, aber danach nicht mehr. Ich dachte, das sei alles längst vorbei.«

»Seien Sie unbesorgt«, versuchte Macalister sie zu beruhigen. »Sie machen immer noch viel Ärger, aber nicht genug, um für Schlagzeilen zu sorgen. Napoleons Armeen gilt das eigentliche Interesse. Seit Trafalgar und Nelsons Tod haben die Zeitungen ohnehin das Interesse an Seegefechten verloren, dafür geschieht in Europa einfach zuviel. Ich sage Ihnen, die nächsten großen Schlachten werden auf spanischem Boden geschlagen. Die Marine ist zu sehr damit beschäftigt, Truppenschiffe zu beschützen.«

»Sei dir da nicht zu sicher«, warf Robb ein. »Ich habe gehört, die Admiralität plane, bald mit dem dänischen Gesindel aufzuräumen. Sie sind einfach zu unverschämt geworden. Aber das sind alles Dinge, auf die wir keinen Einfluß haben. Mrs. Howth, Sie erwähnten vorhin, daß Mr. Howth seinen Anteil an Northern Star verkaufen möchte. Ich verstehe seine Beweggründe durchaus, doch kann ich nicht verhehlen, daß es schwer werden dürfte, einen Käufer zu finden. Schiffahrtslinien auf europäischen Routen gelten derzeit nicht gerade als gute Investition. Ich muß gestehen, es hat mich gewundert, daß Northern Star überhaupt so lange durchgehalten hat.«

»Ich weiß das alles«, sagte Regal. »Doch für meinen Mann wird das alles zuviel, also werde ich das Problem in aller Stille lösen. East Coast Mercantile wird seinen Anteil erwerben.«

Robb blinzelte und wechselte einen Blick mit Macalister, der ein Kopfschütteln andeutete. »Oh, Mrs. Howth, das würde ich nicht empfehlen, wirklich nicht.«

»Es gibt keine andere Möglichkeit«, erwiderte sie. »Wenn er keinen Käufer findet, bleibt er auf seinem Anteil sitzen. Außerdem wäre es doch wohl unmoralisch, einem ahnungslosen Dritten zu einer miserablen Investition zu raten.«

»Es ist keine Frage der Moral. Wenn der Preis niedrig genug ist, wird sich schon jemand finden.«

Macalister nickte zustimmend. »Er wird sehr weit mit dem Preis heruntergehen müssen.«

»Nein, das ist ja genau das, was ich vermeiden möchte. Er soll seinen Anteil nicht für ein paar Pennys hergeben müssen. Ich möchte, daß sie ihm im Namen der East Coast Mercantile ein anständiges Angebot unterbreiten, Mr. Robb. Und lassen Sie meinen Namen dabei aus dem Spiel. Auf diese Art und Weise kann mein Mann verkaufen, ohne sein Gesicht zu verlieren. Es wäre sehr schmerzlich für ihn, wenn er einem schlechten Preis zustimmen müßte oder aber seinen Anteil gar nicht los würde, ehe die Gesellschaft bankrott macht.«

»Höchst außergewöhnlich«, murmelte Macalister und putzte seine Brille.

»Ich bestehe darauf«, sagte sie. »Bitte arrangieren Sie alles so bald wie möglich, Mr. Robb. Ich kann den Verlust verschmerzen. Aber unter keinen Umständen darf er erfahren, daß ich irgend etwas mit der East Coast Mercantile zu tun habe.«

»Er weiß es gar nicht?« fragte Robb fassungslos.

»Nein. Und dabei soll es auch bleiben. Ich möchte, daß diese Transaktion möglichst schnell abgewickelt wird, damit er wenigstens diese Sorge los ist. Er wird sehr froh darüber sein, Sie werden schon sehen.«

»Da bin ich sicher«, antwortete Robb. »Ich sorge dafür, daß Mr. Jones sich demnächst mit Mr. Howth in Verbindung setzt.«

»Nicht demnächst, Mr. Robb. Sofort. Und es besteht keine Veranlassung, in dieser Sache zuerst Rücksprache mit Mr. Rosonom zu nehmen.« Sie unterschrieb die Papiere, die man für sie vorbereitet hatte, sah ihre Kontobelege durch, die sie ebenfalls hier aufbewahrte, und wartete ungeduldig, während Robb persönlich in die Schalterhalle hinausging und einen Bargeldbetrag für sie abhob.

»Was will die englische Marine denn unternehmen, um die Dänen aufzuhalten?« fragte sie unterdessen Macalister.

»Ich weiß es nicht, Mrs. Howth. Es ist schwierig, Schiffe auf der Nordsee abzufangen, also ist ein Angriff auf Kopenhagen vermutlich die einzige Möglichkeit. Das wiederum ist äußerst unwahrscheinlich, da unsere Marine an so vielen anderen Orten eingesetzt ist. Es sei denn, diese dänischen Piraten haben höhere Verluste verursacht, als man uns wissen läßt.«

Robb kam zurück, und Regal verabschiedete sich. Sie wußte, sie hielten sie für irrational, günstigstenfalls für eine zutiefst ergebene Ehefrau, weil sie sich bei Northern Star einkaufte.

Sie wies den Kutscher an, sie nach Chelsea zu bringen, und stieg an derselben Ecke ein paar hundert Yards von dem Laden entfernt aus wie immer, obgleich sie in Eile war. Heute hatte sie eine dringende Nachricht für Joseph, nur ein Gerücht, aber möglicherweise war es dennoch wichtig. Und vielleicht, nur vielleicht, hatte er ja eine Botschaft von Jorge für sie. Mehrmals hatte sie Joseph in der Vergangenheit gebeten, einen Brief von ihr an Jorge weiterzuleiten, doch er hatte sich strikt geweigert und sie an Jorges eigene Anweisung erinnert. Ebensowenig hatte er sich überreden lassen, ihr eine Adresse zu geben, an die sie ihm einen Brief schicken konnte. Es machte sie wütend, denn sie war sicher, Jorge hätte keine Einwände gehabt. Vermutlich war ihm selber nicht klar gewesen, wie lange er fortbleiben würde.

All dies ging ihr durch den Kopf, als sie die Straße entlangschritt, und dann blieb sie verwirrt stehen. Sie mußte schon am Laden vorbei sein. Unsicher machte sie kehrt und fand sich schließlich vor der Fassade mit den dicken, zweigeteilten Fensterscheiben wieder. Sie starrte hindurch, sah jedoch nur ihr eigenes Spiegelbild. Das Geschäft lag im Dunkeln. Sie drückte gegen die Tür und rüttelte an dem schweren Knauf, doch es war abgesperrt, und die Lampe, die innen auf einer Fensterbank gleich neben der Tür stand, war erloschen. Sie wischte mit der Hand über die verschmierten Glasscheiben und spähte hinein. Die Lampe war nicht nur erloschen, sie war verschwunden, und alles andere ebenfalls! Schmale Lichtstreifen fielen ungehindert auf die unebenen Steinfliesen am Boden und schienen das Gefühl eisiger Kälte in ihrem Innern zu verstärken.

Sie rannte in das angrenzende Geschäft, einen muffigen, alten Buchladen, und fand dort einen älteren Mann über eine verknitterte Schriftrolle gebeugt vor.

Er sah auf, und plötzlich huschte ein Lächeln über sein Gesicht, als habe sie einen Sonnenstrahl in dieses düstere Loch gebracht. Dann nahm er die Brille ab. »Guten Tag, Mylady. Und was kann ich für Sie tun?«

»Der Laden nebenan«, stammelte sie angstvoll. »Ist er geschlossen?«

»O ja. Letzte Woche hat er dichtgemacht. Oder war es die Woche davor? Ich weiß es nicht mehr genau.«

»Wohnt Mr. Crouch noch dort? In der Wohnung über dem Laden?«

»Nein, er ist ausgezogen.«

»Und wissen Sie, wohin er gegangen ist? Wo ich ihn finden könnte?«

Er schüttelte den Kopf. »Ich fürchte nein, Mylady. Er war ein Eigenbrötler. Nun ja, Juweliere dürfen nicht vertrauensselig sein. Aber er hat keinem ein Sterbenswort gesagt. Einen Tag war er noch da, am nächsten Tag verschwunden. Wo soll das alles noch hinführen, frage ich mich.«

Regal dankte ihm und eilte hinaus, stand ratlos und verwirrt vor dem verlassenen Haus, als könne Mr. Crouch durch irgendein Wunder wieder auftauchen. Sie wußte nicht, was sie tun sollte. Ihre einzige Verbindung zu Jorge war abgebrochen. Sie hatte das Gefühl, als habe sie ihn jetzt endgültig verloren, als hätten er und seine Freunde sich in ihre Zitadelle jenseits des Meeres zurückgezogen, in ihr eisiges Königreich, von dem er ihr so viel erzählt hatte. Ein Fremder war in ihre Welt eingebrochen, hatte ihr Herz berührt und war dann in die turbulente Nacht hinausgestürmt, sie ihrem leeren Dasein überlassend.

Denn leer war es. Leer und öde. Mit Tränen in den Augen ging sie zu ihrer Kutsche zurück. War das Leben all diese Kämpfe überhaupt wert? Wenn Jorge sie verlassen hatte, was blieb ihr dann noch? Sie starrte durch das Fenster ihrer Kutsche auf diese Welt voller Fremder hinaus und fühlte sich sehr einsam. Wen würde es denn kümmern, wenn sie starb? Niemanden. Nicht einen Menschen. Charles, Edwina, Maria Collins, ihnen allen bedeutete sie doch letztlich auch nicht mehr als diese Fremden da draußen auf der Straße. Im Grunde war jeder allein. Arm oder reich, was machte das schon für einen Unterschied? Menschen leben, sterben, der Vorhang fällt, sie werden vergessen.

Großvater Hayes hatte sich sein Vermögen hart erarbeitet, aber viel Freude hatte er nicht daran gehabt. Nach Großmutters Tod hatte er ein Leben in Einsamkeit geführt und gehofft, sein Geld werde seiner Enkelin, dem ungewollten, verleugneten Kind, das Leben erleichtern. Und wie oft dachte sie heute an ihn zurück? Selten. Sein Tod schmerzte nicht mehr, er war in Vergessenheit geraten. Wozu war sein Leben dann also gut gewesen? Der arme, alte Mann, wie hatte er nur glauben können, sein Geld könne sie beschützen, ihr Glück erkaufen? Welchen Preis zahlte man für einen Mann wie Jorgen Jorgensen? Jorgen, Sohn von Jorgen bedeutete sein Name, hatte er ihr erklärt, ohne zu ahnen, daß er damit bei ihr eine wunde Stelle berührte. Denn ihr Mädchenname Hayes war nicht der Name ihres Vaters. Ihr Vater hatte ihr seinen Namen vorenthalten. Und den Tag sollte Basil Mulgrave noch bereuen, da er Polly Hayes verlassen hatte.

Der Gedanke an ihn lenkte sie wenigstens von ihrem Kummer ab. Von Charles hatte sie erfahren, daß Northern Star vielerorts Schulden hatte, doch der größte Gläubiger war T.E. Morcomb, Chandlers, die auf Zahlung drängten. Und sie würden Sir Basil noch weitaus massiver unter Druck setzen, dafür würde sie sorgen. Sobald ihr eine Hälfte von Northern Star gehörte, würde nicht ein Penny mehr abbezahlt. Sie würde keine Gnade kennen. Basil hielt sich für besonders schlau, daß er Charles dazu drängte, sich endlich Verfügungsgewalt über das Geld seiner Frau zu beschaffen. Doch jetzt würde er es mit ihr selbst zu tun bekommen. Als nächstes würde sie Mr. Tommy Morcomb anweisen, die sofortige Rückzahlung der Kredite einzufordern und andernfalls damit zu drohen, ein Konkursverfahren gegen Northern Star einzuleiten. Und immer noch würde sie keinen Finger krumm machen. Es würde sicher amüsant werden, die Lawine zu beobachten. Hatte Morcomb einmal den ersten Stein losgetreten, indem er den Gerichtsvollzieher schickte, würde sie sich ganz von selbst entwickeln. Eine Panik würde ausbrechen, niemand der letzte sein wollen, der sein Geld einklagt. All das würde ihr ein diebisches Vergnügen bereiten. Sie hatte alles so sorgfältig geplant, doch jetzt schien es im Grunde unwichtig.

Nur Jorge war wichtig. Jorge war ihr Leben, ihre Liebe. Alle anderen waren belanglos. Er liebte sie, dessen war sie sicher. Doch dann brachte der Gedanke an Basil Mulgrave ihr Polly zu Bewußtsein. Hatte Basil ihr etwas Ähnliches angetan? Hatte sie den draufgängerischen Offizier von jenseits des Meeres so sehr geliebt, daß es weh tat, hatte sie den gleichen Schmerz durchlitten, den ihre Tochter jetzt litt?

Der Gedanke an die Mutter, die sie niemals gehabt hatte, ließ Regal sich noch elender fühlen. Sie rutschte unruhig auf ihrem Sitzpolster hin und her und sah auf das junge Grün der Bäume hinaus, die sich vom dunkel verhangenen Himmel nicht in ihrem Erneuerungsprozeß aufhalten ließen. Sie fragte sich, ob ihre Mutter Basil so sehr geliebt hatte, wie sie Jorge liebte. Wenn ja, mußte es sie furchtbar erschüttert haben, zurückgewiesen zu werden. Sie selbst mußte diese Möglichkeit inzwischen wohl oder übel auch in Betracht ziehen, und es war grauenvoll, der Schmerz real und physisch, wie der Druck einer einsetzenden Migräne. Mit ihrem ganzen Sein sehnte sie sich nach Jorge, danach, ihn zu sehen und sich zu vergewissern, daß er sie brauchte.

»Oh, mein Gott«, sagte sie, als sie anfing zu begreifen,

was hätte passieren können. Was, wenn sie von Jorge schwanger geworden wäre, und er hätte sie sitzenlassen? Die öffentliche Demütigung zusätzlich zu diesem furchtbaren Schmerz! Zum ersten Mal in ihrem Leben wurde Regal klar, was Polly durchgemacht hatte. Und ein weiterer Gedanke lauerte knapp unterhalb ihrer Bewußtseinsebene. Was war es nur?

Sie versuchte, ihre Gedankengänge zurückzuverfolgen. Sie war fast schon zu Hause, und Charles würde da sein, außerdem wurden einige seiner Freunde zum Dinner erwartet – zum Glück nur Männer, so daß Regal sie sich und ihren Albernheiten überlassen konnte.

Niemand wußte von ihrem Kummer um Jorge, Gott sei Dank. Sie konnte Einmischungen nicht ausstehen, ganz gleich ob sie gut gemeint oder gehässig waren. Doch Pollys Unglück war der ganzen Welt bekannt gewesen. Der Gedanke hatte etwas Beunruhigendes. Wenn Jorge sich von ihr abwandte, dann hatte ihr Leben keinen Sinn mehr. Sie spürte keine Tränen aufsteigen, wie sie es eigentlich erwartet hätte, sondern wußte nur mit absoluter Sicherheit, daß sie ohne ihn nicht weiterleben wollte.

Und da war er wieder, der quälende Gedanke, und ließ sich nicht mehr abschütteln. Ihre Mutter hätte sie verstanden.

Sie bogen bereits zum Woburn Place ab, als sie sich plötzlich vorbeugte und ans Fenster klopfte.

Der Kutscher hielt an und wandte sich zu ihr um. »Ja, Madam?«

»Ich habe meine Meinung geändert. Bringen Sie mich zum Portman Place.«

7. KAPITEL

Maria Collins war daheim. »Regal! Was für eine reizende Überraschung. Wie schön, dich zu sehen. Komm nur mit durch, im Wintergarten ist es noch angenehm warm. Möchtest du Tee?«

»Nein, danke. Ich bleibe nicht lange. Können wir uns vielleicht einen Moment hierher setzen?« Sie wies auf eine Gruppe von Damensesseln nahe der Haustür. Dort hatte sie oft mit Maria und Edwina gesessen, wenn sie ausgehen wollten und auf die Kutsche warteten.

»Selbstverständlich. Geht es dir gut, Regal? Du bist sehr blaß.«

»Ich bin wohlauf. Sag mir, Maria, woran ist meine Mutter gestorben?«

Sie sah sofort, daß Maria sich in die Ecke gedrängt fühlte. Ihr Blick schweifte unruhig durch den Raum, als suche sie dort nach einer Antwort. Und dann wurde ihr Gesicht ausdruckslos. »Meine Güte, Regal, wie kommst du denn plötzlich auf so etwas?«

»Lenk nicht ab, Maria. Ich habe dir eine simple Frage gestellt, und es ist mir unbegreiflich, warum ich das nicht schon viel früher getan habe. Aber ihr habt ja immer sofort das Thema gewechselt, wenn ich die Rede darauf brachte. Sie ist nicht im Kindbett gestorben. Die Lüge hat Großmutter mir erzählt, aber sie starb auf dem Schiff. Was war die Ursache?«

Maria streckte die Hand aus, um sie zu berühren, aber Regal fuhr zurück. »Nein. Sag es mir. Ich will keine Lügen mehr hören.«

»Ist es wirklich so wichtig für dich? Du bist eine erwachsene Frau, Regal. Warum jetzt?«

»Weil ich ein Recht darauf habe, es zu wissen.«

»Also schön.« Maria schien in sich zusammenzusinken; unwillkürlich schüttelte sie den Kopf. »Ich habe immer gehofft, dir das niemals erzählen zu müssen, Regal. Es nützt niemandem und bringt nur Kummer, diese Dinge ans Licht zu zerren.«

Sie sah Regal an und hoffte, sie werde nachgeben, doch umsonst.

Maria seufzte. »Deine Mutter hat sich das Leben genommen.«

Regal nickte. »Ich dachte es mir. Es ging mir mit einemmal auf, als sei sie bei mir und erzähle es mir. Mir war, als wüßte ich, was sie durchgemacht hat. Oh, arme Polly. Kein Wunder, daß sie sie zu Hause immer ›die arme Polly‹ nannten, als ich ein Kind war.«

»Nun, Regal, jetzt da du es weißt, hoffe ich, du wirst nicht mehr darüber nachgrübeln. Polly war mir eine liebe Freundin, und sie wußte, daß ich mich um dich kümmern würde. Genauer gesagt, David und ich. Ich wollte dich adoptieren, aber natürlich hatten deine Großeltern ältere Rechte. Das Leben war Polly zuviel geworden, doch sie war überzeugt, daß du behütet und gut versorgt sein würdest. Und das warst du auch«, schloß Maria mit Nachdruck.

»Aber nicht von meinem Vater.«

»Wenn du Sir Basil meinst, dazu werde ich mich nicht äußern. Wir haben das bereits besprochen, und mehr habe ich dazu nicht zu sagen. Ich weiß einfach nicht, was die Wahrheit ist. Nur Polly kannte die Wahrheit, und die hat sie mit ins Grab genommen.«

Regal ertappte Maria bei einem fast unmerklichen Blinzeln, während sie sprach, als wolle sie noch etwas hinzufügen und habe es sich dann doch anders überlegt.

»Mit ins Grab? Ein seltsamer Ausdruck in diesem Zusammenhang.«

»Keineswegs. Auch die See kann ein Grab sein.«

Trotzdem stimmte hier etwas nicht. »Maria, warum bringen wir es nicht hinter uns. Was hat sie getan? Wie hat sie sich umgebracht?«

Maria begann zu weinen. »Warum mußt du mir das antun? Du hast sie nicht gekannt. Begreifst du nicht, wie entsetzlich es für mich war? Jahrelang hatte ich Alpträume und mußte immerzu an sie denken, ganz allein dort unten. Ich habe mir Vorwürfe gemacht und mich gefragt, was ich noch hätte tun können, um ihr zu helfen.«

»Wie ist sie gestorben?« fragte Regal unbarmherzig.

»Sie ist nachts über Bord gesprungen!« schrie Maria. »Gesprungen! Ich schwöre, wir haben nicht geahnt, daß sie an so etwas auch nur dachte.«

Regal lauschte Marias Schluchzen und nickte dabei vor sich hin, denn jetzt sah sie Polly als reale Persönlichkeit und verstand nur zu gut, was sie durchlitten hatte. Aber auf solche Weise zu sterben, einen so grauenvollen, einsamen Tod!

Auf dem Heimweg, zutiefst bestürzt und unglücklich, war Regal fast geneigt zuzugeben, daß Maria recht gehabt hatte. Sie hätte nicht darauf bestehen sollen zu erfahren, wie ihre Mutter gestorben war, nicht jetzt jedenfalls. Ihre Phantasie würde Schreckensbilder heraufbeschwören, die ihre Melancholie nur noch steigern würden.

Polly hatte also ihre Entscheidung getroffen. Man hatte sie verstoßen und erniedrigt, und sie hatte dagegen rebelliert. Und Regal sprach ihr das Recht zu rebellieren, wenn das Leben ihr unerträglich geworden war, keineswegs ab.

Sollten sie doch alle zur Hölle fahren. Verdammt sollten sie sein! Und zur Hölle mit Jorge! Wo war er nur?

Charles war glänzender Laune. Er kam herein, schleuderte seinen Hut in die Luft und pfiff nach seinem Hund, einem kleinen weißen Terrier, der ausgelassen umhersprang. »Immerzu steckst du deine Nase in Bücher«, warf er Regal vor. »Auch noch Gedichte obendrein! Das führt doch zu nichts. Du solltest lieber an der frischen Luft sein, es ist ein so wundervoller Tag.«

Regal ließ ihr Buch sinken. »Wie kommt es, daß du so fröhlich bist? Ist das Treffen gut verlaufen?«

»Außergewöhnlich gut, möchte ich beinah sagen. Der Agent hat meinen Preis akzeptiert, und ich bin Northern Star los.« Er zündete sich eine Zigarre an. »Vielleicht war ich ein bißchen dumm, weißt du. Ich hätte mehr verlangen sollen. Zweifellos glaubt der Käufer genau wie Basil, daß Northern Star irgendwann wieder Profit abwerfen wird.«

»Und bis es soweit ist, hätte Basil dich gänzlich ausgenommen. Du konntest es dir nicht leisten zu warten.«

»Das stimmt. Aber das macht mir jetzt auch nichts mehr aus. Ich bin wieder solvent, und von Northern Star hatte ich ohnehin schon genug. Nun kann Vater endlich aufhören, mir deswegen zu grollen, denn das Thema ist abgeschlossen. Ich hätte schon vor Jahren verkaufen sollen.«

»Und wie nimmt Basil es auf?«

»Basil? Ich glaube nicht, daß er es schon weiß. Aber ich hätte keinen besseren Zeitpunkt wählen können. Er wird hingerissen sein, jetzt da die Marine endlich eingeschritten ist.«

»Was heiß das?« Es kam Regal so vor, als habe sich für einen Moment ein Schatten auf den Raum gelegt.

»Hier, sieh selbst.« Charles zog eine Zeitung aus seiner tiefen Rocktasche. »Das wird diesen Piraten eine Lehre sein, unbewaffnete britische Schiffe anzugreifen!«

Die Frontseite bestand ausschließlich aus Anzeigen und Bekanntmachungen, und so mußte sie umblättern. Die Zeitung raschelte hörbar in ihren zitternden Fingern. Und dann las sie die Schlagzeile:

Kopenhagen bombardiert!

Die Buchstaben verschwammen vor ihren Augen, und sie hatte Mühe zu lesen ...

Königliche Marine nimmt Jütland ein, dänische Flotte gibt auf. Das Zimmer schien dunkel und bedrohlich geworden zu sein. Sie las weiter: *Nach dreitägigem Bombardement liegt Kopenhagen in Trümmern, und die gesamte dänische Marine mußte kapitulieren. Ein großer Sieg für England, eine gerechte Strafe für die Dänen, die mit den Franzosen gemeinsame Sache gemacht haben.*

Charles lachte. »Geschieht ihnen verdammt recht! Ihre ganze Flotte! Diese Dummköpfe. Ich wette, Bonaparte ist schwer erschüttert – schon wieder ein Verbündeter aus dem Rennen. Heute abend wird er sicher in seine Makkaroni heulen.«

Sie versuchte, ganz gelassen zu klingen. »Was ist mit diesen Schiffen, die du Piratenschiffe genannt hast? Du sagtest, sie gehörten eigentlich nicht zur Marine. Wurden sie auch gefangengenommen?«

Er schüttelte den Kopf. »Du hörst nicht richtig zu, Regal. Die Schiffe der Marine und diese Freibeuter sind ein und dasselbe, soweit es uns betrifft. Sie werden inzwischen alle zusammengetrieben und zur Aufgabe aufgefordert worden sein, jedenfalls die, die nicht nach Frankreich geflüchtet sind. Kopenhagen war ihre Basis. Diejenigen, die jetzt ahnungslos dorthin zurücksegeln, laufen der britischen Flotte direkt in die Arme. Es war ein

Geniestreich, so schnell zuzuschlagen und sie alle einzufangen.«

»Aber wie nimmt man eine Flotte gefangen? Was wird mit ihnen geschehen?«

»Sie nehmen sie ins Schlepptau und bringen sie nach England, soviel ich weiß. Wie eine lächerliche kleine Fischerflotte. Viel mehr scheint es ja auch nicht zu sein.«

»Und was wird aus den Kommandeuren dieser Schiffe? Bleiben sie an Bord? Selbst beschlagnahmte Schiffe muß doch irgend jemand steuern!«

»Wenn es nach mir ginge, könnten sie sie gleich am höchsten Mast aufknüpfen. Wir haben Männer genug, um die Schiffe zu bemannen. Sie sollten die Piraten hängen als Abschreckung für alle übrigen Skandinavier, die auf dieselbe Idee verfallen könnten. Ich werde ihnen jedenfalls niemals vergeben, daß sie ein so schönes Schiff wie die *Scottish Prince* einfach versenkt haben, von allem anderen ganz zu schweigen. Sie werden nicht so leicht davonkommen, das kannst du mir glauben. Wir haben eine Rechnung zu begleichen.«

Er trat mit einem leisen Lachen ans Fenster, während Regal sich wie betäubt fühlte. Sie konnte nicht denken, sie konnte sich nicht rühren, ein scharfer Schmerz bohrte sich in ihre Schläfen, breitete sich über ihre Stirn aus und verwandelte sich in ein schweres Hämmern im Rhythmus ihres Herzschlags.

»Trotzdem werde ich mich in den nächsten Tagen rar machen«, sagte Charles. »Basil wird kochen vor Wut, wenn er hört, daß ich ohne seine Einwilligung verkauft habe. Besser ich bleibe in Deckung, bis die Wogen sich wieder geglättet haben. Immerhin war es mein Anteil, ich kann schließlich damit tun, was ich will. Du bist blaß, Regal. Zu blaß. Du solltest mehr reiten, das sage ich dir doch ständig. Es ist genau die richtige Art von Bewegung für eine

Dame. Selbst wenn du nicht mit uns mithalten kannst, die Pferdeknechte würden bestimmt mit dir ausreiten. Möchtest du mit mir aufs Land kommen?«

Sie focht gegen ihre Tränen an. »Nein, danke. Ich fühle mich nicht recht wohl. Ich denke, ich werde die Tage nutzen, um mich ein wenig auszuruhen.«

»Wie du willst.« Er klang erleichtert, schien es jedoch nicht eilig zu haben zu gehen. Sie wünschte, sie wäre endlich allein.

»Der Park sieht ja so hübsch aus im Augenblick, alle Blumen blühen, und der Rosengarten ist eine einzige Pracht. Doch ihr Damen solltet einen Lakai zur Begleitung mitnehmen, wenn ihr spazierengeht. Es heißt, Taschendiebe trieben dort ihr Unwesen und lauter seltsames Gesindel. Bald werden anständige Menschen in London nicht mehr leben können. Ich habe schon überlegt, dieses Haus zu verkaufen und aufs Land zu ziehen. Was hältst du davon?«

»Was immer du möchtest.« Sie hätte schreien mögen. Von hier fortziehen? Ausgeschlossen. Jorge würde herkommen, um sie zu holen. Nach London.

Falls er noch lebte ...

Grauenhafte Träume befielen sie, von häßlichen, dunkelgrünen Tiefen, in denen Jorge ertrunken trieb, die Augen aufgerissen und leer. Sie hatte Bilder ihrer Mutter vor sich, die dasselbe Schicksal erlitten hatte, die mit ihm zusammen dahintrieb und hinter einem Vorhang grüner Haare die Zähne zu einem häßlichen Grinsen entblößte und sie verhöhnte. Und Regal schrie, weil Polly über Bord gesprungen war und Jorge mit sich gerissen hatte, schrie verzweifelt, bis sie endlich erwachte.

Edwina war bei ihr, rief Bonnie herbei, und zusammen versuchten sie, Regal zu beruhigen. Doch sie schien sie nicht zu hören und murmelte immer noch angsterfüllt Unverständliches.

Sie flößten ihr Laudanum ein, das widerwärtig schmeckte und das Zimmer mit seinem abscheulichen Aroma erfüllte, und sie sah sie kommen und gehen, auch den Doktor, hörte sie in ihren Krankenzimmerstimmen miteinander reden, aber es kümmerte sie nicht. Manchmal hatte sie das Gefühl, sie sollte sich zusammennehmen und etwas sagen, vielleicht sogar aufstehen, doch die anderen Stimmen in ihrem Innern warnten sie, sich ja nicht zu rühren; auch fürchtete sie, wenn sie die Augen öffnete, würde sie den Galgen vor sich sehen. Was hatte es mit diesem Galgen nur auf sich? Doch dieser Traum war noch schlimmer gewesen, zu eindringlich, eine schwindelerregende Spirale wie ein Seil, und weit weg, ganz am anderen Ende hing schief eine Gestalt herunter – ein grauenhafter Anblick. Sie wollte nicht näher herangehen, also war es besser, die Augen fest geschlossen zu halten.

Maria Collins kam herein, und Regal hörte sie zu Edwina sagen: »Ich wußte gleich, ich hätte ihr nicht von Polly erzählen dürfen. Es hat sie furchtbar mitgenommen. Und jetzt zeigen sich die Auswirkungen des Schocks, sie ruft nach ihrer Mutter und fürchtet, sie könnte ertrinken. Es ist kaum mit anzuhören.«

Regal überlegte, warum sie sie wohl bedauerten. Im Zimmer war es warm, doch Maria legte ihr eine wollene Stola um die Schultern, und ihr ging auf, daß sie aufrecht saß. Das war eigenartig. Sie dachte, sie läge ausgestreckt auf dem Rücken, wehrlos den häßlichen Ungeheuern ausgeliefert, die in der Nacht lauerten, um sich auf sie zu stürzen. Im Sitzen fühlte sie sich sicherer. Maria schien auch unglücklich zu sein, sie machte sich Vorwürfe wegen irgend etwas, das Regal nicht ganz begriff.

»Unsinn!« sagte der Doktor. »Ich hatte ein Dutzend Fälle

dieses Fiebers in letzter Zeit, es geht mit schweren Kopf- und Gliederschmerzen einher. Doch jetzt hat Mrs. Howth das Schlimmste bereits hinter sich, die Temperatur ist gesunken. Sie wird sich erholen. Mr. Howth hatte recht. Sie sollte London eine Zeitlang verlassen und in die Sommerfrische fahren. Das ist immer das beste Heilmittel.«

»Nein!« schrie Regal. »Ich will nicht fortgehen. Ich will hierbleiben.« Sie fühlte sich jetzt müde und unglücklich, weil ihr wieder zu Bewußtsein gekommen war, daß sie sich einer finsteren Welt stellen mußte und daß Jorge irgendwo da draußen verloren war.

»Beunruhige dich nicht so.« Edwina eilte an ihre Seite. »Vorläufig wirst du nirgendwohin fahren, es ist wieder kalt geworden. Du mußt dich nur ausruhen. Charles ist aufs Land gefahren, also bleibe ich hier und kümmere mich um dich.«

Verdammt! Regal schloß die Augen wieder, wütend, daß sie dazu gezwungen wurde, im Bett zu liegen, mit Edwina als Gefangenenwärter, wo sie doch so furchtbar viel zu tun hatte. Irgendwie würde sie herausfinden, was aus Jorge geworden war, und wenn sie dafür nach Kopenhagen reisen mußte.

Am nächsten Morgen war ihr Kopf wieder klarer, und sie schickte Bonnie los, ihr sämtliche Zeitungen zusammenzusuchen, die im Haus aufzutreiben waren, einschließlich derer, die bereits beim Feuerholz in der Küche lagen. Sie war erschüttert, als sie feststellte, daß sie beinah zwei Wochen lang krank gewesen war. Kein Wunder, daß sie sich so schwach fühlte. Wenn sie die Zeitungen studierte, erfuhr sie vielleicht, was in Kopenhagen geschehen war.

Bonnie brachte ihr einen beachtlichen Stapel Zeitungen, und Regal bestand darauf, daß sie sie aufs Bett legte, trotz Bonnies Bedenken, die Decken könnten beschmutzt werden. Regal begann zu blättern und ließ die Bögen, die sie gelesen hatte, zu Boden gleiten. Sie folgte den Zeilen mit dem Finger, damit ihr nichts entgehen konnte, nahm keine der Nachrichten in sich auf, sondern suchte nach Hinweisen auf die Dänen, irgend etwas. Sie hatte fast schon den ganzen Stapel bewältigt, als sie es endlich fand und die zwei Wörter sie praktisch ansprangen: *Admiral Juul*. Sie riß die Zeitung mit zitternden Händen hoch. Es war nur eine kurze Notiz von wenigen Zeilen, ganz unten auf der Seite, keine wichtige Angelegenheit. Der Verfasser gratulierte dem Kapitän und der Mannschaft der *HM Sappho*, die in der Nähe von Flamborough Heads mit einem geschickten und mutigen Manöver das dänische Schiff *Admiral Juul* aufgebracht hatten, das unter dem Kommando eines berüchtigten Freibeuters stand ...

Sie sprang aus dem Bett und rief nach Bonnie. »Wo ist Flamborough Heads?«

»Ich weiß es nicht, Madam.«

»Dann geh hinunter in Mr. Howths Arbeitszimmer und hol mir seine Englandkarte.«

Bonnie brauchte ewig, bis sie die zusammengerollte Landkarte aufstöberte, und als sie sie endlich brachte, studierte Regal sie eingehend. Es dauerte ein Weilchen, aber schließlich fand sie heraus, daß Jorges Schiff – wenn er es denn bis zum Schluß kommandiert hatte – in der Nähe von Newcastle-on-Tyne an der Ostküste Englands aufgebracht worden war. Sie würde hinfahren! Vielleicht in ein paar Tagen. Wenn sie sich nur nicht so entkräftet fühlen würde. Sie wankte zum Bett zurück, völlig erschöpft von der Anstrengung, ihr Atem ein mühsames Keuchen. Verluste waren nicht erwähnt worden. Oder nannte man die Verluste bei Kampfhandlungen auf See nicht? Das Wort machte ihr angst. Es bedeutete, daß es eine Schlacht gegeben hatte. Und selbst wenn Jorge unverletzt aus dieser Schlacht hervorgegangen war – wurden Freibeuter nicht aufgehängt? Charles hatte es gesagt und war sich seiner Sache sehr sicher gewesen.

Ein paar Tage lang war Regal die reinste Musterpatientin, tat alles, was Bonnie verlangte, nahm gar die widerliche Medizin, ruhte viel, schluckte auch klaglos das Eisentonikum, denn sie war entschlossen, so schnell wie möglich wieder zu Kräften zu kommen

Maria Collins kam auf einen kurzen Besuch vorbei und brachte Neuigkeiten. »Ich habe einen Brief von William Sorell bekommen. Erinnerst du dich noch an William? Er macht sich ausgesprochen gut als Administrator in Kapstadt, aber ich bin wirklich schwer enttäuscht von ihm.«

»Warum?« Regal war nur mäßig interessiert, zudem lagen ihr ganz andere Fragen auf dem Herzen; Fragen, die Maria ihr vielleicht beantworten konnte, da sie doch so häufig mit hohen Offizieren zusammenkam.

»Nun, das will ich dir sagen. Ich habe den Brief mitgebracht.« Sie holte ihn aus ihrer Tasche. »Hier ist er. Also ... Er beginnt wie immer. Sagt, mein David sei berühmt in Kapstadt, seine Kolonie in Van Diemens Land werde in den höchsten Tönen gelobt. Sie sei ja praktisch ihr unmittelbarer Nachbar, wenn auch auf der anderen Seite des großen, südlichen Ozeans und so weiter. Dann erwähnt er seine Frau. Erinnerst du dich an sie?«

»Lieber nicht. Sie konnte mich nicht ausstehen, und das beruhte auf Gegenseitigkeit.«

»Nun, jedenfalls schreibt er: *Meine Frau und die Kinder bleiben in England, und ich schreibe Ihnen dies, liebe Mrs. Collins, als einer Freundin und weil ich möchte, daß Sie es von mir und nicht von anderen erfahren. Es scheint, ich habe einen ziemlichen Skandal angerichtet, denn ich habe mich hier in Kapstadt in eine Dame verliebt, und sie sich in mich.«*

»William?« Regal lachte, und dabei ging ihr auf, daß es

lange her war, seit ihr zuletzt etwas ein Lächeln entlockt hatte. Doch an diesem Morgen spürte sie zum ersten Mal wieder einen Hoffnungsschimmer. »Wie mutig von ihm!«

Maria runzelte die Stirn. »Wie dumm von ihm. Er schreibt weiter, ihre Liebe sei zu stark für irgendwelche Kompromisse. Was für ein Unsinn, seine Karriere deswegen aufs Spiel zu setzen. Vermutlich will er, daß ich bei David ein gutes Wort für ihn einlege.«

»Wieso braucht er einen Fürsprecher?«

»Nun, wenn er in Kapstadt in Schwierigkeiten gerät, wird er versuchen, sich nach Neusüdwales versetzen zu lassen. Vielleicht will er auch zu David nach Van Diemens Land.«

»Und du wirst doch ein gutes Wort für ihn einlegen, nicht wahr? Er ist so reizend.«

Maria seufzte. »Vermutlich ja.«

Regal sah zu, wie Maria den Brief einsteckte, dann begann sie auf ihr eigenes Ziel zuzusteuern. »Maria, was ich dir schon seit längerem erzählen wollte ... Vor einiger Zeit bekam ich eine Nachricht von Mr. Jorgensen, du weißt schon, der junge dänische Seemann ...«

»Wirklich? Wieso sollte er dir schreiben?«

»Ich weiß es nicht. Es war letzten Sommer, kurz bevor ich nach Pine Cottage gefahren bin. Und er trug mir Grüße an dich auf.«

»Ich verstehe das nicht. Woher hatte er deine Adresse?«

»Von William Sorell, nehme ich an.« Ihre Erfindungsgabe kehrte langsam zurück. »Bei unserem Aufbruch herrschte solch ein Durcheinander, du weißt ja, wie Edwina ist, ständig verlor sie irgend etwas und hielt uns auf, ich habe jedenfalls ganz vergessen, dir von seinem Brief zu erzählen. Aber darum geht es nicht. Er teilte mir mit, er werde England verlassen und heim nach Dänemark gehen, um sich der dänischen Marine anzuschließen.«

»Wirklich? Nun, das ist verständlich. Eine gute Möglichkeit für ihn, Karriere zu machen.« Plötzlich unterbrach sie sich. »Großer Gott, die dänische Marine! Ich hoffe, er ist in Sicherheit. Alles Mögliche könnte ihm dort zugestoßen sein.«

»Ja, das ist mir auch eben klargeworden. Kopenhagen ist unter Beschuß genommen worden, und dann haben die Engländer die dänische Flotte beschlagnahmt. Ich frage mich, was danach wohl geschehen ist. Was geschieht mit den Mannschaften aufgebrachter Schiffe?«

»Sie gelten als Kriegsgefangene. Es ist tragisch für sie, gute Männer, die womöglich jahrelang eingesperrt bleiben.«

»Wo bringen sie wohl all die Kriegsgefangenen unter? Armee und Marine zusammengenommen, müssen es doch Tausende sein.«

Maria preßte die Hände zusammen und schien konzentriert nachzudenken. »Ich bin nicht sicher. Ich meine gehört zu haben, daß sie die Schiffe alle nach Yarmouth gebracht haben, unten auf der Isle of Wight. Auf der anderen Seite der Insel, von Pine Cottage aus gesehen. Und in der Stadt gibt es ein Gefängnis. Vielleicht haben sie die Gefangenen der Marine dorthin gebracht, da es das nächste Gefängnis wäre, aber ich habe keine Vorstellung, wo alle anderen sein könnten.«

»Es ist seltsam, jemanden von der Gegenseite zu kennen«, bemerkte Regal, um das Gespräch in Gang zu halten.

»Nicht für mich«, sagte Maria traurig. »Während der Revolution in Boston kannten wir auch Menschen auf beiden Seiten, und es war furchtbar. Bis auf den heutigen Tag haben mir einige meiner ehemaligen Freunde nicht verziehen, daß ich einen englischen Offizier geheiratet habe. Darum wollte ich nie zurückkehren.«

»Gibt es einen Weg herauszufinden, was aus Mr. Jorgensen geworden ist?« fragte Regal.

»Ich weiß es nicht. Ich könnte mich erkundigen, denke ich. Wäre David daheim, er wüßte es.«

»Wenn er ein Kriegsgefangener ist, muß sein Name doch auf irgendeiner Liste stehen«, meinte Regal.

»Das stimmt. Ich sollte wirklich versuchen, ob ich etwas in Erfahrung bringen kann«, sagte Maria, als sei ihr diese Idee selbst gekommen. »David würde es sicher von mir erwarten. Schließlich ist es kein Verbrechen, seinem Land zu dienen.«

Regal war sehr zufrieden mit sich, nachdem Maria gegangen war. Maria konnte ihre Kontakte nutzen und Erkundigungen einziehen. Doch sie selbst würde in der Zwischenzeit auch nicht untätig herumsitzen und sich sorgen, sondern selber ein paar Nachforschungen anstellen. Sie machte sich auf die Suche nach Bonnie. »Fang an zu packen. Ich habe mich entschlossen, doch zu verreisen. Wir fahren auf die Isle of Wight.«

»Oh, das ist gut, Madam. Mrs. Spencer wird sich sehr freuen. Sie sagte, sie hätten die Wochen letztes Jahr dort so genossen und freuten sich schon darauf, Sie dorthin zu begleiten, sobald sie sich besser fühlen.«

»Sie werden aber nicht mitkommen«, beschied Regal. »Ich bin nicht in der Stimmung für Gesellschaft. Nur wir zwei werden fahren. Und nun geh und sag dem Kutscher Bescheid, er soll einspannen.«

Bonnie starrte sie an. »Jetzt? Es ist bald Mittag, zu spät, um aufzubrechen.«

»Keine Widerrede. Wir fahren sofort los. Ohnehin werden wir unterwegs in einem Gasthaus haltmachen müssen, also können wir ebensogut gleich aufbrechen. Sag Hadley, er soll uns bis Portsmouth bringen und dort auf unsere Rückkehr warten. Und er soll sich beeilen. Ich muß zuerst noch auf die Bank.«

Sie wußte, wie ungewöhnlich es erscheinen mußte,

ohne einen männlichen Begleiter oder wenigstens einen männlichen Diener auf die Insel zu fahren; aber sie wollte niemanden dabeihaben, der sich einmischen könnte. Sie würde Hadley in einem Gasthaus in Portsmouth unterbringen, was ihm sicher gefiel, denn sie hatte keine Ahnung, wie lange sie auf der Isle of Wight bleiben würde. Sie wußte ja nicht einmal, was sie tun würde, wenn sie dort war. »Mir wird schon etwas einfallen«, sagte sie sich und ging in ihr Zimmer.

Major Martin Reynolds war stolz darauf, daß er zum Kommandanten des Gefängnisses in Yarmouth auf der Isle of Wight bestimmt worden war. Er wußte, andere Offiziere betrachteten den Posten als undankbar und unter ihrer Offizierswürde, doch sie irrten sich. Reynolds war ehrgeizig, verspürte dabei aber keine Lust, einen Arm, ein Bein oder gar das Leben zu verlieren in einem der blutigen Debakel, die seine Vorgesetzten Schlachten nannten. Es gab andere Wege, sich Beförderungen zu verdienen, und der Dienst in diesem Gefängnis war das beste Sprungbrett zu einer Karriere in der militärischen Verwaltung und all den Annehmlichkeiten, die mit solch einem Schreibtischdienst einhergingen. Die Arbeit, die er hier leistete, war wichtig und hielt ihn in ständigem Kontakt mit dem Kriegsministerium.

Seine Untergebenen organisierten den Alltag, gaben sich damit zufrieden, Gefängniswärter zu sein. Doch sein Interesse galt den Verhören, und er führte diese Befragungen gern persönlich durch. Kriege wurden nicht auf dem Schlachtfeld geplant, sondern im Hauptquartier des Kriegsministeriums. Und das Hauptquartier brauchte Informationen. Welch bessere Quelle konnte es dafür geben als gefangene Festlandeuropäer? Er hatte diesen Aspekt der geheimdienstlichen Tätigkeit kennengelernt in seiner

Eigenschaft als Adjutant des Generalleutnants Fox und seither nach einer Möglichkeit zur Versetzung Ausschau gehalten. Das Wichtigste sei es zu wissen, wonach man sucht, hatte er Fox immer gesagt, und den Wert von scheinbar zusammenhanglosen oder unwichtigen Informationen einschätzen zu können. Fox hatte ihm recht gegeben.

Beispielsweise hatten die Franzosen immer noch Spione in England, und es war ein nie endender Kampf, diese Verräter ausfindig zu machen und dem Henker zuzuführen. Unter Reynolds' Führung war ein französisches Nest in Edinburgh ausgenommen worden, und er hatte die Informationen beschafft, die zur Verhaftung mehrerer irischer Rebellenführer geführt hatten. Doch all das waren kleine Fische verglichen mit dem Spionagenetz, das sich die englische Ostküste entlangzog. Sie wußten, daß es existierte, doch diese Agenten waren hervorragend organisiert und ausgerüstet. Es war schwierig, sie ausfindig zu machen, aber Reynolds hatte es beinahe geschafft und war daher sehr zufrieden mit sich. Wenn er diese Sache richtig handhabe, würde er sich den Respekt und den Dienstgrad verdienen, die er für einen lebenslangen Posten im Kriegsministerium brauchte. Dann konnte er sich in London niederlassen, und wenn der Krieg vorbei war, war er der Schlachtbank endgültig entronnen.

Er legte seine weiße Leinenhalsbinde an und verwandte viel Sorgfalt auf den Knoten. Dann streifte er seinen roten Waffenrock über und begutachtete sich im Spiegel. Es war wichtig, stets darauf zu achten, daß seine Uniform in makellosem Zustand war. Die Gefangenen waren so ein verdreckter Haufen, der Kontrast flößte ihnen Respekt vor seiner Autorität ein, demütigte sie und verschaffte ihm bei seinen Verhören den ersten Vorteil. Manche sagten einem alles, was man hören wollte, doch das waren die, die so gut wie nichts wußten. Andere waren die schlimmsten Lügner, denen er je begegnet war, Männer, die die verrücktesten Geschichten erfanden, um ihn zufriedenzustellen oder auch nur für ein Stück Brot. Letztlich taten sie sich keinen Gefallen damit, denn sie verschwendeten seine Zeit und wurden ausgepeitscht, wie sie es verdienten. Aber es gab auch Männer in diesem Gefängnis, die ihm eine wirkliche Hilfe sein konnten, die wußten, was er erfahren wollte. Man mußte sie nur zum Reden bringen. Und früher oder später würden sie reden. Reynolds hatte ein System für schwierige Gefangene entwickelt. Nach jedem Verhör, bei dem sie sich weigerten zu reden, verschärfte sich das Strafmaß, angefangen von Einzelhaft bis hin zur Streckbank. Gelegentlich streute er etwas ein, das er ein ›Gespräch unter Männern‹ nannte. Jedes dieser Verfahren konnte sich als interessant und produktiv erweisen.

Heute wollte er sich diesen arroganten Dänen Jorgensen noch einmal vornehmen.

Er machte sich auf den Weg durch kalte, tröpfelnde Gänge, hinab in die feuchten, dunklen Eingeweide dieses Gefängnisses, und wandte sich in Gedanken seiner bevorstehenden Aufgabe zu. Er genoß die Arbeit mit Jorgensen – er betrachtete seine Verhöre als Arbeit –, denn der Gefangene sprach ein exzellentes Englisch, also brauchte er keinen Übersetzer. Wenn man die Hilfe eines Übersetzers in Anspruch nehmen mußte, bestand immer die Gefahr, daß einem etwas Wichtiges entging, doch nur wenige der Ausländer sprachen englisch, und keiner so gut wie dieser Bastard. Und laß dir nichts vormachen, schärfte er sich ein, er ist ein Bastard, ein Überläufer allererster Güte.

Jorgensen hatte bislang kein Wort von sich gegeben bis auf die Forderung, daß er als Offizier nicht mit den niederen Rängen zusammengesperrt sein wollte. Doch einer seiner Männer hatte damit geprahlt, ›Captain‹ Jorgensen habe einmal in der englischen Marine gedient. Daraufhin hatte der Kommandant eine Eilbotschaft nach London geschickt, um in Erfahrung zu bringen, ob über diesen Mann irgend etwas aktenkundig war. Und das war dann auch tatsächlich der Fall gewesen. Es war ein Schock festzustellen, daß über diesen Verräter nur Gutes berichtet wurde, abgesehen von den anfänglichen Schwierigkeiten nach seinem Zusammenstoß mit der Preßpatrouille. Er konnte ein Hitzkopf sein, ein gefährlicher Gegner. Anfangs hatte Reynolds geglaubt, er habe es hier mit einem typischen Rauhbein zu tun, einem Kraftprotz ohne Hirn, doch Mr. Jorgensen erwies sich als echte Herausforderung. Aber natürlich war es nur eine Frage der Zeit. Jorgensen hatte ein Weilchen in Einzelhaft verbracht, was ihn offenbar kaltgelassen hatte, doch das war nichts Ungewöhnliches. Sie würden weitermachen, einen Schritt nach dem anderen ...

»Ah, Mr. Jorgensen, wie geht es Ihnen heute?« Er trat in die Zelle, die er für Verhöre benutzte, und die Wachen zerrten den Dänen auf die Füße.

»Captain Jorgensen«, verbesserte der Däne, und Reynolds seufzte. »Nicht schon wieder. Ich habe Ihnen doch bereits gesagt, daß wir bei Piraten keine militärischen Ränge anerkennen.«

»Ich war Captain der *Admiral Juul*. Ich bin kein Pirat.« Er setzte sich auf den Schemel am Tisch. Ohne Erlaubnis, aber Reynolds ließ es durchgehen. Er nahm ebenfalls am Tisch Platz und breitete seine Papiere aus. Dann tauchte er die Feder in sein steinernes Tintenfaß und schrieb Datum und Uhrzeit auf eine leere Seite.

»Vielleicht gefällt Ihnen das Wort Freibeuter besser.«

»Ich diene als Kapitän in der dänischen Marine.«

»Seltsam, daß es keine Unterlagen über Ihren Dienst in

dieser Marine gibt. Tatsächlich ist nur belegt, daß Sie in der britischen Marine gedient haben. Und zwar auf der *Ramilles*, der *Harbinger* und der *Lady Nelson*. Ist das richtig?«

»Ja.«

»Glauben Sie lieber nicht, Sie könnten mich für dumm verkaufen, Jorgensen. Sie gehören nicht offiziell der dänischen Marine an, Sie haben keinerlei militärische Rechte. Sie sind nicht einmal ein Kriegsgefangener. Sie sind nichts weiter als ein gottverdammter Pirat, dem die Dänen ein Schiff gegeben und ihn dann auf britische Handelsschiffe angesetzt haben. Ihre Männer prahlen, daß Sie sechs unserer unbewaffneten Schiffe versenkt hätten, darunter den Klipper *Scottish Prince*.«

Jorgensen zog die zerrissene Decke um seine Schultern und grinste. »Seeleute übertreiben gern ein wenig.«

»Sie meinen also, das sei komisch, ja?« Dieser Kerl war viel zu selbstbewußt. Es wurde Zeit, ihm zu zeigen, wo es langging. »Für mich sind Sie nichts weiter als ein gewöhnlicher Verbrecher, Jorgensen. Und ich könnte Sie hier und jetzt halbtot prügeln lassen, wenn ich wollte.«

Der Däne wandte ihm das Gesicht zu, die blauen Augen hart wie Stein. »Dann wäre es besser für Sie, Sie ließen mich gleich totprügeln, Major«, warnte er. »Denn wenn Sie das nicht tun, werde ich Sie eines Tages finden und Sie töten.«

Reynolds fuhr erschrocken zurück und war gleich darauf wütend, diese Schwäche gezeigt zu haben. »Große Worte sind in ihrer Situation pure Verschwendung«, fauchte er. »Und mir zu drohen kann die Dinge für Sie nur schlimmer machen.«

»Wenn ich ein Verbrecher bin, dann stellen Sie mich vor ein Zivilgericht«, verlangte Jorgensen.

»Man würde Sie hängen«, erwiderte Reynolds und wandte sich wieder seinen Unterlagen zu.

»Das Risiko nehme ich auf mich.«

»Ja, das könnte Ihnen so passen! Aber die britische Justiz ist nicht dazu da, Ihnen Gefälligkeiten zu erweisen! Ich weiß genau, was Sie wollen. Wenn ich Sie vor ein ziviles Gericht stellen würde, hätten Sie gute Chancen, deportiert zu werden, nicht wahr? Das würde Ihnen so gefallen! Zurück nach Neusüdwales oder Van Diemens Land, Ihrer alten Wirkungsstätte. Nach spätestens einer Woche wären Sie auf Bewährung draußen. O nein, Sie werden schön hierbleiben.«

»Major Reynolds.« Jorgensens tiefe Stimme klang, als habe er einen einfachen, leicht schwachsinnigen Matrosen vor sich. »Wenn ich ein Pirat oder ein Verbrecher bin, wie Sie sagen, habe ich ein Anrecht darauf, der zivilen Gerichtsbarkeit überstellt zu werden. Wenn nicht, bin ich ein kriegsgefangener Offizier und verlange, als solcher behandelt zu werden. Ich verlange, in das Offiziersgefängnis verlegt zu werden.«

»Sie sind nicht in der Position, irgend etwas zu verlangen. Ein paar ihrer Matrosen haben gesungen wie die Nachtigallen, sie lieben es, über Sie zu reden, Jorgensen. Sie waren ein wahrer Schrecken der Meere, nicht wahr? Zu schade, daß Sie dieses Mal in der falschen Marine waren. Aber was wir wissen wollen, ist dies: woher bekamen Sie Ihre Informationen? Sie haben britische Schiffe offenbar so mühelos gefunden wie eine Brieftaube ihren Schlag. Und was war davor? Reden wir doch einmal darüber, was geschah, nachdem sie aus der Südsee nach England zurückgekehrt waren. Zu wem in England hatten Sie Kontakt? Auf welcher Route sind Sie nach Dänemark zurückgekehrt? Fangen wir damit doch einmal an.«

Jorgensen schüttelte den Kopf. »Es ist nichts Ungewöhnliches, daß ein Mann nach Hause fährt, um seine Familie zu besuchen.«

»In Ihrem Fall aber doch, dessen bin ich sicher. Ich wette, Sie hatten sich ihren Plan bereits zurechtgelegt, ehe Sie England verließen. Ich bin überzeugt, daß Sie hier angeworben wurden und mit Verrätern, die in diesem Lande leben, in Kontakt standen. Mit Spionen.«

Jorgensen zuckte nur mit den Achseln, und Reynolds fuhr fort. »Sagen Sie mir, wie Sie nach Kopenhagen gekommen sind.«

»Auf einem schwedischen Kohlenschiff. Der *Ornskold-vjik*.« Er grinste über Reynolds' fruchtlose Bemühungen, den Namen zu schreiben.

»Wir werden das natürlich überprüfen«, sagte Reynolds, und Jorgensen nickte unbekümmert.

»Und jetzt will ich die Namen aller Personen wissen, mit denen Sie gesprochen haben, ehe Sie nach Kopenhagen aufbrachen. Was haben Sie in Dover gemacht? Ich habe nicht die Absicht, weiter meine Zeit mit Ihnen zu verschwenden, also lasse ich Ihnen Papier und Feder hier, und Sie können Ihre Aussage niederschreiben, zusammen mit einer Auflistung von Namen und Adressen.«

Er stand auf, um zu gehen, aber Jorgensen rief ihn zurück. »In meiner Zelle liegt ein kranker Mann, Jacob Aasgaard. Er hat einen bösen Husten und Fieber, er gehört in ein Krankenhaus.«

»Na schön. Wenn ich morgen wiederkomme und mit ihrer schriftlichen Aussage zufrieden bin, bekommt Aasgaard medizinische Versorgung. Bis dahin bleiben Sie hier.«

Als er am nächsten Tag wiederkam, stellte er zu seiner Zufriedenheit fest, daß Jorgensen erschöpft wirkte. Es gab keine Pritsche in diesem Raum, er hatte auf dem Steinfußboden schlafen müssen und hatte weder Wasser noch Essen bekommen. Reynolds trat an den Tisch und stellte wutentbrannt fest, daß die Blätter unbeschrieben waren. Alle bis auf eines. Darauf war eine Zeichnung von einer Bucht mit einem breiten Strand zu sehen, gesäumt von einem Hain aus Palmen und exotisch wirkenden Bäumen. Gewaltige Felsen fielen zum Meer hin ab, wie um es vor den tropischen Winden zu schützen.

»Was ist das?« fragte er und weigerte sich einzugestehen, daß die Zeichnung einiges Talent verriet.

»Das ist Brisk Bay«, erklärte Jorgensen. »In der Whitsunday-Straße an der Nordostküste Australiens. Die Insel vor der Küste heißt Gloucester Island. Die Koordinaten sind ...«

»Das interessiert mich nicht!« unterbrach ihn Reynolds wütend, knüllte das Blatt zusammen und warf es zu Boden.

»Das sollte es aber«, erwiderte Jorgensen grinsend. »Es ist ein wunderschöner Ort. Mir wurde allein schon von der Erinnerung daran ganz warm.«

»Sie haben nichts aufgeschrieben.«

»Ich habe nichts aufzuschreiben. Ihre Anschuldigungen sind lächerlich. Und jetzt hätte ich gerne etwas Wasser und etwas zu essen.«

»Sie werden sich jetzt hierhersetzen und anfangen zu schreiben.«

»Fahr zur Hölle.«

Major Reynolds nahm sich vor, die Wachen in Zukunft vor der Tür zu lassen, wenn er diesen Mann verhörte. Es konnte nur schaden, wenn sie den Schneid dieses Dänen erlebten und es überall im Gefängnis herumerzählten. Er würde den Dänen zur Räson bringen, und zwar auf der Stelle.

»Sechzig Schläge«, wies er die Wachen an. »Bringt ihn zur sofortigen Bestrafung hinauf zu Captain Somerville.«

Beim Abendessen sprach er mit Somerville über den Gefangenen. »Wie hat er die Bestrafung aufgenommen?«

Somerville sah überrascht auf. »Nicht anders als alle anderen. Warum?«

»Ich war nur neugierig, das ist alles. Dieser Kerl ist gefährlich, es ist weitaus mehr an ihm dran, als man auf den ersten Blick sieht.«

»Er wird hier ziemlich verehrt, scheint ein richtiger Draufgänger zu sein. Wir sollten zusehen, daß wir ihn loswerden. Die Männer schauen zu ihm auf, er ist ranghöher als alle anderen.«

Reynolds schlug mit der Faust auf den Tisch. »Ist er nicht! Der Mann ist ein verfluchter Pirat, sonst nichts.«

Somerville war anderer Ansicht. »Er hat die *Admiral Juul* kommandiert, ein sehr erfolgreiches Kaperschiff. Ich habe solche Männer nicht gern hier. Das Gefängnis ist ohnehin schon überfüllt, und wenn einer all diese verdammten Dänen gegen uns aufwiegeln kann, dann er.«

»Dann sperren Sie ihn doch zu den Franzmännern, das wird ihm sicher nicht gefallen.«

»Das würde ich nicht empfehlen. Er spricht französisch. Die Franzosen sind so schon schwer genug zu handhaben. Diese Dänen sind wenigstens diszipliniert, weitaus stoischer. Unwahrscheinlicher, daß sie rebellieren.«

Reynolds unterbrach ihn. »Augenblick. Sagten Sie eben, er spricht französisch?«

»Ja. Und spanisch auch. Ich habe gehört, wie er mit den Spaniern im Hof geredet hat. Wenn wir ihn schon hierbehalten müssen, sollten wir ihn auf unsere Seite bringen und als Dolmetscher benutzen.«

Reynolds war ganz aufgeregt. »Ich wußte es! Ich sage Ihnen, er ist kein gewöhnlicher Seemann. Der Kerl ist ein verdammter Spion! Er gehört zu ihrer Organisation, ich weiß es genau. Warum haben Sie das nicht in seiner Akte vermerkt, daß er all diese Sprachen spricht?«

»Ich dachte, Sie wüßten es.«

»Sie werden nicht dafür bezahlt zu denken! Alles, was Sie über Jorgensen hören, möchte ich umgehend erfahren!«

»Natürlich.« Somerville griff nach der Weinkaraffe. »Aber ich kann mir nicht vorstellen, daß so ein Kerl etwas mit Spionen zu tun hat. Er scheint mir kein verschlagener Typ zu sein. Sehr geradlinig. Ich hätte nichts dagegen, mich einmal in Ruhe mit ihm zu unterhalten, wenn all das vorbei ist. Er ist der einzige Mann, den ich kenne, der in Sydney gewesen ist. Er ist einfach unglaublich.«

»Und Sie sind naiv«, fuhr Reynolds ihn an. »Wie viele Männer kennen Sie, die in unserer und in einer feindlichen Marine gedient haben? Ich sage Ihnen, der Mann ist der geborene Überläufer. Mir ist gleich, was für Geschichten er erzählt, ich werde den wahren Jorgensen schon ans Licht bringen. Und so lange bleibt er hier. Lassen Sie ihn in der Zelle mit Aasgaard und schicken Sie jemanden runter, der sich den Kerl mal ansieht. Jorgensen behauptet, er sei krank. Es hat keinen Sinn, daß wir diesen sogenannten Captain mehr verstimmen als unbedingt nötig.«

»Ich würde meinen, ihn auspeitschen zu lassen wird ihn verstimmt haben«, sagte Somerville gedehnt.

»Das hat er sich nur selbst zuzuschreiben. Und jetzt kümmern wir uns um seinen dänischen Freund, das wird ihm gefallen. Aasgaard ist jünger, nicht wahr?«

»Ja. Er war einfacher Matrose auf der *Admiral Juul*. Für ihn ist es das größte Glück auf Erden, die Zelle mit seinem Captain teilen zu dürfen.«

Reynolds seufzte. Keiner seiner Untergebenen verstand wirklich etwas von Spionageabwehr, sie waren allesamt Holzköpfe. Er fragte sich, ob man Aasgaard mit dem Versprechen einer vorzeitigen Entlassung ködern und ihn dazu bringen könnte, Jorgensen auszuhorchen. Yarmouth war ein schrecklicher Ort für einen jungen Mann. Um hier zu überleben, brauchten sie Feuer und Eis. Feuer, um gegen die Haftbedingungen anzukämpfen, Eis, um sich gegen die drohende Verzweiflung unempfindlich zu machen, die daher rührte, daß niemand sagen konnte, wann dieser Krieg vorüber sein würde. Aber Jorgensen würde mehr brauchen als nur das, denn ihm standen besonders schwere Zeiten bevor. Er würde Jorgensen durch die Mangel drehen, Schritt um Schritt, bis er ihn schließlich brechen würde. Und das würde er zu guter Letzt, daran gab es für Reynolds keinen Zweifel.

»Sag mir, Jorgensen, wie kam es, daß deine Versetzung auf die *Lady Nelson* von Colonel Collins beantragt wurde? Dem Sekretär des Gouverneurs von Neusüdwales?«

»Keine Ahnung.«

»Ist es derselbe Collins, der ein Buch über die Besiedlung von Neusüdwales geschrieben hat?«

»Ja.«

»Der jetzige Vizegouverneur von Van Diemens Land?«

»Ja.«

»Und du kennst ihn?«

»Da unten kennt jeder jeden. Die Siedlungen sind klein.«

»Und Captain Matthew Flinders persönlich empfahl deine Beförderung auf der *Lady Nelson*. Es scheint, du hast dir große Mühe gegeben, dir das Wohlwollen und Vertrauen hochrangiger britischer Offiziere zu erschleichen. Es ist ungewöhnlich, daß ein einfacher Matrose diesen Gentlemen so gut bekannt ist. Was hast du dir davon versprochen? Was wolltest du herausfinden?«

»Wie man sich ordentlich benimmt«, erwiderte Jorgensen, lehnte sich gegen die Wand und stieß sich mit einem unterdrückten Laut sofort wieder ab. Die Striemen auf seinem Rücken waren noch offen.

Der Major gab vor, es nicht zu bemerken. »Werd bloß

nicht vorlaut. Vielleicht hast du ja damals schon für die Franzosen gearbeitet und wolltest die Operationen der Briten in der Südsee ausspionieren? Damals schnüffelten doch französische Schiffe in den Gewässern dort unten herum.«

»Es gibt immer noch französische Schiffe dort, und Ihre Vermutungen sind einfach lächerlich. Haben Sie nichts Besseres zu tun?«

Reynolds ignorierte seine Bemerkung. »Selbst in so entlegenen Regionen wären Informationen für die Franzosen ziemlich wertvoll gewesen. Dein Freund Captain Flinders wurde auf der Rückreise nach England von ihnen gefangengenommen und befindet sich immer noch auf Mauritius. Aber das weißt du ja, nicht wahr?«

Jorgensen fuhr herum, der Tisch machte einen Satz, und das Tintenfaß fiel zu Boden. »Flinders ist ein großer Mann, ein großartiger Navigator! Wenn ihr Engländer nur ein bißchen mehr Mut hättet, würdet ihr ein Schiff ausschicken, um ihn zu befreien. Wenn ich ein paar Schiffe unter mir hätte, ich würde ihn nach Hause holen. Er hat etwas Besseres verdient, als in einem französischen Gefängnis zu verfaulen!«

Das Tintenfaß war nicht zerbrochen, ergoß seinen Inhalt aber über den Boden. Reynolds schritt nicht ein. Er zermarterte sich das Hirn auf der Suche nach der Schlüsselfrage, mit der er Jorgensen endlich entlarven könnte, aber es war schwierig. Keiner der anderen Gefangenen hatte ihn vor seiner Rückkehr nach Kopenhagen gekannt, also konnte er sich von ihnen keine Hilfe erhoffen.

»Dein Englisch ist ausgezeichnet, Jorgensen, oder sollte ich dich Johnson nennen?«

»Nennen Sie mich, wie Sie wollen.«

»Auf der *Lady Nelson* hast du den Namen Johnson geführt. Warum hast du vorgegeben, Engländer zu sein?«

Jorgensen schüttelte den Kopf. »Da waren wir aber fleißig, nicht wahr, Major. Schade, daß Sie nicht ein wenig mehr Fleiß auf die Erfüllung Ihrer Pflichten als Kommandant dieses Rattenlochs aufwenden.«

»Du hast meine Frage nicht beantwortet. Du wirst mich nicht mit deinen Beleidigungen ablenken, das funktioniert bei mir nicht. Warum hast du dich als Engländer ausgegeben?«

»Nachdem ich zwangsverpflichtet worden war, hat dieser Schwachkopf von Offizier irgendwann gemerkt, daß sie einen Dänen einkassiert hatten, auch noch einen, der sein Seefahrtbuch schon hatte. Um seinen Fehler zu vertuschen, hat er mich als Johnson eingetragen.«

»Und du erwartest, daß ich das glaube?«

Jorgensen hob die Schultern. »Glauben Sie, was Sie wollen.«

»Dann noch etwas. Du scheinst ziemlich gebildet zu sein. Du hast sogar mit Hilfe deiner englischen Offiziersfreunde Schriften bei der Admiralität von Neusüdwales eingereicht. Worüber?«

»Hauptsächlich Navigation. Neue Informationen über die Windverhältnisse in der Südsee, die auf Erfahrungen während meiner Fahrten beruhten. Dinge, die mich interessieren.«

»Und Dinge, die die Franzosen ebenso interessieren könnten?«

»O Gott«, schnaubte Jorgensen. »Ich habe langsam genug von diesem Irrsinn. Ich werde keine weiteren Fragen beantworten.«

»Doch, das wirst du. Du bist der ungewöhnlichste Fall in diesem Gefängnis, und wir werden dich im Auge behalten.«

»Ich hätte gerne ein paar Bücher, wenn das nicht zuviel verlangt ist.«

»Du kannst von Captain Somerville Bücher bekommen, frag ihn einfach. Aber sie werden dir nicht viel nützen, wenn du wieder in Einzelhaft wanderst. Besser, du überdenkst deine Einstellung. Wenn du mit mir kooperierst, könnten wir das Leben für dich hier drin sehr viel angenehmer gestalten.«

Jorgensen nahm seine Decke und ging, ohne ihn eines weiteren Blickes zu würdigen. Reynolds schob seine Unterlagen zusammen. Dieser Däne war ein interessanter Mann. Unter anderen Umständen hätte er sicher von Nutzen sein können, aber Reynolds war sicher, daß er eine verräterische Ader hatte, daß etwas mit ihm nicht stimmte.

Einige Tage lang ließ er Jorgensen in Ruhe, ließ ihn lieber in Ungewißheit schmoren. Ihr nächstes Zusammentreffen würde vollkommen anders aussehen. Mit den höflichen Sitzungen hatte es nun ein Ende. Von jetzt an würde Jorgensen während der Befragungen knien, und jede seiner selbstgefälligen, unverschämten Antworten würde ihm einbringen, was ihm zustand. Es wurde Zeit, Corporal Crammer ins Spiel zu bringen, der einem Mann mit seiner kurzen Peitsche Höllenqualen bereiten konnte, zumal wenn sein Rücken bereits mit unverheilten Striemen bedeckt war. Reynolds brauchte Antworten, und zwar schnell. Ein Matrose der *Admiral Juul* hatte gestanden, daß Männer vom Schiff nachts in Newscastle-on-Tyne an Land gegangen waren, offenbar um mit Spionen Kontakt aufzunehmen. Er wußte zwar nicht, wer diese Männer gewesen waren, aber ihr Captain würde es sicher wissen. Jorgensen hielt ihn, Reynolds, wohl für dumm. Er hielt scheinbar alle Briten für dumm.

»Das werden wir ja noch sehen, mein Junge«, murmelte er, als er um zehn Uhr morgens sein Dienstzimmer betrat, zwei Stunden später als gewöhnlich. Ein Spanier war in seiner Zelle Amok gelaufen und hatte zwei Wachen und einen seiner Zellengenossen niedergestochen. Die Zelle sah aus wie ein Schlachthaus, und sie mußten den Wahnsinnigen erschießen, um die Ruhe wiederherzustellen. Ein verdammtes Ärgernis, wo sie ohnehin schon unterbesetzt waren. Um den Gestank des Gemetzels loszuwerden, war er zu seinem Quartier zurückgekehrt und hatte sich ein Bad bereiten lassen. Er erschauderte. All die Bücher und Bilder von heroischen Taten und Soldaten, die tapfer und glorreich in der Schlacht fielen, verschwiegen pfleglich den Geruch von Blut und Exkrementen, die grauenvollen Schreie der Sterbenden. Manchmal fragte er sich, ob die Männer, die sich freiwillig zum Waffendienst meldeten, eigentlich wußten, worauf sie sich einließen.

Sergeant Passman wartete im Vorzimmer auf ihn. »Major, da ist eine Dame am Tor, die den Kommandanten sprechen möchte.«

»Eine Dame? Wer ist sie? Was will sie von mir?«

»Das wollte sie nicht sagen, Sir. Nur, daß sie Sie zu sprechen wünscht.«

»Kenne ich Sie?«

»Ich denke nicht, Sir. Sie hat nicht namentlich nach Ihnen gefragt, sondern nach dem Kommandanten.«

Er betrat sein Dienstzimmer und nahm an seinem Schreibtisch in dem Ledersessel Platz, den er sich eigens in London hatte anfertigen lassen. Er war sehr bequem, und Reynolds fühlte sich gleich viel besser. »Bringen Sie mir Tee, Sergeant, ein bißchen Käse und Salzgebäck. Ist sie allein, diese Frau?«

»Ja. Das heißt, mehr oder weniger. Eine zweite Frau sitzt vorn in der Kutsche, sieht wie eine Dienerin aus. Es ist eine von diesen Mietkutschen, die die feinen Leute hier auf der Insel benutzen.«

»Vermutlich ist sie eine der rührigen Damen vom Wohlfahrtsverein, die der Pastor schickt. Er will unbedingt, daß ich hier eine Kapelle einrichte. Dabei ist nicht einmal ausreichend Platz für unsere Offiziere ...«

»Verzeihen Sie, Sir«, unterbrach der Sergeant. »Aber ich bin mir ziemlich sicher, diese Frau schickt nicht der Pastor. Dafür sieht sie viel zu gut aus und trägt zu feine Kleider.«

»Dann schicken Sie sie herein, und ich werde meinen Tee trinken, wenn ich sie losgeworden bin.«

Der Sergeant hatte recht. Diese elegante Dame in ihrem weiten, schwarzen Umhang und einem üppig mit Federn geschmückten Hut war ganz sicher kein Mitglied des örtlichen Wohlfahrtsvereins. Der Hut beschattete ein schönes Gesicht mit milchweißer Haut und großen braunen Augen. Sie lächelte ihn an, und dieses Lächeln ließ den Schwung ihrer samtweichen Lippen noch schöner erscheinen. »Danke, daß Sie mich empfangen, das ist sehr freundlich von Ihnen.«

Er eilte herbei, um ihr einen Stuhl anzubieten. »Es ist mir ein Vergnügen, Madam. Was kann ich für Sie tun?«

»Ich bin gekommen, um mich nach dem Verbleib eines Gefangenen zu erkundigen. Wir nehmen an, daß er sich hier aufhält. Und wenn nicht, dann können Sie uns vielleicht bei unseren weiteren Nachforschungen behilflich sein?«

»Selbstverständlich.«

Zögernd ging er auf seine Seite des Schreibtisches zurück. Ihr Parfüm, ein süßer Rosenduft, war exquisit. »Das muß mein Glückstag sein. Es passiert nicht gerade oft, daß schöne Damen an mein Tor klopfen. Ich bin Major Reynolds, Madam, Kommandant dieser Einrichtung.« Er schlug die Hacken zusammen und verneigte sich knapp. »Und Sie sind ...«

»Mrs. Howth«, erwiderte sie und schob ein kleines, blondes Löckchen zurück unter den Hut.

»Ich bin entzückt. Leben Sie hier auf der Insel?«

»Wir haben ein Feriendomizil in Ryde, und da ich auf dieser Seite der Insel einen Besuch zu machen hatte, dachte ich, es sei einen Versuch wert, Sie aufzusuchen. Es war einfach eine spontane Eingebung.«

Ihre Stimme faszinierte ihn, alles an ihr war attraktiv. »Höre ich da einen schwachen irischen Akzent heraus?« fragte er.

Sie lächelte. »Das denken viele, doch ich bin keine Irin, sondern stamme aus Boston in Amerika.«

»Ah, das erklärt es. Ich hoffe, Sie verzeihen meinen Irrtum. Ich hatte bislang nicht das Vergnügen, einem Amerikaner zu begegnen. Und ist Mr. Howth auch ein Yankee?«

Sie lachte fröhlich. »O nein. Du meine Güte, Charles ist so britisch, wie man nur sein kann. Wir leben in London.«

Er nickte und zwang sich zu einem Lächeln. Er hatte gehofft, es gäbe keinen Mr. Howth mehr, daß sie eine Witwe sei. Sie war wundervoll, er konnte den Blick nicht von ihr wenden. Nur gut, daß er vorhin dieses Bad genommen hatte. »Nun sagen Sie mir, Mrs. Howth, nach wem suchen Sie? Ich werde mein Bestes tun, um zu helfen.«

»Ich danke Ihnen, Major. Der Gentleman ist Däne, ein Mr. Jorgen Jorgensen, ein Freund der Familie, verstehen Sie, aus der Zeit vor dem Krieg gegen Dänemark. Er war in der dänischen Marine, darum dachten wir, er könnte in Gefangenschaft geraten sein.« Sie wirkte plötzlich ein wenig verloren. »Man erfährt ja heutzutage gar nicht, was aus den Menschen geworden ist. Ich hoffe nur, ich verschwende nicht Ihre kostbare Zeit, Major. Ich komme mir ein bißchen albern vor, daß ich hier einfach so hereinspaziert bin.«

Er spürte einen Stich der Eifersucht, daß Jorgensen mit einer solchen Frau bekannt sein sollte, doch er ließ sich nichts anmerken. Immerhin war es eine interessante Wendung der Dinge. »Aber ich bitte Sie, Madam. Jorgensen, sagten Sie? Es ist ein verbreiteter Name bei den Dänen, und wir haben eine ganze Reihe von ihnen hier eingesperrt. Können Sie mir mehr über ihn sagen?«

»Nicht sehr viel, fürchte ich. Er ist ein Freund von Colonel Collins, dem Vizegouverneur von Van Diemens Land, und Mrs. Collins, die in London lebt. Sie ist in Sorge um ihn, verstehen Sie, und würde ihren Mann gerne über Mr. Jorgensens Aufenthalt unterrichten.«

»Ich verstehe. Und welchen Rang bekleidet dieser Mr. Jorgensen?«

»Rang?« Die Frage schien sie zu überraschen. »Nun, Major, das kann ich nicht sagen. Ich nehme an, er ist Offizier.«

»Wenn er Offizier ist, dann habe ich ihn nicht hier«, erklärte Reynolds und fand, damit hatte er Jorgensen auf genau den Platz verwiesen, der ihm zustand. »Aber ich werde mich gerne erkundigen, wenn Sie solange warten wollen.«

»Ja, sehr gern. Es tut mir nur so leid, Sie mit so etwas behelligen zu müssen.« Sie schien jetzt überzeugt, daß Jorgensen nicht in Yarmouth war.

»Das macht doch nichts. Er ist auch ein Freund von Ihnen, sagten Sie?«

»Ich bin ihm gelegentlich im Haus des Colonels begegnet.«

»Gut, dann werden Sie ihn wenn nötig wiedererkennen.«

»Ich denke schon«, sagte sie. »Obwohl es doch schon recht lange her ist.«

Als Reynolds hinausging, blieb Regal auf ihrem Stuhl sitzen und konnte kaum atmen. Der Major machte sie nervös, als sei sie nicht schon angespannt genug, seit sie sich in diesem stinkenden Loch befand und nach Kräften versuchte, mit seinen Fragen Schritt zu halten. Er war ein schmieriger Typ mit geöltem Haar und einem dünnen

Oberlippenbärtchen, und es beunruhigte Regal, im selben Raum mit ihm zu sein, denn seine Blicke waren unverhohlen lüstern. Doch sie hatte sich bereits zu weit vorgewagt, um jetzt noch einen Rückzieher zu machen. Dabei konnte es sicherlich nicht schaden, diesem widerlichen kleinen Major schöne Augen zu machen. Seine Fragen waren ihr voller Argwohn erschienen, aber vielleicht bildete sie sich das nur ein, weil sie ein schlechtes Gewissen hatte. Sie hatte beschlossen vorzugeben, daß Jorge lediglich ein Bekannter sei, aber sie hatte nicht damit gerechnet, daß man sie aushorchen würde. Dieser Major Reynolds und seine impertinenten Fragen! Sie wappnete sich. Sie konnte mit ihm fertig werden, schärfte sie sich ein. Soll er nur fragen, soviel er will. Jorge konnte hier also nicht sein, weil er ein Offizier war, aber wenn sie dem Major schmeichelte, würde er bestimmt die Informationen beschaffen, die sie brauchte. Der Besuch in Yarmouth war also keinesfalls Zeitverschwendung.

Er kam zurück und rieb sich die Hände. »Eine recht weite Fahrt von Ryde bis hierher auf diesen Straßen«, bemerkte er. »Sie müssen sehr früh aufgebrochen sein.«

»O Gott, nein. Wir sind gestern herübergekommen und im Yarmouth Inn abgestiegen. Es ist sehr nett und eine schöne Abwechslung.«

»Da bin ich sicher.« Er trat an die Fensterfront und zog die schweren Vorhänge beiseite, enthüllte hohe Glastüren, die den Blick auf einen Innenhof mit einer Kolonnade freigaben.

»Wir haben einen Mann ausfindig gemacht, den Sie vielleicht meinen könnten, aber wie gesagt, wir haben hier keine Offiziere. Würden Sie bitte ans Fenster kommen?«

Regal erhob sich gefaßt und trat zu ihm.

»Sehen Sie zur anderen Hofseite hinüber. Da ist ein Gefangener mit zwei Wachen.«

Er brauchte ihr nicht zu sagen, wohin sie sehen sollte. Regal hatte ihn beim ersten Blick aus dem Fenster erkannt. Es war Jorge. Er stand hoch aufgerichtet neben den Wachen, doch er sah furchtbar aus. Er hatte jetzt einen dichten Bart, sein langes Haar war verfilzt und ungepflegt. Er trug zerlumpte Kleidung, und eine rauhe Wolldecke lag um seine Schultern. Ihr Herz hämmerte, sie hatte das Gefühl, schreien zu müssen, so groß war ihr Schock, ihn so zu sehen. Doch statt dessen berührte sie den Major leicht am Arm und sagte ruhig: »Ich glaube, das ist er.«

»Möchten Sie mit ihm sprechen?«

»Ich denke ja«, sagte sie zögernd, auf einmal nicht mehr sicher, daß sie ihr Spiel bis zum Ende durchhalten konnte. »Mrs. Collins wird erleichtert sein, daß er noch lebt.«

»Dann folgen Sie mir.« Er führte sie die Kolonnade entlang, und alles in ihrem Innern rebellierte gegen den überheblichen, herablassenden Tonfall, in dem er Jorge anrief. »Ich bringe dir eine Besucherin, Jorgensen.«

»Ja, das seh' ich, Major«, sagte Jorge, sah ihm direkt in die Augen, und diese halbe Sekunde reichte, um Regals Argwohn gegenüber dem Major zu steigern. Es war offensichtlich, daß Jorge und er sich kannten. Der Kommandant hatte ihr etwas vorgemacht.

»Mrs. Howth, nicht wahr?« Jorge sah sie fragend an, als sei er nicht ganz sicher, und er kam ihr auch keinen Schritt entgegen.

»Ja.« Sie nickte. »Ich freue mich, Sie zu sehen, Mr. Jorgensen.«

»Ich dachte schon, Sie hätten mich alle ganz vergessen«, sagte er mit einem erschöpften Lächeln.

»O nein. Mrs. Collins war sehr in Sorge. Niemand wußte, wo wir nach Ihnen suchen sollten.«

»Das ist verständlich. Man erlaubt mir nicht, Briefe zu

schreiben, nicht wahr, Major?« Sie hörte die Herausforderung in seiner Stimme, als er den Kommandanten ansprach, und es ließ sie innerlich erbeben.

»Wir fürchteten schon, weil doch Krieg war und so weiter ... daß Ihnen etwas zugestoßen sein könnte«, stammelte sie, doch er grinste. »O nein. Ich habe mehr Leben als eine Katze und ich habe die Absicht, sie alle aufzubrauchen. Ich bedaure, daß ich Ihnen keinen Platz anbieten kann, Mrs. Howth, aber es gibt hier keine Stühle.« Er sah zum Major hinüber, der vorgab, ihn nicht gehört zu haben.

»Das macht doch nichts. Gibt es irgend etwas, das ich für Sie tun kann?« fragte Regal.

»Nein, vielen Dank. Es war sehr freundlich von Ihnen zu kommen. Bitte grüßen Sie Mrs. Collins und Edwina von mir, und natürlich auch Phillip und Mr. Howth. Ach, einen Augenblick noch ... Sie könnten den Major hier darauf aufmerksam machen, daß ich als Offizier in diesem Gefängnis nichts zu suchen habe.«

Reynolds trat zwischen sie. »Das reicht. Schafft ihn weg.«

Als die Wachen herbeisprangen und ihn packten, nickte Jorge ihr zu, immer noch ohne das geringste Zeichen von Vertrautheit. »Leben Sie wohl, Mrs. Howth.«

»Sie behaupten alle, Offiziere zu sein«, erklärte Reynolds ihr. »Das hören wir hier ständig.«

»Wir waren davon ausgegangen, daß Mr. Jorgensen tatsächlich Offizier ist.«

»Nun, das ist er nicht, seien Sie versichert.«

Er begleitete sie bis zum Tor. »Ihre Pflicht erfüllt, Mrs. Howth?«

»Ja, dank Ihrer Hilfe, Major.«

»Es war mir ein Vergnügen. Ich werde heute abend übrigens im Gasthaus essen. Ich gehe öfter zum Dinner dorthin, um diesem deprimierenden Ort für ein Weilchen zu entfliehen. Würden Sie mir die Freude machen, mir dabei Gesellschaft zu leisten?«

»Danke, aber das ist ausgeschlossen. Ich nehme meine Mahlzeiten auf meinem Zimmer ein.«

Sie sah ihn rot anlaufen und erkannte, daß sie ihn beleidigt hatte, doch sie hatte ohnehin keine weitere Verwendung für ihn. Dieser Reynolds war kein Mann, dem man trauen konnte. Sie mußte nach London zurückkehren und sehen, was sie von dort aus tun konnte. Es lag jetzt an ihr, Jorge aus diesem entsetzlichen Gefängnis zu befreien. Die Mauern erhoben sich kalt und drohend über ihr, als sie in die Kutsche stieg.

»Haben Sie den Mann gefunden, nach dem Sie gesucht haben, Madam?« fragte Bonnie.

»Was?« Regal war mit ihren Gedanken bereits weit weg, überlegte fieberhaft, wer ihr bei ihrem Vorhaben wohl helfen könnte. »Oh ... ja. Er dort am Tor, Major Reynolds.«

Sie winkte Reynolds zu, und Bonnie lehnte sich vor, um ihm zuzulächeln.

»Du bist schon zurück?« fragte Maria Collins überrascht. »Geht es dir jetzt besser, Regal? Du mußt unbedingt Edwina besuchen. Sie war gekränkt, daß du ohne sie gefahren bist. Sie liebt die Isle of Wight.«

»Oh, sie beruhigt sich schon wieder. Wir werden bald wieder hinfahren. Ich gewöhne mich langsam an die Reise. Aber hör zu, Maria, ich habe wirklich interessante Neuigkeiten. Erinnerst du dich an deinen Freund Mr. Jorgensen? Ich habe ihn gefunden.«

»Du hast was?« Maria ließ ihre Näharbeit sinken. »Und nun sitz um Himmels willen still, Regal. Du zappelst herum wie ein Springteufel. Was meinst du damit, du hast ihn gefunden?«

»Nun, ich habe einige Nachforschungen angestellt, und

ich finde, ich gebe einen recht brauchbaren Detektiv ab. Während ich auf der Insel war, habe ich einen Ausflug nach Yarmouth unternommen, und du hattest recht. Die dänische Flotte ist tatsächlich dorthin gebracht worden. Die Leute im Ort sagten mir, die Mannschaften der dänischen Schiffe seien alle im Gefängnis von Yarmouth eingesperrt. Und weil ich nichts Besseres vorhatte, dachte ich mir ... warum nicht? Es gibt kein Gesetz dagegen. Also habe ich den Kommandanten aufgesucht.«

»Augenblick. Welchen Kommandanten? Was hast du nur wieder angestellt?«

Regal nahm eine Geleekirsche aus der Schale mit Süßigkeiten und steckte sie in den Mund. »Den Kommandanten des Gefängnisses natürlich.« Sie lutschte auf ihrer Kirsche herum, während Maria sie anstarrte und wartete. »Er war freundlich und sehr hilfsbereit«, fuhr Regal fort. Diesen Teil der Geschichte wollte sie so einfach und kurz wie möglich halten. »Und er sagte, ja, Mr. Jorgensen sei dort, und ich durfte sogar ein paar Minuten mit ihm sprechen.«

»Mit wem hast du gesprochen?«

»Mit Jorge Jorgensen!« Regal lehnte sich triumphierend zurück und nahm noch eine Geleekirsche.

»Lieber Himmel, du bist wirklich in dieses Gefängnis gegangen!«

»Natürlich. Es war völlig ungefährlich.«

Maria schüttelte den Kopf. »Regal, du scheinst nicht zu verstehen. Es gibt Dinge, die tut man einfach nicht. Was würde Charles dazu sagen?«

»Ach, Charles. Tja, ich denke, diese Sache wollen wir Charles lieber nicht erzählen.«

»Da stimme ich dir zu. Und du hast Jorge tatsächlich gesehen?«

Regal nickte. Sie hatte einen Kloß im Hals, und Tränen stiegen ihr in die Augen. »Ja, ich habe ihn gesehen. Und du würdest ihn nicht wiedererkennen, Maria. Er sieht furchtbar aus, so dürr und in schreckliche Lumpen gehüllt, mit einer schmutzigen Decke um die Schultern. Er sieht aus wie ein alter Mann.«

Maria zog ihr Taschentuch hervor und putzte sich die Nase. »O Gott, das ist ja furchtbar. Ich bin ganz durcheinander. Der arme Jorge. Ich habe an die Admiralität geschrieben und mich nach ihm erkundigt, aber bislang keine Antwort erhalten. So schnell geht das nicht. Ich wünschte, wir könnten irgend etwas tun. Natürlich werde ich David schreiben, aber es dauert sechs Monate, bis er etwas unternehmen kann.«

»Es kommt noch schlimmer«, sagte Regal. »Während ich dort war, hatte Jorge eine kleine Auseinandersetzung mit dem Kommandanten. Jorge sagte, er sei Offizier, und Major Reynolds bestritt das. Dieses Gefängnis ist den niederen Rängen vorbehalten.«

»Wenn Jorge in der dänischen Marine war, sollte man doch denken als Offizier«, sagte Maria nachdenklich. »Sie werden doch wohl kaum sein Wort in Zweifel ziehen?«

»Ich fürchte doch. Der Major hat ihm nicht geglaubt.«

»Dann war er vielleicht doch kein Offizier.«

»Doch. Das habe ich selbst herausgefunden. Wie gesagt, die Schiffe liegen alle in Yarmouth, also habe ich ein paar Erkundigungen eingezogen. Ein Schiff, das dort liegt, heißt *Admiral Juul*. Und jetzt rate mal, wer ihr Kapitän war.« Allmählich fand Regal Gefallen an ihren eigenen Lügengeschichten.

»Doch nicht Jorge?« fragte Maria atemlos.

»Captain Jorgensen in höchst eigener Person«, bestätigte Regal. »Und was sagst du jetzt?«

»Es stimmt mich traurig. David hat immer gesagt, Jorge habe Potential. Er muß stolz darauf gewesen sein, sein eigenes Schiff zu befehligen. Aber was für eine Katastrophe, als Kriegsgefangener zu enden.« Sie tupfte sich mit dem Taschentuch die Augen. »Ich verstehe nur nicht, warum dieser Mann bestreitet, Jorge sei Offizier. Wo er doch so offensichtlich sogar ein hoher Offizier ist.«

»Ich weiß es nicht. Ich fürchte, er hat etwas gegen Jorge.«

»O je. Jorge kann manchmal sehr aufsässig sein. David schrieb damals, daß Jorge sogar ihm einmal bei einer Meinungsverschiedenheit offen die Stirn geboten und widersprochen hat. David war amüsiert und nannte ihn einen mutigen jungen Heißsporn. Nur in seinem Brief an mich, natürlich. Heute ist Jorge älter, und ich kann mir nicht vorstellen, daß er eine Gefangenschaft geduldig hinnimmt. Vermutlich ist er wie ein Bär, den man an die Kette gelegt hat.«

Regal wünschte, sie könnte diese Briefe lesen, alles, was ihr mehr über ihn verriet. Sie fragte sich, ob er jetzt gerade an sie dachte. Was für ein Schock es für ihn gewesen sein mußte, sie plötzlich dort zu sehen.

»Wir müssen ihn da rausholen«, sagte sie zu Maria. »Du kannst dir nicht vorstellen, was für ein entsetzlicher Ort das ist.«

»Er ist Kriegsgefangener, Regal. Ich glaube nicht, daß man viel tun kann.«

»Er hat etwas Seltsames gesagt. Er hat mir Grüße an dich aufgetragen und an Edwina und so weiter, aber auch an Phillip. Wer ist Phillip?«

»Frag mich nicht. Ich kenne keinen Phillip. Du mußt dich irren.«

»Nein, ganz sicher nicht.«

Regal ging im Zimmer auf und ab und ließ Maria in Ruhe darüber nachdenken. Plötzlich begann Maria zu lachen. »Oh, dieser Filou! Das muß man ihm wirklich lassen, er ist ein kluger Kopf. Er meint Arthur Phillip.«

»Wer ist das?«

»Mein liebes Kind! Konteradmiral Arthur Phillip, ehemaliger Gouverneur von Neusüdwales, einer von Davids engsten Freunden. Natürlich! Wenn irgend jemand Jorge helfen kann, dann Arthur. Ich muß ihm schreiben.«

»Wieso kannst du nicht zu ihm gehen?«

»Weil er den Großteil des Jahres in Bath verbringt. Ihn habe ich lange nicht mehr gesehen, aber Mrs. Phillip treffe ich recht oft. Wir arbeiten in einem Komitee zusammen, zur Unterstützung der Thames School für junge Seeleute.«

»Was ist das?« Regal wollte alles hören, was mit dem Admiral zu tun hatte.

»Eine Schule für die Söhne verstorbener oder versehrter Matrosen, Männer, die in der Marine gedient haben. Es ist eine hervorragende Idee, sie unterrichten und unterstützen diese Jungen von ihrem dreizehnten Lebensjahr an. Es ist so etwas wie ein Internat. Und wenn die Schulzeit um ist, treten sie als Leutnant zur See in die Marine ein.«

»Was für eine gute Idee. Du hast mir nie davon erzählt.«

Maria lächelte. »Du bist immer so beschäftigt, Regal. Ich hätte nicht gedacht, daß es dich interessieren könnte.«

»Aber natürlich interessiert mich das. Was macht ihr? Geld für diese Schule sammeln?«

»Ja. Aber es ist nicht so einfach, wohltätige Einrichtungen dieser Art sind derzeit nicht in Mode.«

»Dann werde ich euch eine Spende geben. Wie wäre es mit fünfhundert Pfund?«

»Bitte? Regal, es besteht kein Anlaß, gleich so verschwenderisch zu sein. Ich dachte eher an fünfzig.«

Regal nahm ihr das Nähzeug ab und legte es beiseite. »Hör zu, Maria. Ich bin es so satt, immer nur Mrs. Charles Howth zu sein. Einfach nur seine Frau, eingesperrt in seinem Haus am Woburn Place. Ich will, daß die Leute zur Abwechslung auch einmal zur Kenntnis nehmen, wer ich bin. Du bekommst die Spende, wenn sie unter dem Namen Regal Howth eingetragen wird.« Sie klang so überzeugend, daß sie es beinah selbst geglaubt hätte. Sie war versucht zu sagen, daß sie ihre Spende verdreifachen würde, wenn der Admiral Jorge befreite, aber das sah zu sehr nach Bestechung aus. Nicht daß sie davor zurückgeschreckt wäre, irgendwen zu bestechen, aber diese Leute waren dafür zu fein. Man mußte sie mit Samthandschuhen anfassen, sonst bestand die Gefahr, daß Jorges Los sich noch verschlimmerte.

»Ich ahnte ja nicht, daß du so empfindest, Regal. Natürlich wären wir dankbar für eine so großzügige Spende.«

Regal war aufgeregt. Es war eine solche Erleichterung, daß sie Jorge gefunden und gesehen hatte, daß sie ihm immer noch etwas bedeutete, und jetzt bestand sogar Aussicht, daß er freikommen könnte. »Es ist nur ein Taschengeld für mich, Maria, das weißt du«, sagte sie, um ihre Spende weniger verdächtig erscheinen zu lassen.

»Das tue ich nicht«, widersprach Maria ruhig. »Du hast dich immer ausgeschwiegen über diese Angelegenheiten. Keiner von uns weiß, wie du finanziell dastehst. Aber das geht uns ja auch gar nichts an.«

Edwina bot ein beeindruckendes Bild. Sie hatte an Gewicht zugenommen – eine Folge ihres bequemen und gesetzten Ehelebens, vermutete Maria. Sie sah unbestreitbar gut aus, aber ihr Stil war, wenn vielleicht nicht gerade extravaganter, so doch auf jeden Fall ausladender geworden. Maria seufzte, als ihre ehemalige Schwägerin hereinsegelte. Ihre weiten Satinröcke blieben um ein Haar zwischen den Türpfosten stecken, und ihr gewaltiger Hut stieß beinah an den Sturz. Doch das konnte Edwina nicht aufhalten. Sie stürmte mit ihrer neuesten Beschwerde über Regal herein. »Du mußt mit diesem Kind reden, Maria. Sie hört nicht auf mich. Sie macht sich zum Gespött wegen dieses Schurken Jorgensen! Gott allein weiß, was Charles sagen wird, wenn er davon erfährt. Ich habe gehört, sie ist deswegen gar bei einem Admiral vorstellig geworden!«

»Das stimmt nicht«, erwiderte Maria ruhig. »Ich selbst habe mit der Gattin von Admiral Phillip gesprochen. Sie sagt, sie wolle sehen, was man tun kann.«

Edwina war schockiert. »Wie kannst du dich da nur einmischen? Der Mann ist ein Pirat!«

»In Kriegszeiten sehen Männer sich vor allem als Patrioten, Edwina. Jorge tat mir einfach so leid. Es war ein furchtbarer Winter, und Yarmouth ist ein schreckliches Gefängnis. Ich habe David geschrieben, sobald ich davon erfuhr, und ich bin überzeugt, er wird tun, was er kann.«

»Vermutlich wird er dir nahelegen, dich um deine eigenen Angelegenheiten zu kümmern. Weißt du, daß Regal einen Anwalt damit beauftragt hat, seine Freilassung zu erwirken? So eine Unverfrorenheit! Wenn du mich fragst, sie hat sich in diesen Kerl verliebt.«

Maria lachte. »So ein Unsinn. Regal ist jung. Sie hat etwas entdeckt, wofür sie sich engagieren kann, vermutlich findet sie es romantisch. Du weißt doch, wie enthusiastisch junge Menschen sind.«

»Das weiß ich allerdings, und ich glaube, du bist einfach zu naiv. Es ist ein Jammer, daß sie sich nicht auch einmal in ihrer Ehe ein wenig engagiert. Aber hör zu ... habe ich dir erzählt, daß Cameron Präsident der Londoner Kaufmannsgilde geworden ist?«

»Ja, das hast du. Und ich freue mich für ihn.« Maria war erleichtert über den Themenwechsel. Sie hatte ihr Bestes getan, um Jorge zu helfen, aber sie hatte eigene Sorgen. David war von seinen Pflichten als Gouverneur von Van Diemens Land mehr in Anspruch genommen denn je, und ihr Leben hier in London war einsamer geworden, seit Edwina und Regal nicht mehr bei ihr wohnten. Zudem hatte sich neulich auf einem Empfang etwas zugetragen, worüber sie mit keiner Menschenseele reden konnte, auch nicht mit Edwina. Sie hatte zufällig die Unterhaltung zweier Damen im Garten mit angehört, die in den Kolonien gelebt hatten. Und wie es schien, bildete den Gegenstand des Gesprächs sie selbst.

»Warum sollte er sie dort unten haben wollen«, hatte die eine Stimme gesagt. »Er hat Frauen genug, um sein Bett anzuwärmen.«

»Was du nicht sagst«, erwiderte die andere sensationslüstern.

»Ja, das sage ich. Es ist allgemein bekannt. Kinder hat er auch, soviel ich gehört habe.«

»Mein Gott! Bist du sicher? Woher weißt du davon?«

»Meine Liebe, ich bin ja gerade erst zurückgekehrt ...«

Maria war geflohen, sie fürchtete sich davor, mehr zu hören. Mir hochrotem Gesicht eilte sie hinein in das sichere Stimmengewirr und bemühte sich, die Unterhaltung aus ihrem Gedächtnis zu verbannen, doch die Worte hallten in ihrem Kopf nach. Sie versuchte sich einzureden, daß nicht sie und David Gegenstand dieser scheußlichen Klatschgeschichte waren, doch sie vermochte nicht die letzten Zweifel zu zerstreuen. Sie fühlte sich so elend, daß sie ihre Kutsche rufen ließ und sich davonstahl.

Männer, die im Dienst für ihr Land fern von zu Hause weilten und das mitunter jahrelang, hatten sexuelle Bedürfnisse. Maria akzeptierte das, doch es war einer Dame nicht würdig, darüber nachzudenken. Man zog es vor zu glauben, daß sie der Versuchung widerstanden. Waren sie dazu nicht in der Lage, wenn beispielsweise David sich versündigt hatte, dann war das eine Sache zwischen diesem Mann und seinem Gott.

›Er hat Frauen genug, um sein Bett anzuwärmen.‹ Die Worte erschütterten sie bis ins Mark. ›Frauen‹. Unheilvoll. Furchteinflößend. ›Allgemein bekannt‹. Und Kinder? Das wollte Maria nicht glauben, sie konnte einfach nicht. Ein Gouverneur konnte keine unehelichen Kinder haben, es war undenkbar. Nichtsdestotrotz, ob es nun stimmte oder nicht, der Vorfall hatte sie so sehr beunruhigt, daß sie beschlossen hatte, es sei an der Zeit, sich auf die lange Reise zu begeben, vor der ihr immer so gegraut hatte. Zeit, ihrem Gatten nach Hobart zu folgen.

Davids nächster Brief traf wenige Tage vor Ostern ein. Voller Stolz erzählte er von seiner blühenden Stadt am Ufer des Derwent und schloß wie gewöhnlich mit den Worten, sie möge doch nun wirklich kommen und die Kolonie besuchen. Maria weinte vor Erleichterung. Dieses Mal würde sie seine Einladung annehmen.

Er erwähnte auch, daß er bei seinem alten Freund Admiral Phillip eine Beschwerde eingereicht hatte, um Jorges Anspruch zu unterstützen, und darin einen scharfen Verweis an die Gefängnisverwaltung gefordert hatte, die einem dänischen Captain das Recht verweigerte, als Offizier behandelt zu werden.

Major Reynolds war außer sich vor Zorn, als der Befehl kam, Jorgensen zu entlassen. Er sandte mehrere Rückfragen ans Hauptquartier, um die Freilassung hinauszuzögern, und bat um Klarstellung; der Befehl sei doch sicher so zu verstehen, daß Jorgensen in ein Gefängnis für Offiziere überstellt werden solle. Doch die Antwort war unmißverständlich: Entlassung.

Von seinem hohen Fenster aus sah er zu, wie sich die

Gefängnistore für den Dänen öffneten, und war überzeugt, der Admiralität sei ein schwerer Fehler unterlaufen,
indem sie diesen Freibeuter, diesen Verbrecher, unterschätzte. »Aber ich werde ihn im Auge behalten«, murmelte er. »Mein Verdacht ist keineswegs ausgeräumt.«

8. KAPITEL

Beschwingt von Liebe und Glückseligkeit wirbelte Regal durchs Haus und traf ihre Vorbereitungen, hatte immer ein kleines Lied auf den Lippen, für jeden ein Lächeln ... Jorge war frei und erwartete sie.

Sie hatte einen Kurier angeheuert, der vor dem Gefängnis auf ihn wartete und ihm einen Brief übergab, in dem sie ihm riet, sich unverzüglich zu ihrem Haus auf der Insel zu begeben. Dort konnte er sich ausruhen und von den Strapazen seiner Gefangenschaft erholen.

Doch er konnte so starrsinnig sein und zog es immer vor, seine eigenen Pläne zu machen, so daß Regal befürchtet hatte, er könne ihre Einladung ausschlagen. Aber ihre Gebete waren nicht vergeblich gewesen. Er war dort und – oh, wie typisch für Jorge – enttäuscht, daß sie ihn nicht schon in ihrem Cottage erwartet hatte, ungeduldig sie endlich wiederzusehen, weil er sie brauchte. Sie trug seinen Brief gleich über dem Herzen, zusammengefaltet in ihrem Kleid versteckt.

Und nun war es Zeit aufzubrechen. Endlich würde sie Charles verlassen. Glücklicherweise war er wieder einmal in Schottland, so daß sie in Ruhe packen konnte, ohne sich auf eine lästige Aussprache einlassen zu müssen. Sie hatte alles genau geplant: Sie würde sich von Charles scheiden lassen, ihren geliebten Jorge heiraten und mit ihm nach Amerika gehen, wo er vor Kriegswirren sicher war.

Nachdem sie Leonard geschrieben hatte, um ihn von dieser Entwicklung in Kenntnis zu setzen, fiel ihr ihr Freund William Sorell ein, der sich mit ganz ähnlichen Problemen konfrontiert sah. Er hatte seine Frau verlassen, um mit Mrs. Kent zusammenzuleben, doch ihr Mann, ebenfalls ein Offizier, strebte eine strafrechtliche Verfolgung an. Er verklagte William wegen »krimineller Beziehungen zu seiner Ehefrau«, eine Umschreibung für Ehebruch. Der arme William, dachte Regal besorgt. Es hieß, er werde den Rechtsstreit vermutlich verlieren, und das würde ein hohes Bußgeld bedeuten. Schwer aufzubringen für jemanden, der von seinem Sold leben mußte. Doch es bewies die Tiefe seiner Gefühle für Mrs. Kent, und Regal war stolz auf ihn. Sie hoffte nur, Charles werde kein solches Theater machen. Aber selbst wenn. Sie würde zahlen, was immer man von ihr verlangte, und die Schuld im Scheidungsverfahren auf sich nehmen. Es war alles ganz einfach. Ihre Ehe war endgültig Vergangenheit.

Sie schrieb einen hastigen Brief an William und Mrs. Kent, machte ihnen Mut und wünschte ihnen Glück, und sie konnte einfach nicht widerstehen, ihnen von ihren eigenen Plänen zu berichten. Hier hatte sie niemanden, dem sie sich anvertrauen konnte, keine Menschenseele. Maria und Edwina würden entsetzt genug sein, wenn sie im nachhinein davon erfuhren. Aber sie würden schon darüber hinwegkommen.

Bonnie, die Zofe, hatte sich bereit erklärt, mit ihr zu gehen, und sie war beinah so aufgeregt wie Regal, als sie deren Habseligkeiten in mehrere Reisetruhen packte, damit sie auf die Insel gebracht werden konnten.

»Sonst wollen Sie nichts mitnehmen, Madam?« fragte Bonnie. »Sie haben all das wundervolle Silber gekauft, das wollen Sie doch wohl nicht zurücklassen?«

»Er kann es behalten«, erwiderte Regal fröhlich. »Ich

kann keinen überflüssigen Ballast gebrauchen. Wenn wir erst in Amerika sind, kaufen wir uns neues Silber.«

»Amerika? Wir fahren nach Amerika?« fragte Bonnie atemlos.

»So bald wie möglich. Es wird dir dort gefallen.«

»Oh, ganz bestimmt, Madam. Wer hätte je gedacht, daß ich mal eine so weite Reise machen würde? Ich bin Ihnen ja so dankbar, Madam, und Sie werden es nicht bereuen, mich mitgenommen zu haben. Sie können sich auf mich verlassen, ich werde gut auf Sie achtgeben.«

Manchmal dachte Regal, sie habe es irgendwie immer gewußt, schon an dem Tag als sie Pine Cottage zum ersten Mal gesehen hatte, daß es von einem romantischen Zauber umgeben war. Jetzt wurde es zu ihrem gemeinsamen Liebesnest, wo sie sich, frei von den Nöten der Außenwelt, wie in den Flitterwochen fühlen konnten.

Jorge hatte den struppigen Bart abrasiert und sich die Haare geschnitten, und unter Regals zärtlicher Fürsorge erholte er sich schnell. Sie weinte, als sie die grausamen Narben auf seinem Rücken sah und wie dürr und ausgezehrt er war, doch er lachte sie aus und nahm sie in die Arme. Es waren Tage und Nächte der Sinnlichkeit und des seligen Nichtstuns. Früh am Morgen schwamm Jorge nackt in der kalten See, und Regal sah ihm vom Strand aus zu, spürte den rauhen Wind und genoß das Bewußtsein, daß dieser leidenschaftliche Mann ganz ihr gehörte.

Die beiden Frauen setzten ihm gewaltige Mahlzeiten vor und hatten ihre Freude daran zuzusehen, mit welch großem Appetit er alles verzehrte. Er bestand darauf, daß Regal ihn auf langen Spaziergängen durch die Natur begleitete, die er zur Beschleunigung seiner Genesung unternahm, und sie liebte ihn nur noch mehr, weil er sie immer um sich haben wollte und nicht wie Charles alleine ausging und andere Gesellschaft suchte. Jeder Moment, den sie zusammen verbrachten, war erfüllt von ihrer Liebe, und so sollte es auch sein, dachte sie lächelnd. Wenn er sie ansah, konnte sie diese Liebe an seinen Augen ablesen. Wenn sie zusammen durch die Dünen streiften, legte er seine Arme um sie und blieb von Zeit zu Zeit stehen, um sie zu küssen, mit einer drängenden Zärtlichkeit, die ihr Herz schmelzen ließ. Und später kehrten sie in ihr Schlafzimmer zurück, wo er sie mit seiner Liebe für die lange Trennung entschädigte.

Schließlich traf der unvermeidliche Brief von Charles ein. Er war wutentbrannt, daß sie ihn einfach so verlassen hatte, und forderte ihre Rückkehr. Eine Scheidung kam für ihn unter keinen Umständen in Frage.

Über ihre Londoner Anwälte ließ sie ihm mitteilen, daß ihr Entschluß unumstößlich war. Sie wollte die Scheidung und wurde wütend, als die Monate ins Land gingen und Charles sich hartnäckig weigerte zuzustimmen. Jorge war es gleich. Er verstand nicht, was das ganze Theater sollte. »Ich will nicht über ihn reden.«

Es machte Regal nichts aus, es faszinierte sie höchstens, daß Jorge so von sich selbst erfüllt war, daß er ihr gemeinsames Leben als selbstverständlich ansah. Er sprach auch nie über Geld. Regal erkannte, daß es ihm recht war, daß sie sämtliche Rechnungen bezahlte, bis er entschieden hatte, was sie als nächstes tun sollten. Er hatte bislang nur deutlich gemacht, daß sie nicht für immer auf der Insel bleiben konnten, er war ein zu ruheloser Mensch, um ein Leben in Untätigkeit lange genießen zu können.

Dann kam der Tag, da er ihr sagte, er brauche Bargeld.

»Natürlich.« Sie lächelte wie eine hingebungsvolle Mutter. »Wieviel?«

»Eine ganze Menge. Vielleicht hundert Pfund. Es ist nicht für mich selbst, sondern für einen jungen Seemann namens Jacob Aasgaard, der in Yarmouth mit mir in einer Zelle gesessen hat. Es ging ihm gesundheitlich nicht sehr gut, und ich habe mir den Kopf darüber zerbrochen, wie ich ihn aus dem Gefängnis holen kann. Jetzt weiß ich die Antwort.«

»Du kannst seine Freilassung mit Geld erwirken?«

Jorge grinste. »Nicht offiziell, aber es gibt Mittel und Wege.«

»Warum konnte ich dich dann nicht freikaufen?«

»Weil dieser Junge nur ein einfacher Matrose ist. Sie haben kein Interesse an ihm. Reynolds wollte meinen Kopf, nicht seinen. Ich werde selbst nach Yarmouth fahren und seine Freilassung veranlassen.«

»Aber wie?«

»Mittels Bestechung, mein Liebling. Ein paar Pfund hier, ein paar Pfund da, vor allem für den Gefängnisarzt und ein paar Aufseher. Sie werden Jacob ganz schnell hinauswerfen, wenn sie glauben, daß er an einer Infektionskrankheit leidet.«

»Eine sehr kluge Idee. Ich komme mit.«

»Nein. Die Männer, die ich brauche, finde ich am ehesten in den Hafenspelunken, und die sind nicht der rechte Ort für dich. Außerdem ist meine Haft nur ausgesetzt, und ich habe keine Lust, Reynolds' Männer auf mich aufmerksam zu machen.«

»Nur ausgesetzt? Das hast du mir nicht gesagt.«

»Was bedeutet das schon?«

»Aber sie könnten dich aufhalten, wenn du das Land verlassen willst.«

»Wenn ich dieses Land verlassen will, dann werde ich einfach gehen.«

»Oh, Jorge, wenn irgend etwas schiefgeht mit der Befreiung deines Freundes, könnten sie dich wieder verhaften.«

Er küßte sie. »Es wird nichts schiefgehen. Bestechung ist das Herzblut eines jeden Gefängnisses.«

In dem festen Glauben, diese wenigen Tage würden ihre letzte Trennung voneinander sein, fügte Regal sich in das Unvermeidliche, aber sie sorgte sich um ihn. Sie vertrieb sich die Zeit damit, ihre versäumte Korrespondenz nachzuholen, schrieb freundliche aber keineswegs zerknirschte Briefe an Maria und Edwina, eine Nachricht an Leonard und eine sehr deutliche Aufforderung an ihre Anwälte in London, die immer noch keine finanzielle Abmachung mit Charles getroffen hatten. Sie sollten eine Abfindung aushandeln, die er erhalten sollte unter der Bedingung, daß er die Scheidung einreichte. »Es ist nicht Ihre Sache, um meinen Ruf besorgt zu sein«, schrieb sie. »Da es mir nicht möglich ist, die Scheidung selber zu betreiben, müssen Sie ihn überreden, das Verfahren umgehend einzuleiten.«

Zwei Wochen vergingen ohne ein Wort von Jorge, und Regal wurde unruhig. Sie hatte das Gefühl, den Kontakt zur Welt verloren zu haben, und wußte nichts mit sich anzufangen. Selbst das Wetter schien zu ihrer Langeweile beitragen zu wollen, der scharfe Wind machte Spaziergänge unmöglich. Schließlich steigerte er sich zu einem furchtbaren Sturm, der beinah das Dach vom Haus riß. Donner grollte, und Regen prasselte auf die Insel nieder. Regal war zu nervös, um zu schlafen, und saß spät nachts am Feuer zusammengekauert, als plötzlich ein lautes Hämmern die verriegelte Tür erzittern ließ. Erschrocken sprang sie auf.

Es war Jorge, endlich wieder daheim. Er war bis auf die Haut durchnäßt, doch er zog sie an sich, schloß sie in die Arme und küßte sie. Erst dann bemerkte sie, daß er nicht allein war.

»Dies ist mein Freund Jacob«, sagte Jorge und wies auf den stämmigen Mann in einer tropfenden Öljacke hinter ihm.

»Der arme Jacob ist ein schwerkranker Mann«, lachte er.

Regal fand, er sah eigentlich nicht besonders krank aus, doch sie hieß ihn willkommen. »Ich freue mich, Sie kennenzulernen, Jacob. Was fehlt Ihnen? Kann ich helfen?«

»Niemand hat mir gesagt, was vorging«, antwortete Jacob, immer noch ein wenig verwirrt. »Der Doktor hat mir irgendeine Medizin gegeben, von der meine Innereien fast nach außen gekehrt wurden. Ich war so krank und hatte solche Schmerzen, daß ich dachte, sie tragen mich auf den Friedhof, als sie mich hinausbrachten.« Er grinste Jorge an. »Aber draußen wartete der Captain auf mich und lachte und lachte.«

»Es hat nur einen Tag gedauert, bis er wieder auf den Beinen war«, fügte Jorge hinzu.

»Eins steht fest, ich werd' Ihnen niemals genug danken können, Captain«, sagte Jacob. »Ein Gefängnis ist ein schrecklicher Ort für einen Seemann. Ich hätte es nicht mehr sehr viel länger ausgehalten, dort eingesperrt zu sein.«

Sie kehrten zu ihrem beschaulichen, häuslichen Leben zurück, und Jacob tat alles, um sich nützlich zu machen: Er half Bonnie bei den Arbeiten im Haus, die ein wenig mehr Kraft erforderten, bot gar an, das Cottage frisch zu kalken. Er war still und zurückhaltend, und obwohl er die Mahlzeiten mit Regal und Jorge zusammen einnahm, war er stets bemüht, sich nicht aufzudrängen. Er sah immer noch voller Ehrfurcht zu seinem Captain auf.

Eine Veränderung schien mit Jorge vorgegangen zu sein, jetzt da Jacob frei war. Er hatte Bücher und Seekarten aus Yarmouth mitgebracht und verbrachte viel Zeit damit, sie zu studieren. Außerdem begann er einen Briefwechsel mit einem Mann in London. Als Regal ihn danach fragte, sagte er ihr lediglich: »Mach dir keine Sorgen. Es ist etwas Geschäftliches. Ich muß doch irgendwann mein normales Leben wiederaufnehmen.«

»Und was wirst du tun?«

»Ich bin noch nicht sicher.«

Regal war verstimmt, daß er ihr nichts Näheres über seine Pläne sagen wollte, selbst wenn er noch nichts entschieden hatte. »Aber du gehst nicht zurück zur Marine?« fragte sie.

Er lächelte. »Es gibt keine dänische Marine mehr. Für mich ist der Krieg vorbei.«

»Gott sei Dank.«

Doch als er schließlich seine Entscheidung traf, war Regal vollkommen unvorbereitet.

»Morgen kehren wir nach London zurück«, verkündete er an einem ruhigen Morgen beim Frühstück. Die beiden Männer hatten mit beachtlichem Appetit Porridge, Eier und Lammkoteletts vertilgt und machten sich nun über die Reste des frischen Sauerrahmbrotes her.

Wie aufs Stichwort erhob Jacob sich vom Tisch und ging hinaus. Er war noch sehr jung, erst einundzwanzig, noch größer als Jorge und mit dichtem, weißblondem Haar, glatter Haut, kräftig und muskulös gebaut. Jorge sagte, Jacob sei typischer für die Menschen in Skandinavien als er selbst. Er behauptete, neben nordischen Männern wie Jacob sähen die griechischen Götter aus wie alberne Schwuchteln. Und als Regal sich erkundigte, was genau eine Schwuchtel sei, hatte er dröhnend gelacht. »Darüber solltest du dir nicht den Kopf zerbrechen, Liebling.«

Regal wünschte, er wäre nicht so brüskierend in seinen Entscheidungen. So war es immer: Es war Jorge, der entschied, wann sie zu Bett gingen, der bei Sonnenaufgang das ganze Haus aufweckte, der beschloß, wann es an der

Zeit sei auszugehen oder welcher Tag dem Fischen gewidmet wurde. Es machte ihr nichts aus. Sie wünschte nur ...

»Hast du mich gehört, Regal?«

»Sicher. Wir fahren nach London zurück. Denkst du nicht, du hättest das mit mir besprechen sollen, statt mich einfach vor vollendete Tatsachen zu stellen?«

»Es hätte keinen Unterschied gemacht. Ich muß in jedem Fall nach London. Wenn du es vorziehst hierzubleiben, tu es ruhig.«

»Darum geht es nicht. Ich werde mit dir kommen, aber laß es nicht wie einen Befehl klingen.«

Er stand auf. »Rede kein dummes Zeug. Gib dem Mädchen Bescheid, es soll anfangen zu packen.«

Regal schenkte sich noch eine Tasse Kaffee ein. Sie sah keine Notwendigkeit darin, Bonnie vorzeitig in Aufregung zu versetzen.

Ihre Reaktion ärgerte ihn. »Was willst du eigentlich? Daß ich hierbleibe und nichts tue? Für alle Ewigkeit? Ist es das, wovon du heimlich träumst?«

Sie sah ihn unverwandt an. Er verstand nicht, daß es nur sein Befehlston war, der sie störte. Und dann lachte sie. »Träumen! Erzähl du mir nichts von Träumen. Hättest du auf mich gehört, hättest du nicht ein Jahr im Gefängnis verbracht.«

»Vielleicht nicht. Aber wenn ich von nun an zur See fahre, werde ich es wieder als Kapitän tun, mein eigener Herr sein. Das Jahr war der Preis, den ich zu zahlen hatte.«

»Es war ein verschwendetes Jahr«, widersprach sie.

»Nein. Hör zu, Regal. Es ist nicht meine Schuld, daß du eine Frau bist, also laß deinen Groll nicht an mir aus. Ich habe Pläne, und ich habe die Absicht, sie in die Tat umzusetzen. Wenn das bedeutet, daß du eine Zeitlang an zwei-

288

ter Stelle stehst – und ich weiß, wie sehr du das verabscheust – dann ist es eben nicht zu ändern. So sind die Dinge nun einmal.«

»Aber warum müssen die Dinge so sein?«

Er beugte sich zu ihr hinunter und küßte sie. »Weil du so dumm warst, dich in einen Captain zu verlieben, und die fahren nun mal zur See.«

»Tatsächlich?« Regal lächelte und ließ das Thema fallen. Seine Haftentlassung war nur vorläufig. Wer würde ihm unter diesen Bedingungen ein Schiff anvertrauen? Er würde sich ein neues Land suchen müssen, und da war immer noch Amerika. Sie war sicher, früher oder später würde er die Dinge ebenso sehen wie sie.

»Wie sehen deine Pläne aus?« fragte sie.

»Ich bin noch nicht sicher, was ich eigentlich will. Aber ich habe uns in der Euston Road eine Unterkunft besorgt.«

»Euston Road? Das ist ganz in der Nähe von Woburn Place.«

»Stellt das ein Problem dar?«

»Nein, vermutlich nicht. Was für eine Unterkunft?«

»Ich habe ein Haus gemietet. Der Eigentümer schreibt, es sei sehr sauber und neu möbliert. Für ein Weilchen wird es reichen.«

»Und was geschieht danach?«

»Irgendwann werden wir England verlassen.«

Regal war überglücklich. »Oh, Jorge, Gott sei Dank!«

Es kam ihr nicht in den Sinn, daß sie ihn mißverstanden haben könnte. Sie sprach immerzu von Amerika und daß sie einfach dorthin gehen sollten ...

Doch Jorge gab ihr keine Gelegenheit, ihr bevorzugtes Thema zur Sprache zu bringen. »Sag, Regal, wenn wir wieder in London sind, könntest du für mich ein Treffen mit Edwinas Mann arrangieren? Diesem Kaufmann, Cameron Spencer?«

»Ja, warum?«

»Ich möchte einfach etwas mit ihm besprechen. Es ist zu kompliziert, um es jetzt zu erklären.«

Regal konnte sich kaum vorstellen, daß Cameron Spencer einen komplizierten Sachverhalt besser als sie durchschauen würde, aber es war nicht wert, darüber zu streiten. Außerdem war sie in Gedanken schon auf dem Weg nach Amerika, und das nahm sie weitaus mehr in Anspruch als diese Unterhaltung.

Als sie später an diese Szene zurückdachte, wurde ihr klar, warum er es ihr verschwiegen hatte. Er wußte sehr genau, daß sie ihm ihre Unterstützung verwehrt hätte, dafür war sein Plan einfach zu verwegen. Möglicherweise hätte sie ihn gar ausgelacht.

Edwina hatte Regal Howth und ihren Liebhaber zum Essen einladen wollen, aber Cameron meldete Bedenken an. »Du kannst Mrs. Howth einladen, wann immer du willst. Ich würde niemals deinen Kontakt zu ihr als Freundin unterbinden wollen. Aber sie als Paar einzuladen, nein, das kommt nicht in Frage. Es ist wirklich ein Skandal. Sie leben in aller Offenheit zusammen.«

Also hatte Edwina allein mit Regal gesprochen und kehrte heim mit Captain Jorgensens Bitte, Cameron möge ihn zu einem kurzen Gespräch empfangen. »Sie sagen, es sei wichtig, also habe ich vorgeschlagen, er soll heute abend herüberkommen.«

»Edwina, hast du es etwa schon vergessen? Samuel Phelps und seine Frau sind heute abend zum Essen hier.«

Es war erstaunlich, wie vergeßlich Edwina manchmal war, wenn es um gesellschaftliche Verpflichtungen ging. Anfangs hatte er es ihr als mangelndes Interesse an seinen Freunden ausgelegt und war gekränkt gewesen, doch schließlich hatte er sich mit ihrer Zerstreutheit abgefunden. Er wußte inzwischen, daß keine böse Absicht dahintersteckte.

»O je, was machen wir denn da?« fragte sie.

»Schon gut. Laß ihn nur kommen. Ich würde gerne mehr über die Märkte in der Südsee erfahren, und ich wette, Samuel ist ebenso neugierig. Das Problem ist nur, ich bin nicht sicher, daß es Mrs. Phelps recht wäre, mit einem solchen Menschen an einem Tisch zu sitzen. Er war im Gefängnis ... und dazu noch die private Situation ...«

»Warte nur, bis sie ihn sieht«, erwiderte Edwina lachend.

Er sah sie mißbilligend an. »Und was soll das bitte schön heißen?«

»Ach, nichts weiter. Aber er kann ein sehr unterhaltsamer Gast sein, weißt du.«

Auch wenn er es nie zugegeben hätte – Camerons Neugier wuchs.

Sein Vater war Arbeiter in einer Spinnerei gewesen, hatte sich weitergebildet, eine Position als Angestellter erreicht und mit harter Arbeit, Hartnäckigkeit und geborgtem Kapital schließlich die erste einer Reihe eigener Baumwollspinnereien erworben. Er vererbte das gutgehende Geschäft an Cameron, der selbst einiges erreicht hatte, aber kein Geld der Welt konnte einem Mann den sozialen Aufstieg in jene adelige Gesellschaft erkaufen, zu der beispielsweise der Ehrenwerte Charles Howth und seine handverlesenen Freunde zählten, eine Tatsache, die Cameron seit jeher erzürnt hatte.

Für Frauen sah die Situation anders aus. Regal war reich und hatte sich mit ihrem Geld einen Adelstitel gekauft. Cameron hatte Charles Howth nie leiden mögen, mit seinem hochtrabenden Geschwätz und seiner überheblichen Art. Auch wenn sie sich bei vielen Gelegenheiten begegnet waren, hatte Charles ihn noch nie in seinen Club eingeladen oder seinen Freunden vorgestellt, und sie wußten beide, daß das auch niemals geschehen würde. Die Abgrenzungen zwischen den gesellschaftlichen Schichten waren klar definiert, und diese Menschen hüteten ihre exklusive Position eifersüchtig. Die Klassenschranken standen ebenso unverrückbar wie die chinesische Mauer.

Und dann kam dieser dänische Captain daher und lief mit Howths Frau davon! Cameron und sein Freund Samuel empfanden das als einen gigantischen Witz, einen Schlag ins Gesicht für diese eingebildeten Fatzken der feinen Gesellschaft. Regal hatte Howth mitsamt seinem Titel eine Abfuhr erteilt. Doch ihren Frauen gegenüber wahrten sie beide die Maske der Mißbilligung. Ein solches Benehmen durften Männer nicht öffentlich gutheißen.

Er schickte Samuel Nachricht, daß ein weiterer Gast sich ihnen anschließen würde. Von Edwina wußten sie beide, daß Regal sich geweigert hatte, Charles ihr Vermögen zu überlassen, und daß er einfach nicht an ihr Geld herankam. Cameron und Samuel hatten gern und häufig darüber gelacht. Jetzt da Regal wieder in London war, hoffte Cameron, sich bald einmal in Ruhe mit ihr unterhalten zu können. Vermutlich konnte sie den Rat eines Geschäftsmannes mit seiner Erfahrung sehr gut gebrauchen. Jorgensen war dabei eine unbekannte Größe. Er fragte sich, wieviel Einfluß er auf Regal hatte. Und dann fing er an sich zu sorgen. Hatte er Regal beleidigt, indem er sich weigerte, sie zusammen zu empfangen? Vielleicht hatte er einen Fehler gemacht.

»Captain Jorgensen, willkommen in meinem bescheidenen Heim.« Cameron führte seinen Gast persönlich in den Salon, denn Edwina war immer noch oben und machte sich zurecht.

Der Däne war ordentlich gekleidet. Er trug einen weiten schwarzen Gehrock, Hosen aus gutem Tuch und ein

Hemd mit hohem Spitzenkragen. Cameron selbst bevorzugte elegantere Abendgarderobe mit phantasievollen Westen, aber vermutlich konnte man von einem Seemann nicht erwarten, daß er sich nach der Mode richtete.

»Wir erwarten noch weitere Gäste«, erklärte er. »Das war Edwina leider entfallen. Ich hoffe, wir haben Regal dadurch nicht vor den Kopf gestoßen. Sie liegt uns nämlich sehr am Herzen.«

Jorgensen grinste breit. »Nun, besonders glücklich war sie nicht. Diese Dame kann es einfach nicht leiden, ausgeschlossen zu werden.«

»Ach herrje.« Cameron fand die Offenheit des Dänen reichlich unangebracht. Ein Gentleman hätte behauptet, sie habe schon anderweitige Verpflichtungen gehabt. »Darf ich Ihnen ein Glas Wein anbieten, Captain?«

»Rum, wenn Sie haben, Sir.«

»Ja. Selbstverständlich.«

Sie leerten mehrere Gläser, während sie auf die anderen Gäste warteten, und später entschied Cameron, daß der Rum schuld daran war, daß er sich auf einen so riskanten Plan eingelassen hatte. Sein Vater hatte ihm beigebracht, es gebe kein leicht verdientes Geld. Jedes scheinbar unwiderstehliche Angebot müsse zwangsläufig einen Haken haben. Doch es war faszinierend, in seinem eigenen Salon zu sitzen und mit einem Mann zu reden, der sich als Personifikation seiner eigenen Kindheitsträume erwies: Jorgensen war auf allen Weltmeeren gesegelt, durch Hurrikans und haushohe Wellen. Er hatte unter der Totenkopfflagge auf dem Deck von Piratenschiffen gestanden und mit Entermesser und Säbel gegen feindliche Walfänger gekämpft. Er kannte die wunderschönen, braunhäutigen Frauen der pazifischen Inseln, die Röcke aus Gras trugen und ihre Hüften schneller schwangen, als ein Mann mitzählen konnte.

Nun bedauerte es Cameron fast, Meg Phelps auch eingeladen zu haben. Er und Samuel hätten einen wunderbaren Abend mit diesem Draufgänger verbringen und über pikantere Themen reden können, als es in der Gesellschaft von Damen möglich war.

Der Captain sah sich im Raum um und entdeckte sich in einem hohen, goldumrahmten Spiegel. »Was halten Sie von dieser feinen Verkleidung?« fragte er, als sie den Türklopfer hörten. »Sehe ich korrekt aus?«

»Natürlich«, erwiderte Cameron, erfreut, daß sie innerhalb kurzer Zeit zu einem so vertraulichen Umgang gefunden hatten. »Ihr jungen Männer habt Glück, ihr braucht euch keine Gedanken um eure Bäuche zu machen.«

Dann führte Edwina Samuel und Meg herein, und die Gäste wurden einander vorgestellt. Meg Phelps flüsterte hinter ihrem gewaltigen Elfenbeinfächer: »Meine Güte, sieht der gut aus!« und die Damen belegten Jorgensen mit Beschlag.

Nach dem Essen waren die Männer ein Weilchen unter sich, und der Captain verschwendete keine Zeit: »Mr. Phelps, soweit ich weiß, handeln Sie mit Lebensmitteln und versorgen vornehmlich die Märkte in größeren Städten?«

»So ist es. Ich bin für die Lebensmittel und die verderbliche Ware zuständig, Cameron für die Textilwaren.«

»Gut. Also, Gentlemen, was würden Sie sagen, wenn ich Ihnen für Ihre Waren einen neuen Markt eröffnen würde, auf dem Sie konkurrenzlos wären? Wären Sie interessiert?«

Samuel lachte. »So etwas gibt es nicht.«

»Doch.«

»Wo?« fragte Cameron, knöpfte seine Weste auf und genoß es, nicht länger darin eingezwängt zu sein.

»Das kann ich Ihnen jetzt nicht sagen. Aber wenn ich diesen Handel aufbaue, werde ich Lieferanten von einwandfreiem Ruf benennen müssen, die langfristig große Lieferverträge erfüllen können.«

Samuel griff nach seinem Portwein. »Ist dieser Markt groß genug, um für Cameron und mich von Interesse zu sein? Wir beliefern keine Dorfmärkte, wissen Sie.«

»Es ist ein Exportmarkt«, erklärte Jorgensen. »Ein sicherer. Da heutzutage niemand besonders viel exportiert, könnte ich mir vorstellen, daß die meisten Kaufleute eine neue Absatzmöglichkeit ganz gut gebrauchen können.«

»Das ist wahr«, bemerkte Cameron.

»Für meinen Geschmack klingt das alles ziemlich windig«, brummelte Samuel. »Aber wenn Sie wirklich einen neuen Exportmarkt entdeckt haben, sind wir sehr interessiert. Sobald Sie die Karten auf den Tisch legen, Captain, werden wir uns ernsthaft mit der Angelegenheit befassen.«

»Danke. Das war alles, was ich wissen wollte. Und wenn Sie mich jetzt entschuldigen wollen, ich muß gehen. Ich habe Regal versprochen, nicht allzu spät zurückzukommen.«

Cameron fragte sich, warum er so beunruhigt war. Lag es an den Gedanken, die er sich wegen Regal machte? Vielleicht ließ ja einfach nur die Wirkung des Alkohols nach. Er lauschte den anderen, die sich über den bereits verabschiedeten Gast unterhielten und einhellig der Ansicht waren, daß es ein ausgesprochen unterhaltsamer Abend gewesen sei. Und das war es auch. Es gab überhaupt keinen Grund für diese unterschwellige Nervosität. Er schenkte sich noch einen Brandy ein.

Konteradmiral Arthur Phillip hatte eine schwere Grippe hinter sich und war noch nicht ganz wiederhergestellt. Er wußte, er hätte die Reise nach London eigentlich noch nicht wagen dürfen, doch wer sich nicht sehen ließ, wurde gar zu schnell vergessen. Und er hatte nicht die Absicht, sich ausgerechnet jetzt zur Ruhe zu setzen, da ein solches Durcheinander in der Welt herrschte. Außerdem waren Briefe von seinen Freunden in den Kolonien angekommen, die er beantworten mußte, denn er pflegte diese Kontakte nach wie vor und gab Ratschläge, wenn er darum gebeten wurde. Er seufzte. Mit über siebzig hatte er sich damit abgefunden, daß er sein geliebtes Sydney nicht wiedersehen würde, doch es stimmte ihn traurig. Mit welch großen Hoffnungen sie damals aufgebrochen waren, und Neusüdwales hatte sie alle noch übertroffen. Sie hatten nach den Sternen gegriffen und ein ganzes Universum gefunden. Der Stolz auf diese Leistung würde ihn für den Rest seiner Tage erfüllen.

Doch nun saß er in seinem muffigen Dienstzimmer mit Blick auf die Themse. Ein letzter Termin stand für heute noch an, dieser junge Däne, für den Davey Collins sich verwendet hatte. Er schüttelte den Kopf bei der Erinnerung an die Bombardierung von Kopenhagen. Wären sie von vornherein nicht so überheblich mit den Dänen umgesprungen, hätte all das vermieden werden können, und die Dänen säßen jetzt nicht auf Rache sinnend in den Trümmern ihrer Stadt. Er blätterte Jorgensens Akte durch. Er kannte sie bereits, doch ein weiteres Schreiben war hinzugekommen, von einem Major Reynolds, Gefängniskommandant in Yarmouth.

Während Phillip las, richtete er sich immer weiter auf, und die Haare in seinem Nacken sträubten sich. Dieser Kerl wagte es, ihn zu kritisieren, und behauptete, Jorgensen hätte niemals freigelassen werden dürfen. Was für eine Frechheit! Vermutlich einer von diesen geleckten Armeeoffizieren, die glaubten, sie könnten überall unaufgefordert ihre Meinung kundtun. Phillip schnaubte. Und wäre es ihm in den Sinn gekommen, jeden Mann der verdammten dänischen Marine freizulassen, so stünde diesem ausstaffierten Gefängniswärter immer noch kein Urteil darüber zu.

Finster sah er auf das Schreiben hinab. »… kommandierte ein Freibeuterschiff unter der Flagge der dänischen Marine.« Und was für eine Haarspalterei war das? Für welche Marine hätte der Däne denn wohl sonst kämpfen sollen? Er war aus dem Südpazifik heimgekommen und fand sein Land in Not, also meldete er sich freiwillig. Himmelherrgott noch mal, manche dieser Armee-Bengel waren gar zu sehr von sich eingenommen! Dabei hätte er gewettet, daß dieser Reynolds in seinem Leben noch keinen ernsthaften Kampf gesehen hatte. War er nicht selbst aus Neusüdwales heimgekommen in der Absicht, sich zur Ruhe zu setzen, und hatte statt dessen das Kommando der *Blenheim* übernommen? Und wenn er in Kriegsgefangenschaft geraten wäre, hätte nicht auch er gehofft, daß seine Freunde sich um seine baldmöglichste Freilassung bemühten? Er verabscheute die gehässige, zänkische Art dieser Schreibtischsoldaten.

Der Sekretär steckte den Kopf zur Tür herein. »Mr. Jorgensen ist noch hier draußen, Sir.«

»Ich weiß«, schnauzte Phillip in seiner typisch abgehackten Sprechweise. »Er ist Seemann, die sind geduldig. Also wird er warten.«

Er wandte sich wieder der Akte mit der amüsanten Aufschrift »Ein Däne namens Jorgensen« zu. Mehr aus Nostalgie denn aus aktuellem Anlaß blätterte er sie durch. Die Namen brachten ihm die Wärme jenes sonnigen Landes am anderen Ende der Welt in Erinnerung und die blaue Schönheit des Hafens von Sydney. Er konnte den markanten Duft von Eukalyptus förmlich riechen.

»Schicken Sie ihn rein!« brüllte er durch die geschlossene Tür.

Phillip, ein kleiner, untersetzter Mann, erhob sich, als

der Däne eintrat, und nahm ihn in Augenschein wie einen Matrosen an Deck seines Schiffes. Jorgensen war ein großer Kerl, ein typischer Däne bis auf die dunklen Haare. Sie waren gute Seeleute, die Dänen: stark und ruhig, nichts konnte ihnen so leicht Angst einjagen.

»Ha! Jorgensen! Mir scheint, Sie wären besser da unten bei Collins in Hobart geblieben!«

Jorgensen grinste. »Das habe ich mir an jedem langen Tag in Yarmouth auch gesagt.«

»Ich könnte mir vorstellen, auf Ihren Reisen haben Sie Schlimmeres als das erlebt.«

»Sicher. Trotzdem ist es hart für einen Mann, eingesperrt zu sein. Aber Port Phillip, das nach Ihnen benannt ist, war auch nicht gerade ein Zuckerschlecken.«

»Ja, es muß schlimm gewesen sein, wenn sogar einer wie Collins die Kolonie aufgegeben hat. Was war das Problem?«

»Alles. Wir haben uns auf der Ostseite des Vorgebirges niedergelassen, doch dort war dichtes Buschland. Wenig Wild und noch weniger Wasser. Es ging ein Gerücht, irgendwo ergieße sich ein großer Fluß in die Bucht, aber bis wir den gefunden hatten, hatte der Colonel genug. Seine Ansiedlung am Derwent hat hingegen von Anfang an funktioniert.«

»Ja, es beweist die Ausdauer und Entschlossenheit dieses Mannes, daß er nicht einfach nach Sydney zurückgehinkt kam und um Ablösung gebettelt hat. Nehmen Sie Platz, Mr. Jorgensen.«

Er wies auf einen Stuhl, doch sein Besucher nahm erst einmal Haltung an. »Sir, ich bin gekommen, um Ihnen für Ihre Hilfe zu danken und Ihnen dies hier zu bringen.« Er zog eine Flasche aus einer der tiefen Taschen seines Umhangs hervor. »Es ist nur eine Kleinigkeit, aber ich kann die Marke empfehlen.«

Phillip war hocherfreut. Nicht viele Leute machten sich die Mühe, einem alten Admiral etwas zu schenken, und dies hier, das wußte er, kam von Herzen.

»Es ist der beste weiße Jamaika-Rum, den ich auftreiben konnte«, sagte Jorgensen.

Der Admiral sah auf das Etikett. »Bei Gott, es gibt keinen besseren. Ich danke Ihnen. Und jetzt, da Sie ein freier Mann sind, welche Ihrer vielen Marinelaufbahnen wollen sie wieder aufnehmen?«

»Keine, Sir. Ich ziehe es vor, meinen Kurs von jetzt an selbst zu bestimmen.«

»Verstehe. Nun, ich bin erfreut, Sie kennenzulernen, Jorgensen. Es ist nicht so einfach, Berichte aus erster Hand aus den Kolonien zu bekommen. Collins vollbringt dort unten Großes, habe ich mir sagen lassen.«

»Ja, Sir. Van Diemens Land ist ein wunderbares Land. Es hat mehr Ähnlichkeit mit England als mit dem australischen Festland. Es ist grüner.«

»Tatsächlich?«

Die beiden Männer redeten, bis es dunkel wurde. Details waren es, die Phillip hören wollte. Details. Keine nüchternen Berichte, die die menschliche Seite des rauhen Lebens in den Kolonien übergingen. Er genoß es, mit dem jungen Jorgensen über diese Dinge sprechen zu können, ohne allzu neugierig zu erscheinen. Von ehemaligen Gouverneuren wurde erwartet, daß sie ihre Unternehmungen in der Fremde vergaßen, sobald sie wieder daheim waren. Ein anhaltendes Interesse wurde leicht als Einmischung interpretiert.

»Ich kann mir nicht helfen, aber ich glaube, Sie hätten in der britischen Marine bleiben sollen«, sagte Phillip schließlich. »Sie hätten eine große Karriere vor sich gehabt. Doch jeder Mann muß seine eigenen Entscheidungen treffen. Es wird spät, ich muß meinen Laden hier dichtmachen.«

»Natürlich, Sir.« Jorgensen sprang auf. »Es tut mir leid, ich habe Sie aufgehalten.«

»Keineswegs. Kommen Sie bald wieder, dann reden wir weiter.«

»Ja, Sir. Ich würde gerne mit Ihnen über die Situation in Island reden.«

»Was ist mit Island?«

»Nun, in aller Kürze, Sir, damit ich Sie nicht noch länger aufhalte: Der Krieg hat Island schwere Zeiten beschert, das Land leidet furchtbar unter der Lebensmittelknappheit. Wenn England eine helfende Hand ausstrecken würde, wären die Isländer ewig dankbar.«

»Und wie sollen wir das anstellen?«

»Indem Sie mir ein Schiff geben, um Lebensmittel dorthin zu bringen.«

»Ein Schiff? Nicht gerade ein sehr bescheidener Wunsch. Ich weiß nicht so recht, mein Junge. Aber woher würden Sie denn die Lieferungen beziehen?«

»Ich habe Kaufleute an der Hand, die das Risiko eingehen würden.«

»Ich hoffe, Sie erwarten keine Marineeskorte.«

»Nein, ich brauche keine Eskorte.«

»Und wo sollen wir ein Schiff hernehmen?«

»Wie wäre es mit einem der beschlagnahmten dänischen Schiffe?«

Phillip griff nach seinem Rock, während er darüber nachsann. »Ich weiß nicht recht. Sie müßten unbewaffnet fahren. Die Tage, da Sie bewaffnete Schiffe in unseren Gewässern kommandiert haben, sind vorüber.«

»Das ist mir klar. Keine Waffen, nur Vorräte.«

»Und woher würden Sie die Mannschaft nehmen?«

»Englische Matrosen, Freiwillige. Um die Ehrlichkeit meiner Absichten unter Beweis zu stellen.«

Der Admiral ging zu der großen Karte an der Wand hinüber. »Island leidet nicht nur wegen der Blockade und dem Verlust der dänischen Flotte, sondern auch weil sie dort wirklich gefährliche Gewässer haben. Es ist ein gewaltiges Risiko.«

»Ich bin bereit, dieses Risiko einzugehen.«

»Sie vielleicht, aber was ist mit Ihrer Mannschaft? Warum sollten die das Risiko auf sich nehmen wollen?«

Jorgensen zuckte die Achseln. »Weil ich es schaffen werde, Admiral. Ich verspreche es Ihnen. Ich verbürge mich für die Sicherheit eines jeden Mannes an Bord meines Schiffes.«

Phillip sah auf die Karte. »Tja.« In seiner Stimme klang immer noch Skepsis durch. »Es ist ein außergewöhnliches Ansinnen. Lassen Sie mich ein Weilchen darüber nachdenken. Kommen Sie am Montag wieder, und wenn ich zu dem Schluß gekommen bin, daß es eine durchführbare Idee ist, werde ich dafür sorgen, daß Sie über Ihren Vorschlag mit einigen Leuten hier reden können.«

Es galt derzeit als unpatriotisch, französische Weine auf den Tisch zu bringen, darum lief der Handel schleppend. Samuel packte zwölf Flaschen in Stroh gebettet in eine Kiste und gab sie Cameron mit. »Ein Geschenk für Edwina«, sagte er. »Als Dank für das wunderbare Essen neulich.« Er rief einen seiner Angestellten herbei und wies ihn an, die Kiste zu Camerons Kutsche hinauszubringen. »Und sei ja vorsichtig damit!« rief er ihm nach. »Wenn du sie fallen läßt, mußt du sie bezahlen!«

»Das ist sehr freundlich von dir, Samuel«, sagte Cameron. »Wir wissen es zu schätzen. Sag, ist Captain Jorgensen schon hier?«

»Nein. Laß uns in mein Büro hinaufgehen und dort auf ihn warten.«

Cameron folgte ihm die enge Holztreppe hinauf in ein

Zwischengeschoß, von dem aus man das gesamte Lagerhaus überblicken konnte: ein schwindelerregendes Gewirr aus Waren – auf Regalen aufgestapelt oder zu unordentlichen Hügeln aufgehäuft –, die nahezu den ganzen Boden bedeckten. Cameron fragte sich, wie man in diesem Durcheinander jemals etwas finden konnte, aber so war Samuel nun einmal. Oben war es genauso schlimm. Der Schrank mit den Teetassen mußte zugleich als Aktenablage herhalten, und es gab kaum genug Platz zwischen all den Tischen, Kisten und Körben, um sich auch nur umzudrehen. In einer Ecke lehnte eine Teppichrolle und setzte Staub an, ein halbes Dutzend ausgestopfter Vögel hockten auf einem Korbtisch, lehnten aneinander wie Betrunkene. Cameron behauptete, er handele mit Lebensmitteln, doch in Wahrheit kaufte und verkaufte er einfach alles. Einem günstigen Angebot konnte er nie lange widerstehen.

Samuel scheuchte eine rotgetigerte Katze aus einem verschlissenen Sessel, damit sein Gast Platz nehmen konnte. »Wenn ich ehrlich sein soll, Cameron, fing ich schon an zu glauben, der Captain habe uns vergessen, oder seine großen Pläne hätten sich zerschlagen.«

»Das dachte ich auch. Aber wie es scheint, hat er mit ein paar Herren der Admiralität gesprochen.«

»Der *Admiralität*? Was treibt er nur? Ich habe nicht das geringste Interesse daran, daß diese Leute ihre Nasen in meine Angelegenheiten stecken. Außerdem hat die Marine ihr eigenes Nachschubsystem. Wie sollte Jorgensen da hineinpassen?« Er suchte sich einen Weg hinter seinen Schreibtisch und ließ seine schmale Gestalt in einen reichverzierten Stuhl sinken, der schon bessere Tage gesehen hatte. Samuel fluchte, als sein weiter Samtärmel sich an einer geschnitzten Armlehne verfing.

»Mehr kann ich dir auch nicht sagen. Ich weiß nur, daß

er Gespräche mit der Admiralität geführt hat, weil er ein Schiff von ihnen will.«

»Ein Schiff?« Samuel zündete sich eine Zigarre an. »Hältst du es für möglich, daß er nicht ganz richtig im Kopf ist?«

Cameron kratzte sich am Hals. Von all dem altem Staub hier bekam er immer Juckreiz. »Es klingt wirklich merkwürdig, aber Regal sagt, er war jeden Tag der vergangenen Woche dort, also muß er mit irgendwem Gespräche führen.«

»Meine Güte, Cameron, wenn ich wollte, könnte ich auch jeden gottverdammten Tag zur Admiralität gehen und irgendwen dort nach der Uhrzeit fragen. Das heißt noch lange nicht, daß sie mir deswegen gleich ein Schiff überantworten. Jesus, warum verschwenden wir eigentlich unsere Zeit mit diesem Kerl?«

»Ich bin geneigt, dir recht zu geben. Aber ich hatte zugesagt, wir würden ihn heute anhören, also sollten wir es auch tun. Regal kam gestern zum Lunch herüber und erzählte, er sei von irgendwelchen hohen Tieren empfangen worden.«

»Regal? Ist das nicht seine Geliebte? Die feine Dame, die mit ihm durchgebrannt ist?«

Cameron fuhr leicht zusammen. Es war ein Fehler gewesen, ausgerechnet sie als seine Informationsquelle zu zitieren.

Samuel lachte. »Eine solche Frau läßt sich alles weismachen.«

»Du irrst dich. Regal ist alles andere als dumm.«

»Da gebe ich Ihnen recht«, sagte eine tiefe Stimme hinter ihnen.

Cameron fuhr herum und entdeckte Jorgensen auf dem Treppenabsatz. Sie hatten ihn nicht heraufkommen hören. Er versuchte, ihre Unterhaltung zu rekapitulieren und sich genau zu erinnern, was sie in seinem Beisein gesagt haben könnten, doch der Captain machte nicht den Eindruck, als nähme er ihnen etwas übel. Er schien im Gegenteil äußerst zufrieden mit sich und der Welt.

»Guten Tag, Gentlemen. Bitte entschuldigen Sie meine Verspätung, aber ich habe gute Neuigkeiten. Wir sind genau auf Kurs.«

»Und welcher Kurs wäre das?« fragte Samuel und sog an seiner Zigarre. Er bot Jorgensen keinen Platz an, lehnte sich in seinem Stuhl zurück, bis er an die Wand stieß, und seine Stimme klang höhnisch. »Was hatten die Lords der Admiralität denn heute zu sagen?«

Cameron blieb nicht einmal Zeit wahrzunehmen, daß Jorgensen sich bewegte, aber plötzlich schien Samuels Stuhl vom Boden abzuheben, flog krachend nach hinten und stürzte einen Tisch um. Cameron sprang auf, um Samuel aufzuhelfen und den Tisch wieder hinzustellen. Jorgensen wandte sich ab und fand einen hohen, hölzernen Hocker. Er wischte mit dem Ärmel darüber, ehe er sich auf die Kante setzte, eines seiner langen Beine ausgestreckt.

»Sie sind wohl wahnsinnig geworden!« brüllte Samuel und stützte sich auf Cameron, um sein Gleichgewicht wiederzufinden. »Sie hätten mir beinah den Hals gebrochen!« Er befühlte seinen Hinterkopf, wo sich vermutlich eine dicke Beule bildete, und ließ sich von Cameron auf seinen Platz zurückhelfen.

»Mir ist es gleich, wenn Sie keine Geschäfte mit mir machen wollen«, sagte Jorgensen leise. »Aber wenn Sie noch einmal so mit mir reden, dann *werde* ich Ihnen Ihren verdammten Hals brechen, darauf können Sie Gift nehmen.«

In diesem Augenblick erkannte Cameron, daß dieses Geschäft nicht das Richtige für ihn war. Samuel konnte manchmal närrisch sein, aber dieser Däne würde ihnen ernsthaften Ärger einbringen. Andererseits, seine Männlichkeit, seine Kraft und seine souveräne Ausstrahlung waren beeindruckend. Er verkörperte eine Art von Aggressivität, um die Cameron andere Männer stets beneidet hatte: die Fähigkeit zu kämpfen. Samuel war wesentlich kleiner als Jorgensen, aber er hatte noch genug Mut, um zu streiten, wenn ihm der Hohn auch vergangen war. »Ich hatte keineswegs die Absicht, Sie zu beleidigen«, brummte er. »Ich verstehe nur nicht, wovon Sie reden.«

»Dann gedulden Sie sich etwas und hören mir erst einmal zu«, sagte Jorgensen. Sie sahen nur die Silhouette seines Gesichts vor dem grünlichen Glas des Fensters, dessen Licht seiner glatten Haut ein unheimliches Schimmern verlieh. Er erzählte ihnen, daß er sich mit einer Empfehlung von Konteradmiral Phillip an die Admiralität gewandt hatte. Man hatte ihn eine Treppe hinauf und endlose Flure entlanggeführt, und er hatte über eine Stunde gewartet, bis es Commander Morrison beliebte, ihn zu empfangen. Anfangs hatte dieser Gentleman ihn höflich angehört, bis er erkannte, daß Jorgensen kein Offizier der britischen Marine war.

Er war ein begabter, amüsanter Erzähler, und Cameron ertappte sich dabei, daß er ihm gebannt lauschte. Auch Samuel schien gefesselt.

»Es dauerte lange, bis ich den Commander überzeugen konnte, mich anzuhören«, sagte Jorgensen. »Er ist ein Schreibtischstratege mit einem roten Gesicht und genug Orden, um einen Weihnachtsbaum damit zu behängen, aber keinen davon hat er sich auf See verdient. Ich mußte ihn überreden, mich bei seinen Vorgesetzten einzuführen, und das dauerte Tage. Aber um Ihre Zeit nicht über Gebühr zu beanspruchen, Gentlemen: Ich werde mein Schiff bekommen.«

»Warum sollten sie Ihnen ein Schiff geben?« fragte Cameron. »Das ist doch mehr als unwahrscheinlich.«

»Mr. Spencer, die Menschen in Island sind wegen dieses

Krieges in größter Not. Island ist abhängig von Dänemark, und jetzt, da die dänische Flotte lahmgelegt ist, ist es von der Außenwelt abgeschnitten. Sie benötigen dort dringend Vorräte, und hier kommen Sie ins Spiel. Ich bekomme ein Schiff, um die Vorräte hinzubringen.«

Samuel wirkte immer noch skeptisch, also stellte Cameron die Frage: »Bei allem Respekt, Captain, aber warum ausgerechnet Sie? Warum schickt die Admiralität nicht eins unserer eigenen Schiffe?«

Jorgensen stand auf und streckte sein Kreuz. »Dafür gibt es viele Gründe. Zum einen mußte ich sie erst einmal überreden, überhaupt Vorräte hinzuschicken. Sie waren nicht besonders begeistert und stehen auf dem Standpunkt, daß Island nicht in ihrer Zuständigkeit liegt. Ich habe ihnen erklärt, daß die Welt ihnen für ihr Mitgefühl danken wird, und dann mußte ich, wie bei solchen Diskussionen üblich, jedes Hindernis überwinden, das sie mir in den Weg legten. Doch ich war gewappnet. Ich rechnete damit, daß sie einwenden würden, die Schiffe der Marine würden anderweitig benötigt. Also erinnerte ich sie an die dänischen Schiffe im Hafen von Yarmouth.«

Samuel nickte. »Aber warum Sie? Warum schickt man nicht einen unserer Leute? Es ist ein bißchen seltsam, einen Ausländer zu schicken.«

Der Däne quittierte diese Bemerkung mit einem milden Lächeln. »Weil niemand sonst es tun will. Die Fahrt ist nicht ungefährlich. Erst der Spießrutenlauf durch die Blokkade der französischen Marine, dann die gefährlichen nördlichen Gewässer. Vielleicht meinen die Herren der Admiralität ja, um mich sei es eh nicht besonders schade. Sie sind überzeugt, daß ich niemals dort ankomme, und darum sind sie – in der widersprüchlichen Art, die nun einmal der menschlichen Natur eigen ist – dazu bereit, mich zu unterstützen. Und wenn ich es wider Erwarten doch bis nach Reykjavik schaffe, stellen Sie sich vor, welch ein Loblied dann die Presse auf sie anstimmen wird!«

»Aber wenn Island zu Dänemark gehört, werden sie keine britische Einmischung wollen«, wandte Cameron ein. »Dänemark wird gewiß protestieren.«

»Ha! Noch ein guter Grund, mich zu schicken. Ich bin kein Brite. Mit einem dänischen Captain und einer britischen Freiwilligenmannschaft wird es keine Proteste geben.«

»Falls Sie ankommen«, bemerkte Samuel.

»Das werde ich, da können Sie sicher sein. Ich war schon dort und kenne die Gewässer.«

»Sind sie wirklich so gefährlich?« wollte Cameron wissen.

»Für einen unerfahrenen Kapitän, ja. Aber ich kenne mich aus mit Schiffen und bin ein erfahrener Steuermann. Es wird eine große Herausforderung.«

Samuel sprach aus, was auch Cameron Sorgen machte: »Wenn mir die Fracht gehört, kann ich auf Herausforderungen dieser Art gut verzichten. Ich will, daß die Ladung heil und sicher ankommt.«

»Sie wird so sicher sein wie in ihrem Lagerhaus hier«, erwiderte Jorge. »Und Sie wären die einzigen Lieferanten für Island, Gentlemen. Ich sagte doch, ich eröffne Ihnen einen Markt ohne Konkurrenz. Solange der Krieg andauert, gehört er allein Ihnen. Sie beschaffen den Nachschub, ich liefere aus. Und die Leute dort werden dankbar sein. Mit einer Schiffsladung werden sie allerdings nicht weit kommen, also werde ich regelmäßig dorthin segeln.«

»Woher sollen wir wissen, daß Sie mit unserer Ladung nicht einfach nach Dänemark segeln?« fragte Samuel.

»Weil ich eine englische Mannschaft haben werde. Sie würden für keinen Captain der Welt in die Gefangenschaft segeln. Aber wenn es Sie beunruhigt, dann kommen Sie doch einfach mit, Mr. Phelps. Sie könnten die Bestellungen dann an Ort und Stelle selbst aufnehmen. Sie wären Ihr eigener Agent, sozusagen.«

»Vielleicht tu ich das«, brummte Samuel. »Vermutlich wäre es ratsam, mir diesen sogenannten Markt einmal selber anzuschauen.«

»Also, was sagen Sie? Kann ich auf Ihre Waren zählen?«

»Ja«, sagte Samuel, und Jorge sah zu Cameron hinüber. Cameron nickte. »Ich denke schon. Aber wir werden niemanden finden, der die Ladung versichert. Das Risiko ist zu hoch.«

»Auch gut, dann sparen wir das Geld für die Prämien«, meinte Samuel. »Warum kommst du nicht auch mit, Cameron? Es wäre eine schöne Abwechslung für uns, einmal eine Seereise zu unternehmen.«

»O nein, das ist nichts für mich. Ich bin kein Seemann. Ich werde schon auf einem Teich seekrank.«

»Ich nicht«, entgegnete Samuel. »Du mußt nur fest entschlossen sein, nicht krank zu werden, dann wirst du auch nicht krank. So einfach ist das.«

Cameron glaubte ein belustigtes Glitzern in Jorges Augen zu sehen, sprach ihn jedoch nicht darauf an. »Wie geht es jetzt weiter, Captain?«

»Zuerst muß ich das Schiff klarmachen und die Themse heraufbringen. Mein erster Maat Jacob Aasgaard wird die Mannschaft anheuern. Ich will Freiwillige, niemand soll an Bord meines Schiffes gezwungen werden.« Er schüttelte beiden Männern die Hand. »Vielen Dank, Mr. Phelps, Mr. Spencer. Wenn ich aus Yarmouth zurück bin, feiern wir den Beginn unserer isländischen Handelslinie.«

»Eine Frage noch«, sagte Samuel. »Was springt für Sie bei der Sache raus?«

»Ein Schiff«, antwortete Jorgensen. »Ich bekomme ein

Schiff und kann das tun, was ich immer tun wollte: zur See fahren und mein eigener Herr sein. Die Admiralität zahlt die Heuer für die Mannschaft, und sie bezahlt auch mich. Und ich würde sagen, mir steht eine Provision auf Ihre Verkäufe zu.«

»Wieviel?«

Cameron wünschte, Samuel würde ihm diese Details überlassen, denn Samuel hatte keinerlei Verhandlungsgeschick.

»Fünf Prozent«, sagte Jorge.

»Zweieinhalb«, konterte Samuel.

»Einverstanden.«

Samuel grinste selbstzufrieden. Doch dann fügte der Däne hinzu: »Vom Endpreis.«

»Augenblick, das ist zu viel!« wandte Samuel ein.

»Es ist das einzig Logische. Woher soll ich wissen, was Sie für die Güter bezahlt haben? Sie könnten mir jeden Niedrigstpreis nennen, der Ihnen genehm ist, und ich käme zu kurz. Doch ich werde selbst dort sein und sehen, zu welchen Wiederverkaufspreisen sie Ihre Waren absetzen. Was die Fracht wirklich wert ist.«

Jorgensen sprach mit hocherhobenem Kopf, und Cameron erkannte, daß er Samuel jetzt heimzahlte, daß dieser vorhin mit seinen beleidigenden Fragen Jorgensens Integrität in Zweifel gezogen hatte. Und Cameron war nicht entgangen, daß Jorgensen allein Samuel angesehen hatte, als er sagte, er befürchte, bei seiner Provision betrogen zu werden. Er war froh, daß Jorgensen diesen Verdacht nicht auch gegen ihn hegte, und er mußte im stillen eingestehen, daß der Däne Samuel schon ganz richtig einschätzte. Mr. Phelps' Geschäftsmethoden konnten zuweilen ein wenig undurchsichtig sein.

»Jetzt da Sie wissen, worum es sich handelt, Mr. Phelps, werden Sie zugeben müssen, daß sich in London hundert

Kaufleute finden würden, die sich eine solche Gelegenheit nicht entgehen lassen würden«, sagte Jorge gelassen.

»Ich bin einverstanden mit zweieinhalb«, erklärte Cameron.

»Meinetwegen.« Samuel ging zur Brüstung hinüber und sah in sein Lagerhaus hinab. »Was brauchen die Leute in Island denn so?«

»Alles«, sagte Jorge.

»Island?« rief Regal. »Wo zum Teufel liegt Island?«

»Nordöstlich von Schottland«, erklärte Jorge. »Nicht sehr weit weg.«

»Also du fährst nach Island und läßt mich in diesem Dreckloch zurück?«

Er schob seine Karten beiseite und sah sich im Zimmer um. »Ist es ein Dreckloch? Macht doch einen recht sauberen Eindruck.«

»Nur weil ich es die Dienstboten von früh bis spät putzen und schrubben lasse. Es ist düster, es ist feucht und es riecht wie ein Leichenschauhaus. Ich hasse dieses Haus. Ich hasse die verschlissenen Möbel. Wenn ich hierbleiben muß, werde ich alles verbrennen.«

»Dann verbrenn es.«

Sie zog einen Stuhl heran und setzte sich zu ihm. »Wozu? Du hast gesagt, wir würden nur vorübergehend hier wohnen und dann das Land verlassen.«

»Alles zu seiner Zeit, Liebling. Als ich im Gefängnis war, habe ich diesen Plan bis ins kleinste Detail ausgefeilt, es kann nichts schiefgehen. Aber ich kann mich jetzt nicht um das Haus kümmern. Wenn es dir nicht gefällt, laß es in Ordnung bringen, mach damit, was du willst, aber wir bleiben hier. Dies ist meine Adresse. Ich will nicht, daß die Leute mich in ganz London suchen müssen, jetzt wo ich es beinah geschafft habe.«

Sie seufzte, verschränkte die Arme und versuchte, ihre Wut im Zaum zu halten. »Nur damit ich es richtig verstehe: Erst mußt du nach Yarmouth, das heißt, du läßt mich hier allein. Dann kommst du mit einem Schiff zurück, und anschließend segelst du nach Island?«

»Ja. Es ist keine weite Fahrt, und ich bin im Handumdrehen zurück.«

»Ich komme mit nach Island, Jorge. Du bist der Captain, und diesmal ist es kein Kriegsschiff. Ich will mit dir gehen.«

»Regal, eines Tages werde ich dich mitnehmen, aber dieses Mal noch nicht. Glaub mir, du hättest wenig Freude an der Fahrt. Es wird nicht gerade eine Vergnügungsreise werden. Die See ist dort oben niemals ruhig, du würdest sicher seekrank. Sieh her ...« Er breitete eine Karte des Atlantiks aus. »Hier kommen die Winde vom Südpol ungehindert herauf und fegen über den ganzen Globus.«

»Du meinst den Nordpol.«

»Du hast nicht aufgepaßt. Schau noch mal hin. Ich sagte Südpol, und den meinte ich auch. Zieh doch mal vom Südpol aus eine gerade Linie nach oben, immer weiter, bis nach Island. Auf dieser ganzen Strecke gibt es kein Hindernis, das diese Winde abschwächen könnte, ehe sie auf Island treffen. Jetzt kannst du dir vielleicht vorstellen, wie das Meer dort oben ist, aufgewühlt und gefährlich.«

»Dann wirst du nicht fahren! Ich verbiete es!«

»Sei nicht albern. Ich weiß schon, was ich tue. Ich habe noch lange nicht die Absicht zu sterben, also wird die Fahrt sicher sein, aber du würdest sie nicht genießen. Und bitte sag Mr. Phelps nichts davon, denn ich will, daß er mitkommt.«

Sie fühlte sich hilflos. Nutzlos. Das Haus ging ihr auf die Nerven, doch solange Jorge da war, vergaß sie es völlig. »Was soll ich anfangen, wenn du fort bist?« fragte sie unglücklich. »Soll das unser Leben sein? Ich sitze hier und warte, während du zwischen England und diesem verdammten Island hin und her schipperst? Daheim sitzen und nähen wie eine brave Matrosenfrau?«

»Du bist keine brave Matrosenfrau, mein Liebling.« Er nahm ihre Hände. »Du bist eine Königin. Habe ich dir schon mal gesagt, daß du aussiehst wie Königin Karoline Matilda von Dänemark?«

»Ja. Oft. Die tote Königin. Sie starb jung, und das werde ich auch, wenn du mich allein läßt.«

Er lachte. »Hab nur ein paar Monate Geduld mit mir. Es geht hier um viel mehr als um ein Frachtschiff.«

Sie wußte, es hatte keinen Sinn, mit ihm zu streiten, wenn er einmal einen Entschluß gefaßt hatte. Doch es war traurig, daß sein Ehrgeiz, ein Schiff zu befehligen, ihn dazu verleitet hatte, sich auf solch ein erbärmliches Unternehmen einzulassen. »Jorge, du bittest mich immer wieder, dir zu vertrauen. Warum vertraust nicht du einmal mir? Ich könnte dir helfen, zu einem Schiff zu kommen. Ich könnte eines mieten, und wir könnten nach Amerika segeln oder nach Australien, unter deinem Kommando. Wir könnten deinen Freund David Collins besuchen. Wir könnten Maria mitnehmen. Und du könntest mir dort unten in den Tropen Brisk Bay zeigen, wovon du mir schon so oft vorgeschwärmt hast.«

Er seufzte. »Regal, ich habe jetzt keine Zeit. Ich bin wirklich sehr beschäftigt. Wichtige Dinge ereignen sich in Europa, und wenn alles so klappt, wie ich es mir erhoffe, werden wir bald ein Teil davon sein. Bisher verläuft alles nach Plan, aber ich habe ein Problem, und dabei brauche ich deine Hilfe.«

Sie war immer noch verärgert, daß er sich weigerte, sie mit auf sein Schiff zu nehmen. »Ich nehme an, es geht um Geld«, sagte sie verächtlich.

Er stand auf, nahm seine schwere Seemannsjacke, die er immer noch den modischen Kleidern vorzog, die sie ihm gekauft hatte, und verließ das Zimmer ohne ein Wort. Sie saß reglos da, fest entschlossen, ihm nicht nachzulaufen. Dann hörte sie, wie er durch die Halle schritt und das Haus verließ.

»Oh, verdammt!« Sie schlug mit beiden Fäusten auf den Tisch.

Sie blieb dort sitzen, studierte eingehend ihre Fingernägel, einen nach dem anderen, und schob die Nagelhaut zurück. Dann drehte sie eine Hand um und betrachtete die Innenfläche. Eine Wahrsagerin hatte ihr einmal aus der Hand gelesen und prophezeit, sie werde einem großen, dunklen, gutaussehenden Mann begegnen, sie würden drei Kinder bekommen und ein langes, glückliches Leben miteinander führen. Sie wünschte, sie könnten endlich damit anfangen. Im Augenblick fühlte sie sich nur einsam.

Zwei Tage später kam sie morgens in die Halle hinunter und fand dort einen gewaltigen Strauß zartrosa Rosen in einer Vase. »Woher sind die Blumen?«

»Vom Captain, Madam«, antwortete Bonnie. »Er ist wieder zu Hause. Er ist in der Küche, die Köchin macht ihm gerade sein Frühstück.«

»Soll er doch bleiben, wo er will.«

Sie nahm ihre Post und die Zeitung mit in den Salon und versuchte, sich auf ihre Lektüre zu konzentrieren. Einer der Briefe war von Leonard; seine Bitte um ihre baldige Rückkehr wurde drängender: »Du bist immer noch mit Mr. Howth verheiratet, und seine Anwälte verfolgen ihre Nachforschungen mit mehr Druck. Ich habe das Gefühl, sie werden bald in Aktion treten. Er kann dein gesamtes Vermögen einfordern. Es ist daher unumgänglich, daß du

England verläßt. Ich verstehe nicht, wie du noch zögern kannst.«

Was konnte sie antworten? Leonard gestehen, daß Jorge sich weigerte, London jetzt zu verlassen, daß er eigene Interessen verfolgte? Wenn sie Jorge erklärte, daß sie dringend fahren mußte, würde er zustimmen. Er würde sagen, wenn es wichtig sei, solle sie tun, was ihr Anwalt riet.

Er kam mit einem Becher Kaffee herein. »Hast du die Rosen gesehen, die ich dir mitgebracht habe?«

»Ja.« Sie sah zu, wie er einen Schuß Rum in seinen Kaffee gab und dann einen Löffel Sahne von ihrem Tablett hinzufügte. Er war unrasiert, und sein dichtes Haar hing ihm lose bis über die Schultern, nicht wie sonst mit einem Stück Schnur im Nacken zusammengebunden. Doch seine Augen leuchteten, und er wirkte keineswegs müde. Tatsächlich schien er glänzender Laune zu sein, und das machte sie ärgerlich. »Jorge, ich lasse mich nicht unter Druck setzen, das sollten wir lieber sofort klarstellen.«

»Ich setze dich nicht unter Druck.«

»Doch, das tust du, wenn du aus dem Haus stürzt und zwei Tage lang fortbleibst. Aber das lasse ich mir nicht bieten. Wenn du mich liebst, warum verletzt du mich dann absichtlich so?«

»Ich dachte, ein paar Tage Abstand würden uns guttun.«

»Nein, du dachtest, es würde dir guttun. Du hast dabei überhaupt nicht an mich gedacht.«

Er trank langsam von seinem Kaffee. »Stimmt. Du hast recht. Ich habe ein paar Freunde getroffen.«

»Ich will nicht hören, wo du warst und was du getan hast. Das interessiert mich nicht.«

Er hob die Schultern. »Es tut mir leid, Regal. Reicht das nicht?«

»Das muß es wohl für den Moment.« Sie wünschte, er würde zu ihr kommen, sie in die Arme nehmen und trösten, doch er starrte aus dem Fenster, wie er es so häufig tat. »Jorge, diese Sache ist mir wichtig. Nimm mich mit nach Island. Mir ist gleich, wenn ich die ganze Zeit unterwegs krank bin. Ich will weg aus London.«

»Ich werde dich mit nach Island nehmen, Regal. Und du wirst feststellen, es besteht nicht nur aus Eis und Schnee, es gibt viele wunderschöne Stellen dort. Aber ich kann dich noch nicht jetzt gleich mitnehmen. Alles, worum ich dich bitte, sind ein paar Monate.« Er streckte die Arme aus. »Komm her zu mir. Ich habe dich so sehr vermißt, daß ich mich mit meinem Verhalten nur selbst bestraft habe.«

Sie ging zu ihm, und er schloß sie in die Arme. Ihr Kopf ruhte an seiner breiten Brust.

»Diese Scheidung macht mir Sorgen«, murmelte sie.

»Vergiß die ganze Geschichte. Soll er dich doch als schuldige Partei hinstellen, was kümmert es dich?«

»Es könnte teuer werden«, gestand sie. »Wenn wir nach Amerika gingen, könnte ich alles problemlos regeln.«

»Amerika kommt nicht in Frage. Es gibt hier noch zuviel zu tun.«

Könnte sie doch nur heimfahren, die Scheidung regeln und nach wenigen Wochen zurückkehren, dann wäre alles in Ordnung. Aber Leonard hatte sie vorgewarnt, ein Scheidungsverfahren werde mindestens ein Jahr dauern. Zur Hölle mit Charles! Auch von ihm würde sie sich nicht unter Druck setzen lassen.

»Damit wären wir wieder bei meinem Problem«, sagte Jorge und ließ sie los. »Und ja, es geht um Geld.«

»Und jetzt bin ich an der Reihe zu sagen, es tut mir leid, Jorge. Es war häßlich von mir und dumm. Wenn es nach mir ginge, würden wir im Hotel Colchester wohnen, nicht hier, und das wäre sehr viel kostspieliger.«

»Das Colchester?« Er lachte, umfaßte ihre Taille und wirbelte sie herum. »Du hast doch wirklich die verrücktesten

Ideen. Aber im Ernst, Liebling, ich brauche lediglich eine Bürgschaft. Alles läuft nach Plan, doch die Admiralität hat die Vertragsbedingungen geändert. Sie wollen eine Sicherheit auf das Schiff. Ich muß vierzehntausend Pfund in Form einer Bürgschaft hinterlegen, damit ich mit ihrem Schiff nicht auf und davon segle. Kannst du dir das vorstellen?«

»Ja, das kann ich mir sogar sehr gut vorstellen. Ich würde auch eine Bürgschaft verlangen und dir nicht einfach so ein Schiff anvertrauen. Du könntest damit ins karibische Meer davonsegeln und Pirat werden.«

»Ich bin sicher, das würde dir gefallen.«

»Es wäre wunderbar. Ich würde sicher eine gute Piratenbraut abgeben. Ich würde all meine Feinde gefangennehmen und am höchsten Mast aufhängen.«

Er küßte sie. »Wer sind deine Feinde? Du hast keine Feinde, Liebste.«

»Aber wieso kommt es mir immer so vor? Es macht mir angst, Jorge. Ich fühle diese furchtbare Gewißheit, daß sie mich eines Tages erwischen.«

Jorge sah sie nachdenklich an und streichelte ihr Gesicht. »Das wußte ich nicht ... Warum hast du mir das nie erzählt? Heute abend werden wir darüber reden. Du darfst deine Sorgen nicht in dich hineinfressen. Und ich werde dir beibringen, wie man die Trolle verjagt.«

9. KAPITEL

Der Ehrenwerte Basil Mulgrave betrat seinen Londoner Club auf der Suche nach Charles Howth. Seit Monaten hatte er ihn völlig ignoriert, doch jetzt war es an der Zeit, Charles ein wenig aufzurütteln.

»Guten Abend, Charles. Was wird gefeiert?«

Howth und seine geckenhaften Freunde amüsierten sich lautstark an der Bar, und es war unverkennbar, daß sein ehemaliger Partner nicht eben begeistert war, Basil zu sehen.

»Basil! Alter Freund, wie schön dich zu sehen!« log Charles, als er erkannte, daß es kein Entrinnen gab. »Ich habe heute Geburtstag, und wir wollten gerade zu einem Dinner nach Soho aufbrechen.«

»Ich bin sicher, deine Freunde werden gern ein paar Minuten auf dich warten«, sagte Basil, packte Charles am Arm und zog ihn fort. »Ich möchte mit dir reden.«

Ohne eine Antwort abzuwarten, führte er Charles zu einem Tisch in einem stillen Winkel. Seine kräftige Hand krallte sich so fest in das weiche Fleisch, daß Charles zusammenfuhr. »Vorsicht, alter Freund, du tust mir weh.«

»Nicht weh genug«, sagte Basil. »Setz dich, und wir trinken ein Glas auf deinen Geburtstag.« Er schnipste mit den Fingern und bestellte zwei Brandys.

»Hör zu, Basil«, begann Charles. »Es hat keinen Sinn, ausfallend zu werden. Vermutlich hätte ich dir sagen sollen, daß ich meinen Anteil verkaufen wollte, aber ich dachte, es würde dich verärgern.«

»Du erbärmlicher Tropf! Warum sollte ich Einwände dagegen haben, dich loszuwerden? Du warst doch nie etwas anderes als ein Parasit. Du hast erwartet, daß die Schifffahrtslinie für deine Pferde, deine Sättel, deinen Schneider und all die anderen Dinge aufkam, deren Rechnungen du dir nicht die Mühe machtest zu begleichen.«

Charles schien ob dieser Vorwürfe nicht sonderlich zerknirscht. Er winkte einem Freund zu, der gerade angekommen war, und grinste Basil an. »Wenn du mich los sein wolltest, worüber regst du dich dann auf? Ich hörte hier und da in der Stadt, du hättest geschäumt vor Wut. Das klingt nicht so, als seist du überglücklich, mich los zu sein. Eigentlich ziemlich schmeichelhaft für mich.«

»Du bist ein verdammter Idiot, Charles. Sag mir, an wen du verkauft hast.«

»Du weißt doch, wer meine Anteile erworben hat. Wozu diese Befragung?«

»Ich will, daß du es mir sagst.«

Charles nippte an seinem Brandy. »East Coast Mercantile natürlich.«

»Sehr schlau. Und weißt du auch, wem East Coast Mercantile gehört?«

»Nein. Welche Rolle spielt das schon?«

»Die Gesellschaft gehört deiner Frau, Charles! Sie hat sie gekauft!«

Die Verblüffung in Charles' Gesicht war ehrlich, und das steigerte Basils Wut. Es war nicht sehr schwierig gewesen herauszufinden, wer Eigentümer der East Coast Mercantile war, aber Charles hatte sich offenbar nicht einmal für die Frage interessiert. Jameson Jones, der Vertreter der East Coast Mercantile, hatte Basil aufgesucht, allerdings ohne auch nur andeutungsweise durchblicken zu lassen, welche Rolle seine Gesellschaft zukünftig bei Northern Star zu spielen gedachte. Er hatte lediglich gesagt, daß er mit dem Status quo derzeit ganz zufrieden sei. Basil hatte damit gerechnet, daß Mrs. Howth auftauchen und versuchen würde, ihm das Leben schwerzumachen, aber bisher hatte sie sich nicht blicken lassen.

Charles war immer noch fassungslos.

»Nun, was hast du dazu zu sagen?« drängte Basil. »Warum hat deine Frau wohl deine Anteile gekauft?«

»Ich weiß es nicht, und es interessiert mich auch nicht«, sagte Charles trotzig.

»Ich fürchte, dann muß ich dein Interesse wecken. Kurz nach dem Verkauf deiner Anteile hat es Bemühungen gegeben, ein Konkursverfahren gegen Northern Star einzuleiten. Und zwar durch eine Firma, mit der wir seit Jahren Geschäfte machen. T.E. Morcomb.«

»Das tut mir leid, Basil, aber ich habe damit nichts mehr zu tun.«

Basil lehnte sich vor. »O doch, das hast du. Deine Frau ist auch Eigentümerin dieser Gesellschaft.«

»Welcher Gesellschaft?«

»T.E. Morcomb.«

Charles blinzelte. »Ich verstehe nicht. Wie kommt sie dazu, Morcomb zu kaufen?«

»Das wüßte ich gerne von dir.«

»Im Grunde ist es wahrscheinlich ganz einfach. Vermutlich hat Regal meinen Anteil gekauft, um mir die Sorge abzunehmen. Und dann haben diese Leute, die für sie arbeiten, Morcomb aufgekauft. Es beweist nur wieder einmal, wie schlecht ihre Angelegenheiten verwaltet werden, daß eine ihrer Gesellschaften nun versucht, eine andere aus ihrem Besitz in den Konkurs zu treiben. Urkomisch eigentlich.«

Basil schüttelte den Kopf. »Gott, bist du beschränkt,

Charles! So einfach ist es keineswegs. Hat deine Frau nie meinen Namen erwähnt?«

»Wieso sollte sie? Ich muß dir sagen, Basil, sie war sehr beleidigt, daß du und deine Frau sie praktisch geschnitten habt. Ich finde, es geschieht dir eigentlich ganz recht. Jetzt, da du sie als Partner hast, wirst du vielleicht ein wenig höflicher zu ihr sein. Aber diese geschäftlichen Dinge sind mir zu kompliziert, das mußt du schon selber entwirren.«

Das war interessant. Also hatte Regal Howth sich ihrem Gatten nicht anvertraut. Sie war nicht zu ihm gekrochen gekommen und hatte ihm vorgeheult, Basil Mulgrave sei ihr Vater. Denn Basil war sicher, genau diese Behauptung würde sie früher oder später aufstellen. In dem Brief, den er vor ihrer Hochzeit mit Charles von ihr erhalten hatte, hatte sie von einer persönlichen Angelegenheit gesprochen. Was sollte sie sonst Persönliches mit ihm zu besprechen haben, wenn nicht Polly Hayes?

Polly! Wer hätte gedacht, daß ihn ausgerechnet die Vergangenheit in den Kolonien eines Tages einholen würde. Und war es David Collins denn besser ergangen? Er hatte Maria Proctor geheiratet, die sich schlichtweg geweigert hatte, ihre Pflicht zu erfüllen und an seiner Seite nach Australien zu gehen. Nicht einmal in Sydney war sie bereit zu leben.

David Collins. Der eine wahre Freund, den er in seinem Leben gehabt hatte. Sie schrieben sich immer noch. Basil hatte die Absicht, eines Tages nach Hobart zu segeln und seinen Freund, den Vizegouverneur, zu besuchen. Doch vorerst mußte er weiter um Northern Star kämpfen. Die letzten Jahre waren alles andere als profitabel gewesen. Es war ein schwerer Schlag für ihn gewesen, als er feststellen mußte, daß dieser Dummkopf Howth sein Partner geworden war, doch es schien, dessen Frau war eine noch größere Bedrohung. Aber sie hatte doch wohl kaum zwei Gesellschaften gekauft, nur um Northern Star zu vernichten? Oder um ihn zu vernichten? Es war schwer zu glauben, doch die Beweise sprachen dafür. Wollte diese Frau, ehemals Regal Hayes, Rache an ihm nehmen für Polly?

Charles unterbrach seine Gedanken. »Bisher ist mir aber nicht zu Ohren gekommen, daß du wegen eines Konkursverfahrens vor Gericht zitiert worden wärst. So schlimm kann es also gar nicht sein.«

»Sei nicht enttäuscht, Charles«, knurrte Basil. »Ich habe von der Regierung Schadensersatz für die *Scottish Prince* gefordert, und sie haben gezahlt.«

»Natürlich. Schließlich sitzt du im Gutachterausschuß«, sagte Charles lachend.

»Halt den Mund, du verdammter Idiot! Ich bin noch nicht aus dem Treibsand heraus, und du auch nicht. Schick deine Freunde weg, Charles. Ich habe ein Treffen mit einem Mann vom militärischen Geheimdienst arrangiert, und deine Anwesenheit ist erwünscht.«

»Was für ein Mann?«

»Ein gewisser Major Reynolds. Da fällt mir ein, man munkelt, deine Frau habe dich verlassen?«

»Das geht dich nichts an.«

»O doch. Es geht mich etwas an, denn sie ist mein Partner. Soweit ich weiß, lebt sie mit einem Dänen namens Jorgensen zusammen?«

Charles zuckte die Schultern, nicht gewillt, über diese Angelegenheit zu reden.

»Na schön. Dann sag mir wenigstens dies, Charles: Hast du je von der *Admiral Juul* gehört? Das ist ein Schiff.«

»Nicht daß ich wüßte.«

»Das wird sich bald ändern. Jetzt steh auf und komm mit. Diesen Geburtstag wirst du so bald nicht vergessen. Du steckst in bösen Schwierigkeiten, Charles, aber wenn du genau tust, was ich dir sage, kann ich dir da vielleicht heraushelfen.«

Während Jorge in Yarmouth war, erhielt Regal durch einen Boten einen weiteren Brief von Charles' Anwälten. Sie wurde aufgefordert, umgehend in ihr rechtmäßiges Heim zurückzukehren, andernfalls bliebe Mr. Howth keine Wahl, als Mr. Jorge Jorgensen wegen »krimineller Beziehungen zu seiner Ehefrau« zu verklagen.

Regal war nicht überrascht. Es war dieselbe Anklage, die man auch gegen William Sorell vorgebracht hatte.

Sie schrieb an Mrs. Kent, um ihr davon zu erzählen, und war stolz, William berichten zu können, daß Jorge wieder ein Schiff befehligen und nach Island segeln würde. Sie war sicher, Jorges kometenhafter Aufstieg vom Kriegsgefangenen zum Schiffskapitän unter britischer Flagge würde William amüsieren. Regal erklärte sich das Phänomen damit, daß Jorge eben ein außergewöhnlich gescheiter Mann war und die Herren der Admiralität seinen Wert zu schätzen wußten.

Und dann kam er zurück, freudestrahlend, sein Schiff lag im Hafen vor Anker, und alle waren mit den Vorbereitungen für ihren Aufbruch beschäftigt. Sie hielten sogar ein Bankett an Bord ab, zu dem sie Edwina, Cameron sowie Mr. und Mrs. Phelps einluden, um ihre neue Partnerschaft zu feiern. Es wurde ein fröhliches Fest. Regal und Jorge verbrachten die Nacht an Bord, und das war wundervoll. Sie fühlte sich jetzt als Teil des Unternehmens und war ebenso aufgeregt wie alle anderen.

Jorge schenkte dem Brief von Charles' Anwälten keine Beachtung und weigerte sich, darüber zu reden. »Nicht wert, darüber nachzudenken«, meinte er, und damit war das Thema für ihn erledigt. Die Wochen vergingen, und sie hörten nichts mehr.

Aus Aberglauben hatte Jorge sich gesträubt, den Namen seines Schiffes zu ändern, doch die Admiralität hatte darauf bestanden. Eine britische Flagge konnte kaum am Mast eines Schiffes mit dem Namen *Odin* flattern, das klang den Herren zu dänisch in den Ohren. Also hatte Jorge es in *Aeolus* umbenannt. Auch das weckte Argwohn, bis Jorge ihnen erklärte, Aeolus sei der Sohn Poseidons, der Hüter der Winde. Da endlich waren alle zufrieden.

Bonnie kam herein; über das ganze Gesicht strahlend, verkündete sie Regal, Jacob wünsche sie zu sprechen.

»Warum? Ist etwas geschehen?«

Jacob wohnte nicht mehr bei ihnen, sondern lebte nun an Bord der *Aeolus*, wo er als erster Maat alle Hände voll zu tun hatte.

»Nein, Madam.« Bonnie trat beiseite, und da stand Jacob, machte ein dümmliches Gesicht und hielt einen großen Strauß rosa Rosen im Arm.

»Mit den besten Empfehlungen vom Captain, Madam. Er hat mich gebeten, Ihnen die hier zu bringen und auszurichten, daß wir heute bis spät in die Nacht arbeiten werden. Der Klüverbaum ist zersplittert, und alle Männer sind mit Axt und Säge am Werk. Er kann es nicht leiden, wenn irgendwas schief läuft, nicht in allerletzter Minute.«

»Und du bringst seine Blumen persönlich her«, lachte Bonnie. »Treue Seele.«

»Ich kam mir vor, als würd' ich zu meiner eigenen Hochzeit gehen«, gestand Jacob. »Aber der Captain hat gesagt, ich soll sie besorgen und selber herbringen, also hab' ich das auch gemacht.« Er schlug leicht die Hacken zusammen und wandte sich zum Gehen, doch Regal hielt ihn zurück. »Warten Sie. Die Rosen sind wundervoll. Hier, Bonnie, stell sie ins Wasser. Kommen Sie herein, Jacob.«

Er folgte ihr zögernd in den Salon und blieb mit unsicherer Miene dort stehen. Vermutlich fand er, daß es sich nicht schickte, hier mit der Dame des Captains allein zu sein.

»Wird das Schiff pünktlich in See stechen können, Jacob?«

»Sicher. Es ist ein gutes Schiff. Nicht so schnell wie die *Admiral Juul*, aber die wollten sie uns ja nicht geben.«

»Wohl kaum. Die *Admiral Juul* war ein Kriegsschiff. Ihr dürft ja keine Waffen führen.« Sie sah ein schwaches Grinsen über sein Gesicht huschen, das aber sogleich wieder verschwand, und sie war verwirrt. »Oder etwa doch?«

Er fuhr sich mit der Hand durch seine blonde Mähne und schüttelte den Kopf. »Aus all unseren Schiffen hat man die Kanonen ausgebaut.«

»Oh.« War es das, was ihn so belustigt hatte? Sie wußte, er konnte es kaum erwarten, wieder seiner Wege gehen zu dürfen, doch sie hatte so selten Gelegenheit, mit Jacob allein zu reden. Vielleicht konnte sie von ihm etwas über Jorge erfahren, das sie noch nicht wußte.

Um seinen Aufbruch zu verzögern, schenkte sie ihm und sich selbst ein Glas Sherry ein. »Lassen Sie uns auf die Gesundheit des Captains trinken«, sagte sie. »Und richten Sie ihm aus, die Rosen seien wunderschön. Es war sehr freundlich von Ihnen, sie herzubringen.«

»Danke, Ma'am.«

»Warum will er nur unbedingt diese Fahrt nach Island unternehmen?« fragte sie plötzlich, und augenblicklich schienen seine hellen Wimpern seinen Blick zu verschleiern.

»Island«, wiederholte er, als sei das Antwort genug.

»Ja. Island. Was ist so wichtig daran? Der Captain könnte an jeden Ort der Welt segeln, wir alle könnten das, aber nein, es muß unbedingt Island sein.«

Jacob leerte sein Glas in einem Zug und stellte es behutsam auf dem Tisch ab. Er sah auf sie hinab. »Ma'am, ich kann es Ihnen nicht sagen, ich bin nur ein einfacher Seemann. Verzeihen Sie mir, aber ich muß jetzt gehen.«

Bonnie eilte herein, um einen Besucher anzukündigen. »Mr. Howth ist an der Tür. Soll ich ihn hereinlassen?«

»Wer? Charles?« Regal war verwundert, daß er sie in diesem Haus aufsuchte, und schwankte. »Ich weiß nicht ... Meinetwegen. Ja, bitte ihn herein. Ich werde mir anhören, was er will.« Sie wandte sich an Jacob. »Gehen sie dort durchs Eßzimmer zum Ausgang. Ich will nicht, daß Sie mit ihm zusammentreffen. Verdammt, was will er nur?«

Jacob Aasgaard verließ das Haus nicht gleich. Mrs. Howth schien überrascht vom plötzlichen Erscheinen ihres Mannes, aber nicht besorgt. Sie war zu vertrauensselig. Alles Mögliche konnte passieren. Sie hatte den Engländer schließlich wegen des Captains verlassen, also war er vielleicht gekommen, um ihr irgendwelche Schwierigkeiten zu machen.

Er preßte sich an die Wand im Eßzimmer, dankbar, daß die schweren Vorhänge noch geschlossen waren und der Raum im Halbdunkel lag. Jacob war bereit, die Dame seines Captains zu verteidigen, sollte das nötig werden.

Er hörte ihre ungeduldige Stimme. »Charles! Was führt dich her?«

Darauf ertönte die Stimme des Engländers; er wünschte ihr einen guten Tag.

»Was willst du?« fragte sie angriffslustig, und Jacob lächelte. Die Dame war mutig. Das war der Grund, warum sie und der Captain ein so romantisches Paar abgaben. Sie waren wie die Helden in den alten Sagen.

»Das will ich dir erklären«, antwortete ihr Mann. Seine Stimme erinnerte Jacob an die höhnische Überheblichkeit der Offiziere im Gefängnis von Yarmouth. »Ich will, daß du sofort aufhörst mit diesem Unsinn und nach Hause kommst. Diese Farce hat jetzt lange genug gedauert. Dein Benehmen schadet dem Ruf meiner Familie und ist für alle entsetzlich peinlich. Hörst du überhaupt zu, Regal?«

»Ja, sicher.« Sie klang gelangweilt. Jacob wünschte, er könnte hineingehen und ihr raten, ihn nicht zu provozieren. Es war unklug. Er tastete nach dem Messer, das er in einer Scheide am Unterschenkel trug. Als er den Schaft fühlte, richtete er sich beruhigt wieder auf.

»In unserer Familie hat es noch niemals eine Scheidung gegeben«, sagte ihr Mann, »und dabei soll es auch bleiben. Ich habe nichts Falsches getan. Du hingegen hast mir großes Unrecht zugefügt, aber ich bin bereit, dich wieder aufzunehmen.«

»Wann wirst du es endlich begreifen, Charles? Ich komme nicht zurück. Niemals. Du brauchtest dich nicht eigens herzubemühen, nur um mir das zu sagen. Deine Anwälte haben mir genug Briefe geschickt, um eine ganze Wand damit zu tapezieren. Also geh und laß mich zufrieden.«

Jacob nickte. Der Captain wird zufrieden sein, wenn er das hört.

»Setz dich, Regal«, sagte ihr Mann. »Ich habe dir etwas zu sagen. Wenn du nicht nach Hause kommst, werde ich ein Gerichtsverfahren anstrengen, das dich vielleicht umstimmt. Deine Guthaben würden eingefroren, bis die Sache entschieden ist. Und ich werde das Strafverfahren gegen diesen Ausländer vorantreiben, mit dem du zusammenlebst.«

»So viel Mühe, nur um mich nach Hause zu holen? So viel bedeute ich dir? Es geht dir doch nicht etwa um Geld, oder, Charles? O nein, einem Gentleman wie dir sicher nicht ...«

»Komm von deinem hohen Roß herunter, Regal. Die Gerichte werden dir schon zeigen, daß du die Regeln des

Anstands und die Gesetze in diesem Land nicht einfach ignorieren kannst.«

Jacob hörte ihre Röcke rascheln, als sie das Zimmer durchschritt. »Ich danke dir, Charles. Jetzt da du deine Drohungen persönlich ausgesprochen hast, kannst du ja wieder gehen. Und meine Antwort ist immer noch dieselbe.«

»Nicht so schnell. Du hast noch nicht alles gehört. Es wird Zeit, daß wir über deinen Mr. Jorgensen reden. Ich weiß alles über ihn. Zufällig weiß ich auch, daß er die *Admiral Juul* befehligt hat, die unseren Klipper versenkt hat.«

»Na und? Das war im Krieg.«

»Wie kannst du nur so dumm sein?« schrie er. »Ist dir eigentlich klar, in was du uns da hineinmanövriert hast? Es läuft ein Untersuchungsverfahren gegen mich, und du wirst die nächste sein.« Er klang jetzt sehr aufgebracht. »Du mußt diesen Jorgensen verlassen, oder ich werde Schritte unternehmen müssen, um mich von dir zu distanzieren, und zwar in aller Deutlichkeit. Dies ist eine sehr ernste Sache. Du hast mir nie etwas davon gesagt, daß du meinen Anteil von Northern Star gekauft hast oder daß dir T.E. Morcomb gehört. Was in Gottes Namen hast du da nur angezettelt? Und das Schlimmste ist, du hast mir nie gesagt, daß du den Halunken kennst, der die *Scottish Prince* versenkt hat. Ich werde der Sabotage bezichtigt! Ausgerechnet ich! Gott allmächtiger! Daß ich mich gegen so einen grauenvollen Vorwurf verteidigen muß ...« Er schluchzte jetzt, schien halb zu Tode geängstigt.

»Ach, beruhige dich doch, Charles. Du hast dich immer schon zu leicht aufgeregt. Und ich glaube, du hast getrunken.«

»Und wer würde das nicht tun? Bei diesem Alptraum, in den ich verwickelt bin. Ich flehe dich an, Regal, komm jetzt mit mir nach Hause. Du darfst nichts mehr mit dem Kerl zu schaffen haben, um deinet- und um meinetwillen.«

»Ich verstehe nicht, warum du ein solches Theater machst, Charles. Dich der Sabotage anzuklagen ist blanker Unsinn. Jetzt reiß dich doch zusammen!«

Jacob hörte ihn schniefen. »Du hast gut reden und kannst die Sache mit einem Schulterzucken abtun, aber mir wirft man furchtbare Dinge vor und schnüffelt hinter mir her. Und du solltest besser aufwachen und erkennen, daß auch du in bösen Schwierigkeiten steckst! Dieser Kerl, dein Freund Jorgensen, hat mehrere britische Schiffe versenkt, und sie glauben, daß er mit einem Spionagering hier in England in Verbindung steht.«

»Wer sind ›sie‹?«

»Basil, zum Beispiel. Und ein Major Reynolds vom militärischen Geheimdienst. Und mein Bruder Victor auch. Den haben sie schon auf ihre Seite gebracht.«

Jacob unterdrückte im letzten Moment einen Pfiff. Major Reynolds! Der Kommandant von Yarmouth. Dieses Schwein war also immer noch hinter dem Captain her. Er zitterte vor unterdrückter Wut; die Luft im Zimmer schien sich gefährlich aufzuladen.

Doch Mrs. Howth tat die Sache ab. »Sie wollen dir nur Angst einjagen, Charles. Basil versucht auf diese Art, es mir heimzuzahlen. Er haßt mich. Captain Jorgensen genießt das Vertrauen der Admiralität. Sie haben ihm ein Kommando über ein Schiff anvertraut. Klingt das etwa so, als sei seine Integrität in Frage gestellt?«

»Ich weiß alles über diese Expedition nach Island. Es gibt Leute im Kriegsministerium, die seine Freilassung für einen schweren Fehler halten und daß man ihm ein Schiff und eine Mannschaft gibt, für puren Wahnsinn. Diese Leute wären jedenfalls nicht überrascht, wenn er geradewegs nach Calais segeln würde und diese Island-Sache nur ein Vorwand ist.«

»Charles, siehst du denn nicht, daß das gar nichts mit dir zu tun hat? Oder mit mir. Das sollen die unter sich ausmachen. Es ist nur dummes bürokratisches Gehabe. Jorge hat sein Schiff und segelt nach Island, mit dem Segen der britischen Regierung.«

»O nein, das wird er nicht«, sagte der Mann. »Das kann er sich aus dem Kopf schlagen. Ich bin ohne mein Verschulden in diese schmutzige Geschichte hineingezogen worden, aber ich kenne Mittel und Wege, der Sache ein Ende zu machen.«

Sie seufzte, allem Anschein nach gelangweilt.

»Ja, seufzen Sie nur, Madam! Du hältst dich für so verdammt schlau. Wenn ich ihn wegen krimineller Beziehungen zu meiner Ehefrau verklage, kann Jorgensen das Land nicht vor der Gerichtsverhandlung verlassen. Außerdem ist mir bekannt, daß du eine Bürgschaft über eine sehr hohe Summe übernommen hast, damit dieser Kerl sein Schiff bekommt und die Erlaubnis auszulaufen.«

»Das macht mir keine Sorgen. Captain Jorgensen wird mitsamt dem Schiff zurückkehren. Darin sehe ich kein Problem.«

»Ha! Aber er wird nirgendwohin segeln, denn die Bürgschaft ist hinfällig. Als dein Ehemann kann ich sie widerrufen, und wenn ich meine Klage einreiche, werden deine Guthaben gesperrt und die Bürgschaft ist null und nichtig. Keine Sicherheit, kein Schiff!«

Jacob wollte am liebsten ins Zimmer stürmen und den Kerl aus dem Haus werfen, aber er wartete noch zu. Was würde sie tun?

Sie bot ihm die Stirn, aber ihre Stimme war nicht mehr ganz so fest. »Du bist verrückt, Charles. Und du machst dich lächerlich.«

»Tatsächlich? Es gibt Leute, die glauben, man könne dich wegen Verrats belangen. Wenn du jetzt mit mir nach Hause kommst, werde ich diese ganze scheußliche Geschichte vergessen. Jorgensen soll allein sehen, wie er zurechtkommt. Solange ich ihn nicht verklage, kann er sein Schiff behalten und seine Expedierung durchführen, aber wenn du dich weigerst, nach Hause zu kommen, dann bleibt er hier in England.«

»Und mit ›nach Hause kommen‹ meinst du, daß ich dir mein Vermögen und meine Gesellschaften überlasse, wie es sich für ein braves kleines Frauchen gehört? Das ist es doch, was du eigentlich willst, nicht wahr, Charles?«

»Ich versuche nur zu tun, was das Beste für uns ist.«

»Ich könnte dir eine großzügige Abfindung anbieten.«

»Warum sollte ich mich mit einem Trostpreis zufriedengeben, wenn mir von Rechts wegen alles zusteht? Genug geredet. Kommst du jetzt nach Hause?«

»Nein.«

»Na schön. Ich werde jetzt gehen. Aber wenn du nicht bis morgen mittag in mein Haus zurückgekehrt bist, werde ich meine Anwälte anweisen, sofort tätig zu werden.«

Jacob wollte nicht, daß Mrs. Howth erfuhr, daß er gelauscht hatte, also schlüpfte er durch die rückwärtige Tür hinaus in die kleine Gasse hinter dem Haus und zog sich seine Mütze tief ins Gesicht. Dieser Mann konnte den Captain ruinieren, er würde dafür sorgen, daß man das Schiff festsetzte. Es war furchtbar. Vielleicht hätte sie lieber einwilligen sollen und wenigstens für eine Weile zu ihrem Mann zurückkehren. Aber hätte er seine Zusage dann eingehalten? Jacob hatte da so seine Zweifel. Nichts könnte ihn hindern, die Bürgschaft trotzdem zu widerrufen und den Captain zu verklagen. Er eilte zur nächsten Ecke und auf die andere Straßenseite, um den Eingang des Hauses besser im Blick zu haben.

Howth kam in einem langen Umhang und einem schwarzen Hut mit Federschmuck aus der Tür und ging eilig davon, ohne sich umzusehen.

Jacob folgte ihm, blieb auf seiner Seite der Straße und überquerte sie erst, als der Mann um eine Ecke bog. Vielleicht war es kein dummer Gedanke, herauszufinden, wo er wohnte. Möglicherweise sollte er, Jacob Aasgaard, Mr. Howth mal einen Besuch abstatten. Ein paar blaue Flecke mochten ihn dazu bringen, seine Meinung zu ändern und rechtschaffene Leute in Frieden zu lassen.

Plötzlich änderte Howth die Richtung und betrat Coram's Field. Wahrscheinlich nahm er eine Abkürzung durch den Park. Jacob eilte ihm nach, ließ einer Dame mit ihrem Begleiter jedoch höflich den Vortritt, die ihm am Tor entgegenkamen, ehe er die Verfolgung wieder aufnahm. Für einen kleinen, dicklichen Mann ging Howth ziemlich zügig, also beschleunigte Jacob seine Schritte und steuerte auf eine Baumreihe zu, so daß er mit ihm auf gleicher Höhe, aber außer Sichtweite bleiben konnte.

Im Park war es still, die Schatten wurden länger, und ein früher Abendnebel zog auf. Howth verließ den Pfad und eilte weiter. Er wich einer ausladenden Gruppe von Sträuchern aus und umrundete sie, und dann ging alles so schnell, daß Jacob im schwachen Licht nicht sofort erkannte, was sich da vor ihm abspielte.

Howth war zu Boden gegangen. Gestolpert? Eine plötzliche Ohnmacht?

Jacobs erste Reaktion war instinktiv – er wollte ihm zu Hilfe kommen; doch dann besann er sich und zog sich in den Schatten der Bäume zurück. Zwei dunkle Gestalten zerrten Howth ins Gebüsch. Räuber! Er war von Räubern überfallen worden. Der Park war jetzt wie ausgestorben, und Jacob hörte keinen Laut. Die Angreifer waren mit ihrem Opfer verschwunden. Jacob schlich auf sie zu in der

Absicht, sie zu packen und ihnen die Köpfe einzuschlagen, aber dann zögerte er wieder. Warum? Warum sollte er das tun? Howth war der Feind. Wenn er von einer unbeteiligten Partei angegriffen wurde, dann bitte. Dann war es der Wille der Götter. Es ging ihn nichts an.

Er machte kehrt, grinste vor sich hin und ging denselben Weg zurück, den er gekommen war.

Samuel Phelps sah sich in seiner Kajüte um. Er hatte niemandem gestanden, wie sehr er sich auf diese Reise freute. Er hatte den Kanal viele Male überquert, doch in den fünfzig Jahren seines Lebens war dies seine erste richtige Schiffsreise. Und es war ein Vorteil, der einzige Passagier zu sein und den Captain zur Gesellschaft zu haben. Noch dazu war es eine geschäftliche Reise, und er brauchte seine Passage nicht einmal zu bezahlen.

Die Kabine war beinah komfortabel, eine ordentliche Koje, ein stabiler Schreibtisch und Stuhl aus Eiche, beide mit den Planken verschraubt, dazu seine Reisetruhe, die bereits festgezurrt war. Sie würden erst in drei Tagen auslaufen, aber Samuel hatte all seine Geschäfte bereits abgewickelt. Seine Fracht war geladen, jetzt mußte nur Cameron seinen Teil noch liefern. Einige seiner Waren befanden sich bereits im Lagerhaus hier im Hafen, die Hauptlieferung wurde für morgen erwartet. Cameron war allzu vorsichtig, immer noch ein bißchen nervös, und er hatte nur eine kleine Ladung beigesteuert, weil er erst einmal abwarten wollte, wie die Dinge sich entwickelten. Auf diese Weise war mehr Platz für Phelps' Anteil gewesen. Mehr Tee, mehr Zucker und zehn Gros lange Damenunterhosen, die er gerade noch rechtzeitig preiswert bekommen hatte. Und war er erst einmal in Reykjavik, würde er die Bestellungen entgegennehmen und auf diese Weise am besten in Erfahrung bringen, welche Waren wirklich gefragt waren.

Der Steward klopfte an seine Tür, ein sehr junger Kerl, der noch nicht lange zur See fuhr. Für gewöhnlich war er guter Laune, doch jetzt wirkte er besorgt. »Der Captain sagt, Sie möchten bitte zur Gangway kommen, Sir. Ich glaube, da gib es Ärger.«

»O Gott. Was ist denn nun schon wieder?«

Er ging an Deck und fand Jorgensen mit verschränkten Armen an der Gangway. Er versperrte ein paar Männern den Weg, die offensichtlich an Bord kommen wollten.

»Was geht hier vor?« fragte Phelps.

Ein Armeeoffizier, anscheinend der Anführer, sah zu ihm herüber. »Wir wollen nur kurz mit Jorgensen reden.«

»Ohne schriftliche Befugnis kommt hier niemand an Bord«, sagte Jorge. »Und Sie nur über meine Leiche, Reynolds.«

Die anderen beiden Männer trugen Zivil und sahen aus wie Polizisten. Das machte Samuel nervös. Er hatte über die Jahre mehr als genug Ärger mit den Behörden gehabt und wollte im Moment keinen neuen riskieren. Ein paar Matrosen sammelten sich hinter Jorgensen, bereit, ihrem Captain beizustehen.

»Lassen Sie uns das auf dem Kai besprechen«, sagte Phelps in jovialem Tonfall. »Mein Name ist Phelps, mir gehört die Ladung hier.« Er drängte sich an Jorge vorbei und führte die Männer die Gangway hinab. »Also, Gentlemen? Wo drückt der Schuh?« Er ließ seinen Umhang absichtlich ein wenig offenstehen, damit sie seine teure Kleidung und die goldene Uhrkette auf seiner Satinweste sehen konnten.

»Wir sind hier, um Jorgensen zum Verhör abzuholen«, sagte der Armeeoffizier. »Ich bin Major Reynolds, dies sind Sheriff Jeremy Cranston und Mr. Daniels von der Stadtwache.«

Samuel spürte, wie sein Herzschlag sich beschleunigte,

aber er ließ sich seine Unruhe nicht anmerken. Seine jahrelange Verhandlungserfahrung machte sich nun bezahlt. Er hatte viel Geld in dieses Unternehmen investiert, und Geld war heutzutage knapp. Jorgensen mußte beschützt werden. Er spielte auf Zeit. »Ich verstehe nicht ganz, Sheriff. Ist dies eine zivile oder eine militärische Angelegenheit?«

»Eine zivile, Sir«, antwortete der Sheriff, und Samuel entschied sich daher für ihn als Ansprechpartner. Er wandte dem Offizier mit der affektierten Stimme den Rücken zu, wohl wissend, daß das den anderen beiden – Männern seines eigenen Standes – gefallen würde.

»Worum geht es?« erkundigte er sich.

»Um Mord!« fuhr der Major dazwischen, und er wirkte so rotwangig und aufgeregt, als habe er auf dem Jahrmarkt sämtliche Preise gewonnen.

Samuel fürchtete einen Moment, auf der Stelle tot umzufallen. Statt dessen fuhr er zu dem Major herum. »Ich habe nicht Sie gefragt. Wenn dies eine Zivilsache ist, wozu sind Sie dann hier?«

»Um Jorgensen zu identifizieren.«

»Ach wirklich? Nun, da Sie das jetzt erledigt haben, können Sie ja wieder verschwinden. Ich würde mich gerne mit den beiden Gentlemen hier unterhalten. Jorgensen kann ja nicht weglaufen.« Er erhaschte ein Grinsen auf Cranstons Gesicht und fühlte sich ein wenig sicherer. »Jorgensen würde nie einen Mord begehen«, sagte er und hoffte, daß es stimmte. Der Captain, dachte er, war fähig, einen Gegner mit einem einzigen Fausthieb zu fällen und sich ohne einen weiteren Blick abzuwenden. »Wer ist denn eigentlich ermordet worden?«

Der Sheriff trat einen Schritt vor. »Wir untersuchen die näheren Umstände, unter denen der Ehrenwerte Charles Howth gestern abend ums Leben gekommen ist.«

»Howth?« fragte Samuel gebannt. »Charles Howth? Was ist passiert?«

»Kannten Sie ihn?«

»Nein, aber ich kenne seine Frau.« Samuel streckte ihnen die Handflächen entgegen, um zu zeigen, daß er nichts zu verbergen hatte. »Ich bin dem Mann nie begegnet, aber es tut mir sehr leid, das zu hören. Wer würde denn so etwas tun?«

Lieber Gott im Himmel! Sollten sie die *Aeolus* doch mitsamt der Ladung versenken, ihm war es gleich. Aber auf keinen Fall wollte er in den Mord am Ehemann von Jorgensens Geliebter verwickelt werden. Jesus, nein! »Und dabei kann er doch noch gar nicht allzu alt gewesen sein«, plauderte Samuel munter weiter. Sobald er sich verdrükken könnte, würde er nach Hause schleichen. Er würde nicht wieder an Bord der *Aeolus* gehen, ehe diese Sache aufgeklärt war.

»Fünfunddreißig, Sir«, antwortete der Sheriff. »Fünfunddreißig.«

»Wie furchtbar«, murmelte Samuel mit glaubhaft vorgetäuschter Betroffenheit. »Zu jung zum Sterben. Wie ist es passiert? Ich meine, wenn die Frage erlaubt ist.«

»Er wurde erschlagen und beraubt. Und das Traurige ist, sein eigener kleiner Hund hat ihn gefunden, als einer der Diener ihn spät abends in Coram's Field ausführte, sonst hätte man ihn womöglich erst heute morgen gefunden.«

»Der arme Mann.« Samuel schüttelte den Kopf. »Der arme Mann.« Er wollte beiseite treten und sich verabschieden, als etwas in seinem Hirn einzurasten schien. Das hatte er ja ganz vergessen! Wie der Major war er überzeugt gewesen, daß der Captain Regals Mann getötet haben mußte. »Sheriff, gehe ich recht in der Annahme, daß dieses Verbrechen Captain Jorgensen zur Last gelegt werden soll?«

»Wem sonst?« mischte der Major sich wieder ein. »Sie haben es eben doch selbst gesagt, Sir. Sie sagten, er würde niemals jemanden ermorden, dabei waren wir nur hier, um ein paar Fragen zu stellen. Warum sollten Sie so etwas sagen, wenn Sie nicht insgeheim genau das denken würden?«

Verdammt, man muß wirklich vorsichtig sein mit diesen Bastarden, schärfte Samuel sich ein. Er war in ihre Falle getappt. Aber das war jetzt unwichtig. »Sheriff, Sie sagten, Mr. Howth sei gestern abend umgebracht worden. Wissen Sie, wann ungefähr?« Er sah zur Reling hinauf. Jorgensen war verschwunden, doch die Matrosen bewachten nach wie vor die Gangway.

Der Major wurde ungeduldig. »Hören Sie, Sheriff, dieser Mann kann morgen die Zeitung lesen und seine Neugier befriedigen. Sie sind nicht verpflichtet, seine Fragen zu beantworten. Sie müssen Jorgensen festnehmen! Wenn er entwischt, wird man Sie zur Verantwortung ziehen, dafür werde ich sorgen.«

Der Sheriff sah ihn wütend an, sein breiter Schnurrbart sträubte sich. »Machen Sie Ihre Arbeit, Sir, und lassen mich die meine tun! Also, Mr. Phelps, was wollten Sie sagen?«

»Ich frage mich, wann es passiert ist, denn ich war gestern mit Mr. Jorgensen zusammen.«

»Er wurde gegen fünf Uhr ermordet. Nachbarn haben gesehen, wie er Coram's Field betrat, vermutlich auf dem Heimweg, aber dort kam er leider nie an.«

Samuel atmete erleichtert auf und vergewisserte sich, daß das Cranston nicht entging. »Dann glaube ich nicht, daß Captain Jorgensen Ihnen irgend etwas sagen kann. Gestern nachmittag war er in meinem Lagerhaus und hat die Ladung für das Schiff überprüft. Jeder meiner Lagerarbeiter kann das bestätigen.«

»Um welche Zeit war das?«

»Nachmittags. Wir haben im Peddler's Arms etwas gegessen, das ist gleich gegenüber von meinem Geschäft, so gegen eins. Dann sind wir zu meinem Kontor gegangen, Phelps & Company. Das ist auch in der Wapping High Street. Wir sind die Proviantlisten durchgegangen. Captain Jorgensen überprüft gerne alles persönlich. Gegen fünf haben wir Schluß gemacht, sind zurück zum Peddler's gegangen und haben einige Gläser Bier getrunken.«

Cranston nahm seinen Hut ab und kratzte sich am Ohr. »Interessant. Aber da ist ein Problem, Mr. Phelps. Zeugen haben sich gemeldet, die aussagen, sie hätten Mr. Jorgensen gestern nachmittag in der Euston Road gesehen, nicht weit von Coram's Field.«

»Das ist ausgeschlossen.«

»Er ist den Zeugen aufgefallen, weil er einen großen Rosenstrauß trug. Sehr groß. So etwas fällt den Leuten auf.«

»Aber die Leute irren sich. Sie werden mehr Zeugen bekommen, als Sie verkraften können, die jeden Eid auf die Bibel schwören, daß er gestern genau da war, wo er sein sollte. Bei der Arbeit nämlich.«

Der Sheriff wandte sich an seinen Begleiter. »Das ist wohl ziemlich eindeutig, Daniels. Gehen Sie zur Wapping High Street und überprüfen Sie das.« Zu Samuel sagte er: »Vielen Dank, Sir, Sie haben uns sehr geholfen. Ich muß wohl noch einmal von vorne anfangen.« Er zwinkerte Samuel zu. »Die Zeugen des Major scheinen nicht besonders verläßlich zu sein. Ich würde eine Menge Zeit sparen, wenn man mich meine Untersuchungen ohne Einmischung von außen durchführen ließe.«

Samuel dachte darüber nach, als er ihnen nachsah. Wie kam es, daß dieser Major Reynolds Zeugenaussagen gegen Jorgensen beschaffte? Was hatte ein Armeeoffizier hier herumzuschnüffeln? Es spielte im Grunde ja keine

Rolle. Gott sei Dank hatte Jorgensen ein wasserdichtes Alibi, er war gestern nicht einmal in die Nähe von Coram's Field gekommen. Bis er heimging natürlich, aber da war ja schon alles vorbei. Offensichtlich kannten sie die Adresse des Captain, denn sie hatten nicht danach gefragt.

Nun ja. Ende gut, alles gut. Viel Lärm um nichts. Er ging die Gangway hinauf, um Jorge zu besänftigen und ihm die gute Nachricht zu bringen. Regals Gatte hatte praktischerweise das Feld geräumt.

»Darum ging es also«, sagte Jorge. »Und Howth ist tot. Wie ist das nur passiert? Und was hatte Reynolds hier verloren?«

Samuel erklärte die Umstände. »Sie können froh sein, daß ich hier war, mein Freund«, schloß er. »So konnte ich den Verdacht auf der Stelle ausräumen. Sie haben zwar genug Zeugen, die beschwören können, daß Sie nicht in der Nähe des Tatortes waren, aber Sie wissen ja, wie solche Leute sind. Wenn sie einen erst einmal in den Fingern haben, ist es schwer, sich daraus wieder zu befreien.«

»Das ist wahr, wer wüßte das besser als ich. Ich werde Howth keine Träne nachweinen, aber es ist wohl besser, ich gehe zu Regal.«

»Seien Sie kein Idiot! Halten Sie sich da raus! Regal wird nicht zulassen, daß man sie belästigt, sie wird ihnen ganz schnell die Tür weisen. Aber Sie können sich keinen weiteren Ärger leisten, Jorge, und wie es scheint, hat dieser Major Reynolds es wirklich auf Sie abgesehen. Er war es, der diese falschen Zeugen herbeigeschafft hat. Er behauptete, sie hätten Sie gestern die Euston Road entlanggehen sehen mit einem Strauß Rosen.« Samuel lachte. »Ein verdammter Strauß Rosen! Haben Sie so etwas schon gehört?«

Jorgensen starrte ihn einen Moment reglos an und packte ihn dann am Arm. »Gehen Sie hinunter in Ihre Kajüte, ich lasse Ihnen Kaffee bringen. Ich habe viel zu tun.«

Sobald Samuel verschwunden war, hielt der Captain den ersten Matrosen an. »Wo ist der erste Maat? Mr. Aasgaard?«

»Er ist vorhin an Land gegangen.«

»Geh und such ihn. Sag ihm, er soll sofort herkommen.«

»Samuel, wir laufen heute mit der Flut aus.«

Phelps fuhr herum. »Was? Das können wir nicht! Wir sollen doch erst in drei Tagen lossegeln.«

»Es ist alles in Ordnung«, versicherte Jorge. »Wir haben alle Vorbereitungen abgeschlossen und stechen noch heute nachmittag in See.«

»Aber das paßt mir gar nicht. Ich muß noch verschiedene Dinge abholen, mich von Freunden verabschieden ... von meiner Frau ...«

Jorge schlug ihm auf die Schulter. »Sie haben ja noch über zwei Stunden Zeit, Mann. Machen Sie kein so finsteres Gesicht. Wir segeln los. Vergessen Sie doch mal Ihre kleinen Alltagssorgen. Die hohe See, davon haben Sie doch schon immer geträumt! Wir werden zurück sein, ehe noch irgend jemand Zeit hat, uns zu vermissen.«

Auf dem Schoner herrschte auf einmal geschäftiges Treiben. Die letzten Vorräte wurden mit einer Winde auf das Deck gehievt, breit grinsende Matrosen kamen mit ihren Seesäcken an Bord. Jorge schritt das Deck ab und brüllte Anweisungen, während seine rechte Hand, der muskelbepackte Jacob, in die Wanten hochkletterte, nicht weniger geschickt als der kleinste, geschickteste der Matrosen. Segel schlugen, Ketten rasselten und Luken schlugen auf und zu. Samuel ertappte sich dabei, daß er sich von der allgemeinen Aufregung anstecken ließ. Jorge hatte recht. Was für einen Unterschied machte es schon? Ein paar Tage länger warten, und das Wetter konnte umschlagen und sie im Hafen festhalten. Besser, sie segelten jetzt los, solange sie noch konnten. Einen flüchtigen Moment sorgte er sich, daß der überstürzte Aufbruch irgend etwas mit Charles Howths Ermordung zu tun haben könnte, doch dann verwarf er den Gedanken wieder. Jorge konnte den Mann unmöglich umgebracht haben. Darüber hinaus war Jorge sichtlich verblüfft gewesen, als er davon erfahren hatte, hatte ungläubig den Kopf geschüttelt. »Wie seltsam es doch manchmal zugeht in der Welt«, hatte er gesagt.

Samuel war von Natur aus ein neugieriger Mensch, und darum stellte er Spekulationen über Regal Howth an. Ihm war gerade noch Zeit geblieben, nach Hause zu eilen und rasch ein paar Worte mit Meg zu wechseln, doch Jorgensen machte keinerlei Anstalten, von Bord zu gehen. Er war zu sehr mit den Vorbereitungen für ihren Aufbruch beschäftigt. Vermutlich hatte er nur eine Nachricht geschickt.

Samuel grinste. Das würde ihr bestimmt nicht gefallen, eine so besitzergreifende Frau wie Regal legte gewiß größten Wert auf zärtliche Abschiede mit Küssen, Tränen und Versprechen. Und mochte sie auch wie eine feine Dame der Gesellschaft wirken, Samuel ahnte, daß sie ein feuriges Temperament hatte und um Worte nicht so schnell verlegen war. Nein ... das würde ihr kein bißchen gefallen. In den letzten Wochen hatte er sie beobachtet und herauszufinden versucht, was sie im Schilde führte. Es war eine Sache, wenn eine Lady sich auf eine heimliche Affäre einließ, aber ihren Mann in aller Offenheit zu verlassen und mit einem Seemann auf und davon zu gehen, mochte er auch ein fesselnder, obendrein gutaussehender Kerl wie Jorgensen sein, dazu brauchte es Mut. Leidenschaft allein reichte da nicht aus.

Da war noch etwas anderes, das diese beiden zu verbinden schien. Es war nicht leicht, den Finger darauf zu legen, doch Samuel bildete sich einiges darauf ein, ein ausgesprochen guter Beobachter zu sein. Das war auch vonnöten in einer so bösen Welt wie dieser. Regal litt unter einem Gefühl der Minderwertigkeit, so viel war klar. Aber warum nur? Diese Frau war doch mit allem gesegnet, was man sich auf dieser Welt wünschen konnte. Manchmal nahmen diese braunen Augen einen berechnenden Ausdruck an, nur ein kurzes Aufblitzen hier und da, doch Samuel war es nicht entgangen. Und Jorgensen, nun, Jorgensen war immer berechnend. Und dagegen war ja auch nichts einzuwenden, fand Samuel, schließlich war er auf diesem Gebiet selber ein Könner. Aber diese Regal ... Er vermutete, daß sie sehr viel gescheiter war, als alle glaubten, und daß sie aus dieser Tatsache ein Geheimnis machte und ihre klugen Augen vorsorglich hinter einem sittsam gesenkten Blick verbarg ... Er seufzte. Auf jeden Fall war sie eine Schönheit, das mußte man ihr lassen. Und jetzt war sie Witwe. Wie praktisch. Er fragte sich, ob sie ihren Mann hatte aus dem Wege räumen lassen.

Jorge war wie immer vor Tau und Tag aufgebrochen, und Regal blieb im Bett und versuchte zu schlafen, ihre Besorgnis über Charles' Drohungen aus ihren Gedanken zu verbannen. Sie hatte Jorge nichts erzählt. Sie fürchtete, daß es ihrem Mann tatsächlich gelingen könnte, die *Aeolus* am Auslaufen zu hindern. Sie wollte nicht die Ursache für noch mehr von Jorges Kummer sein. Hatte er nicht schon genug gelitten in diesem schrecklichen Gefängnis? Denn eines war ihr klar: an all diesen Schwierigkeiten war nur ihre eigene Sturheit schuld. Wäre sie brav mit Charles nach Hause gegangen, hätte all das vermieden werden können. Sie hatte nicht gewagt, Jorge davon zu erzählen.

Sie wälzte sich in ihrem Bett hin und her. Ihr war kalt, Schweiß stand auf ihrer Stirn, und sie litt an lähmenden

Krämpfen, ausgelöst durch ihre Sorgen. Immerhin bestand noch die Chance, daß Charles nur bluffte. Außerdem brauchte er immer ewig, bis er irgend etwas in Gang brachte. Also war vielleicht alles nur Gerede, und nichts würde passieren. Gott, wie sie Charles haßte! Warum konnte er sie nicht zufriedenlassen? Obendrein hatte er sich nun offenbar mit Basil Mulgrave und – ausgerechnet – Major Reynolds verschworen. Es war ein richtiger Schock gewesen, als sein Name fiel. Sie hatte ihn vollkommen vergessen. Sie hatte auch nicht gewagt, Jorge zu sagen, daß Reynolds und Charles sich irgendwie kennengelernt hatten.

Es war sinnlos, hier ruhelos im Bett zu liegen, sie mußte irgend etwas tun. Erst einmal würde sie an Leonard schreiben und ihn bitten, umgehend nach London zu kommen. Die Dinge wurden zu kompliziert, als daß sie noch allein damit fertig würde. Sie mußte ihm klarmachen, daß es für sie im Augenblick unmöglich war, nach Amerika zu reisen. Sie schleppte sich aus dem Bett, fühlte sich schwach und elend.

Charles. Sie würde ihn aufsuchen und ihm eine sehr großzügige Abfindung für den Fall anbieten, daß er ihre Ehe für beendet erklärte. Sie wollte ihn warnen, eine Ablehnung könne dazu führen, daß er am Ende leer ausging. Das würde seine Wirkung bestimmt nicht verfehlen, er war schwach genug, um sich von der Aussicht auf Bargeld umstimmen zu lassen. Zur Hölle mit ihm, er war doch nichts weiter als ein fauler Verschwender. Sie sollte ihm vielleicht auch sagen, wenn er sie in Zukunft nicht zufriedenließe, würde Captain Jorgensen die Angelegenheit mit ihm regeln, von Mann zu Mann.

Sie schüttete Wasser aus der Kanne in die Waschschüssel, ließ ihr Nachthemd zu Boden fallen und wusch Gesicht und Körper hastig mit einem Schwamm. Sie stand leicht gekrümmt, denn die Magenschmerzen hielten an. Es würde Monate dauern, ehe Leonard hier war, aber er würde diese englischen Anwälte schon auf Trab bringen, die unfähig schienen, zu einer Entscheidung zu kommen. Oder unwillig. Obwohl sie sie engagiert hatte, wurde sie das Gefühl nicht los, daß sie ihre Handlungsweise mißbilligten und insgeheim mit Charles sympathisierten. Zur Hölle mit Charles! Diese wenigen letzten Tage mit Jorge waren so kostbar, und Charles verdarb sie ihr.

Sie eilte an ihre Wäscheschublade, zerrte Unterwäsche heraus und streifte sie über, dann trat sie an den Schrank und griff nach dem erstbesten Kleid, ein Modell aus rosafarbenem Voile. Als sie es angezogen hatte und das weiche Mieder glattstrich, stellte sie fest, daß das Kleid hinten mit einer Reihe winziger Knöpfe verschlossen wurde, an die sie nicht herankam. Sie schwankte noch, ob sie sich umziehen oder nach Bonnie läuten sollte, als plötzlich jemand gegen die Tür hämmerte.

»Madam! Mrs. Howth! Sind Sie wach?«

»Natürlich bin ich wach«, antwortete sie. »Hör auf mit dem Gezeter und komm herein.«

Bonnie stürzte ins Zimmer. »Etwas Furchtbares ist geschehen, Madam.«

»Schon gut, beruhige dich. Komm her und schließ das Kleid. Was ist passiert?«

»Mr. Howth ist tot! Ermordet! Im Park in Stücke gehackt, sagen sie.«

»Was?« Regal starrte sie an. »Bist du sicher? Wo hast du das gehört?«

»Tom kam herübergelaufen, um es uns zu sagen. Sie kennen doch Tom, den Küchengehilfen von Woburn Place. Er sagt, Mr. Howth war auf dem Heimweg durch Coram's Field gestern nachmittag. Da wurde er überfallen und ermordet.«

»Das kann nicht sein.«

»Doch. Tom sagt, einer der Diener hat ihn gefunden und die Wache gerufen, und das Haus war die ganze Nacht in Aufruhr, immer kamen noch mehr Leute. Mr. Victor ist dort, Sie wissen schon, Mr. Charles' Bruder mit seiner Frau, seine Freunde, und der Sheriff natürlich auch. Tom sagt, die Dienstboten sind alle unruhig, sie wollen wissen, was aus ihnen werden soll ohne Herrschaft im Haus. Sie haben alle Angst, daß sie entlassen werden, also haben sie Tom herübergeschickt, um Sie zu fragen. Sie wollen wissen, ob sie ihre Arbeit behalten.«

»Wie soll ich das wissen? Und warum hat man mich nicht bereits gestern abend benachrichtigt?«

»Na ja, Mr. Charles' Bursche ... Tom sagt, er ist furchtbar verstört ... jedenfalls hat er Mr. Victor gefragt, ob er nicht lieber zur Euston Road hinüberlaufen und es Ihnen sagen sollte, aber Mr. Victor hat gesagt, er soll sich um seine eigenen Angelegenheiten kümmern, also hat gestern abend keiner gewagt, das Haus zu verlassen. Und außerdem laufen die Mörder ja immer noch da draußen herum, nicht einmal in den Betten sind wir noch sicher.«

»Jetzt schließ endlich diese Knöpfe«, sagte Regal, bemüht zu begreifen, was Bonnie ihr soeben eröffnet hatte. Ihr war zum Lachen zumute. Und zum Schreien. Es geschah Charles recht. Und was für ein Glück, daß sie die letzte Nacht nicht verdorben hatte, indem sie Jorge mit Charles' albernen Drohungen beunruhigte. Aber war es auch wirklich wahr oder nur ein Fall von kollektiver Hysterie unter den Dienstboten? Sie konnte es einfach nicht glauben, ehe sie keine offizielle Bestätigung hatte. Trotz allem war Charles doch schließlich ihr Ehemann ...

»Bonnie, nimm die Kutsche und fahr zu Mrs. Spencer. Sag ihr, ich brauche sie hier. Dringend. Und Mr. Spencer soll auch kommen. Wenn das wirklich wahr ist, dann will ich hier nicht allein sein. Oder sollte ich vielleicht zu Edwina fahren? Nein, es ist wohl besser, ich bleibe hier. Ich fühle mich nicht wohl.«

»Soll ich Ihnen Tee bringen?«

»Nein, du fährst besser jetzt gleich. Und beeile dich.«

Sie fühlte sich tatsächlich nicht wohl. Die Gedanken wirbelten in ihrem Kopf durcheinander, und sie fürchtete sich. Sie hatte das unbestimmte Gefühl, als breche ein Unheil über sie herein.

»Soll ich jemanden schicken, der es dem Captain sagt?« fragte Bonnie.

»Nein! Herrgott noch mal, beweg dich endlich. Oder hast du da Wurzeln geschlagen?«

Das Wohnzimmer war ein kleiner, feuchter Raum. Selbst mit weit geöffneten Vorhängen war er nie richtig hell, und die hohe Mauer, die das Haus umgab, versperrte jede Aussicht. Regal zündete beide Lampen an, sank dann in einen Sessel und wartete auf Edwina. Sie brauchte jetzt jemanden, mit dem sie reden konnte. Vielleicht würde Cameron ja mitkommen und könnte herausfinden, was wirklich geschehen war. Wenn es sich tatsächlich als wahr erweisen sollte, hätten alle ihre Nöte ein Ende, könnte sie Charles' Drohungen getrost vergessen. Warum war sie dann so nervös und beunruhigt? Vermutlich war es der Schock; sie konnte einfach nicht glauben, daß Charles tot war. Er schien ihr plötzlich näher als je zuvor, als sei er hier im Zimmer und mache sie für seinen gewaltsamen Tod und das Scheitern seiner Pläne verantwortlich. Beinah konnte sie ihn jammern und lamentieren hören – ein Geist, der nicht wußte, was er tun, wohin er gehen sollte, nachdem ihn der Tod so plötzlich ereilt hatte.

Holz lag im Kamin aufgestapelt, und sie überlegte, ob sie Feuer machen sollte. Aber das Kleid mit den weiten Röcken würde ihr dabei im Weg sein. Die Schornsteine im

Haus mußten dringend gereinigt werden, Ruß rieselte aus jedem Kamin.

»Witwe«, sagte sie zu sich. »Ich bin jetzt eine Witwe. Die Witwe Howth.«

Seltsam ... Witwen waren in ihrer Vorstellung immer alte Damen in Schwarz. Schwarz! O Gott! Wenn Charles tot war, sollte sie hier nicht in Rosa mit weißen Volants sitzen. Sie sollte lieber ein schwarzes, wenigstens ein dunkles Kleid anziehen. Jeder Besucher würde sie für gefühllos halten. Und dann fielen ihr die Knöpfe ein. Sie floh in die Küche auf der Suche nach der Köchin. Sie mußte ihr beim Umziehen behilflich sein, und zwar schnell.

Cameron und Edwina kamen unverzüglich – ausnahmsweise hatte Edwina einmal nicht getrödelt. Sie stürzte herein, nahm sich nicht die Zeit, den Umhang abzulegen, sondern schlang in einer Mischung aus Entsetzen und Neugierde die Arme um Regal und bestürmte sie mit Fragen. »Regal, Liebes! Wie grauenhaft! Ist es wirklich wahr? Wie fühlst du dich? Bestimmt ganz krank von diesem Schock. Bonnie sagte, ihr hättet die Nachricht nur von einem Diener, also sind wir am Woburn Place vorbeigefahren und es muß wahr sein, denn vor dem Haus war eine regelrechte Menschenansammlung und viele Kutschen. Ich wollte, daß Cameron hineingeht und sich erkundigt, aber er hat sich geweigert.«

»Ich konnte schlecht an die Tür klopfen und einen Haufen Fragen stellen. Sei vernünftig, Edwina«, fuhr er sie an.

»Hast du nach Jorge geschickt?« fragte Edwina.

»Nein. Ich wollte ihn nicht beunruhigen ... Außerdem, was könnte er schon tun?«

»Sehr klug unter diesen Umständen«, meinte Cameron. »Irgend jemand wird herkommen, um es dir offiziell mitzuteilen, und es wäre kaum angemessen, wenn dein ... Mr.

Jorgensen dann hier wäre.« Er hustete und griff nach seinem Taschentuch.

»Du bist sehr bleich, Regal«, sagte Edwina. »Du solltest etwas von der Medizin nehmen, die der Doktor dir gegen die Kopfschmerzen gegeben hat. Wirklich! Ich bin so erschüttert, ich könnte selber etwas davon gebrauchen.«

»Ich habe das Zeug weggeworfen«, erklärte Regal. »Bonnie wird uns Kaffee bringen. Denkst du, ich sollte zum Woburn Place hinüberfahren, Cameron?«

»Laß uns lieber noch ein Weilchen warten«, riet er. »Du bist in einer unglücklichen Position – einerseits die Witwe, andererseits die davongelaufene Ehefrau des Verstorbenen. Ich bin nicht sicher, welches Verhalten in einem solchen Fall angemessen wäre.« Er schob die Gardine beiseite. »Da sind zwei Männer am Tor. Ihr Damen bleibt hier, ich gehe hinaus und empfange sie.«

Als er den Raum verlassen hatte, flüsterte Edwina Regal zu: »Liebes, es ist vielleicht schrecklich, das zu sagen, aber es macht die Dinge für dich und Jorge doch wesentlich leichter. Was für ein Segen, daß Cameron daheim war und mit herkommen konnte. Ich meine, wer immer kommt, um dir die Nachricht zu bringen, sie würden dich anstarren und darauf lauern, wie du es aufnimmst. Alle werden das wissen wollen. Cameron kann sie fortschicken, du brauchst sie gar nicht zu empfangen. Aber ich meine, du solltest versuchen, so bekümmert wie möglich dreinzusehen, wenigstens eine Zeitlang. Den Schein wahren, verstehst du. Doch was wird mit der Beerdigung? Kümmerst du dich darum oder seine Familie? Das bringst auch nur du fertig, Regal, in eine so delikate Situation zu geraten.«

Regal ließ sie weiterplappern. Sie hörte den Türklopfer und die Stimmen der Männer in der Halle. Schließlich kam Cameron ins Wohnzimmer zurück, doch er brachte die

Besucher mit. Sie hatte heute eigentlich niemanden empfangen wollen, doch jetzt war es zu spät.

Cameron stellte sie als Sheriff Cranston und Mr. Daniels vor.

Cranston entschuldigte sich für ihr Eindringen und erklärte die Situation. »Wie ich Mr. Spencer schon sagte: Ihr Gatte, Mrs. Howth, ist auf tragische Weise und vor der Zeit aus dem Leben geschieden, und wir möchten Ihnen unser herzliches Beileid aussprechen. Es muß ein böser Schock für Sie sein.«

Regal nickte.

»Ihr Schwager, Victor Howth, hat den Leichnam identifiziert«, fuhr er fort.

»Was ist mit der Beerdigung?« fragte Edwina, und Cameron bedachte sie mit einem Stirnrunzeln. »Darüber machen wir uns später Gedanken.«

»Ja, das ist Sache der Familie«, sagte Cranston. »Doch da Mr. Howth einem Gewaltverbrechen zum Opfer gefallen ist, muß ich Ihnen jetzt leider ein paar Fragen stellen. Fühlen Sie sich in der Lage, sie mir zu beantworten, Mrs. Howth?«

Wiederum nickte Regal; abzulehnen wagte sie nicht. Sie war zutiefst erschrocken, daß der Sheriff sie aufsuchte. Er machte sie nervös, es war, als sei er gekommen, um hier im Haus eine Verhaftung vorzunehmen.

»Bin ich recht informiert, daß Sie hier mit einem Mr. Jorgensen zusammenleben, Madam?«

»Captain Jorgensen«, verbesserte sie.

»Ach richtig«, stimmte er zu. Seine Frage war damit beantwortet. »Ihr Schwager hat uns mitgeteilt, daß Ihr verstorbener Gatte im Begriff war, Captain Jorgensen wegen krimineller Beziehungen zu Ihnen zu verklagen. Ist das richtig?«

»Selbstverständlich nicht!« rief Edwina aus.

»Er hat davon gesprochen«, sagte Regal. »Aber er hätte es niemals in die Tat umgesetzt.«

»Wann haben Sie Ihren Gatten zuletzt gesehen?«

»Gestern nachmittag. Er war hier, um mich zu bitten, wieder zu ihm zurückzukommen.«

»Verstehe. Und was haben Sie geantwortet?«

Regal begannen diese Fragen zu verärgern. Glaubten sie etwa, sie habe es getan? Oder wollten sie es Jorge anlasten? Sie erwog, ein paar Antworten zu erfinden, denn Charles konnte sie ja nicht mehr der Lüge bezichtigen, doch dann entschied sie, daß das im Augenblick nicht zweckmäßig sei. »Ich habe abgelehnt.«

»Und wann ist Mr. Howth gegangen?«

»Ich bin nicht sicher, etwa gegen halb fünf.«

»Kam Mr. Howth zu Pferd oder in der Kutsche?«

»Nein, er kam zu Fuß. Er ging gerne ein paar Schritte. Es ist nicht weit bis zum Woburn Place ...«

»Durch Coram's Field?«

»Ja. Vermutlich. Es ist eine Abkürzung.«

»Danke«, sagte er und nickte dem anderen Mann zu, der sich Notizen machte. Regal hoffte, das Gespräch sei damit beendet, doch der Sheriff hatte noch weitere Fragen. »Mrs. Howth, kennen Sie einen Major Reynolds?«

»Ich bin ihm einmal begegnet«, sagte sie und hoffte, es klang gleichgültig.

»Ach ja? Nach Major Reynolds' Schilderung hatte ich den Eindruck, sie kennen sich näher.«

»Er ist kein Mann, den ich näher kennenlernen möchte«, gab sie zurück. »Wir sind uns nur einmal begegnet.« Hätte sie gewußt, daß diese Männer sie verhören würden, hätte sie niemals Edwina und Cameron hergebeten. Sie wünschte, sie hätte nicht so überstürzt gehandelt. Cameron, der ihr Handeln mißbilligte, hatte ihr halb den Rükken zugekehrt, um sich deutlich von ihr zu distanzieren.

Edwina, wie nicht anders zu erwarten, verschlang gierig jedes Wort, das gesprochen wurde.

»War Captain Jorgensen gestern nachmittag hier?«

»Nein. Er war anderweitig beschäftigt und kam erst sehr spät heim.«

»Und wo genau er sich aufhielt, wissen Sie nicht?«

»Nein. An Bord seines Schiffes vermutlich. Es ist die *Aeolus*. Sie glauben doch wohl nicht, daß er irgend etwas mit dieser Sache zu tun hat?«

Cranston lächelte grimmig. »Captain Jorgensen war zur fraglichen Zeit weit weg von hier, das haben wir bereits festgestellt. Ich denke, wir brauchen Sie nicht länger zu behelligen. Nur eine Frage noch, aus reiner Neugier: Sind die beiden Damen Amerikanerinnen?«

»Ja, aus Boston«, sagte Edwina.

»Ich dachte es mir.« Er nickte ihnen zu. »Ihr Akzent ist einfach entzückend, nicht wahr, Mr. Spencer?«

»In der Tat, ja.« Jetzt, da das Verhör beendet war, wagte Cameron es wieder, sich ihnen zuzuwenden.

»Wir werden Sie jetzt verlassen«, sagte Cranston. Regal erhob sich gewohnheitsgemäß und begleitete sie in die Halle hinaus.

»Hübsche Rosen«, bemerkte Cranston. »Ich liebe Rosen. Wo haben Sie denn diese Prachtexemplare her?«

Jacob! Regal fiel wieder ein, daß Jacob hiergewesen war. Hatte er den Streit zwischen ihr und Charles mit angehört? Irgend etwas warnte sie, drängte sie vorsichtig zu sein. »Vom Markt«, log sie. »Es gibt wundervolle frische Rosen auf dem Markt, wir bekommen sie immer von dort.«

Regal war bis tief in die Nacht aufgeblieben und hatte auf Jorge gewartet, um ihm von den schrecklichen Erlebnissen dieses Tages zu erzählen, daß der Sheriff sie aufge-

sucht und ihr vor Edwina und Cameron scheußliche, miß-
trauische Fragen gestellt hatte. Das Haus war geradezu
unheimlich still. Charles' Tod hatte diffuse Ängste in ihr
heraufbeschworen. Schatten krochen durchs Zimmer und
sammelten sich in den Ecken, das Knacken der Scheite
klang wie Schritte in den verlassenen Räumen. Regal hatte
das Haus niemals mehr gehaßt als heute.

Schließlich war sie vor Erschöpfung eingeschlafen, lag
vollständig bekleidet auf ihrem Bett, bis das Rattern der
Karren auf der Straße sie bei Tagesanbruch weckte. Sie
trat ans Fenster und sah eine Brigade finster dreinblicken-
der Soldaten die Euston Road entlangmarschieren. Ihre
Stiefel dröhnten wie Trommelschläge durch die Morgen-
stille.

Warum war er nicht nach Hause gekommen? War er
etwa verhaftet worden? Natürlich nicht. Der Sheriff hatte
gesagt, er habe bereits mit Jorge gesprochen. Manchmal
übernachtete Jorge an Bord, aber doch sicher nicht letzte
Nacht. Er wußte schließlich, was passiert war. Er hätte
nach Hause kommen müssen. Er mußte doch wissen, wie
besorgt sie sein würde. Was ging da unten am Hafen vor?

Sie eilte in die Küche hinab. Die Köchin hatte das Feuer
bereits aufgeschürt, und Bonnie saß im Nachthemd am
Tisch und strich Butter auf Brot.

»Zieh dich an«, befahl sie Bonnie. »Und ruf die Kutsche.
Wir fahren aus.«

»Jetzt?«

»Muß ich dir denn alles zweimal sagen?« fuhr Regal sie
an. »Jetzt. Auf der Stelle.«

Doch ihre drängende Eile war vergebens. Die *Aeolus* war
ausgelaufen. In den Lagerhäusern arbeiteten Männer, überall um sie herum war Leben, während sie wie betäubt in
ihrer Kutsche saß und sich verlassen fühlte. Gerade jetzt, da

sie ihn am dringendsten brauchte. Ein scharfer Wind heulte, packte die Kutsche und rüttelte sie, und die Pferde stampften nervös. Doch Regal rührte sich immer noch nicht. Sie konnte sich nicht entschließen, sich von diesem Ort zu entfernen. Vielleicht war es ja nur ein Mißverständnis, die *Aeolus* an einen anderen Kai verlegt worden. Er würde niemals einfach so verschwinden. Nicht Jorge.

Schließlich brach Bonnie das Schweigen. »Sollen wir nicht nach Hause fahren, Madam?«

Regal nickte. Nach Hause. Wo war das? Dieses scheußliche, leere Haus?

Zwei Tage vergingen. Niemand kam. Cameron Spencer war so pikiert über den Sheriff und seine Fragen gewesen, daß Regal schwante, es würde einige Zeit vergehen, ehe sie wieder von den Spencers hörte. Ein Mord ... was für ein Skandal! Zuviel für Cameron. Regal war es gleich, sie wollte niemanden sehen. Nicht einmal Maria Collins, die sich zum Glück irgendwo auf dem Lande aufhielt. Regal war zu erschüttert, zu gedemütigt, um mit irgend jemandem zu reden. Alles war so verwirrend. Was genau war eigentlich mit Charles geschehen? Sie bedauerte ihn, jetzt da sie seinen Tod endlich begriffen hatte. Anfangs war es ihr unwirklich erschienen. Selbst jetzt war es schwer vorstellbar, daß er nicht mehr da war. Fort. Ausgelöscht. Und als er an seinem letzten Tag aufgewacht war – wann war das gewesen? – hatte er nicht geahnt, daß dies sein letzter Tag sein würde. Ganz plötzlich aus dem Leben gerissen. Wie Großvater.

Ein Stein brach klirrend durch die Fensterscheibe, ein richtiger Gesteinsbrocken eigentlich, und plötzlich war der Wohnzimmerfußboden voller Glassplitter. Erschrocken sprang Regal auf und stürzte dann an das zerbrochene Fenster, um zu sehen, was passiert war. Spielende Kinder vielleicht.

Sie standen unten am Tor, eine Menschenmenge, Fremde, Männer und Frauen. Noch während Regal sie verwirrt anstarrte, begannen sie zu rufen, zu schreien, ihre Gesichter zu häßlichen Fratzen verzerrt, und es dauerte eine Weile, bis Regal begriff, daß sie ihr Beschimpfungen zuschrien. Etwas klatschte gegen ein zweites Fenster, eine Tomate, dann folgten weitere Wurfgeschosse: Eier, noch mehr Steine.

»Mörderin!« schrien sie. »Hure!« Ein widerwärtiger Gestank erfüllte die Luft, während das Geschrei anschwoll und ein paar Männer das Tor eindrückten. Schäumend vor Haß trampelten sie alles im Garten nieder. »Du dreckiges Miststück! Verschwinde! Wir wollen dich hier nicht! Verdammte Hure!«

Regal blieb am Fenster stehen. Sie wollte ins Hausinnere flüchten und sich verbergen, die Türen verschließen und sie aussperren, aber dazu war es jetzt zu spät. Das Schlimmste hatte sie ohnehin schon gehört. Sie würden schon wieder verschwinden, und Regal hatte nicht die Absicht, vor dem Straßenpöbel zu weichen. Sie stand hoch aufgerichtet und war sogar ein wenig amüsiert. Sie hatte immer geglaubt, der schlimmste Tag ihres Lebens sei ihr erster Schultag gewesen, als Großmutter sie zu Miss Pringle gebracht hatte. Und so war es noch. Kinder waren so verwundbar. Sie hatten keine Waffen, um sich zu verteidigen ...

Als Bonnie vom Markt kam, saß Regal in einem Sessel am zersplitterten Fenster. Der Mob hatte sich zerstreut, nur ein paar Frauen standen noch in sicherer Entfernung auf der anderen Straßenseite, starrten herüber und tuschelten. Regal beobachtete sie, sie hatte ohnehin nichts Besseres zu tun. Sie machten sie also für Charles' Tod verantwortlich, für seine Ermordung. Als die Steine gegen die Haustür prasselten, hatte sie geglaubt, sie höre ihre Großmutter an die Tür hämmern, die ihr vorwerfen wollte, sie habe Schande über die Familie gebracht.

Aber die Dinge hatten sich geändert. Sie würde sich nicht mehr ducken. Aus dem Kind war eine erwachsene Frau geworden, und diese Frau kümmerte es nicht, was die Leute redeten. Das Haus war gemietet, wenn es nach ihr ging, konnten sie es ruhig einreißen.

Bonnie lief mit dem Kaminbesen umher und fegte Glassplitter zusammen. »Diese schrecklichen Menschen, Madam. Sie hätten die Stadtwache alarmieren sollen. Die Köchin sagt, sie dachte, die würden das Haus niederbrennen. Sie sollten hier nicht bleiben. Sehen Sie sich nur das Fenster an. Ich lasse es reparieren und den Garten in Ordnung bringen. Verdammtes Pack! Grämen Sie sich nicht. Was wissen die schon? Nur was sie auf der Straße aufschnappen. Wenn der Captain hier wäre, er würde denen schon Bescheid stoßen!«

Aber der Captain war nicht hier. Er war verschwunden. Ohne ein Wort. Das Gefühl der Verlassenheit hatte Regal betäubt, hatte sie unempfindlich gemacht gegen die Beleidigungen, die diese Fremden ihr entgegengeschleudert hatten. Nun war sie wieder allein, mit niemandem als nur den Dienstboten zur Gesellschaft.

Ein Tag lief ab wie der nächste. Mechanisch ließ Regal alles über sich ergehen: aufstehen, anziehen, warten. Bonnie überredete sie zu essen, sich die Haare waschen zu lassen, eine Runde durch den Garten zu gehen, sich in ihr leeres, kaltes Zimmer zurückzuziehen.

Zeitungsschreiber kamen an ihre Tür, aber sie empfing sie nicht. Der Sheriff kam noch einmal, stellte fast dieselben Fragen wie bei seinem letzten Besuch und gab seiner Verwunderung über das plötzliche Auslaufen der *Aeolus* Ausdruck.

»Es ist Sache des Captains zu entscheiden, wann sein Schiff ausläuft«, erwiderte sie. »Sie können Captain Jorgensen danach fragen, wenn er zurückkommt.«

»Erwarten Sie denn, daß er zurückkommt?«

»Selbstverständlich.«

»Diese Island-Expedition hat eine heftige Kontroverse ausgelöst«, fuhr er im Plauderton fort. »Es ist ein sehr wagemutiges Projekt, nicht wahr?«

»Ich weiß nicht genug darüber, um eine Meinung zu äußern.«

»Man hat mir gesagt, Sie hatten hier ein bißchen Ärger mit einer aufgebrachten Menge. Ich bedaure, daß man Sie belästigt hat. Wünschen Sie irgendeine Form von Schutz? Ich könnte einen Mann schicken, der das Haus im Auge behält.«

»Das ist nicht nötig, vielen Dank.«

Ein Brief von Victor Howth riß sie aus ihrer Lethargie. Bislang hatte sie nichts tun können, als in Passivität abzuwarten, doch jetzt gab er ihr Gelegenheit, in Aktion zu treten, sich selbst zu beweisen, daß das Kind tatsächlich erwachsen geworden war. Sie las den Brief ein zweites Mal und klopfte dabei ärgerlich mit dem Fuß auf den Boden.

»Im Namen der Familie teile ich Ihnen hierdurch mit, daß die Beerdigung meines Bruders Charles morgen stattfindet«, schrieb er. *»Es ist unser ausdrücklicher Wunsch, daß Sie nicht erscheinen. Bedenkt man das Maß an Unglück, das Sie während dieser Ehe über ihn gebracht, und die Schande, die Sie der Familie bereitet haben, würde Ihre Anwesenheit die Familie unaussprechlich erschüttern.*

Darüber hinaus lasse ich Sie wissen, daß Ihre Verschwendungssucht meinen Bruder an den Rand des Ruins getrieben hat und kein ausreichendes Bankguthaben

mehr vorhanden ist, um die Beerdigungskosten zu dek-
ken. Die Familie ist bereit, diese Kosten zu tragen. Zum
Ausgleich beansprucht sie allerdings die Eigentümerschaft
über das Haus am Woburn Place, das meinem verstorbe-
nen Bruder gehörte, sowie aller darin befindlichen Gegen-
stände. Meine Gattin und ich haben besagtes Haus bereits
bezogen. Ihre persönliche Habe wird Ihnen zugestellt, so-
bald es uns zeitlich möglich ist.«

»Ach wirklich?« murmelte sie und legte den Brief auf ihren Schreibtisch. Leonard würde ihn sicher irgendwann
lesen wollen. Es war doch immer wieder interessant zu
sehen, welche Ausreden die Leute erfanden, um ihr eigenes Nest auszupolstern. Nun, die Howths würden feststellen müssen, daß das nicht so einfach war, wie sie es sich
vorstellten. Regal lächelte. Sie hatte das Haus völlig vergessen, doch jetzt hatte sie etwas Handfestes, worum sie
kämpfen konnte.

Sie betrachtete sich in dem fleckigen Spiegel an der
Wand. Es wurde Zeit, daß sie sich ordentlich herrichtete.
Die Antwort auf diesen Brief würde von ihren Anwälten
kommen, die die Howths davon in Kenntnis setzen würden, daß Mrs. Regal Howth, Witwe, die Absicht habe, bin-
nen sieben Tagen in ihr ehemaliges Heim zurückzukehren. Bis auf die Dienerschaft, die weiterbeschäftigt würde,
habe niemand das Recht, dieses Haus zu bewohnen. Sollten irgendwelche Möbelstücke oder andere Gegenstände
fehlen, werde Anzeige erstattet.

O ja, das war die richtige Antwort auf ihre Beleidigungen. Sie hätte Charles ruiniert? Lieber Gott! Und was Jorge
betraf, wenn er zurückkam, konnte er mit seinen Erklä-
rungen am Woburn Place vorstellig werden.

Noch am selben Tag, an dem Regal wieder das Haus am
Woburn Place bezog, kam Edwina zu Besuch. »Ich bin ja

so froh, daß du wieder in diesem schönen Haus wohnst. Ich wollte ja nichts sagen, aber das andere war einfach schrecklich. Eine Frau in deiner Position, Regal, was hast du dir nur dabei gedacht?«

»Es war doch nur vorübergehend. Hilf mir lieber, diese Bücher in die Bibliothek zu tragen.«

»Wo kommen die denn her? Meine Güte, wer ist denn hier so gebildet? Plato, Sokrates und ... du lieber Himmel, das meiste ist ja in Französisch!«

»Sie gehören Jorge. Ich habe sie ihm für die Reise geschenkt, er liest doch so gern. Wir sind zu Ridgeways gegangen und haben zusammen all seine Lieblingsbücher ausgesucht. Wir hatten solchen Spaß ... Und dann ist er ohne sie losgesegelt.«

»Ach du liebes bißchen! Sprich mir nicht davon. Cameron ist außer sich vor Wut. Er hat seine letzte Warenlieferung zum Hafen geschickt und mußte feststellen, daß das Schiff fort war. Ohne ihm ein Wort zu sagen. Ich glaube nicht, daß er Jorge das jemals verzeiht. Cameron glaubt, man habe ihn zum Narren gehalten und Phelps habe ihn betrogen. Was ist nur in Jorge gefahren, so Hals über Kopf aufzubrechen?«

»Ich weiß es nicht. Er muß einen guten Grund gehabt haben.«

Regal nahm einen Stapel Bücher und trug ihn in die Bibliothek. Edwina folgte ihr. »Vielleicht wollte Jorge vermeiden, in den Skandal um Charles' Tod verwickelt zu werden.«

»Welchen Skandal? Also wirklich, Edwina! Der Mann wurde im Park überfallen und ermordet. Es sollte ein Anlaß zur Trauer sein, aber ein Skandal ist es nicht. Es könnte jedem von uns passieren.«

»Vermutlich ja. Es ist nur so seltsam. Immer hat Charles beklagt, daß du ohne einen Lakai ausgehst, der dich beschützt, und nun sieh dir an, was ihm passiert ist! Was wirst du anfangen diesen Sommer?«

»Gar nichts.«

Edwina fuhr mit dem Finger ein Sims entlang. »Hier liegt Staub. Du solltest die Dienerschaft ein bißchen härter herannehmen. Und was soll das heißen, gar nichts? Es kommt mir manchmal so vor, als hätte Jorge dich völlig gelähmt. Wenn er nicht da ist, willst du nichts tun und nirgendwohin gehen. Und du warst immer diejenige, die Maria Collins kritisiert hat, weil sie sich nach David verzehrte.«

»Das ist nicht dasselbe. Maria hätte bei ihrem Mann sein können. Ich nicht. Jedenfalls nicht im Moment. Aber glaub mir, Edwina, das wird sich ändern. Jorge möchte es auch. Sobald er seine Angelegenheiten in Ordnung gebracht hat, werden wir England verlassen. Wie auch immer ... ich bin die Witwe Howth, ich kann nicht einfach so ausgehen und mich in der Welt herumtreiben. Man würde einmal mehr den Kopf über mich schütteln.«

»Aber du könntest mit mir nach Brighton kommen. Cameron sagt, er hat zuviel zu tun, um zu verreisen. Es gibt ein neues Hotel in Brighton, schrecklich teuer, irgendwelche französischen Emigranten betreiben es. Es heißt, es sei ausgesprochen exquisit. Der Prince of Wales und sein Gefolge logieren dort, du kannst dir also vorstellen, was es kostet. Wäre es nicht himmlisch, zur gleichen Zeit dort zu wohnen wie seine Hoheit und all die Herzöge und Gräfinnen? Du mußt mitkommen, Regal. Wir werden uns herrliche neue Kleider nach der neuesten Mode machen lassen, damit wir mit diesen Herrschaften mithalten können. Vielleicht können wir sie ja sogar ausstechen.«

»Ich kann nicht. Jorge wird nicht lange fortbleiben, bestimmt nicht länger als einen Monat. Ich möchte lieber hier auf ihn warten.«

Edwina seufzte. »Ich verstehe dich einfach nicht, Regal.

Eine junge Frau wie du. Sitzt hier herum und bläst Trübsal, dabei könntest du das Leben genießen. Außerdem ist es gemein von dir. Ich habe sonst niemanden, mit dem ich fahren könnte, du bist die einzige, die es sich finanziell leisten kann. Meine anderen Freundinnen weigern sich; sie sagen, ihre Männer würden es niemals zulassen, daß sie so viel Geld ausgeben. Ein Haufen Geizhälse, das sind sie.«

Regal sah sie nachdenklich an. »Vermutlich hast du recht. Mir wird langsam klar, daß ich mit Jorge niemals in einem so noblen Hotel logieren werde. Er ist im Grunde ein einfacher Mensch und hat kein Interesse am Luxus. Aber solange er fort ist, kann ich mich ebensogut amüsieren.«

»Wundervoll!« Begeistert schlug Edwina die Hände zusammen. »Wann fahren wir?«

»Nicht während dieser Islandfahrt. Er beabsichtigt ja, mehrere Fahrten hintereinander zu unternehmen. Ich will abwarten, wie es dieses Mal geht. Wenn er das nächste Mal nach Reykjavik aufbricht, fahren wir für ein paar Wochen in dieses Hotel, für das du so schwärmst. Bring inzwischen die Adresse in Erfahrung und was sonst noch nötig ist.«

Edwina verließ sie überglücklich, und Regal fühlte sich ein wenig besser. Sie hatte einen Entschluß gefaßt: Sollte Jorge sich weigern, sie auf die nächste Islandfahrt mitzunehmen, dann würde sie mit Edwina nach Brighton reisen. Er sollte wissen, daß sie nicht bereit war, alleine zu Hause zu sitzen und abzuwarten, bis er sich um sie zu kümmern beliebte. Sie würde sich eine edle Sommergarderobe zulegen, und sie und Edwina würden reisen wie die Könige, in zwei Kutschen, eine für sie beide, damit sie unbelauscht reden konnten, eine zweite für die Dienerschaft.

Sollten sie doch alle zur Hölle fahren. Sie fühlte, daß sie endlich begann, sich zu befreien, den Einfluß all dieser Männer abzuschütteln, die über ihr Leben bestimmen wollten. Edwina hatte recht. Sie würden sich wunderbar amüsieren.

Diesmal engagierte Regal einen Herrn, der sich mit der Renovierung und Umgestaltung von Häusern auskannte. Er war hingerissen, als er erkannte, daß es sich um die berühmte Howth-Residenz handelte.

Regal wollte mehr Licht in ihr Haus lassen: Fenster sollten vergrößert, Wände eingerissen, alle Teppiche und Tapeten erneuert werden. Und während all das geschah, kam schließlich ein Bote, den man von der Euston Road weiter hierher geschickt hatte, und brachte die Nachricht, die *Aeolus* liege im Hafen und der Captain sende ihr Grüße!

Regal kam es vor, als berührten ihre Füße den Boden kaum. Sie lief durchs Haus und rief Bonnie und den anderen Dienern Anweisungen zu. Die Kutsche! Sie brauchte sie sofort. Sie wollte, daß etwas Besonderes zum Essen eingekauft und all seine Lieblingsspeisen bereitet wurden. Zum Erstaunen der Handwerker nahm sie auf der Treppe zwei Stufen auf einmal. Sie bürstete sich kurz über die Haare und probierte in ihrer Aufregung wenigstens ein halbes Dutzend Hüte an, die sie alle beiseite warf. Schließlich entschied sie sich für einen schlichten Umhang mit Kapuze. Was machte es schon, daß das Haus kopfstand? Sie hatte versucht, jede Erinnerung an Charles und seine Familie auszumerzen, damit Jorge das Gefühl hatte, er betrete ein völlig neues Haus. Alle Howth-Portraits waren auf den Dachboden verbannt worden. Eines Tages würde sie sie Felicity schicken. All die Zweifel, die sie nach seinem überstürzten Aufbruch befallen hatten, waren jetzt vergessen. Vergessen waren auch all die Vorwürfe ... er war zu Hause!

Auf dem ganzen Weg zum Hafen saß Regal auf der Kante der Sitzbank, nervös und voller Ungeduld. Es regnete in Strömen, und die Kutsche kam auf den aufgeweichten Straßen nur langsam vorwärts. Sie fürchtete, Jorge könnte das Schiff schon verlassen haben, wenn sie ankam. Sie könnte es jetzt einfach nicht ertragen, ihn zu verpassen.

Es dauerte ein Weilchen, bis sie in Erfahrung brachten, wo das Schiff festgemacht hatte. Nachdem sie ein paarmal falsch abgebogen waren, fanden sie es endlich, und Regal sprang aus dem Wagen, eilte durch ein Lagerhaus und den Kai entlang, ungeachtet des Windes und des Regens, die das Flußwasser im breiten Hafenbecken aufwühlten.

Er stand mit einer kleinen Gruppe von Männern zusammen im Schutz des Vordachs einer Zollbaracke. Dann sah er sie, und sein Lächeln machte jede kummervolle Minute seiner Abwesenheit wett. Als er auf sie zueilte, folgten die Männer ihm, und Regal erkannte, daß es Journalisten waren.

Jorge schloß sie in die Arme und küßte sie, dann drehte er sich zu den Männern um. »Ich werde jetzt keine Fragen mehr beantworten. Später. Wir reden später.«

»Wo werden Sie wohnen?« fragte einer der Journalisten. Er hielt seinen Hut mit einer Hand fest und wandte sein Gesicht ab, um es vor dem Regen zu schützen.

Jorge sah auf Regal hinab, die Schöße seiner Öljacke schlugen gegen ihren Umhang.

»Woburn Place«, sagte sie, und Jorge winkte die Männer aus dem Weg: »Ich muß die Lady jetzt an Bord bringen, sie wird ganz durchnäßt hier draußen.«

Als sie auf das Schiff zugingen, lief einer der Journalisten Regal nach und rief: »Sind Sie nicht Mrs. Howth? Die

Witwe von Charles Howth? Hat man die Mörder inzwischen gefaßt?«

Doch Jorge stellte sich zwischen sie und den Verfolger und führte sie eilig davon.

Regal war glücklich. Das Haus sah prächtig aus, der Garten war ein Meer aus Sommerblumen, und Jorge war wieder bei ihr.

›Der große Captain‹, wie die Zeitungen ihn nannten, war aus Island zurückgekehrt. Er hatte allen Gefahren der Meere getrotzt, war zwischen feindlichen Schiffen Spießruten gelaufen, um dem vom Hunger bedrohten Land die dringend benötigten Lebensmittel zu bringen. Tag für Tag fanden sich Zeitungsschreiber vor dem Haus ein, die eine Geschichte über diesen mutigen, mitfühlenden Mann schreiben wollten, und Jorge gab ihnen bereitwillig Auskunft, während Regal dafür sorgte, daß die Besucher ausreichend mit Wein und Essen versorgt wurden.

Unter den Journalisten war auch eine Frau, Caroline Smythe. Sie schien von Regal ebenso fasziniert zu sein wie umgekehrt Regal von ihr.

»Wie sind Sie dazu gekommen, Journalistin zu werden?« fragte Regal und sah die winzige Frau an. Sie mußte um die Dreißig sein, hatte leuchtende Vogeläuglein und karottenrote, geschickt frisierte Haare.

»Zum einen, weil ich mich zu nichts anderem eigne, zum andern, weil ich schlau genug war«, erklärte Caroline. »Woher kommen Sie?«

»Boston. Aber Sie sind doch bestimmt nicht gekommen, um sich meine Geschichte anzuhören.«

»Warum nicht? Was hat Sie nach England verschlagen?«

»Ich kam zu Besuch und bin einfach geblieben. Und jetzt kommen Sie herein und trinken eine Tasse Kaffee.«

»Danke. Aber ich würde wirklich gern über Sie schreiben, das würde vor allem die Frauen unter den Lesern interessieren. Über Ihre Garderobe, Ihre Tafel ... das hier schmeckt übrigens köstlich. Es kommt nicht oft vor, daß Journalisten mit solcher Gastfreundschaft willkommen geheißen werden.«

Regal mochte sie gern. Eine Frau, die geradlinig sagte, was sie dachte, die ihren eigenen Lebensunterhalt verdiente. Bedenkenlos beantwortete Regal ihre harmlosen Fragen, doch sie nahm sich in acht, als ernstere Themen zur Sprache kamen.

»Sagen Sie mir, wohnt Captain Jorgensen hier, oder ist er Gast in diesem wundervollen Haus?«

»Nein, er wohnt hier.«

»Verstehe. Nun, ich erwähne es nur höchst ungern, aber ist es wahr, daß Ihr Mann ermordet wurde?«

»Ja.«

»Doch Sie lebten zu der Zeit schon getrennt?«

»Welchen Unterschied macht das? Man würde trotzdem niemandem ein solches Ende wünschen.«

»Es tut mir leid. Ich hätte nicht davon anfangen sollen. Um das Thema zu wechseln: Ich hörte, die Lords der Admiralität sind hoch zufrieden, daß Captain Jorgensen nach Island durchgekommen ist. Irgendwer sagte, sie hätten eigentlich nicht damit gerechnet, daß er es schafft.«

»Das stimmt. Aber er war überzeugt, daß er es schaffen würde, und er hat recht behalten.«

»Er ist ein außergewöhnlich gutaussehender Mann«, bemerkte Miss Smythe und sah zu Jorge hinüber, der mit einigen anderen Besuchern sprach.

Regal war so stolz auf ihn. Er wirkte, als fühle er sich heimisch hier, auch wenn er anfangs nicht begeistert davon gewesen war, daß er in dem Haus wohnen sollte, in dem Regal mit Charles gelebt hatte.

»Was spielt das für eine Rolle?« hatte sie widersprochen.

»Jetzt ist es mein Haus und es ist weitaus komfortabler als das, welches wir gemietet hatten.« Und das brachte sie auf das Argument, das ihn einfach überzeugen mußte: »Warum in Gottes Namen sollten wir für das Haus in der Euston Road weiterhin Miete bezahlen, während dieses Haus hier, mein eigenes Haus, leer steht und die Dienerschaft sich auf die faule Haut legt? Soll ich sie alle hinauswerfen und das Haus schließen?«

Zögernd hatte er nachgegeben. »Nein ... nein. Es scheint nur nicht klug, das ist alles. Es wird dem Gerede über seinen Tod neue Nahrung geben.«

»Also verkaufe ich das verfluchte Haus und suche uns ein anderes. Ist es das, was du willst?«

»Denk nicht mehr daran. Wir haben keine Zeit, uns den Kopf darüber zu zerbrechen, wo wir wohnen wollen. Lassen wir es vorerst dabei.«

»Was soll das heißen, wir haben keine Zeit?«

»Gar nichts.« Und mehr bekam sie nicht aus ihm heraus. Sie hatte gelernt, daß es bei Jorge nur zwei Stimmungen gab: entweder er war unwiderstehlich charmant, liebevoll, aufgeschlossen, neckte sie übermütig, erfreute sich an gutem Essen und Trinken – letzteres mitunter im Übermaß – und ließ nicht zu, daß sie von seiner Seite wich. Oder aber er gab sich unnahbar und zog sich von allen zurück, auch von ihr. Ein Mann, den nichts interessierte außer seinen eigenen Gedanken, die er selten jemandem anvertraute, der in seiner eigenen Welt lebte, abgeschottet wie eine uneinnehmbare Festung.

Gemeinsame Gespräche gingen auf diese Weise häufig ins Leere. Hatte er einmal entschieden, daß ein Thema beendet war, konnte sie ihn durch nichts dazu bewegen, sich weiter dazu zu äußern, ganz gleich, wie viele Fragen sie ihm auch stellte. Sie grinste verstohlen. Tat sie denn nicht genau dasselbe? Der einzige Unterschied war, daß sie von einem ungeliebten Thema ablenkte, *ehe* die Fragen ihr zu sehr zusetzten.

Caroline Smythe war viel sympathischer als die männlichen Journalisten, die achtlos an ihr vorbeigingen, als sei sie eine Hausangestellte. Doch sie bohrte ein bißchen zu viel in ihrem Bemühen, mehr über Regals Herkunft herauszufinden – ohne Erfolg. Das ging niemanden etwas an. Jorges Erfolg sollte im Mittelpunkt stehen.

Samuel Phelps besuchte sie häufig, nachdem er sich schließlich von der Seekrankheit erholt hatte, die ihn den ganzen Weg nach Reykjavik und zurück geplagt hatte. Es war eine schreckliche Reise für den armen Samuel gewesen, doch er genoß das öffentliche Interesse, daß damit einherging, ganz zu schweigen von seinen satten Profiten. Er hatte sich gar entschlossen, Jorge auf der nächsten Islandfahrt wieder zu begleiten. »Vermutlich wird es mir beim zweiten Mal besser gehen«, hatte er Regal erklärt. »Schließlich bin ich das Meer ja dann schon gewohnt. Es lohnt sich für mich, die Bestellungen selbst aufzunehmen, das spart die Provision für den Mittelsmann.«

Caroline schrieb einen Artikel über Regal. Darin nannte sie sie ›Captain Jorgensens Freundin‹. Regal fand den Bericht langweilig, er ärgerte sie sogar ein wenig. Caroline hatte das Haus beschrieben, Regals Kleider, ihre Vorliebe für modische Hüte, sie hatte gar erwähnt, daß Regal ein Paar Schuhe mit massiven Silberschnallen besaß. Wen sollte so etwas interessieren? Regal hatte Damen der Londoner Gesellschaft gesehen, die diamantbesetzte Schuhe trugen. Dieser Artikel klang, als sei sie eine von diesen geistlosen Frauen, die ihr Leben damit verschwenden zu entscheiden, was sie anziehen sollen. Aber Regal hielt Caroline zugute, daß sie selbst ihr nicht gerade geholfen, ihr nichts Interessantes erzählt hatte, das sie hätte verwenden können. Und alles in allem war der Artikel ja bedeutungslos. Was ihr an Caroline gefiel, war ihre Unabhängigkeit, und darum wollte sie sich mit ihr anfreunden.

Tag für Tag arbeitete Jorge an seinen Plänen für die nächste Expedition. Dieses Mal schien es weitaus komplizierter zu sein, er mußte zahllose Gespräche mit Offizieren der Marine führen. Abends gingen er und Regal aus. Sie liebten beide die Unterhaltung und zogen die Vielfalt des Londoner Nachtlebens faden Dinnergesellschaften daheim vor. Jorge ging mit ihr ins Theater, in prachtvolle Spielkasinos, er führte sie gar zur Maiden Lane, wo sie den vielstimmigen Liedern der Glee-Sänger lauschten. Es schien, als sei alles, was sie gemeinsam taten, ein Akt der Liebe, der ihre an und für sich schon sehr leidenschaftliche Beziehung noch vertiefte, und Regals Glück war offensichtlich. Er sagte ihr wieder und wieder, sie sei nie schöner gewesen als in diesen Tagen.

Doch Caroline begann ihr Sorgen zu machen. Jedesmal wenn sie Regal besuchen kam, und sei es nur auf eine Tasse Tee, bestand sie darauf, ›schnell ein paar Worte mit Captain Jorgensen zu reden‹, ehe sie ging, denn, so behauptete sie, ihr Interesse an seinen Unternehmungen sei ungebrochen. Doch Regal entging nicht, daß sie ihm gar zu sehr schmeichelte, daß die Heldenverehrung, die sie ihm entgegenbrachte, sich in offene Avancen verwandelte. Caroline, da war sie sicher, war vollkommen vernarrt in Jorge.

Regal überlegte, ob sie mit Jorge darüber reden sollte, doch schließlich entschied sie sich dagegen. Sie wollte keine Spannungen zwischen ihnen aufkommen lassen. Außerdem war er eben ein attraktiver Mann. Auf seltsame Weise gefiel es ihr sogar, daß Caroline dies offenbar genauso empfand wie sie selbst.

Ein solches Hämmern erscholl an der Tür, daß Regal herbeirannte und sich fragte, welche Naturkatastrophe den stillen Woburn Place dermaßen erschüttern mochte. Doch es war lediglich Jorge. Er strahlte vor Glück, zog sie in seine Arme und wirbelte sie herum, bis sie die ganze Halle durchquert hatten.

»Ich hab's geschafft!« rief er. »Sie sind mit allem einverstanden. Heute abend wird gefeiert. Zieh dein bestes Kleid an, wir gehen irgendwo fürstlich speisen.«

»Geht es auch ein wenig konkreter?«

»Mit allem, mein Liebling. Einfach mit allem!«

»Gib mir einen kleinen Hinweis.«

»Sie haben mir zwei zusätzliche Schiffe bewilligt. Zwei! Auf meiner nächsten Expedition segle ich mit einer Flottille aus drei Schiffen nach Island.«

Er lief die Treppe hinauf und wirbelte seine Mütze in die Luft, klopfte im Vorbeigehen den Dienern auf die Schulter und rief triumphierend: »Drei Schiffe! Habt ihr das gehört? Drei Schiffe!«

Auch wenn er siebenundzwanzig Jahre alt und ein berühmter Schiffskapitän war, er benahm sich wie ein übermütiger Junge, und Regal war hingerissen. Das war ihr Mann, schön, voller Leben, glückselig. Er hatte die Leute dazu gebracht, ihm zuzuhören, hatte seine Chance genutzt, war seines eigenen Glückes Schmied.

Doch dann wurde ihr bewußt, was das bedeutete – daß er sie bald wieder allein lassen würde. »Kann ich dieses Mal nicht mitkommen?«

»Nein, noch nicht.«

»Aber ich werde so einsam sein ohne dich, Jorge.«

Wie üblich war es aussichtslos, mit ihm zu debattieren, und in dieser Nacht lag sie schlaflos in seinen Armen und fragte sich unglücklich, ob diese ständigen Trennungen in ihrer Beziehung zur Regel werden sollten. Ob er ihr jemals gestatten würde, ihn zu begleiten?

Er schien ihre Unruhe zu spüren, denn er zog sie an sich und küßte sie sanft, zärtlich. »Regal. Wenn es soweit ist, werde ich dich mitnehmen. Vergiß das nicht. Was immer auch geschieht, ich werde kommen und dich holen.«

Edwina war enttäuscht. »Aber Regal, ich habe mich so auf unsere Reise gefreut. Ich habe alles über dieses Hotel in Erfahrung gebracht. Es heißt Park House. So ein schlichter Name für ein so schönes Hotel! Wir könnten dort sogar eine Suite bekommen. Komm doch mit mir. Es ist so heiß und stickig hier in London. Die frische Seeluft von Brighton wäre jetzt genau das Richtige für dich.«

»Es tut mir leid, Edwina, ich kann nicht.«

»Also, ich bin wirklich furchtbar enttäuscht. War Jorge denn dagegen?«

»Nein. Ich bin gar nicht dazu gekommen, ihm davon zu erzählen. Ich hatte es vor, aber von dem Tag an, da er erfahren hat, daß er drei Schiffe befehligen soll, habe ich ihn kaum noch zu Gesicht bekommen. Er hatte so furchtbar viel zu tun. Du hättest mit uns kommen sollen, als wir sie verabschiedet haben, es war so aufregend.«

»Ja, Mrs. Phelps hat mir davon erzählt. Sie ist überglücklich, daß Samuel wieder mitgefahren ist, er wird noch richtig berühmt. Aber Cameron ist immer noch verschnupft wegen der ganzen Sache, und ich dachte mir, besser nicht. Ich wollte ihn nicht verstimmen, damit er keine Einwände gegen unsere Reise erhebt. Und wozu das alles, wenn du plötzlich deine Meinung wieder änderst? Warum willst du in diesem leeren Haus bleiben, wo du doch nach Brighton fahren und dich amüsieren könntest?«

»Kannst du Cameron nicht überreden, mit dir zu fahren?«

»Ausgeschlossen. Er hat zu viele geschäftliche Verpflichtungen, außerdem würde er sich furchtbar aufregen über die Kosten. Er legt überhaupt keinen Wert darauf, sich unter die feine Gesellschaft zu mischen.«

Schließlich fuhr Edwina schmollend nach Hause. Regal hätte beinah nachgegeben, aber sie wollte London jetzt nicht verlassen. Diesmal verhielt es sich anders; Jorge war mit wehenden Fahnen vor den Augen einer großen Menschenmenge losgesegelt, die sich im Hafen eingefunden hatte, um die drei Schiffe zu verabschieden. Doch an der Überfahrt selbst hatte sich nichts geändert. Sie war nach wie vor gefährlich, und dieses Mal hatte er die Verantwortung für drei Schiffe, die er unversehrt nach Island bringen mußte. Regal würde wie auf glühenden Kohlen sitzen, bis er wieder heimkam. Sie war noch sorgenvoller als beim letzten Mal, denn was Jorge als steife Brise bezeichnet hatte, nannte Samuel Orkane, Jorges ›rauhe See‹ beschrieb Samuel als aufgewühltes, tosendes Meer mit haushohen Wellen, wild und gefährlich. Jorge hatte ihr versichert, es bestehe kein Anlaß zur Besorgnis, doch jetzt da er fort war, kamen all ihre Ängste zurück.

Doch sie fühlte sich seltsam gefestigt, zufriedener als sie es je zuvor gewesen war. Ihr Leben begann Gestalt anzunehmen, und Regal war von dem Gefühl beseelt, daß sie eine wichtige Aufgabe erfüllte, daß sie ein Teil seines Lebens und seiner Abenteuer war.

Jorge war immer so von seinen Plänen in Anspruch genommen, daß er keinerlei Einmischung oder Ablenkung duldete. Regal lernte, es ihm gleichzutun. Charles Howth hatte Jorge weder im Leben noch im Tode je interessiert, das Thema Leonard Rosonom war nur kurz gestreift worden. Und was Major Reynolds betraf, so hatte Jorge lediglich bemerkt, daß er ihn weit hinter sich gelassen habe. Regal wußte, es hatte keinen Zweck, Basil Mulgrave und die Frage ihrer Herkunft anzusprechen, denn Jorge hätte sie nicht ernst genommen. Vielleicht hätte er sie sogar dafür ausgelacht, daß es sie überhaupt bekümmerte.

Sein Versprechen, daß er kommen und sie holen werde, ganz gleich was passierte, ging ihr nicht aus dem Sinn. Was hatte er damit gemeint? Vielleicht hatte auch der scheinbar unerschütterlich von sich überzeugte Captain Jorgensen hin und wieder Momente des Zweifels? Fürchtete er das Scheitern seiner Mission? Oder Schiffbruch an den felsigen Küsten des Nordens? Aber sie glaubte an ihn. Er hatte bewiesen, welch ein hervorragender Seemann er war, er würde es wieder schaffen. Nur keine Angst. Es gab keinen Grund, sich zu sorgen.

10. KAPITEL

Es dauerte Wochen, bis die Nachricht in England eintraf, und sie erreichte sie schließlich in Form einer scharf formulierten Beschwerde von seiten der dänischen Regierung. In größter Hast wurden in der Admiralität Krisensitzungen hinter verschlossenen Türen einberufen, es kam zu hitzigen Wortgefechten, einer schob dem anderen die Verantwortung zu, und die Schreiber und Sekretäre sahen besorgt zu und fragten sich, wer denn nun an was schuld sein sollte.

In Yarmouth kursierten stets die neuesten Nachrichten rund um die Seefahrt. Matrosen aus allen Häfen der Welt tauschten Klatsch und verrückte Geschichten aus, und im Gefängnis verbreiteten sich Neuigkeiten schneller als Fieberepidemien. Major Reynolds war ins Gefängnis gekommen, um Berichte zu lesen und seine Ermittlungen fortzuführen. Es dauerte nicht lange, bis dort der Name Jorgensen an sein Ohr drang. Jeder schien irgend etwas über Jorgensen zu wissen, was nicht in den widerlichen Zeitungsartikeln über den ›großen Captain‹ und seine ›heldenhafte Fahrt zur Errettung Islands‹ gestanden hatte. Aber niemand konnte – oder wollte – ihm Näheres sagen. Es wurde geredet, daß Jorgensen sich jetzt endgültig einen Namen gemacht habe, doch das war alles. Männer, die Jorgensen gekannt hatten oder mit ihm gesegelt waren, stolzierten mit selbstzufriedenem Lächeln in der Visage einher, doch sie behaupteten nach wie vor, nichts zu wissen. Sie grinsten, sobald der ehemalige Gefängniskommandant in ihre Nähe kam, und das machte Reynolds wütend.

Seine einstigen Untergebenen wußten ebenso wie die Gefangenen, daß er vergeblich versucht hatte zu verhindern, daß die Admiralität Jorgensen dieses Kommando erteilte. Jorgensen hatte ihn endgültig zum Narren gemacht, als er erfolgreich und als Held gefeiert zurückkehrte.

Dann war da diese Sache mit dem Mord. Reynolds war sicher, daß der Däne irgendwie für Howths Ermordung verantwortlich war, aber wieder einmal wollte niemand auf ihn hören. Und als er herausfand, daß Jorgensens einstiger Zellengenosse, Jacob Aasgaard, immer noch bei ihm war, sogar als erster Maat auf seinem Schiff, da war es zu spät. Der Vogel war ausgeflogen. Aasgaard saß sicher in Island, dank Jorgensens schneller Reaktion.

Reynolds war nach wie vor überzeugt, daß Jorgensen ein Halunke war. Es verbitterte hin, daß niemand ihm Glauben schenken wollte, bis er schließlich über die Schifffahrtsgesellschaft Northern Star Sir Basil Mulgrave kennengelernt hatte. Es war offensichtlich, daß Regal Howth Jorgensen mit Informationen versorgt hatte, und Sir Basil hatte die Möglichkeit dieser Verbindung schließlich eingeräumt. Genau wie der Dritte im Bunde, Captain Victor Howth, glaubten sie, daß dieser Idiot Charles Howth zu seiner Frau gegangen war und ihr alle Informationen hatte zukommen lassen in einem jämmerlichen Versuch, sie zurückzugewinnen. Und das hatte ihn das Leben gekostet.

Wenn man Howth zuhörte, konnte man meinen, seine Schwägerin Regal sei nichts weiter als ein gewöhnliches Flittchen. Die Familie verabscheute sie, und der Major konnte es ihnen kaum verdenken. Doch er wünschte, er hätte sie unter anderen Umständen kennengelernt. Eine so schöne Frau hatte etwas Besseres verdient als diesen dekadenten Fatzken Charles Howth oder einen größenwahnsinnigen Schurken wie Jorgensen. Er liebte den Klang ihres Vornamens. Regal. Er paßte so gut zu ihr, zu der makellosen, hellen Haut, dem blonden Haar und dem geheimnisvollen, warmen Blick ihrer Augen. Nicht zu fassen, daß sie Charles Howth geheiratet hatte. Er sah den Ehrenwerten Charles immer noch vor sich, wie er aufgeregt in seinem Wohnzimmer auf- und ablief, angetan mit einem unförmigen, reich besticken Morgenrock und juwelenbesetzten Hausschuhen.

Reynolds wäre gerne zu Regal gegangen, um ihr alles zu sagen, was er wußte. Sie vor Jorgensen zu warnen, ihr seinen Schutz anzubieten. Sie hatte ihn gemocht, als sie sich damals in Yarmouth begegnet waren, da war er sicher. Es war ein Zusammentreffen verwandter Seelen gewesen, Menschen, die nicht dem Adel angehörten, die aber trotzdem befähigt waren, sich weit über die Masse zu erheben. Doch sie weigerte sich, ihn zu empfangen. Zweifellos weil sie unter dem Einfluß des Dänen stand.

Victor Howth hatte schließlich auch aus seinem Bruder herausgeholt, wie die Situation sich in Wahrheit darstellte, daß es Regal war, die über das Geld verfügte. Nur aus diesem Grund hatte man Charles so schwer überreden können, gegen sie vorzugehen, und nur aus diesem Grund hatte er letztlich alles versucht, um sie zu halten. Dummköpfe, allesamt.

Nun, diese Runde hatte Jorgensen für sich entschieden, doch der Kampf war noch nicht zu Ende.

Er blätterte die Akten über ein paar neue französische Gefangene durch, als Captain Somerville eintrat. »Erinnern Sie sich noch an diesen Dänen? Jorgensen?«

»Ja, was ist mit ihm?«

»Alle reden sie von ihm. Anscheinend ist er mit drei Schiffen nach Island aufgebrochen, und es geht das Gerücht, sie seien verschwunden. Sie sind überfällig, sollten längst zurück in England sein, doch nirgendwo entlang der britischen Küste sind sie gesichtet worden. Aber das ist natürlich nur Gerede. Hat vermutlich gar nichts zu bedeuten.«

»Ich wußte es!« schrie Reynolds. »Man hat es ihm bei Gott zu leicht gemacht! Von wegen, es hat nichts zu bedeuten!«

»Glauben Sie, sie haben Schiffbruch erlitten?«

Reynolds sammelte seine Unterlagen ein. »Natürlich nicht! Unter dem Kommando dieses verfluchten Jorgensen kann man nur mutmaßen, was aus ihnen geworden sein mag. Ich wette, dieses Mal ist er überhaupt nicht nach Island gesegelt. Geben Sie Befehl, mein Pferd zu satteln, ich muß auf der Stelle zurück nach London!«

Der Premierminister, Lord Portland, erhielt die Protestnote der dänischen Regierung durch schwedische Mittler. Auf der Stelle schickte er nach dem Innenminister, Baron Hawkesbury, Earl of Liverpool, um eine Erklärung zu verlangen.

Das Ganze war einfach lächerlich. England überfiel oder annektierte kein Land ohne Zustimmung des Premierministers, also konnte es sich nur um einen dummen Irrtum der Dänen handeln. Dennoch war es eine ärgerliche Sache, gerade in Zeiten wie diesen, wo man doch weiß Gott genug damit zu tun hatte, den Territorialansprüchen Frankreichs Einhalt zu gebieten.

Man teilte dem Innenminister mit, daß ein jeder bei der Admiralität, vom kleinsten Schreiber bis hinauf zu den Lords selbst, ebenso irritiert und ratlos war wie der Premierminister. Der einzige Kontakt mit Island habe darin bestanden, daß man drei Schiffe mit Hilfsgütern unter dem Kommando eines dänischen Kapitäns, Jorge Jorgensen, hingeschickt habe. Die Admiralität war geschlossen der Auffassung, daß die dänische Regierung lieber dankbar sein sollte, daß England dem zu Dänemark gehörenden Island zu Hilfe geeilt war. Außerdem, wurde angemerkt, seien solch haltlose Verdächtigungen eine Beleidigung für jeden Briten.

Baron Hawkesbury überbrachte dem Premierminister diese Informationen, doch zehn Tage später erhielt Lord Portland einen ganzen Stapel wutentbrannter Briefe des Obersten Richters von Island, Magnus Stephensen. Unglücklicherweise waren einige Briefe gleichen Inhalts auch dem Herausgeber der *Times* zugegangen, und so ging ein weiteres Donnerwetter auf Baron Hawkesbury nieder.

Der Baron, ein kluger, taktvoller Mann, wollte vermeiden, daß diese beklagenswerte Situation sich zu einer Farce entwickelte. Er zog den Außenminister, Lord Castlereagh, hinzu. »Ich will gar nicht wissen, wer einem Staatsbürger einer feindlichen Nation gestattet hat, in Kriegszeiten mit drei britischen Schiffen auszulaufen. Wir wollen unsere kostbare Zeit jetzt nicht mit Schuldzuweisungen verschwenden. Doch wir müssen dieses Problem umgehend in Angriff nehmen. Ich möchte daher, daß Sie mir jetzt ganz offen sagen, über welche Informationen die Presse verfügt, damit wir ihnen nicht versehentlich noch mehr verraten, als sie ohnehin bereits wissen.«

»Wie Sie wünschen, Mylord«, sagte Castlereagh. »Über Herkunft und Werdegang dieses Jorgensen ist allerhand bekannt, ebenso über den Gegenstand dieser Mission in Island. Es scheint, als er zum zweiten Mal nach Reykjavik kam und drei Schiffe mitbrachte, wurde die isländische Regierung mißtrauisch – man könnte sagen, sie handelte umsichtiger als unsere Leute – und verweigerte ihnen die Erlaubnis, an Land zu kommen. Woraufhin Captain Jorgensen die ihm unterstehenden dreihundert Mann Besatzung versammelte und unter Mißachtung der Befehle der isländischen Regierung mit ihnen an Land ging.«

Der Innenminister war verwirrt. »Aber was war mit den Kapitänen der beiden anderen Schiffe? Haben sie diesen Rechtsbruch in einem neutralen Hafen etwa unterstützt?«

»Wie es scheint, haben sie einfach die Befehle ihres Kommandanten befolgt. Der Gouverneur von Island, Graf Tramp, zog dem illegalen Invasionstrupp entgegen, woraufhin Jorgensen ihn kurzerhand verhaftete.«

Der Baron wischte sich mit einem Taschentuch den Schweiß von der Stirn. »Das ist nicht zu fassen. Und ich sage Ihnen, Castlereagh, die Dänen werden niemals glauben, daß wir damit nichts zu tun hatten. Und was haben die Einwohner von Reykjavik gemacht, als Jorgensen einfach aufmarschierte und Graf Tramp verhaftet hat?«

»Nun ... dieser Jorgensen scheint ein ganz gerissener Bursche zu sein. Als man ihm die Landeerlaubnis verweigerte, ging er in der Faxabucht vor Anker. Diese Schiffe hatten Vorräte geladen, die die Menschen so dringend benötigten. Sie können sich ihre Reaktion also vorstellen: Da lagen die Hilfsgüter, so nah und doch so fern, von ihrer eigenen Regierung wurden sie ihnen vorenthalten. Dann machte der Däne alles noch schlimmer. Von seinen Freunden in der Stadt ließ er die Nachricht verbreiten, daß er die Absicht habe, den Befehl der Regierung zu befolgen. Er mache sich bereit, die Anker zu lichten und seine heiß begehrte Ladung nach England zurückzubringen. Mehr war nicht nötig, um eine Revolte unter der Stadtbevölkerung auszulösen.«

Hawkesbury grinste. »Geschickt taktiert. Er hätte in unserer Marine bleiben sollen.«

»Das habe ich schon verschiedene Leute sagen hören«, erwiderte Castlereagh. »Aber man könnte nie sicher sein, auf wessen Seite dieser Kerl kämpft. Jedenfalls, als er die Zeit für gekommen hielt und der Zorn der Leute den Siedepunkt erreicht hatte, ging Jorgensen an Land, ignorierte einfach den Gouverneur und die Herren der Legislative und begann die Ladung der Schiffe zu löschen. Einige der Herren Parlamentsabgeordneten waren so schlau, sich zu verdrücken, doch die anderen scharten sich um Graf Tramp und protestierten gegen Jorgensens Affront. Sie wurden allesamt verhaftet und eingesperrt.«

»Lieber Gott ...«, murmelte Hawkesbury. »Und all das ist der Presse bekannt?«

»Ich fürchte, so ist es.«

»Ich habe nach Tee geschickt«, sagte der Innenminister, »aber ich denke, den schenken wir uns. Ich brauche jetzt einen Schluck Whiskey. Schließen Sie sich an?«

»Gern. Ich habe ein paar unangenehme Stunden hinter mir, die Presse hat mich regelrecht in die Mangel genommen. Sie haben Blut geleckt, und jetzt wollen sie mehr. Alles ist ihnen recht, wenn es die Regierung nur lächerlich genug erscheinen läßt.«

»Diese ganze verfluchte Geschichte ist lächerlich, Mylord«, erwiderte Hawkesbury. »Von vorne bis hinten. Es fängt doch schon damit an, daß ein dänischer Kriegsgefangener, der nur unter Vorbehalt auf freiem Fuß ist ... Wußten Sie übrigens von der vorbehaltlichen Haftentlassung?«

»Nein.«

»Und einen wie ihn hat man einfach so auf die Nordsee hinausfahren lassen. Mein Gott! Wie schafft man es überhaupt, eine ganze Regierung auf einen Schlag zu verhaften? Wie unverfroren muß man sein, um so etwas zu wagen?«

»Anscheinend hatte man sie gepackt, ehe sie noch Zeit hatten zu protestieren.«

»Aber wer hat sie gepackt? Unsere Seeleute oder ihre eigenen Leute?«

»Dieser Teil der Geschichte ist ein wenig unklar. Aber Sie können darauf wetten, daß Jorgensens Männer keinen Augenblick gezögert haben, seine Befehle zu befolgen. Offenbar hat er dann die Einwohner der Stadt auf einem Platz versammelt und den Sieg der Sache des Volkes ausgerufen. Sie haben ihn begeistert gefeiert.«

Hawkesbury unterbrach ihn. »So, jetzt kommen wir langsam weiter. Die Briefe des Obersten Richters von Island erwähnen davon nichts. Woher haben die Zeitungen also diese Information?« Noch während er die Frage stellte, dämmerte ihm die Antwort. »Doch nicht von Jorgensen selbst?«

»Ich fürchte, doch.«

»Ja, das sieht diesem großspurigen Kerl ähnlich. Überrascht mich eigentlich gar nicht. Aber auf welchem Weg?«

»Die Presseleute wollten nicht verraten, wie er es geschafft hat, eine Nachricht nach England hineinzuschmuggeln. Doch dabei lasse ich es nicht bewenden. Ich habe den militärischen Geheimdienst darauf angesetzt.«

»Und weiter. Jorgensen hat also große Reden an das Volk geschwungen? Welchen Inhalts?«

»Er hat die Regierung des Landes an sich gerissen. Er hat dem isländischen Volk das Recht zugesprochen, sich von aller Fremdherrschaft loszusagen. Er will dafür sorgen, daß sie nie wieder unter der sträflichen Vernachlässigung einer fremden Oberherrschaft zu leiden haben, daß sie fortan ihr Schicksal in die eigenen Hände nehmen können. Er hat einen unabhängigen isländischen Staat proklamiert.«

Baron Hawkesbury, der Graf von Liverpool, lehnte sich

in seinem roten Polstersessel zurück, trank seinen Whiskey in einem Zug aus und reichte Castlereagh sein leeres Glas, der die silberverzierte Karaffe neben sich nahm und beide Gläser wieder füllte.

»Bewundernswerte Absichten«, meinte Hawkesbury, »kommen aber äußerst ungelegen. Ich will eine Kopie sämtlicher Briefe oder Nachrichten, die die Zeitungen erhalten haben. Und keine Ausflüchte.«

»Ich habe darum gebeten, daß man mir diese umgehend nach Hause schickt«, antwortete Castlereagh.

»Nicht bitten, damit ist es vorbei. Verlangen Sie die Abschriften, berufen Sie sich auf das Kriegsrecht! Nun zur weiteren Aufklärung dieses Debakels. Jorgensen hat also die Regierung übernommen ... Was ist mit dem isländischen Parlament?«

»Jorgensen hat den Mitgliedern ihres Unterhauses ein Ultimatum gestellt«, berichtete Castlereagh seufzend und kreuzte die Beine in den knielangen Hosen und makellosen weißen Seidenstrümpfen. »Und vor der versammelten Bevölkerung fand er es wohl nicht angebracht, sich besonders diplomatisch auszudrücken. ›Ihr behaltet euer Amt, wenn ihr für die Unabhängigkeit seid. Wenn nicht, dann geht besser gleich, ihr werdet nicht mehr gebraucht.‹ Erschreckend einfach. Der klassische unblutige Staatsstreich. Die meisten Abgeordneten blieben, der Rest floh. Unter Ihnen auch Richter Stephensen. Er hat sich in die Berge geschlagen und bitterböse Briefe an unseren Premierminister und Gott weiß, wen sonst noch, geschrieben.«

»Ja, er scheint zu glauben, England sei in Island eingefallen. Und warum soll er das auch nicht glauben. Englische Schiffe, englische Flaggen, eine englische Mannschaft. Was für ein verdammter Schlamassel! Und wie mag dieser Irrsinn enden? Jorgensen hat die Regierung an sich gerissen. In wessen Namen? Wir wissen beide, daß er es todsicher nicht im Namen Englands getan hat.«

»O nein. Er hat die Unabhängigkeit im Namen des isländischen Volkes verkündet und sich selbst zum Anführer erklärt. Und da es nicht länger zum Territorium eines anderen Staates gehört, macht ihn das zum Staatsoberhaupt. Verfolgt man diesen Gedanken bis zum Ende, was Jorgensen zweifellos getan hat ... da er kein gewähltes Mitglied ihres Parlaments ist, auch nicht der Premierminister, steht er außerhalb des Gesetzes, faktisch sogar über ihm. Ein kleiner Napoleon. Der Korse hat sich zum Kaiser ernannt, unser Däne ernennt sich zum König! Jorgensen ist der König von Island! Dieser Mann ist wie eine geladene Kanone, die unkontrolliert über das Deck eines unserer Schiffe rollt.«

Samuel Phelps hatte erwartet, daß Reykjavik eine weiße Stadt mit dicken Eiszapfen an den Dächern sei, in der Eskimos und Eisbären umherliefen. Statt dessen erinnerte Island im Juli ihn an Schottland: In den Fischerdörfern herrschte lebhaftes Treiben, Heidekraut wuchs auf den hügeligen Weiden. Es gab keine Eskimos, und das war ein Jammer, hatte er doch gehofft, von diesen Eingeborenen ein paar günstige Felle kaufen zu können. Und einen Eisbär hatte er auch noch nicht zu Gesicht bekommen.

Nach der ersten Fahrt zu dieser fernen Insel, hin- und hergeschleudert in seiner Koje und so krank, daß es ihm gleich war, ob er lebte oder starb, war Samuel einfach nur dankbar, wieder festen Boden unter den Füßen zu haben. Er hatte sich geschworen, niemals wieder ein Schiff zu besteigen. Auch als er wieder in seinem vertrauten Haus in London war, hörte er noch das Kreischen des Windes, spürte die *Aeolus* erzittern, als Jorgensen sie immer weiter auf das sturmgepeitschte Meer hinausjagte, das sich ihnen wie eine gewaltige Mauer entgegenstellte. Irgendwann war er vollkommen außer sich vor Angst gewesen und hatte Jorge angefleht, er möge umkehren. Vor der Rückfahrt hätten sie ihn fast gewaltsam an Bord bringen müssen.

»Sie kriegen mich kein zweites Mal auf Ihr verfluchtes Schiff, nicht um alles in der Welt!« hatte er Jorgensen angeschrien.

Jorgensen, der jetzt Herrscher von Island war. Der gottverdammte König! Er erstickte beinah, wenn er nur daran dachte.

Jorge hatte ihm von seinem Plan berichtet, als sie wieder in London waren. Samuel hatte sich inzwischen von seiner Seekrankheit erholt und war vollauf damit beschäftigt, seinen beachtlichen Profit auszurechnen. Er hörte kaum hin. Wozu auch? Ein verrückter politischer Umsturz war nichts für ihn. Doch Jorgensen hatte keine Ruhe gegeben, hatte ihm immer wieder aufgezählt, in welchen Bereichen lukrative Gewinne zu erwarten waren. Ein Londoner Kaufmann als Monopolist für die Versorgung eines ganzen Landes? Das klang zu gut, um wahr zu sein.

Samuel blieb nach wie vor skeptisch. »Warum ausgerechnet ich? Woher soll ich wissen, daß Sie nicht hinter meinem Rücken günstigere Geschäfte mit anderen Kaufleuten aushandeln?«

»Weil ich keine unliebsamen Zwischenfälle gebrauchen kann. Wenn Sie dabei sind, müssen Sie mich voll unterstützen. Andere Kaufleute könnten versuchen, mich zu betrügen.«

Jorgensen hatte ihn davon überzeugt, daß er sich auf der zweiten Überfahrt viel besser fühlen, daß er seefest werden würde. Aber er irrte sich ... Es war schlimmer, zehnmal schlimmer. Und der Captain, in Sorge um die Sicherheit der anderen beiden Schiffe, hatte sie durch klip-

penreiche Gewässer in die, wie er es nannte »ruhigere See«
bei den Faröerinseln gebracht, wo sie ausruhen sollten.
Vielleicht einen Tag blieben sie dort. Es war schwer zu
sagen. Wenn man nur hin und wieder aus purer Erschöpfung eine Stunde schlafen konnte, hatte man womöglich
gleich eine ganze Nacht verpaßt, wo es hier doch kaum je
dunkel wurde. Als sich die Kommandanten der beiden
anderen Schiffe wieder sicherer fühlten, segelten sie in
nördlicher Richtung weiter zu den Westmännerinseln, lagen leeseits der gewaltigen, himmelhoch aufragenden
Felsen und lauschten den Brechern, bis Jorgensen den
Befehl gab, die letzte Etappe bis nach Reykjavik zu segeln.
Als sie in der Faxabucht landeten, jubelten die Mannschaften vor Erleichterung.

Wie ein Echo wurde ihr Jubel von den Menschen am
Kai erwidert. Aber dann ging der Ärger los; man verweigerte ihnen die Erlaubnis, an Land zu kommen.

»Ich wußte es! Ihr großartiger Plan klang zu einfach, um
aufgehen zu können«, sagte Samuel zu Jorgensen. »Und
was jetzt?«

»Nur Geduld«, erwiderte der Däne und berief eine Lage-
besprechung mit den beiden Kapitänen der anderen
Schiffe ein.

Samuel hörte, was er zu ihnen sagte, und dachte bei
sich, es würde sich gut im Parlament machen. Jorge war
der überzeugendste Redner, den er je gehört hatte. Obwohl Samuel doch nur an der geschäftlichen Seite dieses
Unternehmens interessiert war, spürte er förmlich, wie der
Captain ihn allmählich umstimmte und davon überzeugte,
daß es notwendig war, hier zu drastischen Maßnahmen zu
greifen. Beinah hätte er Samuel wirklich glauben machen
können, dies sei ein spontaner Entschluß, ausgelöst durch
die Weigerung der isländischen Regierung, sie an Land zu
lassen.

»Wir haben unser Leben riskiert, um diesen Menschen Hilfe zu bringen«, erklärte er. »Und nun will diese fremde Regierung – es sind nicht die Isländer, wohlgemerkt – uns befehlen, umzukehren und sie verhungern zu lassen. Dänemark hat dieses Land unterworfen, ihr *Althing*, ihre traditionelle Volksversammlung abgeschafft, eine Regierungsform, die in Island jahrhundertelang Gültigkeit hatte. Sie haben ihre eigenen Anführer durch Männer ersetzt, die sich nur Dänemark verpflichtet fühlen, denen die Menschen hier vollkommen gleichgültig sind.«

Samuel war verwundert, daß keiner der beiden anderen Kapitäne noch die Offiziere in ihrer Begleitung es im mindesten verwunderlich fanden, daß der Mann, der diese Dinge sagte, ausgerechnet ein Däne war. Er schüttelte den Kopf; Politik war doch ein seltsames Geschäft.

»Diese Menschen sollten das Recht haben, ihr Leben selbst zu bestimmen«, fuhr Jorge fort. »Warten Sie, bis Sie das Land gesehen haben, Gentlemen. Ein schönes, fruchtbares Land, aber es gibt keine Straßen dort und keine Transportmittel außer Lastponys. Ich sage Ihnen, die erst seit wenigen Jahren bestehenden britischen Kolonien in Neusüdwales und Van Diemens Land, die ich gesehen habe, sind besser erschlossen als Island. Denn es ist der ausdrückliche Wunsch der Briten, daß ihre Kolonien gedeihen mögen.« Die Zuhörer spendeten lautstark Beifall.

Endlich kam er auf den eigentlichen Punkt seiner Rede zu sprechen, und Samuel erwartete, daß sich nun Protest regen würde.

»Ich bin nicht den weiten Weg hierher gesegelt, um mir von diesen fetten Politikern befehlen zu lassen, wieder kehrtzumachen. Es war eine schwierige Fahrt, und eure Fähigkeiten als Seeleute werden in aller Munde sein, wenn wir nach England zurückkehren. Aber wir werden wie verdammte Idioten dastehen, wenn wir mit unserer gesamten Fracht heimgeschlichen kommen, von Island schmählich abgewiesen. Nein, Sirs. Ich beabsichtige, an Land zu gehen und diese Ladung zu löschen, ob es Graf Tramp und den restlichen Parasiten nun paßt oder nicht. Werdet ihr mir folgen?«

Sie sprangen auf, jubelten und klatschten, und das Abenteuer hatte begonnen. Samuel konnte kaum glauben, was er sah und hörte, aber er klatschte lauter als alle anderen – seine Lieferung, seine Investition stand schließlich auf dem Spiel.

Als ihr Schiff sich dem Hafen näherte, sah Samuel die vollbesetzten Boote von den anderen englischen Schiffen, die sich dem Kai näherten. Er rechnete damit, daß man sie unter Artilleriebeschuß nehmen würde, doch nichts geschah, und am Hafen wimmelte es von jubelnden Isländern.

Unerschrocken sprang Jorgensen an Land, wo ihn sein erster Maat, Jacob Aasgaard, bereits erwartete. Die Menschen drängten heran, um dem Captain die Hand zu schütteln. Er stieg auf die Hafenmauer und begann, zu den Leuten in einer Sprache zu sprechen, die Samuel nicht verstand, die Isländer dafür um so besser. Sie brüllten und jubelten, und Glocken begannen zu läuten, während die Matrosen, wie zuvor abgesprochen, zügig darangingen, die Ladung zu löschen.

Samuel sah Jorgensen und Aasgaard in die Stadt einziehen, in einem wahren Siegesmarsch, wie es schien. Die jubelnden Einheimischen schlossen sich ihnen an, tanzten und sangen und brüllten durcheinander.

Samuel blieb an Bord. Er hatte nicht die Absicht, sich in irgendwelche Scherereien verwickeln zu lassen, doch die Offiziere der anderen Schiffe eilten jetzt an Land und weiter in die Stadt, denn sie wollten den Trubel um keinen Preis versäumen. Am Kai waren die englischen Matrosen immer noch am Werk, stapelten die Ladung zwischen großen Haufen gesalzenem Fisch. Vom salzigen Sprühwasser und dem intensiven Fischgeruch wurde Samuel wieder flau im Magen, und er ging zurück in seine Kajüte, um sich zum ersten Mal seit ihrem Aufbruch richtig auszuschlafen, jetzt da das Schiff nur sanft im Hafenbecken dümpelte.

Jacob steckte den Kopf durch die Kajütentür. »Sie sollten zum Rathaus hinübergehen, Mr. Phelps. Dort ist ein großes Fest im Gange. Es ist geschafft. Der Captain hat das Kommando übernommen, Graf Tramp ist im Gefängnis, wo er hingehört, und alles ist gutgegangen.«

»Bis jetzt«, erwiderte Samuel. »Aber ich habe den Matrosen da draußen zugehört, den englischen Matrosen, unseren eigenen Leuten sozusagen. Sie sehen die britische Flagge auf diesen Schiffen und glauben daher, Jorgensen habe diesen Staatsstreich im Namen der britischen Regierung durchgeführt. Sie prahlen damit, daß sie den Dänen hier die Macht entrissen haben, ohne einen einzigen Schuß abzufeuern.«

»Na ja. Sie verstehen die Sprache eben nicht«, sagte Jacob.

»So ist es. Sie begreifen nicht, daß der Captain die Absicht hat, die Unabhängigkeit dieses Landes zu verkünden.«

»Das hat er schon getan.« Jacob lächelte. »Die Menschen hier haben darauf gehofft, daß er sie befreit. Sie haben ihn bereits voller Ungeduld erwartet.«

»Ja, aber was ist mit diesen Seeleuten? Sie wissen, daß Island jetzt nicht mehr dänisch ist, aber sie ahnen nicht, daß es ebensowenig englisch ist!«

Jacob sah ihn fragend an. »Und wenn schon. Das ist ihnen doch gleich. Sie feiern ein bißchen, und dann segeln sie nach Hause und vergessen Island.«

»Die Kapitäne auch?«

»Natürlich. Sie beherrschen die Sprache genausowenig. Schwer zu lernen für Engländer.«

»Das ist Irrsinn«, murmelte Samuel vor sich hin. »Das Ganze ist ein verdammter Irrsinn! Aber wie Jacob schon sagte – und wenn schon. Für mich hat es sich gelohnt. Und wie es sich gelohnt hat!«

Eine Kutsche hielt vor dem Haus am Woburn Place. Cameron Spencer sprang heraus und half seiner Frau beim Aussteigen.

»Wir hätten nicht herkommen sollen«, sagte er. »Wir müssen weiter.« Er war wütend, sein Gesicht hochrot und schweißüberströmt an diesem heißen Morgen.

»Nur ein paar Minuten«, sagte Edwina. »Wir müssen mit Regal sprechen, ehe wir fahren. Vielleicht möchte sie uns begleiten.«

Cameron schritt vor ihr durchs Tor und eilte zur Vordertür. Er lief die Stufen hinauf und betätigte den Türklopfer aus Messing. Ein Diener öffnete, und Cameron fegte an ihm vorbei in die Halle. »Hol Mrs. Howth!«

Ohne eine Einladung abzuwarten, betrat er den Salon, nahm den Hut ab, behielt den Mantel aber an. Edwina folgte ihm bis zur Tür und blieb dann stehen, um auf Regal zu warten.

Als sie erschien, lief Edwina ihr entgegen und flüsterte ihr zu: »Regal, Liebes, Cameron ist ganz außer sich, also hab Geduld mit ihm.«

»Was ist passiert?«

»Hast du es etwa noch nicht gehört?«

»Komm herein, Regal«, rief Cameron, als sei dies sein Haus. »Und schließ bitte die Tür.« Er sah das ärgerliche Aufblitzen in ihren Augen, aber er ignorierte es. »Gehe ich recht in der Annahme, daß du nicht weißt, was dein Freund Jorgensen angestellt hat?«

»So ist es. Was hat er denn ›angestellt‹?«

»Er hat mich ... uns alle zum Narren gemacht. Du erinnerst dich vermutlich, daß er mit drei Handelsschiffen von hier aufgebrochen ist?«

Sie nickte, hielt den Kopf hoch und senkte die Lider ein wenig, nahm diesen Ausdruck von Arroganz an, der immer dann auftrat, wenn sie böse wurde. Er wußte, jede Kritik an Jorgensen würde sie verärgern, aber das war ihm gleich.

»Nun ... Mr. Jorgensen hat euch allen Sand in die Augen gestreut. Mit Hilfe der Mannschaften dieser drei Schiffe hat er die Macht auf Island an sich gerissen.«

»*Was?*«

»Es ist wahr«, hauchte Edwina. »Er hat die Regierungsgewalt übernommen. Jorge ist der König von Island.« Ihre Augen leuchteten vor Aufregung, ungeachtet der Empörung ihres Mannes.

»Das glaube ich einfach nicht.« Regal dachte, die beiden hätten den Verstand verloren.

»Das ist kein Grund zur Freude«, fuhr Cameron Edwina an.

Regal war verwirrt. »Ich weiß nicht, wovon ihr redet. Woher wißt ihr das überhaupt?«

»Mrs. Phelps hat heute früh nach Cameron geschickt. Sie ist vollkommen außer sich und wußte nicht, an wen sie sich sonst wenden sollte, denn ihr Samuel ist ja mit Jorge in Island.«

»Worum sorgt sie sich denn?«

»Sie hat allen Grund zur Sorge«, sagte Cameron. »Eine Horde von Marineoffizieren ist in ihrem Haus eingefallen. Sie haben Samuels Kontor und Lagerhaus bis auf weiteres geschlossen, das Haus von oben bis unten nach Dokumenten durchsucht. Die arme Frau weiß nicht mehr ein noch aus.«

»Aber was für Dokumente? Was suchen sie denn?«

»Alles, das ihnen Aufschluß über diesen Staatsstreich geben kann«, erklärte Cameron. »Wir gehen fort aus London, und wenn du auch nur einen Funken Verstand hast, kommst du mit.«

»Wieso? Ich verstehe nicht, warum ihr Hals über Kopf fortgeht.«

Cameron rang die Hände. »Um Himmels willen! Wenn sie jetzt die Phelps' heimsuchen, werden sie als nächstes hinter mir her sein. Ich habe bei der ersten Fahrt eine Ladung mitgeschickt, also bin ich in die Sache verwickelt. Gott sei Dank hatte ich mit dieser Expedition nichts zu schaffen.«

»Also sagst du ihnen einfach, daß du nichts damit zu tun hast«, sagte Regal. »Es ist ohnehin verrückt. Wie könnte Jorge ein ganzes Land an sich bringen?«

»Du solltest es lieber glauben«, gab Cameron zurück. »Der Zirkus fängt gerade erst an. Wie es aussieht, hat er das Staatsoberhaupt festgenommen, einen gewissen Grafen Tramp, und hat sich selbst mehr oder weniger zum ...« Er zögerte, das Wort in den Mund zu nehmen, aber Edwina tat es für ihn: »König erklärt.« Sie grinste. »Jorge ist jetzt ein König.«

Regal starrte sie einen Moment an und begann dann zu lachen. »Wenn das stimmt, ist es die verrückteste Geschichte, die ich je gehört habe.« Sie ließ sich in einen Sessel fallen und schüttelte sich vor Lachen. »Er ist erstaunlich, nicht wahr? Er ist wunderbar! Der König von Island! Er hat mir kein Wort davon gesagt.«

Edwina wandte sich an ihren Mann. »Müssen wir wirklich fortgehen? Du hast gegen kein Gesetz verstoßen, Cameron, also besteht doch eigentlich kein Grund zu dieser Hast. Du meine Güte, man muß sich das einmal vorstellen. Ein Freund von uns auf einem europäischen Thron.

Wer weiß, vielleicht könnten wir ihn eines Tages sogar besuchen!«

»Ihr Frauen denkt vielleicht, das alles sei nur ein wunderbares Märchen. Aber das ist es nicht, es ist eine sehr ernste Angelegenheit, und ich kann es mir nicht leisten, darin verwickelt zu sein. Sonst kann es durchaus passieren, daß sie mir auch mein Geschäft schließen. Ich habe nicht die Absicht, in London zu bleiben und mich von Journalisten ausfragen zu lassen, die nur darauf warten, mich der Lächerlichkeit preiszugeben. Das will ich auf keinen Fall riskieren. Und jetzt solltest du lieber ein paar Sachen zusammenpacken, Regal. Wir fahren für eine Weile nach Surrey.«

Edwina seufzte. »Nicht ganz dasselbe wie Brighton.«

»Danke für die Einladung, aber ich werde hierbleiben«, erklärte Regal.

»Wie du willst«, sagte Cameron ein wenig pikiert. »Aber ich halte das für nicht besonders klug.«

Ein Dienstmädchen klopfte, und Regal ging zur Tür. »Was gibt es?«

»Ein Major Reynolds wünscht Sie zu sprechen, Madam.«

»Schick ihn fort«, sagte Regal schnell.

»Wer ist es?« wollte Edwina wissen.

»Nur einer von diesen Journalisten«, log Regal.

»Da hast du's, ich hab's dir ja gesagt«, brummte Cameron. »Es geht schon los. Sie werden in Scharen hier einfallen.«

»Das ist mir gleich. Ich werde einfach niemanden empfangen. Ich weiß auch nicht mehr als sie. Aber wenn es zu schlimm wird, werde ich Maria Collins bitten, zu mir zu ziehen. Sie kann sehr streng sein, wenn sie will. Ich glaube sogar, ich werde sofort nach ihr schicken.«

Regal wollte verhindern, daß die Spencers draußen auf Major Reynolds trafen, darum bestand sie darauf, daß sie eine Eislimonade tranken, ehe sie aufbrachen. Sie tat, als sei sie die Ruhe selbst, doch insgeheim konnte sie es kaum erwarten, Cameron aus dem Haus zu haben. Er wirkte wie ein Dämpfer an diesem aufregendsten Tag ihres Lebens.

Und dann fegte ein Wirbelsturm über sie hinweg. Zeitungen und Zeitschriften schlachteten die Geschichte weidlich aus, ihre Darstellungen zeichneten sich allerdings durch eine verwirrende Meinungsvielfalt aus: Mal wurde Jorge als Abenteurer hingestellt, dann wieder als Marionette der Franzosen, als Pirat, sogar als ein böser Wikingergeist, während die Admiralität für ihre Dummheit gegeißelt wurde. Wie hatten sie nur drei Schiffe, die im übrigen nach wie vor verschwunden blieben, an einen Bürger einer verfeindeten Nation aushändigen können?

Regal war schockiert über die Boshaftigkeit dieser Attacken. Sie fand sie grauenhaft ungerecht. »Er wird ihnen ihre Schiffe schon zurückschicken«, sagte sie zu Maria Collins.

»Ich hoffe es wirklich, denn andernfalls wird Jorge schuld daran sein, wenn Reykjavik das gleiche Schicksal zuteil wird wie damals Kopenhagen.« Maria mißbilligte Jorges Handeln, sie fand, er hatte leichtfertig den Ruf Englands aufs Spiel gesetzt. Doch sie hatte sich bereit gefunden, bei Regal zu bleiben, bis die Aufregung sich ein wenig gelegt hätte.

Menschenmengen versammelten sich am Woburn Place, und wieder kamen Journalisten zu ihrem Haus, aber sie empfing niemanden, mit Ausnahme von Caroline Smythe.

»Ich will mit keinem von ihnen reden«, erklärte sie Caroline. »Es würde gar zu jämmerlich wirken, wenn ich eingestehen müßte, daß ich keine Ahnung habe, was vorgeht. Ehrlich, ich wußte nichts von alledem.«

»Das dürfen Sie dem Captain nicht übelnehmen«, erwiderte Caroline. »Schließlich war es ein außergewöhnliches Ereignis. Ich glaube nicht, daß er es so geplant hatte, ich denke eher, die Isländer haben sich gegen die Dänen erhoben, brauchten einen Anführer und machten ihn kurzerhand zu ihrem König. Immerhin ist er ein Mann von beachtlicher Präsenz.«

Maria Collins war beunruhigt. »Ich wünschte, mein Mann wäre nicht so weit fort. Er wüßte, was zu tun ist.«

Regal fand das Gerede von dem Mann in der Ferne jetzt noch unerträglicher als früher, und es festigte ihren Entschluß, sich Jorge anzuschließen. Wenn sie nichts von ihm hörte, würde sie einen Weg finden, nach Island zu reisen. Sie wollte nicht zu Hause zurückgelassen werden wie diese Frau hier.

Die Zeitungen gaben keine Ruhe und fuhren fort mit ihren Angriffen gegen Jorge, bezeichneten sein Handeln als ›Verrat‹ und ihn selbst als ›Wolf im Schafspelz‹. Bald hatte Regal endgültig genug von England.

»Wirklich, Maria, ich kann nicht verstehen, wieso du in diesem Land bleibst. Es ist schrecklich. Dein Mann ist Engländer, und doch hat er sich entschlossen, am anderen Ende der Welt zu leben, das spricht doch wohl für sich. Ich bin überzeugt, es muß herrlich sein da unten. Jorge sagt, Van Diemens Land sei wunderschön.«

Maria nickte. »Wenn du es genau wissen willst, ich denke im Augenblick ernsthaft darüber nach, hinzureisen.«

»Tatsächlich?« Regal traute ihren Ohren kaum. »Nun, das wird ja auch wirklich höchste Zeit. Himmel Herrgott noch mal, du bist die Frau des Gouverneurs, es wird wundervoll für dich sein. Und David wird sich freuen. Stell dir nur vor, wenn du ankommst, werden Blaskapellen spielen und Fahnen wehen, und ein offizielles Empfangskomitee wird dich erwarten.« Plötzlich fing sie an zu lachen. »Arme Edwina! Sie wird sich einfach nicht entscheiden können, wo sie zuerst hinreisen soll: nach Island, um vom König empfangen zu werden, oder mit der First Lady von Van Diemens Land in ihre neue Heimat. Cameron wird die Hölle auf Erden haben.«

Auch Maria mußte jetzt lachen, trotz des Belagerungszustandes, in dem sie sich befanden. »Laß uns feiern«, sagte Regal. »Ich werde nach Wein schicken. Gott weiß, wir haben lange genug hier herumgesessen. Von jetzt an wird das Leben richtig aufregend.«

Wenn auch die meisten Zeitungen mit ihren Schmähungen fortfuhren, brachte die *Daily Mail* doch einen Artikel von Caroline Smythe, in dem sie fragte, was Captain Jorgensen eigentlich anderes getan hatte, als ein Land von der dänischen Besatzung zu befreien. Regal zeigte Maria den Artikel. »Sieh dir das an. Endlich betrachtet jemand die Angelegenheit einmal logisch. Sie schreibt: ›Kann es den Isländern unter ihm schlechter ergehen als unter den Dänen? Zumindest hat dieser Mann es verhindert, daß sie verhungern müssen. Kümmert das eigentlich niemanden in England?‹«

Maria war beeindruckt. Der Artikel lobte Jorgensen als Pragmatiker, der Island voranbringen werde, der die Bedürfnisse der Bevölkerung stets über die seines Ego stellen würde. »Das ist ein vernünftiger Artikel, Regal. Ich muß eine Kopie auftreiben und sie David schicken.«

Regal hatte eine ähnliche Idee gehabt. Auch wenn sie hoffte, daß Leonard bereits auf dem Weg nach London war, wollte sie eine Kopie des Artikels an die Anwälte Rosonom und Kernicke schicken. Sie sollten erfahren, daß ihr Verlobter der König von Island war! Diese Neuigkeit würde sich in Boston wie ein Lauffeuer verbreiten. Sie sah sich bereits am Ziel ihrer Träume. Regal Hayes, die einst von der feinen Bostoner Gesellschaft wie eine Aussätzige behandelt wurde, würde einen König heiraten! Das würde sie natürlich nicht in ihrem Brief schreiben. Sie brachte es einfach nicht fertig, zu Papier zu bringen, was doch offensichtlich war: wenn sie ihn heiratete, würde sie Königin sein. Das war einfach zuviel. Sie spielte mit dem Gedanken, ob er wohl auf einem Schloß lebte.

Aber in der Nacht kamen die vertrauten Schatten zurückgekrochen, die Stimmen ihrer Feinde verlachten und verhöhnten sie, kleideten ihre tiefsten Ängste in Worte: ›Er ist fort!‹

›Du bist allein. Verlassen.‹

›Wie kommst du nur darauf, du könntest jemals Königin sein?‹

›Jetzt wird er nie mehr zurückkommen.‹

Die ganze Nacht gaben die Stimmen keine Ruhe, und Regal erwachte niedergeschlagen, am Rande der Verzweiflung.

Ausgerechnet dieser Major Reynolds hatte mehrfach die Unverschämtheit besessen, zu ihrem Haus zu kommen, doch Regal hatte der Dienerschaft aufgetragen, ihn abzuweisen. Dann erhielt sie einen Brief von ihm, in dem er erklärte, er wolle ihr doch nur behilflich sein, sie sei eine bezaubernde, geradezu hinreißende Dame, die dringend jemanden brauche, der ihr mit Rat und Tat zur Seite stehe.

Regal warf den Brief beiseite; ein wenig amüsierte es sie aber doch, daß Reynolds sich beinah anhörte wie ein Verehrer. Sie erwartete jetzt ungeduldig Leonards Ankunft in London, denn sie hatten viel zu besprechen. Ihre Investitionen umfaßten unter anderem verschiedene Immobilien in den Geschäftsmetropolen New York und Boston. Sie hatten sich geeinigt, lieber beim Grundstücks- und Immobiliengeschäft zu bleiben, statt sich an Bankbeteiligungen und anderen riskanten Unternehmungen zu versuchen, die jetzt überall in Amerika so beliebt waren. Leonard hatte vorgeschlagen, sich auch in London nach lohnenden Objekten umzusehen, wenn er herüberkam, aber das war ausgeschlossen. Jorge hatte gesagt, sie würden England verlassen, und jetzt war klar, was er gemeint hatte. Und er hatte gesagt, er werde kommen und sie holen, ganz gleich was geschähe. Im hellen Tageslicht gab es nie Zweifel, alles war so, wie es sein sollte.

Einige Wochen später, als die allgemeine Verwunderung abgeklungen, die Island-Affäre beinah vergessen war, liefen zwei von Jorges Schiffen in aller Stille im Hafen von London ein. Inzwischen interessierte dies jedoch niemanden mehr, die Zeitungen hatten von drängenderen Angelegenheiten zu berichten. Jorgensen war ein alter Hut. Vielleicht hätte es Tage gedauert, bis Regal die Nachricht erhielt, wäre Mrs. Phelps nicht an ihrer Tür erschienen, vollkommen hysterisch.

Samuel war mit einem der beiden Schiffe heimgekommen und vom Kai weg verhaftet worden. Man hatte ihn ins Newgate-Gefängnis gebracht.

»Mrs. Howth!« schrie sie. »Sie müssen etwas unternehmen! Daran ist nur dieser verrückte Jorgensen schuld. Mein Mann im Gefängnis, unser Kontor geschlossen – Samuel ist ruiniert! Gott allein weiß, wie es weitergehen soll. Ich habe kein Geld! Sollen wir etwa verhungern, während Sie hier in Saus und Braus leben?« Sie begann zu weinen und Regal zu beschimpfen. »Sie! Mrs. Goldsack! Sie sind an allem schuld! Sie haben ihn in unser Leben gebracht, und jetzt sitzt er da auf seinem Thron in Island, während mein Samuel in Newgate einsitzt! Und Sie schwelgen hier im Luxus! Sie sind ein verdammtes Miststück, ja das sind Sie!«

Regal war einen Moment ganz verdattert über diesen

unerwarteten Überfall. Dann faßte sie sich. »Setzen Sie sich und halten Sie den Mund, um Himmels willen. Mich anzuschreien bringt Sie nicht weiter, höchstens auf schnellstem Wege vor die Tür. Erzählen Sie mir in Ruhe, was Samuel gesagt hat, dann kann ich Ihnen vielleicht helfen.«

Doch Mrs. Phelps war so außer sich, daß es unmöglich war, vernünftig mit ihr zu reden. Also gab Regal ihr zweihundert Pfund und bot ihr an, Anwälte für Samuel zu engagieren. »Ich bin sicher, es ist alles nur ein Mißverständnis. Ihr Mann hat nichts Verbotenes getan. Wir werden ihn im Handumdrehen aus dem Gefängnis haben.«

»Das hoffe ich für Sie, Mrs. Howth, oder *ich* werde mal ein paar Fragen stellen. Mein Samuel hat sich Gedanken gemacht, wie es wohl kam, daß Ihr Mann genau im richtigen Moment den Löffel abgegeben hat, wenn Sie wissen, was ich meine.«

»Dann ist er ebenso dumm wie Sie. Und jetzt verlassen Sie bitte mein Haus.«

»Ich gehe, wenn ich soweit bin. Helfen Sie meinem Samuel, oder ich mache Ihnen mehr Unannehmlichkeiten, als Ihnen lieb sein kann.« Sie warf einen versiegelten Umschlag auf den Boden. »Das ist für Sie. Sie sollten mir danken, daß ich ihn Ihnen gebracht habe. Ich hätte ihn ins Feuer werfen sollen. Was sind Sie schon anderes als seine ...«

»Noch ein Wort und Sie werden herausfinden, was wirkliche Unannehmlichkeiten sind. Wenn Sie nicht selbst verhaftet werden wollen, dann gehen Sie auf der Stelle.«

Sie wartete, bis Bonnie Mrs. Phelps hinausbegleitet hatte, ehe sie den Brief aufhob. Er hatte ein großes, rotes Siegel und war an sie adressiert, in Jorges ordentlicher Handschrift.

Meine geliebte Regal,
ich hoffe, Samuel überbringt diesen Brief mit einem
Strauß Rosen zum Beweis, daß ich an Dich denke. Hier
verläuft inzwischen wieder alles in geordneten Bahnen,
doch es bleibt noch furchtbar viel zu tun. Am dringend-
sten brauchen wir Schiffe. Ich habe die britische Regierung
ersucht, Island zwei Schiffe zu verkaufen, und werde bald
mit der Aeolus *zurückkehren, um die Einzelheiten zu re-*
geln. Du solltest Dir überlegen, ob Du anschließend mit
mir nach Island kommen willst. Meine innigsten Grüße,
Jorge.

Regal las den Brief wieder und wieder. Tränen stiegen ihr
in die Augen. Er war ihr treu geblieben, und sie hatte ihn
niemals mehr geliebt als in diesem Augenblick. Überlegen, ob sie mit ihm gehen wollte? Am liebsten hätte sie auf
der Stelle mit dem Packen begonnen.

Wegen der britischen Regierung schien er sich keine Sorgen zu machen. Warum veranstalteten sie dann aber einen
solchen Wirbel? Warum hatte man Samuel verhaftet? Sie war
verwirrt, aber gleichzeitig erleichtert, daß er zurückkommen würde, denn er würde alles aufklären können.

Und dann würden sie England zusammen verlassen,
wie er versprochen hatte. Endlich! Sie hätte überall auf der
Welt mit Jorge glücklich sein können, aber diese unerwar-
tete Fügung regte einfach die Phantasie an. König von Island! Es war unglaublich. Und doch hatte sein Brief so
normal geklungen, so sachlich. Es gebe noch viel zu tun,
hatte er geschrieben, aber war sie erst einmal mit ihm in
Island, dann konnte sie helfen. Jetzt konnte sie ihr Geld
endlich sinnvoll einsetzen. Vielleicht brauchten sie Kran-
kenhäuser oder Schulen. Was immer benötigt wurde, sie
würde ihn unterstützen, wo sie nur konnte.

Dann fiel ihr ein, daß sie wohl ihre Anwälte aufsuchen

sollte, um sie zu bitten, die Sache mit Samuel in Ordnung zu bringen. Doch vermutlich würde er frei sein, noch ehe die Anwälte auch nur einen Finger krumm gemacht hätten. Dies hätte ein glücklicher Tag sein sollen, und Meg Phelps hatte ihn ihr verdorben.

Es gelang Regal nicht, durchzusetzen, daß man Samuel aus dem Gefängnis entließ, aber sie erreichte zumindest, daß er in einer der Dienstwohnungen der Gerichtsdiener untergebracht wurde, wo er zwar weiterhin inhaftiert blieb, aber doch gewisse Privilegien genoß. Sie brachte ihm Geld, damit er sich eigene Lebensmittel kaufen konnte, doch sie verließ ihn fest entschlossen, nicht noch einmal hinzugehen. Der Mann war genauso schlimm wie seine Frau, machte Jorge für seine Lage verantwortlich und verlangte, daß sie sich mehr für seine Freilassung einsetzte. Regal verstand ihn nicht. Sie vertiefte sich in ihre geschäftlichen Angelegenheiten und erwartete Jorges Rückkehr.

Und dann kam er endlich, stand plötzlich in der Tür, in größter Gelassenheit, als sei er gerade von einem Spaziergang durch die Stadt zurückgekehrt.

Er war mit der *Aeolus* gesegelt, ohne großes Gewese und schmetternde Fanfaren im Hafen von London eingelaufen und sofort zum Woburn Place gekommen.

Er sah unverändert aus, trug nach wie vor die schwere Jacke und lederne Hosen, wie jeder Kapitän sie trug.

»Nun?« sagte er und lächelte auf sie hinab. »Willst du mich nicht hereinbitten?«

Hinter verschlossenen Türen waren die Herren in der Admiralität verzweifelt bemüht, ihre Fehler wiedergutzumachen, und erwarteten ungeduldig Nachricht von der *HMS Talbot*, die man nach Reykjavik geschickt hatte.

Castlereagh bestand darauf, jeden zu befragen, der mit ›diesem Kerl‹ Jorgensen zu tun gehabt hatte, sogar Konteradmiral Phillip.

Der Admiral war verblüfft über Jorgensens ›unerhörte Frechheit‹, wie er es nannte, zeigte aber keinerlei Zerknirschung. »Das haben wir uns alles selbst zuzuschreiben. Warum sind wir nicht als erste auf die Idee gekommen? Dieser unglaubliche Windhund! Ich muß Colonel Collins schreiben und ihm alles genau berichten. Ich bin sicher, er wird sich königlich darüber amüsieren.«

Castlereagh ging seine Unterlagen durch. »Wer ist eigentlich dieser Major Reynolds? Er hat sich in meinem Büro aufgeführt, als habe ihn etwas gestochen.«

»Ach ja, ich weiß, wen Sie meinen. Er behauptet, Jorgensen stehe mit französischen Spionen in Verbindung, aber er hat keinerlei Beweise. Ich würde sagen, Jorgensen ist jetzt neutral. Er hat seinem eigenen Land größeren Schaden zugefügt als England.«

»Ich fürchte, es ist ein wenig ernster, als Sie glauben. Und komplizierter. Es gibt nach wie vor Leute, die behaupten, Jorgensen habe die Ermordung von Charles Howth veranlaßt, um sich ungehindert an seine Frau heranmachen zu können. Die Witwe ist seine Geliebte. Dieser Major Reynolds schwört, daß es so war, und Lord Howth, der Vater des Opfers, macht auch jede Menge Wind. Er sagt, ich solle die Witwe vorladen. Er behauptet, sie sei an dem Komplott beteiligt gewesen. Ich habe mehrfach versucht, ihm klarzumachen, daß dies eine Untersuchung von Marineangelegenheiten ist. Ich kann nicht zulassen, daß sie in einen skandalträchtigen Mordprozeß umgemünzt wird.«

Phillip nickte. »Nein, natürlich nicht. Irgendwer sollte der Dame raten, sich eine Zeitlang rar zu machen.«

»Genau das habe ich mir auch überlegt«, sagte Castlereagh. »Wie wäre es, wenn Sie ein paar unauffällige Worte mit Mrs. Collins wechselten und vorschlügen, daß Mrs. Howth vielleicht eine kleine Reise heim nach Boston unternimmt, bis sich die Wogen hier geglättet haben? Ein bißchen sanfter Druck in dieser Richtung könnte allerlei Unannehmlichkeiten vermeiden helfen.«

Als Castlereagh sich gerade verabschieden wollte, kam ein Schreiber angelaufen und überreichte ihm eine Nachricht. Er habe den Auftrag, auf Antwort zu warten, richtete er aus.

»Sieh an, sieh an«, murmelte Castlereagh. »Gehen Sie zurück, mein Junge, und bestellen Sie den Herren dort oben, ich hätte gesagt, sie sollen erst einmal gar nichts unternehmen.«

Er hastete zum Parlament hinüber und machte Baron Hawkesbury ausfindig. »Interessante Neuigkeiten, Sir. Captain Jorgensen ist mit der *Aeolus* in London eingetroffen. Er hat bereits mit Journalisten gesprochen. Offenbar hat er allen Ernstes die Absicht, Schiffe für Island zu kaufen, und sucht außerdem Händler, die mit ihm zurückkehren wollen.«

Der Baron war verwundert. »Also eins muß man ihm lassen. Er ist wirklich kein Feigling.«

»Und darüber hinaus ist er ein Staatsoberhaupt«, sagte Castlereagh. »Es ist eine delikate Situation. Ich habe vorläufig Befehl gegeben, nichts zu unternehmen. Ich wollte Ihre Direktiven abwarten.«

»Gut. Lassen wir es vorläufig dabei. Niemand soll sich rühren, ehe der Premierminister einen Bericht von der *Talbot* bekommen hat. Die *Aeolus* wird nicht beschlagnahmt, Jorgensen nicht behelligt.«

Regal machte jetzt die Erfahrung, wie wankelmütig die Presse und wie leicht zu beeinflussen die Öffentlichkeit war. Jorges Anwesenheit in London brachte ihm bald alle Sympathien zurück. Die Regierung rührte sich nicht, doch die Journalisten sahen keinen Anlaß zur Zurückhaltung. Sie ergriffen die Gelegenheit beim Schopfe, mit dem Mann zu reden, der praktisch auf sich allein gestellt einen unblutigen Staatsstreich durchgeführt und ganz Island an sich gebracht hatte. Ihre Bewunderung nahm stetig zu, nichts war mehr zu lesen von den früheren Gehässigkeiten, und die Journalisten buhlten um seine Aufmerksamkeit.

Es entging Regal nicht, daß Jorge seine Rolle herunterspielte. Er gab sich betont zurückhaltend. Im Gespräch mit Zeitungsleuten und anderen Besuchern präsentierte er sich nie als Staatsoberhaupt, lehnte jegliches Protokoll ab, was seine Beliebtheit bei Presse und Öffentlichkeit nur noch steigerte.

»Sie mögen es nicht, wenn ein Mann sich über seinen Stand erhebt«, erklärte er lachend, als sie eine Bemerkung über seine neue, für ihn so untypische Bescheidenheit machte. »Die Briten möchten immer gerne glauben, vor ihrem König seien alle Menschen gleich, doch die Wahrheit ist, in dieser Gesellschaft gibt es ein starres Klassensystem, und sie verzeihen es keinem, der es wagt, aus seiner Klasse herauszutreten und auf- oder auch abzusteigen.«

»Das ist wahr. Diese Journalisten fühlen sich jedenfalls geschmeichelt, daß du dich überhaupt mit ihnen abgibst. Aber ich frage mich, wozu ist das nötig? Wozu solltest du sie brauchen?«

»Weil meine Position alles andere als gesichert ist, mein Liebling. Auch in Island muß ich mich verhalten, wie die Menschen es von mir erwarten. Dort muß ich entschlossen auftreten, ihr Anführer sein, niemals Schwäche zeigen. Hier hingegen muß ich sehr behutsam vorgehen, jeden meiner Schritte genau bedenken.«

»Damit sie dir die Schiffe verkaufen?«

»Es geht um mehr als nur das. Sie könnten mich immer noch ausmanövrieren. Wenn sie das nötige Stehvermögen haben.«

»Wie denn?«

»Es gibt Mittel und Wege. Aber wir wollen uns jetzt nicht darum sorgen. Laß uns keine bösen Geister heraufbeschwören.«

Am Tag nach Jorges Ankunft in England wurde Samuel ohne Ankündigung oder Erklärung aus der Haft entlassen, doch er war unverändert wütend. Mit dem Islandhandel wollte er nichts mehr zu tun haben, also mußte Jorge nach neuen Lieferanten Ausschau halten. Maria Collins kam nach wie vor zu Besuch. Sie freute sich, Jorge zu sehen, und auf ihre ruhige, freundliche Art gratulierte sie ihm zu seinen Erfolgen, doch vor allem wollte sie ein paar Worte unter vier Augen mit Regal wechseln.

»Liebes, ich hörte, es gibt immer noch böses Blut wegen Charles' Tod. Meinst du nicht, es läge in deinem Interesse ebenso wie in Jorges, wenn ihr euch eine Weile trennen würdet?«

Regal war gekränkt. »Nein. Warum sollten wir das tun? Wir waren lange genug voneinander getrennt. Wenn die Leute reden wollen, laß sie reden.«

»Ich fürchte, es geht um mehr als das. Wie ich hörte, wird es vielleicht eine Untersuchung geben. Aber wenn du eine Zeitlang nach Boston zurückkehren würdest ...«

»Was für eine Untersuchung?«

»Ich weiß es nicht ... Ich dachte nur, wenn du nach Hause reisen würdest, wäre diesem gehässigen Gerede der Nährboden entzogen.«

»Das ist völlig ausgeschlossen. Außerdem werde ich bald mit Jorge nach Island gehen, und dann spielt es sowieso keine Rolle mehr. Du kannst dir nicht vorstellen, wie ich mich darauf freue, mit ihm dorthin zu fahren. Dafür nehme ich sogar diese schreckliche Nordsee in Kauf.«

Maria schien den Kopf zu schütteln und gleichzeitig zuzustimmen. »Ich glaube gern, daß du dich freust. Es ist ja auch alles so erstaunlich ... Ich weiß es wirklich nicht. Vielleicht bin ich auch nicht die Richtige, um euch Ratschläge zu erteilen. Ich treffe gerade Vorbereitungen, zu David nach Hobart zu reisen. Die Regierung ist so zufrieden mit den Fortschritten in der Kolonie, daß die Rede davon ist, seine Dienstzeit dort zu verlängern. Also muß ich jetzt endlich hinfahren. Ich habe mit Edwina darüber gesprochen. Sie und Cameron werden mich begleiten. Die Reise dauert mindestens vier Monate, und es wäre sicher sehr einsam für mich allein.«

Jorge hatte beantragt, daß man Regal aus ihrer Bürgschaft entließ, da er die *Aeolus* und die anderen beiden Schiffe unversehrt zurückgebracht und seinen Vertrag erfüllt hatte. Die Summe war für die zweite Reise auf zweiundvierzigtausend Pfund erhöht worden, um alle drei Schiffe zu besichern, und Jorge wollte, daß man Regal das Geld umgehend zurückerstattete. Doch die Angelegenheit zog sich endlos hin, was ihn maßlos ärgerte.

»Mach dir keine Sorgen«, beschwichtigte sie ihn. »Bürokraten sind eben so. Es steht mir von Rechts wegen zu, also werde ich es auch bekommen. Vermutlich wollen sie die Schiffe zuvor einer genauen Prüfung unterziehen. Irgendwie müssen diese Leute sich ja beschäftigen.«

»Ich mache mir aber Sorgen. Meine Mittel werden allmählich knapp. Samuel schuldet mir meine Provision auf die gesamte Ware, die er auf der zweiten Reise verkauft hat. Ich werde ihn aufsuchen und mir das Geld holen müssen. Es ist sein Pech, daß man sein Geschäft für ein paar Wochen geschlossen hat, nicht mein Problem. Er kocht nur deshalb vor Wut, weil man ihn verhört und eingesperrt hat, mich aber in Ruhe läßt.«

»Es war alles nur ein Mißverständnis«, sagte Regal.

»Das glaube ich nicht. Es ist so verdammt ruhig, daß es mir nicht geheuer ist.«

Es war früher Abend, aber immer noch warm. Jorge lag auf dem Sofa ausgestreckt, erschöpft von all den Enttäuschungen und Rückschlägen, die er seit seiner Rückkehr nach London hatte hinnehmen müssen. Regal konnte verstehen, daß er niedergeschlagen war. Er hatte so viele Pläne für Island, so viele Ideen, um die Lebensumstände dort zu verbessern. Es war frustrierend, daß man ihn hier in London festhielt, wo doch nur ein paar Unterschriften auf ein paar Schriftstücken fehlten, damit er wieder aufbrechen konnte. Oder besser gesagt, damit sie beide aufbrechen konnten, alle Sorgen hinter sich zurücklassen und ihr neues Leben beginnen.

Der Salon lag auf der Rückseite des Hauses, trotzdem hörten sie den Türklopfer. Irgend jemand hämmerte laut und ungeduldig gegen die Tür.

»Wer zum Teufel ist das?« fragte er schläfrig.

»Ich kümmere mich darum.« Sie stand auf. »Bleib liegen und ruh dich aus.«

»Wer ist es?« rief sie unwirsch auf dem Weg in die Halle. Sie hatten gehofft, ausnahmsweise einmal einen ruhigen Abend zu zweit verbringen zu können. Doch von diesem Augenblick an war es mit der Ruhe vorbei. Regals Welt brach entzwei.

Major Reynolds kam ins Haus gestürzt, begleitet von zwei Marineoffizieren.

Der Diener hielt immer noch die Tür auf, die Augen weit aufgerissen vor Furcht, und gleich dahinter erblickte sie zwei Reihen von Matrosen, die strammstanden wie Zinnsoldaten.

Regal trat einen Schritt vor. »Was hat das zu bedeuten?«

»Treten Sie bitte beiseite, Mrs. Howth«, sagte Reynolds. »Dies ist eine Regierungsangelegenheit. Ich habe hier einen Haftbefehl für Mr. Jorgen Jorgensen.«

Sie spürte einen plötzlichen Schmerz im Kopf, so scharf, als habe jemand ein Messer hineingestoßen, aber sie ließ es sich nicht anmerken. »Wovon reden Sie? Verschwinden Sie!«

Sie hoffte, daß Jorge gehört hatte, wer gekommen war, und durch den Garten fliehen würde. Aber vielleicht war das gar nicht nötig. »Major, Sie unterliegen offenbar einem furchtbaren Irrtum. Es wäre besser, wenn Sie und diese Gentlemen auf der Stelle mein Haus verließen, anderenfalls werde ich Sie persönlich wegen dieser Sache belangen.«

»Wo ist Jorgensen, Mrs. Howth?«

»Wenn Sie draußen warten wollen, werde ich nachsehen, ob er hier ist. Sie wurden nicht hereingebeten. Mein Diener wird Sie daher wieder hinausbegleiten.«

Jorge erschien in der Halle, knöpfte sich seine Jacke zu. »Ah, Major Reynolds«, sagte er leutselig. »So sehen wir uns also wieder.«

»Jorgensen.« Reynolds nickte nur knapp in seine Richtung.

»Wenn ich mich nicht irre, hat die Dame Sie gerade gebeten, ihr Haus zu verlassen, Major. Wenn Sie irgend etwas von mir wünschen, lassen Sie es uns draußen regeln.«

»Einverstanden«, erwiderte Reynolds. »Sie sind verhaftet und als Kriegsgefangener zu behandeln.«

»Ich bin nichts dergleichen. Ich bin Staatsoberhaupt einer neutralen Nation.«

»Das waren Sie«, verbesserte Reynolds und warf den

Offizieren seiner Begleitung ein zufriedenes Lächeln zu. »Ich habe Befehl, Sie festzunehmen.«

»Zeigen Sie her.«

Reynolds reichte ihm ein Schriftstück, und Jorge las es sorgfältig. »Dies ist nichts weiter als ein Haftbefehl für einen Kriegsgefangenen, und ich habe keinen kriegerischen Akt gegen England begangen, seit ich die *Admiral Juul* ausgeliefert habe.«

»Ihr Name steht auf dem Haftbefehl, Sir«, sagte einer der Offiziere, und Jorge fuhr ärgerlich zu ihm herum. »Das sehe ich selbst, Lieutenant. Aber nach dem Kriegsrecht kann ich unter den jetzigen Umständen nicht als Kriegsgefangener festgehalten werden. Besser Sie gehen dahin zurück, wo Sie hergekommen sind.«

»Ich bedaure, Sir, wir haben unsere Befehle.«

»Das Spiel ist aus, Jorgensen«, sagte Reynolds. »Die britische Regierung hat die *HMS Talbot* nach Reykjavik entsandt, und wir erhielten soeben die Nachricht, daß britische Truppen in Island gelandet sind und es im Namen König Georgs III. annektiert haben.«

»Sie haben *was* getan?« Jorge ignorierte Reynolds und wandte sich wieder an den Lieutenant.

»Das ist korrekt, Sir«, bestätigte dieser. Regal stand dabei und hörte jedes Wort, aber sie konnte kaum begreifen, was da vor ihren Augen geschah.

Ein paar Sekunden starrte Jorge sie an, ehe er explodierte. »Diese verfluchten Heuchler! Erst verurteilen sie mein Handeln, und dann gehen sie hin und tun genau dasselbe. Bastarde! Also ist Island jetzt in der Gewalt der Briten.«

»Ja, Sir«, bestätigte der Lieutenant.

Reynolds lachte. »Ganz recht. Und Ihre Dienste werden dort nicht länger benötigt. Der Oberste Richter Stephensen ist zum Gouverneur ernannt worden.«

»Und was sagen die Menschen in Island dazu?« grollte Jorge. »Sie können nicht einmal englisch.«

»Ich habe nicht die geringste Ahnung«, erwiderte Reynolds. »Jedenfalls bekommen Sie es jetzt mit gleicher Münze heimgezahlt. Sie haben Graf Tramp eingesperrt, nun macht die britische Regierung dasselbe mit Ihnen.«

»Nein!« schrie Regal. »Das können Sie nicht tun! Er hat nichts Verbotenes getan!«

Jorge legte einen Arm um ihre Schultern. »Hab keine Angst. Es ist nur eine Formalität. In ein paar Tagen bin ich wieder draußen.«

Bonnie stand an der Treppe und sah dem Geschehen verständnislos zu. »Würdest du meine Sachen packen?« bat Jorge sie. »Mein Seesack ist oben. Nur das Nötigste.«

Alle sahen ihr nach, als sie die Stufen hinaufeilte.

»Ich möchte mit Mrs. Howth unter vier Augen sprechen«, sagte Jorge und wies auf die Tür zum Wohnzimmer.

»So daß Sie aus dem Fenster springen und sich davonmachen können?« versetzte Reynolds.

»Ich gebe Ihnen mein Wort, daß ich das nicht tue«, erwiderte Jorge und führte Regal zur Tür. Er schloß sie langsam von innen, dann lief er zum Fenster hinüber und riß die Vorhänge zurück. Regal hörte ihn in seiner Sprache fluchen. Sie sahen die Matrosen mit aufgepflanzten Bajonetten in den Garten stürmen, um die Fenster zu bewachen.

»Du hast dein Wort gegeben«, sagte Regal, eher neugierig als mißbilligend.

»Diesen Bastarden gegenüber brauche ich nicht Wort zu halten. Jetzt weiß ich endlich, warum sie mich so lange hingehalten haben.« Er ging nervös im Zimmer auf und ab. »Wenn sie mich jetzt einsperren, komme ich nie wieder raus. Dafür wird Reynolds schon sorgen.«

Regal glaubte, sie würde ohnmächtig. »Was sagst du da? Ich dachte, es sei nur für ein paar Tage!«

Sie sah sich gehetzt um, fühlte sich genauso in der Falle wie er, und ihr Blick fiel auf die Anrichte, wo er seine Pistolen aufbewahrte. »Die Pistolen, schnell, Jorge. Nimm sie und flieh.«

»Nein, darauf warten sie doch nur. Reynolds würde nichts lieber tun, als mich niederzustrecken. Behalte sie hier, vielleicht kann ich sie eines Tages noch gut gebrauchen.«

Sie weinte. »Was kann ich tun, Jorge? Sag mir, was ich tun soll.«

Er legte die Arme um sie, küßte sie und hielt sie fest, als fürchte er sich davor, sie loszulassen. »Quäl dich nicht, mein Liebling. Das darfst du nicht. Wir sind noch nicht geschlagen. Wenn es mit Island nicht geklappt hat, dann machen wir eben irgend etwas anderes.«

»Aber du hattest so wundervolle Pläne, und was du getan hast, war recht, Jorge. Wie können sie es wagen, dich so zu behandeln?«

Reynolds hämmerte gegen die Tür. »Die Zeit ist um!«

»Du mußt jetzt stark sein, Regal. Sei stark. Und gib auf dich acht, werde nicht wieder krank vor Sorge«, sagte Jorge ruhig, während sie sich an ihn klammerte. »Schreib an Colonel Collins, auf der Stelle. Es wird seine Zeit dauern, aber er ist meine einzige Chance. Er war Verteidiger bei vielen Militärgerichtsverhandlungen, er wird wissen, daß ich freigesprochen würde, wenn ich vors Kriegsgericht käme, daß sie das Verfahren einstellen müßten.«

»Kommen Sie endlich, Jorgensen!« Reynolds betrat den Raum. Jorge führte Regal von ihm weg, hatte immer noch beide Arme um sie gelegt. Er beachtete den Major überhaupt nicht, küßte sie noch einmal und murmelte: »Nimm dir ein paar Anwälte. Sie sollen soviel Wind wie nur möglich machen. Aber ein Kriegsgerichtsverfahren ist der einzige Ausweg.«

Er richtete sich auf, warf Reynolds einen vernichtenden Blick zu und wandte sich nochmals an Regal. »Ein Gericht aus Männern, die meinesgleichen sind, wird mich freisprechen«, sagte er sehr leise, dann fuhr er lauter fort und sah Reynolds dabei direkt in die Augen: »Bei diesem Gesindel hier habe ich doch keine Chance.«

Reynolds hörte die Beleidigung und grinste, ein dummes, albernes Grinsen, wie es Regal schien. »Ich habe Ihnen ja gesagt, ich kriege Sie, Jorgensen«, sagte er hämisch, und Regal hätte am liebsten selbst zu den Pistolen gegriffen. Die ganze Zeit hatte dieser Mann es auf Jorge abgesehen, der doch hundertmal mehr wert war als er.

Tatenlos mußte sie zusehen, wie sie ihn hinausführten, seine Handgelenke fesselten. Und sie dachte, es breche ihr das Herz, als sie ihn in das häßliche schwarze Gefährt stießen, das wie ein schäbiger Leichenwagen aussah, und den armselig wirkenden Seesack mit seinen Habseligkeiten aufs Dach warfen.

Der Wagen fuhr ratternd davon, und die restlichen Matrosen marschierten eilig hinterher. Als sie weg waren, trat auf der Straße Totenstille ein. Kein Mensch weit und breit, niemand, an den sie sich hätte wenden können. Der traurige Schrei eines Nachtvogels zerriß die Dunkelheit.

Die ganze Nacht saß Regal an ihrem Sekretär und schrieb Briefe, sie schrieb sogar an den Premierminister und appellierte an seine Milde.

Am frühen Morgen kam Bonnie und brachte ihr Tee und kalten Toast. Regal verabscheute kalten Toast, aber an diesem Morgen merkte sie es nicht einmal. Auch der Tee war kalt, aber sie trank ihn trotzdem.

»Sie sind ja gar nicht zu Bett gegangen, Madam«, sagte Bonnie.

»Nein.« Regal versiegelte ihre Briefe und legte sie beiseite. Sie fühlte sich kalt und steif, ihre Gesichtshaut spannte vor Müdigkeit.

»Wir konnten auch alle nicht schlafen«, bemerkte Bonnie.

Regal nickte und nahm einen frischen Bogen Papier aus ihrer Schublade.

»Wir machen uns alle solche Sorgen«, fuhr Bonnie fort. »Alle, aber am meisten die, die schon hier waren, ehe Mr. Charles gestorben ist. Sie haben Angst, daß jetzt alles noch einmal von vorne beginnt.«

»Ich weiß«, sagte Regal. Sie hatte nur mit einem Ohr hingehört. Vermutlich war es beunruhigend für sie – erst wird der eine Herr ermordet, dann der nächste verhaftet. Aber mit den Sorgen der Dienerschaft konnte sie sich jetzt wirklich nicht befassen. Sie wünschte, Bonnie würde endlich gehen.

Aber Bonnie war noch nicht fertig. »Sehen Sie, uns geht so viel im Kopf herum. Zum Beispiel, wer bezahlt uns jetzt, wo der Herr fort ist?«

»Was?« Regal starrte sie ungläubig an, dann begann sie zu lachen, beinah hysterisch. Diener! Was für typische Vertreter der menschlichen Rasse. Das Hemd ist ihnen näher als der Rock. Und sie sehen nur, was sie sehen wollen. Natürlich! Jetzt da der Herr des Hauses fort war, stand für sie fest, daß alles dahin sei, und ›alles‹ hieß für sie in erster Linie ihr Broterwerb. Im Grunde kümmerte es sie nicht, was mit ihrer Herrschaft geschah, solange sie nur bezahlt wurden. Es hatte Regal nichts ausgemacht, daß ihr erster Gedanke nach Charles' Tod ihnen selbst gegolten hatte, aber es tat doch weh, daß sie sich offenbar kein bißchen um Jorge ängstigten. War ihnen denn wirklich gleich, was mit ihm wurde?

Bonnie erwartete eine Antwort, und das ärgerte Regal. »Ach, laß mich in Ruhe«, sagte sie und machte sich nicht die Mühe, ihr die Lage zu erklären. Wenn sie keinerlei Loyalität für Jorge aufzubringen vermochten, hatten sie auch keine Erklärung verdient.

Bonnie kehrte in die Gesindeküche zurück. »Madam sagt, nur keine Sorge, alle bekommen ihr Geld, alles geht weiter wie bisher.« Alle machten sich wieder an ihre Arbeit. Sie wollte verhindern, daß sie davonliefen, denn das hätte bedeutet, daß die ganze Arbeit an ihr hängenblieb, bis sie neue Hilfskräfte gefunden hätte. Auf diesem Haus lastete ein Fluch, dessen war sie sicher, aber sie konnte jetzt nicht einfach so fortgehen. Erst brauchte sie einen glaubhaften Vorwand, damit sie ein gutes Zeugnis bekam – was immer das nützen würde. Jedenfalls schien Mrs. Howth das Unglück anzuziehen.

Am späteren Vormittag ging sie wie üblich auf die Märkte. Es war eigentlich nicht die Aufgabe einer Zofe, und die Köchin ärgerte sich darüber, doch Bonnie hatte Mrs. Howth schließlich überreden können mit dem Argument, sie wisse schließlich am besten, was die Herrschaften gern aßen. Sie genoß den täglichen Spaziergang und vor allem die Möglichkeit, den neuesten Klatsch zu hören. Heute waren sicher alle nur an einem Thema interessiert, der Verhaftung des Captain. Aber sie würde nichts sagen. Damit erweckte sie immer den Eindruck, als wisse sie mehr, als tatsächlich der Fall war.

Sie brauchte heute kein Fleisch, trotzdem wollte sie bei John Hurley vorbeischauen, einem irischen Schlachter, der jetzt einen eigenen Stand hatte und offenbar gute Geschäfte machte. Er war verwitwet, wirkte auffällig dürr für einen, dem es doch nie an Essen mangeln konnte, aber er war immer fröhlich, und Bonnie wußte, er hatte ein Auge auf sie geworfen. Wenn sie einen Schlachter heiratete, brauchte sie nicht länger in Stellung zu gehen und würde gesellschaftlich aufsteigen.

Es war sehr heiß, Fliegen umschwärmten die Auslagen, Staub tanzte in der Luft. Bonnie drängte sich durch die Menge, den Einkaufskorb über dem Arm, da entdeckte sie plötzlich den Armeeoffizier, der den Captain verhaftet hatte, und das war eigenartig. Sie hatte ihn hier nie zuvor gesehen.

Sie tat, als bemerke sie ihn nicht, schlenderte weiter, begutachtete die Auslage eines Fischstands, kaufte für einen Penny saftige Erdbeeren. Schließlich gab es für sie keinen Zweifel mehr, daß er ihr folgte.

Sie setzte sich auf eine Bank im Schatten, aß ihre Erdbeeren und wartete gespannt, was er tun würde.

Und tatsächlich, da kam er herübergeschlendert, nickte ihr zu, als wolle er vorbeigehen, und wandte sich dann wieder um, so als hätte er sie jetzt erst wiedererkannt. Bonnie grinste verstohlen. Was für ein Schwindler.

»Entsinne ich mich recht«, begann er unsicher. »Arbeitest du nicht bei den Howths?«

»Ja.« Sie traute ihm nicht, und darum ermunterte sie ihn auch nicht, doch er setzte sich einfach neben sie.

»Ein heißer Tag. Heute nachmittag wird die Stadt ein Backofen sein«, bemerkte er.

»Ja.« Bonnie verspeiste eine weitere Erdbeere.

»Eine unschöne Angelegenheit, daß ich deinen Herrn verhaften mußte, aber solche Dinge passieren nun einmal.«

»Kann schon sein.«

Jetzt machte er ein trauriges Gesicht, als sei es ihm schwergefallen, aber gestern war er mit stolzgeschwellter Brust einherstolziert wie ein Gockel, sehr zufrieden mit sich und der Welt.

»Dieser Krieg«, fuhr er fort. »Diese ewige Sorge, daß die Franzosen eine Invasion Englands vorhaben könnten. Ein jeder muß tun, was in seiner Macht steht, um ihnen Einhalt zu gebieten.«

»Was wollen Sie?«

Ihre Direktheit brachte ihn beinah aus dem Konzept. »Du meine Güte, gar nichts, mein Kind. Aber wo ich schon einmal hier bin, könnte ich dir vielleicht ein, zwei Fragen stellen.«

»Worüber?«

»Es würde mich interessieren, ob jemals irgendwelche Ausländer zu Besuch kommen am Woburn Place.«

»Nicht daß ich wüßte, nur zwei amerikanische Damen, aber die sprechen englisch, also zählen sie vermutlich nicht.«

»Nein, ich meinte andere Ausländer.«

Sie schüttelte den Kopf.

»Hast du schon für Mrs. Howth gearbeitet, als ihr Mann ermordet wurde?«

»Ja, aber ich weiß nichts darüber, also versuchen Sie nicht, mich da in irgendwas reinzuziehen.« Noch während sie sprach, ging ihr auf, daß sie sehr wohl etwas wußte. Sie tippte mit dem Finger auf ihr Knie und dachte darüber nach. »Na ja, jedenfalls weiß ich nichts Wichtiges«, fügte sie dann hinzu.

»Ich wäre für alles dankbar, was du mir sagen könntest.« Er lächelte auf sie hinab, ein schmieriges Lächeln, als sei sie der Dorftrottel.

»Wie dankbar?«

Er fuhr leicht zusammen, als habe ihn jemand mit einer Nadel gestochen. »Wie bitte?«

»Sie haben mich sehr gut verstanden. Sie wollen Informationen. Für fünf Schilling könnte ich mich vielleicht an etwas erinnern.«

»An was, beispielsweise?«

Bonnie aß ihre letzte Erdbeere. »Zuerst das Geld.«

Er war interessiert, das sah man, aber er schien nicht versessen darauf, fünf Schilling herauszurücken. »Ich glaube nicht, daß ich so viel bei mir habe ...«

»Dann haben Sie eben Pech gehabt.« Bonnie stand auf.

»Warte einen Augenblick. Laß mich nachsehen ...« Er zog eine Börse hervor, wandte sich einen Moment ab und hielt ihr schließlich ein paar Silbermünzen hin. »Wenn deine Informationen etwas taugen, bekommst du das hier.«

Bonnie nickte. »Sie hat gelogen«, sagte sie. »Sie hat den Sheriff angelogen. Ich hab's gehört.«

»Wer hat gelogen?«

»Mrs. Howth.«

»Weiter.«

»Na ja, sie hat gesagt ...« Bonnie nahm wieder Platz. »Sie hat gesagt, wir hätten die Rosen vom Markt. Aber das stimmte nicht. Jacob hatte sie an dem Tag gebracht. Der Captain schickte ihn damit herüber.«

»Welchen Tag meinst du?«

Bonnie sah auf die Münzen hinab, und er reichte sie ihr. »Es war der Tag, an dem Mr. Charles ermordet wurde. Jacob brachte die Blumen und war noch da, als Mr. Charles kam.«

»Und wann ist Jacob gegangen?«

»Ich weiß es nicht, ich hab' ihn nicht rausgehen sehen. Aber als Mr. Charles ging, war Jacob nicht mehr da, er muß also ungefähr gleichzeitig aufgebrochen sein. Aber sie hat gelogen, verstehen Sie. Sie hat nie ein Wort davon gesagt, daß Jacob an dem Tag im Haus gewesen war.«

Der Offizier rieb sich die Hände. »Sie hat also gelogen. Sonst noch etwas?«

»Nein. Ich fand nur immer, das war ein bißchen komisch.«

»Und da hattest du ganz recht«, versicherte er. »Ich muß jetzt gehen. Aber wenn dir noch mehr einfällt, schick mir einfach diese Karte mit der Post. Die Adresse steht drauf. Du brauchst nichts aufzuschreiben, ich werde dann schon wissen, von wem sie ist, und werde hierherkommen, um dich zu treffen.«

Er eilte davon, und Bonnie steckte das Geld in ihr Mieder. Viel nützen würde ihm ihre Information nicht, denn Jacob war längst außer Landes.

Regals Tränen fielen auf das blaue Kleid aus französischer Crêpeseide. Es war ein wundervolles Kleid, sehr figurbetont, unter der Brust war es mit einem Streifen aus ziselierten Silberkügelchen gerafft, die gleiche Verzierung schmückte die kurzen Puffärmel. Es war so bezaubernd, daß sie es für den Abend stiller Zweisamkeit mit Jorge aufgespart hatte. Den gestrigen Abend. War das wirklich erst gestern gewesen? Sie zog das Kleid aus und warf es zu Boden. Es kam ihr vor, als sei es besudelt. Verdorben.

Sie streifte ihre Seidenschuhe ab und suchte nach festerem, straßentauglichem Schuhwerk. Er hatte gesagt, sie dürfe nicht aufgeben, sie müsse stark sein. Doch sie fühlte sich erschöpft und sie machte sich Vorwürfe. Wäre sie doch stark gewesen, bevor all das passierte, und hätte ihn überredet, mit nach Amerika zu kommen. Sie hatte irgendwie immer gewußt, daß die Briten noch nicht fertig mit ihm waren. Er war zu anders, zu fremdartig, um nicht als Bedrohung angesehen zu werden.

Vielleicht sollten sie beide mit Maria Collins nach Hobart reisen und in der Neuen Welt noch einmal ganz von vorne anfangen. Von all den Freunden ihrer Mutter war David Collins in ihren Augen der einzige, der einen geraden Weg beschritten hatte, der genau gewußt hatte, was er wollte, und alles tat, um es auch zu bekommen. Zu ihm würden sie gehen, zu Jorges Freund dort unten am Ende der Welt, und sie würden niemals, niemals zurückkehren.

Sie bemerkte, daß sie immer noch in ihrer Unterwäsche im Zimmer stand, und gab sich einen Ruck. Sie war müde, aber jetzt war keine Zeit zum Schlafen. Sie mußte ihre Briefe aufgeben und dann Maria Collins besuchen. Sie würde Verständnis haben und ihr helfen. Schließlich hatte Jorge ja nichts verbrochen. Unter allen Umständen mußte sie erreichen, daß er vor ein Militärgericht kam. Wie zur Hölle stellte man so etwas an? Vielleicht könnte Maria sie zu den Anwälten begleiten. Was immer nötig war, sie würde alles tun, um Jorge freizubekommen. Wieder einmal! Wie stellte dieser Mann es nur an, sich ständig in solche Schwierigkeiten zu bringen?

Ihre Augen brannten, die Lider wollten sich schließen, sie mußte sich zusammenreißen, um nicht einzuschlafen. Vielleicht wäre es besser, wenn sie sich ein wenig ausruhte, dachte sie. Wenn sie nicht auf sich achtgab, konnte es geschehen, daß niemand mehr da war, um sich um Jorge zu kümmern. Sie ließ sich aufs Bett fallen, rückte sich die Kissen zurecht und schlief ein.

11. KAPITEL

Sir Basil Mulgrave war stolz auf seine Bibliothek. Die Wände waren mit Regalen und Vitrinen voller Bücher bedeckt, eine wundervolle Lampe hing von der hohen, gewölbten Decke. Hohe Fenster durchbrachen die westliche Wand auf der gesamten Breite, und vor der Fensterfront standen ein Lesetisch und zwei Stühle. Basil hatte nicht zugelassen, daß seine Frau Vorhänge an den Fenstern anbringen ließ, er wollte, daß die Elemente zum Bestandteil des Raumes wurden. Er war mit dem Ergebnis äußerst zufrieden, selbst als die Sonne begann, den Teppich auszubleichen. »Kaufen wir eben einen neuen«, sagte er ihr.

Er hatte die Möbel persönlich entworfen, Sofas und Ottomanen aus dunkelgrünem Samt, bequeme Ohrensessel und Tische mit Perlmuttintarsien. Der Raum war, fand Basil, die Essenz des guten Geschmacks, unbelastet von Gipsbüsten und diesem ganzen Firlefanz, die die Bibliotheken anderer Häuser entstellten. Und als Major Reynolds hereinkam und sich setzte, ohne Basils selbst erdachte und teuer bezahlte Kreation auch nur eines Blickes zu würdigen, war Basil mehr als nur verstimmt.

»Was kann ich für Sie tun, Major?« fragte er barsch. »Ich habe wenig Zeit, meine Gäste warten.«

»Ich bitte um Verzeihung, Sir, daß ich hier unangemeldet eindringe, aber ich habe Neuigkeiten für Sie.«

»Was für Neuigkeiten?«

»Wir haben Jorgensen festgenommen.«

»Weswegen?«

»Weil die britische Regierung in Island die Herrschaft übernommen hat.«

»Das ist mir bekannt. Aber warum wird Jorgensen verhaftet? Schließlich hat er England einen Gefallen getan und den Weg für uns geebnet.«

Reynolds sah gekränkt aus. »Ich dachte, die Nachricht würde Sie freuen, Sir Basil.«

»Freuen? Sie ist mir vollkommen gleichgültig. Wenn er ein Spion ist, wie Sie behaupten, dann haben Sie soeben unsere einzige Verbindung zu diesen Kreisen gekappt. Im Gefängnis nützt er uns überhaupt nichts.«

»Aber Sir, er hat die *Scottish Prince* versenkt!«

»Herrgott noch mal, Reynolds, das ist doch längst Vergangenheit. Na schön, er hat das Schiff versenkt und andere noch dazu, und dafür wurde er eingesperrt und hat seine Strafe verbüßt. Mich hätte weitaus mehr interessiert, was er als nächstes plant, und da ziehen Sie ihn aus dem Verkehr. Auf welcher Rechtsgrundlage haben Sie ihn verhaftet?«

»Als Kriegsgefangenen.«

»Ja lieber Gott im Himmel, seid ihr denn allesamt schwachsinnig? Der einzige kriegerische Akt, den dieser Mann begangen hat, war gegen die Dänen gerichtet, nicht gegen England. Aber bitte, wie Sie meinen. Jorgensen ist also aus dem Weg geschafft. War das alles?«

»Nur noch eins«, sagte Reynolds. »Ich habe mich gefragt, was wir wegen Mrs. Howth unternehmen sollten.«

»Mrs. Howth?« echote Basil. »Ich habe es langsam satt, diesen Namen zu hören. Erst gestern erschien Victor Howth hier – ebenfalls ungebeten – und jammerte mir über sie die Ohren voll. Er will, daß ich meinen Einfluß

nutze, um den Namen Howth aus den Zeitungen herauszuhalten. Und offenbar hat er ihr geschrieben und verlangt, sie solle ihren Mädchennamen wieder annehmen.
Und der alte Lord Howth hält sich mit seinen Beschwer-
den auch nicht zurück. Das ist doch genau die richtige
Aufgabe für Sie, Major. Sorgen Sie dafür, daß sie in Zukunft nur noch als Regal Hayes geführt wird. Ich habe für
so etwas keine Zeit.«

Reynolds zog eine Braue hoch. »Sie kennen ihren Mädchennamen?«

»Viele Leute kennen ihn, er ist kein Geheimnis«, erwiderte Basil gelassen.

»Darüber mache ich mir schon seit längerem Gedanken:
Wer ist diese Regal Hayes eigentlich?«

»Was meinen Sie damit, wer sie ist?« Basils leerer Ärmel
hatte sich gelöst, und er steckte ihn zurück in die Tasche.
Er mußte seinem Burschen sagen, er solle ihn festnähen,
dieser Stoff war einfach zu rutschig. Zuviel Seidengehalt
vermutlich.

»Ich will es mal so sagen, Sir Basil ...«, begann Reynolds
schulmeisterlich. »Die Frau ist Jorgensens Geliebte, aber
ich denke, sie ist mehr als nur das. Warum hat sie ihn mit
Informationen über die Firma ihres Mannes versorgt?
Man muß sich fragen, wie lange diese Beziehung zu Jorgensen besteht. Kannte sie ihn bereits, bevor sie Howth
heiratete? War die Eheschließung Bestandteil einer Ver-
schwörung?«

Basil sah ihn unverwandt an. Dieser Reynolds wurde
ihm langsam furchtbar lästig.

»Ich wiederhole: Wer ist Regal Hayes, Sir? Meine Nachforschungen haben ergeben, daß diese Frau offenbar einen Rachefeldzug gegen Northern Star begonnen hat, also
muß ich mich doch fragen, warum? Charles Howth ist tot.
Ihr gehört jetzt die Hälfte von Northern Star. Ach ja ... und

es heißt, eine ihrer Gesellschaften versuche, Sie aus dem Geschäft zu drängen.«

»Unsinn! Und meine geschäftlichen Angelegenheiten stehen in keinem Zusammenhang mit Ihren Aufgaben.«

Der Major schlug die Beine übereinander und strich seine Hose glatt, als wolle er die Wogen dieser Unterhaltung glätten. »Bitte glauben Sie mir, Sir, ich bin nur hier, um Ihnen zu helfen. Ich bin überzeugt, daß da eine Intrige gegen Sie im Gange ist. Nur darum stelle ich Fragen über diese Frau. Kannten Sie sie, bevor sie Charles Howth geheiratet hat?«

»Nein.« Basil stapfte wütend zur Tür. Dieser verdammte Major steckte seine Nase in Angelegenheiten, die ihn nichts angingen. Basil wollte nicht über Regal Hayes, Pollys Tochter, reden. Er hatte diese alberne Geburtsurkunde gesehen, als der alte Jasper Hayes sie ihm präsentiert hatte, und hatte die ganze Geschichte schon damals von sich gewiesen. Aber was geschah, wenn Reynolds davon Wind bekam? Gott allein wußte, was dieser übereifrige Stümper daraus machen würde, auch wenn nichts an der Geschichte dran war. Und dieser verfluchten Howth-Witwe war es zuzutrauen, daß sie Reynolds mit der Nase darauf stieß. Sie würde einfach alles tun, was ihm, Basil, Unannehmlichkeiten bereiten könnte. Jetzt endlich durchschaute er ihre Strategie. Sie hatte ihn niemals persönlich konfrontiert, sondern stets andere benutzt, um ihm das Leben schwer zu machen, sogar Jorgensen. Hatte sie auch Jorgensen benutzt? Die Erkenntnis traf ihn wie ein Schlag.

»Gott steh uns bei«, murmelte er verblüfft. Und mit einemmal erwachte in ihm ein gewisser Respekt vor Pollys Tochter. Dieses gerissene, kleine Miststück! Sie hatte ja nicht ahnen können, daß er von der Regierung ausreichenden Schadensersatz für die *Scottish Prince* kassieren würde. Es war ohnehin ein Fehler gewesen, das Schiff zu bauen. Niemand hatte voraussehen können, daß der Krieg sich so lange hinziehen würde. Im Grunde hatte Jorgensen ihm einen Gefallen getan. Aber das durfte sie niemals erfahren.

»Wie bitte?« fragte Reynolds und unterbrach damit seinen Gedankengang. Das konnte Basil nicht ausstehen. Seine Frau tat es auch ständig.

»Nichts«, sagte er. »Gar nichts.«

Sie hatte ihren Klipper versenken lassen, sich in die Schiffahrtsgesellschaft eingekauft, ihm die Gerichtsvollzieher auf den Hals gehetzt, hatte mit ihrer East Coast Mercantile versucht, ihn ganz aus dem Geschäft zu verdrängen, all das mit der Hilfe eines aggressiven jungen Anwalts, Jameson Jones, eines Amerikaners, der in London lebte und praktizierte. Nun, dachte er, vielleicht ist es an der Zeit, daß ich den Spieß einmal umdrehe, Mrs. Hayes-Howth. Er sah zu Reynolds hinüber. Nein, nicht mit seiner Hilfe. Major Reynolds hatte seinen Dienst erfüllt. Sir Basil unterstützte seine Spionenhatz nur solange, wie seine persönlichen Angelegenheiten nicht davon berührt wurden. Es war ihm unangenehm, daß dieser Kerl wußte, daß er in finanziellen Nöten steckte.

»Wir könnten Mrs. Howth zur Vernehmung vorladen«, schlug Reynolds vor.

»Unterstehen Sie sich! Kümmern Sie sich um Ihre militärischen Angelegenheiten, ich kümmere mich um Northern Star. Ich wünsche, nicht weiter in die familiären Querelen der Howths hineingezogen zu werden, die Sache wird mir allmählich zu schmutzig.«

»Die Howths werden sehr enttäuscht sein. Sie sehen nicht ein, warum diese Frau, die doch von Charles Howth getrennt lebte, sein Vermögen erben sollte.«

Basil seufzte. »Welches Vermögen? Der Kerl war doch immer bis über beide Ohren verschuldet. Herrgott, Mann, wir haben Krieg! Verschonen Sie mich mit diesen Belanglosigkeiten!«

Ein Diener geleitete Reynolds zur Tür. Basil sah ihm nach und dachte flüchtig an Jorgensen. Der Kerl war ein Schurke, ohne Zweifel, aber er hatte wenigstens Mut und kämpfte für das, was er wollte. Das gefiel Basil, schließlich war er selber einmal Offizier gewesen. »Mir scheint, er ist zehnmal soviel wert wie Sie, Major«, sagte er zu der Tür, die sich hinter Reynolds geschlossen hatte. Er verabscheute Soldaten wie Reynolds, die Ruhm erlangen wollten, ohne je Pulvergeruch in die Nase zu bekommen.

Es war gut möglich, daß der dänische Liebhaber Charles aus dem Weg geschafft hatte, im Krieg und in der Liebe war ja bekanntlich alles erlaubt. Aber das war jetzt Geschichte. Nun galt es vor allem, Reynolds unschädlich zu machen, der in seinem Übereifer Fragen über Northern Star stellte und sich in zivile Angelegenheiten mischte. Es war sicher nur eine Frage der Zeit, bis er die Antworten auf seine Fragen bezüglich Regal Hayes finden würde. Er konnte auch ohne weiteres herausfinden, daß Regal sowohl Charles als auch Jorgensen im Haus seines alten Freundes David Collins kennengelernt hatte, ein purer Zufall zwar und völlig harmlos, aber dieser Schnüffler würde sich mit Feuereifer darauf stürzen. Ach ja, es wurde höchste Zeit, daß Major Reynolds in den Genuß einer Luftveränderung kam. Basil lachte vor sich hin und klopfte ans Fenster, um eine Wespe zu verscheuchen, die hereinfliegen wollte. Spanien wäre doch genau das Richtige für den Major, ein bißchen Fronterfahrung würde ihm sicher guttun.

Der Diener, der Reynolds hinausbegleitet hatte, kam zurück. »Da ist noch ein Herr, der Sie zu sprechen wünscht, Sir. Von der Admiralität.«

»Herrgott, in meinem Haus herrscht ein Kommen und

Gehen wie im Taubenschlag! Sag ihm, er soll um vier wiederkommen.«

»Der Gentleman läßt bestellen, es sei dringend, Sir.«

Basil erwog, durch eine Seitentür zu schlüpfen und so den Weg durch die Halle zu vermeiden, aber seine Neugier siegte. »Na, meinetwegen ... Schick ihn herein.«

Ein Captain der Marine trat ein und stellte sich vor. Basil bemerkte zu seinem Erstaunen einen Trauerflor am Ärmel der Uniform seines Besuchers.

»Was ist geschehen?« fragte Basil, von bösen Vorahnungen erfüllt.

Der Captain nahm Haltung an. »Mit Bedauern überbringe ich Ihnen eine Nachricht der Lords der Admiralität, Sir. Die Lords wünschen, daß ich Sie persönlich davon in Kenntnis setze, daß Colonel David Collins, Vizegouverneur von Van Diemens Land, verstorben ist.«

Basil schwankte, und der Offizier trat eilig einen Schritt vor und half ihm zu einem Stuhl. Basil kämpfe gegen Tränen, er brachte kein Wort heraus, darum fuhr der Offizier fort: »Colonel Collins verstarb plötzlich und unerwartet am vierundzwanzigsten März in Hobart, die Nachricht kam gerade in London an. Der Colonel erlitt einen Herzanfall und starb nach wenigen Minuten. Soll ich Ihnen einen Brandy holen, Sir?« Er wies auf den kleinen Tisch mit Karaffen und Gläsern in der Ecke.

»Seien Sie so gut. Und bitte richten Sie den Lords meinen Dank aus.« Er fühlte sich plötzlich alt, vor seinen Augen verschwamm alles. Er versuchte sich zu erinnern, wie alt David gewesen war. »Er war erst ... lassen Sie mich rechnen ... vierundfünfzig«, murmelte er, nahm das Glas entgegen und kippte den Inhalt hinunter.

»Ja. Es traf uns alle wie ein Schock. Er hinterläßt eine schmerzliche Lücke.«

Der Captain war so taktvoll, schweigend zu warten,

während Basil sich sammelte. Die Trauer stieg in ihm hoch wie Galle, und er wiegte seinen Oberkörper leicht vor und zurück. »Er war ein großer Mann«, sagte er schließlich. »Ich bin sicher, man wird sich lange an ihn erinnern, hier ebenso wie in den Kolonien.«

»Ganz gewiß, Sir. Es heißt, sein Begräbnis sei ein großes Ereignis gewesen, alle Kolonisten waren dort und trauerten um ihn. Er war eben sehr beliebt.«

Basil stand auf. »Nun, Captain, ich danke Ihnen, daß sie hergekommen sind.«

»Sir, wenn ich so frei sein darf, die Lords haben eine Bitte an Sie. Da Sie seit so vielen Jahren mit dem Colonel und Mrs. Collins befreundet sind, lassen sie anfragen, ob Sie bereit wären, Mrs. Collins die Nachricht zu überbringen, ehe die offizielle Benachrichtigung sie erreicht.«

Basil dachte einen Moment nach. »Ich denke, das muß ich wohl«, sagte er dann. »Aber es ist eine sehr traurige Pflicht. Ich hoffe, ich bin dieser Aufgabe gewachsen. Und Sie meinen, ich sollte keine Zeit verlieren, damit sie es nicht von anderer Seite erfährt?«

»Ganz recht, Sir.«

»Also gut, Captain. Ich mache mich sogleich auf den Weg.«

In ihrer Hast, zu Maria zu gelangen, war Regal gar nicht auf die Idee gekommen, daß sie bereits Besuch haben könnte. Doch als sie auf das Haus zufuhr, sah sie eine sehr elegante Kutsche vor dem Tor stehen, daneben den Kutscher und zwei Lakaien warten.

Sie hatte den halben Tag verschlafen und war wütend aufgewacht, weil sie kostbare Zeit vergeudet hatte. Es war wichtig, daß sie auf der Stelle mit Maria sprach und ihr erzählte, daß Jorge verhaftet worden war; sie brauchte dringend ihren Rat, an wen sie sich seinetwegen wenden sollte. Es war unmöglich, vor ihren Gästen zu sprechen, aber sicher konnte Maria ein paar Minuten für sie erübrigen, sie waren Freundinnen, sie würde ihr ihr unangemeldetes Erscheinen bestimmt nicht übelnehmen. Unentschlossen wartete Regal in ihrer Kutsche und hoffte, die Gäste würden sich bald verabschieden, aber niemand erschien. Schließlich entschied sie sich hineinzugehen. Sie eilte zur Tür und legte sich eine Entschuldigung für ihr Eindringen zurecht.

Das Mädchen öffnete ihr, hörte kaum, was Regal sagte, sondern führte sie mit gesenktem Blick zum Salon.

»Nein, Augenblick noch!« Regal blieb stehen. »Ich muß Mrs. Collins allein sprechen.«

»Ich verstehe, Mrs. Howth«, sagte das Mädchen. »Aber Sie können ebensogut hineingehen, wir sind alle so erschüttert.«

»Erschüttert? Worüber?«

Erschrocken riß das Mädchen die Augen auf. »Ich bitte um Verzeihung. Ich dachte, Sie wüßten es bereits. Colonel Collins ist tot. Mrs. Collins hat soeben die Nachricht erhalten. Sie nimmt es sehr schwer, und es ist nur ein Gentleman bei ihr. Ich denke, sie wird froh sein, Sie zu sehen.«

Regal eilte zum Salon, hielt vor der Tür an und trat dann geräuschlos ein. Sie fand Maria auf dem Sofa sitzend vor, klein und zusammengesunken. Als sie den Kopf hob, sah man, daß ihre Augen gerötet waren, ihr Gesicht naß von Tränen war. Sie wirkte völlig besiegt. Regal empfand tiefstes Mitgefühl für sie, und als Maria sie erblickte, brach sie erneut in Tränen aus.

Regal schloß sie in die Arme. »Maria. Es tut mir so leid. So furchtbar leid.«

Maria weinte und weinte. Regal versuchte sie zu trösten, und als sie sich ein wenig beruhigt hatte, sah Regal zu dem anderen Besucher hinüber. Basil Mulgrave!

Es war ein Schock, aber sie wollte Maria nicht noch mehr bekümmern, darum nickte sie höflich, und er erwiderte diese Geste mit einer knappen Verbeugung.

Marias Trauer war herzzerreißend, und Regal merkte, daß sie selber weinte. Es war einfach zuviel. All das war zuviel. Sie entsann sich, daß Maria ihr erst vor kurzem erzählt hatte, sie werde nach Van Diemens Land reisen und mit David zusammenleben. Und nun war es zu spät. Wie furchtbar. Das Leben war grausam.

»Ich denke, du solltest dich ein wenig hinlegen, Maria«, sagte Basil. Er wandte sich an Regal. »Wenigstens für eine Weile. Bald werden sicher die ersten Kondolenzbesucher eintreffen.«

Regal brachte Maria in ihr Zimmer, das Mädchen zog die Vorhänge zu, und sie ließen sie allein. Als Regal wieder herunterkam, war Basil noch dort, und sie machten steife Konversation über den Verlust des Colonel. Um das Gespräch in Gang zu halten, erzählte Regal ihm von Marias Absicht, in die Kolonien zu reisen, aber das schien ihn aus irgendeinem Grund zu verärgern.

»Mir ist bewußt, daß dies ein unpassender Zeitpunkt ist, Mrs. Howth, aber ich würde gerne etwas mit Ihnen besprechen.«

»Ach ja? Was denn?«

»Eine Menge Dinge. Vielleicht wäre Northern Star das geeignete Thema für den Einstieg?« Er rückte ihr einen Stuhl an einer Seite des ovalen Tisches zurecht, aber Regal ignorierte ihn und setzte sich an den Kopf. Er nahm den Platz am anderen Ende, so daß sie einander gegegübersaßen wie bei einer geschäftlichen Konferenz.

»Für alle Fragen bezüglich der Northern Star steht Ihnen Mr. Jameson Jones von der East Coast Mercantile gerne zur Verfügung«, sagte sie.

»Ich würde es vorziehen, mit Ihnen zu reden.«

»Woher der plötzliche Sinneswandel? Sie haben bislang nie ein Wort an mich verschwendet.«

»Richtig, denn ich wollte nicht noch einmal in diese leidige Debatte um die Frage ihrer Abstammung verwickelt werden.«

»Aber jetzt schon?«

»Keineswegs. Sie haben mir große Unannehmlichkeiten bereitet, seit Sie nach London gekommen sind.«

Regal lächelte. »Das freut mich zu hören.«

Er zündete sich eine Zigarette mit einer goldenen Spitze an. »Dann kosten Sie ihre Freude aus, solange sie noch währt, denn jetzt ist es vorbei mit Ihren Spielchen.«

»Es sind keine Spielchen, Sir«, erwiderte sie, fest entschlossen, die Ruhe zu bewahren. Zu lange hatte sie auf eine solche Gelegenheit zur Konfrontation gewartet, um sie sich nun durch einen unkontrollierten Gefühlsausbruch zu verderben. »Und so lange Sie sich weigern einzugestehen, daß Sie meine Mutter, Polly Hayes, im Stich gelassen und dadurch ihren Tod verschuldet haben, so lange werden diese Unannehmlichkeiten zunehmen.« Die Zeitschrift *Belle Assemblée* lag auf dem Tisch, und Regal begann, desinteressiert darin zu blättern. »Tatsächlich hörte ich, East Coast Mercantile sei im Begriff, ihre Anteile an Northern Star an den Nächstbesten zu verschleudern, da sie das Papier nicht wert sind, auf das sie gedruckt sind.«

»Was?« Er donnerte mit der Faust auf den Tisch. »Sie dummes Weibsstück! Sie werden mit diesem Unsinn aufhören, und zwar auf der Stelle!«

»Dann lassen Sie uns über Polly Hayes reden.«

Er nickte. »Ich hatte also von Anfang an recht mit meiner Einschätzung von Ihnen. Sie besitzen die Frechheit, sich einzureden, ich sei Ihr Vater, und haben sich in meine Kreise eingeschlichen, um mich in Verlegenheit zu bringen. Nun, das wird nicht funktionieren. Ich weiß, was in Ihrer Geburtsurkunde steht, aber ich bin nicht Ihr Vater, Gott sei Dank. Von meiner Tochter könnte ich wohl erwarten, daß sie sich Anstand und Sitte entsprechend aufführt und nicht einen Skandal nach dem anderen anrichtet.«

Regal hatte damit gerechnet, daß er es leugnen würde, aber jetzt wurde sie unsicher. Er klang so überzeugend, daß sie beinah geneigt war, ihm zu glauben. Und das Verrückte war, daß er sie ausschimpfte, wie ein Vater es tun würde, und das stimmte sie plötzlich furchtbar traurig, eingedenk all der anderen Dinge, die in den letzten Tagen auf sie eingestürmt waren.

»Wer ist dann mein Vater?« fragte sie trotzig.

»Ich sagte Ihnen doch, ich habe nicht das geringste Interesse an dieser Frage. Nach meinen persönlichen Beobachtungen würde ich Ihnen jedoch vorschlagen, Edwina Foy zu fragen.«

»Wen?« Natürlich wußte sie, wen er meinte, die Frage war mehr ein Ausruf des Erstaunens.

»So lautete ihr Mädchenname. Wir sind uns in Halifax begegnet, und meines Wissens lebt sie heute hier in London.«

»Aber was sollte sie darüber wissen?« fragte Regal verwundert.

Basil hob die Hand. »Genug davon. Lassen Sie uns zum Geschäft kommen. Ich verlange eine Entschädigung. Ich wäre bereit, eine Summe von dreihunderttausend Pfund zu akzeptieren, um den Verlust der *Scottish Prince* zu dekken und als Wiedergutmachung für die Scherereien, die Sie mir gemacht haben.«

Sie starrte ihn an. »Sie müssen verrückt sein. Warum sollte ich Ihnen auch nur einen Penny zahlen?«

»Weil ich Sie sonst in Schwierigkeiten bringe, weitaus größere, als Sie mir je machen könnten. Sie haben sich auf dünnes Eis begeben, Madam. Ich werde da weitermachen, wo Ihr verstorbener Gatte notgedrungen aufgehört hat, und dafür sorgen, daß Sie wegen staatsfeindlicher Aktivitäten belangt werden.«

Regal schüttelte ihre Lethargie ab und betrachtete diesen Mann plötzlich mit anderen Augen. Staatsfeindliche Aktivitäten? Das war lächerlich; es gab keinerlei Beweise, nur Indizien. Er wollte sie nur unter Druck setzen. Aber konnte er seine Drohung wahr machen? Dann erkannte sie das eigentliche Motiv dieser Drohung: Geldgier. Er versuchte, sie zu erpressen. Es gab in diesem Fall keine gesetzliche Grundlage, auf der man sie verpflichten konnte, ihm irgend etwas zu zahlen.

Sie lehnte sich zurück und sah ihn an. »Soll ich Ihnen sagen, was ich denke? Ich glaube, Sie sind ein Schurke.«

Er zuckte die Schultern. »Ihre Meinung kümmert mich nicht. Sie sollten sich lieber schnell entscheiden. Entweder Sie willigen ein, mich zu entschädigen, oder es ist meine Pflicht als Patriot, dafür zu sorgen, daß man Sie verhaftet und verhört. Dann landen Sie erst einmal im Gefängnis.«

»Das würden Sie nicht wagen!« gab sie zurück. »Als erstes würde ich aussagen, daß Sie mein Vater sind und dann, daß sie versucht haben, mich zu erpressen. Soviel zu Ihrem Patriotismus.«

»Sie sind sich offenbar nicht darüber im klaren, daß ich die besten Kontakte zu Regierungskreisen habe, auch zum Kriegsministerium. Andersherum ausgedrückt: Wer würde Jorgensens Hure auch nur ein Wort glauben?«

Seine so berechnend plazierte Beleidigung traf sie zutiefst, doch sie beherrschte sich, schärfte sich ein, nicht einmal zu blinzeln, ihn nur nicht merken zu lassen, wie weh es getan hatte. Sie würde vorgeben, es nicht einmal gehört zu haben, und ihm so die Genugtuung versagen. Und sie würde niemals zulassen, daß Mulgrave sie aus-

nutzte. Charles hatte gesagt, Sir Basil habe einflußreiche
Freunde, vielleicht war jetzt der Zeitpunkt, sie sich zunut-
ze zu machen. Sie sah auf die Zeitschrift hinunter, als ringe
sie mit sich.

»Dreihunderttausend ist eine enorme Summe«, sagte sie
schließlich und gab damit vor zu kapitulieren.

»Das läßt sich nicht leugnen. Doch Ihre Freiheit sollte
Ihnen den Preis wert sein.«

»Einhunderttausend könnte ich vielleicht noch aufbringen. Aber nicht drei.«

»Schließen wir eben einen Kompromiß: Sagen wir zweihunderttausend.«

Sie legte die Hände vor sich auf die Tischplatte. »Jetzt
hören Sie mir gut zu. Wenn ich Geld ausgebe, möchte ich
etwas dafür sehen. Ich glaube nicht, daß Ihre wilden Be-
zichtigungen mir auch nur das geringste anhaben könnten, aber da Sie ein so einflußreicher Mann sind, können
Sie sich Ihre zweihunderttausend verdienen.«

»Was Sie nicht sagen. Und was müßte ich dafür tun?«

»Sie könnten Captain Jorgensen helfen. Sorgen Sie dafür, daß er freikommt. Wenn Sie das tun, bekommen Sie
Ihre zweihunderttausend, das verspreche ich Ihnen. Mit
diesem Geld könnten sie die alleinige Kontrolle über Northern Star zurückerlangen. Das ist es doch, was Sie eigentlich wollen.«

Während sie auf seine Antwort wartete, erinnerte Regal
sich, daß Charles erwähnt hatte, Mulgrave habe den Arm
bei Bunker's Hill verloren. Als Kind hatte sie in Boston
viele ehrfurchtgebietende Geschichten über diese Schlacht
gehört. Es war eigenartig, hier mit einem englischen Offizier zusammenzusitzen, der auf der anderen Seite gekämpft hatte. Genau wie David Collins.

»Ich könnte unter Umständen behilflich sein«, sagte er.

»Das reicht nicht. Ich will, daß er aus dem Gefängnis

entlassen wird und die Erlaubnis erhält, das Land zu verlassen. Ich traue Ihnen und Ihresgleichen nicht. Selbst wenn er freigelassen würde, würdet ihr ihn vermutlich gleich wieder wegen irgendwelcher erfundener Vergehen verhaften.«

»Denken Sie, die Vorwürfe gegen ihn sind erfunden?«

»Natürlich sind sie das. Er hat kein Gesetz gebrochen. Es ist nichts als ein Rachefeldzug.«

»Nun, damit kennen Sie sich ja aus«, bemerkte er. »Ich verlange einen Schuldschein, bevor ich auch nur einen Finger krumm mache.«

Regal ging an Marias kleinen Sekretär, schrieb einen Schuldschein über zweihunderttausend Pfund aus und unterzeichnete. »Ich werde ihn versiegeln und Maria Collins zur Aufbewahrung geben mit der Bitte, ihn an Sie auszuhändigen, sobald Jorge freigelassen wird. Niemand braucht von dem Inhalt zu wissen.«

»Ich würde sagen, wir sind uns einig«, sagte er.

»Und natürlich vergessen Sie diesen Unsinn mit den staatsfeindlichen Aktivitäten?«

Er erhob sich. »Ich bin einzig an einer Entschädigung für die von Ihnen verursachten Schäden interessiert.«

Regal sah durchs Fenster mehrere Kutschen vor dem Haus ausrollen. »Habe ich Ihr Wort?« fragte sie.

»Sie haben mein Wort als Gentleman. Ich werde tun, was ich kann.«

»Da bin ich sicher«, erwiderte sie. »Wenn Sie mich jetzt entschuldigen, ich muß zu Maria gehen. Die ersten Besucher kommen.«

Als sie den Raum verlassen hatte, atmete sie erleichtert tief durch. Sie war sicher, daß Mulgrave Jorge aus dem Gefängnis holen konnte, denn er hatte ihr Ansinnen nicht als unmöglich von sich gewiesen. Und darüber hinaus hatte sie gerade einhunderttausend Pfund gespart. Hätte er insistiert, hätte sie auch dreihunderttausend gezahlt. Jorge mochte seine Hoffnungen auf eine Verhandlung vor dem Kriegsgericht setzen, aber das konnte Jahre dauern, und selbst dann bestand keinerlei Garantie, daß er freigelassen wurde. Nun hatte sie einen weitaus schnelleren Weg gefunden.

Jorge war nach wie vor im Gefängnis, und Regal war todunglücklich. Sie liebte ihn so leidenschaftlich, daß das Leben ohne ihn für sie einem Alptraum gleichkam. Egal ob sie wach war oder schlief, sein geliebtes Gesicht war ihr immer gegenwärtig, ihr ganzes Selbst sehnte sich nach ihm. Sie brauchte ihn an ihrer Seite, seine Kraft, seine bewundernswerte Gabe, mit allem und jedem fertig zu werden. Immer erwartete er von den Menschen seiner Umgebung, daß sie mit ihm Schritt hielten, und das konnte sie auch. Sie würde ihn nicht im Stich lassen, sie würde ihm ein für allemal beweisen, daß niemand sie voneinander trennen konnte. Niemand! Auch nicht die ganze verdammte britische Regierung. Allerdings war das Wissen darum, daß ihre größte Hoffnung ausgerechnet in Basil Mulgrave bestand, nicht wenig erniedrigend.

Eigentlich hätte sie Edwina auf Mulgraves Andeutung ansprechen sollen, doch inzwischen glaubte Regal, daß er nur geblufft hatte. Er war ein geschickter Redner. Und sehr gerissen. Kein Wunder, daß Großvater damals nichts mit ihm zu schaffen haben wollte. Großvater war kein Dummkopf.

Gerade wegen ihres eigenen Kummers fühlte Regal ganz besonders mit Maria. Sie empfand den Schicksalsschlag, der sie getroffen hatte, als eine furchtbare Tragödie. Jedesmal, wenn sie sie besuchte, hatte sie Mühe, ihre eigenen Tränen zurückzuhalten. Aber sie fühlte sich Maria verpflichtet, und zum erstenmal ging ihr auf, wie sehr sie

sie liebte, die Frau, die sie adoptiert hätte, hätte man ihr die Möglichkeit dazu gegeben.

Ein offizieller Gedenkgottesdienst für Colonel Collins war in Vorbereitung, an dem auch Vertreter der Regierung und viele andere hohe Gäste teilnehmen sollten, so daß das Ereignis sehr aufwendig geplant werden mußte. Den ganzen Tag herrschte Hochbetrieb im Haus am Portman Place; Freunde, Verwandte und offizielle Regierungsvertreter gaben sich die Klinke in die Hand.

Es war typisch für Maria, daß sie über den eigenen Kummer Jorges Los nicht vergaß und Regal zu trösten versuchte. »Ich weiß, wie sehr du ihn liebst, mein Kind, doch du darfst nicht verzweifeln. Ich bin im Augenblick wie in einen Nebel gehüllt, ich kann keinen klaren Gedanken fassen. Aber so bald wie möglich werde ich dir helfen, ihn zu suchen.«

Sie nahm den versiegelten Umschlag, den Regal ihr zur Aufbewahrung anvertraute, und schloß ihn kommentarlos in eine der Schubladen ihres Sekretärs ein.

Auch Edwina hielt sich oft bei Maria auf. In Regals Augen führte sie sich auf wie ein bezahltes Klageweib, jammerte und heulte zu Tee und Brandy. Regal beobachtete sie nachdenklich.

Edwina Proctor, geborene Foy, war vor Großvaters Tod nach Boston zurückgekehrt, doch sie hatte die Hayes niemals besucht. Doch kaum hatte sich die Nachricht verbreitet, daß er unter einer tödlichen Lawine herabstürzender Holzstämme in der Sägemühle begraben worden war, hatte Mrs. Proctor Regal umgehend aufgesucht. Damals hatte Regal sich nicht darüber gewundert. Sie war nur dankbar gewesen, daß diese feine Dame sich ihrer annahm und nicht gleich wieder davoneilte wie alle anderen. Timothy Foy, Edwinas Vater, war in der guten alten Zeit Geschäftspartner ihres Großvaters gewesen, und die Foys waren eine sehr reiche, angesehene Familie in Boston.

Regal hegte nicht den geringsten Zweifel, daß Edwinas Freundlichkeit ihr gegenüber aufrichtig war. Allen Problemen der letzten Zeit zum Trotz, die auch für Edwina teilweise unangenehme Folgen gehabt hatten, war sie ihr stets eine gute Freundin gewesen. Regal erinnerte sich noch genau daran, wie sie damals mit rauschenden Röcken in dem alten Haus in Boston aufgetaucht war: »Ich bin sofort gekommen, als ich es hörte, Liebes. Sie armes Kind, Sie müssen denken, Sie seien ganz allein auf der Welt.« Sie hatte Regal so herzlich umarmt, daß sie in den feinen Pelzen und dem Duft teuren Parfums beinah erstickt wäre. »Ihre liebe Mutter war eine gute Freundin von mir. Sie würde wollen, daß ich mich Ihrer annehme.«

Doch wenn Edwina wirklich eine so gute Freundin ihrer Mutter gewesen war, warum hatte sie sie nie besucht, als Großvater noch lebte? Was hatte sie zu verbergen?

Diese Fragen ließen ihr keine Ruhe. Doch es schien nicht richtig, dieses Thema in Marias Haus anzuschneiden. Darum beschloß Regal, Edwina zu Hause aufzusuchen, auch wenn sie wußte, daß sie Cameron nicht gerade willkommen war. Er hatte sie mit steinerner Miene ignoriert, wenn sie sich bei Maria begegneten. Und dasselbe taten auch einige andere Leute, die kamen, um Maria ihre Anteilnahme auszudrücken. Es kümmerte Regal nicht. Verglichen mit den Qualen, die sie Jorges wegen litt, erschien ihr diese Schmähung als kaum der Rede wert.

Edwina schien unsicher, ob sie sie hereinbitten sollte.

»Wir können uns ja hier draußen auf die Stufen setzen, wenn du willst«, schlug Regal kühl vor.

»Nein, nein. Komm herein, das ist schon recht«, erwiderte Edwina beinah flüsternd. »Es ist nur, nun ja, jetzt da

Jorge wieder verhaftet worden ist, meint Cameron, es sei langsam genug. Du verstehst schon ...«

»Nein.«

»Dann versuch es wenigstens. Seit du diesem Mann begegnet bist, hat es nichts als Ärger gegeben, und Cameron ist beunruhigt, daß er mit ihm in Verbindung gebracht wird.«

»Und mit mir?«

Edwina stieß sie förmlich ins Wohnzimmer. »Das kannst du ihm nicht vorwerfen, er muß schließlich an seine Position denken.«

»Cameron ist ein Hasenfuß«, versetzte Regal unverblümt. »Ich kenne keinen anderen Mann, der so unablässig jammert wie er. Außer vielleicht seinem Freund Samuel Phelps.«

»Regal, was willst du eigentlich? Bist du nur hergekommen, um meinen Mann schlechtzumachen? Wenn ja, dann finde ich das reichlich taktlos von dir.«

Regal streifte ihre Handschuhe ab und setzte sich. »Ich unterhielt mich kürzlich mit Sir Basil Mulgrave. Man könnte sogar sagen, wir haben sehr nett miteinander geplaudert.«

»Wirklich?« Edwina begann, die Messingfigurensammlung auf ihrem Bord neu zu arrangieren. »Das ist erstaunlich, wenn man bedenkt ...«

»Wenn man was bedenkt?«

»Nun ... Ich muß dir doch nicht erst erklären, was ich meine.«

Ihr aggressives Auftreten machte Edwina offenbar nervös, aber Regal war fest entschlossen, sie weiter unter Druck zu setzen.

»Doch, das mußt du. Was genau meinst du?«

Edwina fuhr herum. »Ich glaube, es ist besser, du gehst jetzt und kommst erst wieder, wenn du besserer Stimmung bist. Ich lasse mir von dir keinen zusätzlichen Kummer bereiten, ich bin erschüttert genug über Davids Tod.« Sie schniefte in ihr Taschentuch.

»Sir Basil sagt, er sei nicht mein Vater«, fuhr Regal unbeirrt fort.

»Nun, was kannst du auch anderes von ihm erwarten. Maria und ich haben dir doch mindestens ein Dutzend Mal gesagt, du sollst all das vergessen. Ja, mein Gott, hast du denn nicht schon genug anderer Sorgen?«

»Sir Basil meinte auch, ich solle mich mit der Frage nach meinem Vater an dich wenden.«

Das zeigte Wirkung. Edwinas Augen weiteten sich, und sie wich zurück. »Was sollte ich denn darüber wissen?«

»Das will ich ja gerade von dir erfahren. Wenn nicht, dann werde ich Sir Basil hierherbringen, in dieses Haus. Ich bin sicher, du erinnerst dich an ihn, aus der Zeit in Halifax damals. Er kann ein sehr furchteinflößender Gentleman sein. So schrecklich britisch.«

»Meine Güte, wie prächtig ihr zwei euch jetzt plötzlich versteht!« bemerkte Edwina gehässig.

»Ja«, sagte Regal und war darüber selbst überrascht. »Wenn ich es mir recht überlege, finde ich ihn sogar recht sympathisch.«

»Unglaublich!« Edwina war wieder ganz sie selbst. »Erst Polly, jetzt du. Dieser Mann könnte mit seinem Charme Schlangen beschwören.«

»Da irrst du dich. Er kann alles andere als charmant sein. Und jetzt sagst du mir entweder die Wahrheit, oder ich bringe ihn her. Und wenn du glaubst, Cameron befinde sich jetzt in einer peinliche Lage, dann warte, bis Mulgrave hier ist. Ich kann dir sagen, Edwina, er hat mehr als genug von der ganzen Angelegenheit und ist sehr erbittert darüber.« Regal dachte, diese Übertreibung werde Edwina vielleicht zum Reden bringen. »Nun? Wer ist mein Vater?«

»Es nützt doch nichts, wenn du es weißt.«

»Wer ist es!« schrie Regal sie an.

Edwina ging ruhelos im Zimmer auf und ab, streifte mit den Händen über die Möbel, rückte Vasen zurecht, schüttelte Kissen auf. Dann zog sie einen Stuhl ein Stück zu sich heran und stützte sich auf die Rückenlehne. »Nach allem, was ich für dich getan habe, hätte ich nie gedacht, einmal erleben zu müssen, daß du so mit mir sprichst. Mein Gott, du hörst dich an, als wolltest du mir drohen.«

»Drohen? Edwina, wach endlich auf! Ich werde alle Dämonen der Hölle über dich bringen, wenn du mir nicht endlich die Wahrheit sagst. Ich habe die Nase voll von all den verdammten Lügen!«

»Regal! Wie du redest!« Edwina ging hinüber in eine Ecke des Zimmers und pflückte welke Blütenblätter von den Hortensien, die in einem Übertopf aus Messing standen. »Jack Proctor«, sagte sie plötzlich und so leise, daß Regal es fast nicht verstanden hätte.

»Jack Proctor? Dein erster Mann? Was ist mit ihm?«

»Er ist dein Vater.«

»Was?« Regal war wie erstarrt. Sie hatte einen Namen erwartet, den sie nie zuvor gehört hatte, von jemandem, der längst tot war. »Jack Proctor? Marias Bruder? Weiß sie davon?«

»Nein. Wir haben es ihr nie gesagt. Regal, du mußt verstehen, in welch einem Schlamassel wir damals steckten. Deine Mutter, Polly, war mit Jack verlobt, doch als wir nach Halifax kamen, hat er sich nach einiger Zeit in mich verliebt. Ich wußte nicht, daß er und Polly schon ... intim gewesen waren. Es war Krieg, verstehst du, alles war so konfus, und wir drei Mädchen waren fort von zu Hause.«

»Warum hast du mir das nicht eher gesagt?«

»Oh, um Himmels willen, Regal! Ich wollte es vergessen. Jack löste die Verlobung, Polly war wütend, und dann beschlossen Jack und ich zu heiraten. Das Aufgebot war bestellt, und alles schien sich wieder beruhigt zu haben, als mir Polly plötzlich eröffnete, sie sei schwanger! Von Jack!« Edwina sah sie flehentlich an. »Was hättest du an meiner Stelle getan? Ich liebte Jack, und er mich. Warum sollte er Polly heiraten müssen und unser aller Leben ruinieren?«

»Weil es das einzig Anständige gewesen wäre.«

»Ach ja? Du hast Himmel und Hölle in Bewegung gesetzt für diesen Jorgensen, also wirf mir nicht vor, daß ich dasselbe getan habe. Jack war und ist ein Frauenheld, aber das wußte ich damals noch nicht. Und selbst als er hörte, daß Polly schwanger war, hat er sich geweigert, sie zu heiraten. Er hatte sich entschieden, er wollte mich.« Edwina fing an zu weinen. »Es tut mir leid, Regal. Ich wollte dir niemals weh tun. Ich meine, lieber Gott, wer sieht denn so weit voraus?«

Sie begann wieder den Raum zu durchqueren und setzte sich dann auf die Sofalehne. »Wir waren jung, wir wollten uns amüsieren. Maria hatte ihren David, ich hatte Jack, und dann kam genau im richtigen Moment Basil nach Halifax. Wir alle kannten ihn. Er war ein gutaussehender Offizier, und er wahrte Pollys Gesicht. Jack hatte sie fallenlassen, und Basil übernahm die Rolle des treuen Begleiters.«

»O Gott. Und das habt ihr ihm gedankt, indem ihr ihm eine Vaterschaft angehängt habt! Ihr ekelt mich an.«

»Bitte, Regal. Das war keine Absicht. Nur wir drei wußten, daß Polly schwanger war. Und sie war vollkommen hingerissen, daß Basil sie zu den Bällen und Gesellschaften begleitete, sie hatte sich Hals über Kopf in ihn verliebt. Sie träumte davon, ihn zu heiraten, obwohl sie wußte, daß das völlig ausgeschlossen war. Zum einen hatte er sie nicht gefragt, zum anderen, na ja, sie war eben schwanger.

Aber es war ein schöner Traum, und er tröstete sie über eine schwere Zeit hinweg.«

Regal fragte sich, warum sie sich so erschöpft fühlte. Vielleicht war es der Gedanke an Polly und den Kummer jener Tage. Sie riß sich zusammen und ermunterte Edwina fortzufahren. »Aber was war mit der Geburtsurkunde?«

»Ach, das! Nun, es war eine Art Trotzreaktion. Ich bin mit Polly zum Standesamt gegangen, um deine Geburt anzumelden, und wir waren noch so sehr damit beschäftigt, uns einen Namen zu überlegen, daß wir gar nicht weiter dachten. Doch dann war es Polly furchtbar unangenehm, als sie gestehen mußte, daß sie unverheiratet war, und der Beamte war so ungehobelt. Er war schrecklich. Vermutlich wurde hier der Grundstein für ihren späteren Zusammenbruch gelegt, aber das wußten wir damals natürlich noch nicht. Danach war es vor allem Basil, der ihr zu schaffen machte. Er war schon vor Monaten nach England zurückgekehrt, und sie sehnte sich nach ihm. Mehr als ihr guttat, weit mehr als nach Jack.«

»Die Geburtsurkunde, Edwina.«

»Ja doch, darauf wollte ich gerade kommen. Manchmal, wenn du so grantig bist, erinnerst du mich wirklich an Jack.«

Regal wurde wütend. »Erwähne seinen Namen nie wieder in meiner Gegenwart!«

»Beruhige dich. Ich war mit ihm verheiratet, ich möchte auch nicht an ihn erinnert werden. Auf dem Standesamt war also dieser schreckliche Mensch mit seiner furchtbaren Triefnase, und als er nach dem Namen des Kindesvaters fragte, hat Polly einfach Basil genannt. Um den Mann zu beeindrucken. Der Ehrenwerte Basil Mulgrave aus London, England.«

Regal schüttelte den Kopf. »Was für eine verdammte Torheit! Aber ich schätze, dir war es gleich, nicht wahr?

Aus deiner Sicht war diese Lösung sehr viel besser, als wenn dort der Name deines Mannes eingetragen worden wäre.«

Edwina hob die Schultern. »Ganz recht. Und ich sage dir, der Beamte war tatsächlich beeindruckt. In aller Höflichkeit machte er Polly darauf aufmerksam, daß sie den Namen des Kindes noch nicht genannt hatte. Polly richtete sich auf und sah sehr erhaben auf ihn hinab. ›Regal‹, sagte sie. ›Ein aristokratischer Name für das Kind eines Aristokraten.‹ Und dann nahmen wir die Urkunde und rannten davon, sehr zufrieden mit uns, denn uns beiden gefiel der Name, für den Polly sich so spontan entschieden hatte. Wir waren schrecklich jung damals, Regal.«

»Das ist keine Entschuldigung. Und ich glaube nicht, daß wirklich alles so unüberlegt war, wie du es darstellst. Welche Rolle hat Maria bei alldem gespielt?«

»Maria war so gut zu Polly. Sie hat sie aufgenommen, denn Polly wollte nicht nach Boston zurückkehren. Es war nicht leicht für Maria. Sie mußte Pollys Launen über sich ergehen lassen, und es kam zu Streitereien zwischen ihr und David, weil Polly anfing zu behaupten, Basil sei wirklich der Vater ihres Kindes.«

»Weil du ihr geraten hast, bei der Lüge zu bleiben.«

»Oh, jetzt reicht es aber, Regal. Tu doch nicht so, als wärst du eine Heilige! Jeder versucht zu überleben, so gut er kann. Basil war fort. Sie mußte doch irgendeinen Namen nennen. Wie hätte Jack dagestanden, mit mir verheiratet, aber seine ehemalige Verlobte mitsamt Kind noch in Halifax? Maria war immer geneigt zu glauben, was Polly über Basil sagte, ich denke, sie kannte die Wahrheit wirklich nicht. Aber dann fingen die Schwierigkeiten an.«

»Konnte es denn noch schlimmer kommen?« fragte Regal müde. Sie hatte wirklich genug gehört. Sie fühlte sich im Stich gelassen.

»Polly spielte ihren Trumpf aus. Sie weigerte sich, als ledige Mutter nach Boston zurückzukehren. Sie sagte mir, sie wolle mit David und Maria nach England gehen, denn dort wisse niemand über sie Bescheid, sie könnte sich Mrs. Hayes nennen. Doch ihr fehlte das Geld für die Reise. Jasper, dein Großvater, schickte ihr jeden Monat eine kleine Summe, doch da die Verlobung aufgelöst war, verlangte er, sie solle heimkommen. Er wußte nichts von dem Kind.« Edwina seufzte. »Ich habe ihr gesagt, es werde ihr nichts anderes übrigbleiben, als nach Boston zurückzukehren und den Dingen ins Auge zu sehen. Du kannst dir vorstellen, wie Ettie reagiert hätte, von Jasper ganz zu schweigen. Aber Polly dachte nicht daran. Sie fing an, mir zu drohen.«

Regal richtete sich plötzlich auf. »Du willst sagen, sie hat dich erpreßt?« Sie begann zu lachen, aber Edwina blieb ernst. »Das ist nicht komisch. Polly war immer neidisch auf das Geld meiner Familie. Sie verlangte zehntausend Pfund von mir, damit sie mit dem Kind nach England gehen und ein angenehmes Leben führen könne, anderenfalls werde sie die Geburtsurkunde für ungültig erklären lassen und Jack verklagen. Schließlich gab ich ihr einen Wechsel, einzulösen bei der Bank von England, damit sie Ruhe gab.«

»Du hast gezahlt?«

»Mir blieb nichts anderes übrig. Ich denke, wir hatten gar nicht mehr daran gedacht, wer in der Geburtsurkunde als Vater eingetragen war. Polly hatte nicht wirklich die Absicht, Basil als den Vater ihres Kindes auszugeben, sie war ja nicht dumm. Er hatte sie geküßt, aber weiter war er nie gegangen.«

»Erpressung!« Regal lachte. »Das ist doch unglaublich. Sie hätte Basil heiraten sollen, die beiden hätten ein wunderbares Paar abgegeben.«

»Ich verstehe nicht, wieso du das sagst. Es war häßlich von ihr, mich zu erpressen.«

»Oh, das kommt in den besten Familien vor«, bemerkte Regal mit einem Grinsen. »Was wurde aus diesem Wechsel, nachdem meine Mutter gestorben war? Sie ist ja nie dazu gekommen, ihn einzulösen.«

»David Collins fand ihn in Pollys Gepäck und stellte Nachforschungen an. Ich glaube, er ahnte die ganze Zeit, wer dein Vater war, doch er wollte Maria nicht bekümmern. Der Wechsel wurde meiner Bank zurückgeschickt.«

»Du hättest mir all das viel früher sagen müssen.«

Edwina sank in einen Stuhl. »Ich hatte nie ein eigenes Kind und ich liebte dich so sehr«, weinte sie. »Ich wollte nicht, daß du schlecht von mir denkst. Ich habe immer über dein Wohlergehen gewacht. Meine Familie ließ mich stets wissen, wie es dir erging. Darum war ich auch gleich da, als Jasper gestorben war; ich dachte, du brauchst mich vielleicht. Ich konnte nicht eher kommen, denn Jasper und Ettie hatten mir nie verziehen, daß ich Jack und Polly auseinandergebracht hatte.«

Sie schluchzte jetzt, nachdem sie ihr Geständnis beendet hatte, und Regal stand auf und setzte sich zu ihr. »Hör auf zu weinen, Edwina. Ich brauchte dich wirklich. Komm schon, schenk mir ein Lächeln. Wenn ich dich nicht hätte, wen sollte ich dann wohl anschreien?«

Edwina hob den Kopf und sah sie an. »Es tut mir so leid, Regal. David Collins muß Basil von dem Wechsel erzählt haben, so wußte er, daß die Spur zu Jack führte. Vermutlich hat Basil dich deswegen zu mir geschickt. Diese verfluchte Geburtsurkunde. Ich bin beinah in Ohnmacht gefallen, als Maria mir sagte, daß du sie hast. Als wir nach London kamen, vermied sie es, Basil in ihr Haus einzuladen, um keine peinlichen Situationen aufkommen zu lassen. Sie mochte seine Frau ohnehin nie besonders«, fügte sie mit einem Kichern hinzu. »Lady Mulgrave zur Stiefmutter zu haben hätte dir sicher nicht gefallen.«

Als Cameron kurz darauf das Zimmer betrat, sah er Regal und Edwina einträchtig auf dem Sofa sitzen und gleichzeitig lachen und weinen.

Er schnalzte verstimmt mit der Zunge, warf Regal einen bösen Blick zu und wandte sich dann, ohne sie zu begrüßen, an Edwina: »Könnte ich dich wohl einen Moment sprechen? Hier vor der Tür, bitte.«

Edwina drückte Regals Hand. »Ach, stör uns nicht, Cameron. Regal und ich führen gerade ein vertrauliches Gespräch. Und sie wird heute abend mit uns essen.«

Die Tage wurden grau und kalt, doch Regal war entschlossen, heiterer Stimmung zu bleiben. Nie wieder würde sie zulassen, daß sie in Depressionen versank, denn sie fürchtete, es könne zu der Krankheit führen, die ihre Mutter verzehrt und letztlich umgebracht hatte. Seit sie die Wahrheit über Jack Proctor wußte, fühlte sie sich, als sei eine Last von ihren Schultern genommen. Doch gleichzeitig kam sie zu der Erkenntnis, daß es ihr letzten Endes gleich war. Sie verspürte nicht den Wunsch, ihn kennenzulernen. Ihr Vater war kein Schatten mehr, er existierte ganz einfach nicht. Eines Tages würde sie ihre Anwälte anweisen, die Geburtsurkunde offiziell richtigstellen zu lassen, um Basil Mulgrave zu rehabilitieren. Aber noch nicht. Derzeit war ihr alles recht, was ihn dazu bewegen mochte, sich um Jorges Freilassung zu bemühen.

Von all den Journalisten war Caroline Smythe die einzige, die sie jetzt noch besuchte. Und obwohl Regal überzeugt war, daß Caroline ein gar zu persönliches Interesse an Jorge hatte, ermutigte sie sie stets, wiederzukommen, weil sie hoffte, die Journalistin könne ihr helfen, etwas über ihn zu erfahren. Bislang war Regal auf eine bürokratische Mauer des Schweigens gestoßen. Niemand wollte ihr sagen, wo er sich befand. Die Anwälte richteten rein gar nichts aus, und David Collins war tot. Der Admiral, Arthur Phillip, war nicht zu sprechen. All ihre Briefe an das Kriegsministerium waren unbeantwortet geblieben.

Statt dessen erreichte sie ein Brief von Victor Howth, worin er sie aufforderte, zukünftig nicht mehr den Namen Howth, sondern wieder ihren Mädchennamen zu führen. Regal sparte sich die Mühe, ihm zu antworten, es sei ihr ein Vergnügen.

Sie kleidete sich mit Sorgfalt, wählte ihr elegantestes Tageskleid, und der passende Umhang verdeckte bescheiden die erstklassig geschneiderte, blaugraue Pracht. Dazu ein dezenter grauer Hut. Das Ergebnis war ein ruhiger, respektabler Gesamteindruck, doch demonstrativ steckte sie eine Brosche an den blauen Samtkragen, die wie ein Farnwedel geformt war und aus wundervollen, lupenreinen Diamanten bestand.

Regal seufzte. Es war beinah ein Schluchzen. Die Brosche war eines von den Stücken, die sie auf Edwinas Anraten hin gekauft hatte, als Jorge König von Island geworden war. Sie brauche Schmuck, mit dem sie sich sehen lassen könne, hatte Edwina erklärt. Eine Gelegenheit, ihn zu tragen, hatte sich nie ergeben, es sei denn heute, da sie persönlich bei den zuständigen Leuten in der Regierung vorstellig werden wollte, um für Jorge zu sprechen. Zu bitten und zu betteln, wenn es nötig wäre. Irgendwer würde sie schon anhören.

Die Herren, mit denen sie sprach, waren freundlicher, als sie erwartet hatte, doch sie wurde von einem an den nächsten verwiesen, man bot ihr zahllose Tassen Tee an, führte sie durch diverse Abteilungen des Kriegsministeriums, bis all die Namen schließlich in ihrem Kopf verschwammen. Zu guter Letzt eskortierte man sie zu ihrer Kutsche und versprach, man werde sich der Angelegenheit annehmen. Inzwischen kochte Regal vor Wut. Sie hätte sie am liebsten angeschrien, dieses selbstzufriedene Pack, diese Idioten mit ihrem jovialen Lächeln und ihrem dummen Gerede über das scheußliche Wetter. Wen kümmerte das verdammte Wetter? Es war ihr unendlich schwergefallen, den Mund zu halten, nett und freundlich zu bleiben und sie möglichst geschickt zum eigentlichen Thema zurückzulotsen, nämlich Captain Jorgensen, seinen Aufenthalt und seine Haftentlassung. Alles in allem war es reine Zeitverschwendung gewesen.

Ärgerlich betrat sie das Haus. Morgen wollte sie Basil Mulgrave aufsuchen und feststellen, ob er überhaupt schon irgend etwas unternommen hatte. Als der Diener ihren Mantel nahm, berichtete er, sie habe einen Besucher, und gab ihr dessen Karte.

Major Martin Reynolds.

In ihrem Zorn erwog Regal, ihn einfach zu ignorieren und hinauskomplimentieren zu lassen, aber dann entschied sie sich anders. Möglicherweise bestand eine Chance, ihn zu überreden, ihr zu helfen. Die Hoffnung war eher klein, gestand sie sich ein, aber alles war einen Versuch wert. Selbst wenn es bedeutete, die Anwesenheit dieses Widerlings ertragen zu müssen.

Reynolds verneigte sich knapp. »Guten Tag, Mrs. Howth. Ich muß sagen, Sie sehen entzückend aus.«

»Vielen Dank.« Er schien ausgesprochen zufrieden mit sich zu sein. Vielleicht war das ein gutes Zeichen. »Was kann ich für Sie tun, Major?« fragte sie höflich.

»Nur zwei Kleinigkeiten. Sie erlauben, daß ich mich setze?« Er nahm in einem Sessel Platz, und Regal setzte sich ein gutes Stück von ihm entfernt. »Ich hörte, Sie haben sich nach Jorgensens Aufenthaltsort erkundigt.«

»Richtig.«

»Da wären Sie besser zu mir gekommen. Er ist in Chatham, auf der *Bahama*.«

»Was ist das? Ein Schiff?«

»Nicht mehr. Man nennt sie Hulken. Ausgediente Schiffe.«

Regal war einen Moment starr vor Schreck. Diese Hulken waren die berüchtigtsten aller Gefängnisse. »Verstehe«, sagte sie ruhig. »Und Sie sind hier, um Ihrer Schadenfreude Ausdruck zu verleihen, Major?«

»Sie wollten es wissen, ich habe es Ihnen gesagt.« Sein Schnurrbart bebte leicht, als amüsiere er sich über seine eigene Antwort. »Und um Ihnen vergebliche Mühen zu ersparen, sollte ich wohl hinzufügen: den dortigen Gefangenen ist es nicht gestattet, Besuch zu empfangen.«

Regal hatte genug. Es war vollkommen zwecklos, höflich zu diesem Mann sein zu wollen. »Was für ein gehässiger Mensch Sie doch sind. Bitte gehen Sie, Major.«

Reynolds reagierte nicht. Er blätterte in den Unterlagen auf seinem Schoß. »Vielleicht interessiert es Sie zu erfahren, daß ich nach Spanien versetzt werde. Diese Versetzung entspricht keineswegs meinen Wünschen. Doch mir bleiben noch zwei Wochen, um meine laufenden Untersuchungen abzuschließen. Wenn Sie mir also ein paar Fragen beantworten würden, können wir die Sache schnell hinter uns bringen.«

»Ich habe Sie gebeten zu gehen.«

Er lächelte.»Sobald wir fertig sind. Also, erstens: Ein gewisser Mr. Jacob Aasgaard. War er in Ihrem Haus an dem Tag, als Ihr Mann ermordet wurde?«

»Das weiß ich nicht mehr.«

»Wie eigenartig. Mr. Aasgaard befindet sich in Haft. Er wurde in Reykjavik gefangengenommen als einer der Anführer dieses lächerlichen Staatsstreiches und an Bord der *HMS Talbot* zurückgebracht. Eigenartig daran ist, daß er sich ebenfalls nicht mehr erinnert.«

Regal tippte ungeduldig mit dem Fuß auf den Boden. »War das alles?«

»Nicht ganz. Manchmal hilft es, wenn man dem Gedächtnis ein bißchen nachhilft. Ich habe Mr. Aasgaard gesagt, Sie hätten bereits ausgesagt, er sei an dem bewußten Tag hiergewesen und habe das Haus zur gleichen Zeit verlassen wie Ihr verstorbener Mann. Jacob ist ziemlich böse auf Sie, Mrs. Howth.«

»Wegen Ihrer Lügen.«

»Es sind eigentlich keine Lügen. Ich weiß, daß es die Wahrheit ist und daß *Sie* den Sheriff belogen haben. Und warum sollten Sie wohl lügen, es sei denn, Sie hätten etwas zu verbergen?«

Als Regal nicht antwortete, sah er wieder auf seine Papiere. »Kennen Sie einen gewissen Emmanuel de Valois?«

»Nein.«

»Dann vielleicht Joseph Crouch? Diesen Namen führt er in England.«

»Nein.«

»Auch das ist eigenartig. Denn er kennt Sie. Monsieur de Valois wurde verhaftet, und ich hatte Gelegenheit, mich lange und ausführlich mit ihm zu unterhalten. Er war sehr besorgt. Spione bleiben nicht lange im Gefängnis, nur allzu bald enden sie am Galgen. Er war bereit zu reden, um seinen Hals zu retten, und hat mir alles über Sie erzählt. Über das Liebesnest, das Sie und Jorgensen über seinem Laden in Chelsea hatten, und über Ihre beträchtlichen, man könnte sagen unglaublich großzügigen Spenden für die französische Sache. Und ...« Er hob den Kopf und sah Regal kalt an, »über die Informationen, mit denen Sie ihn versorgt haben.«

»Er muß verrückt sein«, sagte Regal.

»Der Ansicht bin ich nicht. Und ich fürchte, er belastet Sie und Jorgensen schwer.«

»Lächerlich. Sie machen diesen armen Menschen solche Angst, daß sie alles sagen, was Sie hören wollen.« Sie erhob sich und legte die Hand an die Türklinke. Sie mußte ihn auf der Stelle loswerden. »Und nachdem Sie mir das nun alles erzählt haben ...«

Er sprang auf. »Augenblick noch. Ich habe eine Abschrift von Crouchs Aussage mitgebracht. Sie beweist, daß Jorgensen von Anfang an mit den Franzosen gemeinsame Sache gemacht hat.«

»Welch ein Unsinn!«

Er reichte ihr ein Blatt Papier. »Ich bestehe darauf, daß Sie sie lesen.«

Regal nahm es, warf einen Blick auf die säuberlich geschriebenen Zeilen und schleuderte es in Reynolds' Richtung zurück. »Das ist keine Aussage, sondern ein Geständnis, und mein Name steht darauf. Wie können Sie es wagen, mir dieses Lügenwerk vorzusetzen!«

Er legte es auf den kleinen Tisch neben sich. »Nun haben wir aber genug Zeit verschwendet, Mrs. Howth. Sie werden es als Zeugin unterschreiben, oder ich bringe Sie wegen Verrats vor Gericht. Und mache Sheriff Cranston mit Ihrem Freund Jacob Aasgaard bekannt.«

Nie zuvor hatte Regal jemanden so sehr gehaßt wie diesen Mann. Es war, als müsse ihr Kopf vor Zorn zerspringen, doch um Zeit zu gewinnen, nahm sie das Blatt wieder auf und las es gründlich durch. Sein gesamter Inhalt war ausschließlich gegen Jorge gerichtet und bezichtigte ihn der Spionage. Offenbar erwartete Reynolds, daß sie

unterschreiben und somit Crouchs Aussage stützen würde. Dann wäre Jorge rettungslos verloren. Dieses Dokument allein würde ausreichen, um ihn an den Galgen zu
bringen.

»Sehen Sie, Mrs. Howth, ich glaube, diese Männer haben Sie benutzt«, erklärte Reynolds. »Wenn Sie unterschreiben, werden wir Sie nicht mehr behelligen, es wird kein
Grund bestehen, Sie weiter in diese Sache hineinzuzie-
hen. Mir ist völlig klar, daß diese Verräter Ihr Vertrauen auf
das Schändlichste mißbraucht haben.«

Es klopfte an der Tür, und Regal beeilte sich, sie zu öff-
nen, dankbar für die Unterbrechung. Sie brauchte Zeit
zum Nachdenken.

»Miss Caroline Smythe, Madam«, verkündete der Diener.

Regal sah zu Reynolds hinüber. »Ich muß diese Frau
unbedingt sprechen. Ich bin gleich zurück.« Es beschämte
sie, daß es so aussah, als frage sie ihn um Erlaubnis, aber
im Moment zählte nur eins – sie mußte hinaus aus diesem
Zimmer, sich der zuschnappenden Falle entziehen.

Sie lief durch den Korridor und sah Caroline in der Halle stehen, aber sie hielt nicht an, konnte nicht, sie rannte
weiter bis ins Wohnzimmer und schlug die Tür hinter sich
zu. Sie atmete schwer, als sei sie stundenlang gerannt,
lehnte sich mit dem Rücken an die Tür, schluckte und
rang nach Luft. Dieser entsetzliche Mann wartete auf sie,
wie ein gnadenloser Richter, der sein Urteil zu verkünden
hat. Wie konnte sie ihn nur loswerden? Sie mußte ihn aufhalten. Irgendwie.

Sie ging zur Anrichte hinüber, wo Feder und Tinte auf
einem verzierten Tablett bereitstanden, zusammen mit
dem Löschroller aus Elfenbein, dem Brieföffner und dem
Federmesser. Sie betrachtete den Brieföffner. Wäre er nur
scharf genug, sie hätte keinerlei Skrupel, damit auf ihn
einzustechen. Sie überlegte, ob sie Caroline um Hilfe bit-

ten sollte, aber was könnte sie tun? Ihr raten? Was half ihr ein Rat?

Regal starrte auf die Feder hinunter. Sie würde nicht unterschreiben. Niemals. Reynolds' Boshaftigkeit war unerhört. Nichts würde ihn jetzt noch aufhalten. Er war entschlossen, alles zu tun, das nötig war, um Jorges Verurteilung wegen Spionage zu erwirken. Und ebensosehr würde er es genießen, wenn sie wegen desselben Verdachts verhaftet würde, und mochte er hundertmal versprechen, sie werde nicht weiter in die Sache hineingezogen. Er glaubte, sie sei dumm genug, dieses Geständnis zu unterschreiben in der Hoffnung, dann wenigstens ihre eigene Haut zu retten. Schließlich hatte keinerlei Notwendigkeit für Reynolds bestanden herzukommen, es war alles Teil seiner persönlichen Rache an ihnen beiden. Jeder Narr konnte sehen, daß Crouchs Aussage vernichtend war, aber Reynolds hatte absolut sichergehen wollen, daß Jorge verurteilt würde, indem er sich dazu noch ihre Unterschrift erschlich.

Sie mußte sich beeilen, er würde nicht ewig warten. Tränen schossen ihr in die Augen bei dem Gedanken, was Jorge auf dieser entsetzlichen Hulk durchmachte. Vielleicht würde es Reynolds erweichen, wenn sie ihn anflehte oder ihm anbot zu zahlen, was immer er verlangte, damit er sie zufriedenließ, doch dann schüttelte sie den Kopf. Nein, er war zu boshaft. Er genoß diese ganze Sache und würde einen Bestechungsversuch mit Freuden gegen sie verwenden. Gegen Jorge. Er war es, auf den Reynolds es in Wirklichkeit abgesehen hatte. Der Fuchs, den er zu Tode hetzen wollte.

Das letzte Mal, daß sie und Jorge zusammen waren, war in diesem Zimmer gewesen. Er hatte die Arme um sie gelegt, um sie zu trösten, und sie hatte gesagt, er solle die Pistolen nehmen und fliehen ...

Die Pistolen! Sie öffnete die oberste Schublade der Anrichte und betrachtete den langen Kasten aus poliertem Eichenholz. Dann klappte sie den Deckel hoch und sah das Pistolenpaar, wie es da in dem Bett aus rotem Samt lag. Es waren gute, leistungsfähige Waffen mit langen Läufen, blank poliert, richtige Waffen, nicht wie diese altmodischen, verschnörkelten Instrumente aus Charles' Sammlung. Und in den Deckel eingelassen waren alle Utensilien, die man zum Reinigen und Laden benötigte. Unwillkürlich mußte Regal lächeln. Sie war in einem Haus aufgewachsen, wo Schußwaffen zum Alltag gehörten, denn Großvater und seine Freunde waren Jäger gewesen, die allerdings nie ihre Zeit damit verschwendet hatten, nur so zum Spaß arme, kleine Füchse zu jagen. Sie nahm eine der Pistolen und spannte den Hahn. Sofort fühlte sie sich ein wenig sicherer. Das würde das Kräftegleichgewicht drüben im Salon wiederherstellen. Mal sehen, wie es Reynolds gefiel, wenn zur Abwechslung einmal er der Bedrohte war.

Sie hob die Waffe und zielte auf eine kleine Boudicca-Figur aus Marmor auf der anderen Seite des Zimmers, und es reizte sie abzudrücken. Reynolds würde den Schreck seines Leben bekommen. Er sollte am eigenen Leibe erfahren, daß es Menschen auf der Welt gab, die sich nicht herumstoßen ließen.

Sie legte die Pistole auf das Tablett und räumte alle Schreibutensilien bis auf die Feder in ihrem Ständer und das Tintenfaß beiseite. Die Waffe bedeckte sie mit einem Leinentuch.

Caroline Smythe wartete immer noch. »Mrs. Howth!« rief sie, als Regal mit ihrem Tablett zum Salon zurückging. »Ich bin in Eile. Haben Sie eine Minute Zeit für mich?«

Regal hielt an. »Tut mir leid, Caroline. Aber es dauert nicht mehr lange. Und Sie haben vergessen, ich habe meinen Mädchennamen Hayes wieder angenommen.« Sie lachte. »Eine Abmachung mit den Howths, ausnahmsweise mal im gegenseitigen Einvernehmen. Bitte gehen Sie nicht, ich bin gleich bei Ihnen.« Sie schritt leichtfüßig durch die Halle, fühlte sich beinah schwindelig vor Erleichterung und trug ihr Tablett wie ein königlicher Page ein Schmuckkissen bei einer Zeremonie. Sie betrat den Salon, wo Reynolds jetzt entspannt in einem Sessel lehnte.

Als er aufstand, entdeckte er die Feder. »Ah, Sie werden also unterschreiben. Gut. Es ist das Beste für Sie, wirklich.«

Sie stand mit dem Rücken zu ihm, als sie die Pistole aufnahm.

»Das einzig Vernünftige, das Sie tun können«, fuhr er fort. Er sprach schnell, wohl um zu verhindern, daß sie ihre Meinung noch einmal änderte. »Unterschreiben Sie die Aussage, und dann haben Sie es hinter sich.«

Regal wandte sich langsam um, die Pistole in der Hand und mit ausgestrecktem Arm auf ihn gerichtet. »Ich wünschte, Sie würden es nicht ständig als Aussage bezeichnen. Es ist ein Geständnis, basierend auf den von Ihnen verbreiteten Lügen.«

Reynolds wankte entsetzt zurück, stolperte beinah über einen niedrigen Hocker und streckte ihr abwehrend die Hände entgegen. »Mrs. Howth! Legen Sie das Ding weg! Seien Sie nicht dumm. Geben Sie sie mir!«

»Haben Sie wirklich geglaubt, ich würde mich von Ihnen dazu benutzen lassen, eine Verurteilung gegen Jorge zu erwirken?«

»Bitte, beruhigen Sie sich. Legen Sie die Waffe beiseite, und wir reden über alles. Ich wäre vielleicht in der Lage, Ihnen entgegenzukommen. Und ihm ebenfalls.«

Sie war verwundert, wie ruhig sie sich fühlte, während sie mit der Pistole in beiden Händen dastand und direkt auf sein Herz zielte.

Er hatte Todesangst, sah sich in Panik nach einer Waffe um, und sein Blick fiel auf den Schürhaken nur wenige Schritte entfernt. Regal sah ihn auch. Irgendwer hatte ihn nicht an seinen Platz zurückgehängt, und nun lag er auf den Steinen im Kamin, und vermutlich war er heiß, aber ...

Als Reynolds danach griff, feuerte Regal. Der Rückstoß fuhr ihr bis in die Schultern, der Knall schien das ganze Haus zu erschüttern. Major Reynolds erstarrte mitten in der Bewegung, riß entsetzt die Augen auf und stürzte hintenüber. Er fuhr mit den Händen an seine blutüberströmte Brust, aus seinem weit geöffneten Mund drang ein markerschütternder Schrei.

Caroline war als erste an der Tür, dicht gefolgt von Bonnie, die hysterisch zu kreischen begann, sobald sie Reynolds und seine heftig blutende Wunde entdeckte.

»Halt den Mund«, fuhr Caroline sie an. »Hol einen Arzt.« Und Bonnie rannte davon, froh über den guten Grund zur Flucht.

Regal sah fasziniert zu, wie Caroline sich neben Reynolds kniete.

»Um Himmels willen! Was ist hier geschehen?« Sie hob seinen Kopf an und bettete ihn auf ein Kissen. Von einem nahen Tisch zerrte sie die Decke hinunter, verstreute dabei achtlos die kleinen Porzellanfigürchen, die darauf gestanden hatten, und stopfte das Tuch in seinen Uniformrock, um die Blutung zu stillen. Reynolds wimmerte leise, stieß gurgelnde Geräusche aus. Er warf seinen Kopf von einer Seite zur anderen, als versuche er, einer Zwinge zu entkommen, und dann lag er still, ganz plötzlich, die Augen weit aufgerissen, das Licht erloschen.

Caroline arbeitete fieberhaft, klopfte ihm auf die Wangen, redete auf ihn ein, hob seinen Kopf an und knöpfte seinen Kragen auf. Blut besudelte ihren Tweedrock und ihre Ärmel, aber es half alles nichts – er war tot. Regal konnte es deutlich sehen.

Sie ging hinüber und legte die Pistole auf den Tisch.

Außer sich rief Caroline: »Was tun Sie da?«

»Ich lege sie weg. Was sollte ich sonst tun?«

»Sie haben ihn getötet!« Caroline kam nur mit Mühe auf die Beine. »Ich kann es nicht fassen! Sie haben ihn erschossen! Warum, zum Teufel, haben Sie das gemacht? Wer ist er?« Ihre Stimme war hoch und schrill, sie schrie beinah, und Regal dachte, sie werde möglicherweise in Ohnmacht fallen. Ihr Gesicht war kalkweiß.

»Kann ich Ihnen etwas holen?« fragte sie.

Caroline starrte sie ungläubig an. »Ob Sie mir etwas holen können? Sind Sie total verrückt geworden? Was hat das zu bedeuten?« Sie sah auf die Leiche hinab, schauderte und wich zurück. »Wer ist er?«

»Sein Name ist Major Reynolds.«

»Hat er Sie angegriffen?«

»Er hat mich bedroht.«

»Warum haben Sie nicht um Hilfe gerufen? Sie mußten ihn doch nicht gleich erschießen!«

»Doch.« Regal hob das Blatt Papier auf. »Er wollte mich zwingen, dies hier zu unterschreiben.«

Caroline nahm ihren Hut ab, fuhr sich mit beiden Händen durch ihr drahtiges Haar und fühlte ihre Stirn. »O Gott. Mir ist schlecht.« Immer noch verärgert, nahm sie den Bogen, den Regal ihr hinhielt. »Was ist das?«

»Lesen Sie.«

Caroline hatte sich soweit in der Gewalt, daß sie sich auf das Geständnis konzentrieren konnte. Regal beobachtete sie, während sie las. Schließlich flüsterte Caroline: »Das dürfen Sie nicht unterschreiben. Sie würden den Captain hängen.«

Regal war beinah amüsiert über den angstvollen Ton

in ihrer Stimme. Natürlich, Caroline wollte Jorge schützen, sie war ja vom ersten Moment an von ihm betört gewesen.

»Ich weiß.« Regal stand reglos da. »Verbrennen Sie es«, befahl sie, und Caroline stürzte zum Feuer hinüber, steckte das Blatt in Brand und sah zu, wie es sich zusammenrollte und zu Asche zerfiel. Dann schob sie mit der Schuhspitze einen Scheit darüber, so daß die Überreste unter einem Funkenschauer begraben wurden.

»Was immer Sie tun, Sie dürfen es keinem Menschen gegenüber erwähnen«, schärfte Caroline ihr ein. »Das heißt, am besten sagen Sie überhaupt nichts. Kommen Sie, hier können wir nicht bleiben.« Sie nahm Regals Arm, führte sie durch die Halle ins Eßzimmer hinüber und schloß die Tür. »Am besten bleiben Sie hier, bis wir wissen, wie es jetzt weitergeht.«

Regal nickte und schlenderte zu einem der bequemen Ledersessel hinüber, die der Tür gegenüberstanden.

Caroline war nervös, fahrig. »Sie sind viel zu ruhig. Vermutlich wird der Schock erst später einsetzen, aber bis dahin, Mrs. Howth ...«

»Hayes«, verbesserte Regal.

»Oh, um Himmels willen! Das ist doch jetzt ganz gleich. Vergessen Sie nicht, was ich Ihnen gesagt habe: Sagen Sie gar nichts. Ich werde ihnen klarmachen, daß sie zu sehr unter Schock stehen, um zu reden. Wir werden eingestehen müssen, daß Sie den Mann erschossen haben, aber wir müssen es so darstellen, als seien Sie geistig verwirrt. Das ist Ihre einzige Chance.«

Von draußen erschollen Männerstimmen, Regal hörte laufende Schritte in der Halle. Sie war sehr müde und ließ sich in den Sessel fallen. »Gehen Sie und reden Sie mit ihnen, Caroline. Ich bleibe hier.«

Es gab ohnehin nichts mehr zu sagen. Es war alles vorbei. Sie lehnte den Kopf zurück, ein schwarzes Tuch schien sich über ihren Verstand zu breiten, und bereitwillig ließ sie sich in das stille Dunkel gleiten. Was für eine Wohltat, nicht mehr denken zu müssen. Jetzt konnte sie ausruhen. Einfach nur ausruhen.

12. KAPITEL

Leonard Rosonom hatte Regals Bitte dahingehend beantwortet, er werde so bald wie möglich nach London kommen; doch als der Tag seiner Abreise feststand, war es zu spät, um noch einmal zu schreiben. So bestieg er denn sein Schiff, keineswegs begeistert von der Aussicht auf wochenlange Untätigkeit. Aber es war unvermeidbar. Es wurde höchste Zeit, daß er mit Regal sprach. Ihre Briefe hatten ihn verwundert, einer dramatischer als der andere, und der letzte war wirklich der Gipfel von allem gewesen. Dieser Mann, mit dem sie zusammenlebte, Captain Jorgensen, war König von Island geworden! Hätte sie nicht einen Zeitungsausschnitt beigelegt, hätte Leonard kein Wort davon geglaubt.

Ihr felsenfester Entschluß, die Northern Star-Anteile ihres Mannes zu kaufen, war ebenfalls merkwürdig gewesen, doch Jameson Jones, den Leonard zum Vertreter der East Coast Mercantile bestellt hatte, hatte ihm berichtet, auf lange Sicht sei es vermutlich keine so schlechte Anlage. Mulgrave, der die Geschäfte führte, kämpfte hartnäckig um das Überleben der Gesellschaft. Doch aus irgendeinem rätselhaften Grunde hatte Regal strikt verboten, daß Jones ihm in irgendeiner Weise dabei behilflich war.

Darum mußte Leonard sich dringend kümmern. Er hatte die Absicht, Mulgrave aufzusuchen.

Und dann war ihr Mann ums Leben gekommen. Ermordet! Nicht auszudenken. Sogar Judith hatte angemerkt, daß sein Tod Regal doch sicher sehr gelegen kam, weil sich dadurch ein langwieriges Scheidungsverfahren und andere drohende gerichtliche Auseinandersetzungen erübrigten. Eine wirklich unselige Geschichte. Aber immerhin brachte er ihr auch gute Neuigkeiten. Boston hatte sich zu einem Handels- und Wirtschaftszentrum entwickkelt, und Regals Immobilien in der Innenstadt stiegen stetig im Wert. Jameson Jones hatte darauf gedrängt, auch in London Grundbesitz zu erwerben, denn die Preise seien vergleichsweise niedrig, doch angesichts Regals komplizierter persönlicher Situation hatte Leonard das nicht für klug gehalten. Jetzt konnte man diese Vorschläge neu überdenken, da für Regal keine Notwendigkeit mehr bestand, England zu verlassen. Oder doch? Leonard wurde das Gefühl nicht los, daß es für Regal besser wäre, nach Boston zurückzukehren. Die Geschichten über diesen Jorgensen klangen so merkwürdig. Da stimmte doch irgend etwas nicht.

Wie seltsam mußte dieses Europa sein, wenn ein Schiffskapitän sich einfach so zum König erheben konnte. Aber schließlich hatte Napoleon alle seine Geschwister zu Königen und Königinnen und Prinzen und Prinzessinnen gemacht, ohne daß einer von ihnen aristokratischer Herkunft gewesen wäre. Für einen amerikanischen Beobachter war es wirklich verwirrend, hatte er doch eigentlich immer geglaubt, eine Krone sei nur durch Geburtsrecht zu erlangen. Aber dort wurden sie offenbar verteilt wie Orden.

. Als das Schiff anlegte, verabschiedete Leonard sich von den zahlreichen neuen Freunden, die er während der Überfahrt gewonnen hatte, und nahm eine Droschke für die Fahrt durch Londons Straßen. Unterwegs sah er sich staunend um. Wenn die Kinder alt genug waren, würde er sie und Judith einmal hierherbringen, um diese großartige Stadt zu besuchen, das Zentrum der Welt.

Man hatte ihm das Hotel Colchester als das erste Haus am Platze empfohlen, und seine Pracht überwältigte ihn. Er hatte bereits im voraus eine Suite gebucht, und alles war für seine Ankunft gerichtet. Die Arrangements waren exzellent, die Angestellten vornehm und tüchtig, auch wenn sie alle ein wenig erstaunt darüber zu sein schienen, daß Leonard ohne Diener reiste. Leonard kam der Gedanke, was es wohl kosten würde, ein solches Hotel mit all seinem Luxus, das den wirklich Reichen vorbehalten war, in Boston zu bauen.

Nachdem er seine Räume bezogen hatte, nahm er eine weitere Droschke und fuhr zum Woburn Place. Es war früher Nachmittag, vielleicht war Regal ja daheim. Wenn nicht, wollte er seine Karte mit seiner Londoner Adresse hinterlassen.

Ihr Haus war beeindruckend. Ein dreistöckiges, prächtiges Gebäude, das ein Stück von der Straße zurückgesetzt war. Ein Pfad führte zur Haustür, aber keine Auffahrt, also vermutete er, daß Ställe und Einstellplätze für die Kutschen auf der Rückseite lagen. Er bat den Kutscher zu warten für den Fall, daß sie nicht zu Hause war. Dann ging er zur Tür. Plötzlich freute er sich unbändig darauf, sie wiederzusehen.

Das Geräusch des Türklopfers schien im ganzen Haus widerzuhallen, aber niemand kam. Er klopfte noch einmal, ohne Erfolg. Die Vorhänge an den Fenstern zur Straße hin waren geschlossen, also ging er um das Haus herum. Doch zu seiner Enttäuschung mußte er feststellen, daß das Haus gänzlich verlassen war. Es war ein kalter, trüber Tag, und es sah so aus, als würde es jeden Augenblick zu regnen anfangen, die grauen Wolken hingen tief und unheilschwanger über der Stadt. Leonard schauderte und wandte sich ab. Irgend etwas war unheimlich an diesem Haus, es schien eine seltsame Bösartigkeit davon auszugehen. Er sah die efeubewachsene Mauer hinauf, und das Haus schien bedrohlich über ihm aufzuragen. Der Pfad war schlüpfrig und teilweise von Moos überwachsen, so daß man vorsichtig gehen mußte. Leonard war froh, daß er sich im Colchester einquartiert hatte. Doch wohin jetzt?

»Niemand zu Hause«, sagte er zu dem Kutscher und stieg wieder ein. Vielleicht sollte er noch eine Weile warten. Wo zum Teufel war Regal? Natürlich würde er sie finden. Leonard Rosonom überließ nichts dem Zufall. Er hatte die Adresse von Edwina Foy, die jetzt Mrs. Cameron Spencer hieß, ebenso die Adresse von Colonel und Mrs. Collins. Er würde zum Hotel zurückfahren und ihnen einige Zeilen schreiben. Schließlich konnte er ja schlecht einfach unangemeldet bei ihnen erscheinen. Und er würde Regals Partner bei Northern Star eine Nachricht schicken, dem Ehrenwerten Basil Mulgrave. Ein interessanter Mann, bedachte man die Kopie der Geburtsurkunde, die daheim in Boston im Safe lag. Regal hatte Jameson Jones offenbar nichts von der Verbindung erzählt, und warum sollte sie auch. Es ging ihn nichts an. Judith schien zu glauben, daß Regal sich aus sentimentalen Gründen in die Gesellschaft eingekauft habe, aber Leonard hielt das für unwahrscheinlich. In Geldfragen war Regal niemals sentimental.

»Was haben Sie denn erwartet, Mister?« Leonard hatte gar nicht bemerkt, daß der Kutscher von seinem Bock gestiegen war.

»Ich weiß nicht«, antwortete er, insgeheim amüsiert über den Akzent. »Was sollte ich denn erwarten?«

»Die Dame dieses Hauses ist im Gefängnis«, erklärte der Kutscher. »Das Haus steht seit Wochen leer. Es gehört dieser Hayes. Sie ist eine Mörderin. Erst hat sie ihren Mann umgebracht, dann einen Offizier. Sie haben sie eingesperrt.«

Leonards Herz setzte einmal aus, und seine Hand fuhr an seine Brust. Der Herzschlag setzte zwar sogleich wieder ein, raste jetzt aber so sehr, daß ihm das Atmen Mühe machte. Er ließ sich in die Sitzbank zurücksinken und rang nach Luft, während ihn ein lähmender Schmerz überkam.

»O Gott«, hörte er den Kutscher sagen, der plötzlich an seiner Seite war, seinen Kragen lockerte und ihm links und rechts ins Gesicht schlug. »Kommen Sie, Mister, alles in Ordnung. Beruhigen Sie sich. Sie sind ganz blau im Gesicht. Atmen Sie ...« Er schrie ihn jetzt an. »Atme, Kamerad, los, atme! Hol Luft! Na, mach schon!«

Es kam Leonard vor, als reiße man ihn aus großer Tiefe wieder empor, und er kämpfte um Luft, doch endlich brach er an die Oberfläche und war frei, keuchte und atmete gierig.

»Sie haben mich vielleicht erschreckt«, sagte der Kutscher. »Ich bring' Sie in Ihr Hotel zurück, die werden Ihnen da in Windeseile einen Doktor besorgen.«

Leonard hatte noch keine Kraft, um zu sprechen. Er lehnte sich zurück, dankbar für die Geistesgegenwart des Kutschers, und lauschte dem stetigen Klappern der Hufe.

Er konnte sich nicht entsinnen, wie er von der Kutsche in sein Hotelzimmer gekommen war oder wer ihn ausgezogen hatte, doch er lag jetzt in einem breiten, bequemen Bett und fühlte sich ausgeruht. Ein Mann mit einem wirren, weißen Haarschopf, offenbar ein Arzt, hielt sein Handgelenk. »Wie fühlen Sie sich?«

»Ganz gut, nur ein bißchen flau. Ich habe wohl einen kleinen Schock.«

»Nein, Sir. Sie hatten einen Herzanfall. Doch die Hotelangestellten hier werden sie hegen und pflegen wie ihre eigene Mutter, in keinem Sanatorium wären Sie besser aufgehoben, um sich auszuruhen.«

Leonard setzte sich auf. »Ich habe mich gerade erst sieben Wochen lang ausgeruht. Auf einem Schiff von Boston hierher. Das muß reichen.«

»Aber Ruhe kann man nicht speichern. Mir ist gleich, was Sie vor diesem Anfall getan haben, jetzt brauchen Sie Ruhe. Mein Name ist Doktor Flaherty, ich bin der Hotelarzt in diesem Palast. Ich schaue morgen wieder vorbei.«

»Kann ich morgen aufstehen?«

»Sicher, aber sparen Sie sich die Mühe, sich anzukleiden, denn weiter als bis zu dieser Tür werden Sie nicht kommen. Man sieht es hier nicht so gerne, wenn Droschkenkutscher ihre Kunden wie Stoffpuppen durch die Hotelhalle tragen, das ist nicht gut fürs Geschäft. Erst recht nicht, wenn es sich dabei um Amerikaner handelt.«

Am nächsten Morgen schickte Leonard nach dem Hoteldirektor, der einen seiner Angestellten für ihn abstellte, dem Leonard seine dringlichsten Briefe diktierte. Er durfte keine weitere Zeit verlieren.

Die erste Antwort kam von Jameson Jones, der ihn besuchte und ihm die Umstände von Regals Verhaftung schilderte.

»Wie lange ist das her?«

»Etwa drei Wochen.«

»Und was haben Sie unternommen?«

»Was konnte ich schon tun? Ich habe nur durch die beiden alten Herren bei der Bank von Schottland davon erfahren. Offenbar ist sie unter ihrem Mädchennamen verhaftet worden; sie erkannten zwar, um wen es sich wohl handeln mußte, aber es haben nur ein paar Zeilen darüber in der Zeitung gestanden. Das Haus steht leer. Ich kann Ihnen die Schlüssel besorgen.«

»Sie haben nichts unternommen?«

»Ich hatte keinerlei Instruktionen.«

»Dann bekommen Sie sie eben jetzt«, erwiderte Leonard. »Sie sind gefeuert. East Coast Mercantile hat Sie gut bezahlt, und Sie haben bislang nicht viel für Ihr Geld tun müssen, aber jetzt haben Sie sich selbst um diesen ruhigen Posten gebracht. Scheren Sie sich raus.«

Mrs. Collins und Mrs. Spencer kamen ihn besuchen, zwei sehr verstörte, verängstigte Damen. Regal, wußten sie zu berichten, war im Bridewell-Gefängnis, und man hatte sie nicht zu ihr gelassen. Edwina war zu Regals Anwälten gegangen, um sie um Hilfe zu bitten. Sie war den Tränen nahe, aber sie riß sich zusammen und versuchte, Leonard alles zu sagen, was sie wußte. »Ich glaube nicht, daß ihre Anwälte sich auch nur im geringsten um sie bemühen. Wir sind ja so erleichtert, daß Sie gekommen sind, Leonard. Ich bin sicher, Regal wollte ihn nicht erschießen. Sogar mein Cameron meint, es müsse ein Unfall gewesen sein.«

Leonard erfuhr auch, daß Colonel Collins gestorben war. Kein Wunder, daß diese beiden bedauernswerten Frauen nicht wußten, an wen sie sich wenden sollten.

Und dann erzählten sie ihm von Jorgensen. Keineswegs mehr König, sondern eingesperrt in irgendeinem englischen Gefängnis. Unglaublich!

»Halten Sie es für möglich, daß Jorgensens zweite Verhaftung Regal um den Verstand gebracht hat? War es vielleicht einfach zuviel für sie?« fragte er.

»Das glaube ich nicht«, sagte Edwina. »Sie war wild entschlossen, seine Freilassung zu erreichen. Und Sie wissen, wie Regal ist, wenn sie sich etwas in den Kopf gesetzt hat. Sie hätte einen Weg gefunden.«

Mrs. Collins stimmte ihr zu. »Regal war absolut bei Verstand, als ich sie zuletzt gesehen habe. Zugegebenermaßen war ich selber in keiner guten Verfassung, doch sie hatte sich vollkommen unter Kontrolle. Und sie war entschlossen, Jorge freizubekommen, darum sind wir überzeugt, daß es ein Unfall war. Warum sollte sie sich selbst in eine so prekäre Lage bringen, wenn sie doch weiß, daß Jorge auf sie zählt? Das ergibt keinen Sinn.«

Sie redeten lange, schienen unwillig zu gehen, aber schließlich begleitete er sie zur Tür. »Ich werde eine Besuchserlaubnis erwirken, keine Bange. Dann werde ich vom Sheriff und vom Gericht in Erfahrung bringen, was genau sich abgespielt hat, oder besser gesagt, was sie glauben, das sich abgespielt hat.«

Wenigstens wußte er jetzt, daß man Regal nicht für Howths Tod verantwortlich machte, das war nur Straßenklatsch. Aber ansonsten sah es sehr düster aus.

Am späten Nachmittag suchte ihn noch eine Fremde auf, eine Miss Caroline Smythe, die von Edwina erfahren hatte, daß er in der Stadt war. Sie war Journalistin und war in Regals Haus gewesen, als der tödliche Schuß fiel. Leonard hielt sie für die beste Zeugin der Verteidigung, denn im Gegensatz zu den anderen beiden Frauen behauptete diese Smythe, daß Regal gar nicht gewußt habe, was sie tat. Völlig außer sich vor Sorge um Jorgensen sei sie gewesen. Wie betäubt, sie habe nicht einmal begriffen, daß der Major tot war. Miss Smythe war überzeugt, daß Regal einen Nervenzusammenbruch erlitten hatte.

Leonard grübelte die ganze Nacht und ging seine spärlichen Notizen durch. Ein interessanter Aspekt war bei dem Gespräch mit Mrs. Collins und Mrs. Spencer herausgekommen. Regals Mutter hatte sich das Leben genommen. Das hatte er zuvor nicht gewußt, der alte Jasper hatte es mit Erfolg geheimgehalten. Er bezweifelte sogar, daß sein Vater es wußte. Diese Information konnte man nutzen, um eine familiäre Neigung zur Geisteskrankheit zu beweisen. Vielleicht hatte Regal sich selbst erschießen wollen, dieser Major hatte versucht, sie daran zu hindern, und so war es zu dem Unglück gekommen. Allerdings kannten die anderen beiden Damen Regal besser als diese Miss Smythe. Es war keine sehr glaubwürdige Theorie.

Trotzdem. Nachdem Leonard sie von allen Seiten betrachtet hatte, kam er zu der Überzeugung, daß sich eine plausible Verteidigung darauf aufbauen ließ. Er mußte noch einmal mit den beiden Damen reden und sie dazu bringen, ihre Darstellung zu revidieren und ihm zu helfen, Regal als eine Frau zu präsentieren, die mit ihren Sorgen und Nöten hoffnungslos überfordert war. Und was unbedingt verschwiegen werden mußte, war Regals Reichtum. Ihr Vermögen belief sich inzwischen nahezu auf eine Million englischer Pfund, doch wenn er um Mitgefühl für sie werben wollte, konnte diese Tatsache sich dabei als hinderlich erweisen.

Er versuchte, einen Brief an Judith zu schreiben und ihr von diesem furchtbaren Unglück zu erzählen, doch Tränen stiegen ihm in die Augen. Sie ließen seinen Blick verschwimmen, fielen auf den Bogen, und die Schrift zerfloß. Arme Regal. Geliebte Regal. Denn er liebte sie. Er hatte sie in der Schule selten zur Kenntnis genommen, sie war damals ein stilles, mitunter mürrisches Mädchen gewesen. Aber es war vorgekommen, daß Regal Hayes das ganze Klassenzimmer fasziniert hatte, wenn sie es sich plötzlich in den Kopf gesetzt hatte, dem Lehrer zu widersprechen. So etwas hatte es noch nicht gegeben. Alle lauschten sie hingerissen, wie gebannt. Und Regal, schon damals groß, ging hocherhobenen Hauptes, wenn sie aus dem Zimmer gewiesen wurde, und debattierte immer noch weiter.

Doch an dem Tag, als sie in die Kanzlei gekommen war,

so wunderschön anzusehen in ihrem schwarzen Kleid, war er kaum in der Lage gewesen, die Augen von ihr zu wenden. Sie hatte ihn verunsichert, und er war sich wie ein Stümper vorgekommen, dabei hatte er sie doch beeindrucken wollen.

Es war anders als seine Liebe zu Judith. Ein Mann konnte eben zwei Frauen gleichzeitig lieben. Er fieberte ihren Briefen immer entgegen. Sie antwortete meistens umgehend auf seine Berichte und Anregungen, manchmal widersprach sie und machte Gegenvorschläge, denn sie kannte Boston ebensogut wie er. Er war einfach furchtbar stolz auf sie. Das war es. Sie war schön und klug zugleich. Sein Vater, der alte Abe, hatte immer ein wachsames Auge auf ihr Vermögen gehabt, war stets zufrieden mit der Art und Weise gewesen, wie sein Sohn es verwaltete, und hatte ihn manchmal damit aufgezogen. »Leonard und Miss Hayes wird bald ganz Boston gehören, wenn sie so weitermachen«, pflegte er zu seinem Partner Milt Kernicke zu sagen.

Allmählich waren Regals Briefe persönlicher geworden, als sei Leonard ihr einziger Freund, der einzige Mensch, dem sie sich anvertrauen konnte und der sie verstand. Leonard hatte oft an sie gedacht und sich allerhand Phantasiebilder ausgemalt, hatte sich vorgestellt, wie er sie in die Arme nahm und sie liebte, stundenlang, die Art Liebe, von der ihr Schwachkopf von Ehemann sicher nicht das geringste verstand. Und dann hatte sie ihm von Jorgensen geschrieben. Er war eifersüchtig gewesen, aber er hatte verstanden. Dieser Däne hatte die wahre Regal Hayes erkannt.

Und jetzt war sie in irgendeinem grauenvollen englischen Gefängnis.

Der Portier des Colchester tat alles, um behilflich zu sein.

Er besorgte eine Kutsche, wies den Fahrer an, zum Bridewell-Gefängnis zu fahren, und erklärte dem amerikanischen Besucher, Bridewell sei einmal ein Palast gewesen, kein geringerer als Heinrich VIII. habe darin residiert. Diese Vorstellung faszinierte Leonard so sehr, daß es seine Gedanken für ein Weilchen von den erdrückenden Sorgen um Regal ablenkte.

Als Leonard das Hotel verlassen wollte, stieß er an der Tür mit genau dem Mann zusammen, den er am allerwenigsten zu sehen gehofft hatte: Dr. Flaherty.

»Ich muß zu meiner Mandantin«, brachte er zu seiner Rechtfertigung vor, als er Flahertys Stirnrunzeln sah.

»Ist es denn so wichtig?« fragte der Arzt.

»Sie ist nicht nur meine Mandantin, sondern auch eine gute Freundin. Und sie steht unter Mordanklage.«

Flaherty lächelte. »Dann ist es wirklich wichtig. Aber versuchen Sie, die Ruhe zu bewahren, mein Junge. Sie dürfen keinen weiteren Schock erleiden. Ich werde hiersein, wenn Sie zurückkommen.«

»Vielen Dank«, sagte Leonard und eilte davon. Er hatte einen Fall vorzubereiten. Er hatte zugelassen, daß seine persönlichen Gefühle für Regal ihn an der Ausübung seiner Pflicht als ihr Anwalt hinderten. Diese Schwäche in Verbindung mit dem Schock hatte seinen Zusammenbruch ausgelöst. Das durfte nie wieder vorkommen. Er fragte sich, ob Regal vielleicht genau dasselbe geschehen war, ob der Schock über Jorgensens zweite Verhaftung sie in den Wahnsinn getrieben hatte. Aber dann schüttelte er den Kopf, während man ihm in die Kutsche half. Nein, niemals. Regal war stärker. Er schämte sich dafür, daß er sie als labile, selbstmordgefährdete Frau präsentieren wollte, aber was blieb ihm anderes übrig? Und in welcher Verfassung mochte sie sich tatsächlich befinden?

Die Straßen, durch die sie jetzt fuhren, waren voller

Unrat, schleimige Abwässer rannen vor den Häusern entlang und sammelten sich in stinkenden Pfützen. Diese überfüllten, verschmutzten Straßen waren so widerlich, daß er kaum glauben konnte, daß er noch in derselben Stadt war, und als die Kutsche vor dem gewaltigen, rostigen Tor von Bridewell hielt, konnte er sich kaum überwinden auszusteigen. Bridewell war kein Palast mehr, es war ein düsteres, furchteinflößendes Gemäuer, das sich nur allzugut in seine Umgebung einfügte.

Er ging auf das Tor zu und schloß die Hand um die losen Münzen in seiner Tasche. Der Portier hatte ihm zu verstehen gegeben, daß er sie brauchen werde, um an den diversen Torhütern im Gefängnis vorbeizukommen.

Der Portier hatte recht gehabt. Leonard hatte schon eine Handvoll Münzen hergegeben, ehe er in das Dienstzimmer des Gefängnisdirektors geführt wurde, eines Mannes mit einem brutalen, grobschlächtigen Gesicht, einem hervorstehenden Kinn und schwarzen Zahnstummeln. Er lehnte an einem der klapprigen Fenster. »Wer sind Sie?«

»Mein Name ist Rosonom, Sir. Ich bin Mrs. Howths Anwalt, die meines Wissens hier einsitzt.«

»Sie meinen wohl die ausländische Frau, die Mörderin. Sie sind auch Ausländer, oder?« Sein Atem roch so furchtbar, daß Leonard einen Schritt zurücktrat.

»Amerikaner«, antwortete er. »Ich würde Mrs. Howth gerne sprechen.«

»Hier heißt sie Hayes«, belehrte ihn der Direktor.

»Wie auch immer. Kann ich sie sehen?«

»Ich weiß nicht recht. Mein Name ist Jack Vagg, ich bin der Verantwortliche hier, verstehen Sie, und ich habe keine Anweisung bekommen, Sie zu ihr zu lassen.«

Leonard deutete seine Worte vollkommen richtig und holte seine Brieftasche hervor. »Hier sind meine Papiere.

Ich bin Mrs. Howths Rechtsvertreter, und in dieser Eigenschaft habe ich das Recht, sie zu besuchen.«

Vagg warf nur einen nachlässigen Blick auf die Dokumente, nahm sie nicht einmal in die Hand und grinste breit, als Leonard eine goldene Guinee darauflegte. »Sehr freundlich von Ihnen, Sir.« Er griff nach der Münze, als fürchte er, sie könne plötzlich verschwinden. »Ich werde Sie selbst hinunterbringen, zu Ihrem Schutz, sozusagen. Manche der Wärter hier sind nicht besser als die Häftlinge. Für ein paar Pennies würden die Sie doch glatt ausrauben.«

Er schloß das Fenster und trat mit einem gefährlichen Totschläger in der Hand aus der Tür. Leonard folgte ihm einen finsteren Gang entlang und stellte fest, daß Vaggs verdreckte Kleidung bis hin zu den Stiefeln von guter Qualität war. Ihm kam der Gedanke, daß sie vermutlich einmal einem Gefangenen gehört hatte, und ihn schauderte.

Sie überquerten einen Innenhof, dann donnerte Vagg mit seinem Totschläger gegen ein Tor und trat dagegen. Leonard hörte das Schleifen schwerer Riegel, und als das Tor aufschwang, hüllte ihn mit einemmal ein fürchterlicher Gestank ein. Sie durchquerten einen Wachraum und traten durch ein weiteres Tor aus Eisenstäben, dessen rostige Scharniere vernehmlich quietschten und die Aufmerksamkeit der Gefangenen dahinter erregten, die sogleich anfingen zu schreien und zu kreischen, als sie den Besucher entdeckten. Weiter ging es einen langen, gewölbeartigen Gang hinunter. Zu beiden Seiten befanden sich Käfige, und darin hockten Frauen, die wie Hexen aussahen, Hunderte von ihnen. Leonard hatte nie zuvor solche Kreaturen gesehen.

Vagg ignorierte ihr Gezeter und Gekreische, weder ihre Sprache noch der unaussprechliche Zustand ihrer Käfige schien ihn im mindesten zu berühren. Leonard folgte ihm dicht auf den Fersen. »Dieser Ort ist entsetzlich!« rief er Vagg über den Tumult hinweg zu.

»Ja«, antwortete Vagg, als sie zum anderen Ende kamen. »Aber das ist der kürzeste Weg zu den besseren Zellen.« Er stieg einige Stufen zu einer Veranda hinauf und deutete auf eine geöffnete Tür. »Das ist die Krankenstation«, erklärte er, als sie sie passierten.

Leonard riskierte einen kurzen Blick hinein und hätte sich um ein Haar übergeben. Er sah Frauen mit den verschiedenartigsten Leiden, die zusammengepfercht auf verdreckten Matratzen lagen. Fliegen umschwärmten sie und krochen auf den reglosen Leibern herum. Das Wimmern und Stöhnen war so jammervoll, daß Leonard seinen Führer am Arm packte. »Mr. Vagg, warten Sie einen Augenblick. Das ist ja grauenhaft. Sind Sie auch für die Krankenstation verantwortlich?«

Vagg starrte ihn finster an. »Wollen Sie diese Frau nun sehen oder nicht? Wenn Sie hergekommen sind, um sich in unsere Angelegenheiten zu mischen, können Sie gleich wieder verschwinden.«

Seine Stimme klang so drohend, daß Leonard mit einem Achselzucken kapitulierte.

Vagg wandte sich ab und führte ihn durch einen weiteren kleinen Innenhof. »Hier waren die Lehrlinge untergebracht, als das hier noch zum Christ's Hospital nebenan gehörte, das sind unsere besten Zellen. Für die, die es sich leisten können.«

Leonard war froh, dies zu hören, doch seine Erleichterung währte nicht lange. Regals Zelle war ein niedriger Raum mit kahlen, steinernen Wänden. Ein schmaler Schlitz ließ ein wenig Licht und Luft herein, doch ein übelriechender, offener Abwassergraben lief an den Wänden zu den Nachbarzellen entlang. Noch ehe er Regal ansah, suchte sein Blick nach der Ursache des Geruchs, und er stellte entsetzt fest, daß die Gräben voller Exkremente waren.

»O mein Gott«, rief er aus und eilte zu Regal hinüber, die auf einer steinernen Bank zusammengerollt lag. Mit beiden Händen umklammerte sie eine saubere Wolldecke, die einen scharfen Kontrast bildete zu dem verfilzten Stroh, das als Matratze diente.

»Nein, sie gehört mir«, murmelte sie schlaftrunken, als er die Decke beiseite zog, und dann drehte sie sich um und sah ihn an. Im ersten Moment schien sie ihn nicht zu erkennen, doch dann schlang sie die Arme um seinen Hals. »Oh, Leonard. Liebster Leonard. Ich wußte, du würdest kommen. Du mußt mich hier rausholen.«

Leonard wandte sich an Vagg. »Ich verlange, daß diese Zelle auf der Stelle gereinigt wird. Hier haben Sie noch eine Guinee. Sorgen Sie dafür, daß das erledigt wird.«

Vagg zog sich mit einem breiten Lächeln zurück. Leonard wußte, es konnte die Lage nur unwesentlich bessern, aber wenn nötig, würde er täglich bezahlen.

»Regal, wie geht es dir? Bist du gesund? Ich kann nicht fassen, was dir passiert ist. Ich hole dich hier heraus, so schnell ich kann.«

»Das weiß ich, Leonard. Es tut so gut, dich zu sehen. Mach dir keine Sorgen um mich. Jorge hat mir einmal gesagt, in einer solchen Situation sei es wichtig, daß man sich nicht bemitleidet. Das macht es nämlich nur noch schlimmer. Ich schlafe viel, denke mir Gedichte aus. Aber ich kann fast nichts essen.«

Er beobachtete sie genau, während sie sprach. Sie war dürr und zittrig, ihre Worte stockten plötzlich, dann überstürzten sie sich wieder, sprangen von einem Thema zum nächsten.

»Jorge«, sagte sie. »Hast du Jorge getroffen? Er wird kommen und mich holen. Er wird mich hier nicht zurücklassen.«

Leonard wollte sie nicht daran erinnern, daß Jorgensen ebenfalls im Gefängnis war. Sie schien zu glauben, er sei frei. Ihr Gesicht war schneeweiß, und in diesem Licht wirkte auch ihr helles Haar weiß. Alt. Er unterdrückte ein Schluchzen. Sie durfte nicht in dieser Hölle bleiben. Er wollte sie hochheben und auf seinen Armen hinaustragen.

»Warum hast du ihn erschossen?« fragte er schließlich, und ihr Blick wurde mit einemmal unruhig, diese wundervollen braunen Augen, die einmal so sanft und anziehend gewesen waren, schienen jetzt voller Argwohn und Mißtrauen. »Ich weiß es nicht.«

Leonard nickte, als sei diese Antwort völlig ausreichend. »Warum war Major Reynolds zu dir nach Hause gekommen?«

»Er hat Jorge dort verhaftet.«

»Aber du hast ihn nicht erschossen, weil er Jorge verhaftet hatte?«

»Nein. Was hätte das genützt?«

Das war interessant, fand Leonard. Ihre Tat hatte also einem Nutzen gedient.

Es war schwierig, sie beim Thema zu halten. Sie interessierte sich einzig für Jorgensen und war ärgerlich, daß Leonard keine Erkundigungen über ihn eingezogen hatte. Aber er versprach, es sofort nachzuholen.

»Sie haben mir meine Kleider gestohlen, Leonard. Sogar die Unterwäsche. Ich habe nur noch, was ich am Leibe trage. Geh zu meinem Haus und sag Bonnie, sie soll eine Tasche für mich packen.«

»Das werde ich. Aber Regal, erinnerst du dich überhaupt daran, daß du Major Reynolds erschossen hast?«

»Ja.«

»Dann sag mir, warum du's getan hast.«

»Ich weiß nicht.«

»War es ein Unfall?«

»Ich weiß es nicht. Warum stellst du mir andauernd all diese Fragen? Ich habe sie schon hundertmal beantwortet.«

»Vielleicht hast du das, aber mir mußt du die Wahrheit sagen, Regal. Du weißt sehr wohl, warum du auf ihn geschossen hast, also müssen wir dort ansetzen.«

»Nein. Sprich mit Caroline, sie wird es dir erklären. Ich wußte nicht, was ich tat.«

Schließlich gab er es auf und ging. Er würde die Wahrheit schon früh genug aus ihr herausbekommen. Das wichtigste war jetzt erst einmal, daß er für bessere Unterbringung und ein Mindestmaß an Bequemlichkeit sorgte. Er hatte mit Tränen zum Abschied gerechnet, aber sie war gefaßt und würdevoll, saß aufrecht auf ihrer Liegestatt und sagte höflich: »Es war sehr nett von dir zu kommen.« Es klang, als habe er ihr zu Hause einen Höflichkeitsbesuch abgestattet. Er wandte sich ab, damit sie nicht sah, daß er weinte.

Zwei Wochen arbeitete er unermüdlich mit einem englischen Anwalt zusammen, um ihre Verteidigung auszuarbeiten, doch es gelang ihm nicht, ihre Verlegung in ein anderes Gefängnis zu erwirken. Es machte ihm angst, daß man ihr in London so wenig Mitgefühl entgegenbrachte. Seine Londoner Kollegen waren zwar höflich, erörterten den Fall bereitwillig mit ihm und boten ihren Rat an, doch zugleich gaben sie ihm zu verstehen, daß es mit Sicherheit zu einer Verurteilung im Sinne der Anklage kommen würde.

Regal drohte die Todesstrafe, doch das schien ihr nicht klar zu sein. Sie war überzeugt, daß Leonard ihre Freilassung erreichen würde; doch mit jedem Tag wurde sie dünner, ihr Gesicht wirkte bleich und ausgezehrt im dämmrigen Halbdunkel. Er brachte ihr Kleidung und Essen, denn sie weigerte sich, irgend jemanden außer ihm zu empfangen. »Ich will nicht, daß man mich so sieht«, erklärte sie Leonard. »Ich weiß, ich sehe furchtbar aus. Es ist vermutlich auch besser, wenn Jorge nicht kommt. Er muß sich ausruhen. Sie hatten ihn auf einer Hulk eingesperrt, weißt du.«

Da steckte Jorgensen also. Er fragte sich, woher Regal das wußte, denn niemand sonst hatte ihm irgendwelche Auskünfte über den Dänen geben können. Doch er mußte warten. Leonard war im Augenblick gänzlich von der Aufgabe in Anspruch genommen, seinen Fall vorzubereiten und ein Szenario zu entwerfen, in dem Reynolds Regal angegriffen und versucht hatte, ihr Gewalt anzutun. Die Dame, wollte er darlegen, hatte lediglich ihre Ehre verteidigt.

Manchmal stimmte Regal ihm zu, an anderen Tagen widersprach sie ihm. Er konnte sie nicht dazu bringen, bei einer einheitlichen Darstellung ihrer Version zu bleiben, sie wurde zunehmend verwirrter in dieser grauenhaften Umgebung.

Fast jeden Abend sprach er mit Dr. Flaherty über den Fall, und schließlich kam er zu einem Entschluß. »Ich habe die Absicht, sie für unzurechnungsfähig erklären zu lassen.«

»Seien Sie ja vorsichtig mit so etwas, mein Junge. Das macht vielleicht alles nur noch schlimmer für sie. Man könnte sie nach Bedlam schicken.«

»Was ist das?«

»Das Bethlehem Royal Hospital in Moorfield, und der Name ist das einzig Ansprechende an dieser Irrenanstalt. In meinem ganzen Leben habe ich keinen schlimmeren Ort gesehen.«

»Ich versuche nur, ein Gerichtsverfahren gegen sie zu

vermeiden. Einer Verrückten würden sie doch sicher nicht den Prozeß machen, oder? Ich bin am Ende meiner Weisheit. Helfen Sie mir, eine Verlegung nach Bedlam zu erwirken. Wenigstens rettet sie das vor dem Henker. Danach werde ich mich um ihre Freilassung bemühen. Ich denke dabei an Deportation. Ich will sie mit nach Hause nehmen.«

»Aber ist die Frau denn tatsächlich wahnsinnig?«

»Dafür brauche ich Sie. An manchen Tagen ist sie bei klarem Verstand, an anderen verwirrt.«

»Das klingt, als stünde sie immer noch unter Schock. Und Sie brauchen mich, ja? Wozu? Um sie für geisteskrank zu erklären, egal ob es stimmt oder nicht?«

Leonard holte tief Luft. Alles hing von Flaherty ab. Er konnte keinen ihm gänzlich fremden Arzt um einen solchen Gefallen bitten, aber auch bei Flaherty war er nicht sicher, wie sein Anliegen aufgenommen würde.

»Ja«, sagte er unumwunden. »Sie müssen mit mir zum Gefängnis kommen und sie für geisteskrank erklären. Es ist der einzige Weg.«

»Doch wenn sie geistig gesund ist und einen Mord begangen hat ...«, begann Flaherty, aber Leonard unterbrach ihn. »Regal ist ein guter Mensch, eine wundervolle Frau, Sie werden es selbst sehen. Irgendwie muß dieser Kerl sie über das erträgliche Maß hinaus provoziert haben, und in diesem Falle wäre Regal nicht Herr ihrer Sinne gewesen. Jedenfalls nicht zum Zeitpunkt der Tat.«

Flaherty lächelte. »Die Diagnose klingt plausibel, aber die Argumentation wird vor Gericht nicht standhalten.«

»Darum besteht der einzige Ausweg darin, sie für geisteskrank zu erklären.«

»Morgen«, versprach Flaherty. »Morgen werden wir die Dame besuchen.«

Vagg gefiel die Sache ganz und gar nicht. »Niemand hat mir gesagt, daß ein Doktor kommt. Wir haben hier unsere eigenen Ärzte.«

»Ich bitte um Verzeihung, Sir«, sagte Flaherty. »Ich bin der Hausarzt dieser Dame. Mir ist klar, daß ein Mann in Ihrer Position viele Pflichten hat, aber ich muß Sie noch um eine weitere Gefälligkeit bitten. Ich brauche Ihre schriftliche Bestätigung, daß ich hier war und die Gefangene gesehen habe.«

»Das können Sie sich aus dem Kopf schlagen, Mann. Wir brauchen keine weiteren Ärzte.«

»Nun gut, aber mein Freund, der Innenminister, wünscht, daß ich diese Gefangene untersuche. Wenn ich recht informiert bin, wird er selbst in Kürze zu einem Inspektionsbesuch herkommen, dann können Sie ihn ja selbst fragen, doch inzwischen ...«

»Der Innenminister soll herkommen? Davon weiß ich nichts.«

Leonard lauschte der Unterhaltung gebannt und sagte kein Wort aus lauter Furcht, er könnte Flahertys kunstvoll gewebtes Lügengespinst zerstören.

»Nun, dann verraten Sie keinem, daß Sie es von mir gehört haben«, fuhr Flaherty fort. »Sie wissen ja, wie diese Leute sind. Machen für ihr Leben gern Überraschungsbesuche. Aber ich bin nicht gekommen, um hier herumzuschnüffeln, sondern nur, um meine Pflicht zu tun.«

Vagg verließ seinen Aussichtsposten am Fenster, um die verlangte Bestätigung zu schreiben, und Flaherty sagte: »Bitte vergessen Sie nicht das Datum und die Uhrzeit, Sir. Mein Name ist Doctor Timothy Flaherty, und Ihre werte Unterschrift darf auch nicht fehlen. Sehr freundlich von Ihnen Sir, wirklich sehr freundlich ...« Er redete immer weiter, bis Vagg ihm schließlich das Schriftstück reichte.

Dieses Mal streckte Vagg nicht die Hand aus, um die

Guinee zu empfangen, die er bei jedem Besuch von Leonard kassierte, sondern führte sie auf einem Umweg um das Gefängnis herum, indem er einen großen Bogen um die Krankenstation machte, bis sie schließlich zu Regals Zellenblock kamen. »Von hier aus kennen Sie ja den Weg«, sagte er zu Leonard und eilte davon.

»Das sollte ihn uns einige Zeit vom Hals halten«, meinte Flaherty. »Ich bedaure, daß Mrs. Howth an diesem Ort ist. Das Schreien und Kreischen von dort drüben klingt, als habe die Hölle sich aufgetan.«

»Sie müßten es sehen«, sagte Leonard. »Ich kann mir nicht vorstellen, daß diese Bedlam-Anstalt schlimmer ist.«

»Doch, das ist sie«, entgegnete Flaherty mit grimmiger Miene, und gemeinsam betraten sie Regals Zelle.

Sie wich zurück, als sie den Fremden sah, und kauerte sich in einer Ecke ihrer steinernen Koje zusammen. Leonard ergriff ihre Hand. »Keine Angst, dies ist ein Freund von mir, ein Arzt. Er ist hier, um zu sehen, wie es dir geht.«

Ihr Körper bebte, und ihre Augen waren gerötet und verschleiert, so als habe sie geweint. »Ich fühle mich heute nicht gut genug, um jemanden zu empfangen«, sagte sie, und Flaherty grinste. »Das sagen sie alle, meine Schöne. Ich werde mich nur einen Augenblick zu Ihnen setzen.«

Leonard fühlte Mitleid in sich aufwallen. Es war gütig von Flaherty, sie seine Schöne zu nennen. Er wünschte, der Doktor könnte Regal sehen, wie sie einmal gewesen war, eine wahrhaft schöne Frau, die ihn bezaubert hätte.

Sie erhob keine Einwände, als Flaherty sich neben sie setzte und die Hand auf ihre Stirn legte. »Ihre Hand ist so kühl«, sagte sie, und er nickte. »Das kommt Ihnen so vor, weil sie ein wenig erhöhte Temperatur haben. Wäre es nicht besser, Sie legten sich hin?«

»Nein. Mein Kopf tut weh, wenn ich mich hinlege, und alles dreht sich. Und mein Bauch tut auch weh.«

Leonard lächelte. Sie klang wie ein kleines Mädchen. Aber plötzlich sank sie vornüber in Flahertys Arme.

»Sie ist sehr krank«, sagte er zu Leonard. »Geben Sie den Frauen da draußen Bescheid. Ich will sauberes Wasser, um sie zu waschen. Und saubere Kleidung, falls es hier so etwas gibt. Sie hat hohes Fieber, sie muß mit kühlen Tüchern gewaschen werden.«

Während Flaherty und eine der Wärterinnen sich um Regal kümmerten, ging Leonard vor der Zelle auf und ab und hatte ein schlechtes Gewissen. War sie seit Tagen vor seinen Augen krank geworden, und er hatte es nicht gemerkt, weil er zu sehr mit ihrer Verteidigung beschäftigt war?

»Sie gehört in ein Krankenhaus«, sagte Flaherty, als er herauskam.

Die Wärterin stimmte ihm zu. »Wir schaffen sie rüber in die Krankenstation.«

Leonard packte Flaherty am Arm. »Das dürfen Sie nicht zulassen. Ich habe die Krankenstation gesehen, sie ist widerwärtig. Das erlaube ich nicht.«

»Na gut. Bleiben Sie bei ihr, während ich die nötige Arznei hole. Kann ich ihre Kutsche nehmen?«

»Ja, ja, natürlich«, sagte Leonard. »Kann ich irgend etwas tun?«

»Bleiben Sie bei ihr. Kühlen Sie ihr das Gesicht und sorgen Sie dafür, daß sie ruhig bleibt.«

»Was hat sie denn nur?«

»Ich weiß es noch nicht«, antwortete Flaherty, aber der besorgte Ausdruck auf seinem Gesicht ließ Schlimmes ahnen.

Leonard fand einen kleinen Hocker und setzte sich neben Regal. Hin und wieder wrang er ein Tuch in dem frischen Wasser aus und tauschte es gegen das auf ihrer Stirn aus, denn durch das Fieber wurde die Kompresse nur allzu schnell warm. Er dankte Gott, daß Flaherty heute mit hergekommen war, und er sorgte sich darum, was werden sollte, wenn er das Gefängnis später verließ. Sie konnten schließlich nicht die ganze Nacht hierbleiben, aber sie konnten sie auch nicht allein lassen. Er hatte die gierigen Blicke bemerkt, die die Wärterinnen auf Regals Kleider warfen und auf das frische Obst, das er ihr mitgebracht hatte. Natürlich war es gleich, wenn sie sie stahlen, sie waren leicht zu ersetzen, aber die Haltung dieser abstoßenden Frauen machte ihm angst. Sie würden sich nicht um Regal kümmern, sie war ihnen egal. Diese Frauen waren niedere Kreaturen, lebten wie Ratten in diesem Loch, sie waren die Herrinnen der Dunkelheit und des Bösen.

Gelegentlich sprach Regal. Von Jorge. Von Segelschiffen. Sie verlangte nach Edwina. Und nach Polly. Manchmal brachte irgend etwas sie zum Lachen. Dann umklammerte sie seine Hand, und die Worte sprudelten nur so hervor. Sie sagte ihm, sie würden fortgehen, nur sie beide, sie würden in die wundervolle Brisk Bay segeln, wo das Meer blau war, und Leonard erkannte niedergeschlagen, daß sie glaubte, sie spreche mit Jorgensen.

Er würde Jorgensen ausfindig machen, nahm er sich vor. Er mußte sich jetzt einfach die Zeit dafür nehmen. Regal war auch ohne diese Krankheit einem Zusammenbruch nahe, sicher würde Jorgensen ihr neue Kraft geben.

Viele Stunden später kam Flaherty in Vaggs Begleitung zurück und verlangte nach einer Lampe, damit er Regal genauer untersuchen konnte. Als er herauskam, wirkte er ernsthaft besorgt. »Es geht ihr sehr schlecht. Ich habe so etwas schon früher einmal gesehen.« Er rief die Wärterin. »Hat sie erbrochen?«

Sie schien überrascht, daß er das wußte. »Gott, das kann

man wohl sagen. Gestern hat sie alles vollgespuckt. Ist unser Essen vielleicht nicht gut genug für ihresgleichen?«

Flaherty wandte sich an Vagg. »Sind noch andere Frauen hier, die dasselbe Fieber haben?«

»Woher soll ich das wissen? Sie schleppen hier alle möglichen, widerlichen Krankheiten ein.«

Leonard machte einen Schritt nach vorn und hätte ihn niedergeschlagen, wenn Flaherty ihn nicht zurückgehalten hätte. »Sie hat Ausschlag, dunkelrote Flecken. Es ist furchtbar ansteckend. Wir müssen sie von hier fortbringen.«

»Das werden Sie nicht tun«, widersprach Vagg. »Darauf fall' ich nicht rein.«

»Wenn ich sie hierlasse, wird sie euch alle anstecken«, warnte Flaherty.

»Nicht wenn wir sie dort drüben einsperren. Sie gehört doch so oder so an den Galgen. Lassen Sie sie hier. Ich kann sie nicht freilassen, auf keinen Fall. Und jetzt wird es Zeit, daß Sie nach Hause gehen, Gentlemen. Sie können ja morgen wiederkommen.«

»Ich kann sie hier nicht zurücklassen!« Leonard war entsetzt. »Ich bleibe bei ihr.«

»Guter Junge.« Flaherty nahm ihn beiseite. »Dieses Fieber ist wie die Pest. Ich habe mit angesehen, wie es ganze Familien auslöschte. Ich werde Castlereagh aufsuchen.«

»Wer ist das?«

»Der Innenminister.«

»Also kennen Sie ihn wirklich?«

»Zumindest gut genug, um ihm zu sagen, daß in diesem Gefängnis eine Epidemie droht. Ein Heer von Ärzten wird hier vonnöten sein, um alle Insassen zu untersuchen, aber Mrs. Howths Fall ist eindeutig diagnostiziert. Er muß einer Verlegung zustimmen.«

»Und er kommt wirklich, um dieses Gefängnis zu inspizieren?« Leonard wußte, es war eine dumme Bemerkung, sobald er sie ausgesprochen hatte. Aber er war müde und fühlte sich selbst schon krank.

Flaherty klopfte ihm auf die Schulter. »Nein, das habe ich erfunden. Fassen Sie Mut, Junge. Das Parlament tagt, also wird es ein leichtes sein, Castlereagh zu finden oder sonst jemanden, der mir die Erlaubnis geben kann. Ich verspreche Ihnen, wir lassen sie nicht hier. Sie hat nicht die Konstitution, um in diesem Dreck zu überleben.«

Am späten Abend wurde Regal ins Christ's Hospital gebracht. Nicht weil es das beste sei, erklärte Flaherty, sondern das nächste. Sie habe zu große Schmerzen, man dürfe ihr keine unnötig weite Fahrt zumuten.

Dann brachte Flaherty Leonard zum Colchester zurück und schenkte ihm einen Whiskey zur Beruhigung ein. Leonard war dem irischen Doktor überaus dankbar, und auch ihm gegenüber hatte er ein schlechtes Gewissen. Bis heute hatte er Flaherty für einen Zyniker gehalten, der sich vielleicht überreden ließ, ein falsches medizinisches Gutachten abzugeben, doch jetzt erkannte er, daß Flaherty ihn aus Anteilnahme begleitet hatte. »Sie sind ein Mann voller Mitgefühl, Doktor«, bemerkte er, und Flaherty grinste. »So in etwa hat Castlereagh sich auch ausgedrückt. Er habe gedacht, ich sei endgültig fertig mit den Kreuzzügen für die gute Sache. Aber Ihre Regal ... Sie ist eine wundervolle Frau, wert, daß man um sie kämpft.«

Jorge war von der Hulk in die Kaserne von Gravesend gebracht worden, wo man ihm erlaubt hatte zu baden und ihm saubere Kleidung gab. Er war dankbar für den Wechsel von der Hulk in dieses spartanische, militärische Quartier, aber er nahm seine neue Umgebung genauestens in

Augenschein: die Lage der Kasernengebäude, die Route der Wachen; er merkte sich ihre zeitlichen Abläufe, lauschte auf die Anzahl der Stiefel, um abzuschätzen, wie viele es waren.

Die Soldaten, die zu seiner Bewachung abgestellt waren, waren umgänglich. Er durfte sich ungehindert mit den einfachen Kavalleristen unterhalten, die auf dem Weg von und zu ihrem Quartier nebenan vorbeikamen. Dies war keine Gefängnis-, sondern eine Arrestzelle. Das Fenster war vergittert, und die Tür glich der eines Pferdestalls: sie war in zwei Hälften unterteilt, und die obere war tagsüber geöffnet, um dem Insassen Kontakt zur Außenwelt zu ermöglichen.

»Und die Flucht«, murmelte Jorge. Von hier zu fliehen wäre wirklich ein Kinderspiel, aber er glaubte, daß es in seinem eigenen Interesse sein könnte, eine Weile zu bleiben und herauszufinden, was es mit dieser plötzlichen Verbesserung seiner Lage auf sich hatte.

In seinem neuen Quartier gab es eine vernünftige Pritsche, eine Waschschüssel, einen Tisch und einen Stuhl. Der Tisch wirkte fast wie ein Schreibpult. Jorge grinste vor sich hin. War er vielleicht dazu gedacht, daß die Arresthäftlinge sich hier hinsetzten, um ihre Sünden aufzuschreiben? Ihre Missetaten zu gestehen? Und galt das vielleicht auch für ihn? Sollte auch Jorgensen an diesem Tisch niederschreiben, was sie von ihm wissen wollten? Was immer das sein mochte. Nun, er würde ein Weilchen abwarten und sich anhören, was man ihn fragte, wenn sie kamen, um ihn zu verhören. Und dann konnte er notfalls immer noch fliehen, ehe sie ihn auf die Hulk zurückschikken konnten. Die Wachen waren lax, hätte er gewollt, könnte er längst über alle Berge sein.

Er fühlte sich mit jedem Tag besser, jetzt da er wieder vernünftiges Essen bekam, und seine Hand- und Fußgelenke begannen zu heilen. Die Ketten hatten schwärende Wunden hinterlassen. Er hatte den Bart abgenommen und war die Läuse los, die sich darin eingenistet hatten. Auch sein Kopfhaar war kurzgeschoren. Das machte ihm nichts aus. Es gab ihm das Gefühl, wieder kräftiger und gesünder zu sein.

Die Kavalleristen waren allesamt freundliche, hilfsbereite Kerle, und einer von ihnen hatte sich sogar bereit gefunden, Regal eine Nachricht von Jorge zu überbringen, damit sie wußte, daß es ihm gutging. So wie er Regal kannte, würde sie vermutlich innerhalb weniger Stunden in der Kaserne auftauchen. Sie hatte genug Mut gehabt, in ein Gefängnis zu spazieren, eine Frau wie sie schreckte da eine Kaserne sicher nicht ab. Gott, wie sie ihm fehlte! Während er auf der *Bahama* in Ketten gelegen hatte, hatte er sich jeden Gedanken an sie versagt. Er wollte sich nicht selbst quälen mit der Sehnsucht nach ihr, denn es half ja nichts und lenkte einen nur ab von der Konzentration auf die vordringlichsten Aufgaben: Überleben und Flucht.

Der Soldat war schon zurück. Jorge hörte ihn mit der Wache reden und lehnte sich über die untere Türhälfte. »Du da drüben ... Benjamin! Was war mit meiner Nachricht? Bist du zum Woburn Place geritten?«

»Ja, Captain.« Der Kavallerist wechselte einen unsicheren Blick mit dem Wachsoldaten.

»Also? Was ist passiert? Ich hatte nicht gesagt, du sollst allein gegen die Franzosen in die Schlacht ziehen. Nur an eine Tür klopfen.«

Benjamin kam langsam näher, blieb aber in der Nähe der Wache, die Augen weit aufgerissen. »Diese Dame, Mrs. Howth sagten Sie doch, Captain? Na ja, sie ist verschwunden. Das Haus ist verrammelt und verriegelt wie eine Festung, aber der Straßenkehrer wußte Bescheid.

Eine richtig feine Straße ist das. Er sagte, sie sei im Gefängnis.«

Jorge starrte ihn an. »Du verdammter Schwachkopf. Du mußt am falschen Haus gewesen sein. Reite noch mal zurück.«

»Nein, Captain.« Die Wache trat zu ihnen. »Benjamin hat recht. Ich habe auch von ihr gehört. Sie nennt sich jetzt Hayes, und sie ist wirklich im Gefängnis. Sie waren ja selbst eingesperrt, darum haben Sie wahrscheinlich nicht gehört, was passiert ist.«

»Passiert? Was heißt das? Sie kann nicht im Gefängnis sein. Weswegen denn, zur Hölle?«

»Mord«, sagten sie wie aus einem Munde. Sie sprachen das Wort in einem furchtsamen Flüsterton aus, als sei Regal durch den nächtlichen Nebel geschlichen und habe ihrem Opfer die Kehle aufgeschlitzt.

Jorge lachte. »Was redet ihr da für einen Unsinn!«

»Es ist wahr«, beharrte Benjamin. »Ganz bestimmt. Sie hat einen Offizier erschossen, einen Major Reynolds.«

»Hat ihn einfach abgeknallt«, fügte der Wachsoldat hinzu. »Sie kennen sie, nicht wahr, Captain?«

Jorge ignorierte die Frage und wandte sich ab. Langsam, wie betäubt, ließ er sich auf seine Pritsche sinken, wandte ihnen den Rücken zu und starrte aus dem Fenster. Gott! Was, um Himmels willen, hatte sie getan? Reynolds erschossen? Aber warum? Unmöglich! Er war zutiefst erschüttert. Wäre er aufgestanden, er war nicht sicher, ob seine Beine ihn getragen hätten.

Er verfluchte Reynolds. Wenn diese verrückte Geschichte wirklich wahr sein sollte, dann hatte Reynolds es sich zweifellos selbst zuzuschreiben. Was hatte er ihr angetan? Jorge fragte sich, ob der Major versucht hatte, sich Regal zu nähern. Wenn, dann wäre es nur eine Frage der Zeit gewesen, ehe er Reynolds selbst getötet hätte. Aber das konnte es nicht sein. Regal wäre einer solchen Situation durchaus gewachsen, außerdem war doch noch die Dienerschaft im Haus.

Aber wenn sie wirklich im Gefängnis war, dann war es jetzt an ihm zu handeln. Er mußte hier herauskommen und ihre Flucht arrangieren. Frauengefängnisse waren bekanntermaßen schlecht bewacht, glichen eher Irrenhäusern. Es dürfte also kein Problem sein. Wenn man sie wegen Mordes anklagte, hatte sie keine Chance. Er mußte sie befreien und über den Kanal nach Frankreich bringen, dort würde sie in Sicherheit sein. Er stützte den Kopf in die Hände. »Gott, gib ihr Kraft ...«

Sie brachten ihm Suppe und Kürbismus. Er aß alles auf, zwang das Essen herunter, obwohl ihm der Appetit vergangen war, und gab der Wache die Schüsseln zurück. »Bist du sicher, daß Benjamin sich nicht geirrt hat?« fragte er.

»Ganz sicher, Sir. Die anderen Jungs haben auch darüber geredet. Sie sagen, sie ist obendrein auch noch Ausländerin. Hat ihn aus kurzer Entfernung erschossen, ziemliche Schweinerei.«

»Wo ist es passiert?«

»Da, wo Sie Benjamin hingeschickt haben. Woburn Place. Kennen Sie das Haus?«

»Ich habe dort gelebt«, sagte Jorge und wandte sich ab. »Ich erzähl's dir später.«

»Wie Sie wollen, Sir.« Der junge Wachsoldat war erfreut und sehr gespannt darauf, einen Bericht aus erster Hand über diesen Skandal zu bekommen. Fast tat er Jorge leid. Nach dem Löschen der Lichter würde der Wachsoldat sich ziemlich böse Kopfschmerzen zuziehen. Jorge sah auf seine Hände hinab. Er brauchte keine Waffen. Die vielen Jahre auf See, der ständige Kampf ums Überleben unter den Piraten und Walfängern der Südsee hatten diese Hände gefährlicher als jede Klinge werden lassen.

Er streckte sich auf seiner Pritsche aus. Er würde Regal nach Frankreich bringen, dann weiter nach Portugal oder nach Afrika hinüber, und dann würden sie in das neue Land Australien segeln. Regal hatte recht gehabt, und das wollte er ihr sagen. Europa verkam in Kriegen und Unruhen. Sie würden in dieses reine, unverdorbene Land gehen. Nach Hobart oder Sydney. Oder, wenn sie Lust verspürten, könnten sie sich ein Boot nehmen und auf dem himmelblauen Meer der Whitsunday-Inseln segeln. Oder nach Brisk Bay. Was immer sie wollte. Er würde alles wiedergutmachen, würde sie vergessen machen, daß sie je ein Gefängnis von innen gesehen hatte.

Er hörte schwere Schritte, und der Posten beeilte sich strammzustehen.

Captain Carrington erschien an der Tür. »Aufstehen, Jorgensen, Sie haben Besuch.«

Jorge erhob sich und nahm gewohnheitsgemäß Haltung an. Ein Zivilist wurde hereingeführt, ein einarmiger Gentleman, der ihm als der Ehrenwerte Basil Mulgrave vorgestellt wurde.

Jorge ließ sich nicht anmerken, daß er diesen Namen schon einmal gehört hatte; er war auf der Hut. Das war der Kerl, den Regal so sehr haßte, der Geschäftspartner ihres Mannes. Regal. Warum hatte sie Reynolds erschossen?

»Mr. Jorgensen«, begrüßte ihn sein Besucher und winkte Carrington hinaus. »Ich dachte, wir sollten uns vielleicht unterhalten.« Er zog sich den Stuhl heran und setzte sich, so daß Jorge turmhoch über ihm stand. »Wollen Sie nicht Platz nehmen?« fragte Mulgrave. »Ich werde sonst einen steifen Nacken bekommen.«

Der freundliche Plauderton verwirrte Jorge ein wenig. Er setzte sich auf die Pritsche und streckte seine langen Beine vor sich aus.

»Also, der Reihe nach: Gehe ich recht in der Annahme, daß Sie ein Freund von Colonel Collins in Van Diemens Land waren?« fragte Mulgrave.

»Ich würde sagen, ich war schon lange vor dieser Zeit ein Freund des Colonels.«

»Dann habe ich Ihnen eine traurige Mitteilung zu machen. Collins ist tot.«

»Das ist unmöglich!« Jorge klang aggressiv, als argwöhnte er, dies sei ein Trick.

»Er starb im vergangenen Frühjahr in Hobart an Herzversagen.«

Jorge schüttelte den Kopf. »Was für eine verfluchte Ungerechtigkeit. Gerade, als seine Kolonie Fuß zu fassen begann.« Er war wirklich bekümmert. »Der Colonel war ein großartiger Mann. Kannten Sie ihn?«

»Collins war mein ältester und bester Freund. Wir haben zusammen bei Bunker Hill gekämpft.«

»Haben Sie dort den Arm verloren?«

»Ja.«

Jorge nickte. »Wenn ein Offizier der römischen Armee in der Schlacht einen Arm verlor, bekam er eine Villa voll schöner Frauen und eine Pension bis an sein Lebensende. Ich nehme nicht an, daß die britische Regierung ähnlich großzügig ist?«

»Leider nein.«

»Und Mrs. Collins? Wie geht es ihr?« Die Frage war ein Schachzug, um die Führung in dieser Unterhaltung zu übernehmen, damit er in einer besseren Ausgangsposition wäre, wenn Mulgrave mit dem eigentlichen Grund für seinen Besuch herausrückte. Denn soviel war klar: dieser Mann wollte etwas von ihm.

»Sie ist sehr gefaßt.«

»Sie hat bittere Jahre vor sich«, meinte Jorge. Dieser alte Soldat war Collins' Freund gewesen, hatte er gesagt. »Nun ruht er am Ufer des Derwent, und sie bleibt zurück mit dem Wissen, daß sie ihm niemals ermöglicht hat, ihr seinen Traum zu zeigen. Man wird ihn nie vergessen dort unten.«

Mulgrave stimmte ihm zu. »Sie haben ihn gebührend verabschiedet, sagte man mir. Für die Beerdigung wurden weder Kosten noch Mühen gescheut, die ganze Insel erschien. Und die Rechnung schickten sie nach London.«

Jorge lachte. »Das hätte dem Colonel gefallen. Er hat immer darum gekämpft, daß man den Kolonien mehr Geld bewilligte. Er hat eine Zeitlang Unsummen über das Hospital abgerechnet, die sie anstandslos bezahlt haben, bis herauskam, daß in dem Hospital nicht ein einziger Patient lag ... Aber Sie sind nicht hergekommen, um über alte Zeiten zu plaudern, Sir. Was kann ich für Sie tun?«

Der plötzliche Umschwung traf Mulgrave unvorbereitet. »Mr. Jorgensen, es ist anders herum«, widersprach er. »Ich bin gekommen, um festzustellen, was ich für sie tun kann. Sie waren eine Zeitlang auf den Hulken, wie ich hörte?«

»Ja. Sie konnten mich nicht hängen, also haben sie auf diese Art versucht, mich umzubringen. Haben Sie die Hulken je gesehen?«

»Nein.«

»Das sollten Sie aber. Dort können Sie die Schande Englands sehen. Ihr laßt die Menschen dort verhungern und nehmt Ihnen alle Würde. So nährt ihr deren Haß auf eure Klasse.«

Sein Hohn zeigte Wirkung. Mulgrave donnerte mit seinem Stock auf den Boden. »Für wen, zur Hölle, halten Sie sich eigentlich, Jorgensen? Ich bin nicht hier, um mir Ihre Moralpredigt anzuhören.«

»Warum sind Sie dann hier? Sie kommen sicher nicht vom Verein für Gefangenenhilfe, darauf würde ich wetten.

Oder wollen Sie sich wegen der *Scottish Prince* bei mir beschweren?«

Mulgraves lief rot an. »Hüten Sie ihre Zunge, Sir. Ich wurde gebeten, dieses Thema nicht zu erwähnen. Vorbei ist vorbei.«

»Wie großmütig von Ihnen. Ich versenke Ihr Schiff, und Ihnen ist es gleich?«

»Es ist mir nicht gleich. Sie war ein großartiges Schiff. Aber das hat nichts mit meinem heutigen Auftrag zu tun.«

Jorge strich mit den Händen über seine Knie. Was immer sein Auftrag war, er sollte lieber bald zur Sache kommen, denn morgen würde der Gefangene nicht mehr da sein. »Ja, sie war ein großartiges Schiff«, stimmte er zu. Er hatte ja Zeit. »Ich wollte sie gar nicht versenken, ich hätte sie lieber geentert. Fette Beute, verstehen Sie.«

Sein Besucher wechselte das Thema. »Wie ich hörte, sprechen Sie Spanisch. Und Französisch.«

»Ja, außerdem beherrsche ich die skandinavischen Sprachen, wie man sie beispielsweise in Island spricht.«

Mulgrave schnalzte ungeduldig mit der Zunge. »Hören Sie, Jorgensen. Ihre verrückten Manöver interessieren mich nicht. Sprechen Sie diese Sprachen?«

Jorge entdeckte kleine Schweißperlen auf Mulgraves Stirn, und das machte ihn neugierig. »Ja, es stimmt«, antwortete er. »Und im Gefängnis in Yarmouth hatte ich Gelegenheit, meine Sprachkenntnisse mit Hilfe meiner Mitgefangenen zu vertiefen. Man tut gut daran, seine Gedanken abzulenken, wenn man laufend ausgepeitscht wird.«

»Verschonen Sie mich mit diesem Geschwätz«, entgegnete Mulgrave unbeeindruckt. »Da es also zutreffend ist, daß Sie diese Sprachen beherrschen, bin ich befugt, Ihnen ein Dienstverhältnis anzubieten.«

Diese Engländer waren doch wirklich ein verrückter Haufen. Jorge hegte diesen Verdacht schon lange, aber nie zuvor war er so davon überzeugt gewesen wie in diesem Moment und in Gegenwart dieses adeligen englischen Gentleman, der sehr viel mehr über ihn, den dänischen Gefangenen, wußte, als er zugab. Regal kannte ihn, also kannte Mulgrave Regal und mußte wissen, daß sie Jorges Geliebte war. Er fragte sich, ob dieser Besuch irgend etwas mit Reynolds' Tod zu tun hatte.

»Was für ein Dienstverhältnis?« fragte er schließlich.

»Wir brauchen Informationen ...«, begann Mulgrave, und Jorge erhob sich. »Sagen Sir mir nicht, Sie wollen jetzt auch noch davon anfangen. Ich weiß nichts über die Spione und Saboteure in England. Ich bin Schiffskapitän, Sir.«

»Sie *waren* Schiffskapitän. Und ich habe noch nie jemanden getroffen, der es so eilig hatte, auf die Hulken zurückzukehren. Auf Ihre Impertinenz kann ich verzichten.«

»Impertinenz? Was bedeutet das? Das Benehmen eines vorlauten Bengels? Ich bin keiner von Ihren Dienstboten.«

»Nein, Sie sind ein arroganter Bastard und machen sich offenbar keine Vorstellung davon, in welcher Gefahr Sie sich befinden.«

»Falsch. Ich bin in keinerlei unmittelbarer Gefahr, denn Sie sind hier, um ein Geschäft mit mir abzuschließen. Sie wollen etwas und bieten etwas dafür. Wenn es Informationen über Spione in England sind, die Sie wollen, haben wir beide Pech gehabt, denn darüber weiß ich nichts. Ich kann es mir nicht erlauben, mich diesbezüglich auf Kompromisse einzulassen, denn ein halboffenes Tor ist immer noch halb zu.« Er sorgte sich um Regal. Hatte Reynolds sie irgendwie in diese Sache hineingezogen? Aus irgendeinem Grunde war Mulgrave sehr geduldig mit ihm, zu geduldig. Es mußte eine Falle sein.

Zu seiner Verblüffung lehnte Mulgrave sich plötzlich mit einem breiten Lächeln zurück. »Wenn Sie die anderen

Sprachen so gut beherrschen wie die englische, haben Sie sich soeben eine Stellung verschafft. Ich bin im Auftrag des Kriegsministeriums hier. Ich bin ermächtigt, Ihnen mitzuteilen, daß man bereit ist, Sie freizulassen. Unter gewissen Bedingungen natürlich.«

»Natürlich.« Jorge lehnte sich mit dem Rücken an die Wand und verschränkte die Arme.

»Sie haben der britischen Regierung großen Ärger bereitet, Jorgensen, aber wir sind uns der Tatsache bewußt, daß Sie über Talente verfügen, die uns von Nutzen sein könnten.«

»Und weiter?«

»Sie haben eine seltsame Laufbahn hinter sich. Englische Marine, dänische Marine. Und ich hörte, Sie werden in Kopenhagen nicht mehr als Held gefeiert, seit Sie mit Ihren Eskapaden Island den Briten in die Hände gespielt haben. Es würde mich interessieren, nur aus persönlicher Neugier, auf wessen Seite Sie eigentlich stehen.«

Jorge trat ans Fenster. Er sah nichts als graue Mauern und ein Stück trüben Himmels. »Collins hat einmal zu mir gesagt, daß ein Mann, der etwas auf sich hält, der Welt seinen Stempel aufdrücken muß. Man muß ein Feuer entzünden, das Jahrhunderte hindurch leuchtet. Je größer die Ambition, um so heller leuchtet das Feuer. Das glaubten die Wikinger auch. Solange der Name ausgesprochen wird, lebt der Geist weiter. Er verläßt diese Gestade niemals, solange noch irgend jemand da ist, der seinen Namen kennt. Der Colonel hat für diese Ehre enorme Opfer gebracht, aber noch in hundert Jahren werden sie von ihm sprechen, also war er erfolgreich. Es ist ein Kampf gegen die Würmer der Zeit.« Er hob die Schultern. »Ich stehe auf keiner Seite, nur auf der meinen.«

Mulgrave gestattete sich ein kleines Nicken. »Also schön. Warten Sie hier.«

Er trat auf den Gang hinaus und sprach mit Captain Carrington über den Gefangenen. Jorge schwitzte trotz der Abendkälte. Er hoffte, er hatte den richtigen Kurs eingeschlagen. Mulgrave, so vermutete er, war weit mehr über Collins' Tod betroffen, als er sich anmerken ließ. Darauf hatte er gesetzt. Und was er gesagt hatte, entsprach der Wahrheit. Collins war gestorben, während sein Stern noch hoch am Firmament stand, und dort würde er für immer bleiben, statt mit dem Alter zu verblassen, bis seine Taten in Vergessenheit gerieten. Eines Tages, wenn er und Regal zur Ruhe gefunden hatten, würde er vielleicht ein Buch darüber schreiben. Sobald er sein Werk über Navigation abgeschlossen hätte. Und dann konnten sie zusammen auf Reisen gehen, berühmte Entdecker werden. Van Diemens Land war nach wie vor unerforschtes Territorium.

Er lächelte, als er sich Collins' Beerdigung vorstellte. Sein Staatsbegräbnis. Wäre er dort gewesen, hätte er es vorgezogen, Collins' Leichnam auf einem brennenden Schiff auf die letzte Reise zu schicken, statt ihn in ein Erdloch zu legen und mit Dreck zu bedecken, zusammen mit den Überresten gewöhnlicher Sterblicher, denen die Ewigkeit nichts bedeutet hatte.

Und er fragte sich, was aus Collins' unehelichen Kindern werden würde, die seinen Namen trugen und in Sydney lebten. Er hatte sich um sie gekümmert, solange er lebte, aber jetzt ...

Mulgrave kam zurück, schloß beide Türhälften fest zu und senkte seine Stimme. »Wir haben uns entschlossen, Ihnen eine Stellung im Dienste der britischen Regierung anzubieten, und Ihr Einsatzort wird Lissabon sein.«

Jorge starrte ihn mit offenem Munde an. Er war sprachlos. Endlich einmal. Es hat eben alles ein erstes Mal, dachte er bei sich.

»Haben Sie mich verstanden?« fragte Mulgrave.

»Ja. Sie wollen, daß ich für England spioniere.«

»Wir wollen Sie als *Agent provocateur* einsetzen, das trifft es eher. Kennen Sie Lissabon?«

»Ich war schon dort.«

»Wenn Sie akzeptieren, wird man Sie in London einige Tage lang mit den Einzelheiten vertraut machen, und dann reisen Sie umgehend mit dem königlichen Paketschiff von Falmouth nach Lissabon.«

»Und die Bezahlung?«

»Die Einzelheiten wird ein Herr vom Kriegsministerium mit Ihnen erörtern.«

»Und Sie trauen mir?«

»Ich glaube, diese Arbeit wird Ihnen liegen.«

Jorge war immer noch verwirrt über diesen unerwarteten Glücksfall und sah Mulgrave scharf an. »Ich gehe nach Lissabon, aber ich will Ihre Hand darauf.«

Sie schüttelten sich die Hände, und damit war es abgemacht.

»Ehe Sie gehen, Sir, ich habe ebenfalls noch ein paar Fragen«, sagte Jorge. »Ist es wahr, daß Mrs. Howth Major Reynolds erschossen hat?«

»Ich fürchte, ja.«

»Gütiger Jesus ... Warum?«

»Das scheint niemand zu wissen.« Reynolds' Schicksal schien Mulgrave nicht sonderlich zu erschüttern.

»Ich hörte, sie sei im Gefängnis. Welches?«

»Sie war in Bridewell, aber wie ich höre, ist sie erkrankt und wurde ins Christ's Hospital verlegt.«

»Ich will sie sehen.«

»Es spricht nichts dagegen. Captain Carrington wird das arrangieren.«

Mulgrave stand auf, um zu gehen, aber Jorge hielt ihn zurück. »Eins noch. Warum ich? Wer hat mich für diese Aufgabe empfohlen?«

»Ich.«

»Sie? Aber Sie kennen mich doch überhaupt nicht.« Jorge war so verwundert, daß er beinah noch einmal die *Scottish Prince* erwähnt hätte, aber im letzten Moment besann er sich.

»Aber Regal Howth kennt Sie«, erwiderte Mulgrave. »Ich hoffe, Sie erholt sich schnell. Sie sind ein glücklicher Mann, Jorgensen, daß Sie eine Verbündete wie Regal haben.« An der Tür wandte er sich nochmals um und grinste. »Ich denke, daß Major Reynolds sich so sehr auf den Feind, auf Sie nämlich, konzentriert hat, daß er nicht erkannte, daß ihm noch aus anderer Richtung Gefahr drohte. Er war einfach kein guter Soldat.«

Der Direktor des Colchester tat sein Bestes, um die Journalisten von dem amerikanischen Gentleman fernzuhalten. Es rührte ihn, wie sehr er sich bemühte, diese unglückselige Frau zu retten, und er hatte ihm versichert, sie sei in guten Händen. »Flaherty mag ein exzentrischer irischer Kauz sein, Sir, aber er ist ein guter Arzt.«

Ein Angestellter hastete auf ihn zu. »Mr. Saladin, da ist ein Gentleman in Uniform in der Halle, der darauf besteht, Mr. Rosonom zu sprechen. Soll ich ihn hineinführen?«

»Ganz sicher nicht. Mr. Rosonom ruht sich aus. Er darf nicht gestört werden.«

»Aber er läßt sich nicht abweisen.«

Saladin grunzte verstimmt, strich vor dem Spiegel sein geöltes Haar glatt und betrat die Halle, wo er einen ehrfurchtgebietenden Gentleman in der Uniform eines Colonel der englischen Handelsmarine antraf. »Sie wünschen Mr. Rosonom zu sprechen, Sir?«

»Ich *muß* Mr. Rosonom sprechen.«

»Dann schlage ich vor, daß Sie einen Termin vereinbaren.«

»Ich habe keine Zeit. Ich muß auf der Stelle zu ihm.«

»Und Ihr Name, Sir? Ich werde nachsehen, ob Mr. Rosonom hier ist.«

»Mein Name wird ihm nichts sagen.«

»Nun, ich fürchte, dann kann ich Ihnen nicht helfen ...«
Genau in diesem Moment kam Leonard die Treppe herunter, einen schweren Mantel überziehend. Der Direktor versuchte, den Fremden beiseite zu ziehen, aber es war zu spät. Der Colonel war seinem Blick gefolgt und stürmte zum Fuß der Treppe. »Verzeihen Sie, Sir, sind Sie Mr. Rosonom?«

»Ja«, antwortete Leonard unwirsch. Er wirkte übernächtigt und sorgenvoll. Der Direktor versuchte, sich zwischen sie zu drängen; er fürchtete, daß weitere Belästigungen zu einer neuerlichen Herzattacke führen könnten. »Ich bin untröstlich, Mr. Rosonom«, flüsterte er, keineswegs beeindruckt von der Uniform des Fremden.

»Ich bin ein Freund von Regal«, unterbrach der Eindringling.

»Tatsächlich?« brummte Leonard. »Ich bin nicht verpflichtet, Fragen der Militärbehörden zu beantworten.«

»Verflucht, Mann, ich will ihr helfen. Mein Name ist Colonel William Sorell, und wie ich hörte, brauche ich Ihre Erlaubnis, um die Dame zu besuchen.«

Einen Augenblick starrte Leonard ihn ausdruckslos an, dann erinnerte er sich an den Namen. Regal hatte ihn in ihren Briefen erwähnt. »Sorell? Ja, sie hat von Ihnen gesprochen. Natürlich!« Er streckte die Hand aus. »Verzeihen Sie mir. Ich bin sehr erfreut, Sie kennenzulernen.« Er wandte sich an Saladin. »Danke, Charles. Es ist alles in Ordnung. Vielleicht würde der Colonel gern einen Brandy mit mir trinken, ehe ich gehen muß? Es ist ein trüber Tag.«

»Gewiß.« Saladin war erleichtert. »Sofort.«

Leonard führte Sorell in einen stillen Winkel der Hotelhalle, erfreut über seine Gesellschaft. Er war furchtbar einsam gewesen während der letzten Tage, hatte allein in seinem Hotelzimmer gesessen, wenn er nicht im Krankenhaus war, zu besorgt, um sich mit anderen Dingen zu beschäftigen oder auch nur einen Spaziergang durch die Straßen der Stadt zu machen.

»Wie geht es ihr?« fragte William.

»Sie ist sehr krank. Sie hat Furchtbares durchgemacht, und wir haben sie nur aus dem Gefängnis holen können, weil sie sich mit Typhus infiziert hat.«

»O Gott, die arme Regal.«

Ein Kellner brachte zwei Gläser mit Brandy, und Leonard spürte ihn dankbar die Kehle hinunterbrennen. Der Alkohol schien seine Gedanken zu klären und die Wahrnehmung zu schärfen. Neugierig betrachtete er William und versuchte, sich an die Einzelheiten über all diese Menschen zu erinnern, die er nur aus Briefen kannte. »Waren Sie nicht in Kapstadt?«

»Ja. Aber ich wurde nach London zurückbeordert und bin jetzt als Gouverneur nach Van Diemens Land abberufen worden.«

»Oh, verstehe. Meinen Glückwunsch, das muß eine große Ehre sein. Mrs. Collins hat mich besucht. War nicht ihr verstorbener Mann Gouverneur dieser Kolonie?«

»Ja. Sein Tod war ein großer Schock und ein furchtbarer Verlust für die Kolonie. Ich kann nur hoffen, mich seiner Nachfolge als würdig zu erweisen. Ich habe Maria aufgesucht, und sie war so verstört wegen Regal, es war schwierig, mit ihr zu reden. Ich wollte mit ihr zum Krankenhaus, aber sie hat mich an Sie verwiesen. Sie fürchtet sich davor, irgendwelche Vorschriften zu mißachten. Ich hoffe, Sie werden mir erlauben, Sie zu begleiten.«

»Selbstverständlich.« Leonard leerte sein Glas in einem Zug. »Wir sollten uns gleich auf den Weg machen.«

Während die Kutsche durch nebelverhangene Straßen ratterte, berichtete Leonard William von den traurigen Ereignissen seit Regals Verhaftung. »Sie fragt fortwährend nach diesem Jorgensen. Kennen Sie ihn?«

»Oh, ja. Sicher kenne ich Jorge.«

»Wo kann ich ihn finden?«

»Ich weiß es nicht, ich bin gerade erst in London eingetroffen. Er ist irgendwo eingesperrt. Ich werde Nachforschungen anstellen.«

»Wie ist er denn so?«

William dachte einen Moment über die Frage nach. »Sie wissen von seiner Vergangenheit auf See? Von der Zeit in der Südsee?«

»Ja. Regal hat davon geschrieben.«

»Und von seinen jüngeren Eskapaden? Freibeuter, Gefangener, König von Island, wieder Gefangener?«

»Ja.«

»Nun, alles, was ich über Jorgensen sagen kann, ist, daß nichts davon mich überrascht hat. Er ist wie die fleischgewordene Figur aus einem Heldenroman.« Er seufzte. »Als ich Regal begegnet bin, habe ich mich in sie verliebt, obwohl ich verheiratet war. Aber ich war dabei, als sie Jorgensen kennenlernte, und mir war sofort klar, daß ich gegen ihn keine Chance hatte.« Er lachte grimmig. »Und ihr Mann ebensowenig. Jorgensen ist ein gutaussehender Kerl, aber es war vor allem sein Mut, der sie anzog.«

Leonard lächelte. »Das ist kein Wunder. Regal ist selber eine mutige Frau. Ich wickle ihre geschäftlichen Angelegenheiten ab, und mein Vater schaut mir dabei über die Schulter. Sie war immer seine größte Freude. Ihr Vermögen hat sich verdreifacht, seit ihr Großvater gestorben ist, und der Gedanke macht mich ganz krank, daß sie Millionen hat, aber kein Geld der Welt ihr helfen kann, wenn sie dieses Fieber nicht besiegt.«

William sah ihn ungläubig an. »Sagten Sie Millionen?«

»Ja, ja«, antwortete Leonard gleichgültig. »Sie ist steinreich, aber sie ist genau wie ihr Großvater ... auch wenn sie mir da widersprechen würde ... sie hat immer nur für ihre alltäglichen Bedürfnisse Geld ausgegeben, als sei später noch Zeit genug, ihren Reichtum wirklich zu genießen.«

»Ich bete zu Gott, daß ihr diese Zeit bleibt«, sagte William.

Ein bitterkalter Wind fegte den Abfall durch die schmale Gasse, als die beiden Männer die steinernen Stufen hinaufstiegen und dann durch die düsteren Flure des Christ's Hospital eilten. Durch eine breite Tür gelangten sie in einen zugigen Warteraum, wo drei Frauen zusammengedrängt auf einer langen Bank saßen.

Maria erhob sich und umarmte William. »Es geht ihr sehr schlecht«, sagte sie leise, und Tränen stiegen ihr in die Augen. »Sehr schlecht. Sie kennen Edwina, und dies ist Caroline Smythe.«

»Caroline ist Journalistin«, sagte Edwina, als habe es irgendeine Bedeutung, und klammerte sich an Williams Arm. »Es tut so gut, Sie nach all der Zeit wiederzusehen. Regal wird sich freuen, daß Sie gekommen sind. Dr. Flaherty ist gerade bei ihr. So ein reizender Mann.«

»Hat irgend jemand inzwischen Jorgensen ausfindig gemacht?« fragte Leonard.

Caroline schüttelte den Kopf. »Ich habe herausfinden können, daß er bis vor kurzem auf der Hulk *Bahama* in Chatham gefangengehalten wurde, aber jetzt ist er verschwunden.«

»Ist er geflohen?« fragte William.

»O nein. Soweit ich gehört habe, ist er auf offizielle Anweisung von dort verlegt worden, aber niemand scheint zu wissen, wohin. Zumindest will es mir niemand sagen.«

Leonard begleitete William den Korridor hinunter, wo sie auf den Doktor trafen. Er gestattete William, zu Regal zu gehen. »Aber bleiben Sie nicht lange«, warnte er. »Wir dürfen sie nicht ermüden.« Er sah Leonard traurig an. »Ich fürchte, sie wird schwächer.«

Leise betrat William das eisige, kahle Krankenzimmer und war dankbar festzustellen, daß die anderen Betten nicht belegt waren. Es kam ihm in den Sinn, daß Leonard vermutlich ein schönes Sümmchen gespendet haben mußte, um ein ganzes Zimmer in diesem überfüllten Hospital für sie zu reservieren, Typhus oder kein Typhus. »Ein kleiner Trost«, murmelte er vor sich hin, als er auf das Bett zutrat.

Als er sie sah, schossen ihm plötzlich Tränen in die Augen, und er mußte sich zusammenreißen, um den Schock zu verbergen, als er sich auf den kleinen Hocker an ihrem Bett setzte. Sie war dürr wie ein hungerndes Kind, ihr Gesicht ausgezehrt und die Haut fast durchsichtig. Verschwunden waren die üppigen Locken, feuchte Strähnen klebten statt dessen auf der fiebrigen Stirn. Verzweifelt strich er sie beiseite, so sanft er konnte, denn er glaubte, sie schliefe, doch sie öffnete die Augen und sah ihn an. Und als er in diese wundervollen braunen Augen blickte, so sanft und melancholisch, dachte er, es werde ihm das Herz brechen.

Sie schien ihn nicht zu erkennen, darum nahm er ihre Hand und flüsterte: »Regal, ich bin es. William. William Sorell.«

Regal lächelte, ein kleines, tapferes Lächeln. »Oh ... Lieber William. Wie schön, dich zu sehen.«

Er küßte sie auf die Wange. »Ich bin gerade erst eingetroffen, sonst wäre ich schon früher zu dir gekommen.« Er sprach leise und sanft. »Jetzt wird alles gut. Du mußt nur gesund werden, und dann werden wir alle wieder zusammen sein, wie in alten Zeiten.«

»Ja.« Sie seufzte leise, und er spürte dieselbe hilflose Wut, die er in Leonard Rosonoms Stimme gehört hatte; sie beide hätten Berge versetzt, um sie zu retten, doch sie waren machtlos gegen dieses vernichtende Fieber.

»Alle deine Freunde sind hier«, sagte er. »Maria und Edwina und diese andere Dame, Caroline. Und Leonard auch. Und sobald es dir besser geht, wird Maria dich mit nach Hause nehmen.«

Regal ergriff seine Hand, umklammerte sie. »Jorge ...«, brachte sie hervor. »Jorge. Wann wird Jorge kommen?«

»Bald«, log er. Es widerstrebte ihm, sie daran zu erinnern, daß er im Gefängnis saß. Ihre Augen leuchteten auf vor Freude. »Wie sehe ich aus, William?«

»Wunderschön«, sagte er, und dann winkte Doktor Flaherty ihn auch schon hinaus.

Er setzte sich zu den anderen, und gemeinsam wachten sie in dem kalten, trostlosen Raum. Caroline versuchte, Edwina zu beruhigen, die völlig außer sich war und sich Vorwürfe machte, weil sie Regal nach London gebracht hatte. Leonard stand dabei und zuckte jedesmal zusammen, wenn er Flaherty aus dem Krankenzimmer kommen sah.

Und dann war auf einmal Jorgensen da, nahm mit seiner Höhe den gesamten Türrahmen ein. William starrte ihn ungläubig an. Das war doch wieder typisch für diesen Kerl, dachte er, er trat niemals einfach nur irgendwo ein, er tauchte plötzlich wie aus dem Nichts auf. Da stand er nun in einer schweren, schwarzen Seemannsjacke und ledernen Hosen, auf dem Kopf eine einfache Schirmmütze, die er nicht abnahm. Natürlich war er älter geworden, aber er sah so gut aus wie eh und je, sein glattrasiertes Gesicht von vollendeter Symmetrie, wie gemeißelt. Er erfaßte die Szene mit einem einzigen Blick aus seinen scharfen, blauen Augen und ging ohne ein Wort an ihnen vorbei.

William konnte die Kraft dieses Mannes beinah körperlich fühlen. Er sprang auf, um ihm den Weg zu zeigen, aber Jorge ging mit langen Schritten voraus, zielstrebig auf Regals Tür zu, als habe er dieses Labyrinth von Krankenzimmern schon hundertmal durchkämmt.

Selbst Flaherty bedurfte keiner Vorstellung. Kein Wort wurde gesprochen, er winkte ihn lediglich hinein, und als William hinzutrat, hörte er ihn murmeln: »Das also ist der Däne.«

Als Regal ihn sah, schöpften alle Hoffnung aus ihrer Reaktion. Ihr Gesicht erstrahlte, und sie versuchte, die Arme nach ihm auszustrecken. »O Jorge, mein Liebster. Ich wußte, du würdest kommen.«

»Hätten sich alle Götter gegen mich verschworen, sie hätten mich nicht fernhalten können«, antwortete er, seine tiefe Stimme eine klare Absage an das ängstliche Krankenhausgeflüster.

William beobachtete entsetzt, wie er sie hochhob, während er sich auf die Bettkante setzte. Er drückte sie behutsam an sich und zog die Decke hoch, um sie zu wärmen.

William wollte protestieren und trat hinzu, aber Flaherty hielt ihn zurück: »Nein, lassen Sie sie.« Er half Jorge, sie in die Decke zu hüllen und lächelte, als er sah, wie Regal glückselig den Kopf an die breite Schulter des Captains bettete.

»Denken Sie, sie ist über den Berg?« fragte William, aber Flaherty schüttelte den Kopf.

Sie warteten stundenlang – so kam es ihnen zumindest vor. Niemand machte Anstalten zu gehen oder das Krankenzimmer zu betreten. Maria schien tief gebeugt von der Last ihres zweifachen Kummers, Edwina machte belanglose Konversation, Leonard ging auf und ab.

William wandte sich an Caroline. »Sie waren dort, als Regal Reynolds erschossen hat. Warum hat sie es getan?«

Caroline sah nervös zu Leonard hinüber. »Ich weiß es nicht. Das habe ich ihnen schon dutzendmal gesagt, ich weiß es nicht.«

»Dies ist ein furchtbarer Ort«, sagte Edwina vorwurfsvoll zu Leonard. »Warum konnten Sie sie nicht in ein passenderes Sanatorium bringen?«

»Es war unmöglich«, erwiderte Leonard.

»Dann hätten Sie wenigstens einen besseren Arzt engagieren müssen. Wer ist dieser Mann eigentlich?«

»Ein Spezialist auf dem Gebiet der Infektionskrankheiten«, erklärte Caroline. »Er hat sich zur Ruhe gesetzt, aber er wird noch häufig in den feinen Praxen auf der Harley Street als Ratgeber hinzugezogen. Einen besseren Arzt hätten Sie nicht finden können. Regal wird sich erholen, jetzt da der Captain hier ist, Sie werden sehen.«

Flaherty schloß sich ihnen an und sagte, Regal schlafe, endlich finde sie etwas Ruhe. William wollte nach ihr sehen, aber an der Tür hielt er inne. Jorgensen hielt sie immer noch in den Armen, ihr Kopf ruhte an seiner rauhen Jacke.

»Meint ihr, wir sollten gehen?« fragte Edwina.

»Ich kann sie jetzt nicht verlassen«, entgegnete Maria.

»Ich muß dringend mit Captain Jorgensen sprechen«, meldete sich Miss Smythe zu Wort.

»Das wollen wir wohl alle«, gab Leonard bitter zurück.

Als der Nachmittag sich dem Ende zuneigte, kam Dr. Flaherty schließlich wieder. »Es tut mir furchtbar leid, aber sie ist von uns gegangen«, sagte er leise. »Ich habe getan, was ich konnte, aber wir haben sie zu spät gefunden. Doch ich kann Ihnen sagen, sie starb friedvoll, in seinen Armen. Sie ist einfach im Traum hinübergeglitten.«

Maria fiel auf die Knie und betete, Regal Hayes möge in Frieden ruhen. Als William die Sprache schließlich wiederfand, fragte er den Doktor: »Wo ist Jorge?«

»Er ist gegangen. Er hat bei Regal gewacht, bis es vorbei war, hat sich von ihr verabschiedet und verschwand durch eine Seitentür. Zwei Marineoffiziere erwarteten ihn dort.«

Es ist ja auch gleich, dachte William. Sie ist fort. Sie war wie die Sonne meines Lebens, doch jetzt ist sie fort, und nur diese Handvoll Menschen ist gekommen, um sie zu verabschieden.

EPILOG

Der Gouverneur von Van Diemens Land studierte die Akte, die vor ihm auf dem Tisch lag, während der Gefängnisverwalter höflich wartete.

»Eins muß Ihnen klar sein, Carseldine«, sagte der Gouverneur schließlich. »Wenn wir diesen Sträfling freilassen, unter Vorbehalt oder nicht, wird er diese Kolonie mit dem erstbesten Schiff verlassen, wenn ihm danach ist.«

»Aber das ist unmöglich, Sir!« Carseldine schien verblüfft, daß man überhaupt auf so eine Idee kommen konnte. »Niemand kann von dieser Insel fliehen.«

»Er schon«, brummte Gouverneur Sorell.

»Mit allem gebührenden Respekt, Sir, aber das halte ich für höchst unwahrscheinlich. Außerdem ist er ein mustergültiger Häftling, hat für die Gefängnisverwaltung gearbeitet, und soweit ich weiß, schreibt der Kerl gerade an einem Buch über Navigation.«

»Das ist mir bekannt.«

»Einige Herren haben bei der Regierung eine Petition eingereicht mit dem Ziel, die wilderen Regionen von Van Diemens Land zu erforschen. Sie wollen Sträflinge als Träger und Arbeiter und haben diesen Mann ausdrücklich angefordert ...«

Sorell schien amüsiert. »Als Träger?« fragte er hoffnungsvoll.

»O nein, Sir, als Führer. Ein Mann mit seinen Kenntnis-

503

sen in Navigation könnte von größtem Wert sein. Es heißt, der unerforschte westliche Teil der Insel sei bergig und dicht bewaldet. Sehr schwieriges Terrain.«

»Ich habe von dieser Expedition gehört, Carseldine, und die Herren sind nicht an Bergen interessiert, sondern wollen nach möglichem Weideland suchen.«

»Ein Grund mehr, daß wir sie nach Kräften unterstützen«, gab Carseldine zurück, und Sorell bemerkte den Mangel an Respekt in seinem Tonfall. Vor drei Monaten noch hätte er es niemals gewagt, so mit dem Gouverneur zu reden, hätte ihm unter keinen Umständen widersprochen. Aber die Zeiten änderten sich.

William seufzte. In den sechs Jahren, die er als Gouverneur hier verbracht hatte, hatte er Van Diemens Land und sein Heim in Hobart liebengelernt, doch jetzt waren wieder einmal die bigotten Eiferer hinter ihm her, und es wurde Zeit zu gehen.

Die meisten Mitglieder der wilden, rauhbeinigen Gemeinschaft einer typischen Kolonie – Sträflinge, Farmer, Piraten, Walfänger und eine Handvoll Geschäftsleute – hatten Besseres zu tun, als sich um das Privatleben des Gouverneurs zu kümmern. Doch jetzt da die Kolonie langsam zu Respektabilität kam, erhoben sich die ersten Stimmen, die Einwände gegen die Anwesenheit von Mrs. Kent erhoben, die die Dame des Gouverneurs war, aber nicht seine Ehefrau.

William liebte sie nach wie vor sehr, sie war sein Leben, und obwohl er auf eine weitere Amtsperiode gehofft hatte, erwog er keine Sekunde, ohne sie hierzubleiben. Also hatte man ihn zurückbeordert, doch es war ein gewisser Trost, daß der König seinen Widersachern eine deutliche Abfuhr erteilt hatte. Er hatte ihn nicht mit Schimpf und Schande abberufen, sondern seine treuen Dienste und seine hervorragende Verwaltung der Kolonie gewürdigt und ihm eine anständige Pension zuerkannt.

Er lächelte bei dem Gedanken, sah auf den Derwent hinaus und zuckte mit den Schultern. Zur Hölle damit!

»Schicken Sie ihn rein«, befahl er.

Der große Mann in Handschellen und Sträflingskleidung wurde in das Arbeitszimmer des Gouverneurs geführt. Er stand reglos da, arrogant, fand William, doch er ließ sich sein Befremden nicht anmerken. Er entließ Carseldine und die Wachen.

»So sehen wir uns wieder, Jorgensen!«

Jorge grinste. »Die Welt ist klein, Gouverneur.«

»Sie dürfen sich setzen.«

»Danke.«

»Ich komme gleich zur Sache«, begann William. »Sie sind erst seit ein paar Monaten hier, Ihre vorbehaltliche Entlassung steht eigentlich noch lange nicht an. Aber angenommen, ich würde mein Einverständnis geben, haben Sie die Absicht zu fliehen?«

»Nein. Ich gebe Ihnen mein Wort.«

»Was immer das wert sein mag.«

»Tja ... aber mir gefällt es hier. Wenn Sie mich länger im Gefängnis lassen, werde ich wohl oder übel ausbrechen müssen. Doch wenn Sie mir Bewegungsfreiheit auf der Insel zugestehen, bin ich zufrieden.«

»Ich halte nicht viel von einem solchen Handel. Sie sind schon einmal einen Handel mit der britischen Regierung eingegangen und haben Ihren Teil der Abmachung als *Agent provocateur* nicht erfüllt.«

Jorge lehnte sich vor. »Ich muß Ihnen sagen, William ... ich meine natürlich, Sir, bitte um Verzeihung. Die Zeit in Lissabon war äußerst interessant. Und ich habe gute Arbeit für Ihre Regierung geleistet.«

»Bis Sie ein Doppelagent wurden.«

»Nun, ich fing an, mich zu langweilen. Man erlaubte mir nicht, Lissabon zu verlassen. Und im übrigen haben wir Dänen weder den Engländern noch den Franzosen gegenüber besonderen Grund zur Dankbarkeit. Davon abgesehen, war dieses Geschäft weitaus lukrativer, und alle waren zufrieden.«

William sah kurz auf die Akte hinab. »Bis die Briten aufwachten, Sie verhafteten, nach England verschifften und ins Fleet-Gefängnis sperrten.«

»Von dort bin ich geflohen.«

»Das sehe ich. Aber dann sind Sie in London in neue Schwierigkeiten geraten.« William klang streng, und Jorgensen, dem solche Nuancen selten entgingen, stellte sich darauf ein und schlug einen fast zerknirschten Tonfall an. »Das war eine schlechte Zeit. Ich war eine Zeitlang abgerutscht. London war nicht mehr dasselbe ohne Regal.«

William spürte einen schmerzhaften Stich, als ihr Name fiel, aber er fuhr fort: »Sie landeten wieder im Gefängnis und wurden zum Tode verurteilt. Das würde ich eine sehr schlechte Zeit nennen. Sie können von Glück sagen, daß Sie deportiert wurden.«

Jorge lächelte. »Ja. Major Reynolds hätte das sicher nicht gefallen.«

»Was hat das mit ihm zu tun?«

»Er hat immer befürchtet, daß genau das passieren könnte.«

»Reynolds ...« William mußte an sein gewaltsames Ende denken. »Warum hat Regal ihn erschossen?«

»Ich habe keine Ahnung. Aber er haßte mich. Hätte ich geahnt, daß er Regal belästigen würde, hätte ich ihn selbst getötet.«

»So wie Charles Howth?«

»O nein.« Jorge schüttelte den Kopf. »Howth wurde von Räubern überfallen und erschlagen. Ich hatte nicht das geringste damit zu tun. Der Kerl interessierte mich nicht mehr, als Sie Lieutenant Kent interessiert.«

William zog es vor, das Thema zu wechseln. »Ich denke oft an Regal. Sie war ein so schönes Mädchen.«

»Und sie hatte einen starken Willen«, sagte Jorge. »Ich habe keine Sekunde geglaubt, daß sie geistig labil gewesen sein könnte. Sie muß einen guten Grund gehabt haben und hat ihn erschossen, kaltblütig, wenn Sie so wollen. Und trotzdem hat der Bastard sie das Leben gekostet.«

William sah ihn forschend an. »Wußten Sie, daß sie so märchenhaft reich war?«

»Nein. Sie schien genug Geld zu haben, aber sie hat niemals gesagt, wieviel, und ich habe nie gefragt. Ich dachte mir, wenn wir ihr Geld ausgegeben haben, muß ich eben welches verdienen, wie jeder andere Mann auch. Ich hörte später, sie habe ein ziemliches Vermögen hinterlassen. Wer hat es bekommen? Die Howths vermutlich.«

»O nein. Jeder Penny ging an ihren nächsten Verwandten.«

Jorge war überrascht. »Sie sagte, sie habe keine Familie. Sie hat mir erzählt, daß sie außerehelich geboren wurde und ihre Mutter tot sei.«

»Nun, trotzdem muß es irgendwo einen Vater gegeben haben.«

»Sie hat ihn nie erwähnt. Kannte sie ihn?«

»Natürlich. Ihre Geburtsurkunde lag mit anderen Dokumenten zusammen in einem Banksafe. Sir Basil Mulgrave war ihr Vater.«

»Mein Gott! Er hat mich von den Hulken geholt und nach Lissabon geschickt.«

Jetzt war William an der Reihe, verblüfft zu sein. »Basil? Das ist doch nicht zu fassen ... Also war es letztlich doch Regal, die hinter Ihrer Freilassung steckte.«

»Aber es geschah zu spät, als daß ich ihr noch hätte helfen können«, gab Jorge schroff zurück.

Die beiden Männer saßen sich eine Weile schweigend gegenüber, jeder für sich tief in Gedanken versunken. Schließlich nahm William die Feder zur Hand. »Auch dies hier verdanken Sie Regal«, sagte er, als er die Entlassungspapiere unterschrieb.

Jorgen Jorgensen, Sohn eines Kopenhagener Uhrmachers, Matrose, Steuermann, Freibeuter, Kriegsgefangener, Schiffskapitän, König von Island für sieben Wochen, Agent provocateur, Spieler, Krimineller, Sträfling, Entdecker und Schriftsteller wurde 1836 in Van Diemens Land begnadigt und erhielt ein Stück Land. Er starb mit über sechzig Jahren in Tasmanien, ein angesehener Siedler.

Sie ist schön, sie ist klug, sie ist mutig.
Der Vater vergöttert sie. Die Mutter haßt sie.

Der Liebhaber ihrer Mutter verliebt sich in sie. Sie wird
mehrmals heiraten, Ruhm und Reichtum kennenlernen,
aber auch Armut und Einsamkeit. Die viktorianische
Gesellschaft verachtet sie, doch die Welt liegt ihr zu Füßen.
Berühmte Männer umwerben sie, doch sie durchreist rastlos die Kontinente auf der Suche nach einer verlorenen
Liebe. Sie ist eine leidenschaftliche Frau. Sie ist Tänzerin.

Schuberausgabe

ISBN 3-404-12999-7

BASTEI
LÜBBE

Amsterdam, 1636. Die ganze Stadt ist vom Tulpen-
fieber befallen. In speziellen Börsen, aber auch in
Wirtshäusern und Gassen der Metropole werden un-
scheinbare Blumenzwiebeln gegen Gold und Seide
gehandelt. Auch der Engländer John Nightingale
hofft, dort durch Spekulationen ein Vermögen zu gewinnen. Denn das allein könnte ihn von einer alten
Schuld befreien und ihn vor dem Tod durch den
Strang retten.
Verfolgt von seinem Erzfeind Malise, gerät der uner-
fahrene junge Mann in den Sog eines fulminanten
Abenteuers, das zu bestehen fast unmöglich erscheint. Aber da sind noch die betörende Marieka und
die scheue Zeal, die dem verzweifelten John auf ganz
eigene, verführerische Art beweisen, daß es sich zu
leben lohnt ...

ISBN 3-404-12660-2

Menschen im Schmelztigel Australien

Glück und ohnmächtige Wut, stürmische Leidenschaft und skrupelloser Ehrgeiz prägen das Leben
des Aborigine-Mischlings Ben, das auf eine unauf-
haltsame Katastrophe zuzutreiben scheint.

Patricia Shaws neues Australien-Epos ist von großer
Kraft, engagiert schildert es das Antlitz des Fünften
Kontinents um die Jahrhundertwende, ein Land im
Umbruch.

ISBN 3-404-12707-2

Roç und Yeza, die Erben des Gralgeschlechts, sind dazu auserkoren, den zerstrittenen Völkern in Orient und Okzident den ersehnten Frieden zu stiften. Doch die Mongolen entführen das königliche Paar in die unendlichen Weiten ihrer Steppen. Vor der Kulisse von Palästen und Jurten, Burgen und Karawansereien entfaltet sich ein reiches Szenarium mir faszinierenden Figuren, das die Welt des Mittelalters lebendig erstehen läßt.

ISBN 3-404-12634-3

BASTEI LÜBBE